最后一颗星星
我可以亲手交给你

清韵小尸

终章

破晓

II

清韵小尸 ◎ 著

羊城晚报出版社
·广州·

图书在版编目（CIP）数据

破晓. Ⅱ / 清韵小尸著. — 广州：羊城晚报出版社，2023.5
ISBN 978-7-5543-1187-5

Ⅰ.①破… Ⅱ.①清… Ⅲ.①推理小说 – 中国 – 当代 Ⅳ.① I247.5

中国国家版本馆 CIP 数据核字 (2023) 第 045995 号

破晓 Ⅱ
POXIAO Ⅱ

责任编辑	黄初镇　张灵舒
特约编辑	琥珀菌
责任技编	张广生
出版发行	羊城晚报出版社
	（广州市天河区黄埔大道中 309 号羊城创意产业园 3-13B　邮编：510665）
	发行部电话：（020）87133824
出 版 人	陶　勇
经　　销	广东新华发行集团股份有限公司
印　　刷	北京君达艺彩科技发展有限公司
规　　格	710 毫米 ×1000 毫米　1/16　印张 22.25　字数 461 千
版　　次	2023 年 5 月第 1 版　2023 年 5 月第 1 次印刷
书　　号	978-7-5543-1187-5
定　　价	55.00 元

版权所有　违者必究　（如发现因印装质量问题而影响阅读，请与印刷厂联系调换）

目录

第三卷
纯白地狱
·········· *001* ··········

第四卷
蝴蝶标本
·········· *113* ··········

第五卷
流沙迷局
·········· *201* ··········

最终卷
罪恶之源
·········· *291* ··········

番外
月明如素
·········· *345* ··········

第三卷
纯白地狱

第51章
"每个人都是自己的拯救者"

苏回醒来时,发现自己躺在床上,眼前的事物逐渐浮现出来。洁白的墙,洁白的屋顶,他用残存的视力眯着眼睛判断了一会儿,才肯定这里是医院的观察室。外面传来断断续续的对话声,他仔细辨认了一下,说话的应该是他的主治医师黄主任。

"……血压和血糖都有点低……血常规白细胞偏高,CT 结果显示有肺部炎症,有一些出血,心跳正常……体温从 39℃降下来了,现在是 38.3℃,建议先输液观察一段时间……他需要好好休养,还是太虚弱了。"

苏回支起身,感觉有点头重脚轻的,胸口也闷闷的,一起身就低低地咳了几声。

陆俊迟听到里面有声音,撩开了帘子。

"你醒了?"看着苏回泛白的唇色,陆俊迟感到一阵心疼。苏回忽然吐血晕倒,简直把他吓得心脏骤停。

苏回道:"我觉得好多了。"

"我今天正好值班,过来看下。"黄主任看向苏回,"醒了就好,陆队长和我说了当时的情况,晕倒的原因可能是发烧、缺氧外加低血糖。这次的病因还是旧伤引起的肺部感染,看着怪吓人的。我先开一些抗生素类的药物,保守治疗,然后用云南白药、妥塞敏治咯血。"

苏回脸色平静地"嗯"了一声:"之前的妥塞敏都吃完了。"

黄主任道:"不能经常吃,对肠胃和眼睛都不好。"

陆俊迟皱了一下眉头。看来苏回吐血已经不是第一次了,而且他好像对这种状况习以为常。

黄主任一边给苏回开着药一边叮嘱道:"一定要避免剧烈运动。旧伤创口恶化是会造成血气胸和大出血的,如果情况继续恶化,可能要做支气管镜详细检查,甚至再次进行手术。你现在的身体状况,再次手术有一定的风险。"

苏回在那里不断地点着头。

黄主任又不放心地说:"你这种情况可能还有一定的心理原因,心理和身体是会互相影响的,杨医生那里你还要坚持去啊。"

苏回靠在床上"嗯"了一声。他看了看时间，前后一共只晕过去了一个多小时，但却感觉好像过了很久。陆俊迟去拿了药，陪着他输完液。退烧药很快起了作用，体温降了下来。

苏回不想住院，再加上医院这边住院部的床位紧张，黄医生也就没强留，只叮嘱他一定要好好卧床休息，这几天再来把剩下的液输完。

两个人从医院出来时，天色已经全黑了。

上了车以后，陆俊迟还惦记着黄主任让苏回去看杨医生的事，问道："杨医生是杨雨晴吗？"

杨雨晴医生开设的心理医院是和华都总局有合作的，针对的是警察的心理创伤、心理疾病方向。陆俊迟虽然不知道苏回经历过什么，但是他隐约知道，应该和苏回的过去有关系。

苏回点了一下头："我最近有一段时间没有去了。"

陆俊迟说："那等你身体好一些，我陪你去看看。"

陆俊迟没问，苏回犹豫了一下，还是觉得应该自己告诉他："我没有太过严重的心理问题，就是有点PTSD[①]外加人格解体[②]。"是PTSD和当初头部的伤导致他缺失了自己的部分记忆。

陆俊迟没想到苏回会主动和他说起这些。PTSD他还听说过，也有一些了解，人格解体这个词却是第一次听到，便忍不住关心地问："人格解体是……"

苏回用手支在车窗旁，轻描淡写地道："就是体验能力丧失，有时候会觉得自身所在的世界不是真实的。不过我现在已经好多了，这种感觉不经常出现。"

现代医学对这种病症的认识还不够全面。有一种说法是，人格解体也是一种防御性疾病，人因为太过痛苦，所以把自己的感官全部封闭了，把思维从那些情绪里脱离出来，这样痛苦就会不太真实，可是与此同时，其他的情感也就被一起冰封住了。

在过去的一段时间里，苏回发作得比较频繁。他有时候会觉得自己失去了所有的情感，无悲无喜，不会笑，不会哭，甚至不会爱，像是一个局外人，甚至看着镜子里的自己都会觉得陌生，感觉就像生活在一个他不熟悉的世界，表演着别人的故事。这种情况时有时无，除了同样患这种病的患者，他人是难以理解的。

陆俊迟又问："那这个病……好治疗吗？"

苏回久病成医："我的问题不太严重，不用服药，但是需要定期做心理治疗。人格解体的治疗方式一般有放松法、呼吸法、冥想法，甚至还有催眠。"

陆俊迟听着这几种方式觉得都挺不靠谱的："会有效果吗？"

苏回不在意地道："应该会有吧，总之就是听起来很像玄学的一种病症，然后需

[①] PTSD 创伤后应激障碍（post-traumatic stress disorder），是指个体经历、目睹或遭遇到一个或多个涉及自身或他人的实际死亡，或受到死亡的威胁，或严重的受伤，或躯体完整性受到威胁后，所导致的个体延迟出现和持续存在的精神障碍。

[②] 人格解体（depersonalization）是一种感知觉综合障碍，特征为自我关注增强，但感到自我的全部或部分似乎是不真实、遥远或虚假的，这种改变发生时，感觉正常而且情感表达能力完整。

要用更加玄学的方式来治疗，我觉得更主要的是进行自我调节。"他停顿了一下又说，"我回头约一下杨医生。"

陆俊迟决定自己回去查看一下这种病的相关资料。他岔开了话题，说道："你的那个笔名，好像挺有名的。"

苏回摇了摇头："只是一个小学术圈子里面的笔名，全市里知道这几本杂志的人，今天下午基本上都在那个报告厅里了……"学校里面的事情苏回一向参与得不多，之前主要是廖主任的做法太咄咄逼人了，才造成了这样的反差。如果一开场就介绍出来，反而没有这样的效果。

陆俊迟突然想起了什么，问苏回："你还有其他的笔名吗？"

苏回低低地"嗯"了一声："在国外期刊发表论文时候，用的就不是这个笔名。"

他的习惯向来是马甲护身，总会多准备几个。现在他在华都警官学院教书，论文这个事情总得解决，权衡之下才报了这个笔名出来——这已经是他诸多马甲之中牵扯最小的一个了。有了学术作品护身，以后也能一劳永逸，起码再也不会有人说，他是走后门才进的犯罪学学院。

两个人刚回到家里，陆俊迟的手机就响了，他接了电话，又给苏回倒了点温水送了药过来。

苏回坐在床边。刚才那个电话他听到了几句，侧头问陆俊迟："是谭局吗？"

陆俊迟道："嗯，他关心你，问了一下你述职的事，还有你的身体情况。"然后他变魔术般地张开了掌心，手心里还有一颗黄色包装的柠檬糖。

苏回喝了药，眼睫毛微微一动，把柠檬糖接过来撕开吃了。这和上次在车上时，陆俊迟给他的柠檬糖是同一种。他的嘴巴里一时都是酸酸的味道，酸软的感觉一直传到了牙根上，身体直发抖。

苏回一边吃着糖一边说道："杨医生那边我在微信上预约了，下周三下午。"

"那我陪你去。"

"那个，你要不把你弟弟的微信推给我一下，我今天还挺感激他的。"

"等下发给你。"陆俊迟说着伸出手摸了一下他的额头，"烧退了一些。我去给你熬点粥喝，你先躺会儿，等吃完了东西再睡。"

苏回低低地答应了一声，目光追随着陆俊迟的背影，直到他消失在了门口。他起身换了衣服，躺在床上，通过虚掩着的门，看着客厅里的灯光，听着厨房里的声音。

苏回忽然发现了一件事。自己的世界时常在解体、分离，可是好像每当陆俊迟出现时，这种感觉就会被削弱。听着他说话，看着他做事，苏回就能有一些真实感，也能体会到情绪的波动。在那些时候，他好像从那个冰封着的世界里挣脱了出来，能够感受到一些什么。

苏回闭上眼睛，把自己埋在了被子里。

又是一个阴天，天空上的云有些低沉，天气十分闷热。

谷若若独自一个人走进小区，她拉着一个大行李箱，脚上穿了一双矮跟的小皮鞋，脚步却无比轻快。

楼下有个老太太正在浇花，看到谷若若，脸皱成了核桃："哎，你是三楼的吧？你家里最近买了什么啊？腌鱼还是臭豆腐？味道太臭了，还引来了很多苍蝇，楼道里都是……我以为你老公在家呢，敲了半天门也没人开。"

"对不起，我最近出差去了，可能我老公忘了收垃圾，或者是家里有东西坏了吧？"谷若若略带歉意地道，"我马上回去收拾一下。"

谷若若上楼进屋，吸了一口气，立马被呛得咳了起来——屋子里的确有一种浓重的臭味，就连鲱鱼罐头也望尘莫及，好像世界上再没有什么味道比这个难闻了。

谷若若忽然意识到发生了什么，她的手开始颤抖起来，却强迫自己冷静下来。她走到窗前打开窗户，然后回过头看向卧室……床上躺着一具腐烂的男性尸体。

那是她的老公庞清华。

庞清华是一个标准的凤凰男，以优秀的成绩考上了很好的大学，留在了华都的一家研究院。谷若若曾经因为仰慕他的才华，不顾家人的反对嫁给了他，可结婚后，她才发现自己跳入了一个火坑。这场婚姻不是她幸福的开始，而是她噩梦的开始。

这个男人大男子主义，觉得有才华的男人就应该一夫多妻，在外面不停地和各种女人发生关系，却又用尽方法威胁谷若若不许和他离婚。

如今，那个让她畏惧的男人已经死去多时了，腐烂的尸液渗透入了床单，密密麻麻的苍蝇趴伏在他的尸体上，好像在享受一场盛宴。

谷若若走过来，尸体上的虫子"嗡"的一声飞了起来，盘旋在尸体四周。她低下头，挽起垂下来的头发，眼神冰冷，想从其中辨认出男人曾经的模样。

看了半晌，她对着尸体微微一笑。

"老公，我回来了。"

警方是以最快的速度赶来的，物证、法医，还有刑警都来了。此时谷若若已经哭得眼睛都肿了，整个人手足无措的样子。

几名物证、法医在那里一边聊天一边勘查着。

"都烂成这个样子了，等下尸体不好运。"

"怎么这么多苍蝇？赶都赶不走。"

"估计是从洗手间通风口爬进来的吧，最近天气又闷又热的……"

"对了，这个案子是哪个队负责啊？"

"五队的。"

总局五队的刑侦队长邢云海走进现场看了一下，然后转头问向先来现场勘查的年轻警察:"怎么样?"

年轻警察看了看本子上的记录:"死者庞清华,男,32岁,是一名研究员,屋子里有一个燃尽的炭盆。"

邢云海皱了皱眉头,挥手拂去了停在他身上的苍蝇,转头去看哭得十分伤心的谷若若:"妻子有嫌疑吗?"

年轻警察去翻查了一下口供记录:"他的妻子是一名空乘,我们查找了资料发现,他们的夫妻关系应该不好,以前有过离婚申请,被驳回了……不过最近半个月,他的妻子都在外地参加学习,而且是很远的城市,她没有犯罪时间。"

"屋子里有其他的痕迹吗?"

"没有,很干净。房锁没有撬过的痕迹,那个炭盆是家里洗菜的铁盆,上面有庞华清的指纹。"

谷若若还在一旁哭着:"我们夫妻感情挺好的,别看我丈夫平时在外面很放得开的样子,对我还是挺好的。我没有想到,他会在我出差的时候出事……"

邢云海看了看床头柜,那上面放着一些助眠的药物:"你老公的睡眠不好?"

谷若若说:"搞科研的,比较费脑子,压力大,他总是整晚整晚睡不好,是我说了以后他才去看医生的。"

邢云海走进厨房,用鼻子闻了闻。这里的空气比卧室好了很多,闻不到太多的尸臭,里面很整洁,瓶瓶罐罐码放得十分整齐。随后他打开柜子,看到一罐茶叶,取下来打开闻了闻,只觉得里面茶叶的味道很香,像是今年的新茶,却已经用去了大半罐。茶叶罐旁边还有一个调料盒,里面放的是棕黑色的颗粒,看上去像咖啡粉。

谷若若侧过头,止住了哭泣,她的眼神飘了过去,目光冰冷地看着站在厨房里的邢云海。

邢云海在厨房里查看了一会儿,走过来问谷若若:"窗户是你打开的?"

谷若若慌忙点点头:"屋子里的味道太难闻了,我都差点吐出来。"

邢云海又问道:"你回来的时候,卧室的门是关着的,还是开着的?"

谷若若愣了一下:"关着,好像是关着的……"

邢云海的一双眼睛牢牢地盯着她,像要把她看穿一般,他伸手挥动了一下,几只苍蝇马上飞了起来:"关着的怎么会有这么多的苍蝇?"

谷若若的身子一抖:"不……可能我记错了,是开着的,所以才会有苍蝇进来。"

邢云海看着眼前的女人。她的个子不低,有一米六几,可是身材消瘦,好像一阵风就可以把她吹跑。他继续不紧不慢地问她:"开着的?你老公想要烧炭自杀,为什么要开着门?"

谷若若有些惊慌失措,甚至忘记了哭泣,结结巴巴地说:"可能是开了一个小缝。我不知道,我也是刚到家,回来就看到他已经死了……"说到这里,谷若若猛然醒悟过来,她睁大了眼睛,抬起头装糊涂,"警官你的意思……这是一起谋杀案,会有

什么人想要杀死我老公吗？"

她有些呆愣地坐在了椅子上，额头迅速出了一层汗，然后似乎想到了什么，骤然握紧了手里的纸巾。

如果他的判断没错的话，这的确是一起谋杀案。邢云海想到这里，戴上手套。

"节哀，我们警方会查明真相的。"

苏回在家休养了几天，终于感觉好了一些。

到了周三下午，陆俊迟把他带到了杨雨晴开的诊所。

那个诊所陆俊迟也去过几次，每到年底，心理诊所都会对一线警察进行心理评估。他们这些在一线工作的，向来是工作节奏快、加班多，接触的又是人性的黑暗，心理健康尤为重要。历年来，心理出问题的警察也有不少，因此大家不再那么讳疾忌医，很多人也把来见心理医生当作一种释放压力的办法，大家都习以为常了。

进了分诊区，陆俊迟看了看时间，他们比预定的时间早到了10分钟。

小护士金秋早就和他们熟了，把他们往里面引："对了，苏老师，今天杨医生家里有事不在，把你的诊疗分给了安医生，你收到短信了吧？"

苏回听完微微一愣，掏出手机看了看，才发现自己又没有听到手机提示音："我可能错过了信息，不过没关系，其他医生也可以。"

金秋微笑着说："放心吧，这位安医生是杨医生的师弟，是被杨医生专门从一附院那边的心理科挖过来的，也是一位很好的医生，最近很多患者都主动预约他的号呢。而且你放心，杨医生都安排好了，苏老师你现在也已经不在集中治疗期，只是后期诊疗，你的档案和情况她都和安医生交代过了。"

苏回被金秋一路带着，走入一间心理治疗室，治疗室里面放着舒缓的音乐。金秋说道："苏老师你在这里稍微等会儿，安医生马上就到。"

苏回答应了一声，熟门熟路地把手杖放在沙盘旁边，坐在了诊疗椅上。诊疗室里的座椅可以让人把腿放平，半躺在上面非常舒服。苏回抬起头来，可以看到天花板上有一些星空的图案，这些布置有利于让患者心情愉悦，平静下来。

把苏回送进去以后，陆俊迟坐在了外面的休息等候区。心理治疗过程之中的谈话内容都是患者的隐私，家属和亲友都是不能进去的。诊所里面的等候区布置得舒适而温馨，几张柔软的沙发椅上放了彩色的靠垫，让人身处其中就觉得心情愉悦。

陆俊迟带了笔记本电脑，刚落座打开，就看见从外面走进来一个穿着白色褂子的瘦高男人。前台的一个小护士起身叫他："安医生。"

这个男人走过来在打卡机上按了下指纹，随后转过身来。他戴着金丝眼镜，看起来十分沉稳，又给人温文尔雅的感觉。

陆俊迟在这边没有见过这位医生，但他知道这位安医生应该就是即将给苏回看诊的医生了。他抬起头来看过去，眼前的男人在30岁左右，保养得很好，让他看起来显

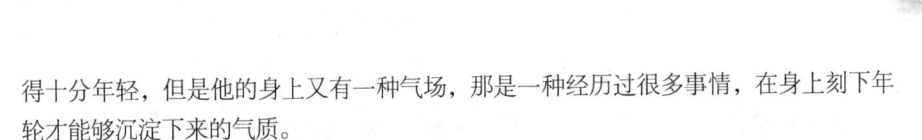

得十分年轻，但是他的身上又有一种气场，那是一种经历过很多事情，在身上刻下年轮才能够沉淀下来的气质。

安医生发现陆俊迟在看着他，微笑着问前台的小护士："这位是预约的患者吗？"

陆俊迟忙道："不是，我是陪朋友来的。"

"这位是总局重案组的陆队长。"小护士忙介绍道，"预约的患者是苏老师，他早来了一会儿，已经在治疗室里面等你了。"

安医生向陆俊迟略带歉意地点头微笑，然后对小护士说道："好，那我先进去了。"

陆俊迟看那位安医生进去后，站起身随口和小护士金秋聊着天："这位安医生叫什么？"

"安郁辞。"小护士在表格上指了一下他的名字，"安医生是杨医生的师弟，我们这里比一附院自由一些，也不那么忙，能够有时间做一些学术研究，所以安医生就过来了。"

金秋说到这里叹了口气："现在想找一个心理咨询师太难了，专业毕业，几千小时的个案经验，还需要参加各种督导、培训。杨医生之前为了招聘的事也一直发愁呢，还好安医生愿意过来帮她。"

"对了，安医生很帅吧？我们这里很多女性患者都喜欢找他做咨询。他这个人，特别热心、体贴。如果谁做了他的女朋友，估计要幸福死了。"

陆俊迟"嗯"了一声，从刚才的一面之交之中也可以看得出来，这个安医生彬彬有礼，应该是个不错的人。

金秋俯下身来开着玩笑："不过和陆队长你比还是差了一点点。"

陆俊迟一愣，一时不知道怎么接话。

"也比苏老师差了一点。"金秋自己主动岔开了话题，"今天你陪苏老师过来，我真是放心多了。以前他都是自己一个人来，看起来也没有什么朋友、亲人的样子，眼睛不好，身体也不太好，所以每次看到苏老师我都挺担心的。不过苏老师这个人，应该怎么形容呢？哦，对了，冷若冰霜，我总是不敢和他多说话。"

陆俊迟磕磕绊绊解释道："他那个人，有时候是因为看不清所以才目不斜视，熟了就好了。对了，苏老师在来这边看病多久了？"问个时间应该不算窥探隐私吧……

小护士回想了一下道："两年了，最近平均一到两个月来一次。"

陆俊迟算了一下，两年前差不多正是行为分析组解散的时候，公安局上下进行了一系列的整顿和调动，他也是从那时起接任的重案组。

陆俊迟把自己从回忆里拉出来，这时才注意到了小护士身后的一张海报："你们最近在做青少年心理研究吗？"

"是啊。"小护士回头看了看，墙上贴的新海报是关于青少年心理咨询的。

"这是和一些学校合作的项目，希望家长、老师能够重视孩子们的心理情况，只要是未成年人报名，可以进行免费的预诊。不过……"小护士说到这里叹了口气，"就

算我们是免费的，来报名的孩子依然很少。"

陆俊迟表示理解："因为父母不愿意带着孩子来吗？"

大部分家长都是讳疾忌医的，他们对这些心理疾病尤为惧怕，在他们眼中，似乎带着孩子来看心理医生就是承认了他们家庭教育的失败。

"那些家长会说，那些孩子就是矫情，就是青春期闹脾气，同时也麻痹自己，好像不承认，孩子就没有病。而对于得了心理疾病的孩子来说，身边总是有人认为他没病，只是想太多，这也是很不利于治疗的。"

"确实。"陆俊迟应道。

心理治疗总共需要一个小时的时间，陆俊迟和金秋又聊了几句后，便坐下来处理重案组的工作。

此时躺在诊室里的苏回已经开始了这次的心理咨询。他对这位安医生的第一印象挺不错的，说话礼貌周到，让人有一种安全感，似乎天生适合做心理咨询师。

安郁辞听苏回讲完了最近的心理状况，又问了一些问题，最后问道："我听杨医生说，最近你复职了，你觉得对你有帮助吗？总体的发展方向是好的吗？"

苏回犹豫了一下，眉头微蹙，缓缓地开口说："其实是在好转的……"他可以感觉到，那些灰暗也好，疏离感也好，都在逐渐退去，生活好像从那种黑白的状态，逐渐趋于正常化。不过，与其说这种感觉和变化是工作和忙碌带给他的，不如说是陆俊迟带给他的。他以前吃饭、睡觉都不准时，时常半夜醒来就失眠到天亮，有时候又感觉自己的脑子十分混沌，会一睡不起。可是现在，那个地方已经不是他沉睡、蜷缩的冰冷地方，除了那只猫，房间里有了新的生命。

陆俊迟是个沉默稳重、办事牢靠的男人，他会记得做饭，给每盆植物按时浇水，让它们生机勃发。在他的照料下，就连猫都胖了几斤。苏回不再觉得家里是孤独、冰冷的，整个房间在不知不觉之间变得温馨了起来。

安医生看到他的表情都舒缓了下来，松了一口气道："那就好，这么看投入工作对你还是有一定帮助的。你现在需要定期回访，但上一次的预约回访却在两个月前，时间间隔有点长了。"

苏回有些歉意："前一段时间是学期末，有点忙，以后我会注意。"

"虽然你是杨医生的患者，但是我还是觉得有必要和你确认一下治疗方案。"安郁辞开口道，"我认为你应该更加积极地进行治疗，如果是一般的患者，我会建议少量使用一些缓解的药物，不过可能会影响思维，还会有依赖性，所以这个方案可能不适合你。意念疗法你有在坚持吗？"

苏回点头道："之前杨医生建议我做的呼吸法和意念法都在尝试。"

"你之前尝试过催眠治疗吗……"安郁辞问他。

苏回摇了摇头："杨医生也建议过，但是我一直没有尝试过。"

"你想进行催眠治疗吗？"安郁辞问。

"我……"苏回一时有点犹豫。

安郁辞转头问他："你是不是担心催眠的疗效？我这里有很多患者开始对催眠都是有些排斥的，但在进行了几次治疗以后，效果都很好，还会强烈要求进行催眠治疗。"

苏回考虑了一下道："谢谢安医生，不过还是算了。"

苏回并不是不了解催眠才做的这个决定。他不想用催眠疗法，恰恰是因为他懂得一些催眠的原理和操作方法，也曾经有过一些催眠的体验。

催眠听起来是挺玄奥的，可其实只是一种通过诱导把人引入意识恍惚状态的方法。很多人认为催眠只是一种玄学，坚信只要意志坚定就不会被催眠师带入催眠状态，还认为即使进入了催眠状态也可以随时从催眠里醒过来，但这些都是因为对催眠不了解产生的误解。催眠的原理比普通人想象得更复杂，施行起来却更为简单，只要有了联想能力和幻想能力的对象，适合的环境，好的催眠师，再加上合理的暗示，催眠并不难进行。

苏回知道催眠治疗可能会对他有一定效果，但催眠的治疗方式像是把身体切开，把人们内心深处的秘密坦诚地暴露在催眠师面前。催眠状态里的人是毫无防备的，他甚至不知道，在催眠之中会看到什么，会听到什么，心灵将会受到怎样的冲击。作为一个时常游走在黑暗边缘的人，这种治疗方式触碰到了他的底线，让他觉得没有安全感。

安郁辞低下头道："好吧，这些只是我的个人建议。如果你拒绝外物的治疗，那就只能从自我调节和自控下手了，至少一个月一次的回访你要坚持吧？"安郁辞似乎对苏回之前的回绝有些感到惋惜，但还是尽职尽责地提醒他。

苏回答应了一声。他感觉到安郁辞和善于倾听的杨雨晴不同，他是一位更为积极的心理咨询师，想要更多地帮助他，所以又想了想，和他解释道："谢谢安医生，我不是拒绝那些外力的帮助，而是更为信奉人本心理学的理念。"他停顿了一下，想起了一句话，"每个人都是自己的拯救者。"

安郁辞记录的笔一停："这句话我记得是荣格说的。"

苏回解释道："我对荣格的'共时性'持保守态度，只是赞同这句话之后呈现出的价值观而已。"

安郁辞笑了一下，低下头去。当患者也精通心理学时，咨询师经常需要面对这个问题，即因为理论、观念的不同而影响到诊疗过程和最后结果。

"下一次你过来时杨医生应该就在了，具体的诊疗方案你还是和她来定。我觉得你的工作是有一定危险性的，也会涉及那些黑暗面，说不定哪里就会触碰到你过去的伤口。复工以后，你必须对自己的心理状况给予更多的关注，否则有可能会引起情绪变化加重病情。我建议你不要把现在和过去做比较，那些想不起来的事情、让你不舒服的事情，尽量不要去回想。"

时间在不知不觉之中过得很快，计时的沙漏流下最后一点蓝色的细沙，今天的治疗就到这里了。

苏回起身道谢，走到桌子前低着头拎起了放在沙盘旁的手杖。临走时，他的目光不经意地落在安郁辞桌子上的一张照片上。

苏回站得离桌子非常近，近到就算是以他的视力也可以模糊地看到照片上是一个年轻的女孩，在微笑着，整体的色调看上去有些年代感。说实话，苏回很少在心理咨询室里见到这些私人物品，大部分心理医生或者是咨询师似乎都会主动把工作和自己的生活完全隔离开来。

苏回忍不住轻声问："那是你的女朋友吗？"

安郁辞的表情微微一僵，然后低头道："哦，不是，是我的姐姐，我的姐姐是一个心理疾病患者，多年前已经去世了，我是因为她，才学习的心理专业。"

苏回这才发现，自己好像提了不该提的事，他略带歉意地道："对不起，节哀……"
安郁辞淡淡地一笑："没关系，事情已经过去很久了，那苏老师，下次再见。"

从诊室之中出来有两条路，一条路是通过原路返回，另外一条路是直接坐电梯下楼。苏回一直想着安郁辞刚才和他说的话，等他反应过来时发现自己已经站在诊所的电梯上了。电梯上除了他还有一个人，苏回看不清是谁，只能分辨出一个模糊的色块，像是一个男人。

苏回有些自责。他对这条路实在是太熟悉了，身体自主地做出了选择，一时忘记了陪他一起来的陆俊迟。他按了按眉心，掏出手机给陆俊迟发信息，可电梯里没有信号，他又点了一遍才发了出去。

正在这时，"叮"的一声，那人按的楼层到了。就在前面的人走出电梯的那一刻，他回过身看向了身后的苏回……只一瞬间，苏回觉得像是有一枚子弹穿过了眉心，击中了他的大脑。他愣住了。他的脑中是空白的，却又像是沸腾着一般地疼，好像有什么东西要从记忆之中苏醒过来，剧痛像是潮水一般把他淹没，冷汗瞬间就从额头冒出来。

那个人是谁？苏回不记得，但却感受到了一种莫名的熟悉感。

电梯在苏回的面前合拢，他拼命按着电梯键想要回到刚才那个人下楼的地方，想要叫住他，想要问清楚。可是电梯已经下降，等苏回找回自己的意识时，才发现自己已经出了一头的冷汗。

他靠在电梯的护栏上，不停地喘息着。

不要去想过去的事……

进行完心理治疗时往往是他最理智、平静的时候，他万万没有想到，会因为在电梯里看到一个陌生人而情绪失控。苏回有一瞬间怀疑安郁辞之前对他说的话是正确的，他是对自己的状况太忽视了……

不要再想过去的事……

苏回闭上双眼，又在心里重复了一遍这句话，像是在给自己催眠，把那个人从他的脑海之中彻底清除出去。忘记那个人，忘记电梯里发生过的一切。

他像是在用一把刀，生生把自己的现在与过去割裂开。

陆俊迟下楼时，苏回正坐在楼下的花坛边上发呆。他的脖颈纤细，脸色苍白，俊秀的面容一如既往没有什么表情，整个人就像是冰雪做成的，隔着几米都可以感觉到他身上散发出来的阵阵寒意。

看到陆俊迟走过来，苏回才像是活了过来。他抬起头来，轻声说道："我们走吧。"

陆俊迟看着苏回，觉得他的面容有些憔悴，神情也很疲惫，便问他："你还好吧？"

苏回"嗯"了一声，站起身来。他用了一段时间才从那种令人窒息的状态里脱离出来，现在已经平静多了。

陆俊迟以为苏回现在的状态是心理治疗的结果。和别人剖析自己一个小时，可以想象，大概是一个很辛苦的过程。

上了车以后，陆俊迟又取出了一颗糖，问苏回："吃吗？"

苏回接过糖，低头说了一声："谢谢。"他吃着糖，逐渐把自己的思想放空了，那种感觉终于过去，他逐渐恢复了过来。

从医院出来，两个人去了一趟重案组。

一进门就收到了一个坏消息。之前案子中的变态画家傅云初，因为有伤在身一直留在安城那边治疗，但昨晚，这个人却忽然神秘地从医院里失踪了。

陆俊迟皱着眉问曲明："傅云初失踪具体是什么时候的事？"

曲明道："据说是昨天晚上10点多，警卫晚上换班之后，发现傅云初忽然不知所踪。事后查监控，没有发现他的踪迹，可能是利用监控死角逃脱了。安城那边知道自己理亏，想要亡羊补牢，没有第一时间通知我们，而是自行寻找，可是找了一个晚上也没有找到。"

陆俊迟并不认为安城警方没有好好看管傅云初，这件事听起来没那么简单。就他所知，傅云初是在特殊的监狱医院就医，全程有各种人员监管。傅云初的伤好得差不多了，原本定在三天后转押至华都，谁也没有想到，就在这最后的几天出了事。

曲明说："早上那边负责的队长打了电话过来，说再给他们宽限一些时间，回头一定会给我们这边一个交代。"

陆俊迟双手抱臂："我只希望快点把人抓回来，不要出现新的受害人。"

夏明晰抱怨道："安城那边怎么回事啊？真是不是自己的犯人就不上心。"

乔泽皱眉喃喃道："想从那家医院里出来也不是什么容易的事，他是怎么做到的？"

一个重案在身的犯人逃出了警方的掌控，犹如把一只凶猛的老虎放在城市之中。

苏回坐在沙发上，听到这里，忽然开口道："我……有一种奇怪的感觉。"

听他开口，所有人的目光都落在他的身上。

苏回侧着头，回忆着之前覃永辰对他说的话，轻咳几声之后，说道："我觉得，光凭傅云初自己是逃不出来的，似乎有人在暗中帮助这些连环杀手。"

重案组的办公室一下子安静了下来。

苏回回想了一下，还是觉得自己的说法太直接了。他一直希望自己不去看那些海市蜃楼，努力让自己成为一个犯罪学领域的实证派："我就是在听你们说傅云初失踪的时候，忽然想到的，但这个很有可能是不准确的……"

陆俊迟眯起眼睛，在苏回的提示下，他忽然想起了什么，说道："我记得之前的案子之中，有个地方有点奇怪。"他边说边翻找着之前的案件卷宗，很快就翻到了其中的疑点，"覃永辰在医院时，包括他出院的那段时间，一直有人在给他打款。我开始以为是有人资助他或者是得到了众筹，但是我后来发现不是。那些款项来源不明，有些甚至来自于国外。而且，当他终止治疗决定出院时，他的银行卡上还有5万多现金。"

在他们的前期调查之中，覃永辰是落魄的、众叛亲离的，可是这样的财务状况，明显和他们调查的情况不符。

"覃永辰可能不是因为没有钱放弃了治疗，而是主动放弃了治疗，去寻找他的前女友。"

陆俊迟这么一说，乔泽也想了起来："我记得在米舒的供词里，虽然每个受害者家庭是他们共同挑选的，但城市点都是覃永辰选择的。最后一次，他们把抢到的钱全都取了出来，之后覃永辰就不知道去了哪里。他带走了大部分的钱，回来时，拿回了那颗手雷。在来到华都之前，他们就确定了这里是他们的最后一站……他没有透露过在华都之后的计划。"

覃永辰为什么把最后一站定在华都呢？给他武器的，又会是什么人？

他们的话像是给苏回的推论加上了实证。

这些事实让重案组中所有的人都陷入了沉默。现在想来，覃永辰可能并不是独自一人，他和米舒还有张小才仅仅是在前台的演员，而他们的身后，很可能还站着一个人。那么那个人和救走傅云初的是同一个或者是同一批人吗？

苏回仰面躺在沙发上，凝神思考，眼睛轻轻眨动。闭上眼睛的时候，眼前一片黑暗，睁开眼睛时，光亮映入眼中，世界好像就在黑白之间缓慢切换着。那些数字、理论、推断、概念，一个一个在他的脑海之中翻腾闪过。

他想到了覃永辰最后和他说的那句话……他的老朋友，会是谁呢？

苏回忽然轻声说："我想到了那个永恒的论题。连环杀手是先天的，还是后天形成的……"

陆俊迟问："那你的观点是什么呢？"

苏回看向他道："我认为连环杀手不可以制造，但可以引导。"

目前的主流理论和研究认为，连环杀手是不可后天制造的，一个人被逼迫之后可能会伤人，可能会做出犯罪行为，但是普通的罪犯和连环杀手之间一定隔着一道天堑。

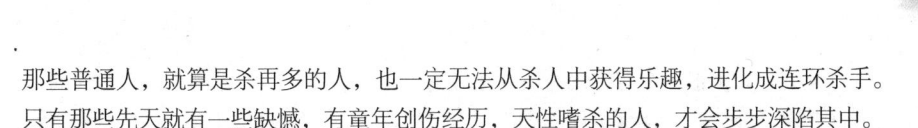

那些普通人，就算是杀再多的人，也一定无法从杀人中获得乐趣，进化成连环杀手。只有那些先天就有一些缺憾，有童年创伤经历，天性嗜杀的人，才会步步深陷其中。

可是，一个正常、普通的人类，要怎样才能够变成一个连环杀手呢？没有人能够给出这个问题的标准答案。

心理学是一门特殊的学科，也是一门非常重要的学科，它和我们每个人的生活息息相关。它的研究对象是我们每一个人。人类的直觉、认知、行为、思维、情绪、性格、人际关系等，有很多问题和成因值得深入思考和研究。

可是心理学和诸多的自然学科完全不同。心理学虽然兼顾理论性和应用性，却不能靠着试验和推论得出结论。为了探索人类心理的奥秘，打开未知的大门，心理学家曾经进行过诸多尝试，也做过很多试验，特别是在法律和道德观念还没有那么健全的过去。其中很多心理学的试验是残忍的、有争议性的，比如比较有名的米尔格伦服从试验、格赛尔双生子试验，备受争议和质疑的斯坦福监狱试验，以及约翰曼尼进行的性别认知试验。因为这些试验造成了恶劣的影响，很多试验的参与者一生都无法从实验中解脱，甚至很多以悲剧收场，所以关于人类心理研究的试验逐渐被叫停。

在犯罪心理学方向，研究者们更加无法进行试验，只能对已知的案例进行研究、探讨和总结。

苏回在多年以前，发表过一篇关于现代连环杀手成因的分析论文。他认为连环杀手的产生和周围环境的引导是密不可分的。

论文中论述了连环凶手在所有凶案之中的占比，引用了各国的案例，说明了一些关键人物的引导可能会对连环杀手产生的影响。那些关键人物有的是那些连环杀手的师长，有的是父母，有的是亲朋，有的是伴侣。这些有亲近关系的人非但没有遏制连环杀手的成长，反而使用一些纵容、鼓励、示范、引导、谩骂等错误方式促进了连环杀手的进化。比如撒旦杀手理查德的堂哥，经常会给理查德看战场上的图片，甚至当着他的面杀死了自己新婚不久的妻子；第一杀人狂卢卡斯的母亲，当着卢卡斯的面和男客人发生关系，还有一次开枪打中了对方；艾德曼的母亲不停地谩骂他，并且把他关在地下室……

他在论文的最后指出，在浮躁的现代社会之中，巨大的生活压力、联通的网络，把人们连成了一张网。以前，那些连环杀手是一个一个的个体，但是现在，那些心理患有疾病、天生危险之人，那些层出不穷的虐待动物的群体，那些对连环杀手非但不恐惧，还感到崇拜羡慕的疯子们……就像是被网线连在了一起。互联网变成了这些有连环杀手潜质的人群的温床。

苏回在论文之中呼吁对网络上的潜在犯罪分子进行监控、追踪甚至进行正面引导，警惕有人对此进行利用。如今，他又忽然想到了这篇文章。

有没有可能存在一个人，他在通过网络和各种渠道关注着、寻找着那些罪犯，那些天生有暴力倾向的人？他从网络中筛选，搭建关系，然后跟那些杀手暗中联络，甚至进行控制。如果把一个有进化潜质的连环杀手选作目标，给他经济支持，对他的行为进行诱导，鼓励他，从而促进他的进化，加速他成为连环杀手的进程，这样是否可行？

比如说覃永辰，之前他的行为以及言论已经显示出了反社会人格，那么是否可以加以引导，促进他的进化？如果真的存在这种可能性，那个人会是什么时候加入进来的呢？是在他的这种人格倾向出现之前？还是说，这些都是在被人引导之后的结果？

苏回深想下去，感觉自己的思维像是被荆棘困住了脚步。这时，他的头忽然感到一阵剧痛，让他不敢再去想那些问题，于是他控制住自己，把自己抽离出来。

"也许是我想多了。"可能整个推理的方向就是错误的。他们现在没有足够的证据来证实他的假设，可也没有足够的证据来反驳这种结论。

是他想多了吗？

陆俊迟看着苏回的脸泛起了一丝苍白——他在一再压制自己的本能。最后他看了苏回一眼，转回头总结道："人证方面，米舒和张小才都说对幕后之人不知情，目前我们手头的证据还不能证明确实有这么一个人的存在，大家还是要在今后的查案过程中多加留意。"

现在案子已经算是结案了，很快就会有新的案件派发过来，他们也只能把这些问题作为疑点，标注存入案件档案，等更多的线索出现时，再进一步进行调查和处理。

探讨到这里，乔泽看了一下自己的电脑："陆队，复核组那边让我们过去拿一下新案子的档案……"

陆俊迟刚才还在想着新案子什么时候会到，这会儿就来了消息，复核组就在隔壁楼，他吩咐乔泽："那你过去取一下吧。"

乔泽却转过头为难地说："陶姐说，多来几个人……"

这话一说出来，重案组里的几个人都有点发蒙。多来几个人？就算是重大案件的档案，一般一个箱子也能够装得下。这莫不是什么惊天的大案子吧？

陆俊迟只能又点派了两名下属："大个子，曲明，你们一起去看看。"

乔泽和两位同事一起下了楼，刚到了隔壁的复核组，就感觉气氛不一般。整个办公室里的人都忙忙碌碌的，桌子上摆着厚厚的一摞档案。

乔泽露出了笑脸，走到陶李芝的大办公桌前："陶姐，我们来取案子资料了。"

陶李芝用笔指了指道："就旁边地上的那三个箱子，你们拿过去吧。"几个人看到这三个大箱子都愣住了——箱子里面堆放着密密麻麻的案卷。

曲明蹲下身："陶组长，这是什么案子？总局要把最近分局的案子让我们专案组再过一遍？"

"不是。"陶李芝这才从一堆卷宗之中抬起头来。她坐办公室，不用出外勤，是市局之中少有的留了长发的女性，可是长发丝毫没有掩盖她身上的干练气质，是理智和严谨的代言人。

陶李芝向他们解释道："是最近我们在盘点去年6月到今年6月，整个华都的意外死亡案件与自杀死亡案件。这一年中此类案件的死亡率提升了1%，比前年多了157人。"陶李芝本人过目不忘，那些数字张口即来。

乔泽的脸皱成了一团："这个年月不太平，死亡率也在逐年增加啊……"

陶李芝点点头："谭局和相关的专家一起开会进行了研究，还比对了其他城市的数据，除去经济因素、社会因素等，异常增加可能在0.1%左右。从概率估计，其中应该混入了一些存疑案件。所以谭局让我们把去年一年华都与此相关的卷宗都调了出来，重新排查一遍。"对于凶手来说，伪装成意外死亡或者是自杀死亡是最直接的、能够逃脱法律制裁的一种方式。

众人听到这里才明白了过来，陶李芝指了指办公室后面堆积如山的宗卷道："我们已经过了一遍，排除掉了完全没有嫌疑的案子，剩下的41个存疑的案子，你们重案组最好再过一遍。不过，我也不能保证这些案子是一定有问题的。"

"对了。"陶李芝说到这里转过转椅，终于正对着他们说道，"听说你们重案组来了一位新顾问？"

乔泽道："是啊，苏顾问，是在华都警官学院那边教授犯罪学的。"

"那祝贺你们陆队，终于找到了称心的顾问人选。"说完，陶李芝继续低头看着手中的卷宗。

下午4点，乔泽、郑柏，还有曲明抱着三大箱档案回到了重案组。他们又把陶李芝说的话对陆俊迟说了一遍。

郑柏把箱子搬过来放好，翻了翻其中的一份档案，皱眉道："从这么多的案件之中找出有问题的？这些案子都是去年的，很多死者是意外身亡，尸体早就火化了，现场证据更是没有好好保存下来，这要怎么查啊？"这些案件的死者都是非正常死亡的，就算有些案件是有问题的，仅凭一些卷宗也难以查证。

夏明晰看了看那些卷宗，皱眉道："我小时候最怕做改错题了，既害怕有错的看不出来，又害怕把原来对的给改错了。"

乔泽叹了一口气："人家复核组都已经筛查到这种程度了，剩下的几十个案子我们就再筛查一遍吧。"然后他看了看苏回，"我们现在不是还有苏顾问吗？"

陆俊迟布置任务："小夏，你先把这些案件全部整理成EXCEL表格，按照时间排列，把年龄、性别、死亡原因等信息资料全部录入进去。"然后他转头对乔泽、郑柏和曲明说道，"你们每人一个箱子，开始核查，注意看是否有人为因素，是否有既得利益人，现场是否有后期布置成分。总之你们先过一遍，回头有问题的，我们大家再一起来讨论。"

陆俊迟简单几句话，就把一件看似难办的工作布置得井井有条。

苏回看他没有给自己指派任务，主动开口问："需要我帮忙吗？"

陆俊迟道："不用了，他们好歹也是重案组的精英，就拿这些案子练练兵吧。你身体刚好一些，还是多休息，等回头集中讨论的时候，会麻烦你一起的。"

陆俊迟并没有详细地解释。其实他是认为这些意外案件和其他案件不同，其中有的案件会让人心生畏惧，让人感到悲痛，唏嘘世事无常。苏回现在的状态不适合接触那些案件，他也不希望养成重案组内其他人对苏回的过度依赖。

这些案件就算是只翻一遍也需要很长时间，几名下属马上开始工作起来。

陆俊迟的安排虽然让他们加快了工作效率，也更加有序，但是想要从这些过去发生的案子里寻找到蛛丝马迹，判断案件是否相关并不是一件容易的事。

夏明晰录入了五六份案件资料就开始郁闷起来："我以前怎么不知道，城市里会有这么多意外死亡案件？"平均每天都会有好几起意外发生，就算现在筛选出来的这些有疑点的，也是每几天一起，而且死亡方式更是五花八门，无奇不有……

苏回看他们筛查，好心地提醒道："大家记得，要特别注意其中的口供部分。"

乔泽没有想通其中的环节，皱着眉问："苏老师，为什么要注意这一点？"

"这些意外死亡案件和一般的案件不同，我们都缺少了一些信息。"苏回解释道，"因为死者自己不能说话，很多事都是通过他的亲人、朋友描述，警方记录下来的，也就是说仅有一面之词。我们在看宗卷的时候，不自觉地会相信宗卷上记录的事情是真实的。"

他说到这里，陆俊迟最先反应过来："如果案子有问题的话，口供就是第一不可信的。"

办公室里的几个人马上恍然大悟。

乔泽思考了一下里面的逻辑："如果口供是假的，那里面可能是有谎言和破绽的，也就是说口供可以作为突破点。"

苏回面色平静，轻轻地点头。

郑柏看了看自己手里的卷宗："这种意外死亡案件增多，可能是什么原因呢？"

"原因多种多样吧。"夏明晰接茬道。

曲明道："也许我们可以发现一个杀了人以后伪装成意外、掩盖罪行的连环凶手。"

几个人说到这里，郑柏又给他们泼了一盆冷水："可是我们之前在复核组的时候，陶李芝说，她也不保证这些案件一定有问题。"也就是说，也许他们面前的案子都只是一些普通的意外死亡事件而已。

陆俊迟的声音低沉："这些案子，都是各个分局已经结过的案子，我希望，大家能够遵循自由心证原则。我们可以随手放过，但别忘记那些是一条一条的人命。总之有了疑点我们就调查到底，没有疑点，我们也可以庆幸，这个世界还没有那么黑暗，那么糟糕。"

第52章
阳光照不到的角落

不知不觉已经到了快下班的时候，余光中，陆俊迟忽然看到办公室的门外有两位中年妇女鬼鬼祟祟地探进头来。他皱着眉，十分警觉地问了一声："什么人？"

这栋楼在总局大院的最里面，一般访客都进不来，就算是要进来也要进行身份信息登记，进行核查。

乔泽应声道："我去看下……"他刚一回头就愣住了，"陆队，对不起……是我妈和我家邻居的阿姨……"

陆俊迟的动作微微停顿了一下："你去处理一下吧。"

乔泽刚一把门打开，乔泽的妈妈就拉着一个中年女人进来了。

"妈，你们这是……"

"那个，乔泽，你下班了没有啊？你詹阿姨实在没有办法了，我这才把她带过来，你一定要帮帮忙。"乔泽的妈妈拉住他的手说道，"我也不想耽误你工作，你那里不是能够查手机定位什么的吗？你能不能帮你詹阿姨查查悦悦的手机定位啊……"

那个叫詹阿姨的也拉着他说："阿姨实在是没办法，只能找到你这里了，人命关天，你可不能见死不救啊……"一时之间，重案组其他人都抬起头来看向这个方向，苏回也有些好奇地抬起头来。

乔泽没想到他妈一来就给他出了这么一个难题，皱眉道："妈，我们都是有纪律的，查东西也需要领导审批，并不是想查就能查的。"这若是随便就能够查手机定位，外面还不乱了套。

"悦悦真的是我女儿啊，我带着户口本可以证明，她还未成年呢，我是她的监护人……"旁边那女人急忙说道，"那问问你们领导，哪个是你们领导啊？"

乔泽没敢说话，眼神往陆俊迟那边一瞥，那个女人直奔陆俊迟，拉着他的衣角"扑通"一声就跪下了："警察同志，我的女儿离家出走了，一直杳无音讯。我怕她出事……"

几个人正在处理非正常的案件，听到这话都猛然吸了一口冷气。少女万一被坏人带走，或者是遇到了意外，那都是十分危险的。

陆俊迟道："先站起来说话，这件事你们报警了吗？"

"报了，早上就报了，可是分局的警察一直说在查找，他们找我问了情况，那个语气，怀疑只是孩子气性大，离家出走。我女儿的手机还开着，就是谁的电话也不接，我问那边的警察，能不能用定位找找她在哪里，可是对方一直含含糊糊的，推说是在走流程……我这是走投无路了……我的女儿她要是出点什么事儿，我也不活了……"说到这里，那个女人呜呜哭了起来。

分局的办事效率慢，陆俊迟早就有耳闻。他们这里的权限最高，可以直接调取，分局却要向上面申请，等领导批复。

少女离家出走，这是人命攸关的大事。

"阿姨，你先不要急。"陆俊迟也不想为难她，侧头吩咐曲明，"老曲，你打电话给分局核实下情况。乔泽给她登记一下身份信息，如果确实有报警记录，情况属实，就帮她查一下吧。"

曲明"哎"了一声，忙去打电话沟通。

夏明晰在一旁给那个哭着的女人递纸巾："阿姨，你的女儿多大了？叫什么？"

那位廖阿姨哭得直哽咽："我女儿姓方……"刚说了几个字，她就哽住了。

乔泽的妈妈帮着回答道："15 岁，华都一中的，刚上初三，叫方佳悦。"

"她是什么时候离家出走的？"

"昨晚上 10 点多……"

苏回在一旁听着，忽然转过头问："为什么你们昨晚没报警？"

詹阿姨平复了一下情绪，哭着说道："我和前夫离婚了，现在是重组家庭，我后来找的丈夫姓张，和我女儿一直不太对付，以前我女儿也跑出去过，基本上在她闺蜜家里住一晚，第二天就去上学了。"

她擦了擦眼泪继续说："昨天晚上他们两个人又呛了几句，我女儿就跑出去了。当时我的丈夫还拦着我不让我报案，说是和前几次一样，都是被我惯出来的，小女孩钱花没了就会回来了。我当时也以为悦悦就是去同学家住一晚，没想到今早去学校门口等她，问了悦悦的老师，老师说她没来上学，我又问了她的好朋友，她们都不知道她去了哪里，这才赶紧打电话报了警……"

办公室里的几个人听了这话脸上表情都有些难看，这老公拦着，当妈的就真不报警了？如果有意外发生，早就错过了最佳的救援时间，只能希望女孩现在还平安。

苏回继续问："你说她的手机开机，那你们打过几次了？"

詹阿姨道："我用自己的手机打了不下几十次，又让她的老师和同学打过电话，也都没接。"

"都是自然挂断吗？手机型号是？"

"自然挂断的，半个小时前我还打过一次。"詹阿姨说了下手机的型号。家里给孩子并不会买多好的手机，是个挺老的机型。

"手机没有关机，不像是出事了。"苏回安慰她道，"而且打了这么多电话，手

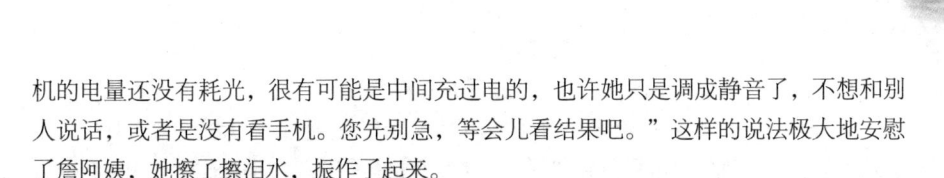

机的电量还没有耗光，很有可能是中间充过电的，也许她只是调成静音了，不想和别人说话，或者是没有看手机。您先别急，等会儿看结果吧。"这样的说法极大地安慰了詹阿姨，她擦了擦泪水，振作了起来。

乔泽的妈妈在一旁帮腔："对啊，现在这时候，还是尽快找到孩子，急也没有用。你要是急病了，怎么找孩子啊？"

说话的工夫，曲明那边的情况已经核实过了："队长，和分局核对过了，报警的事情他们有在处理，不过分局那边还在走调取流程呢，估计要晚上才能批下来。"

救人的事，能早一分钟就早一分钟。

陆俊迟道："那乔泽让他们按照规定填个表，然后帮忙查一下吧。"然后他转头又对詹阿姨道，"不过詹阿姨，我们的权限有限，这也不是重案组的案子，我这么做已经是逾矩了，只能帮到这里了。如果有什么需要，我们可以帮着给分局打个招呼。"

这话说得合乎情理，詹阿姨哭着道："谢谢谢谢，领导你真是好人，你们肯帮忙，我已经很感激了，别的不敢劳烦警察同志了……"

乔泽输入了方佳悦的电话号码，用电脑查询定位后，却"咦"了一声："这个位置在……"

他说着话把地图放大，有些难以相信自己的双眼，皱着眉道："总局门口？"

听了这话，在场所有人都愣住了，莫非离家出走的少女，就在总局的附近？

夏明晰凑过来看着屏幕道："就在总局的……门口？这也太巧合了吧？会不会是数据出错了？"

乔泽仔细地核实了一遍："电话号码没错啊？而且，还在附近移动中。"

郑柏也走了过来："这么近？不会是手机被偷了或者是出什么事了吧？"

陆俊迟道："出去看看就知道了。"

听了这话，那位廖阿姨这才如梦初醒地叫了一声"悦悦啊"，就哭着跑下楼去。

陆俊迟对乔泽道："你也出去看看，盯着点，别出什么事。"乔泽马上反应过来，一路带着自己的妈妈跟着跑下楼去了。

解决了这边的问题，陆俊迟看了一下时间，正好到了下班点，他转身对苏回道："我们也走吧。"

苏回"嗯"了一声，拎着手杖跟着陆俊迟往楼下走去。不知道是不是自己的错觉，陆俊迟总觉得去看心理医生以后，苏回有些神不守舍的，他生怕苏回下楼梯时摔了，时不时地回头看向他。

两人慢慢走下楼，正看到那位廖阿姨拉着一个一脸冷漠的少女站在总局的前厅接警处，乔泽的妈妈和乔泽有点尴尬地陪在一旁。

正赶上这认亲戏码……

苏回感觉有些好奇，不由自主地停住了脚步。陆俊迟看他没动，也停住了。

那位廖阿姨抱着女孩，哭得一把鼻涕一把眼泪："悦悦啊，妈可是找到你了，要

是再晚一点儿，妈也就不活了，你昨天晚上是在哪里过的啊？"

方佳悦正在读初中三年级，长得清秀可人，穿着一身校服。大概学校有规定，不让留长发，所以她的头发只留到齐耳。但是就是这样的打扮，也难掩女孩的姿色，看得出来是个美人胚子。

方佳悦见了激动的母亲，翻了一下白眼，从表情到眼神都冷得像浸了冰水似的："我没事。"

乔泽的妈妈打圆场道："悦悦啊，你妈可是特别担心你。你昨天应该都没睡好吧，回家好好休息休息。父母和孩子，哪里有什么隔夜仇啊……"

廖阿姨擦了一下眼泪道："对啊，女儿，我们回家吧，你可把妈妈吓坏了。"

听了这话，方佳悦却木然地看着她，一动不动。

廖阿姨终于发觉了事情有些不对，她又眨眼看了看，反应了过来："你难道不知道我来这边找你？"

方佳悦仰起头道："我是来报警的。"

廖阿姨脸色一变，眼睛突然睁大，有些难以置信："报……报警？你，你要报什么警？女儿……你昨天是不是被欺负了？"

方佳悦抿着嘴唇直接挑明了："我要告张富民，他欺负未成年少女！"

廖阿姨咬着牙压低了声音："你胡说八道什么呢？那是你爸！"

方佳悦的声音却忽然高了起来："后爸！"然后她转过头，几步走到了接警处，对着坐在里面的接线员和老警察道："你们接警不是有流程的吗？都需要登记什么？"

廖阿姨愣了一下，知道她是来真的，急忙走过去拉住她道："我每天和你生活在一起，我根本就没看到他对你做过什么。"然后她更是伸手去阻拦打开本子登记的警察，"警察同志，这个是诬告！小女孩乱说的，你们别当真……"

听到这里，众人明白了，这可不光是离家出走的女孩偶遇亲妈，更是一出女孩要告后爸，亲妈拦着不让告的大戏。一时间，前台的接警员也糊涂了，站在那里是问也不是，不问也不是。乔泽和他的母亲两个人都不知道该怎么劝，全愣在当场。

还是陆俊迟看不下去了："具体什么情况你们到一旁调解室说去，该怎么办，就怎么办。"

一旁的老警察这才如梦初醒，急忙把几个人往一旁引去："这边来，进屋进屋，你们不要妨碍我们的正常工作……"

廖阿姨拉住方佳悦："女儿，这里面一定是有什么误会，你要不先和我回家，我们说清楚，然后再来。"

方佳悦却气性大，一下子甩开她的胳膊，在大厅里叫道："我就要在这里说，那个张富民从我14岁开始，就进我的房间，伸手摸我，还不许我和别人说。"

廖阿姨恨不得去捂她的嘴。

方佳悦眼睛红着，扭头质问她："每次我们吵了架，你只会偏向他！我到底是不是你的亲生女儿？"

廖阿姨慌忙摆手："不是这样的，不是这样的，各位警察不要听小姑娘撒谎。我的新老公对她挺好的，让她改姓过来，她死活不签字，也不肯叫他爸爸，所以关系才不太好。"

"爸爸？"方佳悦笑了一下，"那种猥琐老男人也配！"

"方佳悦！上一次，你不就是故意自己在学校里摔倒，然后告诉我说是你爸打的，还好老师打来电话……你这根本就是污蔑他家暴不成，又开始说别的了。你就真的恨他到要搞死他的程度吗？"廖阿姨也急眼了，非要在大厅里就分辩个清楚，声音大得刺耳起来，"这是公安局，你报假警还要连累我的！"

这话一说出来，方佳悦的脸色就变了，她的嘴唇抖了抖："我是说过谎，可是那是因为……那是因为我不敢和你说……"

剧情还带反转的，一时间，方佳悦的话听起来也不那么可信了。

苏回看到这里，轻轻摇了摇头，叹了一口气。青春期的小姑娘，好像做出什么事来都不奇怪。方佳悦的叛逆行为，会让她的控诉变成狼来了一般，让人难以相信。

老警察第二次拦了她们："进屋吧，进屋吧，我们进去聊……无论是报警还是理论，我们都说清楚。"

那对母女却还像斗鸡一样直着脖子在总局大厅里吵着。

廖阿姨质问："你要告你后爸，我问你，你的证据呢？"

说到这里，方佳悦直接哭了起来，眼泪顺着少女的脸颊不断流下来："我睡觉的时候，有一次忽然醒过来，觉得门口那里有光。我看过去，就发现我卧室的门打开了一条门缝，张富民正在看着我……你知道吗？就是那种想要把我吃了的表情。我从那天以后就再也睡不好了……我也不想骗你的，可是我又没有证据，我也不知道怎么和你说。"

廖阿姨听了这话，脸色也变了："女儿啊，你还小，这些人情世故你不懂，你这么闹到公安局来，不光会毁了你自己，还会毁了你爸，毁了我，毁了这个家！你实话和我说，他有没有做到那一步？如果是真的，我支持你现在报警，我回去就离婚，陪你告那个男人！如果没有，你就给我老老实实回家去，不要在这里丢人！"

方佳悦憋着一口气，眼泪顺着脸颊不停地流下来。她这样子，很可能是真的没有发生到那一步，也有可能是不想说。

看到这里，陆俊迟再也听不下去了。他走上前来把廖阿姨拉到了一旁道："廖阿姨，我不觉得你女儿会在这件事上说谎。"

廖阿姨还想多说几句："不是，领导同志……"

"阿姨，你来这里是找女儿的，现在女儿找到了，你不应该庆幸没有发生什么可怕的事情吗？"陆俊迟继续严肃地道，"她来这里，把这件事在这里说出来，已经鼓起了很大的勇气，作为母亲，你不该质疑她、刺激她，而应该陪着她，把事情好好了

解清楚。"

　　苏回侧着头看着面前的这对母女,他也不知道该如何评价她们之间的感情。如果说廖阿姨不爱自己的女儿,她却因为女儿的离家出走去四处求人到处寻找,可是如果说她爱自己的女儿,她却又质疑女儿,怀疑女儿,在总局里和女儿大吵大闹。就算她这次找到了女儿,也会有一天失去女儿对她的全部信任吧。

　　大厅里一下子安静了下来,只能听见女孩子的哭声。母亲看着女儿,也捂着嘴巴无声地哭了,整个身体都在发抖。

　　几个人终于被老警察拉着进了一旁的调解室。

　　陆俊迟叮嘱了乔泽几句,临走前塞了一张名片给方佳悦:"如果以后你遇到了危险的情况,或者是害怕了,可以打110,也可以打我的电话。"

　　方佳悦接过了那张名片,默不作声地放在了口袋里。

　　回去的路上,苏回一直没说话,安静地看向窗外。陆俊迟问他:"你在想刚才的事?"

　　"青春期的女孩,太难琢磨了,开始的时候,我甚至不确定她说的是真话还是假话。"苏回说到这里停顿了一下,"直到我听到,刚才那个女孩描述她后爸从门缝里看她的时候,我才确认应该是真的。"

　　陆俊迟道:"不过这件事,我觉得那个女孩可能没有实质证据。"

　　他虽然支持她们报警登记,也留下了自己的联系方式,但是他心里清楚,这件事情从法律上是很难界定的。事情的结果已经可以提前预知到了。

　　方佳悦来报警也就是一时的气话。她还未成年,不知道要面临什么,也不知道会出现什么后果。她们在这里登记,最多会把那个男人叫过来问个话,事后他们还是要生活在一个屋檐下。到时候,情况可能会变得更加糟糕。很多证据更加确凿的案件,最后的结果也会不了了之,真正对簿公堂、让对方付出代价的情况,太少了。

　　事情就算是闹得再大,眼下也没有很好的解决方案,只能希望母亲能够重视起来,对女儿尽量保护,最好等方佳悦长大以后,从这个家里搬走,彻底从这个家庭脱离出去,否则她就将生活在一片梦魇之中。

　　话说到这里,汽车驶入了地下车库,稳稳地停下,陆俊迟忽然又想到了什么,拿起手机给乔泽发了一条语音:"你那边情况怎么样了?"

　　过了一会儿,乔泽发过信息来:"进行了登记,现在都不闹了,问清楚了,目前没有什么物证,只有方佳悦的供词。接警员询问是否需要进行调解或者立案,或者把张富民叫过来询问,她们都拒绝了。廖阿姨说她回去以后会给女儿的房间加个门锁,好好陪着她。"

　　结果和他之前预想的差不多,陆俊迟道:"还是要解决实际问题,我建议让她母亲带女儿去做一下心理咨询。还有,让女孩别怕,要学会用各种方式保护自己。"

　　世界上的法律总有无能为力之处,就像是总有阳光照不到的角落。即便如此,陆俊迟还是想尽力去拉住那些人,给予他们适当的帮助。

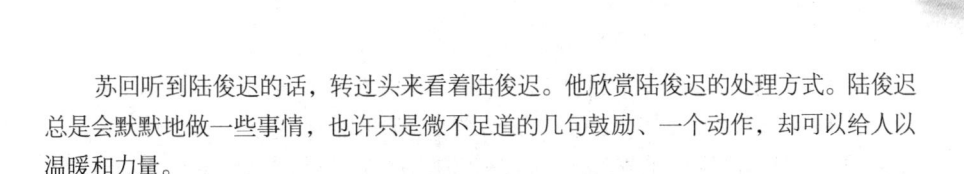

苏回听到陆俊迟的话，转过头来看着陆俊迟。他欣赏陆俊迟的处理方式。陆俊迟总是会默默地做一些事情，也许只是微不足道的几句鼓励、一个动作，却可以给人以温暖和力量。

几天后的一个周末，夏日的雨后，空气终于不那么沉闷。

方佳悦被母亲廖清荷带着，两人一起走到了雨晴诊所的楼下。

方佳悦还是第一次来心理诊所，她不知道等待她的会是一位什么样的医生，站在楼下有点害怕，踌躇不前。

廖清荷站在前面回头催了她一下："走啊……不是都是说好的？我拜托了朋友，好不容易找到能给青少年提供免费心理咨询的地方……"说着带着方佳悦走进了心理诊所。

她总是想着免费的事，逢人就微笑、点头，那样子卑微极了，方佳悦真想假装不认识她。

就诊时间是早就预约好的，到了门口，前台的小护士把方佳悦领进去，然后扭头对试图跟进来的廖清荷说："阿姨，你在这边休息区等她就好。"

廖清荷愣了一下："就是看个病，我不能进去啊？"

"心理治疗是和普通的看病不一样的。"小护士安抚她，"必须是患者单独和心理咨询师谈话。"

"可是她还小……"廖清荷道，"小孩子也不知道该说什么不该说什么的。"

小护士再次拒绝了她："我们这里是要保证私密性的，阿姨，你放心吧。如果家长认为需要沟通，你可以在诊疗结束后向医生询问情况。"

廖清荷这才"哦"了一声，坐在了门口的软凳上，目光依然恋恋不舍，看着方佳悦走了进去。

随后，方佳悦被小护士带入一个房间，有两位医生拿出一张表格："方佳悦，是吗？"

方佳悦点头道："我是……"

"你先把这些题目做了，有助于医生对你的心理进行评估。我们会在这里辅助你。"

方佳悦坐下来，看着上面的字——PHQ-9。她从没听说过这个，感到有点紧张，把眼前的题当作考试，一道一道看下去，回答下来。

方佳悦做完了这些题目，一位医生又问另一位医生："她15周岁了，应该可以做汉密尔顿了吧？"另一位医生点点头，又拿出了一张表格，这次医生没有让她自己填写，而是开始问她问题。

责备自己，感到自己连累他人……每晚均有入睡困难……

方佳悦回答着，看着两位医生的脸色越来越严肃，她感觉自己像是得了什么绝症。

随后两位医生又耳语了一阵，带着她拿着表格进了里面的一个房间，这个房间是蓝色的，在里面有一张可以躺倒的椅子，一旁有一张转椅，有人背对着她坐在上面。

听到有人进来，那个人转过身来。那是一位男医生，长得很好看，穿着一件医生的白色外衫，戴着金丝眼镜，看起来就让人觉得文质彬彬的。

"我姓安，你可以叫我安医生。来，别害怕，你坐在这里。"安医生的声音很好听，笑容也很好看，他虽然是个男人，却让人感觉不到一点攻击性。这样的男人看起来和张富民简直不像是一个世界上会存在的同类生物。

方佳悦还是有点战战兢兢的，她的手都在发抖，眼神怯懦地坐在了那把椅子上，跷起了腿。双脚离开地面没有让她放松下来，而是让她有了一种不安全感。

她胆怯地问："医生，我怎么了？"

"你只是有一些轻度的抑郁。"安郁辞微笑着问道，"你是不是遇到了什么问题？"

方佳悦的大脑有点空白，反应了一下才说："我的家……"她说了三个字就停住了，手指慢慢绞紧。

"我这里有薄荷糖，有饮料，还有音乐，你想要放松一会儿再开始吗？"安郁辞笑着问。

方佳悦犹豫了一下，摇了摇头。

安医生说："那我教给你一个呼吸法吧，这个呼吸法可以帮助你缓解紧张，来，照着我说的做……"

方佳悦躺着，随着安医生的指令用腹部呼吸了起来。整个世界都仿佛停止了转动，变得安静了。

"你现在可以告诉我了吗？你的家里发生了什么？"安郁辞耐心地问着。

方佳悦躺在座椅上，看着画满了星星的天花板："我的亲生父亲是个好赌的人渣，他把家里的钱都花光了，我妈和他离婚了，还欠了债。后来……我妈妈为了还债带着我嫁给了后爸……她的身体不好，日子过得很辛苦。"想起母亲苍老的脸、粗糙的手，方佳悦就觉得特别难过。

"我后爸对我妈妈不好，经常打骂她，他对我也不好，总是用奇怪的眼神看着我……"方佳悦说到这里欲言又止，面对着一个陌生的男人，她还是羞于说出口。

安郁辞没有催她，也没有追问，而是听着她继续说下去。

方佳悦又开始说学校的事情。她的学习成绩一般，有点不太合群，班上的数学课代表有点针对她。在她放学的路上，总有几个男生冲着她吹口哨，还会趁她不备，跑过来推她一下，她对此十分郁闷。后来她又说回到了家里的事。她说的内容有些杂乱无章，大部分都是一些小孩子的烦恼，但安医生一直在旁边安静地听着。

做好了铺垫，方佳悦终于深吸了一口气，把压在心里的事情说了出来。

"我从12岁以后，就发现张富民对我不太一样了。有一次我妈妈不在，我要洗澡，还没锁门他就忽然进来拿毛巾……他还建议我妈，要把我房间的门换成带玻璃的，那样就可以看到我是否在房间里偷懒。有一次我睡醒了，发现他在房门外看着我……还有一次我坐在沙发上看电视，他把手伸过来说天气这么热，你为什么穿这么多？然后就开始帮我脱外衣,那时候正巧我妈回来,他才停手。"

　　说到这里,方佳悦哽咽起来,安医生递给她一张纸巾。方佳悦一边哭一边说,说她害怕那个男人,惧怕成人的世界。白天她被课业缠身,晚上她整晚失眠。她对生活感到无比绝望,而张富民就是压垮她的最后一根稻草。

　　"我妈妈可能是知道的,但是她不会管我,因为我的学费、她看病的医疗费都是靠我后爸的工资。我闹到了公安局去,她却让我体谅她,让我忍着,让我离张富民远一点……"

　　安郁辞问她:"那你心里是怎么想的呢?"

　　"我不能理解。明明我才是她的亲生女儿,是她在这个世界上最亲的人,为什么她不爱我?但是有时候,我又能理解她。只要张富民不做出什么出格的事,她是不会和张富民离婚的。因为一旦他们离婚,我们就什么都没有了,我可能连学都上不了,也许她再嫁的人还不如张富民。"她一方面同情自己的母亲,一边又恨她的无能,同时她还在遗憾自己的渺小。她害怕张富民做出什么出格的事情来,觉得自己时刻处在危险之中。

　　方佳悦对安郁辞说:"我很累,很难受。我有时候会觉得,自己熬不过去了。"

　　安郁辞看向她,听完女孩的描述,他的眼眶也不自觉地红了:"你现在觉得自己很难过,那是因为你生病了,而且很严重。等我治好了你的病,你再去考虑你的人生,到时候你才能够做出更加正确的选择。"

　　方佳悦抽泣着说:"可是我想到生活,就觉得无能为力,我没有办法改变它,只能忍受它。"

　　安郁辞的声音低沉,轻声安慰道:"是你的恐惧,加深了你的抑郁,你需要振作起来,才能够去面对那些事。"

　　方佳悦安静下来。是啊,她必须让自己坚强起来。

　　安郁辞继续说道:"其实很多问题真的不是出在你的身上,而是出在那些大人的身上。很多事情,随着你长大将会解决,就好像你现在回忆不起来四五岁时候的难题,只要你坚持下去,慢慢治好你的抑郁,问题会逐渐化解的。"

　　方佳悦眨了眨眼睛:"真的吗?"

　　安郁辞看向她:"真的,我会和你一起面对那些难题的……"

　　我会拉住你的手,不会让你独自一人坠入深渊的。

　　一个小时的首次面诊很快完成,安郁辞给方佳悦制定了每周一到两次的问诊计划,还给她开了药方,让她去拿药。

　　安郁辞今天预约的患者不多,送走了方佳悦,他换上了自己的深蓝色外衫,准备下班了。

　　问诊台边,几名护士和患者围在一起,看着什么。

安郁辞皱着眉走近，看到地上躺着一只小鸟，问道："金秋，这是怎么回事啊？"

金秋忙道："安医生，这只鸟是忽然从窗户飞进来的，我们还没反应过来，它就撞到了玻璃门上。"

那只鸟还没有完全死亡，嘴角垂下几丝血线，躺在那里轻轻抽动着翅膀，可它伤得太重了，就连站立也无法做到。

有一个小护士蹲下身看了看说："也许是脑震荡……"

一旁的患者也说道："看起来脖子断了吧？这只鸟养不活了……"

金秋有点为难："那……还活着，总不能就这么扔了吧？"

"难道就放在这里吗？被踩到怎么办？等下就要下班了，这里连人都没有……"

安郁辞在旁边站了一会儿，主动说："能不能给我拿几张纸巾？"

金秋忙去抽了纸巾给他，安郁辞就小心翼翼地把纸巾铺在地上，从小鸟的身下穿过，像是做了一个简易的白色软担架。然后他拎着纸巾的两角，把小鸟包裹起来，收拢在手掌之中："我带它去看看宠物医生吧，看看能不能救过来。"

那些小护士觉得有人解决了难题，都在一旁道："谢谢安医生。"

安郁辞托着小鸟来到了楼下不远处的一家宠物店。

宠物店里的店员看了看也很为难："这只鸟太小了，又撞得很严重的样子，是你养的吗？"

安郁辞摇了摇头："不是，只是路过时捡到的。"

一旁的女店员用手碰了碰小鸟的脚，鸟脚微弱地一蜷："我们是可以给它拍个X光，可是这也不能做支架什么的，你要是不忍心，就把它带回去，看看它能不能自己扛过来吧。"

安郁辞在旁边托着小鸟沉默了一会儿说："那你们卖给我点鸟食还有小针管吧，我自己回去试试……"

从搬回来各种档案的那天起，整个重案组就开启了炼狱模式。

他们平时并不知道，原来复核文件是一件让人这么头疼的事。哪些是疑点？哪些又是真相？真真假假、层层迷雾都藏匿在那些文件之中，看着每个案子似乎都有点可疑，可是又似乎觉得哪个案子都没什么问题。

在大家的努力下，一摞档案终于被粗粗筛选了一遍，他们也要开第一次总结会了。

会议开始前，郑柏的进度有点慢，还在抓着曲明猛问："我这边的一个案子，是意外落水的，最后尸体捞出来的时候七窍流血……这是疑点吗？"

曲明摇头道："不算，七窍流血是因为水压压迫内脏，正常的尸体就会如此。"

郑柏"哦"了一声，急忙标注上："那这个呢？上吊给自己五花大绑的？"

曲明分析道："那个八成是窒息体验玩脱了……"

一个个案子就犹如谜题一般，等着他们找出其中隐藏的真相。

时间一到，陆俊迟带着苏回进入会议室，他们两个人的手上都拿着夏明晰整理出来的表格，表格上打了星号的都是有疑问、需要重点核查的。

几位重案组成员分别介绍了那些案件之中的疑点。有的是分局刑警办事不力，有的是死者家属有重大嫌疑，有问题的案件将会打回分局重新查。大家挨个案子讨论下来，将几十个案子简单筛查了一遍，除了几个待定看不出疑点的案子，其他的案子多多少少都发现了一些问题。

陆俊迟问他们："你们有没有发现案件的一些重要疑点，或是串联性和共通性？"

苏回听到这里也放下了手里的笔，抬起头来。

工作虽然有些进展，但是案件这样零散显然是出乎他们的预料了。

乔泽道："我这里在死者的一位关联人身上有一个发现。最初，分局也曾经怀疑这个案件是他杀，所以查找了一下嫌疑人的上网记录。嫌疑人曾经浏览过一个叫沉睡者的网站，可是事后，他们没有查出这个嫌疑人和案件的切实证据，就没有再查下去。"

"沉睡者……"曲明重复了一下这个网站的名字，然后他翻找了一下，找出了一份档案，"我这里也有一起案件，当时警方怀疑的嫌疑人也浏览过这个网址，可是这个嫌疑人有明确的不在场证明。"

陆俊迟接过他们打印的资料，然后登录了一下那个网站，说道："这个网站看起来像是一个心理疾病患者的自救网站。"他敏感地觉得这条线索不一般，"你们找网警查一下这个网站的服务器，看看能不能查出什么线索。"

乔泽说："我核查过，这个网站的服务器搭建在国外，是一个单向网站，上面只有一份问答题。如果你怀疑自己有心理疾病，需要帮助，上传答案以后会有人来联系你。网站还需要填写自己的个人资料，还要留下微博地址，注册流程挺麻烦的。"

陆俊迟问："那之前的那两个嫌疑人，都是怎么说的？"

乔泽说："他们说自己只是抑郁，想要求助，就浏览了一下这个网站，并没有什么后续的操作。"

陆俊迟："查对方的通话记录了吗？"如果他们是在说谎，那很可能注册后有后续的电话联络。

乔泽摊手："我没有分辨出来，很可能对方用了号码保护。"

陆俊迟听了这话眉头皱得更深，他们尚不能明确，在那些构成的意外案件之中，沉睡者网站有没有起到负面作用。那两起案件的尸体早就已经火化，现场也早就已经清理过，无法确定是否有其他人在场。

苏回也一直翻看着那些打印出来的问题，关注着对方的筛选条件。

陆俊迟考虑了一下开口道："出现两个相关案件应该不是偶然，我觉得沉睡者这个网站有些问题，我们还是要想办法弄清楚这个网址背后隐藏着什么。"他想了想，说道，"这样吧，我们尝试着钓个鱼，按照他们要求的上传答卷和资料，看看他们会不会主动联系。"

苏回听到这个建议表示赞同，主动抬起头看向他。

陆俊迟躲避开苏回的目光："这个还是老曲负责吧，记得一定要伪装得像一些。"

苏回的眼神之中有些不解，他张了张口，一副欲言又止的样子。

工作的方向暂时就这么定了下来。

开完会以后，陆俊迟去了一趟洗手间，出来以后就看到苏回在水池边洗着手。看到陆俊迟出来，苏回抬起眼睛看向他："你是不是不想让我深入这个案子啊？"

陆俊迟笑了笑，说道："我是觉得，目前只是排查疑点，还不到你出马的时候。"

苏回直接指出来："你是担心会影响到我？我觉得你大可不必那么紧张，我并不是抑郁症。而且我对心理学也有一些研究，比他们更了解那些人，了解那些状态。"

陆俊迟想了想，对苏回说："那我们下楼走走。"

苏回"嗯"了一声，跟着他走出办公楼。

总局占地面积很大，前面一栋办公主楼，后面有多栋建筑，禁毒、扫黄、物鉴等部门都有专门的办公楼，其中重案组和悬案组在八号楼。重案组在三楼，悬案组在二楼，失踪者档案室在一层。比起悬案组，重案组这边参与到案子里的人就比较多了，权限也大了很多。

到了楼下无人处，陆俊迟回头问苏回："你觉得那个网站有问题吗？"

苏回道："我认为那两个人的确是两起意外死亡的既得利益者。他们被警方怀疑是有原因的，都浏览过这个网址不是巧合，很可能联系过网站背后的人。"

从表面上看，那个网站和他们目前核查的案件没有直接的联系，但是他们都是优秀的警察，深知很多线索就隐藏在这些看似微小的不合理之中。

苏回又说："不过，我认为你钓鱼的方法有问题，对方很可能不会上钩。"

陆俊迟眉头微皱："为什么？"

苏回解释道："不是抑郁症患者，是无法进入那个世界的。你们回答的问题，发在网络上的无病呻吟，那些真正的抑郁症患者，或者是熟悉那些患者的人一眼就可以看穿。"

陆俊迟双手抱臂："那你的意见是？"

苏回说："我可以试一下。"他说到这里停顿了一下，"会在你的监督下进行。"

陆俊迟沉默下来，他知道苏回是在征求他的意见。

陆俊迟看向苏回，平日里苏回的身上有一种疏离感，好像所有的情绪都掩藏在冰河之下，可每当提到案子时，他的双眼之中有光，像是余烬之中残存的火焰，那些与世间邪恶争斗的欲念，随着他的灵魂不散不灭，升腾而起。

陆俊迟觉得，苏回脸上的苍白、虚弱似乎只是假象，他是无惧的、无畏的，骨子里比谁都固执。他想要把苏回好好地保护在身后，可是苏回总是想要站到他身边来，站到危险之处去，似乎那些危险是证明苏回活着的必备品。他拦不住苏回，也没办法完全把苏回保护在自己的羽翼之下。

陆俊迟叹了一口气，开始回忆他和苏回之前交流的过程，交往之中的细节。苏回虽然有些消极，对很多事情完全不在意，但是他的确没有出现过任何抑郁症的症状。

他沉默了一会儿，然后开口道："那曲明和你这里分别进行吧，我们看看谁先钓到那条鱼。"

一周后，下午三点，雨晴心理诊所内放着一首舒缓的曲子。

方佳悦躺在治疗床上，她刚刚结束了第二次治疗。这次她平静多了，对环境也熟悉多了，没有那么紧张。

安郁辞在一旁做着诊疗记录，笔尖和纸面摩擦，发出轻微的沙沙声，十分悦耳。

方佳悦睁着双眼，听着音乐，她感觉自己像是一只懵懂的小鹿，又像是一个刚刚懂事的小孩子，所有的烦心事都逐渐离她远去了。自从上次在安医生这里诊疗完以后，她开始服用药物，内心平静了很多，也开始努力调整自己的心情。

在这间小小的诊疗室里，她可以不去想那些让她感到心烦意乱又厌倦的事，就像是一只蜗牛躲入自己的壳里，可以放心大胆地倾诉，说出自己心中的郁闷。她已经渐渐爱上诊疗的感觉了。

方佳悦看着天花板上的那片星空，每一个圆点就是一颗星星，那些星星散落在宇宙之中，根本无法数清究竟有多少。她找不出其中的哪一个小点是地球，连人类所在的星球都那么渺小，那么每个人呢？是不是更是微小得像是尘埃？

安郁辞做完记录，又问她："那些药物你吃起来习惯吗？"他现在给方佳悦开了两种药，一种是马来酸伏明沙，主治抑郁；一种是甜梦口服液，有助于睡眠。

方佳悦小声说道："嗯，睡得好一些了。还有，吃了药会让我产生一种快乐的感觉，那是一种很开心、很幸福的感觉……"就像是回到了童年，爸爸妈妈都在她的身边，那些烦恼全部都不存在。

方佳悦感觉自己脑子里像是有个能够控制开心的开关，每次吃完药，就会觉得开心一些，一旦不吃药，那种快乐的感觉就失去了。她奇怪，为什么会有药物能起到这种作用。

"这些药物会刺激脑神经，有控制作用，不能随便停药，如果停药会造成病情的反复。"安郁辞又问，"那关于上次我那个让你去寄宿学校上学的建议，你和你妈妈商量得如何了？"

方佳悦说："我妈妈说我现在刚上初三，初中还没毕业，如果转学的话需要花很多钱，她说努力明年让我上寄宿的高中。"

安郁辞的手一顿，无声地叹了一口气。现在方佳悦读初三，这个时候转学的确不容易。关于家庭生活里的事，这种继父女关系，暂时似乎是无解的。

方佳悦眨了眨眼睛："安医生，我最近放暑假了，每天都在家里，我妈妈在外面一家小旅馆做打扫帮工，经常不在家，我很害怕和张富民独处……"她是真得很怕，

怕得声音都在发抖。

　　方佳悦现在也到了情窦初开的年纪，越是明理就越感到害怕。她时刻觉得自己像是一根绷紧的弦。面对像是一座山一样的张富民，她有一种深深的无力感和恐惧感，那种感觉就像她站在一座随时可能爆发的火山前。她只要想到张富民看向她的眼神，想到张富民伸向她的手，就会感到恶心。

　　"那你有没有兴趣把你的母亲一起叫来，做一次亲情辅导？"安郁辞建议道，他觉得如果和女孩的母亲聊一下可能会有所帮助，也能够采取更多的措施。

　　方佳悦摇了摇头："算了，我妈妈那个人……没读过几年书，沟通起来估计会有点困难。"

　　安郁辞建议道："你在你的继父面前多穿一些衣服，不要和他顶嘴，避免和他的直接接触，也尽量避免和他的独处。"说到了这里，他说道，"我给你留个手机号吧，如果你遇到困难，可以联系我。"

　　方佳悦拿出了自己的手机，将号码输入到通讯录里，说道："谢谢安医生。"

　　这个世界上还是好人多的，上次的那个警察给了她一张名片，她就存在了手机里，现在她又把安医生的电话存上了，感觉自己安全了很多。

　　安郁辞又叮嘱她："我们的规定是非工作时间不能私自联系患者，所以你要保密。"

　　心理咨询师很难把控和患者之间的距离，很多患者在对咨询师产生依赖心理以后，会把其中的感情误读为爱情，或者是其他感情，会产生不必要的纠缠。

　　而且，那些心理不正常的人中，很多人是隐形的疯子，他们随时可能做出惊世骇俗、不合常理的事情来，甚至威胁到那些咨询师的生命，所以很多心理咨询师都会选择和患者的私生活拉开距离。但是安郁辞认为，那些患者没有生活在真空之中，只在诊疗室治疗，不对患者进行深入了解是无法解决问题的，他会尽最大的努力去帮助那些人。

　　方佳悦"嗯"了一声，把号码备注上"安"，这个名字一下子在她的手机通讯录里排到了第一个。

　　"上周，我捡到了一只撞在了玻璃上的小鸟。"安郁辞忽然开口对女孩说道，"当时，所有人都觉得它可能没救了，可是我把它带回了家，给它喝水，还喂了一点点鸟食。开始的时候，它基本没有什么意识，但两天以后就有了反应，会眨眼，会低声叫。现在已经过去了一周，它虽然还不能飞起来，但是已经可以自己吃东西了。"安郁辞愉快地给方佳悦分享着。

　　方佳悦全神贯注地听着，目光流露出向往："真好……"

　　"所以，你也会好起来的。"安医生微笑着和她说，"今天的治疗结束了。"

　　方佳悦从座椅上爬了起来，恋恋不舍地走出了诊室。

　　等诊室的门关上，安郁辞从抽屉里拿出了手机，顺手打开了看着上面的资料。他浏览着，忽然有一份答卷进入了他的视线，他发到了群里："联系一下这个人。"群里马上有人回了个"好"。

随后，安郁辞放下了手机，发现桌面上多了两个黑色的小东西。安郁辞起身追了出来："方佳悦，你的发绳忘记了。"

　　方佳悦刚和母亲拿完了这一周的药，回过头，边道谢边从安医生的手上把发绳接了过来。他的手是温热的。

　　安郁辞冲着她笑着摆了一下手："下周再见。"

　　方佳悦小声说："安医生再见。"

　　廖清荷已经在门外等着她，看方佳悦出来，就站起身来问："刚才那个是给你看病的医生吗？怎么是个男医生？还这么年轻？"

　　她认为方佳悦的心理问题是和张富民有一些关系的，那些难以启齿的事，明显是让女医生来听更为适合。而且她觉得安郁辞太年轻了，一定没有老医生经验丰富，给小女孩安排年轻英俊的男医生，在廖清荷保守的观念里，觉得有些不妥。

　　方佳悦冷着脸说："安医生挺好的。"

　　廖清荷追问她："医生都和你说什么了？有没有说你什么时候可以好啊？"

　　"妈，我是抑郁症，不是那么容易好的。"方佳悦走在前面，刚才谈话的好心情被廖清荷的问题削减了好多。

　　自从上回方佳悦离家出走以后，张富民最近似乎也怕了，收敛了一些。这让廖清荷把那些危险的事忘在了脑后。她提着包跟着方佳悦，絮絮叨叨地说虽然诊疗免费，但是药钱很贵，这么吃下去，不知道什么时候是个头。还说她没有多么严重的问题，就是情绪上来了才会想不开，吃药的副作用可能更大。最后还提醒她不要让学校的同学和老师知道，万一知道了要歧视她，把她当作疯子。

　　廖清荷对抑郁症不重视又不了解、但却害怕的样子，让方佳悦觉得有些烦躁。这些日常琐碎的唠叨都快要抵消那一小时的诊疗效果了。

　　方佳悦有点替安医生觉得不值。他没有收一分钱诊费，只是一个和她萍水相逢的陌生人，却想要治好她，可是廖清荷身为自己的亲生母亲，却无时无刻想要把她往深渊里推。

　　听着廖清荷的喋喋不休，方佳悦终于忍无可忍，回身打断了母亲的话："妈，我只是生病了，我的病根是在张富民身上，你与其这么说我，不如管好你的老公吧。"

　　说完这句话，方佳悦转身走得很快。

　　如果可以，她想要把她的母亲，她的继父，还有整个世界都遗弃掉。

　　华都市局。

　　此刻已经是下午5点了，重案组这边几名组员都在加班。

　　这一周，夏明晰把之前的案子全部加了详细的批注，把所有的疑点标示出来，然后把记录打回了各个分局。曲明则给那个网址发了一份个人资料，他生怕无法引起对方的注意，还另外伪造了两份资料传了上去。他对上面的每一个问题进行了研究，把自己想要表达的抑郁情绪蕴含其中，绞尽脑汁地让人们可以看出来，这是一个心理出现了问题，在进行求救的人，可是对方就是一直没有联系他。

重案组里的几个人正在讨论时，陆俊迟走进了办公室，后面还跟着苏回。这段时间，组员们都习惯了陆队长和苏顾问的形影不离。

曲明道："陆队，那个……我还没有收到对方的回信。"

陆俊迟道："不用麻烦了，我们已经联系到沉睡者了。"

"联系到了？"乔泽好奇地抬头问，"是怎么联系到的？"

陆俊迟简单地介绍："苏老师那里上传了一份答案。"

曲明忙过来道："让我看看，苏老师都填写了什么内容！"

陆俊迟看向苏回，苏回也没排斥，把手机给了他们。

曲明看了后，还有点想不通："这不是看起来挺正常的……一点儿也看不出抑郁来，他们怎么就联系你了？"可是事实证明，他们准备的另一条鱼饵并没有钓到鱼，苏回这边却成功了。

陆俊迟开始也以为这是巧合，可是后来他把苏回发的所有内容连起来看了一遍，便知道苏回说得是对的。他也说不出来这份回答和曲明准备的有什么不同，只是觉得每一个答案读起来都让人心里有所触动，甚至感觉胸口堵得慌。对比起来，曲明之前发的内容确实有些流于表面。大概这就是抑郁者所在的世界，只有进入过的人或者是了解心理学的人一眼就可以分辨出，其他人却看不出更多的端倪。

乔泽也拿起来看了看，对苏回的敬佩又增加了一分："不管怎样，鱼儿上钩了就是好事。那对方是男的还是女的？约了什么时候见面？"

陆俊迟道："打电话过来的是个女人，电话号码被处理过，约的是今天晚上10点，在城市花园旁边的7-11便利店。"

乔泽看了一眼就知道那个手机号是加密了的，也怪不得之前调取对方的通话记录查不出来异常，这个电话看起来就像是一个随机显示的骚扰电话。

城市花园位于华都的南中心，距离总局也不太远，那里紧挨着一片写字楼，白天的时候人满为患，到了晚上却清净不少。那边的"7-11"便利店比较大，足足有300平方米，有着一排透明的落地窗。

陆俊迟知道那边还是因为之前陆昊初勤工俭学，在那家店里打过工。陆俊迟开车送过他两次，每次路过都觉得那里很清静。所以对方提出在那里见面，他就同意了。

乔泽问："那我们晚上怎么安排？"

几个人看完，把手机还给苏回。苏回睫毛低垂，安静地坐着，等着陆俊迟决定。

陆俊迟进行安排："我们在苏老师身上安装监听器，让他去见对方。其他人在外围埋伏设防。"

第53章
"寻找证据是我的工作"

八月的华都夜晚，城市花园。

这里地处华都市郊，夜晚都要比城区里安静几分。由于上午下过大雨，柏油路面还是微湿的，雨后的凉爽已经散去，取而代之的是一种蒸腾而上的湿热潮气，让人感到有些焦躁起来。

这一片是华都有名的办公区，因为开发商是在荒地上建造出的这么一大片现代化高楼大厦。几座高耸的办公楼装修豪华，价格却是有名的便宜，租金比市中心更是要低了一半不止，还有各种市政补贴，所以很多公司的老板都选择了把办公地点定在这里。可是这样就苦了那些往返的普通员工。

城市花园的交通非常不方便，地铁站还在建造之中，去最近的居民区也得开车20分钟以上。附近的生活设施还没有跟上，这样的情况下，几家便利店就成为上班族们必须光临的地方。这里公交车不多，班车有限，每天下班的时候，附近的街道上都聚集着很多黑车。

随着时间的推移，附近的办公楼开始人去楼空，那些黑车也消失不见，几栋大厦内的灯火逐渐熄灭，陷入了夜晚的宁静。

马路上十分空旷，这时候路边那家24小时的便利店就变得显眼了起来，白色的灯光从店里透出来，从外面也可以一眼看到里面的几张供人休息的简易桌椅。

随着夜幕降临，来到这里的人越来越少，只有一些需要通宵加班的程序员才会偶尔光临，买点夜宵和香烟提下精神，好准备接下来的挑灯夜战。

曲明、乔泽还有郑柏此时正在一辆深色玻璃的面包车里，停在马路的对面，就像是一辆错过了送客时间的黑车。

"我们停在这里，有点显眼了吧？"曲明以前做跟踪时，环境要隐蔽多了。

乔泽调试着设备："可是再偏一点就看不到便利店里面的情况了。"

"这已经算是附近视野开阔又最不显眼的地方了。没事，反正晚上没什么人。"郑柏刚才开着车在附近转了几圈才定下来这个观察位。

曲明的表情十分严肃："还是不能放松警惕，我们甚至不知道对方是谁，又会有

多少人来。"

"应该不会见到一群拿着武器的暴徒吧？"乔泽操作着监控设备，电脑上的画面逐渐清晰起来，通过便利店内的摄像头，可以看到坐在桌子边的苏回，以及扮作了店员的陆俊迟。

有一个中年男人进入了便利店，乔泽忙问："有人进去了，是不是这个……"

但那个男人买了一包烟就出去了，没有在便利店里久留的意思。

乔泽松了一口气，他看了看表，已经快10点了："现在来便利店的人是越来越少了，不知道下一个是不是……"

从外面路上的一个摄像头，可以远远地看到里面的情况。

苏回一个人坐在便利店最靠里的地方。他穿了一件略大的衬衣，让身形显得越发单薄起来，整个人看起来冷漠而疏离。

郑柏道："放心吧，陆队今天可是亲自出马。"他之前自告奋勇扮作店员，陆俊迟却选择了亲自前来，让他在这里值守。虽然监控中看不到陆俊迟，但是他一定在距离苏回不远的地方。

夏天的天气就是让人琢磨不定，刚才还闷热着，现在却又忽然落下了雨，开始只是小小的雨点飘在空气里，后来就越下越大。

曲明忽然指了指马路对面："有个男人盯着便利店的方向很久了。"

乔泽跟着他的目光看过去。那是距离他们20多米的地方，树下站着一个年轻男人，没有打伞，就那么站在雨中，一动不动的，像是一尊雕像，隐藏在黑暗里，看不清眉目。

"下雨了，看不清楚，我估计他也看不清便利店里面的情况。"乔泽问，"你觉得是有关的人吗？"

曲明不动声色，掏出了相机，对焦之后朝着那人拍了两张，一边放大了看一边说："下雨确实有影响，有点远，角度也偏，照不清楚。"

"那个男人好像动了……应该不是同伙吧？"乔泽说着话就看到那个年轻男人转身，消失在了雨中。于是他又看向在便利店里买了一包烟的中年男人，"那个中年男人还没走，而且不时地在往我们这边看，这个人我觉得问题更大。"

一直盯着便利店的郑柏忽然说道："哎，别看那边了，人来了。"

说话间，只见一位梳着马尾辫的女孩进入便利店，买了一瓶饮料，然后坐在了苏回的对面。

便利店里，苏回微微眯了眼睛才看清面前的人。那是一位看上去只有20多岁的年轻女人，面容姣好，人也很白净，穿着一件白色连衣裙，像是橱柜里的芭比娃娃。不过大热的天，女人的右手上却戴了一只蕾丝手套。

她问苏回："你好，请问是你吗？"女人自己打开了饮料，"我是沉睡者。"

陆俊迟躲在货架后面，调整了一下无线耳麦，让两个人的说话声可以清晰地传递过来。对方只有一个人，而且是个女人，他顿时放松了不少。现在的环境，对他们来说是十分有利的。

"你们打算怎么帮助我?"不得不说,眼前的人和苏回想象之中会出现的人有些不同。

"你一定在生活中遇到难题了吧?我们会给你提供帮助。"女人开口说道,她的声音非常温和,整个人像是一只布偶猫一般,好看的眼睛看向苏回,"你现在所经历的一切,正是我所经历过的。所以,我们能够感同身受。"

苏回看着她,他神情中惯有的漠然是对情绪最好的掩盖,那些人很容易就把他看作同类:"沉睡者是什么意思?你又是谁?"

女孩看着苏回继续说道:"生活经常是痛苦的,沉睡者的含义就是,如果你愿意,你也可以进入如同梦中的美好世界。我的名字叫柳梦莹,是你的引导员。"对话进行到这里,似乎没有什么疑点。

陆俊迟的声音从耳麦里传来:"你问问她,论坛后面的人是谁?还有,尽量套她的话。"

苏回收到了陆俊迟的信息,眨了一下眼睛问:"那个论坛,不止你一个人吧?"

"嗯。"女孩低低地应了一声,"以前,我也生活在痛苦之中,我曾经是一名抑郁症患者,沉睡者组织里,有很多像我一样的人。我们是一群得了抑郁症后痊愈的人,想要帮助更多的人。"

苏回继续套话:"你们的帮助包括什么?"

柳梦莹说得很保守:"我们可以陪你聊天,给你推荐医生,解决你生活里的难题,不会让你独自面对痛苦。心理医生可以提供的帮助我们都能够提供,他们无法提供的帮助,我们也可以尽可能满足。"她说到这里停住了,眼睛眨动着,"不过前提是,我希望你能够告诉我,你是怎么得的抑郁症?"

苏回抬起眼睛反问她:"你当初又是怎么得的?"

女孩迟疑了一下,拉下了右手的手套。她的手非常好看,只是右手的小指缺了一截,伤口看起来已经愈合了,可还是让人觉得有些触目惊心。

"我生在一个富裕的家庭,而且我是家中的独生女,你听我的名字应该就可以听出来,梦莹,梦里也要赢。我的父亲曾是乐队的钢琴师,我的母亲是乐团里的小提琴手,因为父亲的去世,母亲从我小时候起就对我非常苛刻,苛刻到了变态的地步。她希望我继承我父亲的衣钵,做一位钢琴家。我每天都需要花费数个小时来练琴,周末的时候甚至要弹上一整天,我妈妈就拿着教鞭站在我身后,我一愣神她就会打我,狠狠地抽打我的背。我一直弹到手指都在流血,一碰就钻心的疼,我没有普通女孩的游戏时间,甚至读书都会被耽误,琴弹得稍有不对,就会换来母亲对我的打骂。而且,她对我有着强烈的掌控欲,把自己后来没有再婚的原因都归责于我,骂我不孝。她通过一哭二闹三上吊的方式,牢牢地掌控了我……她剥夺了我的人生。"

柳梦莹顿了一下,继续说道:"在我16岁的时候,因为没有按时练琴,生生被她打折了腿，就算腿上打着石膏，她还是逼着我练琴。我用我能做到的一切方式来抵抗她，绝食到整个人只有60多斤。到后来，我只要听到那些钢琴声就快要疯了。我没有按照母亲的安排去国外学声乐，也没有按照她的安排去相亲。之前22年的人生，都像是在和我的母亲斗争，我想向她证明，我是一个思想独立的人，如果没有了钢琴，我反而会活得更好。为了摆脱她的控制，在结束她给我安排的演出之后，面对所有的观众，我谢幕起身，亲手切断了自己的小手指。那时候，鲜红的血滴落在我的白色礼服裙上，但我的心里却感到前所未有的爽快。"

柳梦莹的脸上绽放出笑容，她深深地吸了一口气："我到那时候才知道，我是得了抑郁症。我的行为得到了母亲对我歇斯底里的咒骂和诅咒，她在后台说我搞砸了一切，骂我是个废物。于是我开始看心理医生，进行自救，到现在，我终于挺了过来。"

柳梦莹回想起这些经历，脸色有些发白，呼吸也渐渐急促起来。那些年，那些日子里，她像是一个被迫不停地奔跑着的人，跑得筋疲力尽。直到手指断掉的一瞬间，她才真正拥有了自己的人生。

"那现在呢？你的问题解决了？你痊愈了吗？"苏回继续问。

"我的抑郁症已经好了，我的母亲也早就去世了，我终于能够做回自己了。"柳梦莹戴上了手套，微笑着转移话题，"我的故事讲完了，现在说说你的故事吧……你现在可以告诉我，你遇到了什么难题吗？"

苏回沉思了片刻，抬起头来道："我曾经发生过一起严重的意外事故，在事故以后，我昏迷了两个月。这场事故给我留下了严重的后遗症，视力模糊，一只耳朵失聪……我失去了自己的工作，整个世界对我而言，完全不一样了。而且等我醒来以后才得知，我的家人在赶来看我的路上，遭遇了车祸，双双过世……我因此得了抑郁症。"

陆俊迟在一旁整理着货架，从货物的缝隙里看着两个人。他知道苏回是真话掺着假话说的。然后他听到苏回继续说着："至于我求助你们的原因……"

苏回无声地注视着柳梦莹，看着面前脸色苍白，显然还未完全从回忆中走出来的年轻女人。他可以清晰地回忆出对方讲述自身痛苦经历时，身体不自觉地颤抖的样子。

其实仔细回想起来，自从生病以后……他好像没有过这种强烈的情绪外露。是他遭遇的事情带给他的痛苦还不够多吗？可他分明是很痛苦的。灼热的空气，爆炸时巨大的冲击力，受损的视力和听力，家人的死亡……那些痛苦都像隔着一层磨砂玻璃，看不分明，无法触碰，可却伴随着他，让他不能从中解脱。这是他的人格解体造成的。现在，他需要打破这层玻璃，他需要找到牵动对方情绪的东西。那会是什么呢？那些意外死亡，那些既得利益者，强迫女孩的母亲……这个论坛是希望他去把仇恨之人杀掉吗？

那么，必须得有那么一个人的存在。

苏回深吸了一口气，继续说："直到后来，我才发现，那场意外并不是巧合，而是有人在背后指使的，有人想要毁掉我的人生……"

陆俊迟站在架子后，整理货架的手也停顿住了。从他的角度可以看到，便利店里灯光的映照下，苏回的皮肤是冷白色的，他的眼睛垂了下来，一时让他无法分辨苏回说的是真话还是假话。

柳梦莹的表情终于出现了微妙的变化："那个人是谁？只有你一个人在与他搏斗吗？那你一定觉得自己很孤独，很无力吧……"她的目光闪动着，眼里好像泛有泪光。

她伸出那只残缺的手去握住苏回："我们会帮助你的。"

两个陌生人在雨夜的便利店里互相交流着，像是受伤的野兽互相舔舐着伤口。

谈话好像刚刚进入了正题，女孩的手机却忽然响了一声，她低下头去看……陆俊迟和苏回戴着的微型耳机里同时传来了乔泽的声音："陆队！陆队！这边有个男的像是盯梢的，他好像发现了我们的车……"

那个男人就是一开始进入便利店里买烟的中年男人，他原本只是在很远的地方站着抽烟，后来接了一个电话，走到了车的附近，脸色就变了。乔泽和曲明正商量着是不是转移个位置，男人就快步离开，低下头发着短信，看样子是在通知同伙。

果然，柳梦莹收到了短信马上就站起了身，也顾不上和苏回告别就急忙往门外走。

陆俊迟知道这场会面也就只能到此为止了，他对着耳麦下达了命令。

"实施抓捕。"

耳麦中传来一阵开车门和奔跑的嘈杂声。与此同时，陆俊迟快步闪身到了便利店的门口，挡住了柳梦莹的去路。柳梦莹后退了一步，抓紧了书包，警惕地看向陆俊迟，又看向站起身来的苏回："你们到底是什么人？"

陆俊迟亮了一下证件："警察。我们怀疑沉睡者网站和近期的一些意外死亡案件有关。"

柳梦莹的脸色变了，她转头看向苏回："我是来帮助你的……"苏回看向她，并不打算开口解释。

陆俊迟把她的手腕铐住："他本来也没有患抑郁症，不需要你们的帮助。"

柳梦莹对陆俊迟道："警官，我想我们之间大约有些误会。"

耳麦的另一头传来曲明的声音，还有些轻微气喘："陆队，这边也抓住了。"

陆俊迟道："好，带回局里问话。"然后他转头对女孩道，"有误会的话，可以去市局里解释清楚。"

外面的雨还在下着，郑柏和老曲过来，把女孩也押上了面包车。陆俊迟去便利店的员工室换了衣服出来，苏回一直在外面等着他。

等两个人一起坐在了车里，陆俊迟忽然问："刚才……"

苏回已经预料到了他想要问什么，他的表情恢复了淡然，眨了眨眼睛靠在了座椅上："不是真的，是我编的。"

准确地说，事实究竟是怎样的，苏回已经记不清了，他只记得那场爆炸摧毁了他的人生……

半小时以后，陆俊迟和苏回坐在观察室里，看着里面的情况。

现在两间审讯室同时开审，一边是曲明和郑柏，一边是夏明晰和乔泽。这会儿已经过了半夜11点半，临近午夜，苏回却精神了起来，他全神贯注地听着审讯室里女孩的陈述。

"姓名，性别，年龄。"

"柳梦莹，女，23岁。"

"你今晚为什么会去那个便利店。"

"我约了人……"

"为什么要约他？"

"我约他还不是因为你们警察里有没事在网上装抑郁症的人吗？"柳梦莹猛然抬起头，她今天第一次被带到公安局，经历了最初的恐惧之后，对于警方的钓鱼行为，有些难以掩饰的愤怒。

曲明提高了声音："问的就是为什么你们会在网络上约那些抑郁症患者！"

他的声音一提高，柳梦莹似乎是被震慑住了，她低下头，用脚在地上划拉着，摆出一副小女孩的楚楚可怜状："我没有犯法，这就是个误会……如果我把真相都告诉你们的话，你们可以放我走吗？"

曲明道："那得看看你说的真相是什么了。我们打击一切犯罪行为。"

柳梦莹抬起头来："沉睡者这个论坛背后，其实是一个重视心理健康的民间公益组织。我们一旦在网上发现有人有抑郁倾向，就会与其对话、联系、约见，我们所做的事是为那些心理疾病患者提供心理咨询服务，想办法解决他们的困难，从根本上帮助他们。"

曲明道："你们做这种好事，为什么要偷偷摸摸的？"

柳梦莹道："我们不是正规的心理医生，没有办法得到公开，也没有正式的、可以被大众接受的身份，自然要比较低调。"

"心理问题是很专业的事，你们自己都不确认你们是在救人还是刺激人，那不是帮倒忙吗？"曲明皱着眉道，"而且你们那不只是低调吧，特意把服务器搭设在国外，还屏蔽真实的手机号码？"

柳梦莹回答得理直气壮："警官，我们只是比较注重个人的隐私，用国外的服务器，隐藏手机号不犯法吧？"

曲明继续问："那你们见了他们，都会说些什么，做些什么呢？"

"谈话的内容就像是今晚一样，交流各自的经历。我们是在用自己的亲身经历去感化那些人，让他们去看心理医生，解决生活里的难题。"

"你们是怎么帮助他们的？"

"那得问清楚他们抑郁的根源是什么，然后对症下药。"

"你们有没有协助他们杀人？"

柳梦莹抬起头看向他："你们警方有我们参与谋杀的证据吗？"

曲明感觉这个年轻女人没有完全说实话。他有些讨厌对方的这些小狡猾，可是没有证据，他一时也找不出这话里的漏洞。

郑柏在一旁问道："你们这个组织，一共有多少人？"

"两个……"

"只有两个？"曲明皱眉，他明显不相信，柳梦莹这么说只是因为他们今晚抓住了两个人而已。

"现在主要做事的是两个人，其他的人都是网络志愿者。"柳梦莹冷笑着反问他，"再说了，如果我都没有犯法的话，我们这个组织有多少人很重要吗？"

"你的同伙叫什么名字？"

"叫罗伟，他担心我一个女孩子晚上不安全，这才开车送我来的。我觉得他也不知道你们是警察，要不然我那时候也不会慌……"柳梦莹看着曲明道，"如果不相信我说的，你可以去问罗伟。"

"你和罗伟是怎么认识的？"

"一年多以前，我刚刚启用这个账号的时候，罗伟得了抑郁症，是我联系了他，开解了他，让他渡过了难关。在那以后，他就提出来想要帮助我一起拯救更多的人。"

"最初是谁提出来要做这件事的？"

柳梦莹眨着眼睛，看起来像是个好看的娃娃："是创立网站的人。"

"那个人是谁？"

"她叫余甜，她曾经也是一位抑郁症患者，我们算是病友，是在一个群里认识的，最初就是她有想法，想要做这么一个网站，拉住需要帮助的人。"

"曾经？"曲明皱着眉问，"那她现在人在哪里？"

柳梦莹抬起头看向曲明："就在一年多以前，她败给了抑郁症。"

"余甜去世以后，你们就沿用了她的账户？"

柳梦莹点头："这个论坛是她搭建的，她和我说过她的想法，不过并没有开始运行，是她去世以后，我才正式开始做这件事情。"她对着审讯室的灯仰起头，正对着有些刺眼的灯光，"正是因为她的死亡，我才想要去帮助那些人。她的离去没有动摇我们的信念，反而让我们更加觉得自己的存在是有必要的。"

想要拯救别人的人，最后却因为疾病没有熬过去，这听起来让人觉得有些惋惜。

陆俊迟和苏回在观察室里都皱了眉。

曲明道："我们会核实你所供述的信息。"

柳梦莹有点急了："我都说了，你们还不肯放我走吗？我说的都是实话，包括之前见面我所说的那些。你们如果不信的话，可以去核查，还有那些我们过去联系过的人，你们也可以去查证！"

曲明道："我们正在调查这些。"

柳梦莹冷笑一声道："你们这些警察，不去帮助那些患有抑郁症的人就算了，我们自己去帮忙，你们反而要怪罪我们，怀疑我们是罪犯。"

曲明道："首先，只要有报警记录，我们警方都会处理的。其次，我们不放过罪犯，也不会冤枉好人。如果证实了你说的话是实话，我们会很快放你走的。"

问到了这里，已经接近12点，曲明从审讯室里走出来。

"陆队，我这边也问完了。"乔泽说着话，拿着几张审问记录。

陆俊迟接过来翻看了一下，那个叫罗伟的，所说的话与柳梦莹说的大同小异。

据罗伟供述，他是一位建筑师，在一年多以前，当了朋友借款的担保人，后来朋友跑路，他却被放高利贷的人逼得得了抑郁症。据他说，是柳梦莹找到了他，开解了他，推荐他去看心理医生。他后来卖掉了房子，慢慢还清了债务，就开始自愿帮柳梦莹的忙。今晚他接到的电话与此无关，他是看到那辆面包车，怀疑有人想要欺负或者绑架柳梦莹，这才通知她离开。

陆俊迟扭头问苏回："你相信他们说的话吗？"

苏回犹豫了片刻反问道："你认为呢？"

陆俊迟道："我觉得还有疑点，做好事不至于像他们这么大动干戈，在网上小心到用国外的服务器，电话号码全部隐藏起来，一个人跟人聊着天，外面还有人盯梢。而且他们的说辞明显是早就准备好的。"

曲明在一旁插话道："他们把一切起源都推给了死人，咬死了策划运行的人员只有两个人，我觉得这里面一定有问题。"

苏回按了按眉心，感觉自己的眼前又蒸腾起了一团迷雾。那些意外案件，像是一团散沙，他们并没有通过这个奇怪的网站成功地把那些意外案件串联起来。逻辑上没有漏洞，行为上没有证据，他们好像并没有接近这个事件的核心。

陆俊迟问苏回："你和柳梦莹今晚进行过对话，你觉得他们这么做的动机是什么？"

苏回思考了一会儿，微微眯起眼睛，用右手握拳支着下颌道："救赎的满足感。当他们遇到那些和他们有共同遭遇的人，就会觉得遇到了同类，拯救同类能够让他们有成就感，获得自我救赎和感动。"

说到这里，苏回隐隐约约地感觉自己找到了一些方向……

陆俊迟又问："那么他们筛选同类的标准是什么呢？"

"背叛，抛弃，强制。"苏回说出了几个词，随后又摇了摇头，有些保守而小心地说，"我还没有完全概括出来。"

深夜的华都总局，一片安静中，只听得到乔泽在一旁把键盘打得噼啪作响的声音。

过了一会儿乔泽抬起头道："我这里核对了柳梦莹和罗伟的信息。目前从档案上看，没有看出来什么漏洞，柳梦莹所说的也都是实情。她的母亲在16个月前意外去世了，生前是华都一位小有名气的小提琴家。"

陆俊迟沉思了片刻："如果没有证据的话，我们不能把他们扣留太久。"说到了这里，他微微眯起了狭长的双眼。难道说，这条线真的是错的吗？整件事情，整个论坛都透露出一种诡异，看上去都是谎言，又漏洞百出，但是陆俊迟也说不出来，具体是哪里不对。

苏回坐在一旁，也一时沉默下来。

审讯室里面的钟走过了12点，陆俊迟下了决定："今天你们再去根据这两个人的口供交叉复核一下，如果还没问题的话，让他们留下登记记录，然后告诉他们我们会对网站进行监控，就放人吧。"

曲明听到这句话激动得差点跳起来："就这么把他们放走了？这件事里面绝对还有问题！"

陆俊迟解释道："放了他们，不等于不查他们。我要调取一下柳梦莹母亲意外死亡的案件卷宗。"

凌晨5点，陆俊迟醒了过来，在餐桌前打开了电脑。

这个时候的城市好像还没有苏醒过来，外面一片安静，苏回的房间也全无声息。

为了不吵醒苏回，陆俊迟没有开灯，他的脑中一直回想昨晚发生的事，不断回溯着每一个细节，然后他看向屏幕，打开了文件。

档案已经被扫描过了，几十份电子档案也早就发到了他的邮箱。笔记本电脑屏幕的光亮映照着他的脸，面上的表情严肃而认真。他一个接一个地翻看起了那些档案——这些天他也一直在研究这些案子，几乎把那些死者的人名和案件内容完全背了下来。

陆俊迟正看得专注，忽然感觉到有什么东西在扒拉他的脚。他低下头，原来是亚里士多德不知道什么时候醒来了，用毛茸茸的爪子勾着他的拖鞋。小猫扬着头，一双大大的眼睛看着他，像是在求抱抱。

陆俊迟心里一动，伸手把它抱了起来，搂在怀里，一下一下地撸着猫毛。

小猫摸起来毛茸茸、暖呼呼的，还有点沉。相处了这么久，亚里士多德终于接受了他的存在，不排斥他的抚摸，甚至还眯起了眼睛享受了起来。过了一会儿，怀里的小猫在他的掌心蹭了蹭，随后整个卧倒，趴在他的腿上。

陆俊迟又看了一会儿文件，再低下头时，只发现小猫趴在他的腿上睡着了，肚子还一起一伏的，不禁一笑。

早上7点半，苏回今天难得没有让他叫就自己爬了起来。

走到客厅，苏回看到陆俊迟打开着的电脑愣了一下："你不会昨晚一宿没睡吧？"

陆俊迟道："还是睡了几个小时的。"

两个人都在想着昨天晚上的事，心里有事，就会睡不好。昨晚的徒劳无功让他们感觉案件似乎回到了原点。陆俊迟把小猫递给苏回，起身去做了一顿简单的早餐，随后两个人面对面坐下来，吃着早点。

"除了要查柳梦莹母亲的意外身亡。"苏回问陆俊迟,"下一步你准备怎么做?"

陆俊迟道:"我重新看了一下那些档案,发现我们被误导了。市局发现去年的意外案件有所增加,就开始让复核组翻找去年6月到今年6月的案子,于是我们也被限定在这个时间段内。假设我们真的要找一些暗藏其中的凶手,或者是寻找有问题的案件,我认为不应该以这一年为期。"柳梦莹母亲意外身亡的案件,就不在这个时间范围内。

陆俊迟整了一下思路继续说:"这些案件中很可能隐藏着一些可疑的连环性案件,那么我们应该往过去寻找,找到一切的起源,也就是所谓的第一起案件,这样才能够让犯罪动机更加清晰。我们还应该从现在下手,因为连环杀手是在进化之中,凶手的行为模式更加固定,现在的案件也会留下更多的线索……"

连环杀手是会进化的,案件也会不停地升级,伴随着升级,犯罪特征也会越发明显起来。这是当年诗人教给过他的道理。

陆俊迟是当局者迷,一时没有想到这些。由于是复核组那边发过来的案件,他们的入手点直接就陷入了那些细节,然后就跟着那个沉睡者论坛的信息查了进去。这种行为犹如管中窥豹。眼前的案件如同是散落的拼图,每一块拼图都有各自特点,其中还混杂有许多的无关案件,会扰乱他们的视线,在找到更多的碎片之前,他们未知全貌。

说到这里,陆俊迟下定决心道:"除了那些过去的案件,我还想查查这两个月里新发生的案件。"

苏回小口吃着面包。他最近才弄清楚市局这边重案组接案子的流程,有些担忧地道:"思路是对的,可是一般的新发案件,都还没到复核组那边,案子在刑警队还有各个分局之中,你是准备发起联合调查吗?"

在平时的刑侦调查里,因为各个支队和分局的管辖权问题,相关案件无法做到第一时间并案,这种现象被他们称为"连锁失明"。但是贸然发起联合调查也是有风险的,如果不能确定其中一定有问题,那么陆俊迟发起联合调查将会难以收场,无法交代。

陆俊迟看着苏回的双眼问:"你觉得这些案件有问题吗?"

苏回下意识地就想要摇头。

"现在不需要证据,仅用你的直觉。"陆俊迟抬起头,表情严肃而认真地说,"寻找证据是我的工作,我不会偏听偏信你的话,也希望你不要抹杀掉你的那些敏锐。我不会为了证明你的理论去做无用功,也不会让那些东西迷惑我,但是有时候,你的建议会让我们节约很多时间,能够让我们更接近真相,做出正确的判断。"

警察是要用证据说话的,这种做法没有错,但是陆俊迟认为,苏回不应该放弃他的直觉。

苏回愣愣地看了陆俊迟一会儿,然后低下头沉默了片刻:"我认为有。"

他们的面前像是摆了一张不完整的拼图、一道连题目都没有描述清楚的难题。虽然他们尚未找到破解谜题的钥匙,但是他可以感觉到案子之中有奇怪之处,他相信其中一定会有未知的联系他们尚未找到。

陆俊迟目光坚决地道："我也认为有。为了查清其中的真相，我会申请联合调查。"

每个案件背后，都有被层层掩盖的真相，找到那些真相，就是他们身为警察的职责所在。

法律，人命，那是比任何事情都重要的事。

安郁辞的手里捧着一束洁白的百合花，他走在路上，听着电话对面年轻女人的哭诉。

他的声音低沉而温柔，安慰道："我知道，不会有事情的。嗯，既然让你们出来就没有事情了，你们处理得很好，是我没有早点看出来……"

"听起来也只是正常的流程。"

"你不要太担心，也提醒一下秦之华那边，要小心。"

"对，我记得今天是什么日子。"

安郁辞安抚了对方许久，才挂了电话。

路口正好是红灯，在等红灯时，安郁辞辨认了一下方向，自己刚才打电话的时候，已经走到了一中的门口。虽然是暑假，但是今天正赶上初中生的返校日，一队初中生正好从校门里走了出来。安郁辞扶了一下眼镜，在人群中看到了一个熟悉的身影。

那是一个瘦高的女孩，梳着短发，低着头，默不作声地一个人走着。有几个男生嬉笑着上前，拽了一下她的书包带，还有手欠的男生去撩她的裙子。女孩侧过头，用冷漠的眼神看着他们，可是这样反而让那些男生们笑得肆无忌惮。

安郁辞见状，跑了几步上前，走到了女孩的身边。

女孩没想到在这里遇到了他，有些吃惊地抬起头来："安医生……真巧……"

安郁辞道："我今天不出诊，正好放假，偶然路过这里。"说到这里，他侧头看了看那几个男生，看到有大人过来，那几个孩子都欺软怕硬地跑开了。

事实上，安郁辞并不是偶然路过这里。上一次问诊的时候，方佳悦和他提起今天是返校日，还说过大约的开会时间。他一直记得方佳悦说过有几个学生经常在放学路上找她的麻烦，就过来看看，没想到就这么遇到了，还帮她解了围。

"谢谢你。"安郁辞刚才帮她赶走了那几个调皮的男学生，方佳悦心里非常感激。然后她看了看安郁辞手里的花，那是一束白色的百合，"安医生，你是要去约会吗？"

安郁辞摇了摇头道："不是，今天是我一个朋友的生日。"

方佳悦满脸的羡慕："那有你送她花，她肯定很幸福。"

安郁辞笑了笑，没有再做解释。

方佳悦又问他："安医生，你的小鸟还好吗？"

安郁辞道："已经活过来了，虽然还是只能蹦着走，但是活泼了很多，我觉得，再过一段时间它就能飞起来了。"他转头看向少女，"最近你家里还好吗？"

"还好……"方佳悦低着头说。

安郁辞从方佳悦的话里听出了一点无奈。的确也只能说还好而已，随着时间的推移，方佳悦发现母亲好像已经忘记了她是一个抑郁症患者，也忘记了继父的图谋不轨。可是那是她的亲妈啊，又不能不满意了换一个……

不久后，方佳悦的家就到了，她道了一声："谢谢安医生。"

安郁辞对着她挥了挥手，继续向前走去。他在不远处的公交站上等了一辆车，坐在后座，车子一路开着，一直来到了一座墓园门口。

安郁辞走入墓园，登上了几节台阶，转身面对着一个墓碑，墓碑上贴了一张女孩微笑的黑白照片，他把那束洁白的百合花放在了墓碑前，轻声说道："生日快乐。"

临近黄昏的墓园里十分安静，夕阳在他的脚下拉出了长长的影子。

安郁辞站了一会儿，起身离开，回到站台上等着回程的车。公交车许久没有来，安郁辞坐在站台的椅子上，等车的人换了一批又一批。

他抬起头，忽然看到了一个有点眼熟的男人。那个男人曾经是他的一个患者，两年前来看过病，他们曾经无话不谈。只是后来，男人来得越来越少，他已经很长一段时间没有见过对方了，不禁出声叫出了对方的名字。

"庄石清？"

男人愣了一下，转头看向他："啊……安医生……"

安郁辞问他："你最近还好吗？"

庄石清似乎没有想到会在路上见到自己的心理医生，还是很久之前看过的心理医生，他的额头上冒出了冷汗："还好……"

"你已经好久没有去我那边了……"安郁辞还想聊上几句。

庄石清却转身就上了一辆开过来的公交车："那个，安医生，我有点急事，回头有空再聊啊。"

整个过程迅速得安郁辞没有反应过来，对方就像是在逃避什么一般，落荒而逃……

安郁辞在站台上又站了一会儿，没有乘坐公交车，而是转身走入了人流之中。城市里的人那么多，来来往往的，每个人都有自己的目的地，他却好像忽然找不到自己要去的地方了。

华都市局之内，夏明晰已经把前天晚上的口供都录入了。这几天熬夜查案子，她的眼圈黑得很明显，其他人也不住地打着哈欠。

柳梦莹和罗伟的指纹、脚印都被登记上了，为了保险起见还让物鉴那边值班的同事帮忙采了个血样，现在已经把出来的结果拿去跑库了。

陆俊迟仔细看过柳梦莹提供的沉睡者网站的相关信息，其中包括近期联系过的人的名单。他让几位组员照着名单调出那些人的真实姓名，进行登记，再联系核实一遍。

陆俊迟昨天下午就去找谭局谈过，赶在今天中午前，拿到了联合调查的正式批文。

夏明晰帮着拟定好了联合调查的声明文案，然后在全市警务系统内部发送。发完后，她有些忧心忡忡的："陆队，这联合调查……分局那边会有人响应吗？"

曲明道："我觉得……你应该担心有没有人会拿着莫名其妙的案子来甩锅吧……"

"全市范围内，所有6月1日后发生的，凶手不明，试图以意外死亡来掩盖事实真相的案件，都可以向市局重案组发起联合调查。"乔泽把邮件里联合调查的条件念了一遍，"我觉得，这句话中间绕了几个弯儿……很多分局的人会拿不准标准。"

陆俊迟这时候还是十分淡定："我们等等看吧。"

华都上下这么多警察，总局、分局之中也是卧虎藏龙，有很多有经验的老警察，说不定会有意外收获。

柳梦莹母亲的意外死亡案件卷宗也很快就被调到了重案组。

从表面上看，这就是一起非常普通的意外死亡案件，下属的分局也确实是当作意外处理的，甚至躲过了复核组那边的检查。

柳梦莹的妈妈叫庄雪依，是华爱乐团的首席小提琴手，在小提琴演奏上已经达到了炉火纯青的程度，看过她演出的人都对她赞不绝口。在交响音乐圈里，有很多人喜欢她。

庄雪依死亡时45岁，身材和样貌看起来完全不输那些小姑娘。她是在去年的一次乐团演出后，从安全通道内的楼梯上不慎滚落下来而死的。如果要说这起案子有哪里看起来与众不同，那就是摔倒时，庄雪依的手里拿着很大的一束白色的康乃馨。当时庄雪依穿着自己的常服，显然是在后台刚刚卸完妆。根据她同事的证词，庄雪依那天的妆容非常复杂，卸妆花费了大量的时间，因此她比其他的演员都要晚出来很多。

庄雪依死亡时穿了一双高跟鞋，剧院的楼梯比一般的民宅要长，她从台阶上滚落下来，尖锐的棱角磕碰到她的额头和后脑，当场毙命，流出来的鲜血染红了她的衣服以及散落满地的康乃馨。安全通道没有监控，没有目击证人，庄雪依又有低血糖的老毛病，很快被定性为意外身亡，是柳梦莹料理了母亲的后事。

苏回凝望着电脑上显示出来的现场图片，最后眯着眼睛，看着庄雪依身下满地的康乃馨。

乔泽抬起头道："有人称，庄雪依结束表演后就去了后台，她换过衣服后就没人见过她了。"

陆俊迟判断："她应该碰到了什么人，否则没有办法解释这束花的由来。尸检结果和现场调查呢？"

"法医的尸检结果说是摔伤导致死亡。另外她的小手指上沾染了一些墨水的痕迹，很有可能是刚给别人签过名，但现场没有留下脚印和相关信息。因为她有低血糖的症状，所以当时法医判断可能是由于血糖过低导致眩晕摔倒。这个判断现在看来……有些疑点。

"对了……"乔泽又看了一下电脑上的档案文件道,"柳梦莹那天晚上在朋友家,有不在场证明。"

陆俊迟皱眉道:"这很有可能不是意外,而是故意杀人,只是凶手的手段比较巧妙。他伪装成了庄雪依的崇拜者,送给她一大束花,还让她签了名,却趁着没有其他人在场,在两人下楼的过程中,把穿着高跟鞋的庄雪依推了下去。"

那时候庄雪依的手里捧着花,猝不及防。凶手能够引着她避开人群,应该是个对后台熟悉的人,或者是有人带着他踩过点。警方之前也进行过相关的询问盘查,他们并未发现庄雪依在剧团内和其他人有无法化解的矛盾。如果这不是意外,而是谋杀,那么杀人目的是什么?这起案件,柳梦莹看起来是既得利益者,那么她母亲的死亡和她有关系吗?杀人的又会是谁?

陆俊迟盯着那几张庄雪依的死亡照片,忽然看到了庄雪依身下压着的花束。那是被粉色包装纸包着的一束花……包装纸上隐约可以看到一些染了血的图案和数字,那可能是花店的电话号码……

"乔泽,你试试看,能不能提取出花束包装纸上的信息,看看这些花是哪个花店出售的,顺便去问问花店,看看能不能找到买花的人……"他看了一下照片又问道,"这是什么?"

地上有一个小小的东西。

乔泽查了一下资料,说道:"一支笔,疑似是死者的,不过后期的化验之中,除了死者的指纹,还在上面发现了两个不完整的指纹。"

陆俊迟皱眉道:"这么重要的证物,为什么没有重视?"

"一支笔太常见了,有人拿错了也说不定。而且那两个指纹是残缺的,只是能够判断和死者的指纹不符,甚至不能够做凶手比对。"乔泽道,"可能当时那些分局的警察都以为,这是意外吧……"

陆俊迟又看了一下道:"总之这个案子还有疑点,我们先顺着查下去。"

就在这时,有人敲了敲重案组的玻璃门。

陆俊迟抬头,看到外面站着的是刑侦五队的队长邢云海,于是起身迎了过去,路过苏回的时候拍了一下他的肩膀,然后冲着乔泽打了个手势,示意他们一起。

重案组成员们一个小时前还在担心没有人会进行联调响应,没想到这么快就有人上门了。

邢云海对着几人打了个招呼。乔泽自觉地拿了记录本,准备做会议记录。

陆俊迟问:"邢队,你那边有什么线索吗?"

邢云海举了一下自己手里的档案说:"我是看到了重案组发的联调声明,一下就想到了我手头的这个案子。这个案子就是经过了伪装的他杀案件,但是尚未找到凶手,所以我拖延了一段时间,一直没结案。"邢云海在此之前,一直觉得烧碳自杀的那个案子有种说不出的古怪，今天看到了那封邮件，感觉其中可能有关联，就直接过来找他们讨论了。

陆俊迟把邢云海带到了一旁的小会议室。

邢云海把卷宗摊开来："案发时间是在几天以前，一个女人出差回来，发现老公在家中烧炭死在了卧室的床上。"

苏回也低头看着放在桌子上的案发现场的照片，他看了几秒钟后低声说道："是他杀。"

之前庄雪依的案子他并没有发现更多的端倪，但是眼前的这起案件，明显漏洞更大。

邢云海没想到苏回这么快就做了判断，他也是经过现场的勘查以及问询之后才隐约觉得其中有问题，忍不住开口问："你是从哪里看出来的？"

苏回低着头，面色平静地道："首先，现场太干净了。燃烧一个炭盆其实并不是很简单的事，引燃蜡、炭的包装袋，这些在现场都没有看到。很有可能，炭是早就在楼下或者是哪里烧好，再带到现场的。"

邢云海不住地点头，那个现场太干净了，他们也没有找到其他的引火装置，这的确是不合常理的。

苏回用修长的手指翻出了其他几张死者的照片："其次是苍蝇。这么小的炭盆放在卧室之中，房间必须是完全密闭的才有可能致死。这么多的苍蝇，说明有人事后来过现场，确认死者是否死亡。因为怕里面的一氧化碳引起中毒，所以他打开了房门，忘记了关，凶手很紧张，应该不是老手。"

邢云海点头："苏老师分析得很有道理，我也是从苍蝇的出现确认房间后来被人进入过。"

陆俊迟指着档案上的验尸报告补充道："尸体的血液之中检出了少量的安眠药成分，很可能是被害人服用安眠药熟睡后，有人侵入房间，放置了炭盆……"他又看了看照片补充道，"放置炭盆容易发出声音，凶手需要对环境很熟悉，知道卧室的方位……是熟人，或者是来踩过点。"

邢云海道："此外我还发现，死者患有神经衰弱，他的妻子却在厨房里放了一袋用去了大半的茶叶，还有一些咖啡。我怀疑她在一些食物里偷放影响睡眠的东西，目的就是加重死者的失眠，再让他去找医生去开安眠药，引起安眠药物依赖，目的就是放置炭盆时不被惊动。"

陆俊迟皱眉道："那这么说，这个谋杀案可能是策划了很久了？听起来死者的妻子有很大的嫌疑。"

邢云海点头表示赞同："现场没有留下任何指纹和脚印，凶手是在黑夜潜入的。我还探访过死者的外遇对象，也排除了嫌疑。目前还是死者妻子的嫌疑最大。丈夫有过外遇，一直不同意离婚，这些都有可能构成杀人动机。可是在这期间，死者的妻子却有着充分的不在场证明，口供虽然有些漏洞，但没有明显的证据，我试图从她的日常联络之中找出买凶杀人的痕迹，却一直没有找到突破口……"

陆俊迟低头看了看死者妻子的名字，手指在上面划过："谷若若，这个名字有些眼熟。"他起身去拿了自己刚才在看着的汇总表，果然在上面找到了同样的名字。

"根据昨晚柳梦莹的口供，沉睡者论坛联系过她……"案子查到这里，他们又找到了沉睡者论坛和死亡案件的一些更直接的联系……

邢云海问："这个女人是你们相关案件的相关人？"

陆俊迟回答得很保守："目前还没有完全确定，但是我觉得，这个关联应该不是偶然的。"

苏回在他们的讨论声中有些走神。

在这起案件之中，谷若若无疑是有杀人动机的。之前邢云海对这起案件的调查一直局限在正常的联络与社会关系之中，但是如果是一个表面上看起来和她没有任何交集的陌生人去杀掉了她的丈夫，那无疑会给警方的侦破工作带来巨大的困难。

苏回坐在一旁，看着那张表格和眼前的卷宗，所有的细节在脑海中浮现出来。

庄雪依的死亡是否是他们要寻找的第一起案件？而庞清华的死亡，是否是距离他们最近的最后一起案件？

陆俊迟和乔泽开始讨论案子之间的共通性，乔泽走到了白板前，把案件中已知的人物关系梳理了一遍，线索图画得错综复杂。苏回远远看去，只能看到一团纠缠在一起的线，却忽然想起了之前柳梦莹和他说过的话……

柳梦莹反复地强调了一个词——"帮助"。柳梦莹要向他提供"帮助"，作为一名真正的抑郁症患者，他所需要的帮助是什么呢？

苏回咳了几声。

这样的话，柳梦莹很有可能在过去的某个时刻见过谷若若，甚至对她说过同样的话……

失聪的左耳忽然传来一阵耳鸣，让他有些感到猝不及防，苏回忍不住把手放在了耳旁。忍过了那一阵不适，他开口说道："诸位，我好像有些明白过来了，只不过还需要更多的证据才能够证实。"

华都总局里，邢云海带过来的新案件给重案组带来了新的线索和侦破方向。

陆俊迟把所有人叫到了会议室里，又把所有的档案及资料拿了过来。

华都市局的调查方向转向了沉睡者论坛与受害人之间的关系，与此同时，警方也开始寻找其他受害人。

"那个和柳梦莹在一起的中年男人呢？他那条线有没有什么线索？"陆俊迟又转向曲明。

曲明忙道："我们调取了罗伟的银行流水记录，发现他之前给一个叫连斐的人打过大量款项。我怀疑，连斐就是出借高利贷的人。"

"连斐？这个名字我有印象。"夏明晰打开了之前整理的表格，很快把资料翻找了出来。

这个人在去年的8月死于意外。因为名字少见，又是非常规死亡，所以她记住了。

"连斐是一个服装厂的小老板，前几年赚了一些钱，后来开始私人放高利贷，由于手下有很多工人充当打手，被举报也有恃无恐。去年8月，喝醉的连斐在一个建筑工地坠入了一个新挖的石灰池，当场死亡。案发现场没有监控，没有人证，最后被判定为意外死亡。"

陆俊迟问："罗伟当时的行踪可以查吗？"

"这个还真有，他在外地有个当天的酒店入住记录。"曲明指着刚调出来的信息道，"据口供说，连斐那时候结交了一位美女，当晚是被对方约出去的。"

又是巧妙的不在场证明和疑似意外的他杀案件。这种并不显眼的作案方式在当下却因为其独特性反而更容易辨别出来。

"陆队！我排查了庞清华死亡当晚附近街道的所有监控和视频，发现午夜后有一个穿着深绿色雨衣的人进入了小区。"郑柏回头汇报道。

"小区不是有门禁？他怎么进去的？"

"他刷的是门禁卡。物业那边的刷卡记录能显示出门禁卡所属楼号，就是庞清华所在的那栋楼。"

从画面上看，那个人披着很厚的雨衣，很显然能看出他的雨衣里藏了东西。那个人有门禁卡，还有庞清华和谷若若家的钥匙。越来越多的相关人物和证据出现了，这一切都能证明这起案件不是意外死亡，而是谋杀。

陆俊迟把这些受害人和相应的抑郁症患者写在并列的位置。

庄雪依——柳梦莹
连斐——罗伟
庞清华——谷若若

这些错综复杂的人物关系和案件逐渐明朗了起来。

夏明晰在一旁道："陆队，又有分局发来了联调的案件，经过核实，在沉睡者论坛提供的联系名单之中，还有两位关联人已经死亡。"

乔泽抬起头问："这个案子会是单一凶手吗？"

曲明道："从监控上看，不像……"

一旁的苏回安静地坐在自己的座位上，他盯着这幅逐渐拼凑完整的图轻声说："不是单一凶手，很可能是交换杀人，而且不是普通的交换杀人……"

"之前我们已经接触过沉睡者论坛，总觉得他们在供述之中隐藏了什么，我认为这很可能就是他们隐藏的部分——他们的真正动机，也是他们帮助、救赎别人的方式。"苏回进一步分析道，"人产生抑郁的原因多种多样，这些原因可以分为内因和外因，内因就是抑郁者心理因素，外因则是家庭、学校、社会等。细分的话，又有爱情、遗弃、强迫、债务等带来的心理影响。这些外因，大多数情况下是和其他人分不开的。沉睡者论坛联系的那些人，多是外因引起的抑郁。他们接近这些人，想要提供的真正帮助，很可能就是从根本上解决掉这些人遇到的难题，也就是杀掉引起他们抑郁的原因，杀掉造成他们困境的那些人。那些提供帮助的人，曾经都是受害人……他们通过杀人，不断地吸收新的成员。"

苏回走到白板之前，擦掉了一小片，然后在上面画了一个三角形，于每个顶点写上了几个字。

迫害者，受害者，拯救者。

"这就是卡普曼的三角形。当迫害者对受害者进行压迫、攻击，拯救者开始对受害人实施拯救时，这场心理游戏就开始了。这个三角形，简述了人类互相依赖、相互操纵的最简单模式。我们身处人类社会之中，每个人都在不自觉地在扮演这些角色，这三种身份会在原生家庭、师生关系、职场关系中反复上演。很多人并不会意识到自己身处三角牢笼之中，甚至会被那些情绪和关系所操控。"

苏回咳了几声继续说，"而且，这三种身份是在不断游离、变化的，甚至有人会同时兼具两个甚至是三个身份，在实施拯救之后，也会产生多种的变化模式。比如说，一旦拯救者的帮助终止，受害人产生不满情绪，一些受害者可能会由此转变为迫害者，对拯救者进行迫害。再比如，拯救者如果给人太大的压力，过度侵入受害者的生活，也会转换为另一种形式的迫害者。如果拯救者过度强势，对迫害者进行反向压迫的话，迫害者有可能反而会变为受害者。激烈的戏剧三角形往往没有赢家，每个人都会受到侵害，除非其中的一个角色扮演者从中脱离出来，游戏才会终止。"

苏回声音平静地解释了这些内容。他想起艾瑞克·伯恩所著的《人间游戏》：社会的每个人，都是所谓的"玩家"，彼此伤害，彼此依赖，彼此成就。

听了他的话，众人不禁低下头思索。

在这个案例中，人们的关系也是在不停变化的。

谷若若的抑郁和痛苦是她的婚姻关系以及她丈夫带来的。她丈夫的死亡，就是拯救她的最好方式。

柳梦莹的人生是不幸的，带来这种不幸的人正是她的母亲。她母亲的意外死亡，也把她从这种模式中解脱了出来。

罗伟深陷高利贷债务，虽然高利贷违法，他却因对方的强势而无能为力，生活无助。那么让他的债主死亡无疑是让他摆脱这种困境的最简单的方法。

可是这些人并没有因此从中脱离出来，他们反而被卷入其中，变成了新的拯救者。

陆俊迟顺着苏回的思路接过白板笔，在白板上用各种颜色的线把那些看似杂乱无章、毫无联系的人们连接起来，寻找着人物之间的关系。

一切好像变得明朗了起来。

苏回后退了一步："这些只是假设，我们现在最重要的是寻找证据，进一步找到他们的行为模式以及实质物证。"

就算现在把谷若若、柳梦莹找来，也是无用的，因为没有证据。只要对方抵赖，就会重蹈那晚的覆辙。血迹、脚印、监控、指纹、人证，这些常规案件中的证物在这起案子里几乎没有出现，他们需要寻找新的犯罪证据。

依靠心理学和犯罪心理侧写，他们面前的拼图越来越完整。

明确了关系图，陆俊迟退后了一步总结道："也许……每个人都与沉睡者论坛签订了契约，在你得到救赎以后，也必须去杀掉一个人，这是一个杀人循环。只要有新的加入者，就会不停地进行下去。"

作案手段隐秘，参与的人又没有前科，看上去都是楚楚可怜的抑郁症患者，却在杀戮和他们没有直接关系的人。这可能才是沉睡者论坛这个组织的真正面目，也是那些人小心翼翼地保守秘密的原因。

陆俊迟抱着手臂又道："大家明天开始进行查访，重点去查过去的这几个案子，寻访人证，继续搜寻证据。等有了确凿的证据以后，再对柳梦莹和罗伟他们进行复审。"

最后他不禁转头看向苏回。这一次，他的预测可能又是对的。

苏回若有所思地低下了头。他们离真相越来越近了，但是他的心里总有点不祥的预感……

第54章
"真实发生的过去，只有那一种"

晴空万里，炎热的夏季还未过去。今天是安郁辞两周一次的督导日，面前的是他的督导老师，一位50多岁的姓张的老心理医生。

安郁辞已经做过很多次督导了。虽然国内规定心理咨询从业人员必须定期进行督导，可实际上，人们对督导并不那么重视，只是作为一种既定的流程。除非出现重大问题，否则平日里，督导就是一种取得从业资格的走过场的形式。

安郁辞轻车熟路。他知道应该怎么回答督导的问题，也知道应该怎么把内心的真实想法隐藏起来，于是整个督导过程十分顺利。在督导临近结束时，安郁辞犹豫了片刻，还是说出了最近心里的困惑。

"张老师，我最近遇到了一个过去的抑郁症患者。那时候他十分孤僻，不愿意和人正常交流，整个人瘦到90多斤。我认真地帮助了他，后来建议他进行长期治疗，可是他却来得越来越少。最近，我在华都的街头偶遇了他……"

张教授隐约觉得这是个非常规的问题，转头问他："然后呢？"

"他看起来好了很多，可是却在躲着我，避免和我交流。"安郁辞道。

"也许他去找了其他的心理医生，也可能是自愈了。"张教授说到这里坐直身体，看向自己眼前的年轻医生，"他的行为，引起了你的自我质疑？"

安郁辞不想承认，可是最后还是点了点头。他感觉自己做过的努力，没有得到想要的结果，而患者对他的躲避也让他觉得十分不舒服。他并不知道自己产生这种情绪的根本原因是什么。

张教授道："首先，并不是所有的心理疾病患者都希望在生活里看到自己的心理医生。其次，我觉得你和你的其他患者的关系太过融洽，反而形成了这种对比落差。作为一个心理咨询师，你没有办法让所有的患者都喜欢你。而且，帮助别人其实也会给别人带来一些压力，有的人是会逃避自己的帮助者的。"

安郁辞似乎是习惯了患者对他的感恩戴德、顶礼膜拜，所以当那个患者对他躲躲闪闪时，他感到有些猝不及防。

听着张医生的话，安郁辞的心里却在不停地想着一些问题。

为什么会有人会拒绝他的帮助？为什么会有患者再次面对他的时候狼狈而逃？

张教授见自己的话并没有打开他的心结，只能继续安慰他道："我觉得你已经足够努力了，我们作为心理医生，无法救治所有的患者，也无法让所有的患者满意，这是我们从事这个行业首先需要正视的一点。"

听到这里，安郁辞知道自己得不到想要的答案了，所有的道理他都懂，但是那些道理并不足以让他想清楚很多事，更不足以看清自己的内心。

安郁辞客气地眨了一下眼睛，说道："谢谢张教授。"

张教授如释重负地站了起来："好的，两周以后再见。"

安郁辞起身，眼神逐渐变了。也许他根本不应该问最后那个问题。张教授的这些说法都是一些安慰人的大道理，这些高高在上的医生们，早就已经麻木了，他们不知道那些患者的疾苦究竟是什么。

只有他是在靠近那些患者的，只有他是能体会得到那些痛苦的，也只有他是能够拯救他们的。当他在聆听那些痛苦时，只有他会伸出手拉住他们，而不是任由他们坠落下去……

夏日的午后，重案组办公室里每个人的桌子上都摆放着各种相关的案件资料。往来的电话不断，有很多新的线索涌入。一个一个的实证证明，一切的确如同苏回的推断一样，暗藏在迷雾之下的是一起大型连环交换杀人案件。

目前，最好的入手点就是最近发生的庞清华烧炭自杀案，由于凶手留下了影像资料，他们已经顺藤摸瓜，确定了凶手的身份是华都一所职高的学生。这个学生叫秦之华，今年19岁，职高在读，三年级。他之前曾被一伙学生勒索，一直饱受抑郁症的困扰，直到那伙勒索的为首之人溺水身亡，才让他逃出了困境。

无独有偶，之前调查沉睡者论坛时，罗伟驾驶的那辆车也同时出现在那个人溺亡当晚的监控之中。

警方准备搜集齐所有的证据，逐渐对这些人进行收网。

下午，乔泽出去取了一摞资料进来："大家抽空填个表，最晚周五交。"

乔泽把资料发给众人，大家这才发现是一年一度的心理状况评估表，而且今年启用的是新版。乔泽在发资料的间隙对苏回道："苏顾问，楼下有人找你。"

"找我？"苏回愣了一下。他想不到会有什么人来找他，陆俊迟听到这里也抬起头来看向这边。

"好像是心理诊所那边的，嗯，是一个戴眼镜看着挺斯文的男人。"乔泽形容道。

那应该是安郁辞了。只是苏回有点奇怪，为什么安郁辞会忽然来找他。陆俊迟听是他也放了心，挥挥手让苏回去了。

到了楼下，苏回看到安郁辞站在一旁的花坛边，身姿颀长。

苏回打了个招呼:"安医生。"

安郁辞转过身,带着职业化的微笑道:"苏老师好,我今天来总局送考核表。上次问诊之后,我有个问题想要问你,今天就顺便过来了。这次我不是以咨询师的身份来访,只是作为朋友之间的讨论。"

苏回坐在花坛边:"你说吧。"

安郁辞扶了一下眼镜:"上次诊疗结束之后,我就一直在想着你说的那句话。每个人都是自己的救赎者。"

虽然时间已经过去了很久,但是安郁辞一直在反复地回想起苏回说的这句话,他隐约觉得,这句话里面会蕴含着他想要寻求的答案。

苏回"嗯"了一声。他看得出来,安郁辞有点迷茫。医者不自医,作为一个心理咨询师,就算是攻读了再多的相关书籍,遇到不同的心理问题时,也会出现无法套用的情况。

苏回想了想说:"我一直以为,心理的治疗只是一种辅助和促进办法,它的效果是有的,但是治疗效果如何,还要看每个人自己。"

安郁辞道:"我理解你的这种说法,不过可能是因为国内的心理健康知识普及不够吧,我很少见到轻微症状的患者来咨询,过来的患者大部分是很严重的,难以仅靠辅助的力量来帮助他们。"他叹了口气,"这个时候,我们能够做的最直接有效的事情就是给他们开药。但是我心里也很清楚,那些药物治标不治本,很多时候只是安慰剂,感觉自己就像在给患者开合法的毒品。我希望能够给别人更多的帮助,所以我会给那些来访者更多建议,会试图走进他们的内心帮助他们解决问题……但是我依然会有一种无力感。"

苏回从安郁辞的话语之中听出了无奈,他开解安郁辞道:"安医生,我认为你的想法是好的,你也是一位很好的心理咨询师。"但他话锋一转,"不过我觉得,不是所有的来访者都是希望被拯救的,每个人的需求是不同的。有的人可能只是想要一些立竿见影的方法,有的人只是去找你倾诉一下,又比如我,只是希望确认自己走的路不会错。你只能够在当时帮助他们,但是你无法跟着他们走出诊室,不能完全改变对方的人生。"

苏回想了想又说道:"就像是我的职业一样,我们和凶手打交道是为了查明真相,但是这个世界上的坏人是抓不过来的。"

安郁辞点点头:"作为心理医生,我也深知无法做到拯救每一个患者。"

苏回直视着安郁辞,他感觉安郁辞没有听懂他话里的意思,又着重解释了一下:"我们的职业更加刺激一些,会接触到很多人的死亡。我们就算是筋疲力尽,也不能做到把所有的凶手绳之以法。我们更无法拯救每一个被害人。如果抱着想要拯救每一个受害人的心态去工作,可能会让自己也深陷进去,最后一个人也救不到。"

安郁辞看向眼前这位脸色苍白、身体瘦弱的苏顾问,眉头微皱。苏回说话的时候,语气是无比平静的，可是安郁辞却从中听出了什么。这些话不仅限于患者和医生的交谈，更像是行业之间的交流。

安郁辞思考了片刻，抬头反问苏回："苏老师，当我发现一个人需要帮助，如果不帮助他，可能会发生一些糟糕的事，那我是去帮助他还是站在一旁等待结果。"

苏回认真地道："我觉得，不拯救不代表不作为，但是侵入别人的生活也需要有个限度，我们要学会尊重每个人的命运，学会什么是不可为。其中的尺度只能每个人自己去衡量。"

当无法挽救时，尊重每个人的命运。这句话说起来容易，做起来却很难。

苏回低下头来有些歉意地道："不过我没有什么理由来建议你，我也一直在尝试和学习。每个人的一生都是在学会和自己相处，和他人相处，和世界相处的。"

安郁辞好像听懂了什么，在他的心里，产生了一些朦朦胧胧的认知，这是从那些心理学课本中他未曾找到过的答案。他感激地道："谢谢你，苏老师，你的说法很有意思，是我没有考虑到的角度。"

苏回"嗯"了一声："能够帮到你就好。"

华都，天色渐渐阴暗了下来。

方佳悦塞着耳机，看着眼前的作业本。天气炎热，她所在的小屋只有12平方米左右，到了夏末的傍晚还像是蒸笼一般。她忍不住把外衣脱了下来，只穿着一件吊带背心。

不多时，晚饭做好了，两人坐到餐桌前。廖清荷刚吃了两口就接了个电话，有些着急地站起身来。

方佳悦拿着筷子皱了眉头："妈，这都晚上了，你还要出去啊？"

廖清荷说："你好好吃饭，你外婆脑出血送医院了，我要赶快过去。"

方佳悦也紧张起来："那我和你一起去吧。"

廖清荷一边穿鞋一边说道："不用，你舅舅已经去了，你个小孩子也帮不上忙。"

方佳悦又张了张嘴，站起身来："可是张富民……"

"他今天晚上不在家里吃饭，估计要很晚才回来呢，你在家锁好你房间的门，到时间了你就睡，能有什么事啊？"廖清荷说着拿起了包，焦急地道，"好了好了，我走了，你有事打我电话。"

门被关上，方佳悦坐回了桌子旁，家里安静极了，晚饭吃得索然无味。她匆匆吃完饭，收拾好碗筷，把碗刷了，然后去洗了个澡。

张富民果然没回来，方佳悦渐渐放下心来，她回到房间里，锁上门写了一会儿作业。

窗外忽然传来一阵哗哗声，开始下起雨来，雨下得越来越大，偶尔传来闷闷的雷声。方佳悦看已经过了10点，准备上床睡觉，但刚躺在床上，就听到大门开了。她不禁蜷缩在被子里，低声叫着妈妈。

在黑暗中，方佳悦听到了沉重的脚步声——是张富民回来了。

方佳悦的心怦怦地跳着，紧紧闭上双眼，准备继续睡觉。

就在这时，门忽然被推了一下。方佳悦全身的汗毛几乎都炸了起来，一下子从被子里坐起身来。

她锁了门，张富民是进不来的，刚才的那一下只是试探。

"咚"，又是一声，而且比刚才的声音更大了。外面传来张富民醉醺醺的声音："小兔崽子……我知道你没睡。你给我把门打开！"

方佳悦抿着嘴唇，飞快地下了床，在睡衣外面披了一件校服外衣。她犹豫了一下要不要给廖清荷打电话，但是最终还是把手机放回自己的口袋里，然后又抓起了桌子上的一把美工刀。

撞门的声音越来越大，张富民的骂声紧接着传来："开门，你给我把门打开！小兔崽子，每天花着我的钱，你不叫我爸就算了，现在还躲着我，看都不能看，你是金子做的？你们母女两个都把老子当冤大头！老子不是做慈善的！"

外面一声炸雷，几乎与此同时，房门发出"砰"的一声巨响。门被撞开了，张富民站在门口，浓烈的酒气立刻在窄小的房间里弥漫开来。

张富民背光站着，上身没有穿衣服，肥肉像是奶油一般垂下来，就像是一座山一样，挡住了客厅里的灯光。他看着瑟缩在床角的继女，像是看着一只无力反抗的小兔子。

方佳悦拿着手里的裁纸刀，握得紧紧的，努力让自己冷静下来，但她声音都在颤抖："张富民，你别乱来，你乱来我就报警了！"

张富民看着她，呼吸沉重地喘息着，然后一步步靠近："报警？那你就报警试试啊？能有什么结果？他们能守着你多久？一辈子？那些警察还不是会把你乖乖地送回来？你还有地方可去吗？"

张富民已经越来越不满足只是看着她。眼前的少女像是一朵含苞待放的花朵，日渐成熟，却又十分稚嫩。他喜欢她身上的青涩，还有少女特有的味道，闻起来像是软嫩的水蜜桃，似乎触碰上去就会馨香四溢。

张富民和廖清荷是相亲认识的，那时候廖清荷还年轻一些，也比现在漂亮，而他最终娶廖清荷的原因，是因为他们坐在快餐店里聊天时，方佳悦从外面蹦蹦跳跳地走了进来，梳着两个羊角辫，满脸都是童真与幸福。他那时候就马上决定了，要和眼前的女人结婚。

张富民的心里非常明白自己在想什么，也一直在压抑自己。但这样如同鲜果一般的女孩放在身边，他却只能和廖清荷那个黄脸婆生活在一起，这样的日子过得越久，他的心里就越是不平衡。

廖清荷平时经常生病，他才是家里的主要收入来源，是家里的顶梁柱，她们都是依附他生活的，是他养活了她们。如果他把这娘儿俩扫地出门，她们就连住的地方都没有，学费都交不起。

一家人，她还能闹到他坐牢不成？他有钱，可以请律师。到时候他就说是方佳悦勾引他，是她自愿的，是为了要零花钱！

今天晚上，廖清荷正好不在，他有恃无恐。想到这里，他甚至觉得方佳悦的倔强与反抗都别有趣味。

想要，想要得到她……

张富民借着酒劲红着眼睛，牢牢地盯着自己的猎物，步步逼近。

方佳悦慌了："你！你别过来，你过来我就杀了你！"她把手里的小刀胡乱挥舞着。那样小的一把刀，在张富民眼中宛如玩具一样。

"好啊，你有本事就杀了我啊！"张富民歪歪斜斜地走过来，想要夺走她手里的刀。

方佳悦一抬手，张富民就去抓她的手腕。方佳悦随着张富民的动作，低下身，用了个千斤坠往后躲，但张富民仍紧紧地拉着她的手。就在这时，方佳悦借力一拉张富民，像是兔子一样跳起来，膝盖冲着张富民的两腿之间就顶了上去。

这是她在网上记下来的一招防身术，她怎么也没有想到会有使用的这一天。

这一招声东击西，让张富民在酒醉之中没有反应过来，他随即发出"嗷"的一声惨叫。

"小兔崽子！老子弄死你！"张富民骂骂咧咧的，疼出了一身冷汗，一下子跪倒在地上。

方佳悦不管张富民，果断地从张富民的身旁跳过去，转身打开房门就往外面不要命地逃。

外面下着大雨，电闪雷鸣，方佳悦只披了一件校服，一边哭一边跑，觉得自己快要溺死在这场雨里了。

等方佳悦反应过来，她已经站在大街上，跑出去了两个街区。周围一片漆黑，只有路灯照在湿润的柏油路上透出光亮。她虽然离家出走过几次，但是那些都是有准备的，现在在这湿冷的雨夜里，她浑身湿透，迷失了方向，身无分文。

方佳悦打开手机，手机只有一格电了，她一下子有点惊慌起来。

家，她是不敢回去的，那么现在，她应该打给谁？老师？同学？可是她之前离家出走时已经麻烦过他们了，那些学生的家长都暗自叮嘱自己家的孩子，不能再收留她。她上次离家出走，是在附近的一个24小时营业的汽车站窝了半宿。

打给警察吗？她忽然想起了上次给她留电话的那个警察。

方佳悦颤抖着手翻看着通讯录，想要找陆俊迟的联系方式，手指却忽然停住了，脑海里想起了刚才张富民和她说的话。

那个警察会不会像张富民说的那样，说这是家庭纠纷，把她送回去？那她还能够打给谁？打给廖清荷吗？可是姥姥说不定还在抢救中，她连他们在哪个医院都不知道。廖清荷根本就不会理解她，张富民没有碰到她，也没有发生什么，回头那个男人和她一说，就又是她的错，她再也不想回到那个家里了。

方佳悦犹豫了一会儿，想起了安医生。她记得安医生和她说，如果有困难可以找他。

于是她哭着拨通了手机里的第一个号码。

"喂……"

"方佳悦吗？你有什么事情吗？"安医生的声音传来。

方佳悦"哇"的一下哭得更大声了，她边哭边说，说得语无伦次，时不时停下来抽泣几声，都不确定自己有没有把事情说清楚，但此时电话对面却传来了一个温柔的声音。

"不要怕，我来接你。"

从晚上10点钟，窗外就开始电闪雷鸣，这注定是一个不太平静的夜晚。

陆俊迟坐在桌子前，整理着白天查找出来的资料。

到现在，这些意外杀人案终于形成了闭环，除了最初杀害柳梦莹的母亲庄雪依的凶手还没有找到，他们已经逐渐锁定了其他几起案件的嫌疑人。他们终于从那些错综复杂的案子里发现了玄机，虽然案件的构成和他们想象中不同，但是数名受害人、隐藏起来的凶手……这也绝对是华都近些年来的一起大案了。等有了口供，顺藤摸瓜，总可以找到幕后之人。

案子查到这里，陆俊迟终于松了一口气。他扭过头去，看着坐在沙发上的苏回。

苏回正抱着舒服地眯着眼的亚里士多德，把手指插在了它松软的毛里，时不时地抚摸一下，全神贯注地看着眼前的一幅拼图。

他拼上两块拼图，不自觉地咳了几声。陆俊迟马上紧张了起来，转头问他："你的药吃了吗？"

"吃过了。"苏回回答。不过他自己深知，那些药只是治标不治本，下雨天他的胸口会更闷一些，像是被压了一块石头。

陆俊迟起身给自己冲了一杯速溶咖啡，顺便热了一杯牛奶递给苏回，问道："你好像很喜欢玩拼图。"

苏回低着头，依然看着手中的碎片："我在试图把拼图进行还原。"拼图是杨雨晴建议他进行的游戏，每当完成一幅拼图，他就觉得，自己的世界好像又变得完整了一些。

陆俊迟看了一下，忍不住好奇地问："你这次拼的是什么拼图？"

他见过很多拼图，但是这次的拼图是全白的，什么图案也没有，堆在一起，就像是在桌面上下了一场雪，反射的灯光把苏回清俊的面容映得更白。

苏回拿起一小块白色，尝试着拼了上去，那块白色面积又延展了一分。

"这是纯白地狱。"

陆俊迟第一次听说，地狱还有白色这么一说，看上去是一片美好，其实却是无比残酷的光景。

"你为什么要买这个拼图啊？"

"因为它足够难。"

苏回一笑。其他的拼图他也拼过，但总是很快就能够拼出来。他想要难度大一点的，这样慢慢地拼凑而出，就像是重拾起他纷乱的记忆。

他买的是1000片的纯白地狱，从这个案子开始就每天拼一点，已经断断续续地拼了一个星期，现在只剩八分之一左右没有拼上。他会努力在脑子里记下每一片拼图的形状，然后耐心地反复尝试。在苏回的眼中，这个复杂的白色拼图像是有了生命和灵魂一般。

陆俊迟更好奇了："没有颜色，没有图案，你是靠什么来分辨的？单纯靠形状？"可是在他看来，那每一片拼图的形状也都是差不多的，看起来几乎一模一样，没有任何差别。

苏回说："有区别的，这里面一共有七种基本的形状，每一片又各有不同。"

陆俊迟又问道："这万一拼错了一块，岂不是就要从头再来？"

苏回的手依然不停："无论怎么拼，每个位置上对的那一片拼图，只有一片。它是独一无二的。也许拼接之前，你不知道它在哪里，但是一旦放上去，你就会知道，那里，就是它的位置。"

他停顿了一下，又说道："就好像那些案件的事实一样，看起来有无数种可能，可其实，真实发生的过去，只有那一种。"

说到这里，苏回想起了眼前的案子。拼图的时候他的脑子也没有闲着，一直在思考着案情。整个案件到了现在，感觉很快就要水落石出了，苏回却有点迷茫。他还有一些问题没有想明白，总感觉，一切可能没有表面上看上去那么简单……

陆俊迟听了苏回的话，心里也浮起了一丝微妙的感觉："每个案子只有一个真相隐藏其中。有人也和我说过类似的话。"

苏回道："是吗？那他一定很优秀。"

陆俊迟岔开了话题，提醒他："你的牛奶快凉了。"苏回这才停下动作，拿起杯子来喝了一口。

牛奶现在不凉不热，温度正好。

陆俊迟默不作声地望着苏回。

相处越久，陆俊迟就对苏回越发了解。他不说话时像是一座不可靠近的冰山，有一种孤寂之感。平时生活的时候，就像是一杯没掺东西的温水，柔和而又散漫，随遇而安地过着日子。可是一旦他投入工作，分析起那些案件，面对那些罪恶，他整个人就会变得锋芒毕露、鲜艳夺目，就像是一把锐利的剑，折射出的剑光让人移不开眼。

那时候的苏回，总是让他想起小舅舅，还有那个人……

窗外打了一个响雷，打断了陆俊迟的回忆。他转头看着阳台："雨好像越来越大了。"

苏回"嗯"了一声："天气预报说，今晚到明天早上都有雨。对了，你那把伞挺好用的，是在哪里买的？"

上次下雨的时候，陆俊迟去接过他，打的那把伞是墨蓝色的，骨架是暗银色的金属，质量很好。他记得那把伞的伞冠很大，看着很结实，拿起来却非常轻便。在雨中，给了他一种很奇妙的安全感。

陆俊迟起身拿了两把伞过来，一把放在了自己的包里，另外一把放在了桌子上："你如果喜欢，我可以把这把伞送给你。"

苏回眯起了眼睛抬头问："你有两把一样的伞？"

陆俊迟看了看手里的伞："是啊，一把是我妈妈出国以后带给我的，另一把是我找代购买的。"

苏回有些奇怪："为什么要买两把？"

陆俊迟看着桌子上的伞，听着窗外的雨声，目光不自觉地柔和下来："我过去有个同事，总是会忘记带伞。有一次我听说他没带伞，就把我的伞借给他了，本来想等队长出外勤回来可以向他借一把，却正好赶上要去办个急事，就冒雨去了。同事知道了以后特别不好意思，我怕他不敢再借我的伞了，就每次都会多带一把伞，好把多余的伞借给他。"

苏回拿着拼图道："那你这个同事的记性够差的，为什么自己不记得带伞，非要向你借？"

陆俊迟说："其实我是想送给他的，但是我又怕送了以后，他越发不记得带伞。"他停了片刻又补充道，"而且这样，每到下雨，他就会找我说话，天晴了会找我还伞。"

苏回拿着一块拼图怎么也找不到位置，紧紧地盯着拼图皱着眉，心不在焉地问道："你要是送给我了，万一同事再和你借……"

陆俊迟停顿了一下，看向苏回："现在，已经不需要了……那个人，已经不在这边工作了。"

"那谢谢。"苏回的手落了下去，又有一块拼图被拼上了。

窗外沙沙的雨声和陆俊迟好听的声音交织在一起，苏回有一个瞬间感觉自己脑海里的那些记忆的碎片，好像在陆俊迟的声音里逐渐拼接在了一起。

在过去的某个时候，他好像就是打着一把这样的伞，站在华都市局的三号楼门口。他记得那时候雨很大，打在伞上沙沙响着，他把伞沿压得很低，挡着自己的脸，冷漠而小心地拉开和其他人之间的距离。伞是借来的，他只是随口问了一句，对方就慷慨地借给他了。他还问了一句，那你有伞吗？对方说，你别担心我，我同事这里有，等下我和他一起走。

于是他美滋滋地走入雨中，身边都是打着伞和穿着雨衣的人。这么大的雨，没有雨具的话肯定会淋个透湿。他不经意地抬头，远远地望着有个熟悉的身影没有打伞就跑入了雨中。

骗子……那时候的他抿着嘴唇想。

这段记忆不知为何冒了出来，虚幻到苏回都无法确认是自己听了陆俊迟说的话幻

想出来的，还是真实存在过的。

雨太大了，那个人的脸，他看不清楚。

黑夜从来没有这般漫长，她好像身处极地，迎来永夜，那些浓郁的黑色吞噬了所有的光明。

雨越下越大，方佳悦坐在椅子上，双手抱着膝盖，眼泪已经流干了。明明是夏天，她却冷得发抖，似乎其他感觉都消失了，只能感觉到冷。

这是一个公交站台，背后的广告灯牌亮着柔色的白光，这是她能够找到的唯一一个方位明确又能避雨的地方。她的手机已经没电，不确定有没有人会来接她，马路上也已经开始积水，有车开过的时候，会分开水面，发出哗哗的声响。

她感觉自己像是坐在一个孤岛上，孤独无助。

就在这时，有个人打着一把黑色的伞，穿过了雨幕走向她。

安医生没有戴眼镜，气质有些阴冷，和白天穿着医生的衣服时完全不一样，让方佳悦一时没有认出来。但是在他向方佳悦伸出手那一瞬间，广告灯牌的映照下，他的身上仿佛笼罩着一层微弱的光。

他仿若人间的天使，驱散了黑暗之中所有的魑魅魍魉。

…………

午夜12点，安郁辞坐在沙发上，毫无睡意。他刚洗过澡，头发还是潮湿的，此刻戴上了金丝边的眼镜，脸色阴晴不定。

安郁辞的手里握着那只鸟，指尖在它光滑的羽毛上划过。曾经它离死亡只有一步之遥，可是此时在他的掌心里，是微热的、小小的一团。

可惜，这只鸟还没有完全好起来，还不能飞。如果所有的事情被人发现，那这只鸟会被关在笼子里，在没人发现、无人知道的地方，活活饿死。现在，只有他在帮助它，只有他在怜悯它，除了他之外，没有人会在意这可怜、可悲的小生命。

它曾经那么顽强地想要活下来，可是那些挣扎又有什么用呢？为什么它还没有痊愈，不能飞呢？安郁辞的眼眶不由得红了起来，悲伤得快要流泪。

与其那样，不如……杀掉它，尽早结束它的痛苦。想到此，他的手指逐渐用力。

那只小鸟在他的掌心里不安地跳动着。

就在千钧一发之际，忽然传来了一阵敲门声，安郁辞这才像是如梦初醒一般，把小鸟放回了笼子里，起身去开了门。

柳梦莹左手拿着一把雨伞，右手拎着一个袋子站在门口。

安郁辞给她拿了一双干净的拖鞋把她让进屋里："对不起，这么晚还要麻烦你送衣服过来，她的衣服都湿透了。"

"没事。"柳梦莹把手里的袋子递给他，然后探头往里看了一下，"那个女孩睡了吗？"

安郁辞道："刚才让她洗了澡，现在应该睡了。"

柳梦莹这才小声说："安医生，你现在让她住过来……"

安郁辞看了看屋里，比了一个嘘声的动作，把她拉入了一旁的房间里，关起门说道："我知道你在担心警察那边的事，不过没有足够的证据，他们也会害怕把案子拖得太久。对于这种可疑的案件，查不出来就会息事宁人，现在只是风声有点紧……"

柳梦莹没有这么乐观："安医生，我承认你一直很谨慎。可是我觉得，那些警察绝对是发现些什么了……"

柳梦莹自从那一晚之后，就再也没有睡好过。当时抓她的那两名警察给她一种很强的压迫感，她总是觉得自己将要被送进监狱，穿上囚服，戴上冰冷的手铐。她更害怕自己会被不停地审问，强迫自己说出那些真相。

"你记得，你答应过我什么吧？"安郁辞又说。

"我记得……"柳梦莹的眼睛有些湿润了，压低了声音，手指颤抖着说，"我答应过你，无论发生了什么，都不能说出真相……那是比我的生命还要重要的……"

安郁辞伸出手，擦了擦她的眼角，赞许地道："乖。"他沉默了片刻，牢牢盯着她的双眼，"我们是为了正义，为了拯救更多的人。我们做的事情没有错，只有坚定内心的信念，才能够帮助更多的人。"

柳梦莹的视线垂了下来："我知道我要怎么做了。我也会尽力阻止其他人说出真相的。"

柳梦莹站得距离安郁辞很近，可以闻到安郁辞身上淡淡的薄荷香气，眼睛直发热。在当年，她感到孤独无助的时候，就是这个男人向她伸出了手，把她拯救了出来。这是她生命里的光，是她的神灵，她愿意为安郁辞做一切事情。如果危险临近，她拼尽全力也会保护安郁辞……

柳梦莹忽然小声说："安医生，我可以抱抱你吗？"

安郁辞对她说道："柳梦莹，你已经痊愈了，你已经不再是我的患者了。"

柳梦莹有点无措："可是……"

看柳梦莹的表情微变，安郁辞上前，很绅士地虚虚地抱了她一下，摸了摸她的头："你回去吧。我最近会把那个论坛封掉，把所有的事情处理好，往后的事就和你无关了。"

柳梦莹的眼泪还是流了下来："那些事情，都是我们自愿要求做的，安医生，是你救了我们，我们甚至还惹了很多麻烦……"

安郁辞敏锐地感觉到了，今天的女孩格外黏人："柳梦莹，你最近没事吧？如果你需要的话，我可以再帮你做个心理检查，我们可以再详细聊聊。"

"没事，没事。"柳梦莹擦了自己眼角的泪水，她看着眼前俊美的男人，"我就是有点没睡好。我回去了，你放心吧，我什么也不会说出去的，安医生，你早点休息。"

安郁辞这才放心，帮她抚平了耳边的乱发。他温柔地嘱咐她道："这么晚了，你一定要注意安全。"

柳梦莹擦干了眼泪，拿上了伞，很快就离开了。

安郁辞走到了窗边，撩起了一点窗帘向外望去。女孩撑着小花伞，走路的时候会绕过水坑，看起来已经完全正常了。他还记得他刚刚认识柳梦莹的时候，虽然漂亮，但是整个人干瘦干瘦的，死气沉沉，就像是一具行尸走肉。那天也是个雨天，女孩的鞋都是湿的，因为她对地上的水坑熟视无睹。

"安医生，是我的朋友介绍我来的，她说，你是一位非常好的心理治疗师……"她摘下手套，便是残缺的手指。

他可以治疗她的抑郁症，却无法缓解她们母女之间的矛盾。所以最后，他还是帮助了她……也许这是最后一次见面了，安郁辞的眼神逐渐发生变化，拉上了窗帘。

他转身走到卧室里，按亮了灯。躺在床上的方佳悦闭着眼睛，眼睛稍微动了动。

"你是醒着的吧？不用再装睡了。"安郁辞的声音传来。

方佳悦这才睁开了眼睛，看向安郁辞。

"我们刚才的对话，你听到了多少？"安郁辞又问。

方佳悦穿着安郁辞的白色衬衣，坐在床上蜷起双腿。这种质问的语气，让她觉得眼前的人有些陌生了。她眨着眼睛，实话实说："一………一些……我只听到了开头和最后。那是你女朋友吗？"

安郁辞松了一口气，语气缓和了下来，把袋子放在床上："那是一个我过去的患者。我和她借了两套换洗的衣服给你穿。"

方佳悦没有想到刚才来的也是一个患者，小声问道："那个姐姐听起来一点也不像是个患者，她已经痊愈了吗？"

安郁辞的声音变得温和了，就像是在诊室里一样："她现在已经解脱出来了，不再抑郁，生活得很好。"

方佳悦脸上露出了羡慕的表情："安医生，我也可以这样吗？我也有获得拯救的机会吗？"

"会的，每个人都有被救赎的机会，你一定会好起来的。"安郁辞坐在了床尾，看向方佳悦，"不过，你首先需要明白你的处境，解决掉你生活里的难题。你来我这里只能暂时安身，以后，你准备怎么办？"

方佳悦刚刚睡不着的时候，也在想这个问题："我想转去寄宿学校……"

安郁辞马上指出了这个计划的不可行之处："可是你现在没有足够的钱交学费，你母亲也不会同意的。"

"我听说，有一些帮助妇女、儿童的好心人和组织……"方佳悦颤抖着说。

"这些组织是存在的，可是真正能够被帮助到的人能够有多少呢？你认为自己是那个幸运儿吗？"安郁辞柔声反问，"你觉得，你的母亲还会相信你吗？她是会选择自己的丈夫，还是选择你？"

方佳悦清醒了过来，感觉自己又被泼了一盆冷水："那我……那我不念书了，我

去打工，去工厂！只要能躲开张富民，去哪里都可以。"

安郁辞冷静地帮她分析："你还不满16岁，属于童工。再说你还小，到了外面，再受人欺负怎么办？"

方佳悦突然感觉自己的前后左右好像都是绝路，耳边仿佛听到张富民的声音——"你就算是报警，他们也会把你送回来的。"

"安医生，你救救我。"她不受控制地哭出声来。

安郁辞说："我有一个方法，可以帮助你……也只有这个方法，可以帮助你，否则你吃再多的药，看再久的病也是没有用的。"

"什……什么方法？"方佳悦仿佛看到了一丝曙光，感动地抬头问。

安郁辞摸了摸女孩的头，眼睛里闪过一丝寒光："你告诉我关于张富民的一切，我会帮你处理好的。"

"你……你不会是想杀、杀掉他？"方佳悦的嘴唇颤抖着，她虽然向张富民举起过刀，说要杀死他，但是她也只是说说，从没动过这种念头，"可是杀人会、会犯法……"

"那你还有其他方法吗？"安郁辞怜悯地俯视着她，就像是神灵俯视自己的子民。

方佳悦摇摇头。

"只要杀掉张富民，一切就结束了，你就解脱了。你的病会好，你再也不会做噩梦，不会想要死。他的房子会被你和你的母亲继承，你们不会居无定所，他的存款可以让你读完高中，甚至大学，从此以后你再也不会陷在危险里。"安郁辞给她描绘了一个美好的未来。

"可是……可是……我害怕……"方佳悦哭着说。

"比起杀掉他，你宁愿被那个男人糟蹋吗？"安郁辞继续问她。

想到那个男人，方佳悦就恶心得想要吐出来。她哭着拼命摇头："……安医生，你救救我……我要怎么办？"

安郁辞看着她认真地说："我会给你安排好一切，很快。而且别人会以为这只是意外，和你完全无关。"他话锋一转，"不过，这是有条件的。如果将来有一天，我需要你去拯救其他像你一样需要帮助的人时，你必须提供帮助，你愿意吗？"

方佳悦没有想过这种事情，她害怕得不得了。可当她想到自己的境遇，她又狠下心来——她可以对别人仁慈，可是谁来怜悯她？

安郁辞托起她巴掌大的小脸："那件事并没有那么困难，你只需要按照我说的做就可以了。你要相信我，那些绝对是该死的人，你是在救人。"

方佳悦渐渐平静下来，低低地"嗯"了一声。

安郁辞柔和的声音继续响在她的耳边："这是一种公平的等价交换，我和那个人帮助了你，你也有义务去帮助别人，否则，就是不道德的，你同意这种理论吧？"

屋子里亮着柔和的光，方佳悦感觉自己的脑子里晕晕沉沉的。她低低地"嗯"了一声："我认为这很公平……"

安郁辞的声音好听而有诱惑力。他凑近了女孩："你知道，我是冒着很大的风险帮助你的吧？"

方佳悦点了点头，喃喃地说："你在救我，否则我就要死了。"

"那你，会不会做出恩将仇报的事情来？"

"不会。安医生，你对我这么好。"

"无论到什么时候，你都不可以把我供述出来。保守这个秘密，是比你生命还要重要的事。"

"保守这个秘密，是比我生命还要重要的……"方佳悦慢慢重复道。

"如果你做不到这一点，那么你可以当作今天晚上什么也没有发生过。"

"我可以做到的，安医生，没有人可以帮助我了……"

安郁辞听完了她的话，仿佛听到了女孩心底的呼唤——你不要不管我，你救救我吧……他露出了一个温和的笑容："你很快就会挣脱出地狱，得到救赎的。"

…………

清晨，那场大雨终于停了，天空中透出一种幽静的淡蓝色，美丽极了。

安郁辞坐在窗户边，他低头看着纸上的资料，那上面是方佳悦给他提供的张富民的详细信息：喜好、习惯、工作地点、生活方式，甚至是身体状况。他仔仔细细地把那张纸看了两遍，确保每一点都记在了脑子里。

安郁辞掏出一个打火机，把那张纸烧得干干净净，然后拿出备用机。手机上有十几条未回信息，他面无表情地一条一条看过去。

"我接到了警方的电话……"

"好像有警察找到我了，我现在该怎么办？"

警方的行动比他预想得要快，他也必须采取行动了。但是在那之前，他还有一件事必须做。

安郁辞拨了一个电话号码："喂，谷若若吗？"

对方迟疑了一下，回答他："安医生。"

"现在到了兑现你承诺的时候了。"

电话那头传来了一个女人有些紧张的声音："我……我该怎么做？"

安郁辞微微眯了一下双眼："放心吧，不会很复杂的，我们见个面。"

中午11点半，张富民在一家小快餐店内，像是往常一样，端着餐盘准备落座。这是他工作单位附近的一家快餐店，他上班的公司没有食堂，给员工在这里办了饭卡，每个月有500块钱的补助，可以随意点菜。这边虽然地方不大，但是做的菜品还挺好吃的。

张富民正准备落座，却看到对面有个穿着短裙的女人，直接向他的方向走了过来。女人似乎是不小心，碰到了他的餐盘，张富民来不及躲闪，放在上面的一碗汤泼洒出去了大半。

张富民正要发作，骂上几句，那个女人却赶紧道歉："对不起，对不起，先生，我真的是不小心。"她一边拿着桌子上的纸巾帮张富民擦干净餐盘，一边抱歉道，"都是我的错，实在不好意思，先生，我赔你一份汤吧。"

"算了，不用了……"张富民见她道了歉，之前准备好的脏话就说不出来了。

他这时候才看清了眼前的女人。她长得很瘦，身材也很好，一双眼睛像杏核，是一位标准的美女。对方没等他说话就跑到前台去点餐了，他也不好再说什么，便坐在座位上，隔着一面屏风，看着美女的背影，还觉得自己今天是走了什么桃花运。

过了10分钟，美女给他端过来一份快餐店里的党参瓦罐鸡汤。

张富民平时就喜欢喝鸡汤。这罐鸡汤可比之前的例汤贵多了，他接过来说道："这多不好意思啊，那份例汤不值钱……姑娘，你的电话是多少，要不我把钱转给你？就当是我自己点的。"

美女的脸微红，有点手足无措："我刚来这边上班，以后每天都会来这里吃饭，如果有缘分的话，我们应该会见到的……"说完，那个美女就像是兔子一般跑开了。

张富民看着她的背影，回味着今日的艳遇，昨夜因为方佳悦引来的不快全都烟消云散了。他喝了一口汤。大概是因为党参的味道，那份汤有点苦，可是既然是美女送的汤，就算是喝着苦，心里也是甜的，于是渐渐地把一瓦罐汤喝了大半。

他们午餐的休息时间是一个半小时，张富民也不急着回去，慢悠悠地吃着饭，直到几位同事叫他，他才站起身来，一行人有说有笑地走出了快餐店。

午后的街道上，人并不算多，阳光透过树叶洒了下来，显得十分静谧。张富民走了几步，觉得头晕晕的。他看向周围，眼前出现了重影。

张富民想起了自己之前就有的高血压。他体检曾查出来几次，廖清荷也劝他去看医生，可是他一直都没当回事。高血压要吃药，还要戒烟、戒酒、戒油腻，规矩这么多，太麻烦了。他以前偶尔也犯过，但是大多数情况只是难受一会儿就过去了。

张富民想着要快点回到公司，还可以在工位上趴一会儿，却没想到脚下一软。

"张经理，没事吧？"有一个同事问他。

"没事没事，脚滑了。"张富民说完这句话，却觉得半张脸都在不停地抽动。他的头更晕了，还没站起来，整个人就像是一座山一般倒了下去，扶都扶不起来。

周围的几个同事被吓坏了，有人去扶他，有人赶紧拨打着急救电话。

张富民很快就说不出话来了。在眩晕之中，他好像看到对面的街角，有两个人站在那里冷冷地看着他。其中的一个人，就是刚才遇到的那位美女，她旁边站着一个陌生的男人……

"她……他们……"张富民的嘴角抽动着，眼前的景物逐渐变得模糊，陷入黑暗。

街道对面，谷若若有些惶恐地看着这一切，小声问道："你让我给他的汤里下的是什么？"

那时候，安郁辞给了她一小包白色的粉末，她在背过身时，偷偷下在了汤里。

"放心吧，不是什么烈性毒药。"安郁辞从晕倒的张富民身上移开了目光，冷漠地不想再看那个瘫倒在地的人，"只是能够促使血压快速升高的升压药，很快就可以代谢掉，查不到你这里的。"

张富民现在是高血压引起了脑卒中，能不能抢救过来，就看他是不是命大了。现在警方追得太紧，他没有办法采用更加缜密的方法，但是现在的这点手段，用于惩罚张富民，或者是保护方佳悦应该是足够了。

"走吧，从此以后，我不会联系你了。"安郁辞对谷若若说。她并不是一个坚定的追随者，只是一个可怜的女人。

"安医生，我不会说关于你的一切的。谢谢你，你是我的恩人……"谷若若感激地看了他一眼，转过身，汇入了人流之中。

安郁辞站在街边。这次他没有对张富民赶尽杀绝，几乎不像是他的风格了。他自己也无法解释自己的心态为什么发生了变化。也许是因为之前他和苏回的谈话，让他的行为没有那么坚定了。

安郁辞回到家里时，方佳悦已经换上了柳梦莹之前拿来的衣服。她坐在飘窗上，手中握着那只小鸟，正在抚摸着它的羽毛。

看到安郁辞回来，方佳悦激动地扭头："安医生，我给手机充了电，姥姥的病不太重，明天就可以出院了，我妈妈已经同意我搬到姥姥家去住了，这样我可以照顾姥姥，也可以更安全……"

"是吗？那祝贺你。"安郁辞轻声道。

看来，她还没有收到张富民被送到医院抢救的消息……

安郁辞望着眼前的女孩，昨天她还是个痛哭流涕、走投无路的小可怜，可只隔了一个晚上，她就好像是一株被浇了水活过来的小树苗，焕发出了生机。

安郁辞本来想要告诉女孩关于张富民的事，可是他迟疑了一下没有说，而是伸出手，抚摸了一下她的头："那你可以回家了。"

"谢谢安医生收留我。"方佳悦道。

"快点走吧。"安郁辞催了她一次……他没有提及昨天晚上的谈话，女孩也没有再提起那件事，一切就像是没有发生过。

"那我可以看着小鸟飞走吗？"方佳悦试探着问。

"它还没有好呢，并不能飞。"安郁辞望着少女手中的小鸟。他眼睁睁地看着它从重伤、完全一动不动，再到一点点的恢复。它曾经在笼中蹦蹦跳跳，可是他再也没有看到它展开翅膀。

"我想试一试……"方佳悦说着话，拉开了窗帘的一角。

那只小鸟在窗台上跳了两下，侧头看向旁边的两个人类，似乎是在犹豫。然后它回身，用嘴巴整理了一下自己翅膀上的羽毛。

"你看……"安郁辞正想说，它果然还没有全好，那只鸟却忽然叫了两声，随后张开了翅膀，展翅飞向了高空。

"看，它可以飞了，它飞走了！"方佳悦高兴地拍了拍手。

安郁辞睁大了眼睛，有些难以置信地看着空中渐渐远去的鸟儿，脸上的表情逐渐转为了苦涩的微笑："原来，它已经可以自己飞了……"

等方佳悦走后，安郁辞打开了一个抽屉，把一些备用的证件拿了出来，又收拾了一个旅行箱。警方找过来只是时间的问题，他也必须要舍弃掉这个名字和身份了。

下午1点，华都市局之中，一个瘦高的男生坐在审讯室里，曲明和郑柏正在询问。

"姓名，性别，年龄。"

"秦之华，男，19岁。"

"职业。"

"华都职业中学学生。"

"你知道我们为什么叫你来吗？"

"不知道。"

"不知道？"曲明说着，把一张照片放在桌面上推了过去，"这个照片上的人，究竟是不是你？"

秦之华看了一眼照片上的图像，抿了抿嘴唇，默不作声。

曲明的双眼牢牢地盯着他："我们现在怀疑，你与一起谋杀案有关系。"

与此同时，陆俊迟正带着一队人在华都街头对一个叫张鸣的嫌疑人实施抓捕。

张鸣也是这起连环杀人案之中的一环，而且证据较多，他们决定从他入手进行攻破，如果顺利的话，一个小时以内这场抓捕就可以结束。

"手机信号就是在这里发出来的没错吧？"

"看到人了吗？"

"没有，他好像进入地下通道了！"

"夏明晰，调取监控，告诉我们位置！"

"好的！马上！"夏明晰迅速把地下的几处监控切入，投射在大屏幕上。

苏回坐在沙发上，望着只有夏明晰的空旷的办公室。今天的抓捕行动陆俊迟没叫他参加，而审问他也感觉帮不上什么忙。

他侧头看了一眼大屏幕，大片的模糊之中，黑白色块却越发明显了起来，苏回忽然捕捉到了一道异常的身影，那个人在逆着人流移动。

"是不是在三号机位……"苏回握着手杖，开口提醒道。

"对，是他，陆队，他在往地铁方向走……"在苏回的提醒下，夏明晰也看到了张鸣，马上通报过去。

"明白！你们去地铁口堵住他，留神不要让他上车！"

苏回俯下身，凑得足够近，眯着眼睛，仔细看着屏幕上的张鸣。人群中，张鸣走得很快，他没有奔跑，而是迈着大步，脸上的表情有些木然，像是一个被操纵着的木偶。忽然，他的目光一定，然后跑了过去。

苏回心中忽然有种不祥的预感，他抢过夏明晰的耳麦："陆俊迟！停止行动！"

"什么？"陆俊迟一愣，"苏回，怎么了？"

苏回顾不上详细解释，马上切成了全频道："所有人！马上停止抓捕行动，让进站的地铁停车！不要给他压力！他不是想要逃，他们是要……"

听了苏回的话，所有的追捕人员都愣在了当场。

正在这时，一辆地铁进入了地铁站里。这一站的地铁护栏只有半人高，有个人忽然走到了张鸣的身后，推了他一把。

变故发生在瞬息之间，所有人都没有反应过来，地铁紧急刹车，发出刺耳的声响，但惯性还是让车辆从男人的身上碾压而过。车身猛然震荡，红色的血液飞溅而出……

地铁里瞬间慌乱起来，响起了尖叫声。

"杀他灭口……"苏回的最后半句话终于说了出来。

看着监控上的一幕，苏回瞬间感觉到浑身的血液都凝固了……一切果然没有那么简单。他忽然想到了什么，猛然转身，向着一旁的审讯室跌跌撞撞地跑了过去。

如果他的预感没有错的话……

与此同时，审讯室的那场审问还在继续。

"说话！你是不是把燃烧的炭盆放进了那间民宅？"曲明厉声问道。

"我……我……"秦之华看着他，身体突然开始颤抖起来，手紧紧地按在了腹部，随后眼睛整个翻了上去。

"别耍花招，赶快说！"曲明皱着眉盘问道。

秦之华的身体抽搐起来，从椅子上滚到地上……

曲明开始以为秦之华是在躲避追问。这种人他在审讯室里见过太多了，装疯的，卖傻的，又哭又闹，毒瘾发作的，于是他只是站起身来，没有轻举妄动。

审讯室的门突然被苏回打开，他看了一眼躺在地上的秦之华，还有愣神的两位刑警，急忙喊道："快打120。"

"救救我……"秦之华发出了痛苦的低吟，牙齿咬得咯咯作响，向着苏回伸出手。

曲明这才反应了过来，眼前的人不像是装的。他急忙上前查看秦之华的情况，然后回身对愣着的郑柏叫道："嫌疑人被人下毒了！"

郑柏急忙拿出手机，打着电话。

苏回和曲明扶起秦之华，他的身体颤抖着，嘴里不停地吐出白沫，后来呛出血来，他泪流满面，面无血色，紧紧地抓住了苏回的手痛苦地说："救救我，我不想死……"

第55章
挡下全世界的火光和子弹

16个月以前。

夜晚,夜空深蓝,月色如华。

华都安华音乐中心,观众的掌声如雷鸣,一场音乐盛会临近谢幕。所有人都还沉浸在刚才的精彩演出中,人群熙熙攘攘地往外走着,后台里也是一片杂乱。

庄雪依今夜表演了一段小提琴独奏,她是全场的焦点,表演大获成功,很多演员都过来向她表示祝贺。她一一微笑着面对。

她今年40多岁,虽然人到中年,但身材和外貌都保养得很好,让人完全看不出来她的实际年龄。她今天穿的是一件银色的礼服裙,在灯光下会出现鱼鳞一样的光泽,眼角也贴了一些鱼鳞作为装饰,把她衬托得像是一尾美丽的人鱼。衣服和妆容非常烦琐,卸妆就花费了很多时间,特别是那些鳞片,十分难卸。

等把全部的鳞片卸去,庄雪依看着镜子里的自己,却怎么也高兴不起来。

年华老去,她总有一天会走下这个舞台。后继无人,这是她人生的失败,也是她人生最大的悲哀。丈夫早逝,她自己一个人含辛茹苦地养大了女儿,原本期待着能够和她一起出现在这个舞台上,可是女儿把一切都搞砸了。

那件事情发生之后,她们母女之间的感情降到了冰点。

算起来,她已经有一个多月没有柳梦莹的消息了。

晚上11点,后台已经人去楼空,安静极了,等庄雪依换了自己的衣服出来,有个年轻的男人忽然从后台处捧着一束花走到她的面前。他有点紧张地问:"庄老师,你好!我非常喜欢你的演奏,你能不能给我签个名?"

常年拉小提琴,庄雪依也有一群自己的粉丝。

"你一直等在这里吗?"庄雪依问。

"嗯,我希望能够见到您一面。"年轻的男人开口,他的声音温和而好听。

庄雪依略带歉意:"那你等了很久了吧?"她接过对方手中的笔和照片,签了字,然后接过了那束花。

"等再久也是值得的。" 年轻的男人拿过了相片,放入了口袋之中。

男人和庄雪依一起从后台的台阶往下走，提起今晚庄雪依的表演，说最后一曲非常完美。庄雪依随口应着，心里却感到非常开心。

谈笑间，那男人似乎是随口一提："我听别人说，你的女儿也曾经在这个乐团。"

话题忽然转到了她的女儿身上，庄雪依的脚步一顿，表情忽然变了。她有些不快地回头看向他："你不要和我提那个不孝的女儿，我和她没有关系。"

男人愣了一下："庄老师……"

"那是个自私自利的孩子。你知道她都做了什么？她毁了自己的艺术生涯，还毁了我的梦想，让我在这里抬不起头来！"想起柳梦莹在台上剪断自己手指的瞬间，庄雪依就气得整个人都在发抖。

是的，她不心疼，她感到更多的是气愤。

男人停下了脚步……

庄雪依原本的目光冷了下来。她站在安全通道的楼梯口，警惕地看向他："不会是那个小杂种让你来的吧？"

男人眉头微皱，想为自己的患者辩解几句："柳梦莹她……不是这样的。"

"呵呵，果然和柳梦莹有关系，是钱花完了吗？"庄雪依的脸耷拉了下来，对眼前的男人也好感全无，满是恶意地诅咒道，"我不会再给她一分钱，我巴不得她死在外面了！"

怎么会有这样的母亲？用自己的行为和所谓的梦想在女儿的身上划出一道道伤痕，逼得女儿都要疯了，她却还在说这些刺耳的话。那个瞬间，男人觉得心头冒起了一股火焰，火焰蒸腾而起，滚滚的烈焰迷住了他的双眼。

他深吸了一口气，伸出了手……

等他清醒过来，男人看到庄雪依躺在了楼梯间的底层。那个瞬间，仿佛时钟被按下了暂停键，四周安静极了，这个幽暗的角落里只有他们两个人的存在。

庄雪依的双眼还是半睁着的，鲜红的血液从她的头部无声地蔓延而出，逐渐染红了身下的白色康乃馨。

男人看四下无人，迅速从安全通道里出来，走出剧院，汇入人流。

喧嚣终于又回来了。

男人低着头，整理着自己的思路。那里是后台，安全通道，没有监控，而且现在足够晚了……她可能只是受伤了，也许没有死。她是自己跌下去的……

不过，真的是她自己掉下去的吗？

他低下头，看着自己的手。他的手指在无法抑制地颤抖着，记忆一点一点地浮现而出……是他推下去的，他甚至可以回想起手碰到女人背上时的那种体温……他不能打求救电话，那样所有人都会知道这件事是他做的。

他的胸口憋闷着，觉得心脏都快要从喉咙里跳出去了，回想起楼梯间里的女人，想起她身下的血，那种紧张感甚至让他想要呕吐……

那个女人该死……她该死……他不停地想着，反复舒展着十指。但是亲手杀人的感觉，真的不太美好，这样的感觉，他不想再尝试第二次了……杀人太容易了，生与死的距离，原来真的只有22个台阶那么远。不，不是杀人！他是在救人。这个女人不死，柳梦莹就死定了。如果她知道了这一切，也会原谅他的。

男人的脑中一片混乱。他准备打车，却忽然想起了一件事。

那支刚才签完字的笔……庄雪依好像并没有还给他……

16个月后，华都市局。

救护车很快赶到了楼下，秦之华被医务人员抬走。由于被下毒已经有一段时间，所以没有脱离生命危险，尚不知能否抢救过来，郑柏跟着去了医院。

苏回把手洗干净，平复了心情，回到了重案组的办公室里。他不敢放松警惕，一切仿佛是被推倒的多米诺骨牌，他不知道接下来会迎来怎样的连锁反应。

曲明看了看电脑汇报道："苏顾问，之前查的花店给我来消息了，16个月前，那束康乃馨的购买者是电子支付的，店主把账户发过来了，我申请权限，查一下实名。"

花店卖出的花都会有记录，那个小花店当天只卖出了这一束康乃馨。苏回看了一眼账户的用户名，是一串英文加数字组合的邮箱。

还来不及调取出实名结果，夏明晰又回头道："苏顾问，出事了，追踪柳梦莹的那一队找到了柳梦莹，她现在正在市中心一栋商业楼的顶楼上，十分危险，消防和警方都在赶过去。"

现在陆俊迟不在，苏回明显是这里职位最高的人，所有人都紧张了起来，等着他的决定。

苏回皱眉："距离这里有多远？"

曲明看了一下地图，说道："不太远，大概六七分钟车程。"

苏回迅速做下决定："曲明，送我过去。夏明晰，尽快通知陆队。"

他和曲明用最快的速度下楼。拿着手杖准备坐上车的时候，陆俊迟的电话正好打了进来，苏回急忙接了起来。

陆俊迟道："苏回，情况我都听说了，我这里远一点，大概需要20分钟才能够赶到柳梦莹那边。"

苏回咳了几声说："我知道了，我正在赶过去，她现在还站在顶楼上，说明我们有机会。我会尽力拖住她。"

"你千万要注意安全！"陆俊迟听了这话就觉得胸口一阵发紧。

"我是去救人，不是去跳楼。再说还有曲明跟着呢。"苏回的语速很快，但是语气和神情依然十分淡定。

陆俊迟："我没有想到事情会发展到这一步，他们为了灭口竟然做出了这些事……"

苏回回想着刚才秦之华拉着他的手的时候，对方那种绝望的感觉，内心里的真相却逐渐清晰了起来："他们现在的行为是为了袒护身后的人。我认为他们可能是受到了错误信息的暗示甚至是催眠，想要杀掉已经暴露的同伙……"

陆俊迟开着车皱眉问："催眠可以达到这种效果吗？"

"催眠的效果是和被催眠者的状态息息相关的，对一般意志坚定的普通人，这种催眠或者心理诱导效果甚微。但是那些人都曾经是抑郁症患者，凶手在他们最脆弱无助的时候，和他们搭建了关系，把自己的思想一步步地植入那些人的脑中，让他们赞同他的思想。那些患者爱他，崇拜他，尊重他，心甘情愿地跟随他，愿意为他做一切事，包括杀掉自己的同伴。"苏回说到这里，低下头片刻，然后抬起双眼，目光坚定地看向外面的车流，"当一切东窗事发之后，留在脑子里的潜意识，会让那些人抛弃一切！哪怕是用自己的生命来保护他也在所不惜。而且经过洗脑之后，他们会把这种念头误以为是自己的想法。"

被逼到绝路的凶手们开始了自相残杀。这是一种入侵，一种诱导，甚至是一种洗脑。这不是救赎，这是沾着蜜糖的毒物，一旦和那个魔鬼达成了协议，你就会彻底失去自我。杀了人，那些人的人生就会因此偏移轨道，就像是被人推入了纯白色的地狱，永世不得超生。

苏回又开解陆俊迟道："不过我估计，现在很多患者已经不在抑郁的状态之中，在行事的，可能是他的一些疯狂的信徒。"

陆俊迟万万没有想到，案子查出反而犹如打开了潘多拉魔盒，引起了一连串的后续反应，也让他们警方陷入了被动："那关于凶手，你还有更具体的侧写吗？"

苏回冷静了下来："男性，年龄在28~35岁，职业可能是医生、老师，或者是心理治疗师。他表面上看上去非常温和、无害，给人信任感，但实际上是一个极端的人。他的救赎不是为了那些患者，而是为了满足自己。因此，到了快要暴露时，那些被他拯救过的人，也就成了可以为了掩护真相、掩护其他人的牺牲品……"

苏回说着，脑海之中的人影逐渐清晰了起来。他想起了那个电子账户……打头字母好像是AYC。苏回停顿了一下说道："对了，查一下安郁辞。我快到了，等下再说。"

陆俊迟还想问点什么，电话就被挂断了。之前提到心理治疗师这个职业，陆俊迟的心里就浮上来一些不祥的预感，现在苏回更是把目标直接锁定在了安郁辞的身上。

乔泽坐在车上飞快地打开了笔记本电脑，抬起头问："陆队，需要查谁？"

"杨雨晴诊所，一个叫安郁辞的心理治疗师，查他之前在一附院的诊疗记录，是否和这几名嫌疑人有关……"

乔泽快速地输入着，键盘噼啪作响，稍许之后，他吸了一口冷气，难以置信地道："有好几名相关嫌疑人都曾经看过这位医生……"

陆俊迟继续道："马上调出他的指纹，和庄雪依死亡现场的那个指纹进行比对！"

乔泽把两份指纹导入了系统，发出了"滴"的一声。他激动地道："指纹匹配！"

苏回站在了市中心的一座高楼之下，楼下已经聚集了很多围拢过来的群众。

消防员和普通警察已经到了，开始在地面上铺设充气垫。曲明分开了人群，拉开了警戒线，挥了一下自己的警官证道："重案组，让一下，要跳楼的人是我们正在查的案件之中的一位嫌疑人。你们这里到什么程度了？"

"女孩在顶楼，她的情绪十分激动，无法靠近。"负责救援的人扭过头道，"这么高的楼，充气垫的作用几乎没有，跳下来就是死。我们的备用方案是想要给她套上安全绳，可是现在她情绪激动，根本无法靠近。"

苏回仰着头。楼太高了，他看不清坐在上面的女孩。他侧头问身侧的救援人员："你们可以送我上去吗？我认识她，可以试着劝一下。等我分散了她的注意力后，你们借机上前。"

曲明道："我也一起上去看看。"

救援的人说："听起来是目前最好的方案，只是女孩的警惕性很高，无法靠近，你有把握吗？"

苏回"嗯"了一声，冷静地道："她一直没有跳下来，说明还有机会，我会努力一下。"

那位现场负责人犹豫了一下，说道："好，我让我们的人带你们上去，不过你们也要注意她的情绪，如果她产生了排斥反应，不要靠她太近。"

很快有人带着他们上到了顶楼，不过几十米的高度，楼上的风却一下子大了很多，连温度也比下面低了一些。

顶楼是个不小的平台，平时有个小铁门是锁着的，仅供维修使用，不知道柳梦莹是用什么方法打开的铁门。顶楼上，有一圈围栏，围栏外，有宽约40厘米的一圈外围，柳梦莹就坐在大厦楼顶的一角上。

她今天穿了一条白色的裙子，双腿悬空，楼上的风很大，她黑色的长发披在脑后，被风吹起来。

苏回正要上前，却感觉到他放在裤子里的手机忽然震动了两下，他掏出手机一看，是陆俊迟发过来的信息："通过指纹和鲜花的购买信息已经基本可以确定，很可能是安郁辞杀了庄雪依。安郁辞有较大嫌疑。"

看到这里，苏回明白了真相，收起了手机。

距离女孩还有10米远，曲明刚想往前走一步，柳梦莹就回头发出了警告："你们别过来，你们如果过来，我就真的跳下去了。"

苏回往前走了一步："柳梦莹，又见面了。"

柳梦莹看到了苏回，冷笑了一声："你还好意思来，如果不是因为你……"

"如果不是因为我，你们的秘密就可以一直隐藏下去，永远没有人发现吗？"苏回说着话，又往前走了两步。

等柳梦莹反应过来，苏回已经离她不到5米。柳梦莹叫道："你别过来！"

苏回停住了脚步，摊开了双手，把手杖放在一旁："只有我一个人，你真的要跳

下去的话，我也拉不住你的。"

在场的所有人都捏了一把汗。柳梦莹的眼睛眨了一下，低下头，没有再阻止苏回的靠近。

苏回又往前走了几步，来到了护栏的边缘。

柳梦莹抬起头问苏回："你到底想要干什么？"

苏回说："我上次没有骗你，我告诉你的事情，大部分是真的。那些事情，和我的职业没有关系。"

说这句话的目的是搭建起基本的信任关系。上次的钓鱼行动他们的关系破裂，他必须在那个点上重新开始。

"你现在怎样和我无关了，我救不了自己，也管不了别人。"柳梦莹轻声说，"我……我只是想要在这里坐一会儿，然后安静地离开。所以无论你说什么，都没有用的，我都不会改变主意的。"

"我不是来拦着你的……我只是想最后陪一下你。"苏回往前看去，"这边很高，不过风景很好。"

柳梦莹的目光也随之向外看去："是的，我从小就很喜欢高处，视野开阔，能够看到很远的地方。这里只有风声，没有琴声……我时常觉得，我们这些生活在城市里的人，都背负了太多，就像是被关在笼子里，没有自由的鸟。"

她小时候就喜欢各种高的地方，学校的平台、家里顶楼的小花园……不过她的母亲从楼梯上坠落后，她再也没有上过高处了。而今天，她想要结束自己的生命的时候，还是给自己选择了这样的方式。她希望能够减少痛苦，所以她选择了足够高的地方。

她想像鸟儿一样自由地飞翔，可是她没有翅膀，所以她穿了自己最喜欢的一条裙子，就是希望在她跳下去时，会有一个瞬间，看起来像个天使。

"我也很喜欢高的地方，在这里，脑子里可以什么都不想，放空一切。"苏回说着话，看着周围的环境。他现在的位置，距离柳梦莹还不够近，他必须跨过那道护栏，才能够拉到她，但是那样的话，他也会有一定的危险。

苏回盘算了一下，觉得冒险是值得的。他深吸了一口气，翻过了护栏，站在了护栏外侧。下面应该有很多人，街道上还有车，不过以他的视力，这个距离也看不清楚。

他不觉得恐惧，也不觉得可怕。现在，他终于可以拉到柳梦莹了。

目前为止，他们的交谈是顺利的。

柳梦莹迟迟未决，说明她的心里一定对生有所留恋，所以现在要打断她的行为，引导她的思维，给予适当的刺激，吸引她的注意力，又不至于让她完全失控。

"你想要维护的那个人，是安医生吧。"苏回开口说道。

柳梦莹一愣，扭头看着苏回。

苏回的语气很淡定："警方已经掌握了很多证据。所以，你就算跳下去，也不能保护他。"

苏回在传递给柳梦莹一个信息——她就算死去，也不能保护安郁辞，她的死是无用的、无意义的。

柳梦莹的睫毛微微颤动："安医生是个好人，他没有做任何事，你们不要冤枉人……"她努力地想让自己说得平静，可是她的语气还是出卖了她。她是在自欺欺人。

柳梦莹的目光从云端划过，开始向下面看去，苏回的心头一紧。

"你还很年轻呢。"苏回看着女孩。

这是他的真实感受，也是本能说出来的话，柳梦莹却把这句话当作是安慰。她笑了一下："你不用白费力气了，这样的话，我说得比你多，也听得比你多。"

"你本是安医生的患者吧？"苏回又问，"你觉得，你被救赎了吗？"

柳梦莹点点头："那当然，我很感激他，如果没有安医生，没有这些事，我可能早就已经死去了。"

苏回问柳梦莹："你的母亲去世后的这段时间，你过得好吗？"

柳梦莹一愣，她一时不知道该怎么回答。最后她小声说道："我很好。"

嘴巴上这么说着，柳梦莹的心里却开始回想。一年多了，虽然她看上去全情投入，抑郁症也早已经痊愈，但是那些事情……她现在足够成熟了，再回想和母亲的关系与矛盾，就觉得母亲可能是进入了更年期，而她也带有青春期的叛逆。矛盾是一步一步激化的。母亲死去以后，她是过得好了，可是她却会时常想起母亲，然后不可抑制地哭泣。她努力把自己的注意力放在救赎他人身上，但是她自己，依然活得像是一个空壳。

苏回继续问她："你拯救过的那些人，他们活得还好吗？"

柳梦莹颤抖着声音说道："很……很好。他们都被拯救了……摆脱了抑郁症。"

"张鸣和秦之华你认识吗？"

柳梦莹没有说话，苏回就继续说道："张鸣今天去世了，秦之华现在医院里，随时有生命危险。"

柳梦莹安静地听着，嘴唇却微微抿着。最初是安郁辞说服她，去拯救那些因为他人而陷入不幸的人，可是，是从什么时候开始，这件事开始发生扭曲、变化的呢？母亲的死亡，还有她亲手推下石灰池的连斐，这两件事就像是梗在她心头的刺、悬在她头上的剑。她经常做噩梦，在午夜梦回时，猝然惊醒过来……她也时常在想，自己的选择究竟是对的还是错的？可是，如果她真的是被救赎了，为什么现在她站在高处，要被迫去死亡呢？如果那些人被拯救了，为什么他们一个接一个地死了呢？

柳梦莹颤抖着说："为了正义的事，有一些牺牲是必须的。"

苏回轻声问："你真的想要离开这个世界吗？"这句话曾经是柳梦莹问苏回的话，现在苏回转回来问她。这是一场正与邪，生与死的博弈，眼前的女孩就像是天平上的筹码，一旦天平倾覆，她就会急速坠落下去。

柳梦莹的眼角滑落了一滴泪，心里动荡不安。

苏回继续问："你对这个世界没有留恋了吗？"

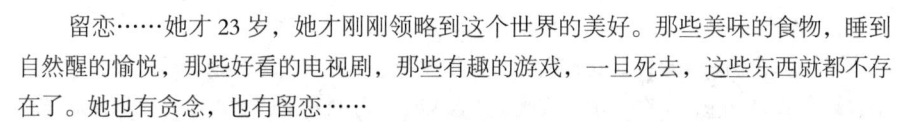

留恋……她才23岁,她才刚刚领略到这个世界的美好。那些美味的食物,睡到自然醒的愉悦,那些好看的电视剧,那些有趣的游戏,一旦死去,这些东西就都不存在了。她也有贪念,也有留恋……

柳梦莹忽然意识到,苏回好像并没有和她说几句话,他用的都是淡定的语气,可是为什么,她的脑海之中会翻腾出很多念头……她为什么对死亡这件事越来越不确定,越来越动摇,还产生怀疑了呢?她忽然明白过来,苏回是在帮她复盘整件事。

不,这一定是警察的阴谋,他们是为了抓住她,审问她,甚至拿她来威胁安医生。他们没有错,他们杀的都是该死的人。纠结过去的事情,都是没有意义的。她现在已经无法回头了,就算不死,也会被抓住,等待她的不会是美好的世界,那还不如干脆结束自己的生命呢!

柳梦莹眼角带着泪水扭头道:"你现在和我说这些,已经太晚了,我就算是想清楚又如何呢?也许,真的有一些谎言在里面,也许,我真的是被骗了!但我杀过人了,回不去了……那16个月,像是我人生之中多出来的16个月。也许在我的母亲去世时,我就已经进入了一个噩梦。事到如今,对的错的,真相是怎样的,我已经不在乎了……"她的身体向前倾去,重心再偏一点就会掉落下去。

"啊!"楼下围观的人们发出了一阵惊呼,所有人都紧张得直冒冷汗。

苏回的精神绷紧了,就算是他,也感觉到了一丝压力……他的眼前仿佛出现了柳梦莹坠下楼的幻象,她像是一只鸟从他的身边一跃而下,随后飞快地坠落。单凭他一个人,拉不住眼前的女孩,她会血溅当场。可这不应该是这个年轻女孩最后的归宿。

苏回知道,安郁辞一定花费了大量的时间在柳梦莹的身上。柳梦莹对安郁辞的依赖、信任,不是他用几分钟、几句话可以完全动摇的。

从苏回所站的位置可以看到,柳梦莹的身后,有两团模糊的人影正在靠近,他现在必须要吸引住柳梦莹的注意力,保证靠近的人不会被发现。

苏回不得不加重了砝码,进一步阻止柳梦莹的疯狂举动。就算不能改变柳梦莹的决定,他也必须进一步扰乱她的心理:"你在后面游说了那么多的人,也做了那么多的事。所以你应该知道,你母亲的死亡不是意外了吧?"

柳梦莹抬头看向苏回,眉头微皱着。

苏回继续说:"警方最近在重新查证过去发生的案件,在你母亲的死亡现场发现了一束康乃馨和一支遗落的签字笔。经过核查,那些可能是安郁辞留下来的。"

柳梦莹的嘴唇颤抖着,眼泪止不住地流:"不……我母亲的死亡是意外……"

身后的人距离他们不到两米,苏回俯视着她的双眼继续说:"柳梦莹,死亡是一种逃避,并不能解决问题,你只是被利用了……"那根本就不是所谓的正义之事,不是什么救赎,只是为了满足救助者的私欲。

所有浮华的泡沫散尽,真相浮出水面。

"杀死一个人,真的是救赎另一个人的唯一方式吗?"苏回质问她,"你究竟是在为什么牺牲？那份正义从根本上就是扭曲的！"

"不！我们做的事才是正确的……"柳梦莹急于分辩清楚，她的话还没有说完，一根绳索从天而降，套在了她的腰间，与此同时，苏回和身后的人合力，把她从坐着的地方拉了起来。柳梦莹的腰被探出身的救援人员牢牢地抱住。

"你们！你们干什么……"事到如今，柳梦莹才发现自己一步一步地走入了猎人布好的圈套。

陆俊迟来到这里是 5 分钟以前。他和负责救援的人员迅速制订了方案，必须快速把柳梦莹从危险的地方转移下来。

行动在苏回的配合下迅速而顺利，在救下了柳梦莹之后，其他人都在控制她，一时抽不出手来。陆俊迟说了一声："小心。"随即牢牢地抓住了苏回的手，手指用力。

陆俊迟的手是温热的，苏回的手却是冰冷的。

苏回站得那么高，下面就是万丈深渊，普通人早就腿软了。陆俊迟不知道是一种什么样的力量在支撑着瘦弱的苏回，让他能够如此淡然自若。但是他深知，如果刚才苏回不站出来，他们面临的，可能又会是一具尸体。

直到柳梦莹被救了下来，苏回才长长地出了一口气。他刚才站在这里，和柳梦莹进行了不到 10 分钟的对话，却好像漫长得看不到尽头。

他的腿有点僵住了，动作不快，就算是被陆俊迟扶着，第一次也没能顺利地跨过护栏。

陆俊迟抿了抿嘴唇，他的心跳怦怦作响，比苏回还要紧张。等到苏回的重心偏了过来，他就迫不及待伸出手，把他托了下来。

苏回抬起头，看向陆俊迟，终于有些疲倦地闭上了双眼："陆警官，剩下的，就拜托你了……"

下午，华都总局内，陆俊迟走出了审讯室。

经过一下午的审问，柳梦莹终于肯开始招供，这让他感到如释重负。医院那边传来消息，秦之华也终于在医生的抢救下脱离了生命危险，恢复了意识。

乔泽走过来向他汇报着进展："谷若若已经招了，说了和秦之华合谋害死庞清华的事情，并且供述了自己曾辅助安郁辞毒害张富民的事实。她说……自己是受人蛊惑。"

由于脑卒中发作，张富民的下半生可能会面临肢体运动困难。

提到这个案子，陆俊迟感慨颇多。他转头看向站在走廊里刚作为当事人录完了口供的廖清荷和方佳悦，只见苏回正蹲着安抚着女孩，夏明晰也站在一旁。

方佳悦的眼圈还是红的，时不时地点着头。廖清荷在一旁说："这个安医生，真是个神经病，为什么要管我们家里的事？他是怎么想的，做出这种事情来，难道想要方佳悦一辈子都背着差点杀死继父的阴影吗？"

方佳悦抬起头来说："你不要这么说安医生，安医生虽然做错了事，但是他是为了帮助我，张富民那一天差点就……"

廖清荷低下头皱着眉看着方佳悦："你不要好赖不分了，是他把你继父害得住院，又差点让你坐牢，万一你真的听了他的话去杀人，你这辈子就完了。你这个孩子，怎么被别人卖了还帮人家数钱呢？"

方佳悦低下头小声说："是我打电话向他求助的……"

廖清荷道："哦，那个安医生如果是好人，我们过来录口供干什么，诊所的医生出了事，至少得赔偿我们的精神损失费吧？还有，我听说那个诊所还是你们警察都会去的，怎么就这么不靠谱……"

走廊里一时安静下来。

陆俊迟正想走过来解释几句，就见苏回站起身道："在查出凶手之前，我们警察也不会未卜先知。另外，阿姨，你放心，有人违法犯罪，就要等待法律的审判，付出相应的代价。至于方佳悦的心理问题，雨晴诊所那边表示万分歉意，会为她更换医师，进行治疗和心理创伤修复，也会免去今后的医药费。如果你们觉得这个处理不妥，还可以再和他们进行协商，甚至起诉诊所，寻求赔偿。"

这些话听起来助长了廖清荷的气焰，廖清荷正想要说点什么，苏回却又打断了她的话，话锋一转："不过，张富民得到了现在的结果，有个不可忽视的原因是他做错了事。他犯罪未遂，没有留下证据，法律无法惩治他，不代表他没有过错。而这一切发展到这一步，你身为母亲，身为人妻，难道真的问心无愧吗？"

廖清荷是个欺软怕硬的人，听了这话，脸色一会儿青一会儿白的，不说话了。

苏回说完，表情冷漠地走到了观察室里。陆俊迟还是第一次看到苏回这么感情外露，摸了一下鼻子道："你刚才说得挺对的。"

在苏回说那几句话时，陆俊迟不由自主地回想起了那个人……

苏回咳了几声，整个人又变得冷漠下来："我就是看不惯她这么是非不分。"然后他转头问陆俊迟，"柳梦莹招供了吗？"

陆俊迟道："已经开始招供了，老曲正在记录。"

几份口供逐渐完备，再加上被抢救过来的秦之华的证词，根据这些，还有物证，安郁辞已经罪行确凿，可以发布通缉令了。

"根据重案组连日来的调查以及相关犯罪嫌疑人的供述，沉睡者论坛连环杀人案主犯安郁辞的犯罪事实，已经证据确凿。现发布悬赏通缉，接受市民线索举报。"

"华都总局将针对此案成立特别行动组，实施最后抓捕。特别行动组由刑侦三队和重案组临时并组而成。由重案组组长陆俊迟和三队队长邱叶林负责行动细节。"

"主犯安郁辞目前在逃中，根据目前已经掌握的口供信息，可能会有少量的嫌疑人员跟随他，诸位在实施抓捕行动时一定要注意安全。"

一条一条的总局内部通报相继发出，整个重案组的气氛都紧张极了。

事已至此，这些时间跨度接近一年半的意外死亡案件的疑点已经被警方全部找出来，事实真相也得到了进一步还原。

安郁辞杀死了庄雪依，并且诱导柳梦莹一起进行了沉睡者论坛的运营。他们通过沉睡者论坛，联络符合他们要求的抑郁症患者，以拯救为名吸引他们入伙，进行连环杀人。在整个重案组的不断努力下，这根犯罪链条在执行到方佳悦时，终于被警方打断了。

当那些层层编织的谎言被戳破，那些被拯救者发现，自己只是被人操控在手中又随时可以丢弃的棋子。

苏回默不作声地躺在重案组的沙发上，仔细地看着安郁辞的资料。

安郁辞的父母早逝，他和姐姐一起寄人篱下，在各个亲戚家辗转。姐姐带着他，一边打工，一边供他读书。可是后来，他的姐姐却因为心理问题患了心理疾病，郁郁寡欢，直至死去。在那之后，安郁辞就立志要成为一名心理医生……

这个人在心理上是矛盾的，和苏回以往接触的所有连环杀手都不一样。其他人作恶的初衷是为恶，而安郁辞作恶是因为他心里的善念。大部分连环杀手拥有低共情能力甚至是零共情能力，安郁辞却是一位超共情能力者，他拥有比普通人更高的共情水平。

苏回想到安郁辞和他的两次讨论。救赎与杀戮，原本是两种矛盾的心理，可是这两种心理在安郁辞的身上扭曲地结合在了一起。他的部分心理状况在心理学上被称为"拯救者情结"，即帮助那些深陷泥泞的人，以此获得自己的满足感。

在最开始，安郁辞也只是一个普通的心理治疗师，但是从一年多以前，他在释放善意的时候，行为却开始背道而驰。

是什么促使了这一转变？大概，就是这个叫余甜的女孩的死亡。她的经历和当年安郁辞的姐姐的经历是近似的……心理诊治没有能够挽救她的生命。这让安郁辞意识到，仅靠心理咨询无法拯救患者，患者无法自愈，他需要进一步改变他们的人生。

苏回放下那几张纸，一时有些发呆。

办公室里非常安静，除了他就是留下加班的乔泽，还有刚刚向领导汇报完毕回来的陆俊迟。

"陆队，我这边收到了一条分局发来的线索。"乔泽道，"他们在华都火车站外的一处视频中，找到了疑似安郁辞的人。"

陆俊迟俯身看去，画面之中可以看到，有个戴了墨镜的人，很像安郁辞。

因为已经在公安局内部发布了通缉令，华都的各大车站、机场全都加强了安保。在通过检票口前时，安郁辞看了看四周巡视的警察，忽然扭头离开了。他的行动十分迅速，那些警察没有能够拦下他对他进行排查，可是他这样的举动却被监控摄像头完整地记录了下来。

陆俊迟道："安郁辞非常警觉，他应该没能逃出去。让邱队和老曲那边注意，加强市内的排查。"

可安郁辞能去哪里呢？他的家已经被警方监控着，酒店是不可能住的，难道是隐藏在朋友或者是患者的家中？还有什么地方他们没有查到？

时间一分一秒地过去，到了晚上 10 点。

乔泽激动地道："陆队，我们收到线报，有人在华都郊区一个已经关停的心理治疗机构附近发现了安郁辞的行踪。老曲他们已经先过去了，目前还不知有多少人和安郁辞在一起，有没有人质。"

陆俊迟忙道："乔泽，你和我一起过去。苏回，我找个人送你回去……"

"等一下……"苏回从沙发上坐起来道，"我还是和你们一起去吧。"

他拎着手杖，快走了几步追上陆俊迟。

"现场可能会有危险。苏回，你还是不要过去了。"陆俊迟坚持道。

"安郁辞精通心理学，会催眠，身边也有跟随者，有危险的话，如果我在，你们也可以更好地化解这些危机。"苏回说到这里抬头看向陆俊迟，"而且……并不是我不去现场，那危险就不存在了，我不想你们过去面对危险，自己却置身事外。"

经过这段时间的相处，比起普通朋友，陆俊迟更像是可以和他并肩作战，把后背交予的战友。

陆俊迟停顿了一下，说道："对方只是一位医生和几位患者，应该不会有太大的问题……"

苏回道："既然你这么说，那你更不应该把我隔离在这次行动之外了，对于我而言，没有你在的地方，才更加危险。"

陆俊迟一愣，觉得好像有些道理，一时鬼使神差地点了点头。

苏回见了，马上就利索地跟着他们下了楼，主动上车坐好，系上了安全带。

此时，曲明和邱叶林带着几个警察已经站在了那个心理治疗机构外 10 米远的树下隐蔽处。

眼前的几栋楼，是连成一片的几座白色建筑。这个地方曾经被一个教育机构租了下来，特别装修过，办过一段时间的心理辅导以及亲情辅导的学习班，安郁辞则是被请来做辅导的心理咨询师。后来因为各种原因，学习班停办了，现在这个地方空置着，他们就躲到了这里来。离他们最近的一栋三层楼高建筑里亮着灯，显然是有人在里面的。

邱叶林问下属的警察："确定就是这里了吗？"

"确定了，也通知了陆队，他正在赶过来。"

有个急性子的警察道："别等了，邱队，我们这里一共 7 个人，先进去把人抓了吧。"

曲明一听，忙拦了一下："陆队已经在路上了，抓人的事还是等他来了一起商量吧。"

那个急性子的警察指了指面前的三层建筑："就这么大点地方，一个心理咨询师，几个抑郁症患者，要磨蹭到什么时候啊？早点抓了人，回去还要睡觉呢。"他的话马

上得到了其他队员们的附和。

曲明拦着道："那可是我们追了半个多月的连环凶手！之前在华都犯案将近两年，不是那么简单的。你们等会儿可别轻敌。"

邱叶林出来打圆场："好了好了，大家也是立功心切，知道能找到凶手你们重案组劳苦功高，还不能让我们刑侦这边跟着喝口汤了？"

然后邱叶林转头看向曲明。曲明和他是差不多同时入职的，现在两人虽然工资差不多，级别上却差了半级。他拍了拍曲明的肩膀："不是我说你啊，老曲，你看我们是同时进总局的，我这都当队长多少年了。这种该往上冲的地方，就得往上冲。如果人是我们队抓到的，这不也是功劳一件？"

听了这话，曲明在心里"呵呵"一声。

现场的其他人却都附和着。他们都是三队的，又都是年轻的小伙子，正是血气方刚的年龄，平时里抓捕，都是拿着枪、带着刀直接往上冲，面对那些凶徒时，他们也毫无惧色。这几个抑郁症患者在他们看来，就是小菜一碟。

曲明道："反正我们已经把这里围住了，嫌疑人也跑不了，如果贸然进去，出了纰漏才难办啊。"

邱叶林这才缓和了语气："好好好，等着，我们等着你们的陆队过来。"他从口袋里掏了包烟出来，自己叼了一根，又递给曲明，"不是我说，你们那个陆队也太年轻了，他参加过的抓捕行动，还没你我一半多吧？我们两个老搭档，还能有什么问题？"

曲明摆了下手，拒绝了他的烟："老邱，你少抽点吧。"

正在这时，一声女人的尖叫忽然划破了夜空。

"救命！"

与此同时，建筑二楼的玻璃哗啦一声就被打碎，从中伸出来一只血淋淋的手，挣扎了两下。

"救命，救救我……"女人的声音还在喊着，听起来清晰无比。然后那只手就像是被什么人拉住了，消失在了窗口。

这下子，站在楼下的几人都愣住了。

"有人质！救人！"邱叶林见了这个场景，顾不得别的，把烟往地上一丢一踩，转头就开始安排，"你们两个，从后门进入，其他人，跟着我从前门突破。"

"你们看清那个女人了吗？小心是圈套……"曲明叫了一声，"哎……是不是留个人在外面支应。"

"再等的话，可能会错过营救时机，等后援来了，什么都晚了。"邱叶林心急如焚，"老曲，我看你挺合适支应的，要么跟着我们，要么就在这里等着。其他人，跟我来。"

曲明见状，只能也拔出了枪，给陆俊迟发了个消息后就急忙跟了上去。

"砰"的一声，前门被一脚踹开，几个人走入建筑。建筑里面十分空旷，空荡荡的，没有一个人影。大厅的高顶之上，垂挂着十几个白色的圆球，亮着微光，像是钟摆一样，轻轻晃动。

一进门，曲明就闻到了一股很香的味道，像是什么香料。

后门也很快有人突破进来，几个警察迅速把整个一层搜寻了一遍。

"邱队，这边没人！"

"我这边也没有，安全！"

那才那个诡异的救命声再也没有响起，仿佛那一幕只是他们的幻觉。四周安静极了，只有他们的脚步声，还有呼吸声。

邱叶林看了看中间的那几个规律晃动的圆球，丝毫不敢大意："大家按照之前的分队，找楼梯上楼，救人要紧！"

他们马上分散开来，曲明握着枪，跟在邱叶林的身后，顺着一条长长的楼梯往楼上走。他觉得这地方有些说不出的诡异，而且建筑里面比从外面看上去大了很多。

忽然，一阵舒缓的音乐从广播喇叭里响起，伴着音乐的旋律，一个声音响了起来："放松，大家不用那么紧张，用力吸气，然后慢慢地、一点一点地呼出体外……"

"这里怎么响起瑜伽教学了？"几个警察原本十分紧张，现在听到这个声音，都忍不住开始困惑。

"那些人不会就这么点本事，想要感化我们吧？"

"心理医生，说不定想把我们都催眠了。"

"催眠？那是骗小孩的。"

那个男人的声音还在继续："你的身边有着无尽神秘的力量，随着呼吸，那些力量进入了你的身体。你的身体开始变轻，所有压力都不存在了……"

"别听那个声音，大家赶快寻找嫌疑人和人质。"邱叶林喊了一句。

曲明听到这里，长长地出了一口气。然后他发现了一件不太对的事情——他竟然不自觉地在按照广播里说的方法，调整着自己的呼吸。

"呼吸……把你们的视线放在顶层的钟摆上……"站在楼梯上的人，不自觉地抬头，那挑高的顶部垂下来的钟摆样圆球还在不停地摆动着。

"谁能把音乐关掉？烦死了！"

"那个晃来晃去的是什么东西？我闭上眼睛还能看到。"

"视觉暂留吧？"

"没事，坚定意志，催眠不去配合的话，根本就催眠不了的。"

一群人中，只有曲明意识到了事情不妙："这不是录音！这是群体催眠！别去看那些东西，别听他的引导！"他飞快地在对讲机中说着话。他们太轻敌了，这些人，包括他，都对催眠并不了解……

那个声音还在继续："……所有外面的声音，各种的意志抵抗，只会让你对我说的话越来越专注……现在很冷，你的身体几乎要被冰冻住了。你手里的武器很沉。你的手指已经和枪连在了一起，你的手非常沉……沉到你的肩膀都抬不起来。"

曲明努力不去听那些话。他觉得自己神志清楚，没有被控制，可是随后他忽然发现了一件可怕的事，自己握着枪的手低了几分……必须尽快找到声音的源头！

他们在广播的声音里往前走着，众人面前出现了一间全是镜子的走廊。眼前像是一个迷宫，四周都是反光的镜面，唯有抬头，可以看到外面那些晃动的圆球。

"老邱，这地方不对，我们先撤出去吧！"曲明一边说着话，一边用一只手塞着耳朵，努力不被那些声音干扰。但邱叶林没有回答他，这时曲明才发现，刚才还在他前方的邱叶林拐了个弯儿就消失在了镜子里。

现在只要闭上双眼，曲明眼前就仿佛看到那些巨大的钟摆在不停地晃动，大脑仿佛快要失去意识……他努力地摇着头，赶走脑中的幻象。

"你一动也动不了了，完全放松，你会陷入睡眠状态……现在，只有你一个人了，你孤立无援……不要再反抗，不要再挣扎……放松……"

忽然之间，曲明发现他的周围没有人了。一直在说话的警用频道里安静了下来，他只能听到一些轻浅的呼吸。

"都醒醒！"曲明低吼了一声。这一幕在他看来，无比得诡异和恐怖。面前的一面镜子忽然翻转过来，一个黑影冲到他的身后，"砰"的一下用手中的木棒击中了他的后脑。曲明眼前一黑，陷入了一片黑暗。

"三……二……一……"伴随着三个数字，回答他的是沉默，无边的沉默……刚才的一队人，仿佛都被这座诡异的建筑所吞没。

建筑的三楼，空旷的房间响起了脚步声，几个人走入了广播室，他们看向坐在监控前的安郁辞："安医生，那些人已经被抓住了。"

他们把从那几位警察身上取下来的手机和武器放在桌子上。

"谢谢。把他们绑好，放到水疗室里，你们就可以走了。"安郁辞扶了一下眼镜，转头望向面前的几个人。他们之中有男有女，有的人还没有参与连环谋杀，只是他的患者，所以警察还没有查到他们身上。在这种时候他们还愿意相信他、帮助他，已经足够了。

患者们离开了，安郁辞取了一把枪带在身上。然后他走入水疗室，用曲明的指纹打开了曲明的手机，随后退出来，锁好门扔掉了钥匙，决绝地按下了水流的开关键。为了那个最后的答案……这些布置是必要的。

安郁辞回过头，看到了一个熟悉的人，是罗伟。在警方开始通报时，他就一直藏在这里。

"安医生，我愿意跟着你。"罗伟并没有和其他人一起离开。

安郁辞道："那就留下来吧。你帮我看好楼上水疗室的入口，不要让其他人进去。"他抬起头，看着水疗室里的水位逐渐上升，仿佛在欣赏什么绚丽的美景。

安郁辞把这一幕用手机拍摄了下来，又翻找着曲明的通讯录，寻找着里面的号码……

华都，整个城市陷入了暗夜。

苏回皱眉沉思着看向车窗外，在漆黑的夜色之中似乎有野兽蛰伏其中。

陆俊迟的车已经到了那片建筑的外面。眼前的白色建筑门开着，建筑里面亮着柔和的灯光，一片宁静。现在距离那些人进入建筑已经过了10分钟，可是无论是对讲机还是手机都已经完全没有消息。

陆俊迟放弃了联络，发送了支援请求。但就算支援的人再快，也需要一定的时间。

乔泽刚才也听到了曲明的留言，开口道："他们太轻敌了，这些人根本不了解什么是催眠。"

陆俊迟皱眉道："难道安郁辞是一位催眠大师？"

苏回从车窗外收回目光："大师说不上，但是他绝对掌握了一些催眠的技巧，有时候群体催眠会互相影响，反而比单人催眠更加容易。"

苏回进一步解释道："催眠是一种诱导，一种强烈的暗示，并不一定需要催眠师和他们面对面，催眠所处的环境非常重要，安静的环境，有规律移动的物体，人们听到诱导的声音，甚至一些触碰、轻抚，都有可能让人进入催眠状态。"

陆俊迟还是觉得有些不可思议："可是整队七个人，难道一个能够抵御的都没有？"

苏回简单地道："我不认为他们是因为被催眠才失去了联络，也可能受到了一些袭击。在催眠第一阶段时，被催眠者不认为自己在被催眠，却已经进入了催眠状态，小的肌肉群可能开始受到语言控制，还可能出现眼皮胶黏反应。这个时候，他们的反应会变得迟钝，也更加容易被制服。"意识越是挣扎，就越是适得其反。除非马上脱离催眠环境，否则这种催眠状态会不断加深，让他们的动作迟缓，陷入困境……

三个人说到这里，陆俊迟的手机忽然一响，他低头去看，是曲明打来的电话。

陆俊迟皱着眉接起电话，安郁辞的声音从手机里面传来："陆队，我们又见面了。"

陆俊迟道："安郁辞，你对他们做了什么？"

安郁辞看向水疗室："他们现在还活着，再说了，是他们侵入了我的领地。"

陆俊迟："你触犯了法律，就该面对惩罚。"

安郁辞的声音听起来温文尔雅："陆队，我没有对你的同事做太多事，只是在他们进入了催眠状态以后，把他们关入了水疗室。你是可以在这里等待支援，但是他们能不能支撑那么久，我就不清楚了。"电话被挂断。

随后，陆俊迟的手机一动，曲明的账号给他发过来了一段视频。

那是一间全是玻璃的水疗室，几名警察被手脚绑缚着，靠坐在玻璃幕墙旁，此时有水不断地注入其中，深度已经接近了他们的胸口。

陆俊迟一时有些犹豫了。这里只有他们三个人，这很明显是一个陷阱。那栋建筑的门大开着，就像是在邀请他们进入。这个人想要做什么呢？杀害警察？拖延时间？似乎都不尽然。

苏回在身后拍了一下他的肩膀道:"安郁辞应该没有说谎,救人要紧。如果要进入的话,不要盯着移动的物体看,注意力不要集中在微小的事物上。"

乔泽在电脑上迅速查询着:"我调出了这里的地形图,水疗室的主体在一楼,控制室是在二楼,有一条近路可以过去。"

看了一下逐渐上升的水位,陆俊迟做了决定:"乔泽,我们先去救人。苏老师,你待在车里,不要下车。"

陆俊迟和乔泽走下车。他最后回头看了苏回一眼,苏回冲他点了一下头。

两位警察拿出枪握在手中,走入了那栋白色建筑。建筑里十分空旷,看不到一个人影,远远地就可以听到哗哗的水流声。乔泽带路,两人很快就来到了水疗室的入口外,巨大的水疗室出现在了他们的面前。

那是一间四方形的玻璃屋子,四周密封着,大概有10平方米大小。这么看起来,就像是一个水族馆之中常见的那种巨大鱼缸,又像是一个透明的泳池。

这是前几年流行过一段时间的高端水疗室,目的是让患者像是婴儿一样完全沉浸在羊水之中,更加接近自然状态。可是现在,这里却被安郁辞做成了一处可以夺人性命的水牢。水疗室里歪歪斜斜地坐着几名警察,他们靠坐在玻璃墙边,水位已经上升到了脖颈处,他们却好像完全没有感觉到一般,全无意识。

"老曲!邱队?"陆俊迟喊了一声,里面的人没有丝毫反应。

陆俊迟围着玻璃房间转了一圈,房间密封着,水从顶端像是瀑布一样淋入。

乔泽试图去找出口:"这里有锁孔,可是没有钥匙打不开。"

陆俊迟扣动了扳机,冲着一旁的一处空白玻璃处打了一枪。玻璃十分坚硬,纹丝未动。他又冲着锁孔处射了一枪,子弹弹飞了出去。这个装置显然十分牢固。

乔泽在一旁道:"陆队,根据流速推算,我们大约还有5分钟的时间。"

耳边的水声还在哗啦哗啦地响着,水位线每分每秒都在上涨。陆俊迟深吸了一口气,看向眼前的玻璃屋……

心理治疗中心外,漆黑的停车场中,一道人影走到了停靠着的警车前。

苏回从车中抬起头来,似乎对安郁辞的出现毫不意外。

"现在,麻烦的人都不在了。"安郁辞笑着说。

他的手中握着一把枪,扣动了扳机,车的后侧玻璃应声而碎。随后他伸手进来打开了车门,这下子,声音清晰多了。

"陆队长应该叮嘱你不要外出的吧。"安郁辞笑着看向坐在一旁的苏回,做了个请的手势,"不过,现在形势所迫,苏老师,你还是去我那里坐一会儿吧。"

苏回没有多说什么,跟着安郁辞下了车。

安郁辞没有走正门,而是带着苏回从一处侧门进入了那栋建筑,来到了一间不大的房间。

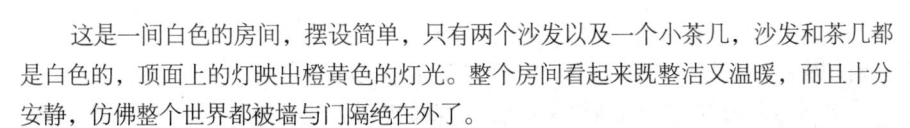

这是一间白色的房间，摆设简单，只有两个沙发以及一个小茶几，沙发和茶几都是白色的，顶面上的灯映出橙黄色的灯光。整个房间看起来既整洁又温暖，而且十分安静，仿佛整个世界都被墙与门隔绝在外了。

这里是一间完善的心理治疗室，苏回不知道墙壁用的什么材料，他甚至听不到外面的任何声音。

安郁辞脸上的笑容让他看起来就像是一位好客的主人。他用手里的枪冲着苏回比画了一下，然后示意道："苏老师，不要见外，坐。"

苏回没有配枪，也没有带任何武器。他依言坐在了沙发上，两人之间仅隔着一个圆形小茶几。

安郁辞笑道："苏老师，现在很平静啊。"

苏回道："你的目的并不是杀了我。而且根据我的侧写，你也并不是一个滥杀无辜的人。"

苏回的心里十分明白，他到现在还是很安全的。安郁辞并不是真的想杀人，他如果有杀人的念头，那么他们赶来的时候，就已经可以看到一地尸体了。

"我本来还有点担心你不会来，但是在看到了你的一瞬间，我就放心了。"安郁辞一边说着，一边取出一个小的沙漏，倒转之后放在了一旁。那是心理治疗师常用的计时工具，这样的小沙漏，正好是10分钟。

安郁辞继续道："苏老师，我之前就听人说，华都有一个很好的心理侧写师。所以我专门调到杨雨晴的诊所来，积极去接待那些被诊治的警察。从那天在诊所看到的你的第一眼起，我就一直在想，那个人是不是你。"

苏回问："你是听谁说的？"

安郁辞轻笑着答非所问："那个人和我说，你没跟他见面时，无法确认他是谁，但是当你见到他，交谈过，就会马上确定，自己想要找的人是他了。"

"我是应该叫你苏顾问，还是应该叫你——'诗人'？"

安郁辞此时的态度，让苏回想起了覃永辰重伤时和他说的话。他越来越确认有人在暗中联系这些连环杀手，而且那个人可能和他是旧识。

安郁辞看向苏回，说道："在进行整个布局时，我一直是极为小心的。其中的线索在普通人的逻辑推理之中，都是断裂的，更没有实质性的证据。即使警方有线索，觉得案件有疑点，也很难串联起来。这个时候，除非是通过心理侧写来查找凶手的轨迹，否则很难预测出所有的行凶模式。"他侧了侧头道，"换句话说，我觉得这个谜题只有你，或者是其他侧写师才能够看破。"

苏回一脸淡定地问："你今天把我带到这里的目的是什么？"

安郁辞看向苏回，很有诚意地道："我想让你给我做一次侧写。"

"作为心理治疗师，我经常遇到各种各样心理有问题的患者，我感觉我可以看穿他们，可是我却看不懂自己。我也曾按时去做那些督导，但我从来不敢袒露我的秘密，

他们也从未发现端倪。我想听听你对我的分析。作为一个怪物，我也很想知道，自己在别人眼中究竟是什么模样的？我又是怎么走到今天这一步的？"

苏回低头犹豫了一下，抬头开口道："我的确从你的行为里看出了一些与众不同的东西。由于你的档案资料很少，其中有很多的空白，我只能进行部分的臆测。"

安郁辞大度地道："没关系，就算说错了也没关系。"

苏回用手指有节奏地点了点自己的膝盖，他的手指修长而灵动："我认为，你的杀戮行为，源于三次重要的事件，那是三次死亡。"

随后，苏回伸出手指，十指交叠继续开始推断："第一次死亡，是你姐姐的死亡。"

提起了这件事，安郁辞的手指不自觉地收拢了，表情也变得严肃了起来："是的，我姐姐是在我少年时自杀的，也正是因此，我决定要当一名心理医生。"

苏回继续说，他的声音低沉而柔和："我去查看了你姐姐的档案，才发现了更多的信息。那时候，你姐姐是被她当时的老板——一个有妻子的男人玷污了，事后她多方求助无果，反被男人反复羞辱，于是她在你的面前跳河身亡。这次的死亡，在你的潜意识里引起了世界观的第一次扭曲。你姐姐的悲剧是外人造成的，这样的事例，让你把拯救与死亡联系到了一起。"

安郁辞点头道："我曾经想杀死那个男人。我时常在想，如果我能够早点发现姐姐的变化就好了，如果死的是那个渣男就好了，如果姐姐还活着就好了。"

苏回的声音十分轻柔："你姐姐的这次死亡，在你年幼的思维里植入了一个错误的观点，你认为只有通过死亡才能够拯救死亡。只有那个男人死亡，你姐姐才有可能活下来。"

苏回接着说："第二次死亡是余甜的。一年多以前，她的死亡使你的童年的记忆被唤醒了。而且这次死亡，也扭曲了你的潜意识，让你下定决心去拯救患者。你不再相信那些患者能够依靠自身力量挣脱而出，从而放弃了让他们寻找其他的解决方法。"

"经过这些事，你的思维变化了，认为只有杀死某些人才能够解决问题。你自己没有发现这种错误，并且还在不断地灌输给你的患者，让他们变得别无选择，把他们逼至角落，他们就只能依靠你、信任你。"

安郁辞听着他的话，抿唇默不作声了。他想说，那些悲剧并不是他造成的，那些人是真的无路可走。但是他回想了一下，又觉得苏回说得没有错，他是给患者灌输了这样的思想，是他没有让他们尝试其他的方法。

"第三次，是庄雪依的死亡。你把她从楼梯上推下去后，认为自己成功地从她的手里解救了柳梦莹。你认为你们所做的事情是正义的，为此而牺牲是必然的，所以你没有觉得自己在强迫、催眠那些人……经过了这三次的死亡，你的世界观最终完全扭曲。你因为自己的私欲，不断地执行私刑，从善出发，却背道而驰。你想要拯救、帮助别人，这种需求十分强烈……"苏回说到这里，抬起头看向安郁辞，眼神之中有一种怜悯，"可是其实需要帮助的，是你自己。"

安郁辞下意识地想要反驳，但他的嘴唇动了动，最终一个字也没有说出来。

"你去帮助别人的行为，是一种让自己好受一些的自我逃避，这种行为取代了自己的心理疗伤。在这个过程中，你自己的伤口已经溃烂，伤口酝酿出的心毒让你走上了一条错误的路……欲望逐渐膨胀，把你的人性吞没，于是你变得越来越狰狞，殊不知自己已经站在了悬崖边缘，只需要有人轻轻一推，就会跌入深渊之中。"

听得聚精会神的安郁辞忽然发现苏回已经倾过身来，在他的肩膀上轻轻一推。那是一个轻微的动作，轻得像是挥去了他肩膀上的灰尘。

但那个瞬间，安郁辞却觉得自己的身体骤然失控，失去了平衡。他有了失重感，耳边传来一阵水响，他从高空中跌落，落入冰冷的河水之中。湍急的河水席卷而来，瞬间就把他淹没。河水淹没了他的口鼻，令他真切地感觉到了窒息。

幻觉吗？还是真实存在的？

安郁辞本能地侧头想去找旁边的沙漏。沙子还剩下不到四分之一，时间却仿佛已经完全静止了……安郁辞忽然想起来，就在刚才的对话之中，苏回的手不断地在轻轻敲击着膝盖，做着各种手势。他在全神贯注地听着苏回所说的内容，不断回想起过去，凝视、倾听、回忆，温暖的环境、舒缓的音乐……层层暗示叠加，他已经一步一步地陷入了苏回的陷阱，进入了催眠状态。这是催眠的最高状态——梦行……

安郁辞的整个身体好像从内部分裂开来。他可以感觉到有一个自己坐在那间温馨屋里的沙发上，而另一个自己则被卷入了河水中。这是催眠引起的意识分离，那是他压抑之中被唤醒的潜意识。

安郁辞努力挣扎着："我没有错……我只是想要全力帮助别人。"身边是无尽的水，他的手指可以感觉到水的冰冷，那些水无孔不入地涌了过来，想要把他淹没。他上下沉浮，不断有水灌入口中，胸口感到无比憋闷，几乎无法呼吸。

安郁辞拼命想要让自己从催眠的状态中挣脱出来，但是他非常清楚，单凭自己，短时间内是很难从那种状态里挣扎出来的。

这个世界是黑暗的，天空像是被拼凑而成，那些星星错综复杂地交叠在一起。他被河水卷着，无法辨别方向，也不知道会被冲到哪里，然后他抬起头，在水中看到了自己的姐姐，她穿了一条蓝色的裙子，看上去就像是一尾人鱼。

"姐姐！"安郁辞喊着，伸出手来想要抓住她，可是少女还是从他的身边划过。

当年，姐姐就是从桥上一跃而下的，他追着跑到了桥边，却只看到了她坠入水中的一幕……那是一种撕心裂肺、痛彻心扉的痛。时隔多年，再次想到姐姐的死亡，他还是无法自持。姐姐的身形那么瘦小，她还那么年轻……

安郁辞拼了命地游了过去，想要把她从湍急的河水之中救起来。冰冷的河水不停地冲刷着，想要把他们分离。有几次，他几乎可以感觉到自己拉到了姐姐的手指，可还是被冲散开来。绝望、无力涌上心头，一次一次想要把他一起拉入水中，可是他没有放弃。他感觉自己快要筋疲力尽了，快要死了……

在一个回旋中,他猛地拉住了姐姐的手。风浪好像静止了,他们两个人沉到水中,周围一片蓝色。姐姐伸出了手,轻轻地抚摸着他的脸。

"姐姐,我真的做错了吗?"当他问出这句话时,他已经意识到了什么,眼泪涌出了眼眶,融入河水之中。

身边有无数人在下落,坠入了河水之中,那是一个一个的人,一条一条的生命,他甚至可以看清其中一些人的脸。他们有的是被他私刑杀死的人,有的是被他操控的患者,他们静静地漂流在河水中,看着他。

安郁辞一直认为自己是向着光明的,可是当他抬起头,发现自己已经坠入了一片黑暗。光明已经远远地落在他的身后,他不被那光亮所容纳,他甚至没有资格去乞求原谅。安静无声的环境中,少女的脸变了,像是融合了余甜、柳梦莹,甚至是方佳悦还有很多患者的脸……

安郁辞的眼角流下了无声的泪:"我原来并没有帮到那些人……"那个瞬间,无尽的水涌了过来,把他按入深海。他被巨大的自责感所淹没。

她拥住了安郁辞,把他轻轻揽入了怀中……

注水的容器还在不停地响着,陆俊迟回头,迅速判断着。这栋建筑被改造以后非常奇怪,即便如此,还是符合一般建筑的规律。

关于水疗,他稍微了解一些,这种水疗号称的是全封闭水疗,一般是要注满水以后,患者才会从上方的入口进入。现在,上方的入口和侧面的备用入口都已经被封闭锁上,想要快速救人,就需要找对方法。钢化玻璃很坚固,子弹都无法打碎,临时找其他工具更是不现实,那么最快速、最安全的方法,就是找到操控台,看是否能够设置暂停。一旦注水停止,那么救人这件事也就不那么急迫了。操控台和入水口明显都在上层,现在首要的问题就是如何上楼。

理清了思路,陆俊迟问乔泽:"上楼的路怎么走?"

乔泽坐在一旁,快速打开电脑:"需要左转,然后上楼梯,再……"

"算了,我走其他路吧。"陆俊迟迅速做了判断。这栋建筑非常奇怪,里面就像是迷宫一样。如果走上楼,说不定会遇到新的陷阱,他不能冒险。这个时候从里面走,明显不如从外面快,于是他侧头,望向了一旁被封着的一面落地窗。

陆俊迟抬手打出一发子弹,子弹破空而出,落地窗被击中,钢化玻璃裂开。他便纵身从中一跃而出,手臂用力,身手敏捷,顺着外墙上的窗台向上方攀爬而上。这栋建筑和一般的民宅不同,墙上的落脚点非常少,可这些难不倒陆俊迟,不过短短几十秒钟,他就爬到了二楼,打碎了二楼的窗户进入。

陆俊迟双手拉着窗沿,肌肉绷紧,纵身一跃,十分利索地稳稳翻身落地,楼上有人守在那里,是上次曾经去过公安局的罗伟。在柳梦莹被抓以后,他们一直在寻找罗伟的下落,原来他一直躲在这里。

罗伟守着水疗室的入口，完全没有想到会有人从窗户进入。看到陆俊迟进来，他飞快地冲上前，想要制服陆俊迟。陆俊迟没有耽误时间，躲过了他击过来的一拳，提膝迅速直击他的肋下，随后跟着一个肘击，直击对方喉咙。

两招之内，陆俊迟直接把罗伟放倒在地，罗伟受伤，捂着肚子在地上打滚。

陆俊迟伸出的手卡在罗伟的喉咙上："快把注水停止！"

罗伟挣扎着露出了一个狰狞的笑容："设置了自动……水闸也锁了……我想停也停不了……"

陆俊迟忍不住怒骂道："少胡说！这样的装置怎么可能不设置发生危险时的暂停装置？"

罗伟道："那你有本事就自己找……"

陆俊迟不再和他废话，时间紧迫，他转身分辨了一下，找到了一旁的入水闸口，直接"砰砰"两枪打爆了碗口粗的水管。水管断裂，水流立刻溢出来，迅速在室内蔓延。

这种处理方式让罗伟愣在了当场，陆俊迟没废话，从一旁拿来一卷他们之前绑人用的防水绷带就把罗伟的手脚缠上了，然后开口问道："你们还有多少人在这里？"

罗伟没想到陆俊迟这么快就解决了问题，颤抖着声音道："没……没有人了，刚才安医生让他们都离开了……"

"安郁辞在哪里？"

"我……我不知道，他只让我守在这里……"

正在这时，陆俊迟忽然听到了一个声音。那个声音隔了一段距离，穿过了几道墙，听起来并不震耳，可是陆俊迟还是马上分辨出来，那是一声枪响……

陆俊迟的脸色发白，他急忙转身……

此时的心理治疗中心外面，后续支援也已经到了，有人包围了这栋建筑，还有一队训练有素的武警进入了建筑中，迅速救出了被囚禁着的队员。

当那间白色房间的门被打开时，陆俊迟万万没有想到自己会看到那样的景象。

房间里很安静，苏回跪坐在地上，安郁辞躺在他的膝盖上，已经闭上了双眼，他的胸口源源不断地流出红色的鲜血，那些红色的血液像是要把这个房间染成红色。

苏回抬起头来看向为首的陆俊迟。他背着光，白色的灯光给他的轮廓镀上了一圈柔光。有几滴血溅在了他苍白的脸颊上，衬得他的眉目更是漆黑如墨，他的眼神却是飘忽的，整个人就像是一缕烟，仿佛不努力拉住他，他也会烟消云散了。

"我来晚了，你没事吧。"陆俊迟蹲下身来。

"他死了。"苏回脸上的表情依然是淡定的，但是他的眼里却染上了一些什么东西，再也不是波澜无惊。

那时候他也没有想到，安郁辞会从他的催眠中挣脱出来，拿起了一旁的枪，扣动了扳机……

苏回完全没有反应过来，只来得及在安郁辞倒地时扶住了他。苏回想帮他止血，

可是那样的血流速度，一切只是徒劳。鲜血，不断地从他的指缝间流出，苏回眼睁睁地看着安郁辞的脸色灰败了下去，他能做的只有在最后的时刻紧紧抓住安郁辞的手。

就算是罪恶如安郁辞，在临死前，也是希望有人能够给予他安慰的吧……

第二天正好是周末，两个人回到家以后，苏回睡了整整一天一夜，等他起床，陆俊迟已经做好了饭。

餐桌上有一盘剥好入味的蒜蓉虾，苏回看到以后就被虾的味道吸引，拿筷子夹起来尝了一口，特别好吃。

现在，陆俊迟好像已经摸清楚了苏回的喜好。苏回最喜欢吃的食物是虾，只要是虾他就喜欢吃。虾要新鲜的，无论是龙井虾仁、油焖大虾还是炒河虾，甚至是小龙虾都可以。不过让他剥虾的话，一般最多剥上三只，再多就懒得剥了。可如果帮他剥好了，他能自己吃上一盘。到后来，陆俊迟干脆提前帮他剥好了，也省得吃饭的时候再沾手。

这些现做的食物热腾腾的，透着新鲜食材的味道，和那些速食的食物吃起来是完全不同的。苏回不知不觉中就吃了大半盘的虾，饭也破天荒地吃完了一碗。他有点不好意思了，主动说："等下我帮你刷碗吧。"

陆俊迟道："没事，刷碗也很快。你吃完了就歇着吧。"

陆俊迟记得他刚过来的时候，苏回特别瘦，下颌线还有锁骨明显极了，脸颊上也没有肉。现在苏回的侧脸看上去终于有了一点点的弧度，被光照上去时，像是上好的白玉。他一边刷碗一边想，若是他有一天能够把苏回养得再胖一点，那一定会很有成就感，就如同现在胖了两斤，毛也光亮了起来的亚里士多德一样。

上个案子终于了结了，这是最近都难得的悠闲时光。两个人默契地没有谈起刚刚结束的那个案子，甚至没有急于进行复盘。

伤口是需要时间来愈合的，面对这样的事情，时间是最好的良药。

吃完了晚饭，陆俊迟就开始拼装从网上新买的转椅，那是一个小转椅，可以放在餐桌旁。

整个安装过程没有什么难度，就是座椅的轱辘需要很大的力气才能够塞进去。苏回自己拼装过一个类似的转椅，那几个轱辘折腾了半个晚上，最后还是第二天让学生过来帮忙才装好，可是苏回现在看陆俊迟装起来，手用力一推、一拧，一个轱辘就安好了。

难道这个好安装一些？苏回忍不住跃跃欲试，想要一洗前耻，开口问道："我能试试吗？"

陆俊迟站起身给他让位。苏回把轱辘拿起来往里塞了一下，纹丝不动……再努力塞了一次，还是纹丝不动……

看苏回装不进去，陆俊迟道："还是我来吧。"

然后他接过来，轻轻松松地就塞进去了。

苏回沉默良久，放弃了努力，抱着猫蹲在一旁看着他忙活。

转椅很快装好了，屋子里增加了一把座椅，餐桌也变成了比较正式的办公地点。

苏回坐到自己的位置上看了一会儿书，然后他抬起头来，看到陆俊迟坐在转椅上看手机看得专注，表情又难得不是十分严肃，便有点好奇，借着起身接水的工夫问了陆俊迟一句："你在看什么？"

陆俊迟忙摘了耳机道："一部最近新出的日剧，每集不长，只有二十几分钟，是刑侦类的喜剧，还挺有意思的。"

苏回眨了眨眼睛，喝了口水："看不出你还喜欢看这种片子。"

陆俊迟道："是乔泽推荐过来的，看起来还挺减压的。"

工作繁忙，他只有空余的时候能够看一些影片，大部分不是刑侦悬疑动作类，就是政治类。这个电视剧是刑侦加搞笑，正好是他感兴趣的，他急于推荐给苏回：我这里有一些剪辑的片段，你要试试看吗？"

苏回随口道："好啊。"他的眼睛不好，读书、看视频时间长了都很吃力，但是他很好奇陆俊迟会喜欢看什么样的片子。

苏回本来以为陆俊迟会发给他一个网址，没想到陆俊迟凑了过来，递给他一个耳机——正好是右侧的。他接过耳机戴上，低头看着手机，余光可以感觉到，陆俊迟看了看片子，又看了看他，那个表情似乎是在担心他不喜欢，似乎他的反应比片子的内容还要更重要。

苏回看着影片。他以前喜欢安静，都是独处，就算看片子也都是喜欢看文艺类的，很少看这种类型的片子。片子里人物众多，有点闹腾，他的眼神不好，仅能够靠声音分辨出来。可现在他忽然觉得，好像这样的片子也挺好看的，看到几个搞笑的地方，他还不自觉地笑出了声。

苏回不经常笑，可是当他笑起来的时候，眼睛是微眯的，身上的那种疏离感都会褪去几分，让他整个人仿佛活过来一般。

看到苏回喜欢，陆俊迟有些如释重负的感觉。看完一段后，他收了耳机道："我把地址分享给你，回头你无聊时可以看看。"

苏回"嗯"了一声，之后就又开始聚精会神地看向那幅拼图。经过这段时间的努力，纯白地狱只剩下最后的几块就要完工了。

拼到最后一块时，苏回忽然发现，刚放下去的一块被染了一丝血色。苏回皱眉看向手指，仔细看了才发现不知道是什么时候手指被划破了。

陆俊迟也发现了苏回的异样，他侧头皱着眉问："你的手指怎么了？"

苏回之前完全没有感觉到疼。他回想了一下，说道："可能是刚才装椅子的时候不小心划到了手。"他说到这里抿了抿嘴，觉得自己还真的是废物，只尝试了一下，就把手指划破了。

陆俊迟去取了酒精棉球给他消了毒，然后问他："你家里有创可贴吗？"

苏回道:"有,应该在电视柜上面的收纳箱里。"

陆俊迟之前把整个屋子里里外外收拾了一遍,就是这个收纳箱里的东西没有动,里面放着几个铁盒子,放得杂乱无章。他以为创可贴会在铁盒子里,打开了一个铁盒子看了看,里面是空的。然后他打开了另一个铁盒子,里头最上面放着一本警官证和一枚徽章,下面还有一些杂物,不过没有创可贴。

陆俊迟把盒子放回去,又翻了几下,终于从箱子下面找到了几枚创可贴。动作之间,铁盒子的盖没有盖好,里面的东西散落出来,正好把那本警官证抖了出来。他往铁盒子里收着东西,无意之中扫了一眼,心里忽然一动,发现那本警官证竟然是苏回的,时间是5年前。

苏回在后面问:"找到了吗?可能压在下面了……"

陆俊迟忙回答了一声:"找到了。"他正要拿过去,忽然发现,从那个铁盒子里还掉出了一颗小星星,是手折叠的,用的淡黄色的纸。陆俊迟迟疑了一下,把星星握在了手心里,然后把收纳箱放回了电视柜上。

陆俊迟捏着创可贴走到苏回的身边,撕下来一片,帮他把手指包扎了一下:"不要沾水,应该两天就可以好。"

苏回活动了一下手指,不太在意地"嗯"了一声。他开口道:"我想把这幅拼图放在相框里。"他第一次拼了这么难的一幅拼图,拼好了还挺有成就感的。

陆俊迟点头:"好,我帮你装上。"那点红色的血迹看起来并不突兀,反倒像是给整幅纯白地狱加上了灵魂。等他们把拼图装好了框,时间已经不早了,苏回在书桌前坐了一会儿,就回到了卧室里。

看苏回进了卧室,陆俊迟也进了自己的卧室,从床头柜里面取出来一个小盒子。打开以后,里面是满满一盒一模一样的小星星,他的星星一共攒了99颗。

陆俊迟把从苏回的盒子里拿到的那颗星星放在了桌面上,和其他的星星进行对比。星星的折法很普通,不太普通的是那种纸张,用的是荧光纸。陆俊迟伸手关了灯,那些星星一下子亮了起来。

原来都过去那么久了。

陆俊迟还记得,他得到第一枚星星是在4年前。

那是于烟死后一年多,他进入总局不满一年的时候,行为分析组成立的时间和他的入职时间差不多。那时候他23岁,还很青涩,是个什么都不太懂的新人。

因为执行保护任务有功,外加留学背景,谭局推了他一把,直接把他任命为刑侦四队的副队长。刚开始陆俊迟是有些茫然的,国内的工作流程还有处理方式和国外完全不同,他年纪轻,也镇不住那些老刑警,还好他上面还有一位老队长。老罗那年50多岁,是一位有经验的老刑警,一直把陆俊迟当作亲儿子来带。陆俊迟的很多刑侦经验都是跟着老队长学的,渐渐也适应了,组里的那些老刑警对他渐渐尊重起来,只是偶尔开玩笑还会叫他小副队。

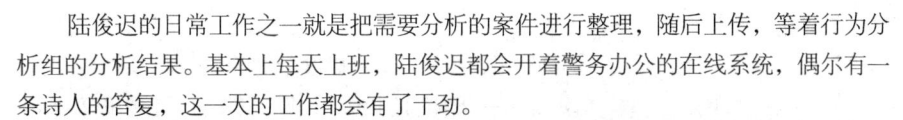

陆俊迟的日常工作之一就是把需要分析的案件进行整理，随后上传，等着行为分析组的分析结果。基本上每天上班，陆俊迟都会开着警务办公的在线系统，偶尔有一条诗人的答复，这一天的工作都会有了干劲。

那时候，诗人几乎是总局里所有年轻小姑娘的偶像，这样一个在身边的传奇人物，要比那些美剧的主角吸引人多了，甚至还有女警察专门为了他来华都总局工作。

人气仅次于诗人的，就是月光。预言家和知更鸟也会出现，但是他们被提及的次数要比其他两个人少多了。

由于保护措施，所有人都不知道行为分析组的几个人究竟是谁，而且有传闻，说他们相互之间都不知道对方的身份。

陆俊迟知道，华都总局几千名办公人员，很大的一片区域，诗人就在其中。这种感觉挺奇妙的，那就是那个人明明就在你的身边，他可能和你擦肩而过，也有可能坐在食堂里的邻桌，但是你就是不知道他会是谁。

那时，很多人猜测诗人应该已经30多岁了，那些女警聊起他来一口一个前辈。陆俊迟觉得自己资历尚浅，也跟着他们叫前辈。

有一回，刑警队里面的人对诗人的犯罪侧写有异议。他们分成两派，一派认为推断有些玄虚，有一派认为应该按照这个进行布防。

陆俊迟道："这个侧写分析是诗人给出来的，那是不是最好问问他？"

"问诗人？"组里的其他人纷纷摇头。

"诗人那样的大神，侧写就很麻烦人家了。"

"你不知道诗人多忙呢。"

"是啊，我听说隔壁组的同事追着他问了好久，他也没有回答，应该是不好说话。"

陆俊迟不信邪，鼓起勇气在系统上留问：前辈，这个推断我知道了，不过里面的缘由我还不太清楚，您能给我解释一下吗？

他问得小心翼翼的，用的是尊称，甚至没指望诗人能够回复他。没想到他在下午就收到了诗人的留言，还有详细的解释。

诗人问他："懂了？"

陆俊迟抑制不住满心的激动："了解了。"

诗人的最后的一句是："关于这件事，只要照我说的去做就可以了。"

陆俊迟没有觉得他高傲，只是觉得诗人的思路很独特。他马上把诗人的说法告诉了罗队，罗队沉思片刻，进行了新的布局。

三天以后，他们抓住了那起案件的凶手。

陆俊迟执行抓捕任务回来，第一时间在内网上留言。

"诗人，你的分析是正确的，谢谢你。"

好像从那次以后，陆俊迟就不太害怕和诗人交流了。他偶尔遇到了拿不准的事情也会问诗人，有一次诗人可能是在忙，晚回了他一会儿，然后给他留言："你那边有警用对讲机吧？"

陆俊迟愣了一下，从桌子的抽屉里把警用对讲机翻出来，回他："有。"

诗人说："打字太麻烦了。我给你一个加密的频道，你拨过来，我语音和你说吧。"

陆俊迟拿着对讲机就去了楼道里，心怀忐忑地拨了过去。对讲机里传来一个男人好听的声音："喂？"

陆俊迟紧张极了："前……前辈你好，我是陆俊迟。"

"你那么紧张干什么？我又不吃人。"对讲机会让人的声音失真，时常有电流的噪声，可陆俊迟还是能够听出来，对方好像年龄并不大。但是他叫前辈叫惯了，一时也不好改口。

"你想问那个案子是吧……"诗人把案子整个分析了一遍。

他的思路清楚，条理清晰，而且带着一种不容置疑的自信，仿佛他说出来的，就是事实真相。陆俊迟一直"嗯"着，听得很认真，佩服得五体投地。

最后诗人说："通过这个频道你可以联系到我，不过要帮我保密，因为这个号除了领导和我们部门的几个人，也就只有你知道了。"

陆俊迟听了这话感到受宠若惊。

有了第一次，就有了第二次。陆俊迟开始期待着和诗人的交流。他们交流的时候，他时常会觉得小舅舅还活着，那种语气，那种淡定和确定的态度，就像是小舅舅跨越了时空在和他说话。

有时候，他还会和诗人讨论案情。那回是一起男童分尸案，他们很快抓住了凶手，诗人却对他说，那个案子还有疑点。

"……从犯罪心理学上来说，那样的人在当时的情况下是不可能做出分尸的举动的，除非凶手另有其人。分尸的刀法十分凌乱，有可能是在毒品或者是酒精的驱使下……包括现场遗留下来的痕迹，酒精和香水都很考究，对方可能会很有钱……"

说到这里，诗人忽然停顿了一下，低低地"唔"了一声。

陆俊迟心头一动："前辈，你不舒服吗？"

过了一会儿，对讲机对面才传来诗人的声音："没事儿，就是有一点胃疼。"

陆俊迟想起来之前自己在办公室准备过一些常用的药物，其中有胃药，急忙道："我这边有胃药，我给你送过去？"

对面停顿了一下，呼吸有点急促："还是算了，不用麻烦你……"

陆俊迟这才想起来行为分析组成员是不能暴露身份的，忙改口道："我不方便过去的话，那我把药放在一个地方吧……"他考虑了一下，转头看到放在楼道里的自动贩售机，"你那边有离得比较近的自动贩售机吗？"

对方犹豫了片刻说："你知道警务三号楼一楼的自动贩售机吧？就是那个有点靠后，没有什么人去的地方。"

"好，我把药放在自动贩售机的取货口，你去拿一下好吗？我大概10分钟就能放好。"

对面说了一声:"好。"

陆俊迟马上跑回办公室里,翻箱倒柜地找出了那盒胃药,然后就往外跑。

罗队长在一旁看着他忙活,笑着问:"给女孩子送药吗?"

陆俊迟一愣:"啊,不是,是朋友。"

"普通朋友的话,你才不会那么急。"罗队一副过来人的语气,打开了自己办公桌的抽屉,"来,老师教你一招。"

罗队从抽屉里取出了一颗柠檬糖,递给了陆俊迟:"药要和糖一起给,别让人家记住药的苦,要让人家记住那点甜。"

陆俊迟接过了那颗糖,有些哭笑不得,道了一声谢。

罗队挥手道:"快去吧,还让人家等着?"

陆俊迟一路小跑着到了三号楼,那边没什么人,他把药和糖一起放在了取货口里。然后再一路跑回去,给诗人留言:"前辈,我放好了。"

过了一会儿,对方回他:"拿到了,我也给你放了个东西。"

陆俊迟雀跃着,又是一溜烟地跑下楼,还是那个贩售机,里面的药和糖都不见了,取而代之的是一颗小小的星星。

陆俊迟拿着星星回来留言:"谢谢前辈的星星,药你吃了吗?好些了吗?"

诗人:"谢谢,已经吃了,就是那颗糖……好酸啊。"

陆俊迟:"……"

从那天起,那个自动贩售机就变成了两个人传递信息的工具。那是他们两个人之间的秘密。下雨的时候,陆俊迟会在那个贩售机里放一把雨伞,诗人第二天就会把雨伞还给他,还附加了一颗小星星。后来有一次需要传文件,诗人向他借了一个U盘,还回来的时候,照例多了一颗小星星。

那颗星星,成为他们之中的一种默契,一种约定。慢慢的,他和诗人越来越熟悉,星星也攒了一小盒。

回过神来,陆俊迟拿起了桌子上的星星——他原本以为自己等不到第一百颗星星了。那这颗星星和他的那颗星星有没有可能出自同一个人之手?

他的星星是诗人送给他的。那么苏回的这颗星星,是从哪里来的呢?

他以为随着时间的推移,那个身影会逐渐模糊,可是当他回想起那个人时,所有点滴的记忆都鲜活到近乎逼真,连同那些难言的情绪一同漫了上来。

有人说诗人是行为分析组里最神的一个人。他想,过分优秀的人总会恃才傲物一些,所以那次向诗人留评请教问题时,他并没有抱着会被诗人回复的期望,结果诗人却回复他了,还一针见血,干脆利落地分化瓦解了问题,末了还问:"懂?"

莫名的,他很喜欢诗人最后的那句反问,隔着屏幕都能感受到神采飞扬。

聪明、傲气、带着一点点小毒舌,这是他对诗人最初的印象。

最开始他们像是比较熟识却没有谋面的网友，诗人会回答他的问题，耐心地为他解答，每当这个时候，他就在心里为诗人的分析暗自惊叹。有时候他们也会谈一些案子以外的事情，大到社会热点，小到哪个早餐铺子好吃。如果诗人真的是一位诗人，那他应该是浪漫主义诗人。他会用最热烈的情感歌颂真善美，也会用最辛辣的语言抨击黑暗、针砭时弊。

诗人的性格和陆俊迟完全不一样，但他欣赏这样的诗人，就像儿时他喜欢书房中的诗集，喜欢那一切纯粹又洒脱的美好事物。

陆俊迟尝试去一点点幻想诗人，在自己的世界里构思诗人的样子，这是他这个没有想象力的理科男很少做的事情。

后面就到了那一年的新年假期，陆俊迟平时很少休假，他从来没有觉得，新年假期有这么漫长。回来上班，他终于加了诗人的一个私人手机号。

陆俊迟还很忐忑："你的身份保密，给我手机号没事吧？"

诗人说："身份保密是为了我们个人安全考虑，你会对别人透露我的号码吗？"

陆俊迟赶紧道："绝对不会。"他不会做任何对诗人不利的事。

诗人说："你又不是坏人，给你有什么关系。我除了是行为分析组的侧写员，总还是个人，又不能活在真空里。而且这个手机号也是市局配的，查信息都查不出来。"

那天回去的路上，他在心里时不时就会念叨这串烂熟于心的数字，这些数字仿佛有魔力一般，会让他的心情忍不住雀跃起来。

到家时，陆昊初看了他一眼就问："哥，你今天是遇上了什么好事了吗？"他这才意识到，这一路自己都是笑着回来的。

陆俊迟几乎觉得那段时间是人生之中最美好的一段回忆了。

最初的时候，他们谁也没有提见面的事，日常还是通过电话和内网交流。

直到陆俊迟那次出差，他和诗人说："我数了数你给我的星星，已经有99颗了。"

诗人说："那等你回来我们就见面吧。最后一颗星星我可以亲手交给你。"

陆俊迟说："好，我会尽快处理完这边的事。"

他那时候想了很多。第一次见面的地点在哪里？要穿什么样的衣服？可他万万没有想到，最后等来的会是那样的结果。

"对不起，我们不能见面了。"

他想要找诗人把事情问清楚，可是，诗人给他的那个手机号他再也没有拨通过。

回忆到了这里，陆俊迟觉得他的眼眶有些酸涩，他关闭了眼前的网页，关了灯，在黑暗中静静地坐着。

他忽然想到了一种可能性，他要找的人会是苏回吗？

他和苏回在一起的时候，苏回的身影时而会与诗人交叠。如果那是诗人……他愿意帮他挡下全世界的火光和子弹。

第56章
"一只猫会带来另一只猫"

> 诗人的职责不在于描述已发生的事，而在于描述可能发生的事。
> ——亚里士多德

一觉之后，陆俊迟醒来，照例早早地出去绕着小区跑了两圈。

跑步回来洗澡的时候，他觉得自己有点太紧张了，那只是一颗纸叠的星星，同样的纸很好买到，这种星星有一段时间流行过，就像是千纸鹤一样常见。

他找到的只是一颗星星，这颗星星被放在杂物中，也许是偶尔放进去的。他不能靠着一颗星星就确认什么。而且，他不知道应该怎样开口问苏回，问了，他又会听到怎样的答案……

陆俊迟觉得是自己想得太多了。过去了就过去了，诗人已经死了。他不能被那些事困在过去，生活是往前走的，现在好不容易平静下来，他不想打破这种平衡。如果一直对过去的人和过去的事念念不忘，那么对于现在以及将来的人，是不公平的。

今天是星期天，好不容易有个不忙的休息日。苏回睡到中午吃个饭，看了一会儿书就又去睡了一会儿，再起床就到了吃晚饭的时候。他最近特别嗜睡，好像怎么睡也睡不够。

陆俊迟已经洗完了衣服，把家里打扫过一遍了，正在厨房里炖着什么。看到苏回从卧室走出来，他对苏回说："晚饭很快就好了。快递帮你拿回来了，应该是你的新拼图到了。"

陆俊迟原本有点担心，害怕苏回会因为安郁辞的事情留下什么心理阴影，但是看起来苏回并没有太难过。这时候，陆俊迟反倒庆幸起了苏回的那种冷漠，那种冷漠会包裹住他，让他不会受到更多的伤害。

苏回打开了快递，他的白色地狱拼图已经完工，新的拼图也就到了。这次他买的是 YELL DESIGN 的 THE ACCIDENT。这款拼图名为事故，整个拼图就像是一块被打碎了的透明玻璃。

打开拼图的包装以后，苏回发现拼图是完全透明的，每一块都大小不一，非常凌乱，看起来有点吃力。

陆俊迟从厨房里端菜出来:"先吃饭吧,等吃完了你再拼。"

苏回看着他忙碌有点过意不去:"我帮你吧。"

陆俊迟推辞了:"别,回头再烫到你,你等着吃晚饭吧。"

苏回"嗯"了一声。他看了看之前拆下来的快递盒,起身把上面的地址涂抹掉了,然后顺手打开门,把快递盒放在了走廊里。如果是以前,这些快递盒只会被他随意堆放,可是现在家里被陆俊迟打扫得干干净净的,这种凌乱会破坏陆俊迟的劳动成果,他也就主动开始做一些家务。

等苏回坐回餐桌前,饭菜已经端上来了。苏回闻到了一阵香气,低下头,发现今天的主菜是一道汤,汤是褐色的,隐约可以看到一些黑色的东西,他舀起来辨别了一下:"这是……乌鸡汤?"

陆俊迟坐到他的旁边,给他盛了满满一碗热气腾腾的乌鸡汤:"对啊,乌鸡可以温补,你多喝点,补补身子。"

苏回拿起勺子吹了吹,喝了一口,乌鸡汤熬得非常清淡,符合他的口味。可昨天喝了鲫鱼汤,前几天喝的是猪蹄汤……陆俊迟是从哪里下载了一个月子食谱吗?

吃过晚饭,陆俊迟便去喂猫,但左右看看没有它的影子,有些奇怪,问向苏回:"你看到亚里士多德了吗?"

苏回已经坐到了沙发上,全神贯注看着自己面前零碎的拼图,被陆俊迟问到了才抬起头来:"没有。我好像有一段时间没有看到它了。"

陆俊迟并不着急。不就是找猫吗?这基本上是每个猫奴的必修课。

沙发上的衣服,没有。电视后面的猫窝,没有。洗手间里,没有……亚里士多德常待的地方都看了一遍,那只猫还是不见踪影。

苏回看着陆俊迟在屋子里走来走去,也觉得有点不太寻常。

陆俊迟再次寻找了一圈无果,走回客厅问苏回:"猫好像不在家里,你刚才出去过吗?"

"没有……"苏回回答完,动作一停,捏着拼图忽然想起了什么,又抬起头来,"我就刚才去把拼图的快递盒放到楼道里……"现在仔细一回想,他那时候好像是感觉眼前有一道黑影蹿了出去。

想到这里,苏回的脸色微变,手里的拼图没拿住,一下子掉在了桌子上。

苏回慌乱地起身,结果这回碰到了放拼图的盒子,"哗啦"一声,半盒拼图掉在了地上。他没顾得上捡:"可能是我开门的时候猫溜出去了……"

陆俊迟拿起外衣道:"你别急,我下楼找找看。"

苏回说:"我也去找。"

猫不见了,让他在家里等消息也是一种煎熬。

两位猫奴急忙跑了出去。陆俊迟记得在网上看过关于猫丢了的帖子,对苏回说:

"有的猫会顺着楼梯往上跑，我找上面，你找下面，我们楼下会合。"

苏回从楼上的安全通道一直往下寻找着，一直从十楼找到了一楼，这边物业查得严，安全通道里不许放杂物，他一路走下来，没有看到那个小小的身影。很快，陆俊迟也下到了车库里，冲着他摇了摇头。

楼下的地下车库里停着数辆车，两个人在车库里转了一圈，又从车库出口走回了小区里。这时候天已经开始黑了，小区里的车很多，还有的车和低矮的灌木连在一起，苏回直接跪在地上，打开了手机的电筒模式，对着黑黢黢的车底发出喵喵的叫声。

陆俊迟回头看着，忽然感觉有点心疼。苏回明明是在找猫，可是他自己却像是一只走失了的，找不到家的猫。

苏回看了几辆车，再要跪下时，跟跄了一下。陆俊迟走过去拉住了苏回，帮他拍了拍膝盖上的土。

苏回有些茫然地抬起头，对陆俊迟说："我把亚里士多德搞丢了。"他说话的尾音不像往日一般平静，有点颤抖，眼神之中也有难以掩饰的慌乱，"亚里士多德会不会遇到危险？如果它碰到坏人怎么办？有人虐猫怎么办？它饿了怎么办？"

陆俊迟看着苏回，想要安慰他一下，可是又觉得一切语言都有点多余。到最后他只得走近了苏回，轻轻在他的背上拍了两下，给了他一个安慰的拥抱："天色暗了，我来找吧，你坐在旁边歇会儿，想一想猫会去哪里。我们一定会把它找到的。"

陆俊迟去问了一圈小区里的保安，然后绕着整个小区寻找着，开始他还觉得有点叫不出口，后来干脆放开了，叫着亚里士多德的名字一路走过。可就这么找了一个多小时，猫还是没有找到。

无奈之下，陆俊迟开始动用刑侦手段，去保安室那里调取了监控录像。视频拍摄到亚里士多德在晚饭时分溜出了楼道门，随后在监控里失去了踪影。

亚里士多德如果是那时候就出去了，这一段时间，足够跑得踪影全无。陆俊迟惦记着苏回，走了回去。

苏回坐在楼下的长椅上，天色渐渐暗了下来，小区里的路灯亮了，照亮了他四周的一小片。他的记忆清晰了起来。

亚里士多德是他从学校里捡回来的，那时候他刚去华都警官学院报道，生活还没有理顺，一切都在混乱之中。那天下着雨，他在学校里迷路了，又不想问路，不知道怎么就走到了校园的宿舍楼那边。就在那时，一旁的树丛里传出柔弱的猫叫声，他跟着那个声音走了一段，才看到亚里士多德从树丛里钻出来，小小的身体，微微颤抖着，只有现在一半大。它陪着苏回向着光亮走去，一直走到了教学楼旁。

苏回忍不住蹲下身子，小猫立刻跑到他的前面，他一伸手就抱住了它。那温热的、小小的一团，在他的掌心里瑟瑟发抖，让他忽然想起了一句话——"我不能挽留昨天，但我可以把握今天"。

那是亚里士多德的名言，从此那只猫就有了名字。

上次亚里士多德丢失的时候,他的人格解体正在最严重的时候,对整个世界无感,只是有点着急,不觉得太过焦虑。

在过去的很长一段时间里,他逐渐接受了自己是无心无情的一个人。他把所有的感情、情绪全部屏蔽在外,觉得自己一个人也可以生活得很好。可是最近,他的人格解体好了很多,那个屏蔽情感的保护层好像失效了,所有的情绪又回到了他的身体里。他开始能够感受到人间的喜怒哀乐。

这次猫丢了,苏回终于开始觉得慌乱起来。

那是一只小小的猫,毛茸茸的,有一双大眼睛,特别喜欢钻到他的被子里。他在看书的时候,亚里士多德会忽然跳过来,趴在他的腿上,还会用头蹭他的手。如果他做事太过专注,它会有点吃醋,非要吸引主人的注意力。它是那么黏人又好看的小东西。它在家里被养惯了,还能适应外面的生活吗?会不会被人抓住?会不会被车撞到?会不会遇到危险?会不会被狗追?

他刚刚买了一个叫作事故的拼图,结果猫就丢了。如果他那时候不顺手扔那个快递盒就好了,如果猫跑出去的第一时间他发现了就好了……

苏回抬起头,小区里散步的人三三两两,看上去有说有笑的,但他忽然发现那些人他一个人也不认识。脑子里的线忽然断掉,像是冰山骤然崩塌——他突然意识到,自己和这个世界好像没有什么联系。父母都去世了,连猫也离他而去。

也许他再也找不回那个小东西了。

一种莫名的感觉席卷了苏回的全身。那是一种从心底涌上来的寒意,让他的全身都在颤抖着。他终于意识到,这种让他难受的感觉是什么了,那大概就是寂寞。明白到了这个词的真正含义,他难过得想要哭,他就像是一个牙牙学语的孩子,第一次体会到了人间的情感,得知了活着的真相。

就在这时,他抬起头,朦胧的视线里出现了一个身影——是陆俊迟回来了。

那一瞬间,世界的崩塌停止了。

陆俊迟走回来,看到苏回依然坐在楼下的长椅上,脸上没有什么表情,眼眶却是发红的,他急忙向他解释:"能找的地方都找了,不知道猫跑到哪里去了,现在的时间太晚了,我们先回家吧,商量一下怎么办。"

苏回"嗯"了一声。

这么漫无目地找下去也不是办法,明天还要上班。他甚至心里有一种希望,那就是亚里士多德会认识家,说不定在他们寻找它的这段时间,它已经自己回到了门口。他还想,也许猫一直待在家里,也许就在洗衣机里、橱柜里。等他们回去,猫就会不知从哪个角落里钻出来,喵喵叫着扑向他。如果真的是那样的话,他会假装生气,一定不能马上抱它,要晾着它一会儿再原谅它。

电梯开门的一瞬间,苏回看了看空荡荡的门口,顿时觉得自己的心里缺了一块儿。家里还是安静的,和他们离开的时候没有任何变化,他不得不正视了这个事实——亚里士多德确实不见了。

陆俊迟冷静地对苏回说道:"我这里有亚里士多德的照片,回头做个寻猫启事,贴到小区里。"说到这里他又问苏回,"你觉得它会去哪里?"

苏回思索道:"享受一下自由?去小区里……找其他的小伙伴?或许是……它想它的妈妈,还有其他兄弟姐妹?想去看看它出生和生活过的地方?"他忍不住犯了职业病,陆俊迟一问他就分析了起来。

他按着太阳穴,有些头疼地道:"猫又不是人,而且这是一只正直善良的猫,不是一只邪恶的杀人猫,针对犯人的犯罪心理侧写不好用……"

陆俊迟安慰道:"别着急,我们现在只是根据它的行为预测一下它可能去的地方,这一点上人和猫是相通的。72小时是找猫的黄金时间,你和我说说上一次猫丢了是什么情况?"他听苏回说过猫以前丢过一次的事,但是苏回没有和他说过细节。

苏回低头回忆着:"上一次猫丢了一天多,是华都警官学院的学生在第二天送过来的。"

陆俊迟听到这里,认真地推断:"这说明它可能认识去学校的路?"

"我是从学校里捡到它的,那是它的家,应该在那里生活过一段时间。它不会是想家了吧?"

陆俊迟继续说:"它的行为还有什么特征?"

苏回想了一下说:"它喜欢狭小的角落,喜欢箱子,可能是因为我扔了箱子,它觉得那是它喜欢的东西,就跟了出去。要不我们晚上试试不关门?否则它就算能自己找回来也进不了门吧。"

陆俊迟继续安慰他:"放心吧,有时候猫比人更能适应……哪个养猫的人没经历过猫跑丢了这件事呢?大部分猫都会安全地回来的。"

苏回听了他的安慰,低头苦笑说:"你说得对,它没有我的时候也生活得挺好的。与其说是它需要我,不如说是我需要它……"在过去很长的一段时间里,这只猫是苏回的精神寄托,是他和这个世界的联系,所以猫的丢失,让一向冷静的苏回方寸大乱。

陆俊迟虽然也很担心,但是他知道找猫的事情不能急,也不能慌。安抚好了苏回,他很快做了一张寻猫启事,然后拿给苏回看:"还需要加点什么吗?"

苏回感觉自己从那种魂不守舍的状态里走出来了一些,仔细看了看寻猫启事:"没有什么了,你写得很好。"

陆俊迟坐在他的对面:"丢东西这事儿,我从小到大经历过很多次,不说我家的狗隔三差五地往外跑,就连我弟弟都丢过两次,结果每一次都是有惊无险。作为主人,你得先坚信它一定可以回来,这是一个现实和希望抗衡的过程,只要希望在,就会找到的。"

苏回喝着牛奶,低低地"嗯"了一声,然后垂眸说道:"谢谢你,我有点慌了,如果没有你在,我真的不知道该怎么办才好。"

苏回的眼神让陆俊迟的心底柔软起来。

"我网上查了一些找猫的方法，里面还有什么……剪刀法，等下都试试。"

作为警察，陆俊迟原本是一点都不相信这些玄学的，可是事情发生后，他发现这种事情并不是做给老天，或者是做给猫看的。这些努力，是对主人莫大的慰藉。

苏回抬起头看向陆俊迟，温暖的感觉驱散了他心里因为丢猫带来的失措。

随后陆俊迟先往业主群发了一份寻猫启事，然后又给陆昊初发了一个消息。

"苏老师家里的亚里士多德，你见过吧？"

陆昊初马上回答："见过。怎么，又跑丢了？"

陆俊迟把寻猫启事发给陆昊初："帮着发一下，找到有奖励。"

陆昊初道："放心吧，养弟千日，用弟一时，鞠躬尽瘁，死而后已！"

当天晚上，苏回没有睡多久。他在清晨醒来，觉得被子里有点凉，然后才意识到，以往蜷缩在被子里的小东西不见了。

亚里士多德丢了，家里一下子变得空荡荡的，他的心里也像是缺失了一小块。

他爬起来，拉开了一点客厅的窗帘。

苏回已经不记得，自己有多久没有独自面对过早上的晨光。空气是微凉的，呛得他咳嗽了几声。他扬起头，透过纤长的手指，去看天空上刚刚升起的太阳。

这个世界让他感到陌生。

苏回下了楼。他忘了拿手杖，走在小区的院子里才发现路径比他想象的还要复杂，于是走回楼下，坐在有点冰冷的长凳上。在这样的清晨，他的脑子里有一些细微的东西逐渐冒了出来，他的手是冰的，却想起了安郁辞死在他怀里时，流出来的血液的温热。

苏回表面上看起来无动于衷，一直在说自己很好，也拒绝了杨雨晴要马上再给他安排诊疗的建议，可是他的内心清楚，那是一条活生生的生命在他的面前消亡，他无法视而不见。

安郁辞掏出枪射向自己的那一幕反复出现在他的脑海之中，像是留给他的一道谜题。他想要了解清楚，安郁辞曾经接触过什么人，是什么促使了他最后走到这一步？

苏回整理着自己的思路。如果说覃永辰的死还只是巧合，安郁辞的死就越发证实，这些连环杀手们之间是有联系的，而且他们知道他的存在。

被警方列为机密的事，却在一群变态杀手之中传播着，这件事本身就很不正常。最初能够知道诗人名号的人，一定是警方的人甚至是高层的人。是谁把消息传播出去的？是和他一样的侧写师吗？他或者他们的目的又是什么呢？是为了证明什么，还是想要得到什么？下一个凶手又会是谁？

苏回想起了他在杨雨晴诊所电梯里见到过的那个男人。只要一想到那个人，他就能够感受到自己的心脏在加速跳动。

在过去很长的一段时间里，苏回是在逃避着的，努力不去回想那些事。安郁辞、杨雨晴，甚至是谭局也在这样建议他。可他认为，凡事都有起因，真正的答案一定隐藏在他混乱的记忆之中。

如果是在过去，他可能不会更多地去想这件事，去找这个人，可是现在……在亚里士多德丢失后，苏回忽然明白了一件事。他已经逐渐接受了现在的平稳生活，在经历过那些创伤之后，他不想再经历任何一点变故。他有了工作，身边有了同事，虽然他对自己的生死毫不在意，但是他不想把其他人卷入其中。

他必须找到这个幕后的人，占据主动，确保那些事不会对他的生活造成影响。甚至于，他在思考，如果他能主动出击，是不是可以把对方的联系网连根拔起，找到更多穷凶恶极的连环杀手？这样就可以预防更多人犯罪，也能够阻止更多的惨剧发生。

苏回相信因果，他想要找到蝴蝶效应里，那只扇动翅膀的蝴蝶。

想到这里，苏回掏出了手机，在备忘录上记录着，开始逐一梳理……

幕后的人熟知并且精通犯罪心理，不但知道诗人的存在，还可能知道他是诗人……对方显然是和这些连环杀手有联系的。苏回低着头，长长的睫毛如蝶翼一般翕动。他把从他来到华都以后认识的人，一个个地梳理过去。

那个人接触过谁呢？目前没有人证，覃永辰和安郁辞都没有和他说太多的话就已经死去，而可能知道真相的傅云初却不知所踪。

苏回换了一种思路。按照一般案件的侦破过程，这时候寻找是否有其他案件可以并案。了解越多，就越容易看清自己的对手。

苏回忽然想起了一件事，打下了一个名字：于烟。

于烟是曾经的华都第一侧写师，最初也是于烟联系的他，让他填写了一份答卷，希望他来华都总局。如果没有于烟，他可能不会出现在这里，可是在他还没有正式任职时，于烟就已经身死。

苏回曾经翻看过于烟身故一案的档案。由于凶手后来被击毙，这个案子没有留下直接口供。现在回想起来，如果真的有人是在针对侧写师进行谋杀，那么于烟的死也许并不像表面那么简单。他的死亡，可能预示了什么……

陆俊迟早上起来，看到苏回卧室的门开着，人却没在家里，吓了一跳，连忙顺着安全通道从楼上走下来，最后在楼下的长椅上找到了苏回。

看到苏回的那一刻，陆俊迟终于松了一口气。还好，人总算是没丢。

苏回看到他，收起了手机，抬起头来道："我就是觉得楼上有点闷，下来走走，你不用担心。"说完他站起身，这才发现不知不觉地在楼下已经坐了两个多小时，坐得腿都有点麻了。

清晨的鸟儿是最早醒来的，随后是健身的老人们，太阳逐渐升高，小区里的人也多了起来。陆俊迟把打印出来的寻猫启事发给了门口的保安还有物业，又在小区里的各种小径还有垃圾桶处仔细找了一遍。亚里士多德没有找到，流浪猫倒是看到了好几只。

两个人一起回到了楼上,陆俊迟做了早饭,然后就给陆昊初打了个电话。

陆昊初显然还没睡醒,迷迷糊糊地抱怨:"哥,我今天上午没课,这才早上七点半……"

陆俊迟问:"你不是昨天晚上打游戏了吧?猫找得如何了?"

陆昊初喊冤:"哥,你昨天给我寻猫启事的时候已经是半夜了,怎么一大早就和我要猫呢?就算我发动整个学生会外加班里的同学找也没这么快。小孩子走失了也得找几个小时呢,何况是只猫。"

陆俊迟道:"好,你要努力啊,晚上再问你结果。"随即端了早点上来,发现苏回抱着抱枕,呆呆地坐在沙发上。

陆俊迟看着他,一时不知道该怎么安慰他,反倒是苏回见陆俊迟进来,抬起头来说:"今天先上班吧,猫的事情不急。"

陆俊迟听了这"不急"两个字,却愣了一下。

昨天苏回的惊慌失措他是看得出来的,这时候焦急、焦虑是正常的表现,苏回的情绪缓和了,反而让他有点担心。

苏回的情绪的确好了很多。消沉和失落只是一时的,焦虑既不能帮助他破解面前的难题,也不能帮助他更快地找到他的猫,他现在只想去解决眼前的难题。

苏回这一天看起来很平静,就像是往常一样,全情地投入工作。整整一天,他都没有提及一个猫字。

快下班的时候,陆俊迟把上个案子的各种档案整理好,工作都批示完,从玻璃门向外看了看坐在办公桌前的苏回。

苏回正在低头翻看着一本卷宗,看得十分专注。

陆俊迟掏出手机问陆昊初:"找到猫了吗?"

"正在找,还没确认。"陆昊初发来一张图片,明显是在校园里拍的,"是这只吗?"

陆俊迟一眼就认出那不是亚里士多德:"不是。"

"这一只呢?"陆昊初又发来了一只狸花猫的图片。

"不是。"

"这个?"

陆俊迟抚额:"不是……我不是给你寻猫启事了吗?你这个观察力,怎么学视监呢?"

陆昊初觉得很委屈:"哥,在我的眼里,狸花猫都长得差不多啊……再说了,我们已经把华都警官学院的狸花猫给翻遍了。虽然这些不是亚里士多德,但这都是它的兄弟姐妹,说不定理一理可以做出它的家族谱,再找下去,我们一定可以找到柏拉图和苏格拉底!"

陆俊迟听到这里,看了看在外面的苏回,心里忽然有了一个想法:"等一下,第

三只猫你们还没有放走吧？"

陆昊初忙道："没呢，这只猫挺干净的，身上没什么虫子，不像是野猫，我们这里有女生想领养呢。"

陆俊迟当机立断："晚上带过来吧。"这只猫是目前看起来最接近亚里士多德的，颜值也很高，只是要瘦小一些，耳朵旁边多了两簇白毛。

陆昊初无奈地看了看手机："哥，你不会是觉得苏老师的眼神不好，随便给他抱回去一只猫糊弄吧？苏老师他只是有点看不清，外加耳朵还不太好使……"

"我不是这个意思。"陆俊迟严肃地道，"这样至少表示我们是在努力寻找的，可以分散一下他的注意力。他也好久没有见到你们这些学生了，你借着送猫的机会过来和他聊聊天，也许能够让他的心情好点。"

陆俊迟只是有点担心苏回。他不会放弃寻找亚里士多德，但他希望苏回能够更开心一点，减少一些因为猫丢了的自责。一直以来，陆昊初就是全家人的开心果，他能说会道，可比他会安慰人多了。

陆昊初这才反应过来："聪明！哥，我保证完成任务。"

于是，陆俊迟和苏回下了班回家，就在家门口看到了陆昊初。

陆昊初打开背上的背包，把里面那只小小的狸花猫递了过去："哥，苏老师，我们把华都警官学院翻了个遍，终于把猫找到了！"

那只小猫还挺听话的，叫声细细软软，非常配合地"喵"了一声。

苏回忙接过猫进了屋，坐在沙发上，把猫抱在怀里摸了摸。

那只猫自来熟，也蹭了蹭他，还伸出舌头舔了舔他的手心。

"变轻了，变小了……"苏回眯着眼睛看了看，"还有……亚里士多德好像是做过绝育的吧……"

小猫被一群人盯着看，忍不住弯了一下腿，有些羞涩地喵喵叫了两声。虽然长得秀气，但是这也是一只傲娇的小公猫呢。

"啊这……"陆昊初本来以为即使会被看破，也能坚持个几分钟呢，没想到……他急忙道，"原来不是啊……没事没事，那我再去找。"

陆俊迟强装镇定，把猫也接了过来看了看，说道："看起来真的挺像……我第一眼都没认出来，陆昊初，还得麻烦你们了。"话说得自然极了，仿佛他也是刚刚知道的。

被强行带过来还不明情况的小猫："喵……"

陆昊初打着圆场："放心放心，交给我。"

苏回主动道："你为了找猫也跑了一天了吧？今天有点晚了，你就在这里一起吃吧。"

陆俊迟也就借坡下驴："苏老师都这么说了，那我去做几个菜。"

陆昊初就等着这句话呢。他飞快地把包放下："我在学校食堂吃腻了，哥，你就是炒个素菜都是好吃的。对了，给我加个炒鸡蛋！"

陆俊迟去做饭,陆昊初就陪着苏回坐在客厅里聊天。陆昊初问起了拼图,苏回就开始给他介绍。他指着眼前的拼图道:"这个拼图叫作'THE ACCIDENT'。"

陆昊初会意道:"事故啊……"他搓了搓手说,"这个词,我熟,因为我爸妈在我小时候说过,我的到来就是一个意外事故。他们本来那时候没想生二胎的,可是我就这么意外地出生了。"

陆昊初往厨房看了看,确定陆俊迟听不见才继续说:"你看我哥那个样子,就是标准的精英,简直是无所不能的。小时候他就是典型的'别人家的孩子',和他比,我邋遢、不爱收拾卫生、学习成绩不好、经常生病,还贪玩,小时候还走丢过两次……"

苏回"嗯"了一声,其中有些事情陆俊迟和他说过。

"10岁生日的时候,我问我妈,既然我是个意外事故,你们是不是不爱我了?我妈那时候说,不会啊,人生怎么可能没有意外?你虽然给家里添了很多麻烦,但是带来了更多的快乐。有你在,就连很平常的事都能变得好玩起来,充满变数,也多了很多回忆,聊天也多了很多话题。当时我们养你哥,都是一帆风顺,平淡如水,太没挑战了。"

说到这里,陆昊初看了看面前的拼图:"这番话极大地安慰了我,让我觉得自己的人生也还挺有意义的。所以我觉得,事故的发生有时候是必然的,但最后的结果是好还是坏就是塞翁失马了。"

他说的这些道理苏回都知道,苏回也明白陆昊初是故意说来想让他开心一些,不过他说的话的确起到了安慰人的作用。

两个人聊天时,那只小猫看了看陌生的环境,也不认生,自己从背包里钻出来找到了猫食盆,然后开始默默地吃了起来,一会儿的工夫就吃了半盆猫粮下去。那么小的一只猫,抬起头来眼睛里含着泪,看起来楚楚可怜,却吃了那么多……

苏回一下子想起那个表情包:瘦小,可怜,但能吃。

陆昊初注意到了,侧头道:"哎!这小家伙还挺会吃的。"

"大概在外面没吃饱吧……"苏回说完有点担忧地问,"这只猫你们那边有地方安置吗?"这只猫和亚里士多德看起来有点像,脾气禀性却是完全不同的,叫起来特别软,让人从心底生出怜爱。

陆昊初道:"有啊,我们女生宿舍那边管得松,可以养的,好几个女生排队想要呢。"

苏回这才放下心来,点了点头。

陆昊初的嘴巴甜,话又多。趁着陆俊迟不在,首先出卖了自家哥哥,讲了很多陆俊迟小时候的好玩的事。

"我爸妈都贼信任我哥,平时家里都是他做主。对了,你别看我哥看起来像个正人君子,有点高冷,其实特别温柔,上得厅堂下得厨房,而且是很有心机的……打架还很厉害,我们小时候院子里的那些坏孩子都不敢去招惹他。小时候有一次,伯母家的孩子来我们家弄坏了我的玩具,我哥却对他照顾有加,还让我忍忍,放任那孩子变本加厉，把我的玩具毁了个遍。最后伯母要走的时候，我哭着说他弄坏了我的玩具，我爸妈还大度地说，玩具不值什么钱，你不要那么小气。"

这是大多数人家里都可能会发生的事情，父母这样的处理方式也很合乎常理，苏回想。

陆昊初继续说："结果我哥早有准备，拿出了几张玩具的购物小票，把所有弄坏了的玩具作为呈堂证供放在了桌子上，然后又仔仔细细地把账算了一遍，一共是五百多块。我记得他的原话是——'伯母，我爸妈从小教育我们，弄坏了东西需要赔偿。你家孩子还小不懂事，可是我觉得伯母岁数已经不小了，你们做大人的应该做出榜样吧。'这么有理有据的，我爸妈也不好拦着了，于是那伯母脸色发青地赔了钱。后来，我哥哥拿着钱又带我去把玩具买了回来，让我觉得，有哥哥真好。"

苏回听到这里低头笑了，这一听就是陆俊迟能做得出来的事。在总局里也是这样，大家都知道陆队的脾气好，可他从来不吃亏。

"我哥啊，遇到不喜欢的人，话都不说一句的。可是如果他当你是朋友，恨不得瓶盖都帮你拧好⋯⋯苏老师，我看得出来他把你当作最好的朋友了。他有点洁癖，屋子里永远打扫得干干净净的，衣服也穿得不带褶，超级自律。在人前的时候，他的脸皮特别薄，我有时候和他开玩笑，他就低头笑笑，可是回了家他能几句话就把我噎到没脾气⋯⋯"

在厨房里忙碌的陆俊迟忽然觉得鼻子发痒，取了纸巾擦鼻子，接连打了几个喷嚏。

陆昊初把自家哥哥卖了个遍，又开始说着学校里面的各种趣事。他告诉苏回这学期是廖主任接了苏回的选修课，第一天上课就有学生问苏老师在哪里；还说一向严肃的王院长有天升旗假发被吹走了，大家这才知道院长已经秃了顶；最近学校里流行一种桌游，克苏鲁背景，回头教给他。

陆昊初讲起故事来就像是在说单口相声，逗得苏回的眉眼弯了起来。

在闲聊中，三个人很快吃完了饭。陆昊初那个来蹭饭的主动把碗刷了，抓了小猫放进自己的背包里，准备带回学校去。陆俊迟两人说要送送他，也跟着一起下了楼。

陆俊迟带着陆昊初走在前面，开始盘问："你们刚才聊了什么啊？我在厨房就听着你们说得挺热烈的。"

陆昊初有点心虚，望着自家哥哥："都是学校的事，哈哈哈⋯⋯"

他们路过一个垃圾箱的时候，苏回忽然说："我好像听到了有猫在叫。"

陆昊初和陆俊迟对视一眼。陆昊初背包里的小猫是没有叫的，他们也没有听到其他猫的叫声。但是苏回这么说了，陆俊迟还是走过去。他发现垃圾箱旁边有一个纸箱子，忽然灵光一闪，想起亚里士多德最喜欢钻箱子了，连忙把纸箱子打开，果然看到里面蹲坐着脏兮兮又饥肠辘辘的亚里士多德⋯⋯

这只猫还是认路的，不知什么时候又跑了回来，就躲在楼下几十米远的纸箱子里。它那副倔强的表情仿佛在说这个纸箱子是它的城堡，它要誓死捍卫自己的领土。

尽管这只猫现在又脏又丑，陆俊迟还是一把抱住了它："你之前躲到哪里去了，让我们好找。"

　　苏回淡定地道："我就说我好像听到有猫在叫。"

　　被抱在陆俊迟怀里的亚里士多德叫了一声，陆昊初背包里的小猫也回应着叫了一声，一时间就像是猫咪二重奏。

　　看到这感人的一幕，陆昊初松了一口气："找到就好，任务完成了，那我就回学校了。"

　　"等一下。"苏回忽然拉住陆昊初。他伸出手摸了一下从背包里探出头的小猫的毛，小猫也仰头看着他。

　　"我可以留下它吗？"苏回在心里做了半天斗争，还是想要养它。

　　陆昊初愣了一下："啊，可以啊，我们学校的流浪猫多着呢。"

　　苏回又问陆俊迟："如果再养一只猫的话，你介意吗？"家里的很多事情都是陆俊迟在做，他觉得不能自己就这么决定了。

　　陆俊迟抱着亚里士多德，语气温柔地说："好啊，一只也是养，两只也是养。"

　　晚上，陆俊迟和苏回把两只猫带去了小区门口的宠物店做了检查才回了家。

　　那只小一点的狸花猫总是围着亚里士多德转，还会偶尔靠过去，忽然蹭蹭它，或者忽然舔上一口。若是亚里士多德用猫拳警告，它就回过身跑得远远的。不过一会儿以后，它就会又开始一点一点蹭过去……

　　陆俊迟对苏回道："你给它起个名字吧。"

　　苏回想了想说："海明威说，'一只猫会带来另一只猫'，就叫他海明威吧。"

第四卷
蝴蝶标本

第57章
试探

华都，晚上9点。

这是一个平静而普通的夜晚，整个世界安静了下来。街道旁边的路灯逐一亮起，配着街边五颜六色的霓虹，勾勒出一片美丽的城市夜景。

华都的秋天很短，似乎过不了多久，就会入冬。

一辆载着乘客的公交车，缓缓驶离了站台。

这是一个大站，下去了不少乘客，车上一下子空了很多，人与人拥挤导致的不快也都烟消云散。夜间的公交，整个车厢里都是橙黄色的暖光，司机把车开得很快很稳，让忙碌了一天的人们，都有些回家心切的感觉。

就在这时，有个中年男人发出了一声疑问："哎，这个包是谁的？"

只见中年男人从旁边的座位底下拎出了一个黑色的包，看上去有点重量。此时的公交车内空荡荡，原本就已经没有几个人，听了这话，也都没有做声。中年男人有些奇怪地拎着包往前走，对司机说："师傅，有人把包落在车上了。"

司机还在开着车，也帮着吆喝了两声："谁的包？"

没有人回答。

司机又问那个中年男人："你刚才有看到这个包是谁留在那里的吗？"

中年男人说："没有啊，没注意，我也刚上来不久。"

乘客纷纷开始议论了起来。

"万一是贵重物品怎么办？看起来是个很新的包啊。"

"回头会过来拿吧？给他放总站？"

"这么大个包，怎么会忘记？不会是故意放在这里的吧？"

"这汽车上，丢什么的没有啊，司机都见怪不怪了。"

"哎，这包里好像有什么声音。"有个坐得很近的女孩子忽然说。

车上一下子安静了下来，所有人都凝神去听那包里的声音。果然，那个包里传出了"嘀"的一声，像是电子闹钟的提示音。

有位阿姨说道："还是检查一下吧，别是什么不好的东西……"

听了这一句话，车上乘客的脸色都变了，那个中年男人"呲啦"一下把包的拉链拉开，只见包里有一个方形的铁匣子，上面闪动着红色的数字……

又是一个梦。苏回可以清楚地分辨出来自己是在梦中，可是那梦里的一切那么真切，就像是真实发生过的一般，他一时有点说不清楚，这究竟是梦，还是脑子里忽然浮现出来的记忆。最近这种情况好像越发频繁了起来，做梦，梦醒以后又想不起来很多梦里的细节。

"……我知道了，妈，我周末会回去的，你别给我张罗相亲的事了。"

苏回的母亲在电话里回道："妈就是担心你一个人会寂寞。"

苏回劝她："其实怕我寂寞的话，养只猫不是更好吗？"

苏回的母亲"哼"了一声："可不是吗，我当年要是养了只猫，可不会这么伶牙俐齿地还我嘴。"

苏回忙去哄她："妈，我最近给你淘了一套紫砂的茶具，准备下次带回去呢。"

听了这话，苏回的母亲马上喜笑颜开，还说让他拍照发过来看看。

苏回酸溜溜地问："猫会买紫砂茶具吗？"

苏回的母亲主动握手言和："好啦好啦，不是你先提的猫吗？你将来就知道了，做父母的只要子女平安喜乐，其他的都往后排。我和你爸还不是怕你平时太过懒散，怕你照顾不好自己吗？你再找个差不多的，再养只猫，难不成一家老小对着挨饿？"

那边妈妈又唠叨了一些什么后，苏回挂了电话，顺着三号楼的走廊往里走。来到了拐角处，看到平时无人的自动贩卖机前蹲了一个穿着工装的人。

苏回："……"

工人："……"

苏回问那个工人："你有没有在里面看到一些其他东西？"

工人愣了一下："你是说这个吧？"说着递过来一个餐盒，"我还说呢，这机器里饮料几乎是满的，结果出货口却有个餐盒。我刚才还在想，我们这自动贩售机什么时候这么智能了。"

苏回笑了，心想，只是你今天遇到了……他走上楼去，把便当盒收在抽屉里，然后从抽屉里取出了最后一条荧光纸。他熟练而迅速地叠了一个星星，放了便当盒旁。

手机"滴"地一响："今天给你带了鸡汤，收到了吗？"

苏回的嘴角不自觉地扬起来："我要是再晚5分钟，估计就被维修自动贩售机的工人顺走了。"

对方过了一会儿才回："对不起，我下次注意。"

"又不怪你，你坐上高铁了吗？"苏回记得，之前他好像说了今天要出差，也因此放进去得早了一些。

"还好，挺顺利的，罗队和我一起，你要记得按时吃饭。"

想着对方这次出差可能要半个月的时间，苏回又说："这次的星星和下次的餐盒一起给你。"

"我已经有99颗星星了，如果加上这一颗，正好可以凑个整。"

苏回犹豫了片刻，打字道："那等你回来我们见个面吧，我可以把最后一颗星星亲手给你。"

对方立刻回了个："好！"

随后苏回打开了电脑，输入密码，登录系统以后，跳出了一份待查收文件。

又是细沙……

他打开了文档，里面是最新的一起爆炸案，两人死亡，两人受伤。这已经是发生的第八起细沙爆炸案了，连续数月，犯案数起，这个神秘的细沙爆炸案，简直是阴魂不散。

苏回皱起了眉头，他进行过那么多次犯罪侧写，唯有这个案子，总是会出乎他的预料。

细沙这个名字源于爆炸案现场发现的一些沙粒。犯人所用的爆炸物是自制的，里面用沙层隔绝，爆炸后，现场就会留下一些，这个外号也因此得名。

让苏回没有想到的是，就是这么一个用着自制炸弹的炸弹客却在迅速进化着。他用了浑身解数，让警方猜不透他的行为逻辑，唯一不变的只有犯罪时间——10天。

每隔10天，城市里就会出现一枚炸弹。除了顺利拆除的第八枚炸弹，其他的几枚炸弹都爆炸了，有人受伤，也有人死亡。这一枚炸弹在闹市，下一枚炸在荒地，下下枚放在陵园里，后来还有一枚炸弹被放在了学校门口……

警方非常被动，跟着凶手到处跑，却始终没有抓到这个神秘的凶手。

细沙的犯罪模式在不断地变化着。他不符合犯罪心理学的常理，没有既定的目标，也没有完整的逻辑链条，就像是城市里出现的一个程序错误。

到底是哪里出了问题？苏回深吸了一口气，开始详细查看那些照片。他坚信这里面一定是有规律的，他必须从这些错综复杂的资料之中找到其中的逻辑，这样才能够预防下一次灾难的发生。

苏回正在看着，电脑忽然"滴"了一声。他抬起头——那是一个陌生的账户，信息是从系统内部发过来的，他却看不到对方的账号。

"诗人。"对方直接打了他的名字。

苏回皱着眉，回了个"？"。

对话框里弹出了一句话："你抓不住我。"

…………

梦里的这一瞬间，忽然有人将一把刀插入了他的身体。冰冷的利刃仿佛冻住了血肉，随后向下缓缓滑动，切割着内脏。剧痛瞬间通过神经蔓延，席卷着全身，他痛苦地挣扎着，想要发出预警，可是喉咙似乎被人扼住了，只能发出痛苦的低吟。

"苏回，苏回！"熟悉的声音在耳边响起，"你做噩梦了吗？"

苏回终于从那个梦里挣扎出来。他坐起身，一把拉开了眼罩，像是一个窒息的人，大口大口地贪婪地呼吸着空气，然后连续咳嗽起来。他不自觉地捂住腹部的旧伤。两年前的伤口早已愈合，可是刚才的那种感觉太过真切，仿佛仍有一把凶器插在那里。

那是他打给母亲的最后一个电话，从此以后，他再也没有机会见过他的母亲，他也没能送出那套紫砂茶具。

苏回十指紧紧地抓住了眼前的被子，指端到身体都在不可抑止地发抖。

陆俊迟坐在苏回的床边，轻轻地拍着他的后背，默默地等他从慌乱中缓过来，继而擦去眼角的泪水，眼神恢复清明。

苏回接过陆俊迟递来的温水喝了两口，又坐了一会儿，觉得好了一些，才哑着嗓子问："几点了？"

陆俊迟翻了一下手机："七点。"这比平时苏回起床的时间早了一些。

陆俊迟早就准备好了早点。今天的早餐有点特殊，是从便利店买的口袋面包片，面包里面填充的是满满的加了沙拉酱的蛋黄，是他早上跑步时顺便过去买的。

苏回起床后，一眼就看到桌子上的盘子里放着的口袋面包，拿起来咬了一口。

陆俊迟在一旁问："喜欢吗？"

苏回眯起了眼睛道："嗯，很好吃，我挺喜欢吃这种蛋黄酱的。"

鸡蛋黄的鲜香感和细腻的口感，让人吃起来满满都是记忆里的味道。搬家到华都警官学院这边以后，附近的便利店都离得很远，他好像已经很久没有吃过这个面包了。美食缓解了噩梦留下来的影响，他感觉自己好了很多。

陆俊迟还记得这是诗人过去很喜欢吃的早点。他今天故意去买这个，就是想要印证一下。人的行为容易发生改变，但这些生活之中的小的习惯和喜好却是很难改变的。

他看向苏回，希望在他的表情中看出些什么。

苏回的脸白得像是上好的玉石，低头吃沙拉蛋黄包时，长长的睫毛垂了下来。他的外表有一种脆弱感，像是一碰就会碎的瓷器，可是眉宇里又有种坚韧隐忍。有一瞬间，陆俊迟觉得，苏回的灵魂和能力似乎是被封印住了，封印在看起来病弱的躯体里，被凡世所拖累。

他见过苏回全力以赴解谜的时候，所有的难题在他的面前似乎都可以迎刃而解，那时候的他是多么的光芒四射。

苏回被陆俊迟看着，以为自己的嘴角沾了东西，抽了一张纸巾擦了擦，发现没有什么，就又拿起了第二个面包。

表情变化也没有看出什么端倪，只能看出来苏回是真的喜欢吃这东西。陆俊迟把盘子向苏回推了推，转头吃着其他早点，装作不经意般问苏回："之前在黄医生那边，他问到你的旧伤，那是什么时候的事情？"

苏回道："两年以前了吧，是一次意外。"

陆俊迟问："具体的情况是……"

苏回的动作一顿，看样子是不想提，说得轻描淡写："反正都是过去的事情了。"第二个蛋黄包吃完，苏回伸出舌尖舔了一下嘴角，之后拿起了第三个……

海明威似乎是闻到了食物的味道，大着胆子跳到桌子上来，喵喵叫着。

苏回躲了一下，认真和它讲着道理："小猫咪不能吃这个。"他把最后一口面包塞进嘴巴里，伸出了另一只手，温柔地揉了揉海明威的头。海明威感觉自己被主人抢了食，有点不甘心，发出了喵喵的叫声。

话题很快扯远，第一次的试探并没有得到什么明确线索。

准备出发时，苏回看到桌子上多了一个小盒子，拿起来看了一下。

应该是新的拼图到了，他想。现在没有时间拆开了，看来只能回头再说了。

陆俊迟随口问着："这个盒子看起来不大。"最近他已经习惯苏回偶尔会海淘买一些复杂的拼图了，可是这盒拼图看起来太小了。

苏回道："这是Jigsaw Puzzle 29，一共只有29片，难度十级。"

陆俊迟："拼图的难度一共多少级？"

"十级。"苏回一边穿鞋一边说道，"不过我并不觉得会名副其实。大的拼图拼的是规律还有细致和耐心，小的拼图，主要考验的是解题思路。"

今天是月初，谭局和几位刑侦队的队长一起召开例会，老局长喝着保温杯里的枸杞水，听完了各组的汇报。不知道是不是自己的错觉，陆俊迟觉得谭局的眉宇之中似乎是停了一片阴云。

果然，谭局开口道："昨天四分局那边接到了一起报警，有人在公交车上放置了一枚定时炸弹，幸好发现及时，特警那边让专家参与了排爆，根据当量计算，如果炸弹引爆，车上的人可能都会遭遇不测。"

这件事情刑侦队这边还没有收到详细的汇报，乍一听到，大家都面面相觑。

华都已经有将近两年没有出现炸弹客了，不知道这个差事会落在谁的头上。

城市里的爆炸案不多，但是每隔几年都会发生。大部分爆炸案的炸弹是比较简单的，以土制炸弹居多，其中一些是由烟花市场买来的材料制成的，还有一些是化学炸弹。这一类的案子还算是比较常规，也比较好处理。但像这种带定时器的高端炸弹的出现，则意味着凶手有着一定的专业技能，也会有意识地进行躲避，掩藏身份。

这种与爆炸相关的案件不像是普通的刑事案件，有诸多线索可以排查，因为爆炸案很少有指纹、痕迹留下来，爆炸以后的现场更是混乱。这种案件不可预测，出现的伤亡也会比一般的案件严重，有时候甚至会威胁警员的生命。别的不说，两年前的细沙案就是华都警界的噩梦。

今年又有爆炸案冒了出来，所有人都捏了一把汗，有的人一直低着头，看样子是怕接到这个案子。陆俊迟听到这里，抬头看向谭局——如果这个案子是和细沙案有关

的，他想要主动接下来。

谭局却躲开了他的目光，抬头道："邢云海，你以五队为基础成立专案组吧。这次一定要注意安全，和特警排爆队合作。"

邢云海低头道了一声："好。"

重案组依然是忙碌的，特别是刚刚破获了一起大案，还有很多收尾的工作需要处理。夏明晰的桌子堆起了一座小山，其他人也没有空闲，一起埋头整理着文件。

陆俊迟开完会回来，敲了敲曲明的桌子，把他叫出办公室，两人前后脚走进了一旁的小会议室。曲明搞不清直属领导忽然这么严肃是要干什么，感到十分忐忑。

陆俊迟并没有坐下，而是靠在了桌子旁，双手抱臂问他："老曲，你之前是刑侦三队的，对吧？细沙爆炸案你了解得多吗？"

曲明站在陆俊迟的对面。

他的消息灵通，已经听说昨天晚上有一辆公交车上出现了炸弹。很多人纷纷猜测，说这可能是细沙案的模仿犯罪，陆俊迟大概是因此才问他的，于是开口道："细沙案前期的调查我有参与过一些，在最后行动的那天我正好休假，没有参加，但是知道得多少比外面多一些。"

放在两年前，所有人都不敢多言细沙案。可是如今，时间已经让大部分人将其遗忘了。

当年，总局是在刑侦三队的基础上成立的专案组，这一爆炸案的调查前后用了将近小半年的时间。曲明还记得，那是他警察工作生涯之中最难捱的几个月，整队人在高压之下，不眠不休地追查一个像是幽灵一般的凶手，最后连队长都因此遇难，而自己就像是和死神擦肩而过一般，逃过了一劫。

陆俊迟当年做过调查，也对那个案子稍微了解一点。

细沙案是个连环案，凶手曾多次在城市中放置爆炸物。因为前几次的爆炸现场中残留了一些彩色的细沙，也因此得了"细沙"这个代号。特警那边的排爆专家过来给他们分析过，现场之所以会留下细沙，是因为凶手在炸弹之中用沙粒做了隔绝层。

当时，以刑侦三队为主成立的专案组专门追查这名罪犯，但细沙的技术却越来越娴熟，也越来越让人琢磨不透。警方增加了人力，下定决心无论如何都要抓到这个炸弹客，可是在他们找到凶手的同时，惨剧也随之发生。那栋建筑化为火海，数名警员伤亡，嫌疑人也死于爆炸之中。这件事成了整个华都警界的耻辱，也是总局中大家默契地缄口不提的案件。

陆俊迟问曲明："这个案子行为分析组有参与吗？"

曲明叹道："那当然。一直以来，细沙案的凶手留下的线索并不多，当时的三队长常雨就求助了行为分析组，不过当时的很多证据都不是实证……"

听到了这里，陆俊迟皱起眉头。

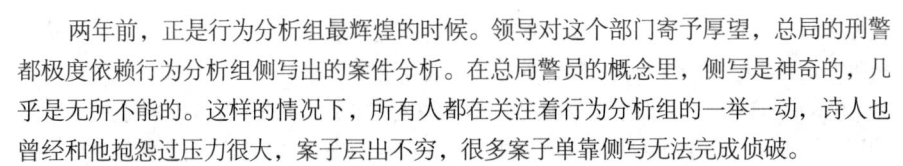

两年前，正是行为分析组最辉煌的时候。领导对这个部门寄予厚望，总局的刑警都极度依赖行为分析组侧写出的案件分析。在总局警员的概念里，侧写是神奇的，几乎是无所不能的。这样的情况下，所有人都在关注着行为分析组的一举一动，诗人也曾经和他抱怨过压力很大，案子层出不穷，很多案子单靠侧写无法完成侦破。

　　这时，陆俊迟忽然记起苏回曾经和他说，他本人很排斥无实证侧写，而且还反复强调，一定要结合证据和实际情况进行分析……

　　曲明继续说着："……一开始，行为分析组就根据犯罪特征给出了两份侧写，一份是月光的，一份是诗人的，两个人的侧写指向不同的方向，他们一直争论不已……发生事故的那一天，爆炸发生在一家餐厅里，当时正在举行一场婚宴。行为分析组给出了具体位置，调动了警员，结果炸弹爆炸，引起了餐厅的坍塌。当日参加行动的多名警员牺牲，此外还造成了多人死亡、重伤和失踪的后果。"

　　当年的爆炸案十分惨烈，直到事后很久才确定了死亡以及失踪者名单。

　　"陆队……其他的，那就不是官方消息了……"曲明犹豫着要不要说。

　　但陆俊迟之前救过他，这么长时间也待他不薄，曲明最后还是说了："关于这个案子和行为分析组的情况，我还知道一些传闻，不过不一定是真实的。你也知道，行为分析组由于匿名保护，很多消息是禁止讨论的，这些事出我的口，进你的耳，出了这个门，大家就当这话没说过。"

　　陆俊迟道："你放心。"

　　曲明这才说了："细沙案爆炸再次发生的时候，月光其实已经离开了公安局，最后的侧写是由诗人完成的。行动当天，诗人发布了侧写结果，警员们抓住了嫌疑人，炸弹却正好在这个时候爆炸了。虽然当时撤离了少部分群众，却没有能够阻止这场悲剧的发生。"他说到这里低下头，"所以对我个人来说，我也不知道该怎么评价这件事。"

　　陆俊迟皱眉，消化着这些消息。

　　他不觉得诗人的做法存在问题，如果诗人没有进行侧写，凶手可能会逃离，细沙爆炸案会继续发生，会有更多的人死亡。一直以来，诗人的侧写能力是有目共睹的，准确率很高，没有人能够保证侧写一直是正确的，也没有人能够在第一时间就参透谜题。爆炸会在那个时间发生，诗人可能也是没有防备的，如果更早地找到凶手，可能就能够阻止悲剧的发生。

　　不过他也很清楚有些人会怎么想。

　　市局之中，反对犯罪心理侧写的人也不在少数，很多人对侧写的准确性、侧写会造成的后果保持怀疑态度。那些恶意揣测的人大概会觉得，侧写是这次行动失败的原因，是诗人把那些人引向了死亡。

　　月光离开，诗人失踪，侧写受到质疑，也许这就是行为分析组解散的原因。可这不是诗人造成的，更不会是他的本意。

　　陆俊迟皱眉沉思片刻。他还有一些问题想不明白，如果苏回就是诗人的话，他是

在那次行动中受伤了吗？为什么当时的伤者名单之中没有苏回的名字，是因为特殊保护吗？还是当时他们看到的名单，本身就是进行过处理的？

谭局无疑知道一些实情。如果苏回就是诗人，如果真的是诗人的原因造成了严重的后果，他肯定不会让苏回再回来做重案组顾问。只是如今情况不明，他似乎更不好开口亲自问苏回这件事……

陆俊迟对曲明提到的一件事还有些奇怪："月光为什么会离开？"

曲明道："具体的原因我也不太清楚，有一种说法是他和诗人不合，所以才离开了警队。"

说到这里，忽然有人敲了会议室的门。陆俊迟忙回身开门，只见乔泽站在门口道："陆队，在双华区发生了一起案件，需要重案组出警。"

陆俊迟没想到新案子来得这么快。他回了办公室，点了乔泽和郑柏跟着，让夏明晰和老曲一起继续上个案子的收尾工作。听说有了新案子，苏回也主动拿着手杖站起身，一行四人下了楼，仍然是陆俊迟开车。

上午 10 点不到，路面上的车已经开始逐渐少了。

乔泽坐在后座上，抓紧时间，捧着电脑把情况先介绍了一下："这个案子接警的是第七分局那边，他们接到报案以后，赶到了一处废弃厂房，在一个满是油的铁桶里发现了一具浸泡已久的男尸。"

郑柏奇道："这个案子听起来挺普通的啊，有什么奇怪的地方？怎么这么快就通知了我们这里？"

陆俊迟握着方向盘道："乔泽还没把案情说完吧。"一般分局接到案件，就算流程再快，通知到他们也得一个小时以后了，他们很难看到抛尸的第一现场。这个案子这么快通知了他们，那一定是走加急流程了。加急的重大案件恐怕不会只有一具尸体。

果然，乔泽继续说道："那是因为分局的刑警在发现尸体的不远处，发现了另外一个浸满了油的尸桶，里面也有一具男尸。"

"双桶油厂案？"郑柏终于惊讶了，"这回听起来不简单了。"

之前苏回一直侧头看向窗外，听他们说到这里，终于忍不住抬起头来说："这个世界上，没有简单的杀人案……"然后他又解释了一句，"无论是一具尸体还是两具尸体，案件的犯罪动机、犯罪过程都不同，再加上犯罪者的性别、性格、年龄等差异，犯案的年代、家庭、教育、宗教信仰等因素，还有初犯、累犯、惯犯、故意、过失、有组织、共同犯罪……根本没有'简单'二字。"

没有简单的案件，只有断案人的自以为是，而他们的工作，就是探寻那些案子之后隐藏着的关系和秘密。

听苏回说到这里，陆俊迟忽然想起了什么，他轻声接话道："杀人的原因各种各样，甚至一个刀口、一个痕迹会折射出人的一生，很多人误以为案子简单、普通，其实是因为只看到了案子的表征，而没有了解到那些案子背后的人的经历和故事。在这其中，最让人捉摸不透的，就是人的心理……"

这是当年诗人和陆俊迟说过的理论，他早就牢牢地背了下来。对比起来，诗人的声音更加好听，苏回的声音却更加沙哑。两种声音跨越了时空，在这一刻重叠到了一起。

陆俊迟时常在苏回说话时感到恍惚，那是一种似曾相识之感，而且在他开始怀疑苏回可能是诗人之后，这种感觉愈发强烈。而苏回也在此刻沉默下来，陆俊迟不知道是不是自己对他身份的试探过于唐突了。

讨论到了这里，气氛沉重起来，安静得能够听到车载空调发出的换气声。

两位领导忽然都不说话了，坐在后座的两位下属面面相觑。郑柏平时和乔泽开玩笑惯了，原本只是随口闲话，没想到引出了这些长篇大论，最后还是乔泽先反应了过来："那个……我觉得苏老师和陆队的话都特别有道理，我现在就记下来，回去以后每天背诵！"

郑柏也跟着道："老大，我错了，我以后再也不吐槽案子简单了，每个案子都是人命案，我一定万分重视……如果再犯，年底考核你记我不及格。"

苏回这才像是如梦初醒，低低地"嗯"了一声。

还好众人并没有尴尬太久，抛尸现场很快到了，厂房外面已经拉起了黄白色的警戒线。

这是一个废旧的小工厂的厂房，只有一层，窗户玻璃大部分是破损的，就连楼顶上都长满了青黄的杂草，地上满是砖块瓦砾。陆俊迟走过厂房门前的那片草丛时，感觉地面踩着硌脚，怕苏回摔倒，便回身伸手扶住了他。

苏回的眼中是模糊一片的，被陆俊迟牵着走以后，走得稳了很多。

几人到了地方，立刻有警察迎上来给他们介绍具体的情况。这个废旧厂房之前忽然换了一把新锁，附近捡破烂的看到里面的墙角多了个油桶，闻着还有油的味道，就想着来偷油，没想到趁天黑进去以后打开油桶发现里面浸泡着一具尸体，吓得急忙报了警。

警方在现场搜索时，在不远处一个相隔了不到百米的废弃的小型养殖场里又发现了一具男尸，这才叫了重案组来。

陆俊迟让乔泽和郑柏去另外一处现场，拉着苏回进入了厂房内。这里已经被废弃，那些破碎的窗洞里投进来一缕一缕的阳光。

油桶很大，直径足足一米多，有半人多高，由于油桶的盖子被打开，厂房内都是浓郁的油味，苏回被呛得咳了几声，掩住了口鼻，法医见状给他们递过来口罩和手套。透过那些半透明的黄色黏稠液体，可以看到下面透出来的脚——那是一具头冲下倒着蜷缩着的男性尸体。

"陆队！"有物证抬起头来提醒他们，"这边有油，让你下面的人小心，不能有明火。"

陆俊迟道："放心吧，我们队里的人都不抽烟。"

法医准备打捞尸体，为了避免静电打火，他们需要穿棉服胶鞋，不能佩戴金属物品。

各种照片拍好后，尸体很快被打捞了出来，放置在一旁的帆布上。由于浸泡在油里，尸体被很好地保存了下来，腐烂并不严重，味道也没有一般尸体那么难闻。

刚刚从废弃油桶里捞出来的尸体是一位年轻男性。尸体上穿着普通的T恤、衬衣，还有一条黑裤子，尸体的鞋被脱了，一双脚是光着的。

法医撩开了衣服的一角，苏回可以看到尸体的胸骨以下是凹陷进去的，前腹壁几乎贴着脊骨，像是一条船。在医学和法医学中，这种情况被称为舟型凹陷。在尸体的肋下，可以看到多处刀痕，那些刀痕密密麻麻的，可能有十几处，细数还会更多。

苏回蹲下身看着那些刀伤，很多刀口挨得很近，可以看出凶手的疯狂以及暴躁。

陆俊迟抬起头来问法医："能够根据腐烂程度确定遇害时间吗？"在这种多具尸体的连环案件之中，确定死亡时间有助于理清案件的线索。

那位法医大概是实习的，支支吾吾地说："尸体被油浸泡了，一般衡量时间的方法就都没用了，你等静姐吧，她应该知道。"

正在这时，邢静从外面走进来说："这边也捞好了？"然后她气定神闲地看了看地上的尸体，伸出戴着胶皮手套的手按了按尸体的肌肤还有腹部，刀口里渗透出一些汽油。看起来，汽油把尸体从里到外都浸透了。

邢静判断了一下说："这一具是先遇害的，浸泡时间大约是两个月，另外一具新鲜一些，应该是一个月多一些，所以，无论是从发现的时间还是遇害时间来说，你们面前的这一具都是一号男尸。"

那位实习法医对着尸体拍了几张照片，问道："腹部凹陷得很厉害，这是伤口造成的，还是被凶手挖去了内脏？"

邢静道："不一定，油类会引起脏器的萎缩，他的肺可能会缩成巴掌大，心脏也会急剧缩小。"

法医恍然大悟道："油会对尸体造成这么大的破坏啊。"

邢静"嗯"了一声："液体性质不同。油浸的尸体不太常见，教科书上也没写过，我工作这么多年也只是在之前碰到过一具，记忆最深的是他的脑组织，像是泥浆一样。不过油浸对于我们法医而言也有点好处，就是胃部里面的食物能够被油很好地保存下来，就算过了很久也不会坏，可以作为参考。"

师徒两人旁若无人地讨论着，说得旁边的物鉴脸色苍白，连连作呕，只有苏回还是一副十分淡定的样子。

另一处的现场和这一处隔了将近百米，是个废弃的养殖场，一进去就闻到一股动物粪便的味道。这里有一个更大的油桶，地上有一些油迹。

一具略胖的男性尸体被捞了出来，油桶里面的油已经浑浊了。对比来看，二号尸体要比另外一具尸体"丰满"一些，伤口位于胸口处，两刀。

"这油是什么油？"陆俊迟问。空气里有些汽油味，可是并不浓烈。

物鉴道："应该是食用油和汽油的混合。"

苏回看了一会儿尸体，忽然问旁边拍照的物鉴："这具尸体被发现的时候是什么样子的？"

物鉴忙调了照片出来给他看。和上一具尸体不太一样，这一具尸体是屁股朝下被塞在油桶之中的，从油桶表面就可以看到有一些头发漂浮着，还可以隐约看到翘起来的脚。

郑柏蹲在一旁，一边看着一边问："这个案子，我们是要找针对成年男性的连环凶手吗？"

乔泽试着分析道："连环杀手对于受害人的选择有一定标准，大部分针对的是女性，还有针对孩童或者老人的，针对男性的连环犯罪则比较少见……"对于那些凶手而言，瘦弱的被害人会满足他们一种凌弱的欲望，强壮的被害人，尤其是成年男性，则会给行凶过程带来诸多的变数和危险。

苏回咳了几声，没有说话。

陆俊迟看了看现场，抬起头道："这两起案件的杀人刀具相似，储尸方法相近，弃尸者却可能不同。"

拿着小本本的乔泽愣住了，扬起脸勤学好问："陆队，你的判断依据是？"

相隔不到百米的两处案发现场，被浸泡在油桶里的男性尸体，同样是刀伤，无论从哪个角度来看，是同一位弃尸者的可能性都比较大。

"你们注意一下这里地面上的油迹。"陆俊迟狭长的双眸微眯，指了指地面上凌乱的油迹。由于法医搬运产生的油点还是湿着的，很容易就能够和那些老的油痕区分开来。

"那些老旧的油痕是较为均匀的一圈，很可能是把尸体放入时溅出的油花。"他指了指桶边的痕迹继续说。

"第一具尸体的油桶旁边很干净，只有少数几个油点，这个桶旁边却很杂乱，油迹很多。我怀疑，第一个桶是先放入了尸体，为了防止尸体腐烂引来虫子发出味道，所以才灌入了汽油，而这个油桶，则是先放了多半桶油再把尸体丢进去的。"

郑柏有点疑惑："为什么先放油再放尸体呢？"

陆俊迟道："这个我们不在现场，很难判断，有可能是凶手手忙脚乱，弄错了步骤，也有可能是油桶和油早就放在这里了，凶手只是利用其进行抛尸。"

种种迹象表明，第二次抛尸要比第一次慌乱得多。

苏回咳了几声，露出了赞许的目光，随后低声道："我再补充一点。这两具尸体身高都不低，特别是第二具尸体。除去油溶等现象造成的破坏，死者生前应该在75~100公斤，这样的体重，就算是一个成年男子，搬运起来也是非常困难的。油桶相对尸体来说比较狭小，尸体基本不可能在其中翻转。第一具尸体是头朝下放入的，第

二具尸体却是V形放入的，两种放置难度不同。"

　　正常的尸体放入，要么是头冲下蜷缩着，要么是脚冲下蜷缩着，把屁股朝下放入就很诡异。而且这样的放置比第一次放置的难度大了很多，没有理由第二次行动还这么经验不足。

　　乔泽记录了下来，抬起头来问："那这具尸体是怎么放进去的？"

　　郑柏低头想了想："要么是公主抱，要么……"他说到这里卡住了，也想不到别的可能，于是转头对乔泽道，"这个试试看就知道了。"

　　说着，郑柏不等乔泽反应过来就抱起了对方，把他吓得"啊"了一声。

　　郑柏坏笑着低头看他："怕啥，我就是比画比画，又不会真的把你往油桶里扔。"说完还挑衅似的颠了颠，走到距离油桶很近的地方。

　　乔泽抓紧了郑柏，咬牙切齿地道："郑柏，你要是敢摔了我，等下所有的记录都归你了！"

　　话虽这么说，他还是挺配合的，试图摆出死者被发现时在桶中的姿势，还指导着："哎，你这使的力气不对，尸体也不是坐着的，是有点像是V字的！"

　　郑柏道："你要是再乱动，那就真掉下去了。"

　　越说姿势就越发难摆，短短的时间里，郑柏就被折腾出了一头汗。

　　郑柏将近一米九高的个子，浑身肌肉，乔泽只有一米七几，还偏瘦。以两人这样的身高和体重差按照那个姿势放进桶里也很难，更别说是个大胖子了。这样的尝试恰好说明了公主抱的姿势也不可行。

　　苏回看着他们的动作却忽然想起来什么，开口说道："除非……是两个人抬着。"

　　他的一句话让众人豁然开朗。

　　陆俊迟仔细观察了一下油桶旁边的溅出痕迹，更加确定地道："我所站的位置和相对的位置上溅出来的痕迹较少，而这正好是原来尸体头和脚的放置方位。这说明弃尸的两个人的身体挡住了部分溅出的油点。"

　　这个养殖场的地面都是碎土，刚才物证尝试提取脚印，找了半天也没有找到完整的，但是这油痕却暴露了弃尸人的人数和所处方位。

　　陆俊迟看了看又道："其中一个人的脚有点小……可能是女性。"那两块空白明显略有不同，其中一块空白的面积比另外一块小了很多，而且是位于脚的方向。

　　乔泽问："有没有可能是未成年人？"

　　陆俊迟仔细观察油迹道："鞋可能是尖头的，看起来有点像是小高跟，不像是未成年人。"弃尸人肯定是知情人，这起案件相关的人越数还越多了起来……

　　郑柏这才把乔泽放下来："那是连环杀手杀人，但是多人参与抛尸？比如父母帮忙？"

　　"还有很多别的可能性……"养殖场里面的味道太难闻了，汽油味熏得人脑子都不太转，苏回说到这里又连声咳了起来。

这么听起来，这案子的案情就更加复杂了。

陆俊迟道："我们还是先等物鉴和法医的结果，对比失踪记录，确定这两位受害人的身份吧。"他看了看时间，对两位下属说，"你们先在附近做寻访。"

出了抛尸现场，苏回才觉得呼吸顺畅了起来。除了物证要取证，法医要把尸体带走解剖，那些刑警还需要寻访附近的群众。郑柏和乔泽一组，默契地去了，陆俊迟也找了个协警一起去问最初发现尸体的那个人。

苏回看着物鉴忙了一会儿，坐在一旁休息。

这一片地方前不着村，后不着店，拆也未拆，卖也未卖，人烟稀少，附近的住户也不多。

到了11点多，天气稍微回暖了起来，苏回正在发着呆，忽然看着一瓶矿泉水晃到了自己的面前。他抬起头来，就看到陆俊迟看着他。

苏回接过来，发现水还是温着的，他好奇地问："你这是从哪里买的？还是热的。"

陆俊迟坐在他旁边道："自己带的，锁车的时候往后车座位上放了两瓶，晒了一会儿。"保温杯拿着不方便，他们经常出现场，车上总是带着一箱矿泉水，春夏天气热的时候车里温度能有50℃，冬天了就在发动机舱里塞一会儿。

陆俊迟不觉得做刑警就一定意味着风吹日晒雨淋，他从小就习惯照顾弟弟，工作了以后就习惯照顾同事。苏回过去一直觉得刑警是个苦差事，重案组成员更是压力大、节奏快，但是陆俊迟总是有本事能把所有的事情安排得有条不紊。他从不让自己受委屈、感到窘迫，连带着能够把他身边的人也照顾得周周到到的。

苏回喝着水低头想着。

这样的一个朋友，或者说同事，你很难对他没有好感。连带着家里的两只猫，都很喜欢他，时而躺倒了亮出肚皮来给他摸。和陆俊迟相处的时候，他甚至有时会忘了这个人比他还小上一点，他难以形容谭局给他派的究竟是个保镖还是个保姆……

这会儿工夫，乔泽和郑柏已经回来了，热得头上都是汗。陆俊迟扔了两瓶水过去，两人接过去先喝了几口才说话。

郑柏说："我们找到油桶的来源了。附近有个废弃的小型私人加油站，那边有一些空油桶，桶底还有一些汽油。法医说浸泡尸体的油是汽油和食用油的混合，食用油可能是凶手带过来的。"

陆俊迟思考了片刻道："回头你们问下附近的商户，看看有没有异常的购买记录。别的还有什么有效信息吗？"

郑柏补充道："附近有一户人家说，一个月前看到有辆陌生的车停在这边。"

一个月前，那可能是二号尸体被抛尸的时间了。

"他们能够回忆起具体的时间吗？"

"只是说记得是一个周五，我觉得结合法医报告再推一下时间吧。"

几个人的话正说到这里，物鉴何伟跑了过来，满脸兴奋："陆队！我们在一号桶

上扫到了几组清晰的指纹！"

听到这个消息，大家的精神一时都有些振奋起来。有了指纹，也就意味着他们距离找到凶手更近了一步。

一队人忙碌了一天，到了傍晚终于收队回家。

苏回上了车看了看手机说："廖主任忽然问我有没有空，晚上想约我在学校附近吃饭。"

陆俊迟上次也跟着去过犯罪学学院的答辩会，知道廖主任和苏回不太对付，听了这话有点奇怪地道："他怎么忽然想起来和你吃饭？和你说晚上要聊什么了吗？"

苏回摇了摇头："不过我上次听你弟弟说，之前我教的那门公开课现在是廖主任在教。我还是过去一趟吧。"他在华都警官学院的教师工作还没有结束，并不想和学校的老师闹得太僵。

"那我和你一起去吧。"陆俊迟不放心，听出来廖主任是故意藏着，给他分析道，"你们关系又不密切，他约你还能聊什么机密事情？而且我和廖主任也认识，万一他打什么主意，也能给你撑一下腰。"

苏回之前对于这些人情世故全不在意，要不然也不会在学院里得到那样的评价。陆俊迟却不一样，他猜想廖主任可能是无事不登三宝殿，现在找苏回，还主动说想要请他吃饭，说不定是有什么事情想要麻烦他，或者是有锅想要扣在苏回身上。如果廖主任是老老实实地谈正事，他就在一旁不说话，如果是另有打算，苏回不好回绝，他可不会客气。

这顿饭廖主任自作主张地约在了学校旁边的一个粤菜馆，直接给了苏回一个包间的名字。苏回进去后把包间的名字报给了服务员，两个人被领着上了楼。进去以后是个大桌，看这个包间的大小就知道还会来不止一人。

廖主任热情地一摆手："苏老师，你这学期没有去学校上课，好久不见啊。"然后他对着陆俊迟微笑着，"陆队长也来了？"

陆俊迟道："我正好下了班顺路送苏老师过来。"

廖主任也没介意，主动道："那正巧，一起吃饭吧，就是加一双筷子的事。"

服务员进来摆餐具，问了廖主任一声："您好，今晚一共几位啊？"

廖主任道："一共五位，马上人就齐了，可以上菜了。"正说到这里，从包厢门口又走进来两个人，一男一女，女的年纪稍微大一些，看上去30多岁，戴着眼镜，男的稍微年轻一些，也是文质彬彬的。

廖主任忙站起身迎着客人，然后给苏回介绍道："我来给大家介绍下，这两位是《华都法制报》的记者，这位就是苏老师了，另外一位是我们华都总局重案组的组长陆俊迟。"

那位女记者扶了下眼镜，自我介绍道："陆队，苏老师，我是《华都法制报》的记者卢青青。"

旁边的年轻男人也自报家门："大家好，我叫江里。"

两个人落座，菜也送了上来，廖主任热情地张罗道："来来来，华都就这么大地方，大家都是一个系统的，多个朋友多条路，吃菜吃菜，都别客气。"

苏回看了这阵仗，拿着筷子夹了两口菜，一直低着头没说话，陆俊迟则转头和那两个人应酬了几句。

吃了好一会儿，廖主任这才说到了正题："那个，苏老师啊，他们《华都法制报》最近想要做一期关于犯罪侧写的专题，听说你在华都警官学院这里任教，又在市局做重案组的顾问，所以想来采访一下。"

说到了这里，卢青青来了兴致："对啊，我听说苏老师你有个笔名是雾先生，写了很多有关犯罪学的论文。"

苏回谦虚道："只是发表过几篇……"

江里也道："正好陆队长也在这里，重案组最近不是刚破获了一起案子吗？我听说侧写在其中起了很大的作用……"

"很多人会把侧写神话化，可破案往往都是大家共同努力的结果。"苏回说着话低下了头，用勺子舀着面前的汤羹。

江里还不死心，又问了一些问题，想要打探出点细节。苏回不喜欢和这些记者们打交道，过去在市局，他一直是被保护着躲在幕后的，不过直接拒绝的话太不给廖主任和这两人面子，就回答了一些场面话。

陆俊迟看他为难，在一旁开口道："廖主任一直在学校教书，可能对我们系统内的流程不太了解。我们总局那边有统一的媒体宣传口径，每个人都签了保密协议，破案过程、案件细节这些话题都不能对媒体讲述。苏老师虽然算是华都警官学院的老师，但现在更是我们重案组的顾问，采访、稿子什么的，需要通过我们总局那边。"

陆俊迟一句话把事情推到了总局那里。如果按照正规的流程去走，谭局了解其中的缘由，回头自然会帮苏回挡掉。

那个名叫江里的小记者笑了："陆队长多虑了，我们一直是做法制报的，各个口子的人都接触过，犯人见过，总局的领导也采访过，知道你们的流程，如果苏老师接受的话，我们可以再去走个过场。你放心，我们明白什么可以写，什么不可以写……"

卢青青听出陆俊迟的话是软钉子，看了看默不作声的苏回，打断了江里的话，解释道："哦，我们是看之前随良逸随教授给《华都日报》做了一期访谈，写得挺好的，以为这边也可以做，这才让廖主任帮忙介绍的。既然陆队长这么说，那没事，我们就当认识个朋友了。"

见陆俊迟帮他挡了，苏回又在一边谦虚了几句，说随良逸比他的经验丰富，做采访更合适。陆俊迟心想也不能把廖主任得罪光了，在旁边应和着，说廖主任在犯罪心理方面也很精通，他最初还拿着案子过来请教，得到过廖主任的指点。而且廖主任在

学校这边，可能管得没有他们那么严。"

廖主任听到这里，脸上终于露出了一丝笑容，打圆场道："没事没事，我也是好心，哪知道总局这一块这么严格呢，稿子的事我们回头再聊。"

报社那边本来是廖主任搭着关系找过去的，他本是觉得自己的论文够了，该在媒体宣传上下点功夫了，没想到那两位记者觉得他的咖位不够，又说听说雾先生也在这边任教，非让他帮忙介绍，说是如果能够采访到雾先生，就和领导申请大版面。

现在纸媒的传播力度虽然不如网媒，但是《华都法制报》的公众号做得也不错，在社会上很有影响力，廖主任就是看中了这一点，想要镀镀金。他担心不给引见的话版面就飞了，这才哄着苏回来吃这顿饭。他知道按照苏回的身份和性格，这种事情是不会配合的，大家见了面，知道苏回那边行不通，回头自然还是需要找他。

一顿饭吃完，陆俊迟推说组里有事，要早点回去，带着苏回出了包间。

两人还没上车，就看那个男记者江里从包厢里追了出来："苏老师，陆队长，我是常年写法制版块的，今晚幸会，能不能加个微信？"

陆俊迟看他的样子，就知道对专访的事情没死心，主动掏出手机道："你加我的微信吧，回头有事可以联系我。"江里也没有强求，加了陆俊迟的微信，又返回包厢里去了。

陆俊迟看向苏回，叹了一口气道："廖主任那个人，果然是不会做无用功的。"

苏回大度地道："没关系，这家饭店做的菜还挺好吃的。"

夜里，苏回已经休息了，陆俊迟把关于新案子的资料汇总完，然后躺在了床上。

他一时有点睡不着，脑子里想着很多事。诗人和他说过的话，两个人一起处理过的案件……再到那些一枚一枚闪亮着的星星。在很长的一段时间里，他在刻意回避两年前发生的事。因为诗人，他把那一段过往尘封了。可是现在，他想因为苏回把那些封条撕开，他想查清楚，当年究竟发生了什么……

由于那时候他在外地出差，本来约好了诗人回来以后就见面的，却忽然收到了一条留言信息，上面写着："对不起，我们不能见面了。"语气一如往常的理性。

在收到这条信息时，陆俊迟是有些诧异的。这句话说得很突然，他们前几天甚至还在商量着在哪里见面，可再打电话过去，手机已经关机了。

陆俊迟尽快处理完了案件，急急忙忙地回到了华都，这才知道在他不在的这段时间里出事了。那时发生了一起恶性的爆炸案，造成了很多人员伤亡，随后关于案子的一切也被封锁。

那起案件十分敏感，媒体追着想要报道案件的真相，高层曾经下令禁止讨论此案。再后来，行为分析组解散，诗人的账号显示已被注销，他给自己的手机号也再没有打通过。

陆俊迟被这一连串的事情弄蒙了，他曾经想弄清楚当时发生过什么，也去调阅过所有的伤亡者名单，去探访过那些爆炸案中受伤的警员，可是其中并没有符合诗人特征的人。

那时候陆俊迟感觉自己快要急疯了。他想尽办法想要联系诗人，想问清楚那条突如其来的留言是怎么回事，更想确认诗人的安全，可是没过多久，陆俊迟就收到了接手重案组的调令。

他说不清是在百忙之中，很多事情无法顾及，还是为了逃避那些事，把更多的时间投入到了工作之中。但偶尔空闲下来时，陆俊迟想不通，如果诗人还活着，为什么再未出现过，又从来没有联系过他？

漫长的时间没有让他绝望，真正让他感到绝望的，是在爆炸案发生一段时间后，有一次他去找谭局交结案报告时无意之中听到的电话。

"什么？诗人？"那时谭局的语气十分惊讶，对着电话又问，"已经确定死亡了吗……这件事先不要公开，我回头会去一趟医院……"谭局说话的声音不大，但是陆俊迟确认自己没有听错。

陆俊迟忘记自己是怎么从谭局的办公室走出来的了。在确认没有重大案件的情况下，他请了三天假，把自己关在屋子里整整睡了三天。那本该是他人生之中最值得回忆的季节，却变成了一个最冷的夏天。

陆俊迟记得他曾问过诗人："你为什么想要做一位侧写师？"

诗人反问他："你为什么做了一名警察？"

陆俊迟紧张地跟答辩一样说道："做警察是我从小就有的梦想。小时候看到同学被欺负，我就会站出来。在我看来，公平、公正很重要，我妈妈也是那么教育我的。后来，我的舅舅考上了警官学院，做了一名警察，我也就跟随他的脚步，去学了相关的专业。"

诗人笑了笑，说："我和你不太一样。我最初考上相关的学校，只是因为对犯罪学感兴趣。这个世界上有那么多做恶的人，他们走上罪恶道路的原因却是千奇百怪，研究他们是很有意思的一件事。后来我遇到了一位很好的老师，他说我很有天赋，我就觉得不能浪费——谁不想活在别人的鲜花、掌声与赞誉之中呢？"

诗人停顿了一下继续说："可是，当我真正做了警察，才发现我所面临的和我想象的不一样，那是人世间的罪恶，是普通人不会知晓的阴暗。我既然能够做到别人做不到的事，便希望自己能够看透那些谜题，改变某些人的命运。"为了世间能够有更多的光明，他愿意深入黑暗。

那个一开始只是想要获得他人的鲜花与赞誉的人，变成了希望让这个社会充满鲜花和阳光的诗人。

俗世有太多的罪恶，是令人失望的，所以留不住那样美好的诗人。最后的那个留言，可能是诗人在知道将要发生些什么的时候留给他的话——诗人可能不希望他会等待一个无法归来的人。

诗人已经死了。在接受了那个事实以后，陆俊迟把关于诗人的所有东西都收藏了

起来，仅留下了那一罐子星星。

他完全投入了工作之中。

时间不断流逝，在经历过了迷茫、绝望之后，他像是一个得过重病的患者，终于恢复了过来。再到后来，这成了他不想触碰的伤疤……

陆俊迟第一次见到苏回时，发现他的理念、性格还有声音和诗人完全不同，在这样的前提下把他认成了月光。可是这段时间的接触下来，陆俊迟开始怀疑起了苏回的身份。

陆俊迟躺在床上翻了个身。

最近，他对苏回进行了几次试探。结果无非两种，第一种，苏回并不是诗人。第二种，苏回就是诗人……

他现在又想知道答案，又有点害怕知道答案。

第58章
那迷雾其实是两年的时光

第二天一早，重案组的会议室内，所有的资料已经准备齐全。法医的验尸报告、物鉴的详细记录，还有犯罪现场勘查记录，全部摆在了陆俊迟的面前。

乔泽一边不停地用手压着那翘起的一缕头发，一边汇报道："我们根据近期年轻男性的失踪名单进行了排查，目前已经确认了第二个桶里的死者身份……"说着在投影上公布了死者的证件以及信息。

"受害人名叫郭城峰，是华都市人，未婚，今年38岁，经营着一家口碑不错的郭氏私房菜馆，饭店的生意很好。在一个月前，他的妹妹报案说他失踪了。"

照片上的男性微胖，面庞红润，看起来憨厚老实，难以与昨天那具被浸泡的焦黄色的尸体联系起来。

"我查了一些资料，发现郭城峰原来曾经在五星级饭店待过，最拿手的是淮扬菜，后来他又去学习了西式餐点，开始做一些中西结合的新式创意餐点，还获得过一些美食节的奖项，非常有名。他开的那家郭氏私房餐厅需要预约，只接一些熟客，口碑也很好，这几年赚了不少钱。"

"那第一个桶里的受害人呢？能查到相关信息吗？"陆俊迟问道。

"目前还没有确认死者的身份，不过，在昨天的现场查验之中有一个收获……"乔泽说着话又按了一下投影，上面出现了几张指纹对比，"这是昨天物鉴从第一死者所在的铁桶上提取出来的几组清晰的指纹，与郭城峰的指纹完全吻合。"

第二死者的指纹，出现在了两个月前死亡的第一死者的弃尸桶上？

乔泽又详细地说明道："那些指纹有在桶身上的，也有在桶上部的，我觉得可能是在移动铁桶的过程中造成的。而郭城峰的体型也足够强壮，能够把第一位受害人塞进去。"

曲明皱着眉头，把这些线索在脑中一过："难道第一死者是被第二死者杀死弃尸的？"他停顿了一下又说，"那这第二死者又会是谁杀的呢？为第一死者报仇？那个弃尸的女人怎么解释？"

苏回听到这里，低下了头，看着打印出来的郭城峰的资料，沉默着。目前查出来的线索还难以回答这些问题。

"确认了一位受害人已经算取得了重大的进展,这两个铁桶之间终于出现了关联性,这已经是很大的突破。"陆俊迟整理了一下思路道,"那我们先把郭城峰的妹妹叫过来问问情况吧。"

乔泽刚说了一声"好",陆俊迟又说道:"等一下,郭城峰的私房菜馆是关着还是开着呢?"

乔泽愣了一下:"好像还开着,是他的妹妹在经营。"

陆俊迟的目光落在第一具尸体的尸检报告上:"根据检验,死者的胃中有少量清晰可见的花生米、萝卜丁、木耳菜还有一些腌螺肉,这看起来像是前菜,如果凶手是郭城峰,那么私房菜馆也许是案发现场。"

他抬起头说道:"夏明晰申请一下搜查令,乔泽、苏老师,我们一起带队过去看一下吧。其他人继续追查第一死者的身份和郭城峰的社会关系,我们随时联络。"

郭家私房菜馆不算很远,位于华都城南的一条巷子里,整个菜馆是用过去的老宅子改造的,里面看起来古色古香的,却用了西式装修,老远就可以看出一片挑出来的飞檐。这次除了苏回和乔泽,陆俊迟还带了几名协警和物鉴。

今天餐厅里只有几位帮厨和服务员在。郭城峰失踪以后,私房菜馆的主厨就变成了他的两位徒弟。

郭城峰的妹妹叫郭锦秋,今年28岁,个子不高,身材消瘦,端庄文雅。她盘着头发,身上穿了一件深蓝绣花的旗袍,看到他们这队警察过来就迎了出来,把他们往前厅引。

这里三进三出,前后院是通透的,雕花的窗棂外铺设了大大的透明玻璃窗,一眼就可以把外面的景色尽收眼底。前厅里有四张桌子,其他房间都是分散着的,可以供客人选择。顶楼的小隔间、后院的亭子里,还有竹林旁边,都可以开席。

物鉴们在前厅、后院开始了工作,陆俊迟则找郭锦秋进行问话,乔泽跟着做记录。

苏回并没有坐下。这家私房菜馆的景色别致,他远远看到了后院里有好大的一片朦胧的绿色,就跟着那些物鉴到了后院去。走到深处,他的手杖一空,没有探到路……

陆俊迟和郭锦秋问着话,看着苏回消瘦的身影往后面走了,远远地叫了一声:"苏老师,小心点,那边有个湖。"

苏回停下了脚步,蹲下身,这才看清楚脚下原来是个小小的人工湖,湖水泛着碧绿的颜色,和草地连成了一片。湖里面养的鱼显然是被喂养惯了,看到有人来就游了过来,张着嘴巴在水里攒动着。

看苏回没再继续往前走了,陆俊迟才松了一口气,回头问郭锦秋:"之前关于你哥哥失踪的事情,是你报的警?"

郭锦秋点头道:"对,你们找到他了吗?"

陆俊迟道:"郭小姐,我们发现了郭先生的尸体,目前法医正在进行检验,稍后会通知你去市局进行认领……"

郭锦秋的眼里含了泪，拿了纸巾擦了擦眼睛："对不起……我心里虽然早就有一点预感，但是听到这件事还是……"

陆俊迟点头表示理解："没关系，还请你节哀。"

等郭锦秋哭了几分钟，稳定住了情绪，陆俊迟才继续说："我想问一下，在你哥哥生前，是否和什么人有过节？"

"过节？没有啊……"郭锦秋擦着泪，"我哥哥这个人，老实本分，从来没和别人红过脸……"

她的话音刚落，院子里的物鉴就叫道："陆队，我们在假山旁边发现了一些血迹！"

院子里隐匿的血迹，让所有人都紧张了起来，郭锦秋的脸色肉眼可见地变白了。

陆俊迟顺着思路，又问了一遍："两个月以前，郭城峰是不是在这里和人发生过激烈的冲突？"

郭锦秋低下头回忆了片刻，这才颤抖着声音道："是有那么一个晚上，我哥哥说有客人要自己招待，没有让我们来上班。"

"对方是什么人？"陆俊迟继续问。

郭锦秋道："不清楚，那天我也不在……"说完这句话，她又低下了头。

陆俊迟看出她在说谎，不再理会。他转头看向一旁的院子，只见苏回终于离开了那个人工湖，用手杖探着路，向着假山那边走去。

过了片刻，物鉴又汇报道："陆队，我们在院子里又发现了一些玻璃碎屑。"这院子里假山很多，地上都是小石子，难以清理，时隔很久还是有很多痕迹留了下来。

陆俊迟喊了一声问："是眼镜的碎片吗？"

"不，厚度不同。"何伟把那些细碎的玻璃拿起来仔细看了看，"像是照相机的镜头。"

郭锦秋苍白的脸色又泛了青。她还在强装镇定，轻描淡写地道："那可能是之前院子里有客人拍照，把镜头给摔了。我们这边景色好，经常有客人坐在院子里吃饭，顺便取景拍婚纱……"她说着话，手指已经心虚地把衣角绞作一团。

"陆队！这里有一片带着血迹的玻璃碎片！藏在假山石下，没有被雨水污染过。"

郭锦秋的谎言连连被戳破，已经有点绷不住了："可能是有人划伤了手，不小心滴落在上面的。"

陆俊迟道："血迹是谁的，化验一下就能知道。"然后他看向郭锦秋，"郭小姐，我想，我们最好都节约彼此的时间。"

陆俊迟一开始怀疑眼前的这个女人是那个抛尸的女人，但这个女人太瘦弱了，身高也不符现场勘查的结论，凭她的体力根本无法和人配合着把身高体壮的郭城峰放入那个油桶。不过，眼前的女人一定知道一些什么。

郭锦秋又哭了半晌，拿起纸巾擦了擦脸上的泪水，终于憋出了一句话："我哥哥

是和一位摄影的客人发生过冲突，扭打在一起，镜头摔碎了。我那天不在现场，还是事后我哥哥和我说的……"

郭锦秋实在是不擅长说谎，她越是反复强调自己不在现场，陆俊迟就越发确认她是在现场的。他不禁沉声道："你哥哥那天没有让其他服务人员来，这不是临时起意，而是蓄谋已久。摄影师带着相机来，大概是用了什么约拍的理由。被害人吃了一些小菜，说明你哥哥在事先和他攀谈过。他的摄像头碎在了院子里，是因为有人起了杀念。摄影师想跑，但也放不下自己的相机。他们在院子里打斗过，所以那里才会留下了相机碎裂的镜头还有血迹……"

说到这里，陆俊迟的眼睛微眯看向了郭锦秋："郭小姐，我们发现了一名身中27刀的受害人尸体，怀疑和你们饭店有关。我知道你是想要保守秘密，不想影响餐厅的生意，可是知情不报妨碍警方办案，你也是要上法庭的。到了现在，你还是不肯说实话吗？"

听了陆俊迟的话，郭锦秋的泪落得更快了，她的双肩颤抖了起来，比听到郭城峰死亡的消息时哭得还要伤心。

陆俊迟的目光锁定着郭锦秋，继续盘问："我们在来之前进行过一些调查，你哥哥人缘不错，也没有经济纠纷。他和那位摄影师之间究竟发生了什么？他为什么要连捅27刀杀害那位摄影师呢？"

这个案子看起来不像是仇杀，也不是谋财害命，最有可能的——是情杀。

这句话一出，郭锦秋的脸直接绿了，狠狠地骂道："都是那个女人害的！"

陆俊迟看她终于肯开口，指了指一旁的桌椅："郭小姐请坐，还要麻烦你把你所知道的都告诉我们。"

苏回转了一圈，进入中庭，正好遇上郭锦秋开始讲述她所知道的情况。

郭锦秋稳定了一会儿情绪说："半年前，我哥哥在偶然的情况下认识了一个长得很好看的女人，想要和我哥哥学做几道菜。做菜的秘方都是不外传的，很多配料也就只有哥哥和我知道，可是我不知道她用了什么方法，没几天我哥哥居然就同意教她了。"

乔泽在一旁一边记录，一边问道："那个女人叫什么？"

郭锦秋红着眼睛："她叫陈珊珊。"

"从那以后，那个女人就经常来这里和我哥哥学做菜，有时候也在私房菜馆里帮忙。我哥哥教她教得很用心，把自己的很多本事都教给了她。后来我不知道发生了什么，他们之间的关系就亲近了起来。我哥哥还问我让她做我的嫂子好不好？我那时候还想着，我哥哥也是三十好几了，一直没有找对象，如果能够找到共度一生的爱人，帮着我们一起开私房菜馆也是一件好事。我那时候还买了礼物送给她，想和她处好关系……"说到这里，郭锦秋紧咬着后牙，"可谁知道，那个女人水性杨花。她把一位姓吴的摄影师介绍过来拍照，可其实她和这个男人也暧昧不清。"

乔泽又问了一句："那个男人叫什么？"

"叫吴晨光。"乔泽急忙记录下来。这很可能就是第一死者的名字。

郭锦秋擦着眼泪："我哥哥是真心实意想要娶那个女人的，哪里想得到头上戴了绿帽子……那天晚上，哥哥本来是把陈珊珊还有那个姓吴的叫来一起对峙，就留了我在后厨做菜、上菜。那时候，我听着前面吵起来了，出去一看，就看到那个姓吴的躺在地上，满身是血……那是我第一次看到死人，尸体倒在院子里的假山石后，染红了好大一片，我吓得魂不守舍。"

现在回想起那一幕，她好像还是觉得心惊胆寒，表情变得惊恐起来，伸出手捂住了脸。

听起来，的确是郭城峰杀人弃尸的。陆俊迟皱眉问："案发时，陈珊珊在现场吗？她做了些什么？"

郭锦秋抽泣着："她就站在旁边，一直在哭，我哥哥后来对我说不关她的事，她不会报警，就让她回去了。"

"当时案发现场的那些东西呢？比如凶器、相机……"

郭锦秋摇摇头："我不知道，凶器和尸体全都是哥哥处理的，我只帮助打扫了房间和院子。"她想了想又补充了一句，"那个相机可能是被那个女人拿走了。"

郭锦秋擦着眼泪："说实话，我从来没有想过我哥哥那么老实的一个人会去杀人，我更没有想到，发生了那件事情以后，我哥哥居然还没和那个女人断了关系……最后他也失踪了……"

陆俊迟问她："你为什么不报警？"

郭锦秋的泪水不停从脸颊上滑下来："我的父母去世早，一直是哥哥在支撑这个家，供我读书，把我养大……举报他的事，我做不出来。而且当时，我太害怕了……我一直在劝他自首，但我哥哥说要先把那些秘方传授给我和两个徒弟。我想了想也有道理，就一时耽搁了下来。只是我没有想到，不到一个月我哥哥就失踪了！我哥哥一定是被那个女人和她的其他情人害死的！"

陆俊迟问："当时案件发生在哪个包间？"

"是西面景色最好的小厅，我用漂白水擦过，我哥哥还让员工把院子里的沙石翻了一遍。"

但一个杀过人的地方无论再怎么伪装，也会留下蛛丝马迹。

陆俊迟让物证去现场提取证据，转头问她："还有其他人知道这件事吗？"

郭锦秋摇摇头："除了我和那个女人，大概没有别人知道了……"

他们现在终于知道了第一死者的身份，也知道了矛盾的原因。

苏回认真思考着。这个故事听起来就是一起普通的情杀案，可是，郭城峰又怎么会死在外面？凶手为什么用的是同样的弃尸方法？他是被谁所杀的？这些事和那个女人有关系吗？

苏回摸着手杖上的猫头，看向了眼前的小院子。

就在两个月前的一个夜晚，这里发生过一起血案。屋子里的三个人——两男一女，忽然在屋子里爆发了争吵，随后发生了肢体冲突。27 刀，那可能是长达数分钟的疯狂杀戮，他可以从中感受出凶手的怒意，而那个神秘的女人……难道就这样站在一旁，哭着看着这一切吗？

很快吴晨光的信息被乔泽搜了出来。这是一位 28 岁的摄影师，长得年轻英俊，看起来身高、体形也都符合之前发现的一号尸体。随后他又键入了陈珊珊的名字，这次他轻轻地"咦"了一声，把屏幕转向陆俊迟："没有匹配。"

陈珊珊这个名字很常见，乔泽选择的是模糊搜索，也就是说相关名字或者是近音字的情况也会显示出来，可即便这样，也还是没有适龄的女性。

陆俊迟问："你确认那个女人的名字叫陈珊珊？"

郭锦秋点头："是啊，我哥哥叫她珊珊来着。"

陆俊迟："你还有没有她的身份证号，或者是其他信息？"

郭锦秋翻了下手机，报出了一个手机号。

乔泽搜索了一下："户主登记的是一位 50 多岁的男性，不是她本人的号码。"

郭锦秋这时候有点愣住了，吸了一下鼻子，喃喃自语道："这么说……她的名字是假的，手机号也是假的？她……她……我哥哥和那个女人相处了几个月，我也经常见到她的。"说到这里，郭锦秋的脸色一变，"你们不会觉得那个女人是我虚构出来的吧？她真的在这里很久！不信你们可以问其他的店员……"

陆俊迟道："这个女人可能和这个案件有些关联，你能够用言语描述一下她吗？"

郭锦秋迟疑了一下回忆道："她大约 30 岁，长得很好看，温婉而有气质，特别是一双眼睛，是那种微微挑起的，会让人觉得，我该怎么形容呢……有点狐媚相。她……她就是个狐狸精，看着男人的时候，就是在勾引男人……"

乔泽问："她的身高呢？"

"她的身高有一米六几吧，比我高很多。她特别虚伪，在这里端茶倒水，帮忙干活，无论和谁都可以聊几句……一开始我也被她迷惑了，还拿她当朋友！"说到这里，郭锦秋咬牙切齿道，"都是因为她！如果不是因为她，这一切根本不会发生！我哥哥的一生都被这个女人毁了！说不定，我哥哥就是被这个女人杀！"说到最后，她的脸狰狞了起来。

苏回这时打断道："你说吴晨光给她拍过一些照片？"

"啊！对了，照片！"郭锦秋这才想起来，"我这里有一张照片，是之前我们几个人的合照。"她翻了几下相册，把一张图片放大，又指了指在后排的一个女人。

陆俊迟把手机接了过去。

那的确是一个十分美丽的女人，在人群之中一眼就可以看到。

陆俊迟问："你这里有没有那个女人留下来的东西？比如指纹、头发什么的。"

郭锦秋先是茫然地摇了摇头，后来又想起来了什么似的，跑到一旁的屋子里取了一个镜子出来："她用过这个镜子梳过头，你们看看上面有没有指纹什么的？"

院子里，现场勘验检查员搜证已经结束，陆俊迟又问了一些关于郭城峰失踪之前的细节，然后说："郭小姐，涉及刑事案件，你最近不要离开本市；如果有需要你配合的地方，我们会再联系你。"

案件的线索逐渐多了起来，只不过关于郭城峰死亡时发生了什么他们还一无所知。

根据胃容物、尸检结果以及郭锦秋提供的信息，郭城峰死于28天前，时间是晚上十点左右。食物之中检测出了酒精成分，而且还不少。根据郭锦秋的证词，当天下午她的哥哥就出去了，不知道去了那里。那么遇害的时候他会在哪里，又是见了什么人？

院子里的血液也化验了出来，的确是郭城峰和吴晨光两个人的。郭锦秋来过总局，配合着录了口供。作为郭城峰目前唯一的亲属，她既是郭城峰杀害吴晨光一案的重要证人，也是案件的嫌疑人之一，并没有能够洗清自己身上的嫌疑。

他们又问了几个和那个神秘女人交流过的服务员，所有人都说那位陈小姐人很好，长得漂亮，善解人意。可是细细问起来，她们和那个陈珊珊好像并不熟悉。那个女人没有留下除了手机号以外的任何联系方式。他们不知道她是哪里人，家住在哪里，又从事什么职业，他们只是把那个女人当作准老板娘来对待。

午休之后的重案组，所有人都在聚精会神地查找线索，排查监控，寻找目击证人，想要确认那个女人的身份，查清楚郭城峰的最后行踪。

"那天晚上，郭城峰的车在哪儿？"

"不知道，郭锦秋说那天晚上后没有再见过那辆车……我们查了一段监控，那辆车进入了监控盲区。不过，他的车型好像和案发现场周围的目击者看到的相仿。"

"难道是他开车出去遇到了凶手，被杀后，凶手再开车把他的尸体运到了那个养殖场？"

这时候苏回有点帮不上忙，他坐在沙发上，低头凝神看着那张还原画像的影印件。由于郭锦秋提供的照片像素太低无法放大，警方就进行了模拟画像还原。那是一个长发的女人，一双眼睛眼尾上扬，透露出一种既温顺又妩媚的样子，的确有着一种特别的魅力。

重案组的门忽然被人敲了敲，乔泽抬头，看到陶李芝站在门口。复核组的这位女组长今天穿了一条烟色的西裤，上身穿着一件衬衣，配了一件黑色小马甲，打扮得十分干练。

不愧是在总局里迷倒了一大片的陶女神，乔泽心想，急忙打开门问："陶姐，什么事？"虽然他们每天往复核组跑，但是陶李芝亲自过来还是少见的。

陶李芝的目光透过玻璃落在苏回身上："关于之前的案子，我有些问题想要问下你们的苏顾问。"

"哦,好,我帮你叫苏老师。"乔泽回身,和苏回说明了情况,指了指门外。

苏回抬起头来,看向陶李芝,眉头微微一皱,走了出去。他正要开口打招呼,陶李芝就对他说:"苏顾问,这里说话不太方便,你跟我来吧。"

两人一直走到楼下拐角的无人处,陶李芝才回身,缓和了声音道:"案子的档案没什么问题,我就是想把你单独叫出来一下。"她又四处看了看,才问向苏回,"陆俊迟知道你过去的身份吗?"

苏回愣了一下,摇了摇头。

他是诗人这件事,整个总局里知道的人屈指可数,陶李芝恰巧是其中一个。因为她也曾经是行为分析组的一员,代号名为知更鸟,是其中唯一的女性。

苏回还记得当年和陶李芝的第一次见面。

他那时被安置在外文借阅室,有一天,一个长发的女人走到了借阅室门口,敲了敲门。她看起来20多岁,脸上却带着点稚气,让她看起来比实际年龄还要小一些,就像是刚出校门的大学生。

苏回坐在电脑前,抬头问道:"要借书吗?"

这间借阅室实在是很少有人来。俗话说得好,无事不登三宝殿,她一定是有目的的。

陶李芝摇摇头:"不借书,我来找人。"

苏回问:"找谁?"

陶李芝理直气壮地,带着一点小得意,压低了声音说:"诗人。"

苏回摇头否认:"不认识,没见过。"

陶李芝认定了自己没找错人,挑衅道:"我真没想到,被那么多人称为前辈的诗人原来这么年轻……"她说话脆生生的,带着一种坚定和高傲,是一位标准的大小姐。

她见苏回没说话,以为他被震惊到了,便伸出手自我介绍道:"开个玩笑,你别紧张。我是知更鸟。每个人都有自己擅长的地方,侧写上我可能不如你,但是扒马甲这事我还没输过。"她停顿了一下又笑着说,"作为新同事,我不会把你的事情告诉别人的。"

每个人做事都是有迹可循的。他们做行为分析的,如果铁了心想要查一个人,不是什么太难的事。在此之前的半个月,他们早就在工作上有过交集,也讨论过几次案子,基本是苏回指出她侧写里的遗漏和不足。苏回知道,她虽然表面上虚心接受,心里还是有点不服气的,于是才憋着一股劲儿扒了他的马甲。

网友见面会来得有点突然,苏回无奈,只能合上眼前的卷宗。他转了一下手里的笔,开始背起了她的档案。

"陶李芝,女,24岁,公安大学犯罪心理学系研究生毕业。不过档案上没写的是,你的父亲是华都市第三分局的局长。你的学习成绩优异,为了证明自己不仅仅是个官二代,研究生毕业之前就参加了侧写师选拔,被千烟选中。现在你名为王副局的助理,其实上是行为分析组的成员,办公室在旁边那一栋的顶楼……"

陶李芝被戳穿了身份,脸色一变,睁大了双眼问:"你怎么什么都知道?是谭局告诉你的？"

苏回侧头看向陶李芝，冷静地回答她："扒马甲这事，我也挺擅长的。"

关于陶李芝的身份，他真的没有故意去查过，但是很多资料会自动在脑子里串联起来，略加推理就得到了答案，如今只是证实一下。

陶李芝看向他的眼神变了。

…………

他们的第一次见面说不上特别愉快，倒是让人记忆犹新，一转眼却这么久过去了。那时候陶李芝还是个刚出校门的小女生，可是如今，她已经是一位干练、严肃的女警察了，手下还管着整个复核组。长期接触那些黑暗，她从当年的青涩女生蜕变成了如今沉稳的样子，而他的身份、境遇也已经和当年完全不同了。

陶李芝道："苏回，你知道最近有人在汽车上安置了炸弹的事吗？"

苏回点了一下头："听说了。"这在市局里并不是什么机密的事，最近很多人都在议论纷纷，苏回也看到了一些消息。

陶李芝道："武警排爆组那边对那枚未爆炸的炸弹进行了分析，里面的隔绝层，用的也是彩色细沙，和两年前爆炸案的沙子是同一种。炸弹的设置也一样，甚至更加精密。"

苏回听出来了她的言下之意——这可能不是模仿犯，而是细沙重现。

他的表情终于变得严肃了起来："这个案子谭局给了谁？"

陶李芝道："案子给了五队那边。"

苏回点了点头："老邢是个合适的人选。"

陶李芝道："除了五队，最近还有人又去查了细沙案的资料。"

苏回有些错愕地抬头："是谁？"

陶李芝道："陆俊迟。我调了监控，虽然看不清他具体查阅过什么，但是看位置，像是细沙案的相关记录。"

苏回听了这话，沉默了下来。重案组的调档工作一般是乔泽负责，昨天陆俊迟借口查案子出去了一趟，没想到原来是在查细沙爆炸案。

陶李芝把话挑明了："我怀疑他在查当年的事情，也许是想确认你的身份。"

就算陆俊迟是谭局选定的人选，是重案组的组长，陶李芝也不敢完全信任他。陆俊迟现在和苏回在一起工作，如果他有问题，对于苏回而言无疑是危险的。

苏回直接否认："不会的，陆俊迟是没有问题的，他可能是在查别的东西。"

陶李芝问："如果他发现你是诗人呢？"

苏回的头疼了一下，似乎是想起了什么，又似乎什么也没有记起。他低下头片刻："那就发现吧，也不是什么见不得人的身份，我想他应该是有分寸的。"

陶李芝低头，还是有些担忧地道："我会继续留意那些事的，你要小心。"

苏回低头咳了几声，由衷地道了一声谢："谢谢你。"

他们之间的关系一直是并肩作战的战友，现在陶李芝也只是善意地提醒，他还是十分感谢她的。

陶李芝看向苏回。就算是在阳光下，苏回的皮肤也泛出了一种冷白色。

"那些过去的事情，你记起来了吗？"陶李芝知道苏回失去了一些记忆。

"有时候，会想起来一些片段。"苏回眯着眼睛看向从树叶缝隙里照射下来的阳光，"慢慢来，总是会想起来的。"

晚上下班到家时已经是六点多，陆俊迟主动进了厨房，而苏回换了衣服，拿起了桌子上的快递。他用美工刀把包裹拆开，里面是他之前买的拼图——Jigsaw Puzzle。

拼图的盒子出乎意料得小，打开盒子后，里面是一些透明的蓝色薄片，白色的底版也只比手掌大一些，看起来像是小孩子的玩具。

苏回把29片拼图看了一遍。一般的拼图，都是先找四个角和四条边，从外面往里拼，越是大型难度高的拼图，就越符合这种规律——可是眼前的这个拼图显然不太常规，因为苏回已经找到五个直角了……

这样非常规的解题思路苏回还是第一次见到。这说明，一定有一些直角的部分不是在周围，而是在中间。他看着拼图皱了眉，试着摆了几块都觉得思路有些不对。

陆俊迟那边忙了一会儿，热了主食端了上来，看苏回还在研究拼图，劝他："先过来吃饭吧。"

现在有新案子开始侦破了，时间紧张，陆俊迟没有太多时间做饭，今天的饭菜就是简单的快手菜，一共三菜一汤，还切了一盒午餐肉凑数。但在苏回看来，这样的晚餐已经挺丰盛。陆俊迟的手艺不错，比他以前点的外卖要好吃多了。

陆俊迟不经意地说："今天陶李芝找你什么事？"

苏回知道他可能会问，早就准备好了答案："是安郁辞那个案子最后那段口供的事。"

在那个案子里，最后的密室中是只有苏回和安郁辞在的。在事后，他们问了苏回的口供，可是那些非常规的对话，不在现场很难还原，如果口供有疑点，安郁辞最后的自杀的举动就无法很好解释。陆俊迟怕这里出问题，盯着夏明晰帮苏回多核对了两遍，尽量做到没有遗漏，可是陶李芝现在又过来问这件事。

陆俊迟感到有点忐忑不安，又问："解决了吗？"

"嗯。"苏回应了一声。

陆俊迟看他的脸色淡定，就点了点头，没多说什么。

吃过了饭，陆俊迟收拾了碗筷出来。他看苏回坐在沙发上发呆，目光落在了一旁还没拼好的拼图上："这就是你的新拼图吗？"

苏回道："嗯，还没有开始拼。"

陆俊迟也发现了不同，皱眉问："这个拼图怎么有五个直角？"

苏回道："是啊，不太符合常规，我还没想好要怎么解题……"

陆俊迟沉思了片刻道："我记得你说，拼图就像是案子，都是把碎片还原的过程。虽然我不太懂拼图，不过过去有个人教过我案子的解题思路要么是从周围的线索一条一条收集，直至找到真相，要么是找到一个核心点，围绕核心点开始突破。"

苏回听了他的话，手指在那些蓝色的拼图上划过。然后他注意到，里面有片拼图是一块像是奶酪形状的四方形拼图。如果放在别的拼图里，这样的拼图形状就太普通了，可是在这个拼图之中，这个形状的拼图只有唯一一片。

陆俊迟也注意到了："这一片拼图不太一样，四边都有拼图相接，也许，这就是整个拼图的核心片？"

苏回听了他的话，换了个思路，把这片拼图放在了底版的中央，围着中心开始拼了起来。蓝色延展出去，29块拼图很快就找到了合适的位置，严丝合缝地进入了底框之中，从开始拼到结束，一共只花了几分钟。

这十级的难度果然是商家的噱头，一旦找准了方向，就没有想象中那么难了。

看着完整的拼图，苏回冷静了下来。眼前的一切，都是表面现象，一定存在着合理的解释，他只是还没有找到那块位于核心的形状。

屋子里是温馨的灯光，虽然他看不太清，但是他能够感觉到海明威在他的脚边把身体卷了一个圈，亚里士多德在吃着猫粮，而陆俊迟就站在他的不远处。

"你的思路是正确的……"苏回把拼完的拼图放好，收入抽屉里，"那句话是谁和你说的？"

陆俊迟开口看向他说道："是诗人。"

说出这个名字以后，他牢牢地盯着苏回的眼睛，想要从中看出什么端倪。他三番五次地试探，如果苏回就是诗人，或者他和诗人有关系的话，他不可能那么无动于衷。

苏回听到这句话却愣住了。他完全不记得是什么时候，又是什么场景之下和陆俊迟说过这样的话。然后他又想起了陶李芝今天对他说的话……陆俊迟是开始怀疑他的身份了吗？

又是一次浅尝辄止的试探，说不清，道不明。两个人分明近在咫尺，他们之间却像是隔了一层迷雾。或者说，那迷雾其实是两年的时光……

一个人站在现在，而另一个人被留在了原地。

华都总局，重案组的办公室内，双桶油厂案自从查到了郭城峰和那个神秘女人的身上，一切线索就像是断掉了。

郭城峰杀掉摄影师吴晨光是因为情杀，而郭城峰又是因何而死呢？第二个铁桶上没有留下指纹，警方多方寻找也没有找到两件案子的凶器。目前重案组已经拿到了那位化名陈珊珊的女子的模拟画像，这也是他们手中唯一的有效线索。

郭锦秋所提供的那个镜子，饭店的其他员工甚至是客人都用过，上面的指纹层层

叠叠，想要从中提取出那个女人的指纹并不是那么容易的事，物鉴中心那边还在挨个比对，尚未得出结果。

经过商讨，陆俊迟让夏明晰把带有画像的寻人启示通过警方的公众平台发了出去，并且公布了线索电话，重案组响了一天的电话铃声。

快下班时，陆俊迟问："有有效的线索吗？"电话多并不一定意味着线索就会多，有时候反而会掺入杂乱无效的信息，把他们带入迷阵。

"还没有太多有效信息……"乔泽如实汇报，"有几个是误报，居然还有人反问我们这个女人是谁。"

曲明听到这话苦笑了："是看那个女人觉得长得漂亮问过来的？这是把我们总局当婚恋网了吧？"

案子没有进展，陆俊迟只得道："大家先下班吧，等回头明天开会，我们商量一下，决定是否要更换方向。"

陆俊迟和苏回从办公室走下楼，刚到楼下，就看到不远处站着一个男人。那人身上背了个挎包，一见他们就笑脸迎了上去："陆队长，苏老师。"

苏回的眼神不好，没有分辨出来这个人是谁，陆俊迟却一眼就认了出来："江记者，你今天怎么来总局了？"苏回这才想起来，这个人正是前几天和他们一起吃过饭的记者，那个叫江里的。

陆俊迟当时就觉得这个人有点难缠，直接问："你找我有事吗？"

江里感觉到了他的剑拔弩张，轻笑了一声道："陆队长，别紧张啊，我也是无事不登三宝殿。"

陆俊迟看不得他拐弯抹角的样子："江记者，我们晚上还有事……"

江里这才不卖关子，收了笑容："我是看了你们总局发布的信息才过来的。我可能知道一些你们想要找的这个女人做过的事情。"看陆俊迟没说话，他又往前走了几步，"那个，两位，我们找个吃饭的地方，详细说？"

陆俊迟呵呵一笑："既然是正事，那还是总局里面说吧，有知情人提供线索，我们加一会儿班也是应该的。"

江里好不容易挑了这么一个下班的时候过来，就是为了再吃顿饭套近乎，于是耍着无赖往车上一靠道："哎呀，我这个脑子，审讯室里气氛那么严肃，要是忘了什么细节，那就不好啦……我要是半天说不出什么有用的线索，不是耽误大家时间吗？"

陆俊迟的眼睛微微一眯，拍了拍江里的肩膀："既然江记者也不想耽误大家的时间，那我知道一个好地方，可以供江记者好好想清楚……"

这个江里是个老油条，陆俊迟却正好是个软硬都不吃的。

江里听懂了陆俊迟的话，再不敢拿乔，直接说道："陆队长……那个，既然你们没时间，那我们就在院子里简单说说吧。"

"其实，这件事是这样的，我在三个多月前接到了一个线报，说是有两个男人为了争抢一个女人，在一家商场里大打出手。我当时觉得这可能具有新闻价值，就急忙赶了过去。不过可惜的是，我赶到的时候他们已经调解完离开了。后来，我的朋友帮我调取了监控，监控中拍摄到的女人就是这个女的。"

陆俊迟问："你能够确定，那个女人就是警务信息里提到的人吗？"

"那是自然，陆队长你可不要小看我认人的本事，我是吃这碗饭的啊。给重案组提供假信息？我还没活腻呢……"江里说着话打开手机给陆俊迟看视频，"这个时间段，江阳商场，陆队长可以让下面的人去查。而且，那两个打架的男人，我也拍下了他们的信息登记……唉！我本来以为是一期好新闻呢。"他又翻了翻相册，调出一页给陆俊迟看。

上面拍的是一本登记簿，上面写了两个男人的姓名、身份证号和电话号码："这两个人就是当时打架的男士。商场本来要报警的，就留下了信息，可是他们非说要私了，又给保安队长那边塞了一千块钱，这才算了。"

陆俊迟看了看那两个男人留下的身份信息，一个叫邱嘉荣，另外一个叫邵长青。他保存了那些信息，给乔泽发了消息过去，让他抓紧时间调查这件事，然后抬起头来对江里道："谢谢江记者。"

江里把消息说完了，还是不死心，问陆俊迟："那个，陆队，我知道的都老实说了，你和苏老师今晚有没有空？"

陆俊迟摆摆手道："好意心领了，案子还在关键时刻，等回头破了案再约吧，我请你。"

江里约饭没成，走的时候有点落寞。

陆俊迟和苏回上了车，苏回把手杖放在一旁，扣了安全带说："我觉得这个人也就是想要套点消息，我们不给他就是了。你也不用太紧张了……"

陆俊迟道："我早些时候接触过一些记者，他们想要挖消息的时候就和你走得近，回头知道一些什么就没轻没重地瞎写，以前有不少老警察吃过这方面的亏，所以少接触为妙。"

苏回没有遇到过这种情况，对此也不太介意："不管怎样，他送来的线索可以让案子推进下去，总得谢谢他。"

华都，苏回家中，客厅的灯亮着。

乔泽那边很快就传来了消息："我和商场那边确认了，确实有这么一件事，但是他们要明天早晨上班才能够把录像调取出来。然后我联系上了那两个打架的男人。邱嘉荣说这个女人是他失踪的女朋友，邵长青说那个女人是他的朋友，不过不太熟。关于那个神秘女人，他们爆出来的是一个化名——陈玲玲。我向他们要了那个女人的手机号，但是也打不通。"

"姓陈，很有可能是同一个人。"陆俊迟判断道。现在又出现了两个男人……又

是为了这个女人大打出手。看来这个女人不是个骗婚高手，就是个时间管理大师。还有……失踪？难道说她已经得到了消息，在逃了吗？

"有发现诈骗迹象吗？"陆俊迟问，一般女人以不同的身份与很多男人交往，都会和诈骗牵扯上关联。

乔泽道："我问过了，他们说就是正常情侣之间的花销。邱嘉荣还在问警方为什么会找这个女人，还希望得知这个女人的下落。"

这样的情景，是陆俊迟没有预料到的，陆俊迟开口说道："你把这两个男人明天早上叫过来，我们了解一下具体的情况。"

今晚有小雨，窗外传来沙沙的雨声。都已经到了十月，华都的天气还是像黄梅季那么潮湿，苏回似乎是不太舒服，晚饭的时候一直在咳嗽，早早就进屋躺着了。

陆俊迟听到苏回的卧室里传来闷闷的咳嗽声，起身倒了杯热水敲了敲他的门。苏回应了一声，放下了手上拿着的几张资料。

陆俊迟把水杯放在桌子上，提醒他："你吃药了吗？"

苏回倚在床头的白色靠枕上，整个人都陷了进去。他伸手指了指一旁的桌子，陆俊迟就心领神会地把药递给他。苏回现在感觉这些药吃起来可能只是起到安慰的作用，效果越来越差了。

陆俊迟说："等这个案子结了，我再陪你去一趟医院吧。"

苏回沉默了片刻，"嗯"了一声。他的眼帘垂下来时，长长的睫毛之中，那颗泪痣尤为清晰。

陆俊迟看了一下苏回放在一旁的文件，劝他道："你要是不舒服就先休息吧。我已经让乔泽约了那两个打架的男人了。"

"我觉得，关键点还在那个女人的身上……"苏回喃喃地说了一句，整个人缩回了被子里。他侧躺着，眼睛眨了眨，轻轻闭上。

陆俊迟可以看出来，苏回没有睡着，还在想着案子的事情。屋子里的灯光照射在苏回的脸上，散发出一种幽冷的白，像是北方冬日夜晚结成的那种霜。他呼吸微弱无声，安静、脆弱，似乎只要伸手想去触碰，就会融掉了。

陆俊迟小心地帮他掖了一下被角，关上了灯。

翌日清晨，邱嘉荣先被叫了过来。他是一位30岁左右男程序员，戴着眼镜，虽然年纪不大，但是头发已经有点稀疏，看起来显得比实际年龄大了很多。邱嘉荣说，自己是从公司请了假出来的，见到警察有点紧张。

"我认识那个女人是在四个月前，她说她是在一个婚恋网上看到我的资料的，叫陈玲玲。"

这个名字刚才乔泽也查过，是个化名，同名的虽然有很多，但是里面没有找到符合那个女人的特征的。

曲明道："麻烦你把她当时的账号信息还有联系方式提供一下。"随后继续问道："你是怎么认识这个女人的？然后又发生了什么？"

邱嘉荣扶了一下眼镜，有些紧张地双手握拳道："我这个年龄，家里一直在催婚，可是我是做程序员的，平时基本上没有什么时间接触女人，就去婚恋网上注册了一下信息，这个女人就主动加了我。她很快发了照片过来，长得比我预期的漂亮很多，而且看起来温婉贤惠，我当时就觉得，这就是我一直想要找的人。"

曲明问："在那以后呢？"

"我加上她以后，聊了一段时间，觉得她很会找话题。我和其他女人聊天的时候，很容易就冷场，但是和她在一起的时候完全不会，我们很有共同语言。在网上聊了一个星期以后，我就提出约她吃饭，吃饭当天我们是均摊饭钱的。她和我聊了一会儿喜欢看的书，还说最近在学习厨艺，我当时就对她很有好感……"

学习厨艺，这一点和郭锦秋之前所说的对上了。温柔贤惠、说话得体，这些也和之前那些服务员的描述一致。私房餐厅、婚恋网……这个女人还真的是毫不挑剔，四处撒网，像是猎人寻找着自己的猎物。

"她一直没有提出金钱方面的要求吗？"尽管在之前电话里询问过，但是保险起见，曲明又问了一遍。

邱嘉荣摇了摇头："没有，我们不是均摊就是互相为对方买单，甚至她花的钱要多一些。"

"她和你提起过郭家私房菜馆吗？"

邱嘉荣扶了一下眼镜："好像说过一次她在那边学习厨艺。其他的我就不知道了。"

曲明给他看了一下郭城峰还有吴晨光的照片："这两个人你见过吗？"

邱嘉荣低下头去仔细查看，然后他轻轻摇了摇头："我不认识……"

曲明深深地皱眉："关于这个女人，她还和你说过什么？比如她以前生活在哪里？有没有结过婚？做过什么工作？"

邱嘉荣道："她……没有和我说过太多。"

曲明耐心问："那关于她，你还了解什么？"

"她做的饭菜特别好吃，我吃过几次，比我妈做的还要好吃，有一次她还专门给我送来自己亲手做的小饼干……"说到这里，邱嘉荣似是回忆起了那种味道，有些腼腆地笑了，"我工作忙的时候，她会陪我聊天，给我讲笑话，永远那么善解人意，我过生日，她还送了我一个我一直想买的鼠标。"

曲明的眉头皱得更深，他并不想听甜蜜的婚恋史："你说她失踪了，是怎么回事？"

"就是半个月前。她失踪得特别突然，前一天还问我想去哪里吃饭，第二天就忽然给我发了个分手的短信。手机打不通，留言没人回，我打报警电话，警方还说找不到这个人……"

曲明怎么听都像是眼前这个男人被女人甩了："她和你交往的时候，用的不是本名，

"你确认她是失踪了吗？"

邱嘉荣的眼睛红了，情绪变得激动起来："不可能，她那么爱我，怎么可能忽然提出分手？她说不定是被胁迫的，或者她可能出事了，是别人拿着她的手机发的。"

曲明问："你们交往的过程中，就没有什么不那么普通的事情？又或者你觉得是和你这个女朋友的失踪有关系的？"这个男人一定还有什么事情是没有说的。

邱嘉荣低头回想了一会儿道："在我们认识以后的一个多月，也就是三个多月前，有一天饭后，她和我说之前她认识了一个男人，但这个男人她并不喜欢，还一直纠缠她……在一个周五下班的时候，我和她在一家商场约会，逛了一会儿，等我从洗手间出来，就看到有个男人在拉扯她……我当时心里冒火，就冲了上去……"

曲明问："你们打架了？"

邱嘉荣道："也就是发生了一些肢体冲突，并不是很严重……"这应该就是江里接到的线报，在商场发生的斗殴事件了。

郑柏问："结果呢，你是赢了还是输了？"

邱嘉荣有些自豪地道："自然是我赢了！别看我是个程序员，打架可不手软。我告诉那小子这是我的女朋友，叫他不要再纠缠她，可是我觉得，他并没有善罢甘休。事后她和我保证，都是那个男人单方面纠缠她，她已经和他说了分手，再也不会见他，然后她就失踪了……"

"我怀疑那个男人对她做了什么。"说到这里，邱嘉荣的脸上显出了一丝担忧，他再次扶了一下眼镜，"你们能够告诉我，她究竟是谁吗？"

曲明道："关于这个女人的事情，目前警方还在调查之中。"

邱嘉荣问："那她犯法了吗？"

曲明："我们尚未确定她是否触犯了法律。你和她的聊天记录有吗？可以给我们看一下吗？"

邱嘉荣掏出了手机递给他们，曲明马上导出了一份。记录止于两周前，里面都是一些恋爱时常说的话，可以看出来两个人的关系很好，最后就是那条分手信息。

"我思考再三还是觉得我们不太合适，我想最好再给对方一些空间。"

后面是数个未接的电话。

邱嘉荣道："我来这里配合你们的调查，就是想问问清楚……我觉得，她不是一个骗子……至少她从来没有在我这里骗走过什么，她温柔、善良、有爱心，又很贤惠，如果你们找到她，我……我还是爱她的。"

说到这里，邱嘉荣低头道："原本我家里听说我找到了女朋友，都开始准备了……"

曲明和郑柏对视了一眼，都觉得这个事情有些奇怪，还形容不出来。

随后曲明拿出一张口供表："那你把这个表详细填写一下吧。"

听到要调查打架的事情，邱嘉荣有些警觉："这个……我们当时在商场里，就是一点摩擦，不会有什么麻烦吧？"

曲明道:"如果真的像你所说的,不严重,自然就不会有什么大麻烦。"

陆俊迟和苏回坐在审讯室里,看完了整个审问过程。苏回蹙着眉头,没有说话。

陆俊迟揉了一下额角道:"我们听听另外一个人怎么说吧。"

在邱嘉荣的描述中,那个女人听起来完全就像是一个完美的女朋友,可她实际上却是一个脚踏几条船的女人。一般这样的女人,要么是为了财,要么是为了人,可她既不要财也不要人,这么做是为了什么呢?

早上10点30分,邵长青也准时踏入了重案组审讯室。

乔泽看了一下资料。邵长青,今年32岁,是一家咨询投资机构的财务总监。

"邵先生,昨天我在电话里也说了,今天找你来,是想问一下关于陈玲玲的事。"

邵长青抬起头来看向自己面前的两位警察:"她……怎么了?"

曲明继续问:"你们之间究竟是什么关系?"

邵长青的目光之中有些警惕:"昨天电话里我已经说了,普通朋友。虽然我们发生过关系,不过,她是个骗子。"

曲明来了精神:"她骗了你什么?"

邵长青严肃地道:"爱情。"他又停顿了一下说,"希望你们能够尽快抓到她。"

听到这里,乔泽忍不住咳了一声。

曲明还保持着一样的表情:"邵先生,请你详细描述一下你是怎么和陈玲玲相识的,以及当天商场里发生的事。"

邵长青低头沉思了片刻:"我们是在一家咖啡厅认识的,那个女人碰洒了我的咖啡,主动和我说话,后来我们互相加了微信,交往了一段。最初的时候我挺喜欢她的,觉得她长得好看又特别。她喜欢看书,厨艺很好……"

曲明不想再听这些男人的恋爱史,直接问:"有一位邱先生反映,你和他曾经因为这个女人发生过冲突?"

邵长青坐直了身体:"我和她交往了一段时间就发现,她有好几个手机,时常背着我打电话,还支支吾吾的。我问她是不是还和别的男人有交往,如果确定关系,希望她和别人断了联系。可是有一天,我在商场里想着要不要给她挑选个礼物,没想到却看到她和另外一个男人在一起。趁着那个男人去洗手间,我过去质问陈玲玲,可我没想到,那时候了,她还在跟我装委屈。后来那个男人出来了,情绪非常激动,我们当时吵了几句,动了手,等保安来了我们就分开了,前后一共也就几分钟的事。"

乔泽取出了邱嘉荣的照片:"和你打架的是不是这个人?"

邵长青看了看,点头道:"对,就是这个男人。"

乔泽又问:"郭家私房菜馆你听说过吗?"

邵长青摇摇头。

乔泽又拿出了郭城峰和吴晨光的照片:"这两个人你认识吗?"

邵长青眯着眼睛辨认了一下，随后问："他们也是被骗的受害人吗？"

乔泽道："目前警方还在调查之中。"

邵长青"嗯"了一声："总之，那个女人我在交往的时候，我就觉得她有问题，还好我尽快脱离了苦海，躲得远远的。"

曲明皱眉看向眼前的年轻人："所以你和这个自称是陈玲玲的女人已经分手了？"

邵长青点头道："这种脚踏几条船的女人，不分手留着过年吗？两周前我收到了她的分手短信，我已经很久没有她的消息了。"

看起来并没有什么有价值的线索，乔泽不死心，继续问他："那你还知不知道这个女人的其他信息？比如，她的证件号？在哪里工作？住在哪里？"

邵长青思考了一会儿，摇了摇头："我们并没有亲近到那种地步。"

曲明和乔泽对视了一眼，又让他填写好了各种表格，留下了信息，最后叮嘱他，一旦想起什么有关的线索要尽快告诉他们。

等曲明和乔泽两个人从审讯室出来，陆俊迟和苏回正坐在夏明晰的电脑旁边，全神贯注地看着什么。

乔泽道："陆队，我们问过了，他没提供什么有用的信息。"

陆俊迟的眼睛还盯在屏幕上，略微点了下头道："刚才我们在观察室听到了，但是我觉得，那小子有的地方可能没说实话。"

乔泽一愣："他哪里撒谎了？"

陆俊迟指了一下屏幕道："打成这样，绝对是爱过的。"

办公室里的其他人听到这里也凑了过来。屏幕上正是乔泽联系商场调取出来的监控，时间是三个月前，晚上下班后。画面上，两位男士厮打在了一起，一位女士惊慌地站在一旁。那根本就不是轻描淡写的发生了一点摩擦，而是发生了激烈的冲突。

监控有点远，而且是无声的，但是这些并不影响画面的震撼。

那是在商场礼品区的一角，两位厮打的男性就像是疯子一样。最初是穿着白衣的邵长青占据了上风，他把邱嘉荣按在地上，拳头像是雨点般砸下去，一连打了十几拳，邱嘉荣的眼镜都被打得掉在地上，鼻血直流。可是等他刚站起来，邱嘉荣就从一旁的柜台后抽出了一根打扫用的扫把，一下子把木杆子打在了他的头上，鲜血顺着他的脸流下来，看起来触目惊心。

在那一瞬间，他们仿佛不是衣冠楚楚的现代人，而是退化成了两只野兽。

乔泽皱着眉头："打得这么厉害，商场为什么没报警？"

曲明道："怕耽误生意吧。"他啧啧了两声，"记者都通知了，还不叫警察……"

陆俊迟道："警察要来，那就是几个小时处理不完的，估计他们愿意私了，也赔偿了商场的损失，这才没有报警。"打架的两个人看着十分凶狠，但是双方受伤不算重，两个打架的男人都有正式的工作，估计也怕留下案底。

乔泽皱眉道："那邵长青的口供……难道要再录一遍吗？"

陆俊迟道："他没说实话，但是现在我们也问不出什么来。"目前邱嘉荣和这位邵长青也只是那个女人的相关人员，尚不能确认是否和眼下的案件有关联。

曲明在一旁点头："我们主要还是要查杀害郭城峰的凶手……"

苏回咳了两声又说："能不能把监控再放一遍，我刚才没有看清。"

陆俊迟照顾他眼睛不好，又把那段视频重新放了一遍。这一次从头看起，用了0.5倍速慢放，大家看得更清楚了。如供言之中所说，邱嘉荣去了洗手间，陈玲玲正在低头看着手机，忽然邵长青走入画面，拉着她就想往外走，陈玲玲和他说了几句话，随后把手甩开。邱嘉荣跑过来，护住陈玲玲，怒视着邵长青，他们对骂了几句，邵长青再次上前想拉陈玲玲，邱嘉荣就和他扭打在了一起。然后就是他们打斗的画面……

苏回忽然道："暂停一下。"

陆俊迟的手指正放在空格键上，顺势按下去。画面停止住，那两个男人正扭打成一团，地上已经出现了斑斑血迹。

苏回凝视着屏幕，看着画面上的女子忽然说："她在笑。"

所有人听了苏回的话，都是一愣。刚才他们的所有注意力都集中在两个打架的男人身上，并没有过多地注意缩在角落里的女人，现在被苏回提醒，都看了过去。尽管画面很模糊，还是黑白色的，但是还是能清晰地看到那个女人是在笑着的，而且那个笑容看起来，有些令人毛骨悚然。

随后陆俊迟把整段视频又放了一遍，在两位男士扭打的过程之中，女人有过避让，也似乎说了些什么，可是她并没有明显地劝阻过他们。当两个男人开始为她打斗时，她的脸上有过惊讶的表情，随后却笑了，似乎自己也觉得不妥，很快伸出手捂住了嘴巴，直到保安赶到，她才哭着走向商场里因为她打斗的两个男人。中间出现的笑容不过几秒种，转瞬即逝，众人都有点佩服苏回敏锐的观察力。

苏回微微眯着眼睛，手托着下巴总结道："在荷尔蒙的作用下，两个雄性为了争夺一个雌性进行斗殴，这是一种原始的斗争方式，这个女人是乐在其中的。"

陆俊迟蹙眉道："我们的确尚未确认，这次打架是偶然的还是被设计好的。"

陆俊迟回想着视频和证词："在邵长青的供词里，这个女人提过她想买一个这个牌子的包，当天女人问过他下班后是否有时间，过了一段时间后，邱嘉荣和她就与邵长青相遇了。这一切未免太过巧合，我觉得她有对这两个人进行诱导，促使他们相遇。而郭城峰被杀害的当晚，那个女人也是在场的。"他停顿了一下说，"有没有可能，这种斗争是这个女人故意挑起来的？"

苏回垂下眼睛思考了片刻道："我认为和我们现在调查的案子并不是无关的，杀人行为是打架斗殴行为的升级。如果眼前的打架斗殴是这个女人故意引起来的，很可能那次凶杀也是设计过的。"

在这段视频中，那两个男人完全没有坐在审讯室里时的冷静，苏回从他们的动作之中还看出了一些别的东西——那是极度的兴奋与暴躁。他们的下丘脑异常兴奋，肾

上腺素释放，影响着心跳、血流，甚至是大脑的思考，斗争起来残忍而直接……

  这个女人似乎对这种挑起男人间的争斗乐此不疲。甚至可以说，她似乎希望他们因此角逐。只是不知道出了人命，是否也在她的预料之中。

  苏回开口道："监控视频里的女人似乎缺乏常人的同理心。"同理心，也就是人们所说的共情能力。那些人非常冷漠，感觉不到人类的基本情感，只有强烈的刺激能够吸引他们。

  陆俊迟沉默了片刻又问："之前镜子上面的指纹处理结果如何？"

  曲明在和物鉴那边联络，看了一下道："目前已经分析出了24个指纹，排除了6个。"

  速度还是太慢了，陆俊迟道："多上几台电脑，尽快分析，一定要确定那个女人的身份。还有，根据之前邵长青和邱嘉荣提供的手机号，应该可以调出那个女人更多的通话记录吧？每一个手机号都务必查清，挨个查询。"

  案件侦察到了这里，他们似乎已经逐渐找到了案件的核心点，虽然这个女人没有直接参与，但是所有的事都是围绕在她的身边出现的，这一点绝非是偶然。在现代社会之中，一个人可以一时伪装起来，但是绝对不可能是没有身份的。

第59章
"你是预言家吗？"

　　几台电脑开着机，指纹库扫了整整一夜，到了第二天，终于有了好消息。这位神秘女人的面纱被揭开，她的真实姓名叫陈雪贤，今年28岁，新县人，后来在华都打工。

　　获取身份信息之后，很快查找到了她的真实手机号码，重案组顺着线索找到了她在华都的租房住址。房子是三个月付一次租金的，刚刚交完了一次租金，房东根本不知道自己的房客已经失踪。在联系了房东之后，警方得以进入陈雪贤的住所进行搜查。

　　今天陆俊迟亲自带了一队人过来。这是一处比较老的小区，进出的监控都不完善，很难排查出入情况。房子是普通的两室一厅，虽然不大，但收拾得井井有条，有的地方还加了一些小的装饰，让普通的房间显得有了生机，可以看出租客的心灵手巧。

　　他们先大致看了一下，然后开始搜寻细节。苏回的视力不好，陆俊迟就是搜查的主力。

　　陆俊迟看到电视机下方放了一些蓝光盗版光盘。这些东西太过时了，现在已经几乎没有人使用，但是他还是翻了一下。

　　放在最上面的几张光盘是国外的电影，于是他把苏回叫过来。苏回过来低头贴近了看，只见最上面的一张是《被嫌弃的松子的一生》，往下翻去是岩井俊二的两部影片，《燕尾蝶》和《梦旅人》。

　　他们又去屋子里的其他地方搜查。苏回戴上手套，打开了一个柜子，接连咳了几声。陆俊迟走过来看向柜子里面，只见里面摆放着一些相框，放了满满一柜子。

　　陆俊迟伸手拿出来一个，才发现这些都是标本，是各种昆虫的标本，里面几乎囊括了昆虫的各种形态，最多的是张开翅膀的蝴蝶，制作得非常精美，安静无声。

　　苏回翻看着。里面有一个标本是一只巨大的蓝色蝴蝶，翅膀上有着各种蓝色，还有一些白色的花纹，像是蓝色天空上的朵朵白云，又像是湛蓝的海面上腾起的白色浪花。当你在阳光下变换角度时，蝴蝶的身上会折射出一种特有的光泽，美不胜收。

　　苏回想起自己不知道是在哪本书上看到过，这种蝴蝶的名字叫光明女神，又名海伦娜闪蝶，被一些人称作世界上最美的蝴蝶。这个品种的蝴蝶在华都非常少见，但美中不足的是，这只蝴蝶的右翅上有着一个小小的豁口，如果不是这个豁口，这只蝴蝶

标本可能会价值不菲。

苏回从标本蝴蝶上收回了目光，看向了面前的桌子。桌子上摆着一些简单的护肤品，架子上还有书，大部分是一些文艺类的作品，还有一些人物传记，其他的就是一些《一开口就让人喜欢你》《微欲心理学》《爱情是情感还是欲望》这样的书。单独看，似乎每一种爱好都是正常的，但是联系到之前录像里陈雪贤的怪异行为，以及几个人的口供，苏回断定，这个女人是病态的。

这么搜寻着，苏回的目光忽然看到了桌子上的一个相框，里面放的是陈雪贤的一张照片。他在案件调查中，见过陈雪贤的模糊照片，也见过她的证件照和视频影像，可现在再看向眼前的照片，苏回忽然觉得这个女人非常眼熟。他好像在哪里见到过她，可是又想不起来。

陈雪贤……他默念了一遍这个名字。

陆俊迟戴着手套又翻找了一下陈雪贤的桌子，最上面的一本书里夹着什么东西。他拿起来翻开，里面是一张存储卡。

"乔泽！把电脑和读卡器拿过来！"陆俊迟回身喊了一声。

乔泽马上跑了进来，坐在椅子上打开了笔记本电脑。

存储卡里面有一些普通的照片，然后更多的是视频影像，有几十段那么多。

第一段视频打开后，能看出来是偷录的，只有短短几句，是两个男人在吵架。

第二段视频，换了一个场景，依然是两个男人在争吵，一个男人转身走出去，拍摄者起身去追他。

第三段视频，还是两个男人吵架的现场，有个男人骂了一句，把一杯水冲着拍摄者的方向泼了过去。

目前为止，这些视频里都是些小的冲突。大部分都是一些片段，画面晃动，只有短短的几秒，偶尔会拍摄到一些男人，都是普通男人的面孔。不过，可以看出他们的行为是在升级的，第三段视频中的两个男人已经开始了打斗、推搡。

第四段，第五段……越往后，视频越清晰，时间也越来越长了。可以看出，这些都是真实的视频，那些言语和行为，是再好的演技也演不出来的。

陆俊迟慢慢看懂了，陈雪贤是在录男人为她发生争斗的场面。他忽然想到了小时候看到过的动物世界，雄性动物为了争夺交配权，为了雌性动物大打出手。这是大自然的定律，从昆虫、鸟类，再到麋鹿、狮子，都是如此。动物们为了争夺雌性，不惜受伤，甚至是死亡，一如这些录像之中的内容。

到了第十段视频，文件明显大了一些，环境是一处商场，两个男人在画面之外争吵。由于离得有点远，环境嘈杂，不能听清全部内容，只能听到只言片语。

其中一个人说道："我给她花了那么多钱，是她口口声声说爱我的！现在翻脸不认人，说不认识我……"

"少胡说八道，她明明是和你分手之后才和我在一起的。你告诉她，你到底是谁

的女朋友……"

其中夹杂着女人的哭声,听起来并不悲伤,还有点假,可是在争吵中的男人耳中,这已经足够了。

"……你还不知道这个女人是个什么货色吗?你只是她众多男友中的一个!"

"她是我的女朋友,还轮不到你这么说她!"另外一个人被激怒了,扑了上去。两个人扭打在一起,疯狂进攻,直至见血。

陆俊迟皱眉:"这是邵长青和邱嘉荣在商场里打架的那一次。"只不过这一段录像的拍摄距离更近,也让他们听到了其中的一些对话。他们也是为了争夺陈雪贤才发生了这次打斗。

这个时候,陈雪贤已经从最初的青涩,变得熟练沉稳了。她知道怎么引起男人的欲望,知道他们对哪些话语、哪些行为最为在意。她可以轻易挑起他们的斗争,让他们为了她争到你死我活,头破血流。

苏回开口道:"就像有的连环杀手会记录自己杀人的过程一样,这个女人录下来这些打斗过程也是为了反复回味。她在总结与进步。"

陆俊迟跳过了几段,打开了整个文件夹里最大的一段录像。文件打开,竟是案发现场,那间私房菜馆的包间。画面是晃动的,声音嘈杂,夹杂着女人的喊叫:"你们别打了……"

"我告诉你,我和她什么都干过了!你要看看我们在一起拍的照片吗?是你自己没本事……"

这句话还没说完,画面之中忽然爆出来一声男人的怒吼,随后是一声利刃插入身体的声音。画面急剧晃动。

"郭城峰!你有病!"视频之中传来男人痛苦的低吟,负伤的男人从包间里跑到了院子中。

随后"砰"的一声,相机坠落在地,镜头裂开。拍摄换了个角度,但是还在继续。透过画面,依然可以远远看到那残忍的一幕。画面之中可以看到一个体形壮硕的男人压在另外一个男人的身上,不停地捅刺,飞溅出的鲜血染红了地面,凄厉的惨叫声响起来,不绝于耳。

视频里逐渐安静了下来,画面上出现了陈雪贤,她的脸上有泪,一边哭一边带着浅笑,就好像是在看一场令人心仪且感动的电影。她似乎发现了还在录像的相机,走了过去,最后的画面就定格在她那心满意足的表情上……

一切果然同之前郭锦秋的口供一样,也和他们之前的推理完全一致。郭城峰就是杀害了吴晨光并且进行抛尸的凶手,而杀人的动机,就是陈雪贤。

乔泽的手指还在颤抖着,深吸了一口气说:"简直太变态了……她留存了杀人的过程……"

这段视频是从相机之中转录的,所以最清晰,文件最大,格式也和其他视频文件

略有不同。郭锦秋说她不知道相机在哪里，应该就是被陈雪贤拿走了。

反复看了两遍这段视频之后，陆俊迟又道："看看最后一段。"

最后一段视频是在这个屋子里，画面也是偷拍的，内容依然是两个男人在争吵。

有个男人在说："……你根本就不能给她幸福！"

另外一个男人的脾气更加暴躁："……我为你做了那么多！我连人都杀了，我不在乎再杀一个！"然后是一些打斗的声音，混合着女人的哭声。

"疯子！报警！报警吧！"另外一个男人喊叫道。

这段视频很短，只录了这么多的内容。

陆俊迟辨认了一下说："说自己杀过人的那个人，可能是郭城峰。"

乔泽惊讶地说："另外一个男人会是谁？那他是不是就是我们要找的杀害郭城峰的凶手？我觉得声音有点像是邵长青，又像是那个邱嘉荣。"他回忆了一下说，"那两个人的声音本身就有点像……"

陆俊迟道："拿回去做个声纹鉴定吧。"

就算人耳分辨不出来，但是每个人的声音都有固定的波形，他们之前已经录下两个人的问询记录，通过比对应该可以确定画面之中的声音是谁的。只可惜最后的这段视频太短，在这段视频中，郭城峰明显是活着的，第二起凶案还没有发生。

话正说到这里，物鉴在厨房喊了一声："陆队，我们在外面发现了一些被擦拭过的血迹。"

陆俊迟走过去看了看。那些血迹虽然被清理过，但是还是留下了微小的痕迹。他点了点头："辛苦了，你们好好查，这里可能就是二号死者的案发现场。"

何伟指着几处痕迹，给陆俊迟解释："凶手是在餐厅这里挥刀的，直接刺入了死者的胸口，然后拔出刀，又刺了一次。"

苏回在一旁整理着思路。根据案情可以推断，在郭城峰杀害了吴晨光之后，可能和陈雪贤有过一个蜜月期，但是在那之后，陈雪贤很快开始不满足。郭城峰觉察出事情不对，在酒醉之后找上门来，正好看到陈雪贤和其他男人在一起。在发生了扭打之后，郭城峰反被人杀害，于是陈雪贤和那个男人运走了尸体，学着上次郭城峰处理尸体的方式，把郭城峰的尸体也放入了油桶之中。

发生了这样的事情以后，陈雪贤可能感到后怕，逃离了这里。虽然第二个凶手还未可知，案情却一下子清晰明朗了起来。

苏回想到这里，轻轻皱眉。事情是这样简单的吗？他对陈雪贤的那种熟悉感又是来源于何处呢？他曾经见过这个女人吗？

曲明也搜寻了一圈，对陆俊迟汇报道："陆队，陈雪贤应该是逃了。我看了一下，所有的证件都不在，贴身的衣物少了很多，还有，护肤品和化妆品只剩下将近空瓶的，这个女的把化妆用的东西带走了。"

陆俊迟沉思了片刻，觉得其中还有疑点："第二次凶案发生是在28天前，陈雪贤和那些男人断绝联系却是在半个月前,她是什么时候出逃的?半个月前?"

时间还有点儿没对上,陆俊迟转身问坐在一旁的苏回:"苏老师,现在你觉得她挑起这一切争斗的动机是什么?"

苏回抬起头来看向他:"我怀疑……是爱。"

苏回沉默了片刻继续说:"我感觉她在爱情方面需要极端的刺激。正常人所说的'我爱你',听到她的耳中是远远不够的,她希望那些男士用行动来表达,比如……"

陆俊迟的脑中浮现出商场里打架的男人们的身影。他开口道:"比如殊死搏斗……"

随后苏回又分析道:"我觉得陈雪贤虽然美丽,却是极度不自信的,她的人格中似乎缺乏了感应爱的能力,正因为无法共情和那种不自信,需要让她时时刻刻想要证明自己的魅力。她不断地去各种场合,通过各种方式认识那些男人,刺激那些男人。男性的争斗是她证明自己魅力的方式,他们打斗得越凶狠,她就越开心。"

对于陈雪贤来说,爱就像是生活必需的养料。联系视频里陈雪贤几次出现的诡异笑容,这样的解释应该是说得通的。她享受别人的关注,但是她更注重的似乎是这种争斗的过程,结果究竟是死还是伤她并不在意。她会给予胜者奖励,但是这种奖励并不长久,刺激消失后,她很快会去寻找下一个爱人。如果不是出现了郭城峰这样极端的人,也许她还会继续享受周旋在几个男人之间的乐趣。

在苏回的认知里,陈雪贤并不是一个残忍的杀手,她是站在杀手旁边的那个人。最初可能是一句话,后来是几滴血,再到一张照片、一段鼓励,于是争吵、疯狂、凶杀就接踵而来。

在这个案子中,她反复利用着男人之间的妒意,她在有意识地把那些妒意放大。这些人像是陈雪贤养的蛊虫,他们争抢之后就开始疯狂地杀戮,就像他们会为了一个女人在商场中大打出手一样,男人们会逐渐变得疯狂,逐渐失控。

陈雪贤提着灯,穿着白色的纱裙,引导着他们步步朝着地狱行进。

她像是狼狈为奸里那只狡猾的狈,不断地鼓励着狼往前行走,捕获猎物。苏回也想不出,究竟是在一旁撺掇着争斗的狈可怕,还是那些利爪沾满了鲜血的狼更可怕。

晚上6点多,陆俊迟带着苏回回了家,今天案件有了重大的进展,可是两个人都有些心神不宁。

一顿饭吃得非常安静,陆俊迟把碗筷收拾好,对苏回道:"谭局和我要个文件,我可能要去一趟总局加一会儿班。"

苏回怀里抱着猫"嗯"了一声:"你去吧,晚上这里没什么事了。"

苏回和陆俊迟合住以后,这是少有的陆俊迟晚上单独出去加班的情况,不过平时他就算是在家,也会办公到深夜。

陆俊迟借着夜色走了出去,他没有开车,而是直接走出了小区。

15分钟后,在小区不远处的一处茶室的包厢内,陆俊迟和邢云海面对面坐着。这

里的私密性很好，在包厢里面说话外面完全听不到。

小小的茶室里充满了茶叶的馨香。

陆俊迟开门见山："邢哥，我之前在查阅一些资料的时候，好像无意之中发现了一些事……"

"你是预言家吗？"他忽然抬起头来盯着对方问道。

邢云海低头喝着茶，没有否认。

陆俊迟解释："我知道忽然这么问，有点冒昧……我不是有意揭示你的身份，只是偶然发现的，我也不会告诉别人这件事。"

邢云海是在两年前行为分析组解散之后，忽然空降到刑侦五队做队长的。他这个队长和其他刑侦队的队长十分不同，总局里有一些难办的刑事案件都会交给他的小队来处理，谭局也明显对他更加信任。

陆俊迟手头有几份邢云海写的报告，和之前预言家留下的文档的格式以及用词多处一致，从日常刑侦工作之中也有一些地方可以推测出，邢云海很可能就是预言家。关于两年以前究竟发生了什么，苏回究竟是不是诗人，邢云海是当年事情的亲历者，也是最可能的知情人。这两年中，两个人的私交一向不错，也一起合作过几个案子。陆俊迟了解邢云海是个怎样的人，所以他思前想后，把邢云海约了出来。

邢云海低下头拿起面前的茶，直接承认了自己的身份："那是两年前的保护措施，我那时候虽然是在行为分析组里，却是最闲散的一个。你知道了就知道了，我相信你不是有意在查我，也相信你不会告诉别人，不过，这件事我只在这里承认。你想问什么就问吧，我知道的就会告诉你，但出了这个门，我希望你能够忘记今晚所有的对话。"

茶室里安静极了，陆俊迟低下了头，思考着从何开始。

"最近我这里接手了爆炸案以后，你去翻过细沙案的档案。"邢云海喝了一口茶，指出道，"你是在查诗人，对吗？你怀疑他是你认识的人？"

邢云海首先开了口。被他问了这件事，陆俊迟反而愣住了，一时不知道该怎么进行这场对话。他终于明白了预言家这个代号的含义，因为他还没有说话，邢云海就似乎知道他想要问什么。

邢云海道："你猜到我的身份是一回事，想要从我这里得到诗人的身份就是另外一回事了。在行为分析组里每个人的身份互相之间也是保密的，所以我也不清楚诗人究竟是谁。还有，确认他的身份以后，你觉得你的态度和你眼下的情况，会有变化吗？"

陆俊迟听到了这里，有些迟疑了。邢云海虽然没有给他明确的答案，却像是在给他暗示。他距离那件事，似乎只差一个答案而已。

陆俊迟一时也有些不清楚，一切是会不同还是会一样。他忽然意识到，他所关心的似乎并不只是一个身份，一个代号，甚至他最关心的，不是过去那些事。他关心的，是现在的苏回，是眼前的人，是苏回会不会安全，是细沙案会不会对现在造成影响。

陆俊迟做好了决定。他抬起头道："谢谢邢哥，我明白了。关于诗人的身份，我

不会再纠结了。"

他喝了口茶，又继续问："当年的细沙案，我虽然查了资料，但还是获知很少……"

邢云海微微眯了双眼："当时，每十天就会在华都里发生一次爆炸，就像是一道催命符。我们几位侧写师都得到了案件的资料，对那个案子都有一些不同的看法，其中最为针锋相对的是月光和诗人。他们曾经各持己见，发生过一些争执。那时候已经发生了数次爆炸，警方却一直被困在原地，鲜有进展，在最后抓捕解秋的过程中，有警员受伤也有人死亡，这就是细沙案。"

"细沙案是以解秋死亡结案了吗？"陆俊迟又问道。

邢云海"嗯"了一声："尽管还有一些疑点，但是这个案子当时是这样结案的。并且在解秋死亡以后，再也没有类似案件发生。"

"月光那时候为什么会离职呢？"

"那就扯得有点远了，月光是有一些他自己的原因。不过我认为，是当时诗人的一份报告促使了他的离职。"邢云海喝了一口茶，"月光离职之前，给我发了一句留言。"

陆俊迟皱眉问："是什么？"

邢云海凝视着他的双眼道："小心诗人。"

陆俊迟的眉头皱得更深。他不懂这句话的含义。月光提醒邢云海要小心诗人，需要小心些什么呢？难道说，诗人曾经做过什么事？

"当然你可能也是知道的，在侧写方面，月光和诗人之间一直是有些争执的，你可以把这些作为他们的办公室斗争，或者是当作是私人私怨。你也可以把这四个字，当成月光对我的一个提醒。"

陆俊迟又问道："当年的行为分析组又是因为什么解散的？"

邢云海的语气缓和下来，放下了手中的杯子："月光离职，诗人失踪，这是两年前行为分析组解散的原因。一个失去了核心的组织，再留下去反而会成为众矢之的。"

虽然邢云海的一些话像是在和他打着哑谜，但陆俊迟还是获得了不少的线索。他由衷地道："谢谢你愿意告诉我这些。"

邢云海感慨道："在处处陷阱与歧路之中，也许这个组织从开始就不应该存在。"

听到这里，陆俊迟想起了苏回和他相识时说的话。那个组织也许已经误入了歧途。

"好了，该告诉你的，我都告诉你了。"邢云海道，"那你现在，怎么想？"

陆俊迟的眼睛眨了一下，坚定地道："我相信诗人。"

邢云海听了这句话笑了："你觉得你真的了解诗人吗？我和他在一个部门做了几年的同事，都不敢这么说。"

陆俊迟道："总有一些事情，是需要坚持和信任的吧。"

邢云海道："那我希望你是对的。你最好想一想，还有什么是想要问我的？"

陆俊迟想了想："你现在查的汽车炸弹案，你觉得凶手会是细沙吗？"

邢云海脸上的笑容逐渐消失了。他停顿了片刻，点了下头："我认为至少是和细

沙相关的人。"

在进行核查的时候，他们试图从公交车的视频录像中找到那个人的身影。可是那个座位非常隐蔽，在人流量大的时候，根本无法排查出是谁，又是什么时候把东西放在车上的。

不同的人做出来的炸弹，就像是不同的人画出来的画一样，即使再刻意去模仿，也会有细微的不同。这枚炸弹虽然没有被引爆，材料上也有所变化，但是很多细节都和细沙案完全一致，特别是中间的沙……

邢云海虽然也曾经是行为分析组的成员，但是他是四个人中最没有存在感的一个。他不像那三个人一样，年轻，学习过丰富的犯罪心理学知识。他是野路子出身，是从分局的刑警队调职过来的，于烟和他谈话的时候说的是看中了他的多年刑警工作经验及敏锐的直觉。现在，就是他的经验和直觉告诉他，公交炸弹案是和细沙案有关联的。

第二天一早，华都总局中。

随着陈雪贤的身份被查出来，她的相关信息也被更多地显露出来。

在两年前，这个女人离开新县后，居然还曾经报名参加了一个婚恋节目。曲明他们查到消息以后，专门把这几期婚恋节目找了出来，下载了下来。

那个婚恋节目是几年前流行的形式，嘉宾们是戴着面具进行问答的，只有遇到心仪的嘉宾才会摘下面具，牵手下台。

站在台上的陈雪贤是四号女嘉宾，她的身材曼妙，就算是戴着面具也能够让人看出她是一位美貌的女人。最初，很多男嘉宾都对她非常有兴趣，可是当她开始说话，那些灯就开始一个一个灭掉。

"我认为，生命里最重要的事情就是爱情。很多情侣产生矛盾，从根本上来说，就是还不够爱。当爱不存在了，我们有权力丢掉对方，就像是丢掉很久不用的垃圾，这样走出来，就能够带给人愉悦感。"

一时间，弹幕上被"渣女""白莲花""海王""绿茶"等网络名词刷了屏。

夏明晰忍不住说："这也太离谱了吧？"

郑柏道："我看就是哗众取宠。不是有一段时间很流行这种人吗？"

夏明晰问："陈雪贤都上过节目了，那些男人为什么还会前赴后继地喜欢她？"

乔泽分析："这个，大概是她当时戴着面具，后来又用了化名，那些男人认不出来吧？而且，有些男人总是觉得她会拜倒在自己这里，就和一些女人有浪子情结一样。你们发现没，那些男人在发现了她的本质，为了她和其他男人争吵、打架以后，第一反应往往不是离开她，而是要把她从其他男人那里抢过来。"

他们说话时，那些灯在不停地灭掉，陈雪贤参加了两期节目，每一期都是黯然离场。可是陈雪贤似乎并没有因此低沉，反而还表示，她会坚持自己的观念，会在场外找到自己喜欢的男人。

曲明那边还翻出了一份被剪辑掉的采访，陈雪贤在访谈里语不惊人死不休："我的偶像是木岛佳苗，我希望成为像她一样有魅力的女人。"

曲明皱眉道："以一个女性连环杀手做偶像，怪不得这一段被掐掉没有播出来。"

"陈雪贤可能并不是为了哗众取宠，我觉得，她可能是真的那么想的。"陆俊迟道，"这个女人的三观绝对有问题……"她尽管看起来非常正常，但是有些地方和常人是不同的，就像是一个外表是红彤彤的、里面早已被虫子吃成了空心的苹果。

今天的苏回异常沉默。

他还一直在回想看陈雪贤眼熟的事，也在考虑这件事是否要和陆俊迟说。只是他不太确定自己认识的就是陈雪贤。或许他只是过去偶然见过她，而现在她被卷入了一起案件罢了。

他会慢慢理顺其中的关系，也会想起更多的线索。只是现在，还不是时候。他怕和陆俊迟贸然说出这些还不太确认的信息，反而会带偏他们的调查方向。

没有什么比问过当事人能够更加了解清楚事实的了，他想要全力找到陈雪贤。

物证那边早就在陈雪贤家里采集了一系列的证据，把所有的资料带回了总局研究。

陆俊迟把所有的照片还有现场勘查的资料整理好，又把那几段影像交给了物鉴中心的声音实验室。

目前，声纹识别已经是世界公认的一种身份识别方式。人的声音和软腭、舌头、唇形、牙齿都有关联。那些声纹就像是指纹，就算是故意模仿他人说话或者是压低声音，展现的声纹依然会有固有的特征。

到了下午，重案组这边终于拿到了比对结果。经过声纹鉴定，那段视频里面的男人声音是邱嘉荣的。

办公室里的几个人中午都在加班，唯有苏回躺在沙发上睡着了。中午的办公室里满是食物的香气，他却只吃了一点东西，然后就说困了，躺了一会儿就没了动静。

陆俊迟走过去看了看，只见苏回睡得很香。他的整个身体蜷缩起来，把抱枕当作了枕头。陆俊迟给他身上盖了一件衣服，他似是有所察觉，身体动了动，把脸往衣服里面埋去，只露出长长的睫毛和眼尾的那一点泪痣。

陆俊迟对着其他人做了个噤声的动作，大家为了不吵他，也都去网上讨论案情了。

郑柏翻看着结果，皱着眉打字道："邱嘉荣，那个有点木讷的程序员？看起来倒是一点也不像是个凶手啊。"

乔泽打字道："凶手脸上又不会写着凶手两个字。你看他打架的样子，可是一点都不胆怯的。"

"可这段录音没有录全，没有后面打斗的过程，也不能证明他就是凶手。"曲明转头看向陆俊迟，"我们再把他叫来问下？"

陆俊迟打下一行字："先叫过来问下吧。"

刚讨论到这里，桌上的电话忽然响了起来。在安静的办公室里，电话铃声有点突兀。

怕吵醒了苏回，刚响了一声，夏明晰就急忙跑过去接了起来，听了几句之后，她抬头对陆俊迟小声道："陆队，报警台那边有个中年妇女打电话过来，说有案情举报。她说她是邱嘉荣的母亲。"

听了这话，乔泽从椅子上蹦了起来，手却按在键盘上打字："没想到啊，她是不是有什么线索？"

曲明打字："说不准，难道这位母亲是要大义灭亲？"

那看来他们要先听听这位母亲说些什么，再去把邱嘉荣叫过来了。

陆俊迟合上了手里的卷宗，打字道："乔泽，你去把她领到审讯室去，我马上过去。"乔泽领了命马上起身，冲着陆俊迟做了个"OK"的手势。

陆俊迟走到沙发旁，轻声叫苏回："苏老师，起床了。"

苏回刚才已经被电话铃声惊醒了，此时睁开双眼，像是只猫一般眯了下眼睛。这让陆俊迟有种他根本不是养了两只猫，而是养了三只猫的错觉，而且眼前这一只还是最好看、最金贵、最难伺候的一只。

苏回缩了一下身体，过了片刻，才揉了揉眼睛，放开了抱着的抱枕，道："刚才那个电话是谁打来的？案情有进展了吗？"

陆俊迟乖乖地和他汇报："邱嘉荣的妈妈来了，我们过去问一下。"

苏回"嗯"了一声，这才起了身缓了一会儿。陆俊迟给他倒了一杯热水，自己先去了审讯室。

等到苏回过去时，陆俊迟已经带了乔泽进去询问了。

曲明叫了一声："苏老师。"苏回点点头坐在了曲明的身旁。

审讯室内，陆俊迟看着眼前这个50多岁的女人。她的脸色有些偏黄，眼皮肿着，头发烫了卷发，略微凌乱，黑眼圈很重，应该是最近都没有睡好。第一次来警察局，面对两位警察，她的手有些颤抖，神色也不太自然，一直紧紧抱着怀里的一个袋子，显得非常紧张。

乔泽在一旁核对完了信息，问她道："阿姨，你可以和我们说一下，你今天为什么要来总局吗？"

秦依云抽泣了一声，眼角的泪水又往外流。她用手捂住了脸："我也是鼓起了很大的勇气才来这里的……我……我真的没有想到，我的亲生儿子，会因为一个女人，走到了今天这一步……"

乔泽安慰道："阿姨，你别急，慢慢说。"

秦依云擦了擦眼角，这才开始说："我怀疑，我的儿子杀了人了……"

"是这样，我儿子邱嘉荣他……一直很腼腆，长大了也没有找对象，过了25岁，我们老两口就开始着急，给他张罗各种相亲。到了今年，几个月以前，我儿子忽然告诉我，他谈恋爱了。"秦依云说得有些凌乱，"开始我是很高兴的，我们老两口也非

常支持,还想着什么时候他能够把女孩带回来看看。可是我没有想到,这是一场噩梦的开始。从那时起,他平时张口闭口就是那个女孩,说她做饭好吃,说她人很贤惠。我们刚开始以为孩子只是在热恋期,可是越往后,我越觉得他像是着了魔。他工作也不用心了,经常不在家里吃饭,一回家也光顾着看手机。如果对方给他发消息,他就高兴得像个孩子似的,一旦对方不理他,他就开始坐立不安。直到有一天,他鼻青脸肿地回来,身上都是伤……说是在外面和人打了架……很久之后才承认是因为那个女人。"这大概就是监控拍下来,邱嘉荣和邵长青打架的那一次。

"那以后,他更是魂不守舍的,经常不回家。"秦依云继续说,"我劝他,世界上的女人很多,如果那个女人合不来,那就再换一个,可是他说他就要那个女人。有一次喝了点酒,他哭着和我说,如果那个女人不要他了,他也不想活了!"

陆俊迟皱起了眉头。这个男人也许已经在不知不觉中,被那个女人所操控。

"再后来……"秦依云说到这里,咬了一下牙才说出来,"我家里有两套房子,一套我自己住,另外一套是给我儿子预备的婚房。那房子他自己一个人住,每过一段时间我就去给他打扫一下屋子。就在最近一次,我去他那里打扫房间,然后发现他的衣服和鞋子上沾了一些血迹……都是特别小的血迹,可能他没有发现……我……我看到了心就特别慌。"

说到这里,她更加攥紧了怀里的布包:"我犹豫了很久,最后还是来了……"

陆俊迟和乔泽听到这话都感到一惊:"那阿姨,衣服你带来了吗?"

"我带过来了。"秦依云说着话,从怀里的包里取出了一件男士的格子衬衣,递给了陆俊迟。

陆俊迟查看了一下,衣服的手腕处果然沾染了一些不易察觉的血迹,忙对这位母亲说道:"谢谢阿姨,我们会进行化验对比的。"如果这件衣服上的血迹是郭城峰的,那这将会是重要的证物。检举揭发自己的血亲骨肉,眼前的这位母亲能够做到这一点,实属不易。

秦依云说到这里又掩面哭了起来:"我……我原本做了好久的心理准备,才来到这里的,我想过要不要把这衣服上的血迹洗掉,也想过,要不要把这件事情瞒下去。可是……可是我做不到……我不想看着他越陷越深。他……他最近变得更奇怪了,我听说他和公司请了长假,经常不去上班,有的时候,家里的刀架上还会少一把水果刀。我真的好害怕,我怕再发生什么,我怕他还会干出什么事,铸成无法挽回的大错……"

乔泽又问了一句:"阿姨,邱嘉荣不知道你今天过来吧?"

秦依云点了点头:"他应该不知道的。我是瞒着他过来的……"

陆俊迟道:"阿姨,你这么做是正确的。我们会重视你所说的这些线索,对他的行为进行监控。"

听到了这里,在外间观察室里的苏回微微皱了眉。邱嘉荣还在准备行凶,难道杀戮还会继续吗?他的目标会是谁呢?

第60章
最美的那只蝴蝶

昨夜的小雨扫去了城市里的阴郁，到了快下班时，办公室有点安静。

这里是位于华都市中心的一栋高端写字楼，第二十二层的投资公司里，邵长青坐在了他的工位上，这是这一间办公室里最大的一个卡位，也符合他财务总监的身份。

现在已经过了晚上9点，邵长青这才拿出了自己带的晚饭。那是一份肉馅饺子，饺子包得很好看，皮薄、馅大，透着一股诱人的香气。邵长青不慌不忙地去公司茶水间，用微波炉把饺子热了。他自己带了醋，拿出个塑料碟把醋倒了进去，夹起一个饺子吃了一口。肉香四溢在口中，他满意地嚼着，忍不住眯起了双眼。

人事部就在隔壁，人事总监也在加班。到了这个点儿，大家都是饥肠辘辘的，人事总监走过来道："哟，邵总，你这吃的是什么啊？"

邵长青道："饺子。"

"闻起来好香啊。"

"那是自然，我老婆包的。"

人事总监笑了："你才谈恋爱多久啊？我这红包还没送出去，老婆就先叫上了。"他咽了下口水又问，"什么馅的？"

"猪肉蘑菇。"肉汁的鲜美搭配蘑菇的特殊香味，味道特别好。

一般话到了这里，对方就会主动给尝一下了，可是邵长青完全没有那个意思。人事总监还没来得及吃饭，闻着味道实在忍不住了，拉下面子说："能不能给我尝一个？"

听了这话，邵长青摇摇头，伸手把饺子盖住了，一副舍不得的样子："别的随便你吃，我老婆包的饺子不行。"

人事总监道了一声："小气！"回了自己的工位。

邵长青正吃着饺子，忽然桌子上电话响了。这年头，办公室的座机基本上就是个摆设，他也没想到还有人打电话过来，而且是在这个加班的晚上。

邵长青接了电话，"嗯"了几声，越听越严肃："好，我知道了。"

他也顾不上还在加班了，开始收拾东西。等东西收拾好，邵长青看了看面前的饺子，还是舍不得。他囫囵着把饺子吃完，才起身准备回家。

已经过了晚上10点,夜晚的华都,天气早就已经转凉,今天的天气有点闷闷的,湿气含量超标,似乎有一场秋雨正在酝酿之中。

结束了加班的邵长青乘坐着末班地铁出了地铁口,他走在路上,路过一片有点偏僻的小巷时,身后忽然传来了一阵脚步声,一个身影追上了他。

"谁!"邵长青有些警惕地回头。

身后的人大概一米七八左右,穿着黑衣戴着兜帽,口罩把脸捂得严严实实的。那人拉下了口罩,露出了一张男人的脸,是邱嘉荣。他脸色苍白,完全没有了往日里的儒雅木讷,取而代之的是一种阴冷的凶残。

邵长青看向他,满是戒备和警惕:"你是上次和我打架那个……姓邱的,你想要干什么?"

"我想问她的事。"邱嘉荣的眼睛看了看四周,脸变得狰狞起来,"我知道,一定是你把她藏起来了!把她还给我!"

这个地方安静极了,只能听到路边野猫偶尔发出的叫声。空气闷得快要凝固了。

邵长青摇摇头:"我并不知道她在哪里,她已经好久没有联系我了,最后是你和她在一起的!"

邱嘉荣愣了一下:"胡说!你在胡说八道!分明是你把她抓走了!"

"警察也在找她。"邵长青说着摸了一下鼻子道,"我猜,是因为你做了一些不好的事,才导致她逃走的吧?"

他露出了一丝讥讽的表情:"你不是一直在说那个女人更爱你吗?怎么反过来问我她在哪里?如果你今天找我就是为了问这件事,我可是一点也不知道。"

"我才不信你的鬼话!你把她弄到哪里去了?"邱嘉荣变得歇斯底里起来,从口袋里抽出了一把刀。

邵长青看着他挑起了嘴角:"疯子。她也不希望和你这样的疯子在一起吧。"

这句话刺痛了邱嘉荣,他手里握着刀,向着邵长青刺去。邵长青这时候才害怕了,吓得急忙闪躲,叫了一声:"救命啊!"

他想逃,腿脚却发软,往前跑了几步就跌倒在地。

邱嘉荣手里的刀向着邵长青就砍了过来。

路灯下的小巷子里寒光闪动,眼看一场凶杀案就要发生。正在这时,从路口处传来一声大喝:"住手!"几道光照射过来,晃了邱嘉荣的眼睛。

紧跟着,数道身影扑了过来:"警察!别动!"

邱嘉荣听了这话,额头冒出一层冷汗。他丢下倒在地上的邵长青,拼了命地想要往外逃。

一时间,安静的巷子涌入了大量的警察,邱嘉荣成了困在笼中的野兽。当他回身想要往巷子的另一端跑时,一个高大的警察猛然冲过来,一把抓住他拿着刀的手腕,反拧了一下。刀应声而落。

陆俊迟铐住了他的双手。

邱嘉荣喘息着，抬着眼睛看向面前的众人。他已经失去了武器，却依然像是疯子一样，还在做困兽之斗，不停地撕咬着、踢蹬着。

陆俊迟拉开他的遮掩，用力按住他道："邱先生，麻烦你跟我们去趟总局，配合我们进行调查。"

自从听到了秦依云的话以后，警方很快确认邱嘉荣在几天前就已经辞去了公司的工作，此后还每天都在跟踪邵长青，似是想要图谋不轨。

根据这样的情况，警方早就有所准备。

今晚他们发现邱嘉荣一直在邵长青的公司楼下徘徊，这才打电话通知了邵长青，让他尽快下班，另外说明警方会对他进行暗中保护，方便设局。果然，邱嘉荣在路上终于按捺不住，对邵长青出了手，被抓了个正着。

夜晚的路灯照射到邱嘉荣苍白的脸上，他这时才平静下来，被押着上了警车。邵长青抬头看了他一眼，露出了一丝笑容。

晚上 11 点，华都总局之中，邱嘉荣和邵长青两个人都被带到了这里。

陆俊迟那边还在做准备，所以苏回就先在观察室里观察审讯室中的邱嘉荣。

邱嘉荣用手抓着自己的头发，逐渐平静了下来，表情有些落寞。随后紧接着，他的目光变得阴冷，脸色也狰狞了起来，嘴角不停地抽动着，开始用拳头打着眼前的椅子扶手，一声接一声，咚咚作响，直到手渗出血来。

苏回隔着玻璃看向眼前疯子一般的男人，直到陆俊迟走近，才回头对他道："我觉得他的状态不太对，有人去搜寻他的住处了吗？"

在秦依云来举报过后，邱嘉荣就成了这一案的嫌疑人，搜查令也已经申请下来了。

陆俊迟低头看了一眼手机道："已经到了，他们应该很快就会有结果……"

苏回点头："你提醒他们留意一下屋子里的药，我怀疑他可能在服用一些会影响精神状态的药物。"那种癫狂的状态，装是装不出来的。

陆俊迟点头，发了个信息过去，消息很快回了过来。

今天是由陆俊迟和曲明两个人进行审问，苏回依然坐在外面的观察室里。

两个人在椅子上坐好后，陆俊迟开口问道："邱先生，我们已经跟了你一天了，现在手中已经有足够的证据，证明今晚你想要袭击邵长青。"

邱嘉荣吸了一口气，抬起头来："我今天是冲动了一点……我对今晚所犯的罪行供认不讳，但是陆警官，我这么做是有原因的。陈玲玲不是逃跑了，她是失踪了！邵长青一定和这件事有关系，是邵长青把她藏起来了！"

陆俊迟道："邱先生，那个女人的真名叫陈雪贤，我们警方目前也在寻找她，不过在这之前，还希望你回答一些问题。"

邱嘉荣的呼吸声很重。他开口道："我真的只是想从邵长青那里问出她的下落！"

陆俊迟的身体往前倾去，目光直视他，给他施压道："邱先生，你要明白你现在的状况，就凭今晚的事实，你已经是杀人未遂。你现在是一名在押的凶犯，我们可以有漫长的时间去寻找证据。如果你坦白，我们大家都可以节约一点时间。"

邱嘉荣这才抬头看向他："你们要问什么？"

"关于你杀害郭城峰的事。"

"郭城峰？那是谁？我不认识他。"

陆俊迟看他到了此时还是在说谎，直接按下了手机播放键，播出了之前在陈雪贤家中所发现的那一段视频。

邱嘉荣看了这段视频以后，脸上的表情终于出现了微妙的变化。

"这里面的声音是你吗？"陆俊迟问他。

"不……不是。"邱嘉荣结结巴巴地否认。

陆俊迟拿出几张纸给他看："这是总局物证鉴定室出具的声纹鉴定结果。结果证明，另外一个人，就是你。"

铁证面前，邱嘉荣犹豫了片刻才开口道："我记错了，我当时是在现场。"

"那个和你吵架的人就是郭城峰，你还要说不认识他吗？"曲明厉声问道。

"我没有杀他！"邱嘉荣抬起头来，"我当时只和他说了几句话。"

陆俊迟又拿出了之前血衣的照片："那你又怎么解释这件衣服上的血迹呢？经过化验，我们已经确认，上面的血迹就是郭城峰的。"

邱嘉荣的眼睛直了，脸色大变："这件衣服，你们是怎么拿到的？"

曲明道："这是证人秦依云给我们提供的重要证物。"

"我妈？"邱嘉荣的脸色变了，"不可能！我妈怎么会……"然后他又急道，"你们别信她说的话，我妈妈现在已经年纪大了，脑子糊涂了。她天天买那些保险、保健品什么的，和那些推销员比我这个儿子还要亲，她也是在污蔑我！对……她就是为了让我和陈玲玲分手……"

陆俊迟开口道："请正面回答，这件衣服上有你的毛发、DNA，同时上面还有郭城峰的血迹。对此你怎么解释？"

"血迹？不可能！我没有杀他！我真的没有杀他！我也不知道上面为什么会沾了血，我当时……"邱嘉荣的泪水滑落下来，懊恼地抓住自己的头发，大把大把地往下揪着，看得人触目惊心。

"也许你们不信，可是我那时候跑了……我害怕了，逃跑了！在自己心爱的女人遇到了危险的时候，我像个懦夫一样逃离了现场！"

说到这里，邱嘉荣像是个孩子一般号啕大哭起来。

"我……我鄙视我自己，我当时为什么没有再勇敢一点……后来，我反反复复地思考这一点，我觉得是因为我的懦弱，所以她才要和我分手的！我好后悔啊，如果那时候我再勇敢一点，是不是她就不会离开我了……"

陆俊迟看着眼前崩溃的男人，继续问："那你为什么要袭击邵长青？"

邱嘉荣变得歇斯底里起来："是邵长青有问题。没准就是他事后去了现场，杀死了郭城峰，最后和陈玲玲在一起。一定是他把陈玲玲藏起来了！我想，我想如果我杀掉他，或者是逼问出陈玲玲在哪里，再把她救出来，把她夺回来，也许她会再次爱上我！"

这大概就是邱嘉荣一直在跟踪邵长青的原因。

陆俊迟道："邱先生，你的故事编得不错，可是我们警方是要看事实证据的。我们在你的家中，发现了这种药物。"陆俊迟说着，给他出示了一张照片。

邱嘉荣擦了一下眼角的泪水，看过之后说道："这个是褪黑素，是我用来治疗失眠的。"

"瓶子是褪黑素的瓶子。"陆俊迟按住桌面站起身来，"我们进行了化验，这里面装的是舒必利，一种治疗精神分裂的药物……你是不是经常会出现一些幻觉和其他想法？"

"我……我就是买的褪黑素，我有网上的购物记录……我没有精神分裂，我没有，肯定是有人换了我的药……"邱嘉荣的手指微抖，汗如雨下，却努力摆了个笑脸，"陆警官，那天晚上我的确是在她家，后来郭城峰冲了进来，不过我没有杀人。你们手上有录音，对，你们有录音，录音有记录我做了什么，恰恰可以证明我的清白，你们把录音放完啊……"

陆俊迟道："录音没有录到后面的部分，我们也没有办法证明是否是你去而复返。此外，我们在你家中的一把刀上，化验到了郭城峰的血迹，那就是杀人的凶器。"

听到这句话，邱嘉荣的眼皮颤动着，就像是一条被捏住七寸的蛇，瞬间变得面如死灰。他的嘴角挑起，抽动了几下，小声地喃喃自语着："我，我没有杀人……"

说到这里，邱嘉荣的表情终于发生了一丝变化。凶器、证据，甚至还有亲生母亲的口供，他忽然发现，从警方的角度看来，他就是杀害郭城峰的凶手。一瞬间，他的嘴角疯狂抽动着，脑海之中似乎涌现出来一些自己的记忆中没有的画面。他似乎看到了，陈玲玲在对着自己微笑，她伸出手，温柔地抚摸着他的脸颊，随后亲吻他，像是在嘉奖他。他的眼前又似乎出现了郭城峰的尸体……地上满是鲜血。

邱嘉荣用手抱住了头，冷汗像是水一般从他的额头冒出来，肉眼可见地浸湿了他前额的头发。难道……他真的杀人了吗？

事情发展到了现在，他究竟有没有杀人，好像他自己也记不清了……

晚上临近11点半，陆俊迟从审讯室里出来，低头看了看坐在观察室里的苏回："苏老师，你看出来什么了吗？"

苏回赞许地道："你审问的节奏不错，到最后他已经崩溃了。"

曲明在一旁道："真是一个疯子，不管他有没有杀郭城峰，他都已经起了杀心，是个罪犯了。"他停顿了一下又说，"话说，那个女人真的有这么大的魅力？"

陆俊迟说:"历史上,为了女人争斗的事情还少吗?"

苏回道:"美色、性欲、嫉妒,这些因素本身就会让人疯狂。对于一部分男人来说,人人争抢的才是好东西,在身边的时候不会珍惜,失去的时候才会若有所失。陈雪贤就是在牢牢把控着这些关系,对那些男人进行精神操控。"

陆俊迟问:"那你现在觉得,邱嘉荣是凶手吗?"

苏回道:"如果人是他杀的,那他就是在撒谎迷惑警方,也有可能是真的出现了精神问题,忘记了做过的事。但如果人不是他杀的……"他说到这里,停顿了一下,转向陆俊迟,"那样的话,结果可能会更加可怕。"

这时候,乔泽那边也正好问完了邵长青,整个过程十分顺畅。

陆俊迟翻看着问询记录:"这个人也有点问题。他口口声声地说着不爱陈雪贤,不知道她的下落,可是我却从他的回答之中听出来了一点别的东西。"

乔泽问:"是什么?"

陆俊迟语气坚定:"占有欲。"

那是一种浓郁的爱欲,他自己并没有察觉,但是在提及陈雪贤时,他的语气就仿佛那个女人已经归属于他,是他的私有物品。除了他以外,任何人都配不上她,甚至是不配拥有她。

苏回也接过了供词翻了翻。陆俊迟说得没错,从口供里可以看出,邵长青对陈雪贤有一种不一样的渴望,那种心情就像是在花园里看到了一只美丽的蝴蝶,就想要抓到它、拥有它一样。

苏回抬头问陆俊迟:"我想去邵长青家里看看,可以吗?"

"今天有点晚。"陆俊迟看了看时间,现在已经将近午夜了。

苏回道:"可事情已经到了这一步,连续施压可能会有结果,比较容易接近真相。"

陆俊迟迟疑了片刻,点了点头。

他走入了那间审讯室,俯视着坐在审问椅上的邵长青:"邵先生,感谢你的配合。今天晚上很晚了,我发现你的住址和我的住处顺路,我可以开车送你回家吗?"

陆俊迟的语气听起来很温和,却完全不容反对,名为送他回家,到了楼下自然是要上楼坐坐的。

邵长青微微一笑:"辛苦陆警官了,那就恭敬不如从命了。"

邵长青的家住在离总局只有十几分钟路程的地方。一路上,邵长青没怎么说话,侧头看着窗外的城市夜景。临近午夜,天空漆黑,城市褪去了白天的喧嚣,一片安静。

很快,邵长青所住的小区到了,他按了密码,领着陆俊迟和苏回上了楼。

这是一套整洁的两居室,看起来就像是一个普通单身男人的住宅,干净、整洁,并没有太多女人留下的痕迹。邵长青去饮水机旁给他们接了两杯水,给自己也接了一杯,随后坐在了餐厅里的椅子上。他陷下去,选择了一个舒服的姿势,跷起了腿,把玩着手中的透明玻璃杯，神情自然而冷漠。

苏回坐在了邵长青斜侧方的沙发上，手中握着手杖。

陆俊迟像是不经意地转了一圈，屋子里没有异样，也没有什么奇怪的迹象。

他没有坐下来的打算，而是靠在墙上，假装八卦闲聊："邵先生，有个问题我同事漏问了，但我一直很好奇。你明明在打架之后和陈雪贤还有联系，为什么上次来总局的时候否认了？"

邵长青垂眼喝了一口水："我那时候有点怕，怕节外生枝。而且我后来也确实和她断绝了关系，只是说的时候把时间往前提了一些而已。"他继续解释，"我之前是说了部分的谎话，但那只是为了避免麻烦。"从始至终，这个男人面对警察时都是顺从的、配合的，现在说话的声音也非常温和。可是他的这种态度透露出了一种不太自然的冷漠感，让人感觉不到他的情绪波动。

"那你和她是怎么认识的呢？"陆俊迟又问，"我想听听你们的故事。"

邵长青眯起了眼睛，像是陷入了回忆："我和陈雪贤相识于几个月以前，在咖啡店。那时候她一个人坐在椅子上，看起来孤零零的，手里拿着一杯美式咖啡……明明是那么苦的东西却一直在低头喝着。我一直在观察她，直到她起身我才装作不小心地把咖啡撒到了她的衣服上。后来她就主动和我说话，加了我的联系方式……"

苏回安静地听着。

"我觉得她是一个很好看的女人，就和她做了一段时间的朋友。该怎么说呢？在所有人的眼里，我应该是个很优秀的男人吧。有钱，有房，有一份很稳定的工作……我的身边从来不乏追求者，但是我还是被她吸引了。可后来我发现，她是个不太正常的女人。"

"她和别人哪里不同呢？"陆俊迟继续问。

"最初一切正常，但后来的那次打架，让我意识到了她的病态。"邵长青停顿了一下才继续说，"正常来说，我是想要离开那个女人的，可是我还是想听一听，她这么做的理由。"

陆俊迟问道："她是怎么回答你的？"

邵长青神色平静地说："她和我说，那次打架只是一个考验，她是在考验我是不是真的在乎她。我觉得这也是一个谎言，继续和她交往，也是想要探知她的真实想法。"

陆俊迟追问："那你找到答案了吗？"

"她似乎并不在意男人帅不帅，也不在意男人是不是有钱，她在意的东西，更加纯粹，更加原始。她是相信爱情存在的，可是她似乎感知不到爱情，越是这样，她就越是疯狂地想要拥有它。人一旦有了想要追寻的东西，整个灵魂都会变得有意思，我有时候会从陈雪贤的眼睛里，看出不一样的东西。当她得到满足时，会像孩子一般开心。"

苏回理解着邵长青话里的意思。让一个没有爱情、拼命追寻爱情的女人爱上自己，如果成功了，那会得到莫大的成就感。他似乎把让陈雪贤爱上他视作一种挑战。

陆俊迟问："也就是你承认，即使被骗过，但直到现在，你还是爱着她的？"

"爱，那是一个多么复杂的词。"说到这里，邵长青又喝了一口水，抬起眼睛看向陆俊迟，坐姿端正起来，一本正经地说道，"我现在和她已经没有联系了。"

陆俊迟问："你知道曾经有男人为了争夺她杀了人吗？"

邵长青的脸色如常，然后点头道："是那个姓郭的疯子，对吗？她对我说过她没有想到会这样。"他停顿了一下继续说道，"但是我发现，她对这件事情不排斥，甚至感到十分开心。"

苏回的眼皮抬起来。这也就是说，邵长青早就知道了陈雪贤的变态之处，却还是留在那个女人的身边。

陆俊迟又说："我听说，陈雪贤做的东西很好吃。"

邵长青点头："她长得很好看，做东西也很好吃。这个女人天生就会取悦男人。"

陆俊迟问："那你知道陈雪贤现在的下落吗？"

邵长青摇了摇头："在半个月以前，她给我打了个电话，说她很害怕被警察追查，再然后我就收到了分手的短信。从那以后，我就再也没有见过陈雪贤了，或许，你们会有办法找到她。"

陆俊迟望着眼前的男人，他依旧十分冷静、自持，没有出现一丝的慌乱。

"我们也查看了那些短信。陈雪贤的分手短信，最后一条是发给你的。"

邵长青的眼睛微微眨动了一下："这一点我不太清楚。"

苏回也在一旁饶有兴趣地看着邵长青。他忽然问出了一个问题："邵先生，如果今天晚上警方没有出现的话，你可能会被邱嘉荣杀掉。你一点也不害怕吗？"

从始至终，邵长青好像都是淡定的，完全不像一个刚从生死线上挣扎着逃跑的人。

邵长青摸了一下鼻子："哦，我忘了那个疯子。我倒是要谢谢你们这些警察。对了，他是杀害那位郭老板的凶手吗？"

陆俊迟道："案子还在调查之中，我们也不能外透消息。"

邵长青略带歉意地道："是我问得唐突了……"

陆俊迟又说："没事，有一些不是核心的问题可以聊聊。你觉得邱嘉荣是因为什么想要杀你呢？"

邵长青道："我问过邱嘉荣，我感觉他是把我视为了假想敌。"

陆俊迟点头："邱嘉荣的精神有点错乱。我们查出他在服用精神类的药物，很多事情他自己也记不清了。我们作为警察，以证据为主，口供为辅，真相很快就会水落石出的。"

邵长青像是松了一口气道："那就好。"

聊到这里，陆俊迟和苏回对视了一眼。苏回指了指自己的手腕，表示时间差不多了，陆俊迟会意，对邵长青说道："邵先生，谢谢你配合我们调查。"

苏回站了起来，陆俊迟又叮嘱了一句："不过，你是案件重要的相关人员，我们近期还在调查，你最好不要离开本市。"

邵长青起身去送他们："好的，我会全力配合你们的工作。"

陆俊迟在门口换了鞋，把手杖递给了苏回。他又想到了什么，回身叮嘱道："对了，邵先生，我做警察以来，信奉一个道理——只要是发生过的事，就算是凶手做得再严谨，也一定会留下蛛丝马迹。你放心，我们会努力查找凶手，找到证据的。"

邵长青直视着他的眼睛，笑了："这句话非常有道理。"

苏回和陆俊迟走下楼来，坐到了车里，远处的天空中，传来了一声闷闷的雷响，看起来快要下雨了。

陆俊迟问苏回："你觉得怎样？"

苏回咳了两声，用一种笃定的语气说道："这个男人有问题。"

陆俊迟道："我也觉得他有点奇怪，从始至终，他都比一般的人要冷静。"

苏回点头："他掌握的信息，比我们想象得可能要多。"

一个普通人，在知道陈雪贤是一个怎样的女人，又经历了这样一个差点被人杀死的晚上之后，都不可能做到像他那么淡定、平静。

苏回靠在车窗上思考了一会儿，开口道："我认为邵长青是反社会人格。"

"可是我记得，日常所见的反社会人格大部分缺乏自控力，没有羞耻心，暴躁易怒，其中还有很多人，智商并不很高。"陆俊迟还记得以前诗人给自己讲解过的知识，邵长青明显不属于这一种人。

苏回用手指按住太阳穴，睁开双眼，轻声说："我认为他符合黑暗人格三合一的特征。这种特质又被称为黑暗三联征，是互相存在着内在关联的三种反社会人格，通常会同时出现在一些人的身上。"他给陆俊迟详细解释道，"这三种人格分别是，马基雅维利主义、亚临床自恋和精神病态。"

亚临床自恋代表了以自我为中心，精神病态会让人缺乏共情，拥有低焦虑感，这两种反社会人格陆俊迟还是知道的，但第一个他就完全没有听说过了，于是问道："马基雅维利是个人名吗？"

苏回道："马基雅维利是文艺复兴时期的人物，是意大利的政治家和历史学家，被人称为现代政治学之父。马基雅维利主义代表着不择手段，又被称为权谋主义。拥有这种人格的人是实用主义者，冷酷无情、忽视道德、心思缜密。"

讲述完了基本的原理，苏回总结道："具有黑暗三联征的人给人的第一印象是善于交际、有个人魅力、有一定能力，可是他们的内心其实冷静而扭曲。他们感觉不到常人可以感觉到的压力，几乎任何时候都可以保持镇静和从容不迫。"

陆俊迟问他："这种人格的杀人犯多吗？"

苏回摇摇头："比较少，但是每一个都很凶残，其中较为典型的是汉尼拔的原型泰德·邦迪……"

这样的杀人凶手会费尽心思想要隐藏自己，一旦成熟，远远比那些暴躁的杀手更为可怕。这类人的伪装能够让自身很好地混入人群中，让人们对他的真实想法毫无防备。如果说其他杀人凶手是疯狂的野兽，那么这种杀人凶手就是伪装得很好的、披着人皮的狼。

苏回继续分析道："今晚的对话中，他对陈雪贤的认知超乎常人，还暴露出她曾经对他毫无保留地吐露过心声。"

陆俊迟低头沉思片刻，也感觉到了其中的不合常理之处。他轻轻地点头："一个女人看着他人因她争斗而死，一定会对大多数人保守这个秘密，除非是对同伙或者是极其亲密的人才会流露出真实的感受。"

"他应该早就知道详细的经过。正常人知道自己的枕边人是个变态，都会害怕、逃离，可是他却从那时候开始，真正爱上了陈雪贤。"苏回继续分析道，"我觉得在陈雪贤改变的路上是存在着超进化的，其中一次超进化，就发生在邱嘉荣和邵长青打架以后。在此之前，就算有男人因为她争夺，也仅仅限于吵架、打斗。"

陆俊迟表示赞同："就是在那以后，开始有人死亡……"

所谓的超进化，就是非自然的飞速进化，很多超进化是因为外力，或者是其他因素的影响。在这个案子里，陈雪贤的这种超进化从她的心理轨迹上无法更好地解释，但如果那个时候，有个男人加入了进来，这一切反而合乎情理了……

"如果邵长青真的是反社会人格，他会乐意为之的。也许从那个时候起，邵长青就开始提供帮助了。为了取悦这个女人，他激化了男人之间的矛盾。而陈雪贤因为这个男人的加入，也体会到了前所未有的刺激，甚至会疯狂地爱上他——他们会是非常默契的组合。"苏回停顿了一下继续说道，"也许邱嘉荣说的没有错，陈雪贤是被邵长青囚禁在某处了。不过这些都是我的推断。"

今晚的造访，邵长青还是露出了一些破绽。

陆俊迟问："我们今天已经惊动了他，你觉得什么时候行动合适？"

远处又传来一声闷雷，苏回停顿了一下："他的心理抗压能力非常好，不过我还是觉得他已经接收到了我们的施压。也许就是今晚……"

保守秘密的人，只有在感觉到自己的秘密会被人知晓时才会去进行核查。对于犯罪分子来说，没有什么时候比一个漆黑的雨夜更适合外出了，陆俊迟希望邵长青的心理素质还没有好到对警方的反复盘问无动于衷。

陆俊迟点了下头道："我马上安排。"

凌晨3点，夜晚的华都安静极了，邵长青忽然从梦中惊醒了过来，随后他睁开了双眼，睡意全无。

晚上闷热的空气终于化成了一场秋雨降落了下来，雨滴打在玻璃上，发出了一阵沙沙的响声。

有点降温了，华都的冬天就快到了。

黑夜中，邵长青从床上坐起了身，娴熟地穿上衣服，戴上手表，披了件雨衣便走出门去。

现在的城市十分安静，几乎没有任何人声。这条街不是主干道，很少有车辆经过，只有秋雨不停地沙沙响着。

邵长青走得很慢。他十分警觉，时不时地回头查看，花了十几分钟走到了旁边的一个小区。这个小区较为高档，房屋空置率很高，现在住的人家也不多，只要有小区的门禁卡，进入就能畅通无阻。

邵长青在这个小区里面租了一套房子，为的就是房子带的一间独立的车库。进入小区以后，他拐了几个弯，走到了那处地上车库的门外。

邵长青望着眼前车库的卷帘门，深吸了一口气，准备开门。

忽然，他的身后照过来了一束光。那是警用手电的光亮。

陆俊迟的声音响起："邵先生，这么晚了，你在这里做什么？"

邵长青的身体僵硬了一下，转过头，看向身后的人。他平静地说："我晚上睡不着，出来逛逛。"

陆俊迟走近邵长青，取下他手中的钥匙，扔给了身后等着的郑柏："好巧，我也是。"

邵长青识趣地后退了一步，没有挣扎，举起了双手。

院子里有路灯，但是依然有点黑。陆俊迟让人把邵长青押上了车，走回来时，看到苏回已经收到了定位，跟着物鉴的人一起过来了。

今晚他们等了半个晚上，为了不惊扰熟睡之中的人们，一直都是小心翼翼的，好在现在终于有了结果。

苏回打着伞站在一旁，长长的睫毛微微颤动，有些期待地望着眼前的卷帘门。

郑柏用钥匙打开了车库的门，物证和法医也提着工具箱紧随其后。

卷帘门一拉起来，一股淡淡的腐臭味就扑面而来。苏回环视了车库一圈，有些看不清，便握了一下陆俊迟的手，叮嘱道："好好搜一下。"那语气，完全把对方当作了现场的搜查犬。

车库不大，里面有一张简陋的单人床，床头系着一些绳索。车库的角落里放着一个巨大的塑料泡沫盒，打开以后可以看到里面用保鲜膜缠着什么东西，就像一个蝴蝶的蛹。而透过白色的透明薄膜望去，是一具干燥的、死去多时的女子。

她穿着睡衣，眼睛紧闭着，躺在那些活性炭包之中，像是一个美丽的标本。

在来之前，他们已经预想到可能会遇到这种结果，可看到以后，还是感觉触目惊心。

法医看了看女尸的状况，开口道："已经死亡两周左右了……"这也意味着，从他们开始介入这个诡异的案子起，陈雪贤就已经死在了这间车库里。

看上去正常的邵长青原来是最疯狂的那个人，"养蛊"的陈雪贤也最终被蛊毒反噬而死。一个挑起祸端的女人，最终遇到了一个把她视作最终猎物的男人。

…………

半个月前，一个秋日的夜晚，陈雪贤坐在邵长青家中餐厅的桌子前。他们刚刚共进了晚饭。今天陈雪贤亲自下厨，做的是邵长青喜欢吃的猪肉香菇馅的饺子。她给邵长青包了很多，多余的冻了起来。

陈雪贤穿着一件纱裙，晃动着手中的红酒杯："邵长青，我有一些事情想不明白。"

邵长青抬起头来看向这个漂亮的女人："是什么？"

"你这么个优秀、聪明的男人，为什么会一直没有结婚……"陈雪贤温柔地看着他。

陈雪贤知道自己与常人不同，她是麻木的，必须用各种方式不断地刺激自己，让自己感觉到愉悦。可是眼前的这个男人不一样。他优雅、聪明，总是带给她惊喜，让她体会到了前所未有的刺激。

在过去，陈雪贤每次看到那些男人为她争斗的时候，她就觉得十分兴奋。可是随着时间的推移，那些感觉会消失，会被遗忘，她就会渴望新的刺激。她不停地追逐着，奔跑着，是这个男人从根本上遏制住了她的这种欲望。在他的安排下，她见证了杀戮、死亡，她也终于明白，自己期盼已久的是什么，爱情最终通向的是什么了。那些莽夫就像是没有进化完全的野兽，只有眼前的人才是理解她、能够帮助她的。

她和眼前的人坦诚交流过，邵长青知道她在追寻什么，他能够让她体会到爱意。她冰封着的心被眼前的这个男人打开了，她决定，只爱邵长青一个人。

邵长青的目光闪烁着："我从看到你的那时起，就知道你是我寻觅已久的那个人。"

"我也是，我已经和那些男人分手了。"陈雪贤看向他，"我给他们发了分手的短信。"

"也给我发一条吧。"邵长青忽然说道。

"为什么？"陈雪贤觉得这个要求有些奇怪。

邵长青说："我想看看，你是怎么拒绝他们的。"

陈雪贤笑着复制了一下短信内容，给他也发了过去。

可能是因为红酒的作用，她感到有点头晕，但是尚能思考，她畅想着他们的未来……惊险、刺激，被捆绑在一起的未来。

邵长青在她的身前蹲下身，虔诚地看着她："雪贤，你在生活之中看到的、感受到的那些人，并不是完整的。有的人会进行伪装，比如我，并不会把真实的本性暴露在人前。"

陈雪贤笑着说道："那你不要压抑你的本性，让我看看，你还会做些什么……"

那是她说出的最后一句话。

陈雪贤很快苏醒了过来，但她发现她整个人都被绑缚住了。眼前被蒙了布条，嘴巴也被贴住。她不知道这是什么地方，不知道自己在哪里，甚至分不清是白天还是黑夜。

记忆断片了，陈雪贤的额头上冒出了冷汗。她拼命挣扎着，扭动着四肢，感觉自己像是沉没到了水中，必须奋力挣脱。她发出呜呜的声音，用脚去踢踹，用手去锤击

身下的垫子，可是只能发出微弱的动静。绳子绑缚得很紧，已经陷入肉中。

所有挣扎都是徒劳的，她逐渐意识到了这一点。

在这样的一个房间里，所有的感官被无限放大了，她听着自己沉重的呼吸声、怦怦的心跳声，头上不停冒出冷汗，黏在了额头上，整个人就像是从水里捞出来的一样。

她为什么会在这里？她将会面对怎样的命运？

在缺氧和饥饿下，她的眼前出现了幻觉。那是一只一只在空中挥舞着翅膀的蝴蝶。她忽然想起那些被她制作成的蝴蝶标本。

每只蝴蝶都有迷人的翅膀。她把它们的尸体软化，用尖利的昆虫针一根一根刺入它们的身体，用镊子把它们美丽的翅膀小心翼翼地展开来，然后铺在展翅板上，进行风干……那是最美丽的尸体。

她反复去寻找更加艳丽、好看的蝴蝶标本，去试验各种制作标本的方法，对整个过程乐此不疲，总是觉得不够完美。她想要制作更多标本，想要找到最美的那只蝴蝶，可直到现在她还没有找到它，心里满是遗憾……

不远处发出"哒"的一声轻响，门好像开了，有光亮透了进来。有个人走近了她，俯视着她，她看不到那个人的目光，但是可以感觉到目光的温柔、炙热。

是邵长青。他伸出一只手抚摸着她的脸，指尖像是带了流火，摸过她每一寸的肌肤。这像是情人的轻抚，指尖的温度让人可以体会到爱的暖意。那个人亲吻着她的脸颊，用略带磁性的声音在她的耳边说："你终于只属于我一个人了。"

陈雪贤的喉咙被紧紧扼住，身体却骤然放松下来。她眼角滑出了泪，浸湿了蒙着眼睛的布条——这是她期盼已久的。她意识到，在这个瞬间，她找到了那只蝴蝶。

最美的那只蝴蝶，就是她自己。

"你们还是找到她了。"审讯室里，邵长青收回了思绪。他脸色平静地供述了杀害陈雪贤的全部过程。

陆俊迟问："你以业务为由，认识了郭城峰和吴晨光，帮助陈雪贤挑唆那些男人。你知道郭城峰的脾气暴躁，所以故意刺激郭城峰杀了吴晨光，随后又杀掉郭城峰，并且嫁祸给邱嘉荣。这些事，你从那次和邱嘉容打架以后就开始策划了，对吗？"

邵长青轻轻点头。

陆俊迟问："你是怎么知道陈雪贤和多少个男人有过关系的，你监视过她吗？"

邵长青淡定地解释："最初是在她手机里面装了一个监听的小程序，后来就是她亲口告诉我了。"

陆俊迟继续问："杀害郭城峰的真凶也是你吧？陈雪贤同时约来了郭城峰和邱嘉荣，录下了误导警方的录音，然后在邱嘉荣离开之后，杀了郭城峰。其他的你还做过什么？"

邵长青侧头回想了一会儿："我拿到了郭城峰的一些血迹，从陈雪贤那里要到了邱嘉荣家里的钥匙，更换了邱嘉荣吃的药物，把血迹抹在了邱嘉荣的衣服和鞋底上。"

陆俊迟问："你还接触过邱嘉荣的母亲？"

邵长青点头道："我买到了她的个人信息和手机电话，扮作了保险推销员，联系了她，还约她见了几次面。那个老太太很寂寞，一旦熟悉了以后，就把老公和她吵架，还有他儿子交了女朋友的事情事无巨细地说给我听，我就顺势诱导了她。"

陆俊迟又问道："陈雪贤的证件是被你拿走的吗？为了伪造她出逃的假象？"

邵长青道："……我是去过她家的地址，拿走了她的证件。"

由此推断，那张记忆卡很可能也是为了误导警方故意留在那里的。

陆俊迟看着眼前的邵长青。如果不是听他亲口说出来，很难想象他在后面做了这么多事。他不仅让邱嘉荣的母亲怀疑了自己的儿子，甚至还让邱嘉荣开始了自我怀疑……他差一点就成功了。只是可惜，事情做得越多，露出的破绽就会越多，他计划得再精妙，也逃不过法网恢恢。

面对着陆俊迟的询问，邵长青平静地解释："我认为，人类之所以和野兽不同，是因为学会了伪装。"他低下头继续说，"我知道我做得还不完全，那是因为我还没有进化得足够完美。而且我爱上了那个女人，让自己陷入了被动。我的计划，还是不够完善。"

陆俊迟问："你杀了陈雪贤？"

邵长青说："爱与死并不是两回事，他们是一体的两面。"他挑起了嘴角，露出笑容，"我让她体会到了终极的爱，她最后应该是满足的。"

眼前的男人十分平静，居然坐在审讯室里振振有词地分析着整件事，仿佛是一个总结经验教训的学生。他并不是一个凶残的犯人，可是在他的身上，陆俊迟看到了无尽的黑暗。

苏回说得没错，眼前的人与正常人是截然不同的。

早上6点，一行人终于从审讯室里出来。雨已经停了，所有的人忙了个通宵。苏回有些撑不住，在沙发上睡了一会儿。

案子破了，乔泽的眼睛都熬红了，兴奋地伸了个懒腰："终于完工了！"

现在，凶手归案，只待结案总结。

陆俊迟道："大家辛苦了，你们早点回家吧，今天放一天假，明天再来做结案总结。"

"还好陆队和苏老师明察秋毫，我都差点被这个变态骗过了。"夏明晰还处在破了案子的兴奋之中，积极地道，"没事，陆队，我们是自愿加班。给我两天时间，总结就能写完。"

每次破案的过程都是艰难的，从最初走入迷阵，到随后查找真相，再到峰回路转，最后水落石出。整个重案组都抑制不住破案的激动。

陆俊迟回身看向苏回。可能是因为熬夜的关系，苏回的脸色有点苍白，表情是平静的，目光凝视着前方。

眼前的案子是破了，可是苏回却没有感觉到丝毫的放松。他的心事让他和激动的同事显得有些格格不入。

苏回有点感慨，人类真的是世界上最复杂、最让人看不透的生物。千人千面，而且每个人会有不同的内心世界，会做出不同的决定……

这个城市里，有成千上万的人，你不知道别人在想些什么，做过什么，要做什么。那些看起来普通而平庸、和你擦肩而过的路人，隔壁的邻居，公司里行色匆匆的同事、领导，你说不清，他们的皮下埋藏着什么样的心。

"今天太晚了，先回家吧。"陆俊迟在苏回的面前蹲下，小声说。

苏回抬起头来。他的眼前是朦胧的，可是陆俊迟就像是他的眼睛、他的耳朵，维持着他与世界的联系……

陈雪贤的尸体找到了，可是他知道，这件事情还没结束。

他还没有找到陈雪贤和他的联系……

第61章
"苏回……这次，别再忘了我"

第二天，重案组汇总了所有的信息。虽然已经结案，但是他们对陈雪贤了解得还不够多，对她的行为动机也没有充分的认知。

人死了总要和家属做个寻访结案，还要进行确认尸体、认领遗物等工作。陈雪贤的双亲都已经过世，家里的长辈只有一位姑妈住在新县。陆俊迟让人联系到她了，她却不愿意过来，还说陈雪贤有一些东西在她那里，她想处理掉。

苏回听到这里忽然抬起头说："我陪你一起过去一趟吧。那些东西最好也带回来，也许其中还会有什么新的线索。"

陆俊迟道："去新县的话，开车过去要两个小时，我本来想让你下午休息半天呢。"

苏回道："还是一起去吧，我也很好奇这个女人究竟有什么与众不同之处。"

陈雪贤算是这个案件的被害人，也是关键人物。研究她的犯罪心理，正是苏回的工作范畴。这个案子虽然找到了真凶，所有的过程也已经被苏回分析过，但是他也十分好奇陈雪贤会是怎样的一个人，值得这么多的男人为了争夺她大打出手。最关键的是，他想搞清楚，曾经的他究竟认不认识那个女人……

陆俊迟没有再说什么，点头同意。

午饭后，两个人抓紧时间出发，终于在下午两点到了新县。

新县当地的警方帮他们联系上的是陈雪贤的姑妈，陈慕华。她今年50多岁，已经退休在家，最初听说他们想要问陈雪贤的事，还是拒绝的。可新县是个小地方，大家抬头不见低头见的，她耐不住几位警察同志的软磨硬泡，最后还是同意了。

陈慕华住在一套有点老旧的房子里，两室一厅，坐了几个人之后就显得有点局促。陈慕华最初有点拘谨，话也不多，可见到这两位市里来的警察都很年轻英俊，慢慢地也就放开了，打开了话匣子。

"陈雪贤这个孩子，是我看着长大的。雪贤命不太好，从她小时候起，我弟弟就酗酒，常常不回家，还会打她和她妈。有时候她没人管，还要在我这里吃饭。"

家庭中父亲有暴力倾向，另外伴随有父爱缺失……苏回在一旁认真分析着。

"她妈妈一个人在家里带不过来，她个女孩子就一个人在院子里玩。她喜欢跟着大孩子们，哪家的孩子打架厉害，她就跟在人家屁股后面做个小尾巴。可只要她跟着的孩子被别人打败了，她就换个人追。"这种跟随行为在很多人的幼儿时期都出现过，是一种潜藏的慕强行为。

"这孩子似乎对疼痛不太敏感，有时候被人欺负了，也不哭不闹的。"陈慕华继续说，"后来我弟弟酒后开车，出意外死了。正好陈雪贤也考上了一个师范念书，毕业了以后，她妈妈想要改嫁，希望她嫁人，就给她相亲认识了一个姓李的男人，她们就一直交往着。后来，她妈妈没过两年，也生病去世了。"

陆俊迟问："陈雪贤是做什么工作的？"

"曾经在县城里当过一段课外辅导员，就是类似于那种托管班的老师。可是后来有一天，她被家长们投诉了，说是两个孩子打架，她就坐在一旁看着，完全没有阻止的意思。"

苏回继续汇总。看来陈雪贤在过去就已经对别人的争执无动于衷了，甚至乐于看到打斗的出现，缺乏基本的共情能力。

"后来她又去找了个宠物店的工作，可是也没有做多长久。"

陆俊迟想起了那一柜子的标本："她对那些小动物怎样？"

"应该是喜欢吧？"陈慕华迟疑了一下，然后小心翼翼地道，"不过她在宠物店里没有做多久，原因的话……那个，警官同志，我也是后来听别人说的，说是她在职的时候，有动物莫名奇妙地死了。"

她还可能有虐杀动物的行为。

问到这里，苏回抬起头问陈慕华："阿姨，陈雪贤是不是会时常和你提起一些关于'爱'之类的话题？并不局限于爱情，也有可能是亲情……"

陈慕华瞪大了眼睛，连着点头："对对对！她就是把爱挂在嘴边上，时常说谁爱谁啊的……她觉得她的男朋友不爱她，反复提及了好几次，把这件事情看得特别重。她离开这里，是因为她的男朋友和朋友为她打了架，那时候镇子上的人们都骂她，说她脚踏两只船，没有廉耻之心。发生了这样的事，她就在这个小县城里待不下去了，选择了离开。"

苏回点了点头。这些印证了他的猜测，陈雪贤是感知不到正常人可以感受到的那些爱的，她需要更加强烈的刺激。

陈雪贤的男朋友和朋友发生争执这件事，可能是她最初的尝试。可是这样的事情还远远不够，得不到家人的爱，陈雪贤觉得自己生活在一个牢笼里，她在制作那些蝴蝶时，也把自己幻想成为蝴蝶，想要追寻自由。

陆俊迟问："那其他的事呢？她有没有什么反常的，和一般人不一样的行为？"

陈慕华想了想说："她喜欢做标本。我去过她家，她做了好多的标本，大部分是蝴蝶，她好像特别喜欢蝴蝶……"

陆俊迟说到了正题:"之前你说她留下了一些遗物?"

"唉,说起来,当初她在这里的时候留下了一些东西,是我去她住的地方帮忙收拾的。"

陈慕华说着,站起身去寻找,过了好一会儿才翻腾出了一个纸箱子:"都在这里了,没有什么特别值钱的。"

陆俊迟从箱子里一件一件取出来看。里面装着几个蝴蝶标本的相框、一本很薄的相册,还有一些文件。相册里是陈雪贤从小到大的照片,都是一些生活照。

陆俊迟又翻找了一会儿,然后在箱子里发现了一摞便签纸。他对着阳光照了一下,发现纸上有一些压痕,于是他向陈慕华借了一支铅笔,对着纸张轻扫,上面的字便逐一显示了出来。

"我终于做了决定,去冲破束缚的牢笼,去做自己想做的事。我要去寻找那些美丽的蝴蝶了。"

苏回坐在一旁,微微皱着眉头,思索着。他好像记起了一些零星的画面,虽然发生过什么他已经忘了,但此刻脑海之中浮现出现的画面,是那个他只在照片与影像之中看到过的美丽女人正坐在他的对面……两年以前,他的确和这个女人见过面。

箱子的底部放着一张硬纸,颜料已经有点化开了,陆俊迟费了一些力气才把画从纸板上分离出来。画上是一个女人,眉目细长,说不上美丽,但是很有特点,背后有一个蝴蝶的文身。这幅画的底下写着画的名字:《静谧》,时间是 4 年前。

普通人大概会觉得这是一张很好看的画,可是看到这幅画的苏回和陆俊迟都愣住了。因为这张画的画风他们太熟悉了,诡异的颜色,细腻的笔触,栩栩如生的女人形象——这是傅云初的画。那个变态画家自从上次逃走之后,一直都还没有被抓到。

画上的女人像是陈雪贤。按照时间推算,这幅画完成的时间远在傅云初开始犯案之前,难道两个人早就认识?可是又有多大的概率,一个案子的凶手和另外一个案件的相关人是相识的?冥冥之中,他们是如何相遇的?

陆俊迟道:"阿姨,这些东西对我们挺有帮助的,你能够把这些东西给我们调查一下吗?"

陈慕华点头道:"我本来准备她回来以后交给她的,现在她也去世了,我之前还想着扔掉,对你们有用的话,你们就拿去吧。"

两个人下午 3 点多从新县返程回华都。

苏回感觉有点疲倦,把座椅放倒,蜷缩起身体。他昨晚没有睡好,到现在有点困。说是在休息,他脑子里却在不停地想着这些人还有事。他越来越确定他认识陈雪贤了,可是他为什么会和陈雪贤认识呢?陈雪贤和傅云初相识这件事也让他感到有些不安。

苏回能够感觉到，他的记忆有所复苏，脑海中最近总是会浮现一些画面，或者是一两句话。

陆俊迟把车开上了国道，一路行驶着。车程过半时，他接到了乔泽的电话。苏回听着两个人聊工作，忽然感觉到陆俊迟的声音变得严肃了起来……

"……乔泽，我这里好像有情况。我发定位给你，你切一下国道的监控摄像头。"陆俊迟说着按掉了手机，忽然一转方向盘，对苏回说道，"坐稳，后面有两辆车咬得很紧，我感觉不太对劲。"

这是进入华都之前最后的一段山路，一面临山，另一面是陡峭的山崖，不太好走，一般的车走到这里都会减速慢行，避开其他车辆。可就在这样的情况下，有两辆车从后方忽然赶了上来，而且车速不减。它们的车窗玻璃都是墨黑色的，从外面根本看不清里面的情况，陆俊迟敏锐地判断，那两辆车恐怕是冲着他们来的。

乔泽那里很快收到了陆俊迟发来的定位，利用警方的权限切入国道的摄像头。这一段国道由于事故多发，早就安置了实时监控。

看到这样的情况，他也皱眉道："陆队，我马上搜一下车辆信息……"

乔泽十指如飞，输入了车牌号后道："那两辆车都是套牌车。"所谓套牌车就是指车辆没有登记，却盗用了已经登记的车辆信息的车。

此时陆俊迟开着车在山路上飞驰，想要尽快绕出这段山路，后面的两辆车则不时贴了上来，想要对他的车进行夹击。

"乔泽，还有多久走过这一段？"陆俊迟冷静地问。

乔泽点开地图看了一下："还有3公里！"

车速很快，另外的两辆车一直在寻找机会冲撞。山路狭窄，苏回的身体紧紧贴着座位，伸手拉住了一旁的把手，努力稳住身体。就在此时，借着一个弯道，一辆车超过他们到了车的左侧，在外侧贴着山崖而行，向他们的车横向挤了过来。现在处于弯道，后面有车，车速不能减，如果一减就会被后车直接顶出去，坠入悬崖。

一时间，他们的车被逼入了死角。

"坐好！"陆俊迟神色凝重，握稳了方向盘。车身在崖壁旁的护栏上划过，发出刺耳的声音，让苏回觉得自己仅剩的耳膜也要碎裂了。

"砰"的一声，后车撞了一下陆俊迟的车尾，车身猛然往前一冲。苏回的身体往前一倾，又被安全带拉回到座椅上。

不能这么下去，太被动了，陆俊迟尽力稳住车身，一手牢牢地握着方向盘，另外一只手抽出枪递给苏回道："上子弹你会吗？"

苏回看不清外面的状况，只觉得一切都在晃着。他接过陆俊迟递过来的枪，用手颤抖地取下弹夹。虽然他已经有几年没有碰过枪了，但是装子弹并不是什么难事，他全凭着感觉放入，将弹夹"咔"的一声推了上去。

陆俊迟接过枪来，把车窗摇下，对着侧面的车连开了几枪。在高速移动中，瞄准困难，但还是有两枪中了。一枪擦着轮胎而过，一枪让车窗玻璃应声而碎。

陆俊迟终于看到了车内坐着的人。苏回可以感觉到陆俊迟的身体瞬间绷紧了，他咳了几声，急忙问："那辆车的司机是谁？"

"是傅云初。"陆俊迟说着，再不留情面，直接把车往旁边一顶，两辆车发出了刺耳的摩擦声。他往前一转方向盘，从被夹击的状态里挣脱了出来。

一听这话，一向淡定的苏回也有点紧张了。

傅云初这个阴魂不散的连环杀手，为什么哪里都有他的身影？这个疯子是亡命之徒，不知道会做出什么事情来。

他这段时间究竟躲在哪里？为什么会在这里出现？难道他一直在留意他们的动向吗？还是说他的藏身之地恰好是在新县？

傅云初开的那辆车减了速，和他们的车拉开了些距离，另外一辆车却还在牢牢地跟着他们。

"陆队，前面有一辆大货车开过来了！"乔泽急忙道。

"收到！"

陆俊迟一转方向盘，将整辆车侧了过来，用一个高难的动作，从大车和悬崖之间的狭路里擦过。

后面的那辆车可就没有那么好的运气了，为了躲避那辆驶来的大货车，他们直接一头撞在了山崖上，发出了"轰"的一声，大货车经过时又撞了一下车尾，眼见是要报废了。

"陆队，还有一公里多点儿！还有，小心剩下的那辆车！他又追上来了。"乔泽看到这惊险的一幕，也捏了一把汗。

陆俊迟回头看去。刚才开过的那一段路的旁边有一块空地，傅云初的车利用那里正好躲了过去。现在趁着没有车路过，傅云初又加速冲了过来，紧紧地跟在后面，而现在的这个角度他不好射击。

这时，乔泽的惊呼又传了过来："陆队！前面又来了一辆大巴车！"

前面的山路更窄了，仅能够并行两辆车，极易发生事故。远远的，陆俊迟已经可以看到前方开来的大巴车了。那是一辆长途大巴，应该是满员的，司机还不知道危险即将来临。双方都在快速行驶，按照这个速度推算，几十秒之后他们就会在中间的弯道相遇！

陆俊迟的双手紧紧捏着方向盘。

傅云初的脸变得狰狞起来，他陡然加速，撞向陆俊迟的车尾，想让他的车与大巴车相撞："今天老子就算死在这里，你们也别想活！你们这些人，都得给我陪葬！"

大巴车的司机似乎也发现了情况不对，连声按着喇叭。这时急刹车会有侧翻的危险，司机也不敢冒险。

陆俊迟的手心出了汗。他是可以竭尽所能避让开傅云初的撞击，但是那样傅云初

的车可能会和这辆大巴车撞在一起……

一边是山崖，一边是万丈深渊，他必须在这瞬息之间做出决定。

就在犹豫的一瞬间，苏回那略带沙哑的声音忽然响起。

"我相信你。"

苏回把决定两人命运的权利交给了他，这是一种无需言说的信任。

这一句话稳住了陆俊迟的心神。他当机立断，立刻踩死刹车。"砰"的一声，傅云初的车躲闪不及，"轰"的一下撞破了护栏，发出了一声巨响，坠下了山崖。

这时候，他们眼看就要和大巴车撞在一起，陆俊迟却一转方向盘向着悬崖的方向开去！他余光刚才就扫到，在悬崖的拐弯处有一棵斜长着的巨大的树，于是车撞破了护栏，撞向了树的方向，大巴擦着他们的车身而过，发出"刺啦"一声。

车身猛烈晃动着，在最后的时刻，陆俊迟解开了自己的安全带俯身护住了苏回。他的手掌坚定有力，像是在用尽全身力气护住怀中人，可他的声音却在微微发颤："苏回……这次，别再忘了我。"

苏回的双眼一瞬间睁大，呆呆地望着眼前的男人。说出这句话时，陆俊迟完全没有过多考虑，甚至没有时间经过大脑。这句话有点武断，但是如果他不说出口，可能就没有机会了。这一瞬间，他不再纠结身旁的人究竟是不是诗人了，他只知道，这个人很重要，他想要让苏回活着！如果只有一个人能够活下来，他希望是苏回。

车头"轰"的一声和那棵大树碰撞在了一起，树枝伸进了车窗，刺破了身体，也生生止住了汽车的坠势。车身猛烈地震颤，挤压，车体都开始变形，血肉之躯在猛烈的撞击之中似乎要被碾压成碎片。最后，一切都停住了，那辆车就这么悬挂在了悬崖边上……

苏回一阵天旋地转，耳边传来尖利的嗡鸣，陆俊迟温热的血液滴落在他的脸上，顺着他苍白的脸颊滑落下来。他张开口想要说些什么，可是撞击让他的胸口和头都在剧痛，整个人就像坠入了无尽的深渊……

惊叫声，巨响声，混乱嘈杂，各种声音汇入脑海之中。耳边一片鸣音，还有什么仪器在滴答作响。四周都是人，苏回可以听到他们的惊呼，可以听到他们急匆匆的脚步，可是他的眼皮沉重，怎么也睁不开，感觉自己好像飘浮在空中，周围一片虚无。

无数的光点像星星一般闪烁在他的周围，那些是他残碎的记忆。他伸出了手想要抓住什么，可是那些东西就从他的手指缝隙里轻飘飘地滑过去了。

忽然，他眼前出现了一片光亮，光亮里闪过一些画面，然后那些画面逐渐明晰起来。苏回分不清这是梦还是昏迷后出现的幻觉，抑或是他生命里经历的那些时光在进行回溯。一时间，他只觉得自己身处于一辆警车内，他坐在后排，车上没有其他人。

他可以确认这是一个梦，可是他怎么也醒不过来。窗口折射着不太真实的白光，梦境一般的世界在继续着，他身陷其中，找不到出口。

他的面前摆着细沙爆炸案的各种资料、表格、勘查记录、现场照片、死者信息……爆炸地点、行凶时间等各种特征都被分析过无数遍。苏回因此得出了数条的结论，写了厚厚的一摞侧写报告，可是苏回还是觉得哪里不太对。

这个案子是重大案件，警方投入了大量的人力、物力，一直在追查着那个幽灵一般的凶手，而城市里每过10天，就会有爆炸案发生。

时间是既定的，地点和行凶方式却在不停变化。

这个城市太大了……如果不确定案发地点，那将会有无数种的可能性。他们像在奔跑着、不断地追逐着细沙的身影，可是这个人却隐藏在城市里，仿佛幽灵。监控录像、人证、物证，这些东西都没有留下确凿的证据。

警方这段时间开了无数次会议，苏回也跟着参加了一些，每个人的心弦都绷得紧紧的。因为侧写结果的不同，他和月光还发生过争执，谁也无法说服对方。

根据以前的作案间隔时间可以确定，下一次的犯案就会发生在今天下午。

他们现在出现在这里，是因为半个小时以前收到了报警电话，说有人在华都南边的花市旁发现了爆炸物。这个区域在他之前预测的危险范围之内，领导非常重视，常队带领了整队人过来排查，武警那边也安排了排爆的人员跟着。

苏回望着外面嘈杂的人流和负责现场排查的刑警，忽然想到了一件事。

为什么会忽然接到报警电话？

细沙一向是非常小心的，在之前的那么多次犯案之中，一直没有被人发现过。现在怎么忽然有一个电话，告知了警方具体的地点？

苏回醒悟了过来。这可能是一个陷阱。

"常队，这里可能是个圈套，对方可能是为了把警方引过来，才打了那个电话……"苏回想清楚以后，第一时间给常队发了对讲信息。

"……"常队明显愣了一下，然后他哑着嗓子开口道，"是圈套又怎样？我们已经把现场保护起来了，一边在组织人们撤出，一边在进行排查，就算知道有炸弹在这里，我们也不能对这里的人们置之不理……当务之急就是尽快找到爆炸物。"

苏回抿着嘴唇，看着外面的人流。常队说得对，附近的人太多了，必须要处理眼前的事情。民众撤不出来，警方怎么能自己撤了？

为了防止爆炸发生，他们已经派出了很多警力，在这个花市里撒下了一张网。可是任何网都有空隙，有漏洞，一旦对方选择的地点是他们没有排查到的，那就会造成重大的伤亡。

苏回继续低头研究着那些资料。他想不通，为什么这些案件里面呈现出的状况不符合心理学常识，甚至案件的前期和后期，凶手呈现出了不同的心理特征。对方是双重人格吗？还是精神分裂？难道是多人作案？但是这都不符合一般爆炸案的特点，先前的几起案件也没有这些特征……苏回皱了皱眉。在所有的不合理之中，一定存在着某种合理的解释，能够把一切串联起来。

在这时，他的手机忽然响了起来。苏回一愣，那是一个陌生的电话号码，他的手机号没有多少人知道，他犹豫了一下，接起了电话，对面传来一个沙哑的声音。

"诗人，我知道你在这里。你还没有找到正确的地点。"

"你是谁？"苏回问道。他看向车窗外，感觉有人在注视着自己的一举一动。

那个人怎么会知道他这次跟着行动组来到了现场？

"我是一个在提醒你的好心人，现在，距离爆炸还有10分钟了，你不会……找不到最后的地点吧……"电话就这么被挂断了。

为什么对方会知道他是诗人？他们是从哪里弄到了他的电话？为什么他知道准确的爆炸时间？如果他说得是真的呢？

只有10分钟……这个电话像是凶手的挑衅。苏回的背后冒出了冷汗，他必须要给凶手完成一份新的侧写。

苏回把面前的案卷分成两组，左边的炸弹投放方式较为规律，右边的则非常凌乱……此外，这些放置的方式还可以提炼出一些信息……有的明显，有的隐晦，但都指向不同的方向。

苏回大胆地把不符合凶手特征的几个爆炸案件放在一旁，仅仅留下相同心理特征的案件进行分析。这些案件有怎样的共同点呢？

苏回努力让自己冷静下来，透过纸张和文字，去看那几次爆炸发生时的场景：小孩子百日照的拍摄地、商场里的活动现场、老人八十大寿的寿宴……这些地点无一不是人流汇聚的地方，都有一些活动正在举办，四处都是欢声笑语……要概括相似点的话，似乎那几次爆炸发生时，受到袭击的人们都是幸福的，这位凶手似乎是在摧毁那些幸福。那样的话，爆炸可能发生的具体地点就不应该是在嘈杂而人流量大的花市里……

苏回抬起头，忽然看到了一队迎亲的车队从马路的对面行过，停在了不远处的一家餐厅外。在花市的东侧，隔了一条街的地方有着一排餐馆，其中有一家稍大的餐厅正要举办婚宴。

有没有可能，花市根本就是个幌子，爆炸会发生在婚礼现场？

隔着一条马路，苏回忽然看到了一位中年男人站在婚宴饭店门口的不远处。那是一个头发斑白的中年男人，名叫解秋，苏回从照片上见过他。

在此之前，他们已经圈定了几个嫌疑人，这个叫解秋的男人因为曾经出现在事故后的影像中，被排查过，是怀疑对象之一。只是他的口供滴水不漏，警方也没有证据证明他就是细沙。再加上随后的一次爆炸发生在解秋被盘问的期间，给他做了最好的不在场证明，警方不得不放下对他的怀疑。但是现在，这个男人却出现在事故现场……苏回记得在档案上看到，解秋是一位失业的矿厂工人，他的妻子于半年前患癌症去世，只留下了他一个人，而他自己也身受病痛的困扰。这样的一个人，符合他对凶手的侧写。

在这个瞬间，解秋也似乎有所察觉，他迅速转身，向人群外走去，如果不加阻拦，他可能很快就会消失在人流之中。

"罗队，我在马路对面的婚宴处发现了可疑的人，这里有可能才是真正的炸弹放置地点……"苏回只来得及发出这一句对讲信息。时间太紧张了，苏回犹豫了一下，自己下了车冲过马路，拦住了那个男人。

苏回深知，只要躲在车里，自己就不会受到爆炸的波及，可是他真的做不到对旁人的死亡熟视无睹。在这个瞬间，苏回忽然理解了之前常队和他说的，明知是圈套却要进入圈套的解释……

"解秋！"苏回在餐厅的门外拦住了他，"那东西在哪里？"

解秋抬起头来看向他，默不作声地从口袋里掏出一把刀。

苏回迅速判断着局势。刑警们都在花市那边，就算是速度再快，赶过来也需要5分钟左右。他没有配枪，只随身带了一副手铐过来，打斗他从来就不擅长，更别说是面对一个穷凶极恶的歹徒……他可能根本就拖不到那些人赶来。

解秋忽然冲了过来，和他扭打在一起。苏回格住了男人的手，反身踢腿回击。他的身体灵活一些，用的是巧力，可是两个人的力量相差太悬殊了。面前的男人正值中年，曾经是位矿工，手腕几乎有他两倍粗。

转眼之间，两人身影交错，过了几招。苏回拼命地反抗着。从局势上看，两个人差不多势均力敌，但是苏回赤手空拳，如果再拖延下去……

他立刻做了决定，装出体力不支的样子卖了个破绽，让寒冷的刀刃刺入了自己的身体。

解秋看着他负伤，正想逃走，却发现他的手已经被苏回紧紧拉住。手铐铐住了他的左手，而另一端，不知何时被苏回铐在了一旁的金属护栏上。

苏回抬起头，用沾血的手拉住他的手腕："解秋，你走不了了。爆炸物在哪里？遥控器呢？"

解秋这才发现中计了，低头骂了一声，疯了一般晃动着铐在手上的手铐，试图挣脱开来。当发现一切只是徒劳之后，他扬起了头，死死地盯着苏回，狰狞地笑着说："你找不到的……你也不能阻止这一切……"

遥控器并不在他的身上，那些东西也不知道被安置在了何处。

苏回捂着伤口起身后撤了两步。他已经尽力避开了要害，可是这一刀还是比他想象之中刺得要深、要疼。凭实力，苏回的确不是对方的对手，但是也不至于输得这么惨，只是现在也只有这种方法，能够让他为其他人争取更多的时间。

整个过程不过只有短短的两三分钟，打斗已经惊动了门口的人，人们惊慌失措起来，还有人在喊警察和保安过来。

苏回没有时间理会这些，他挣扎着站起身，捂着伤口跟跟跄跄地往餐厅里面走，身体里的血不断流出来，滴落在地面之上……

快要进行婚礼的婚宴现场，忽然进来了一个浑身是血的人，这样的情景一时让餐

厅里的场面混乱了起来。苏回顾不得包扎自己的伤口，勉力支撑着来到T台上，颤抖着声音说："我是警察，这里怀疑有爆炸物，请迅速撤离……"

人们顿时慌乱起来了。有人往门口跑去，有孩童在哭喊，还有人不太相信这一切，尚未意识到危险的来临。

苏回感觉自己快要晕过去了，可是他不敢停下，他想要找到爆炸物的所在。

那些东西会在哪里？苏回的眼前有白色的光在晃动着，手指根本按不住从伤口之中涌出来的鲜血，体内的绞痛逐渐升级。他拿着对讲机颤抖着按下留言键，断断续续地说："花市坊欣南街48号，婚宴现场已经可以确定有爆炸物，我……尚未找到爆炸物所在……"

苏回从侧面的落地窗看向窗外，已经看到了几名冲过来的警员，为首的是刑侦三队的队长常雨。刑警们的赶来并没有让苏回感到如释重负，反倒让他的心里越发不安起来。

在那个瞬间，苏回的目光穿透了人群，忽然愣住了。马路的对面站着一个人，直视着餐厅，冷冷地旁观着这一切。

苏回忽然想起了之前那个诡异的电话……也许，这才是整个陷阱的最后一步。他们被步步深诱，就算是破解了谜题，最终也没有办法改变结局……

身旁传来轰然巨响。

爆炸震碎了餐厅中所有的窗户，引起了连锁反应，后厨燃起了一片大火。前一秒还完好的婚宴现场，瞬时变得满目疮痍。包裹着火焰的气浪把苏回整个人都推了出去，烧灼着他的每一寸皮肤，飞溅的石块撕开血肉进入他的身体。他痛苦地大口吐出鲜血，感觉自己身处于炼狱之中。

耳边是巨大的爆炸声。有一瞬间，他什么也听不清，嗡鸣深入脑髓，整个世界都在不停地震颤。有人在惨叫，有人在哭着。爆炸、重伤，他觉得自己似乎是被撕裂了，只剩下了剧痛……

整个状态持续了很久。苏回不断地提醒自己，这是一场梦，一场关于他的过去的梦。

在过去的很长一段时间里，他的记忆是模糊的，甚至遗漏了关于爆炸案的很多的细节。那个电话，那个站在门外的神秘身影，他直到现在才记了起来。

细沙案没有结束……

梦里的一切那么真切，仿佛是爆炸现场的重现，可是现在他像是失去了身体的控制权，怎么也醒不过来。

苏回感觉自己昏昏沉沉的，浑身是血地躺在地上，四周有一些人围拢过来。他的眼睛看不清，耳朵也只能听到一些断断续续、模模糊糊的声音，所有的感觉只剩下了疼。

有一个人似乎靠近了他，用手帮忙按着他身上的伤口。苏回不知道自己哪里来了力气，忽然伸手抓住了那只手："能不能……能不能帮我发个信息？"

过了片刻，那个人似乎是摸到了他的手机，随后低伏下身，凑在他的耳边。那是一个温柔、年轻的女人的声音："我找到你的手机了，你说吧，要发什么？"

意识似乎快要失去了，苏回觉得身体像是要撕裂一般地痛，他感觉自己快要死去了。

"发给我的爸爸妈妈……说，我爱他们……还有……"他断断续续地说着，"还有，发给陆俊迟。就说……对不起，我们不能见面了。"

这一次，他终于想起了那个名字——陆俊迟。

在画面外看着的苏回忽然感觉脑中剧痛。这一刹那，他似乎终于能够从这个梦境之中挣扎出来，所有模糊的记忆都清晰地浮于脑海内，甚至连同车厢挤压时从陆俊迟额角滴落的鲜血、眼中的痛苦和无悔的决定都无比清晰。

苏回终于明白过来为什么他每次吃陆俊迟的糖时都有一种莫名的熟悉感，为什么他乐于听陆俊迟说话，为什么他有时候在书桌前抬起头看到陆俊迟时就会觉得很安心。这道在最危险的时刻依旧保护他的身影，和记忆中一直在寻觅的身影终于重叠在了一起。

他找到了。那个让他欣赏，让他敬佩，总是包容他、鼓励他，会做一手好菜，和他彻夜畅谈、说崇拜他的人，原来一直都在他的身边。

原来，是他忘记了。

原来，是他失约了……

苏回终于睁开了双眼。

这次是在医院里，他的眼前却模模糊糊的，耳朵也像是浸了水。他努力想要坐起身来，可是身体是僵硬的、麻木的，根本就动不了。病房里没有人，他转头发现手的不远处有个呼叫铃，于是用尽全身的力气，抬起手指按了按。

有护士进来一看，就激动地道："10床的患者醒了。"

"啊，之前已经昏迷了半个月了，终于醒过来了？"

"快，快叫医生。"

苏回觉得自己像在观看一部影片，冷漠地在自己的身体里观察着周遭的一切。似乎有什么东西遮盖住了他的双眼，仅仅能够从缝隙之中看清外面的世界。

爆炸在他的身上留下了各种丑陋的伤疤，也留下了无法逆转的后遗症。可能是爆炸时伤到了大脑，他经常感觉到眩晕和头疼。断掉的肋骨插入了肺部，因此他被切除了一部分肺叶，就算昏迷了半个月，伤口也没有完全愈合，呼吸得深一些依然会觉得胸口像是有刀子在割一样，总是咳嗽着，有时候会吐血。

苏回看到陶李芝走了进来。他看不清楚她的脸，仅能够通过感觉和声音判断是她。

陶李芝坐在床头的椅子上，先是长长地叹了一口气，然后说："苏回，你终于醒了……"

苏回道了一声谢，问她："我昏迷了多久？"自己的声音听起来十分陌生。

"现在距离爆炸发生已经过了半个月，在案发后，谭局提出要对你进行保护，在各种名单上抹去了你的名字，又把你转到这里的特护病房进行医治……"

"解秋呢？"苏回又问。

陶李芝道："他死了。他在爆炸之中被砸伤了头部，抢救无效死亡。常队……牺牲了。"

"我的手机呢？"苏回问，他的脑子里还是混沌一片，却觉得事情有些不正常。爸爸呢？妈妈呢？为什么他们都不在他的身边。

"爆炸后的现场非常混乱，你的手机丢失了……还有个不太好的消息要告诉你……"陶李芝低着头说，"你的病情曾经出现了一次恶化，那天……你的父母在赶过来的路上，遇到了车祸……"

"他们，不在了吗？"

一瞬间，苏回的手在被子下紧紧攥住了床单。此时他不只是脑子混沌，更是感觉自己跌到了谷底，每一寸的骨头和血肉都摔得粉碎，像是一面镜子一样被摔得四分五裂。悲伤来得太过突然，他的身体已不知作何反应。

苏回靠着枕头，愣愣地坐在病床上。现在是夏末，没有开空调，可是他却觉得寒冷，冷到牙齿触碰发出轻响，身体打着冷战。他眼睁睁地看着自己的世界里所剩的残垣断壁被火焰焚烧殆尽，一点一点崩塌、破碎，最后只剩下灰烬。那些真实的情感逐渐消散，似乎是为了保护他不受到更多的伤害，冷漠包裹而来，把他团团围住。那些幸福、荣耀，生命里重要的人、重要的事也开始一个一个剥离出来，逐渐变得模糊起来。

苏回不知道自己是毁灭在那场爆炸之中，还是毁灭在了听到消息的这一刻。无论是事故的后遗症还是人格解体，都牢牢地扼住了他的喉咙……他拼尽了全力，想要从中挣脱出来，却像是溺死在了深海之中。

他好像坠入了另外一层梦境。时间、时空都是错乱的，互相交错着，他像是身处一个巨大的迷宫，找不到出路。那些过往像是生长出来的藤蔓，把他整个人纠缠住了，让他陷入了那些碎片似的记忆之中。

不，不对。苏回猛地清醒过来了。

这应该是之前那起爆炸案发生之后，他刚刚苏醒过来之时。

尽管现在回忆起来依然真实而痛苦，像是一点一点剥开了身上的旧伤疤，但是那些事情早就已经过去了！他清醒地知道，现在他的境况已经完全不同。

如今他听着那些对话，看着那些场景，感觉到心脏在胸腔里不停地跳动。如果可以穿过那些时光，他想提醒两年前的自己："陆俊迟呢？你怎么就能把他忘了呢？"

苏回努力让自己平静下来，一点一点地理清思路。

他现在已经是重案组的顾问，正在和陆俊迟调查一起案件。他们去了一个神秘女人陈雪贤的老家。

事故发生在山崖边的公路上，开车的是陆俊迟。他们遭遇了一场车祸，最后，陆俊迟护住了他，那时他感觉到自己脸上、身上溅到了温热的血液……

陆俊迟呢？他怎样了？现在在哪里？伤得重不重？陆俊迟……他还活着吗？

他记得，陆俊迟对他说，说他记得他……

苏回睁开双眼，大口地呼吸着，呛咳着。他努力想让自己恢复意识，但大脑却不受他控制。过了很久，又好像只是短短的一瞬，世界才终于平静下来。

苏回挣扎着坐了起来。他捂住嘴巴，连声咳着，喉咙里有一股血腥气不断往上涌。

映入眼帘的是一间临时病房，一切终于不是那么模模糊糊的了。虽然他的视力还是受损，但视角却和在梦里完全不同，他好像终于回到了身体里，回到了当下的时间里。

苏回的心脏快速跳动着。不是做梦了，他终于从那个梦里挣脱出来了！

原来是他自己主动把所有幸福、快乐的记忆尘封了，包括那个人……

那两年之中，他失去了所有可感知的情绪，仿佛整个世界都与他无关。因为他再也不想经历那种痛苦了。可是现在，一切已经过去了，冰雪消融，像是身体里有什么东西复苏了。

苏回侧身从床上坐了起来。他的身上没有什么外伤，脚好像是扭到了，一触地就有点痛，还好，可以忍受。除了有点头晕，脚腕有点疼，呼吸有些不畅之外，并没有哪里难受得太过明显。他的手杖之前在车上，现在不知道到哪里去了。

有个小护士过来想要扶他："哎，这位患者，你小心点……"

苏回咳了几声，急忙问："和我一起送来的那个人呢？他现在在哪里？"

小护士似乎并不知情，转头问一旁的护士长："是急诊室里那个吗？"

"哪一个啊？"一旁有人问。这些护士、医生也是临时分配的任务，并不清楚具体的情况。

"好像刚才有人没有抢救过来，不会是……"有个声音说道。

苏回听到这，双眼猛然睁大，跌跌撞撞地就往急诊室的方向走去。他不信，他不信会等到这种结局。他固执得想要亲眼看看，不想放掉一丝一毫的希望。但急诊室的门是关着的，他忽然不知道自己想要往哪里走，去哪里找那个人，也不知道谁会知道具体的情况。

他忽然感到害怕了，害怕那个护士说的是真的。他站在嘈杂的走廊里，失约的自责感把他淹没，这一瞬间，他感觉自己迷失了方向。

"让一下，让一下……"有人推着一张床走过来，床上是一个盖着白布的死人，准备运送到太平间去，白布下透出片片血迹。

苏回的腿都在颤抖。他扶住墙，捂住嘴巴不停地咳着。血腥的味道让他害怕，紧张得想吐。

如果陆俊迟死了……

他想也不敢想这件事，他没有力气拉开白色的单子。苏回意识到，自己可能会再

次回到那冰封之地。

忽然，苏回模模糊糊地听到一个熟悉的声音，那个声音在急切地问："我朋友的手机打不通，你能不能帮我确认一下……"

"不行。你现在还不能动，头部的伤口刚缝合完……"

苏回回过头来。穿过人群，他看到了陆俊迟。就在此时，陆俊迟也抬起头，看向了他。

四目相对间，苏回感到心脏仿佛被手用力攥住，呼吸一窒，仿佛感受到了心脏撕裂一般的痛。可他知道，那是撑破血肉的新生。

太好了！太好了！他还活着。

望着急诊手术后观察室中的那个身影良久，苏回才从呆滞的状态中挣脱出来。他颤抖着向着这个方向走过去，仿佛跨越了生死，跨越了两年的时光。

苏回进入临时观察室，小护士识趣地把帘子拉了一下，留下他们两个人独处。

"我没大事，你不要担心……"陆俊迟看苏回的脸色苍白，问他，"你没受伤吧？"

听到梦中的声音在耳畔响起，苏回的眼泪直直地掉了下来。他凑过去坐在床边，紧紧地攥住了陆俊迟的袖子，仿佛失而复得，也仿佛在害怕再一次失去或忘却。

陆俊迟不知道苏回怎么了。记忆里的他就算有难过的时候也好像从未哭过，更没有哭得这么伤心过，再不复以往的淡漠，脆弱得像一碰就会碎了。

恍惚间，苏回想起了在车上时，车身震颤猛烈，陆俊迟紧紧地护住了他。温热的血液从陆俊迟的眉骨滑落，溅在了他眼尾那颗泪痣上。他曾经听人说，眼尾有泪痣的人其实是上辈子欠了别人一滴泪，今生要偿还的。

眼泪从眼角滑落，苏回闭上眼睛，颤抖着声音道："陆俊迟，你没事真的是太好了——"

"对不起。我让你等了两年。"

陆俊迟的身体蓦然一颤。这话中的深意让他无可避免地想起了从前，记忆里的那个人用着截然相反的语气说着"回来就见面"，就这样，跨越了两年的时空。

在这一瞬间，他终于确认了，眼前的人就是诗人。

苏回感觉到床单上的手在轻微发抖，耳边响起的声音有着微不可察的颤抖："没关系。"

两年的失约，最后的舍命相护，以及漫长可期的未来。

心里头仿佛有什么看不见的屏障随着这一句话轰然倒塌，那些冰冷的麻木、无动于衷都离他远去，像火焰融化了冰层，新芽从冻土中破出。直到此时，苏回才意识到，把自己关起来并不能让那些伤口尽快愈合，是陆俊迟一直将炽热的温度传递给他，把他逐渐拉回了这个世界。

他……终于触碰到了这个真实而喧嚣的世界。

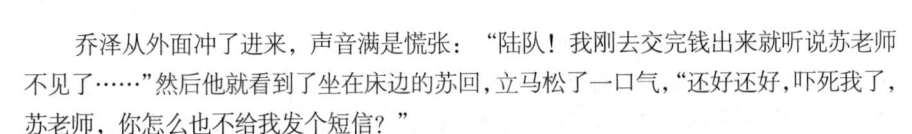

乔泽从外面冲了进来，声音满是慌张："陆队！我刚去交完钱出来就听说苏老师不见了……"然后他就看到了坐在床边的苏回，立马松了一口气，"还好还好，吓死我了，苏老师，你怎么也不给我发个短信？"

苏回侧身抹去了眼角的泪痕，轻咳了两声说："我的手机没电了。"

陆俊迟帮苏回解释："他刚醒来就过来找我了。"

乔泽这才觉得氛围有点不对："那个，陆队，苏老师，你们在聊正事吗？我手续都办完了，你们继续聊。"

苏回说："没事，我们说得差不多了，你过来坐吧……"

陆俊迟问："事故后来是怎么处理的？"

乔泽解释："你们的车后来出了监控的范围，把我吓死了，我连忙报了警，叫了救护车。是大巴车上的人把你们救下来的，救护车来了就送到了这里，你们的那辆车后来也用吊车运下来了。"

陆俊迟的骨头和内脏都没事。撞车发生的一瞬间，他挡在苏回的身前，那时正好有一根树枝插入了驾驶室，让他的头缝了几针。而这个动作也无意之中救了他。如果当时他没有那么做，他的胸口可能会被树枝贯穿。

陆俊迟又问："傅云初呢？找到了吗？"

"傅云初的那辆车坠入了山崖，已经确认死亡。另外一辆车的司机弃车逃了，车上也没有留下什么痕迹。我查了道路上的监控，只看到是一个身形模糊的高个男人……"

陆俊迟又问了一些细节的问题，比如傅云初有没有带着手机，能不能查到他最近这段时间住在哪里，那辆车有没有行驶记录之类的。逃犯出现本身就是大事，现在又袭警，差点出了伤亡事故。由于事情发生在新县和华都的交接处，只怕还需要和当地的警方一起进行一系列的调查。而且，他们还不清楚傅云初忽然出现是他的个人行为还是有人背后预谋的。他的那个同伙会是谁？他们又是怎么知道警察的行踪的？

听着他们的对话，苏回微微皱了眉头，低头思索着整件事……

等陆俊迟过了一个小时的观察期，楼上的病房也已经准备好了，乔泽专门从医院借了个轮椅，准备把他这个"重伤患者"推上楼去。

陆俊迟刚刚和苏回相认，整个人都还亢奋着，麻药劲儿还没过，完全感觉不到伤口的疼："我伤的是头，腿还没残废呢？干吗这么麻烦？"说完还翻身下了床。

"哎！陆队，你小心啊……"乔泽喊着在后面推着轮椅，发现自己完全跟不上陆俊迟的速度，"等等我……"

陆俊迟穿着病号服，一点儿也看不出来像是伤员的样子。

等到了病房，苏回才觉得熟悉了起来——原来这里是他们常去的华都第一人民医院。虽然他们伤得不算重，但是还需要住院观察两天。

苏回想要去买点住院需要的毛巾、牙刷一类，乔泽拦住他道："苏老师，我就是

来伺候人的,需要什么我去买就行。"

苏回放松下来,顿时觉得脚扭得有点疼。于是这个曾经把医院住成了半个家的人坐在病床上,轻车熟路地指挥道:"牙刷、杯子、毛巾,还要纸巾和矿泉水。我的手机没电了,最好能从一楼租个充电宝。"

这边刚安顿好,病房里的电话铃忽然响了,苏回这才发现靠近中间的小柜子上有个电话。他刚接起来,黄医生的声音就从听筒里传来:"喂,是苏回吗?你到病房了吧?我想和你聊一下今天你的检查结果,就是今天患者多,我有点抽不开身,等下还要开个会,你现在能过来一下吗?"

苏回有点紧张。他抬起头来看了一眼陆俊迟,故作镇静地道:"没事,我等会儿去你的办公室找你吧。"

"我的办公室你知道的,就在七楼病房区,那等下见吧。"

苏回挂了电话,陆俊迟抬头看他:"有事情吗?"

苏回解释:"黄主任找我,我去一下,一会儿就回来,你好好休息吧。"

"我陪你去吧。"陆俊迟有点不放心。

苏回拒绝道:"你才是伤员啊,怎么能跟着我跑上跑下,万一有医生过来检查怎么办?你还是留在这里吧,真不是什么大事!"说着就出了病房的门。

出来后,苏回才发现走廊里似乎有很多人,此时他没有手杖,有点不习惯,又看不清,也听不清,只能摸索着走。

刚走出去一段,他就又被人拉住了。一转头,果然是陆俊迟追了上来。

陆俊迟解释道:"我还是不放心你。不方便听的话,我就在外面等你。"

苏回觉得心头一暖,开口说:"没有什么不方便听的,你都陪我看几次病了。走吧,黄主任的办公室在七楼。"

进了黄主任的办公室以后,黄主任拿出几张片子,对他说:"苏老师,这次车祸没有给你造成什么外伤。我对比了上次和这次检查的片子,发现你肺部之前切除的地方又有一些反复感染的迹象,这两天会进行输液治疗,也会再开点药,此外还有并发的肺功能减退……你还会偶尔咯血吗?"

苏回咳了几声:"只是偶尔。"

"气促、憋气感还有吗?"

苏回想了一下:"有一些。会胸闷,深呼吸时会胸痛。"

"注意不要剧烈运动,但是要坚持适度的运动,比如散步。"

陆俊迟在一旁问:"除了吃药,坚持散步运动,还有什么方法可以让他的身体好一些?"

黄主任道:"这个……还是多温补,像现在是秋天,多煮点冰糖梨水,也是养肺的。"

陆俊迟一一记了下来。

黄主任又问苏回:"还有,你的听力和视力如何?"

苏回如实说："还好……"

黄主任取出一个东西，在他的右耳旁晃动了一下："能够听到吗？"苏回点了点头。他听到了嗡的一声，感觉和过去没有什么太多的变化。黄主任又指着视力表给他查了下视力，照例还是只能看清最上面一个。

都检查完了，黄主任这才道："刚才脑部的专家过来会诊，可能是因为撞击，对比头部CT发现，你脑内旧伤之前留下的血块的位置发生了一些变化。"

陆俊迟在一旁有点紧张地问："会进一步影响听觉和视觉吗？"

"现在还不清楚，没有结论。"黄主任道，"苏老师，你要随时关注病情的变化。"

然后他开导苏回和陆俊迟："我看着血块的体积有所减小，也许是在往好的方向发展。听力损伤是不可逆的，但是视觉神经和记忆力还有恢复的可能，可能视力会有所提升，也会想起一些事情，但是大脑的事情，谁也说不清楚……"

听了这样的解释，陆俊迟似乎才松了一口气。

苏回道："我目前还没有感觉到什么不适，之后会注意身体，有问题的话再来麻烦您……"

在和黄主任对话之前，苏回是有点忐忑不安的，不想去面对不好的消息，可是现在他释然了很多。这些消息对他来说，不算是什么坏消息，而且他忽然发现，现在的他和过去不太一样了，因为他的身边，站了一个能够给他带来力量的人。他想要活下去，他会全力以赴地和这些病痛做斗争。

黄主任看了看苏回道："我听说你们发生了车祸时还很担心，现在看，你的精神还不错，有时候心情也能够影响身体的健康状况。"

苏回礼貌地道："谢谢黄主任。"

他们和黄主任聊完了以后出来，回了病房，不知道是不是错觉，苏回觉得视线都清晰了一些。

陆俊迟随后给家里拨了个电话，和父母都聊了几句。有家人在关心他，这一刻，他好像是世界上最幸福的人……

他们这边处理完，乔泽正好回来了，大包小包的，还帮他们买了点零食和牛奶。

"那个什么，我去看看给你们买点什么吃的，也快到要吃晚饭的时间了。"乔泽说完又去给他们定了晚餐。三个人吃完了，陆俊迟看也没什么需要照顾的，让乔泽先回去了。

等乔泽一走，整个病房安静了下来，现在已经过了探视时间，除了夜间的值班医生，没有什么人出入。

洗漱以后，两个人都躺在了床上。陆俊迟侧转身，看向苏回的方向。他们之间好像有很多的话题可以聊，他想问苏回之前遇到了怎样的事故，也想问他这两年过得好不好。可是现在陆俊迟不着急——憧憬的诗人已经在他的身边，在苏回愿意开口的时候，苏回一定会告诉他的。

苏回的目光看向天花板。事到如今，他终于有时间去复盘很多事情，想清楚很多事情。一个个人，一件件事在他的脑海里闪过，他的思路逐渐清晰起来。

苏回沉思了一会儿，忽然开口说道："陆俊迟，我好像记起来一些事了。"

只开了夜灯的病房内，苏回的声音沙哑而清晰："当年的事情，你应该也查到了一些吧，就是关于细沙爆炸案的。"

陆俊迟"嗯"了一声。他伤口的麻药已经过了，开始隐隐作痛。为了不压到伤口，也方便说话，他用没有受伤的一侧垫着枕头看向苏回。

"那时候，我一直在做那个案件的侧写，却逐渐步入陷阱。"说到这里，苏回的目光闪动。

那是他心里的痛处，是他最惨烈的失败……

陆俊迟望着苏回，安静地听着。

躺在病床上，苏回的思路却无比清晰。他停顿了一下继续说道："虽然那个名叫解秋的男人已经死在了案发现场，可是我现在回想起来，这个案子里，有一些爆炸并不是解秋做的，还有幕后的人，也没找到。"

苏回声音沙哑，脸色平静地向陆俊迟简述了最后那次爆炸的过程，夜灯映照下，他的整个侧脸陷入了白色的枕头之中，显得没有血色。

陆俊迟听着，却感觉自己的心脏像是被什么捏紧了，眼眶也热热的，忍不住攥紧了手指。他知道苏回身上有旧伤，那样的痛可能比他现在身上的还要痛千倍万倍。苏回还曾经和他提到过，他的父母是在那段时间去世的……

陆俊迟什么也没说，此时，任何安慰的话，似乎都是苍白的、不合时宜的。

细沙案成了苏回的梦魇。尽管今天的那个梦中，一切都那么清晰，但他的心里有很多事情不能确定，因为他不知道那是他车祸后出现的幻觉，还是复苏的记忆。

这个案件，是一道他没有交出完美答案的题目。

谭局当时反复安慰他说，事情最后的结果并不是他想要造成的，没有人会怪他，可是苏回依然感觉自己愧对那些死去的人。两年过去了，他努力不去回想这一切，可是那些黑暗如影随形。

如果那一切是真的，不是他的幻觉，那隔着一条街的遥遥一望，那个仿佛是死神一般映入了他眼中的人，会是谁呢？

苏回忽然又想起了什么，开口道："我忽然觉得，这些事……细沙案，还有最近的一些事，可能和我在失忆前所查的案子，是有关系的……"

陆俊迟问："那是什么案子？"

苏回皱了一下眉头："我只是有点模糊的印象，但是想不起来具体的事情了，等回头出院，我要去查一下……"他停顿了一下又说，"我好像是在那时候见过陈雪贤的……"

陆俊迟道："你别着急，慢慢想，我也会陪着你，一起把这些都查清楚。"

听着陆俊迟的话，苏回感觉自己被注入了一些力量。他继续说："当时月光离开了总局，我又重伤，所以很多人把细沙案的失败归咎于行为分析组。在这样的情况下，行为分析组被迫解散。然后谭局给了我一个漫长的恢复期，把我调去了华都警官学院……现在一切都过去了。"

苏回低下头停顿了一下："我之前失去了部分记忆，很多相关的事情想不起来。可是今天，我忽然想起了一些。"他整理了一下思路，紧接着把那些诡异的事一件一件细数出来。

"我在杨雨晴的诊所电梯里，曾经碰到过一个可能在当初的爆炸现场出现过的人，很可能是解秋的同伙，此前从来没出现过。在覃永辰的那个案子里，覃永辰最后叫了我的代号'诗人'，因为当时我的身份还在保密，所以我连你也没有说。后来，当我和安郁辞在密室里谈话时，安郁辞也和我提到了我的身份。"

陆俊迟听到这里忍不住支起了身体："关于这些事，你有找到确定的证据吗？"

苏回摇了摇头："就是没有证据才难以处理。诡异的还有傅云初之前的出逃、如今的暗算……这半年内，华都忽然出现这么多的连环杀手，我觉得这是不合常理的，也许这些事情之间有联系，只是我还没有找到。"

苏回说到这里，停住了，又想到了傅云初和陈雪贤的关系。他还不能判断出，陈雪贤是否也是受人蛊惑才做的那些事。他甚至不确定，对连环杀手的引导，是否真的能够让那些人开启疯狂杀戮？可是如果不是有人在引导那些凶手，这些事又该如何解释？那些人，那么多凶手，他们的共同点在哪里？

陆俊迟问："你准备和谭局说吗？"

苏回沉思了片刻点了点头："等出院以后，我会给他打个电话，说明一些情况。"

陆俊迟沉默了下来，他也意识到了这些事的严重性。

晚上睡觉的时候，苏回有点认床，迷迷糊糊，一直没有睡着。在半睡半醒之间，一个念头忽然出现了他的脑海之中。关于细沙一案，如果说，他们看到的，是别人想让他们看到的呢……

他们手头上的所有证据和表征有可能都是经过布置的，里面有很多误导他们的细节。否则要怎么解释，凶手的犯案会呈现如此混乱的特征？有没有可能，那几次爆炸，是有人在后面排兵布阵，导致当年他和月光被那些表征打乱了心绪，让凶手有可乘之机？

如果真的是这样的话，那就说明，对方有可能是在针对他们这些侧写师。有人在利用心理侧写师们可能推导出的答案，故意扰乱警方的视线。他们的推断可能建立在了一栋摇摇欲坠的海市蜃楼之上……

那么在那些现场之中，推论不可信，结局也不可信。

但对方是用怎样的方式做到这一点的呢？

夜里，苏回躺在病床上，脑中像是有一幅拼图在不断地变换着模样。但这一瞬间，苏回突然觉得自己面前仿佛不再是凌乱的拼图，而是一整片完整的图案，他的手里则握着可以随意分割图形的刀……他必须从拼图者，转换成制作拼图的人，才能够先发制人。

两个人在医院里住了两天，终于可以出院了。

家里的床还是比医院的床舒服多了。前几晚，陆俊迟因为头上的伤口疼，一直没睡好，今天难得地睡到了10点多，不过还是被厨房里苏回的咳嗽声吵醒了。他可以听出苏回在努力地把咳嗽声压得很低，但越是这样，他听起来越是心疼。

陆俊迟起身，看到苏回在厨房里手忙脚乱地忙碌着，炉子上架着一锅汤，已经滚开了，咕噜咕噜地往外溅着水。他急忙走过去，把火关小了。

苏回略带歉意地说："把你吵醒了吗？"

陆俊迟问："你想喝汤吗？其实可以和我说……"

苏回抬起头来看向他："我是觉得你之前的伤还没好，想要帮你熬点汤补补……"

听了苏回的话，陆俊迟觉得胸口暖极了："我的伤早就没事了啊。"然后他看了看锅里，里面煮的是排骨，一旁的案板上，切好了白萝卜和玉米。锅里的排骨已经浮起了一层血沫。

陆俊迟看了看，问苏回："你焯水了吗？"

苏回有些迷茫："这水刚烧开，什么是……焯水？"

苏回基本没有做过饭，仅处于会煮鸡蛋的水平。他对烹饪一窍不通，之前也就看陆俊迟做过。在他的观察下，觉得只是把肉放在锅里煮就可以了。可是实际操作起来，原来比他想象得复杂得多。

看着苏回的反应，陆俊迟就知道还没进行到这一步。

"肉一煮就会有杂质浮出来，这些杂质包括血水和骨头碎块，需要去掉，所以熬汤的时候，需要让肉在水里过一遍，冲去浮沫……汤里面还可以放一点去腥的料酒和姜片。"陆俊迟解释着，拿出了一个汤锅迅速倒了热水，切了姜片，然后用笊篱把锅里的排骨捞出来，放了进去。

苏回道："我学会了，下次我会注意的，下次我上网搜下再做。"然后他催陆俊迟，"你去洗漱吧，先吃点面包什么的，我看着锅就可以了。"

陆俊迟这才去洗了脸刷了牙，顺便去取了快递回来。苏回的手杖在车祸时丢失了，他帮着买了个新的回来，准备送给他。等陆俊迟回来，苏回还乖乖地站在厨房里，看着眼前的锅。放入热水的锅又开了，现在的浮沫已经没有很多，但是还是有少量浮了起来。

陆俊迟说："你看，焯过水的排骨，就没有那么多的沫子了，这个时候只要用勺子把浮沫撇出去就好了。"

苏回用手握住了汤勺，却有点犹豫，没有动作，他的上半身往前倾去，观察着锅里的情况。在这个时刻，陆俊迟才忽然意识到，苏回是看不清的，这些普通人随随便便就可以做到的事情，对于苏回来说，已经是很困难的事情了。

苏回还没看清那些浮沫的位置，他的手就忽然一暖，被陆俊迟抓住了。

陆俊迟握着他的手，熟练地在汤锅的边缘划过，绕了一个圈，所有的浮沫就瞬间被撇了出去，汤一下子变得清亮了起来。排骨浮出几朵油花，漂浮在汤上。

一时厨房里很安静，两只猫没有在这边，只能听到锅里发出咕嘟咕嘟的声音。

在这之前，他们一直是忙碌的。医院里人多眼杂，一直有很多人探视，直到此时，他们才是暂时歇了下来。他们经历过生死，那些相互的寻找和试探，终于变为了此刻的安定。

静静地享受了一会儿这片刻的宁静，苏回回过神来："我刚才给谭局打过电话了，还有，我找到了一些东西，想给你听下。"

他来到电脑前，打开了笔记本电脑，进入一个软件。

"以前我会把我的资料定期上传到云端，最近在翻找过去的资料时，我发现了一段录音，但这件事不在我的记忆里。录音的录制时间，正好是在两年前的事故发生前。"苏回说着，按下了播放键，扬声器里传来了沙沙的声音。

苏回的声音传来："你能够记得，其中那个人的具体样貌吗？"

一个女人的声音道："我记不清了，关于每个人的记忆都特别模糊，我只能认出来一些在那里见过的人……"

"你为什么一直没有报警？"

"报警没有用的，他们之中，有的就是警方的人，我真的只能相信你了。"

"那你能不能把你知道的人写个名单给我？"

"我……试试吧……如果写出名单，我会联系你的。"

录音只有短短的几句话。陆俊迟听着女人的声音，觉得无比耳熟："这个女人是……"

苏回抬起头回答他："应该就是陈雪贤。"

陆俊迟的眉头皱得更紧了。

苏回按着太阳穴说："至于她为什么来找我，那里是哪里，那些人是谁，那份名单是关于什么的，我都还没有想起来。我能够找到的东西只有这么多，这件事，还是从长计议吧。"这又是一个零散的碎片，像是一片拼图，信息还不完整。

到了下午，外面开始下雨，现在已经是初秋，这场秋雨让整个城市的温度都降了下来。开始的时候，雨下得非常大，就像是瓢泼的一般，不停地打在窗户上。整个天空都是灰黑色的，还有隐隐的雷声，伴随着闪电，明明是下午时分却像是晚上一般。

今天是难得的假期，中午剩的饭菜还够多，也不用再做，两个人都没有出去。

陆俊迟把两只猫的猫砂换了，家里的卫生收拾完，又给它们喂了点冻干零食，惹得亚里士多德一直追着他叫。海明威则对冻干零食不感兴趣，一直跟着苏回。

苏回走动的时候，猫猫会跟在他的脚边，他坐下来，猫猫就跳到他的身上，他看手机，猫猫就会从他的手下面顶出来，一副在和手机吃醋的样子，那表情似乎在说，你为什么在看手机不看我。苏回被它闹得没办法，伸手摸了摸海明威背上的毛，放下手机把它抱住。

就在这时，陆俊迟的手机"叮"地响了一声——陆俊迟是从来不关手机的，怕有新案子。

苏回看陆俊迟的表情很严肃，问道："有事情吗？"

陆俊迟摇摇头："没什么大事，就是之前我们出车祸的时候，放在后备厢里面的那一箱子证物损毁了一些，剩下的小夏那边都整理了，现在扫描存档发到了我的邮箱。"

苏回"嗯"了一声。他还记得那一箱东西，其中有相册，还有那张傅云初的画。

陆俊迟打开了电脑，很快把东西下载下来。他随手点开了那些照片，一张一张往后翻去，这些都是陈雪贤小时候的。忽然，他手一顿，然后抱着电脑去了卧室。

"你看看这张照片。"

苏回直起身体，眯了一下眼睛才看清。那是一张老旧的照片，几乎脱色，是一个男人拉着一个小女孩照的。小女孩只有几岁的样子，看得出是陈雪贤，而那个男人显然就是陈雪贤那个酗酒早死的爹。这是难得的一张合影，陆俊迟的手指指着照片的后面，苏回聚精会神地看去，那里有个竖着的老式标识，被遮挡了部分，在上面依稀可以辨认出几个字："312……研究院。"

苏回仔细看着，轻声道："我没有听说过这个研究机构。"

随后陆俊迟又打开了电脑搜索了一下，并没有找到这个312研究院。

"有点奇怪，我这里没有搜到……"陆俊迟道。无论是搜索引擎、地图还是工商信息，一概全无。现在大部分的东西都可以在网络上查到，这种完全看不到的十分少见。陆俊迟怕自己是想多了，那只是一张普通的照片，牌子上的其他字被遮挡了，看不清楚，也会对搜索不利。

"那时候陈雪贤太小了，不能确定和我们现在的案子有没有关系。"苏回轻声道，他实在是想不到，一个幼童身上发生过什么事能够导致后来的结果，但是他停顿了片刻又说，"你把这张照片也发我一份吧。"

陆俊迟"嗯"了一声，把照片发给了他。

第五卷

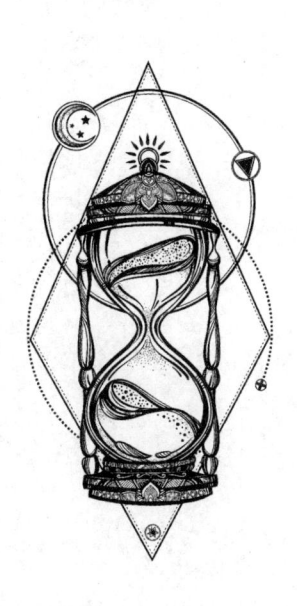

流沙迷局

第62章
流沙

　　卑鄙与伟大，恶毒与善良，仇恨与热爱，是可以互不排斥地并存在同一颗心里的。

——毛姆

　　城市里，这是一个让人昏昏欲睡的下午，一切看起来和往日并没有什么不同。
　　一辆104公交车摇晃着驶出了站台。这条线站与站之间相隔很远，虽然已经是午后，但是人流并不见少，公交车上依然有些拥挤。
　　车里有些过分安静了。
　　一位中年男人悄悄换了位置，靠到了一个年轻女孩的边上。女孩穿了一件白色风衣式的连衣裙，低着头，正在神情专注地听着音乐，完全没有注意到身边人的举动。中年男人默默地凑近了女孩，像是在靠近一只猎物。直到两个人挨得很近，近到可以听到彼此的呼吸，他便借着车身的一个晃动，贴在了女孩的身后……
　　忽然被陌生男人靠过来，女孩愣了一下，有些惊异地回头看了一眼。但男人似乎全不在意，淡定地回望向她，目光贪婪地看着少女的脸……这样的视线让女孩一下子明白过来，这个男人是故意的！
　　女孩慌不择路，踩了一位大妈的脚，那位大妈冲着她抱怨了一句："没长眼睛啊！"
　　"对不起，对不起……"女孩挽了一下耳边的头发，低头道歉着，眼泪在眼眶里打着转。看了看那个男人，刚才还在耀武扬威的大妈闭嘴了，转过头去，装作什么也没有看到。
　　身后的中年男人又跟了上来……女孩这次没有选择沉默，而是鼓起勇气，颤抖着声音问了一声："你干吗？"
　　中年男人根本没有回答她，就那么站在她的身后，看着她，沉重地呼吸着。她往前走一步，他就跟着走一步，就像是一缕阴魂。车上所有人都看到了这一幕，但他们低垂了头，继续自己的事。
　　"你再靠近我，我就报警了！"女孩拿出手机，威胁着。男人不说话，也没有退后，一双眼睛直勾勾看着她。

有人终于按捺不住："要吵架你们下去吵去！"

"就是！赶时间呢！"

一对年轻的情侣之中的女孩子按捺不住，想要起身，身边的男生拉了一下她的手，小声说："不要多事，万一他有刀呢？"

女孩的脸色变得苍白起来。

司机看到这里，有点无奈地按了个提示音——"车辆转弯，请乘客拉好扶好。"

这样的事情在公交车上太常见了，偷窃的、好色的，抓也抓不尽。那个男人他见到过，是个惯犯，要一路坐到终点站附近的。就算报了警，过不了两天那个男人还会出现在公交车上。听说这个男人还有什么精神病证明，那个女孩今天的运气实在是不好。

女孩转过头，看着一车的人，目光复杂，一种恶心感涌了上来。这种恶心不光来自于旁边的男人，还源于这些人的冷漠。

车一到站，女孩就忍无可忍地逃下了车，而那个中年男人转过头，在人群之中继续物色着自己的下一个猎物……

公交车驶入了一段地下隧道，一切终于安静了下来。这是华都市区中较长的一段隧道，跨越了华都西边最宽的一个湖，长约4公里，开过去需要至少10分钟。四周虽然有车辆穿梭而过，可是一切却显得非常安静，像是与世隔绝。

就在车辆快要驶出隧道时，两辆警车却忽然追了上来，对司机鸣着喇叭。司机有些奇怪，减慢了车速，不知道是出了什么问题。

莫非刚才的女孩报了警？司机有些奇怪地侧头看去。

警车上鸣了警笛，还有人冲着他挥手，似乎是想把车拦停下来。这段隧道不能停车，但司机还是放缓了车速。

这时车里忽然有人问了一声："这是谁的包啊？"

"包？"听到这个字，司机猛地向后看去。他忽然想起前段时间听说的有人投放了定时炸弹的消息，公司最近也下发了通知，说要严查市内所有车辆。

他脸色大变，猛地停下车，伸手按开了车门。

可就在乘客们还来不及逃出去的这一瞬间，车上传来一声巨响，"轰"的一声，以那个包裹为中心，巨大的火光升腾起来。爆炸的威力让整个隧道都在震颤，石块从隧道顶部纷纷坠下，使得公交车失去了控制，向一侧翻倒，撞向了一旁的车辆。

后方的警车当机立断，横向一转，挡在了公交车和其他车辆之间，阻止了更大的伤亡，可那辆警车却一瞬间被卷入了火海之中。

隧道里，烈火熊熊燃烧着，到处都是哭喊声，一时宛如人间地狱。

公交爆炸的消息很快就传遍了整个华都，总局也第一时间收到了这个消息。

事故一共造成4人死亡，多人重伤，重伤人员包括当时正坐在警车司机位置的邢云海。收到这样的消息，谭局一时急火攻心，晕倒在地，被送往医院抢救。

发生了这么大的事，众人都往后缩，几位副局长无人愿意主持大局，于是市里的领导指派了一位姓邹的局长临时接管华都总局的各项工作。

陆俊迟刚刚得到消息，就被叫去开会。

乔泽手里托着平板，急急忙忙地介绍着情况："这次事故和上次发现的炸弹类似，也是被放在公交车上的，只不过这一次发现不及时，引起了爆炸。公安局在事故发生10分钟前接到了一个报警电话，声称在一辆公交车上看到了可疑人员。邢队第一时间想通过公交公司联系司机，可当时司机已经驶入隧道，那里没有信号，所以邢队当机立断，下令对车辆进行拦截，可还是没能赶得及……"后车的行车记录仪完整拍摄了公交车爆炸着火侧翻，与后面的车相撞的整个过程。

陆俊迟开口问道："邢队怎样了？"

乔泽道："目前收到的消息是，这次警员中有4人受伤，其中包括邢队……他因为撞击和烧伤，送往医院的时候已经重度昏迷，至今没有脱离危险。"

"报警电话确认了吗？是谁打过来的。"这件事情非比寻常，在一车人都不明情况的时候，居然有人提前预警，这和两年前的细沙爆炸案的犯案手法几乎是如出一辙。

乔泽急道："电话是从一个火车站旁的公用电话打来的，匿名，没有多说什么就挂断了电话。"

"能不能调出公交上的监控录像？"陆俊迟问。

乔泽道："虽然救援及时，但车身还是被烧毁了，监控录像……难说。"

市局的走廊里十分嘈杂，陆俊迟的眉头皱着。邢云海重伤入院，谭局忽然病倒，案件调查结果也不明朗……现在的情况对警方非常不利。

乔泽又道："刚才物鉴过去了，已经传了图片过来，现场又发现了一些细沙。"每次发生爆炸，物鉴都会小心翼翼地把那些没有被污染的沙留存下来，存于玻璃瓶内。

陆俊迟的脚步一顿，低头看向乔泽平板上的照片，脑海中想着的却是不久前他和邢云海的谈话，还有苏回告诉他的事。

果然是细沙……

是当年那个凶手死而复生？还是他们并未看破真相？

乔泽试探着问："这些资料需要发给苏老师吗？"由于是公安局中高层会议，这次的会议身为顾问的苏回没能参加，他也是因为要做会议记录才赶过来的。他心里有一种预感，这个案子可能会交给重案组。

他们站在会议室外，陆俊迟犹豫了一下，最后沉声道："发给他吧。"如果这件事的确是细沙所为，那么苏回一定也希望能够最先了解到这些情况。

乔泽就等他的这句话了，手指一点一划就发了过去。

苏回正坐在办公室里。他有些紧张，手里紧握着陆俊迟买给他的新手杖。一听说发生了爆炸案，邢云海还重伤了，他便十分焦急地等待着消息。"滴"的一声响让他回了神，传过来的资料中，最后一张图片是在现场发现的细沙照片。

今天发现的沙，颜色介乎于蓝色与绿色之间，那是一种纯净而又深沉的颜色，人们给它冠以了一个好听又恰当的名字——孔雀蓝。

苏回给陆俊迟发了个信息："如果可以的话，我想接下这个案子。"

案发两个小时后，华都总局召开了一场大型会议。

会议室里坐了十几个人，坐在办公桌另一头的就是那位从省里调过来的邹局长。他处理过一些重大案件，有相关的经验，领导也正是看中这一点才让他来临时接手华都总局的。

由于刚发生了突发事件，还更换了领导，会议室里的气氛一时有点压抑。

邹局长首先介绍了一下自己的身份和履历，然后开口道："这次我是被临时调过来处理这一案件的。事先声明一下，我对华都市局的局长位置并没有兴趣，只是按照领导要求临时代理局长这个职位，往后的安排还需要看谭局的身体情况。如果谭局身体康复，尽快复职那是最好的。如果他卧病在床，我也会和上层建议，从总局班底之中选出新的领导。"

听了这话，两位手握实权的金副局和王副局互相对视了一眼。

"现在，细沙案件已经造成了恶劣的社会影响，整个城市进入了紧急状态……我再次强调一下，总局所有刑警必须24小时开机，随时待命。"

邹局下完命令，语气一转："我听说，这次爆炸案和两年前发生的一起细沙爆炸案有关。既然当年的细沙爆炸案还有疑点，当时为什么做结案处理？"

提到细沙爆炸案，在场所有人的脸色都不太好看。这案子不仅案情复杂，凶手作案周期长，犯案次数多，而且阴魂不散。华都总局的破案率一向很高，可这个案子却像是笼罩在华都上空的诅咒。

两年过去，就在所有人都以为可以忘记这个案件时，如今它却又出现了。

专案组的副队邵林还在组员受伤的悲痛之中，而且谭局不在，面对新领导，他有点心里没底，抬头结结巴巴地说："之前细沙爆炸案的主犯的确死在了当场，而且后续很久都没有相关案件发生……这才做了结案处理。关于公交爆炸案和细沙案，我们还在调查之中……目前仅知制作炸弹的原料出现了相似的沙……"

邹局打断了他的话："这其中的问题，是非功过，我们以后再议。现在的关键是我们需要尽快破获案件，查明这一案和细沙爆炸案的切实联系。"

邹局看了看面前的几份人事简历，最后翻到了陆俊迟的那一页，停留了许久，然后抬头道："陆队，这个案子十分重大，还是放在你们重案组吧，之前的专案组成员也归你调配，你接着查下去。"

陆俊迟点头答应了下来。他刚刚收到了苏回发给他的信息，想到了一个词——宿命。有些事情是避让不过的，兜兜转转，终究会与之相遇。

邹局看着陆俊迟又道："陆队，我看了你的履历，知道你的能力不错。这个案件现在关注度很高，我希望侦破这个案件能够有一定时限。"

陆俊迟思考片刻道："我们努力在10天以内有个初步的调查结果……"

邹局神情严肃："3天可以吗？"

在场的众人听了这话都倒吸了一口冷气。这可是一起爆炸大案！3天？就算是不眠不休也不一定能够调查得出来什么结果啊。

陆俊迟一时沉默下来。市里遇到了这样棘手的案件，想要及时破案的心情他是理解的，他比任何人都想要迅速破案。可是有句俗语叫"欲速则不达"，细沙案十分复杂，牵扯众多，这个时间，并不是想压就压得下来的。

看陆俊迟没有答复，邹局缓和了语气又说："那就5天吧，从明天开始算，不能再多了。在我的权限内，你可以调动一切可以调动的资源。复核组那边帮忙整理所有的相关案卷，下午下班前，专案组那边就交接过来。特警那边给你们配备一个拆弹专家专门跟着你们。"

大领导都说到这份上了，陆俊迟只能点了一下头。

其他几个人都对他投来了同情的目光——这是接了一个烫手山芋啊。

邹局话锋一转："另外，我会在技术方面给你们重案组全力支持，也可以给你们介绍有关的犯罪心理侧写专家，共同侦破案件。"

"谢谢邹局。"陆俊迟道了一声谢，却不软不硬地回绝了，"不过，我们队里有自己的顾问，而且十分专业。我们会抓紧时间。"

邹局长听了这话，停顿了一下才点了点头。接下来，邹局又详细询问了目前警员和群众的伤情，叮嘱怎么进行警情通报。他又让刑侦那边的二队、三队，连同几个分局一起严查公交车的安全，所有公交大站安排便衣警察，甚至考虑上车前施行预备安检。

这位领导和谭局的工作作风完全不一样。谭局是个有人情味的老领导，在华都市局这么多年，对这些手下都了解熟悉，一向赏罚分明，也很受属下的爱戴。在会上，谭局并不搞一言堂，经常是发动所有人群策群力，最后再定夺。可是这位新领导明显有着自己的判断，他把所有事情安排了一遍，责任分配得清清楚楚，又给所有人上了一遍发条。

现在的首要任务是查细沙案，其他的案子也不能忽略，警员身上的工作量几乎加了一倍。

散了会，几名警员和陆俊迟一起往外面走。

有位队长脸色阴沉地小声抱怨："想要骡子推磨，也得前面拴个胡萝卜……"其他人也有些不快，但是没敢这么明着表现出来。

齐正阳看到了陆俊迟，对他道："陆队啊，你刚才怎么回绝了邹局的建议呢？我都帮你捏把汗。新官上任三把火，就算你觉得你组里的顾问比领导推荐的还要好，也不要拒绝啊，太不给领导面子了。"

陆俊迟淡定地道："我就是这个意思，而且这是实话。"

齐正阳没想到一向随和的陆俊迟提起这个话题说得这么硬气，赶紧打圆场："虽然苏老师也很可靠，但是远来的和尚会念经。再说了，那是邹局提起的，你可以两个顾问一起用嘛，他们说不定还可以商量一下。万一你过了5天，案子没破了，还可以推推锅……"

陆俊迟道："谢谢齐队，不过我话都这么说了，还是努力查案子吧，说不定赶一赶，时间还是够的呢。"

开完会，陆俊迟并没直接回重案组，而是和邵林他们一起去了专案组那边，此时整个专案组还沉浸在一种悲愤的气氛中。

邵林简单说了一下刚才的会议情况，陆俊迟也接着长话短说道："大家帮帮忙，把关于这一案的所有资料都搬到重案组去。"

几名队员看到陆俊迟接了这个案子，都有些激动，一名队员道："刑队他……"

"医院那边已经联系了省里的专家过来会诊。"陆俊迟拍了拍他的肩膀，安慰道，"这些账我们都记着，会一一清算的。"苏回因细沙案重伤，现在又多了邢云海，他一定会把凶手捉拿归案。

苏回坐在办公室里等着会议的结果。他给陆俊迟发了信息以后一直没有收到他的回信，想了一下，才意识到陆俊迟应该正在开会，是他有点心急了。

苏回低着头沉思着。在汽车爆炸案发生后，他就猜到这一案可能和细沙案有关系，可是他却没有选择接近这个案件——第一次没有爆炸的炸弹让他放松了警惕。

逐渐苏醒的记忆以及和陆俊迟的相认让他放松了下来，他在本能地逃避这一切，甚至寄希望于邢云海能够看破真相。可是他忽略了一点，如果这个案子也是和细沙有关的，两年过去，细沙制作炸弹的技术只会更好，行事也会更加得疯狂和残忍。

是他的逃避，间接造成了现在的后果。他的命运是躲不开的，黑暗终究会席卷过来。而且……他有一种隐隐的感觉，这一切都与他有关。

正想着，苏回就看到几名健壮的刑警就像是搬家一般搬着箱子和白板进入了对面的会议室，紧随其后的是复核组的陶李芝。

他走到会议室门口，看着那张写满了线索的白板——他终于要与躲避已久的命运相遇了。而这次，他们一定会找出这一案隐藏着的真相。

重案组的所有成员都来到了会议室，里面已经堆了满满的箱子。以桌子中线为分界线，左边的是两年前细沙案的资料，右边的则是最新的公交车爆炸案的资料。陆俊迟站在几人面前，简单说了一下刚才开会时的情形。

当说到限时5天时，郑柏直接叫了出来："不会吧？这么复杂的案子，只有5天？"其他的几人也皱起了眉头。

苏回却用手指摩挲着手杖说："5天不算短了，这一次凶手的犯案时间已经不再遵守10天为期的规律，他可能会在3~5天内再次犯案。"

领导给的期限并不是悬在他们头上的剑，真正急迫的是要在凶手下次犯案前阻止他的罪行。

陆俊迟的目光落在苏回身上。苏回抬起头，也冲着陆俊迟点了一下。时间十分紧张，他们必须全力以赴，在这有限的时间里，找到破局之处。

陆俊迟收回了目光，继续说道："细沙案的详细资料都在这里了。今天大家必须加班把这个案件的卷宗全部看一遍，充分了解案情。"说到这里，他微微停顿了一下，又继续说道，"现在距离下班还有一段时间。夏明晰，你进行资料汇总，郑柏，你和乔泽去案发现场再看一下，曲明，你去和各组交接，了解清楚所有情况。邢队组里的人也供我们调遣，你带着邵林一起。"

几名组员纷纷点头。

一般的破案有几个步骤。第一，案发现场勘查，了解案发过程，最大限度还原现场。第二，确定作案工具，搜寻各种人证物证。第三，锁定案犯的嫌疑人，进行审问审讯。在这些过程之中，还需要不断进行推理、寻访，找到犯罪动机。

陆俊迟又补充道："还有，大家要抓紧时间，今天回去收拾一下，明天起，总局旁边的旅馆可以用于临时休息，房间已经开好了。"

分配完工作后，其他人都去各忙各的了，一时间，会议室里就剩下了陆俊迟和苏回。

陆俊迟面对苏回道："苏回，这个案子……"

苏回似乎知道他想说什么，打断了他的话："你不用担心我，从哪里跌倒，我就会从哪里爬起来。这个案子我了解一些细节，反倒比别人更加适合处理。而且，我希望能够亲自抓到凶手。"

两个人都曾经多次翻阅过过去的细沙案的档案，那些档案上的文字记载还没有苏回这个亲历者知道得详细。

陆俊迟神色凝重地道："我发现这次炸弹的投放方式，和过去的炸弹投放方式完全不一样。"

苏回点头道："我也发现了这一点。这个案子和过去的细沙案有太多的不同，但也有太多的相似点。一直以来，细沙这个案子都很奇怪，不合常规……"无论是两年前，还是两年后，这个案子一定有部分真相是他们一直没有触及的。

"关于这个案子，在过去的推理过程之中，我可能存在着一定的误区，为了避免误导你，我希望这次侦破能够以你的思路为主导。"苏回下了决定。

人们总是会有惯性思维，先入为主，也会因此进入迷宫。而陆俊迟才刚刚接触这个案子，他可能会给解题带来新的思路。

陆俊迟道："我感觉，咱们应该从眼下的这个案件入手。"

细沙案毕竟年代久远，时间会销毁很多证据，但是新发生的案件就不一样了，他们可以找到更多的信息。

两个人迅速制订了侦查的方向和基本的方案。

现在案件已经发生了几个小时，后续的一些现场的视频照片、录像资料以及未受伤者的口供渐渐地传了过来。陆俊迟浏览了一遍相关资料后，对苏回道："我发现这两起案件有一个共同点。"

苏回抬头："什么？"

"这两起公交车爆炸案都发生在乘客发生争执之后。"陆俊迟翻看着口供对比了一下，"而且两次爆炸案发生前，都有女性乘客被人骚扰。"

邢云海在之前那个案件的调查中已经录了整车人的口供，炸弹被发现是在乘客发生争执后的 10 分钟左右，当时那个男人还在车上。因为第一次爆炸并未实际发生，他们也无法把爆炸和这件事情直接联系起来。可是如果这样的情况发生了两次，那意义就完全不同了。

陆俊迟对比着手中两辆公交车上乘客的名单，确认了发生争执的是同一个人："在汽车上进行猥亵的是这位名为段思远的死者，他在上一辆公交上也出现过。"

他把名单之中相同的名字指给了苏回，随后把信息同步发给了乔泽，让他去进一步核查。

"两辆公交车，路线不同，时间不同，却出现了同一个人——他是目标的可能性很大。"苏回眯着眼睛看完了两份口供，"还有一个共同点，就是当女性乘客和这个人发生争执以后，乘客们都无动于衷，这也许也是案发的条件之一。"

陆俊迟神色认真地点头："那我们就顺着这个人，试试看能不能查下去。"

死者的资料很快被传了过来。段思远今年 44 岁，身高一米七二，皮肤黝黑，有些偏瘦。从照片上看，他的目光有些呆滞。

陆俊迟看了一会儿资料道："这个男人真是恶心。"

第一段视频录像被完整保留了下来，画面中，段思远几乎是紧追着女孩，借助人流为掩护，把女孩逼到了死角，女孩惊恐不安，他却毫无悔意。

从段思远的背景资料上看，他家中共姐弟三人，他是家里的老小，从小就享尽了父母的溺爱。他智商不高，由于总是被人欺负，成绩又不好，只读到了初中毕业。家里有几处拆迁的房屋，除了自住还可以收房租。成年以后，段思远便没有好好上过班，每天都在游手好闲。在段思远的父母死后，姐姐们也没有给他张罗婚姻，他就一直游荡在公交车、地铁等交通工具上，在那上面度过的时间甚至比家里还要长。

这是一个罪责累累的惯犯，最早的案底可以追溯到 18 年前。可是他的智力有问题，人又很蛮横，很多人对他避之不及。段思远的姐姐带着他开过一份精神方面的证明，说自家弟弟是神经病，又因为他犯的事情不大，所以一直没有被法律制裁过。

陆俊迟翻看完证词，耐着性子给段思远的两位姐姐打了电话过去。对于家人的死亡，她们没有悲伤，反而有松了一口气的感觉，一直说会配合警方的工作。

陆俊迟问苏回："这次放置炸弹的嫌疑人，有没有可能是女性？"如果有女性因为段思远的行为受到伤害，可能会做出复仇的举动。

苏回低着头道："也不能排除为了女友或者是妻子报仇的男性。不过，如果目标真的是段思远的话，犯罪者可能在身份、体能上处于弱势。"

陆俊迟进入系统里查看了一下，总结道："我统计了一下，咱们系统里关于段思远的报警记录有43起。"可是这43起犯案都没有对他进行最后处理，要么是达成了和解，要么是不了了之。

苏回淡定地说："受害人远远不止这些，大部分人应该是没有报警的。"

苏回通过段思远的关联手机号，搜到了段思远的一些账号，有的账号上甚至还公然发布了一些不雅照片，且发布图片的频率很高，活动也很频繁。

苏回支着下巴总结道："段思远是无业游民，每天睡醒了，在家门口吃了午饭，他就上车，跟着车随便坐到一个地方，一直到晚上。这么算下来，一天至少会出现两到三位受害人。"也就是说，这十年，可能出现了成千上万个受害者，但其中选择报警的，终究只是少数人。

这样的事情是可怕的，而且在这个城市里，如段思远这样的男人不只一两个。

陆俊迟听到这里，眉宇之中都带了怒色："这样管不住自己的男人，和牲口有什么区别……"

汇总完所有的情况，他长叹了一声："潜在的受害人太多了，这条线也不好再细追下去。"

本来以为查清段思远就可以顺藤摸瓜，可现在又像步入了迷阵。一个广撒网的老流氓，潜在的受害人众多，一时也无法确认谁会是嫌疑人。

"以前的细沙爆炸案，受害者的都是一些随机人群，那时候凶手的身上并未出现这种'正义'的特质。"苏回捂着嘴巴咳了几声，又问陆俊迟，"段思远的位置离爆炸的位置有多远？"

陆俊迟道："一排。但是车上的人流是在不停变换着的，不确定炸弹放置后他有没有换过座位……"

苏回凝神思索着。现在公交爆炸相关的案件只有两起，案件和段思远有关的部分只是他们的推测，也许这位凶手只是一如往常地随机作案，也许段思远只是碰巧出现在这两辆公交车上……线索查到这里，这个入手点的确不太好继续往下进行了。

两个人研究到了晚上下班，陆俊迟合上档案："今天先这样吧，晚上我看下其他记录和现场的查验情况。明天特警那边会有排爆专家过来，也许能够给我们一些线索。"

苏回问："你还有其他思路吗？"现在他们必须争分夺秒，才能够跑在凶手的前面。

陆俊迟道："我想要好好研究一下，那些散落在现场的沙。"

沙漠中，苏回行走着，太阳明亮得晃人眼睛。他蹲下身，抓起一把沙，五指合拢。可他越是想要把手掌里的沙抓得紧一些，沙就越快地从他的手掌中滑落。一开始，沙是正常的黄白色，可是随着沙子在手中落下，又变成了金色、紫色、绿色……

他摊开手掌，低头看去，掌心中的沙子只剩小小的一撮，非常细腻，闪着漂亮的孔雀蓝，在阳光下美丽、诱人……

苏回睁开眼睛，屋子里还是黑的。他翻个身，惊动了陆俊迟——自从上次伤好以后，陆俊迟就以方便照顾他为由搬了过来。陆俊迟睡得不实，几乎每次苏回醒过来，无论是噩梦、咳嗽，还是翻身，他都会有所觉察，然后再帮苏回掖下被子，或者安抚几句。

看苏回的眼睛睁开了，陆俊迟轻声问："做噩梦了？"

"没……"苏回犹豫了一下说。不算噩梦，一个很普通的梦罢了。陆俊迟帮他拉了一下被子，他又沉沉地睡去。

再次睁开双眼，阳光已从窗帘的缝隙里洒下一缕。眼前依然是模糊的，自己蜷着身体，头都从枕头上落了下来。

苏回赶紧起身，问陆俊迟道："你怎么没叫我起来……"

"时间还早，我已经收拾好了东西，看你还睡着，没忍心叫醒你。"陆俊迟看着手机上乔泽汇总过来的文件说道。他马上就要全身心投入案子，再也不能分神。

苏回进入洗手间，用冷水洗了把脸。他贴近了镜子才发现自己的头发睡得乱七八糟的，全无形象。匆匆地洗漱出来时，陆俊迟已经全都收拾好，正拿着他的早点等在外面。

"你把猫安排好了吗？"这一次说不定有好几天都回不来。

"放心吧，我给自动喂粮机和喂水机都加满了，还安装了实时监控摄像头，可以随时看家里的情况，不过猫砂盆就只能回来再换了。"

苏回"嗯"了一声，放下心来："今天有特警那边的排爆专家过来？"

陆俊迟道："嗯，那个专家叫祝白衣。除此之外，我还请了一位外援。"

经过昨天后，重案组的人都已经熟悉了案情，今天早上八点半到岗后，大家就先把所有的信息交流、汇总了一遍。他们清楚，接下来的几天，将是一场硬仗。

上午9点，武警那边的排爆专家祝白衣到了总局。他从专业的角度教重案组和专案组的警员们，如何快速分辨炸弹，怎么进行处理。为了避免更多的伤亡，华都市在各个公共场所加设了防爆桶，防暴队也增加了人手，随时听从调遣。

祝白衣还对细沙一案的炸弹进行了分析说明。他做了一个幻灯片，把炸弹的内部结构画了出来，仔细讲解了一番，最后总结道："这个炸弹虽然是自制的，但是炸弹的构造十分精妙，其中有很多学习的痕迹。凶手参考了一些国外的炸弹制作方式，排爆的难度中等，大约需要10分钟。从设计来看，制作炸弹的人一直在进步，他不断地改造着成品，让它在杀伤力和稳定性上更出众。"

陆俊迟问："原料上有些什么特征吗？"

他希望他们可以通过追踪原料进行凶手的锁定。有时候，一把刀的出处、一根绳子上的纤维物质、一个不常见的螺母，都可以帮助他们缩小范围。

祝白衣想了想："可能没有。用的都是最普通的工具，就算是内部有一些化学品比较难购买，但也并非完全不能买到。"这名炸弹制作者藏在华都几千万人中，想要找到他，不是那么容易的事。

看讲解得差不多了，陆俊迟问："祝老师，那些沙，你带过来了吗？"

"带过来了。"祝白衣说着，打开了工具箱，把一排装有彩色沙子的小瓶子放在一旁。

最初的沙是黄色的，看起来就是普通的沙粒，后来沙换了颜色，最后一瓶是孔雀蓝。

苏回看着那些沙，忽然想起了他昨天晚上的梦。他可能是档案看得太多，才会让那些沙进入了梦境。

那些瓶子中，有三个瓶子里的沙稍微多一些，那是警方从未爆炸的炸弹中取出来的。其他瓶子里，沙明显较少，而且有的瓶子里有一些杂质，是因为爆炸和火焰而受到了污染，让人看不太出来沙本来的颜色。

陆俊迟问："从这些沙子之中能不能提取到什么线索？"

祝白衣皱着眉头："我们的化学实验室已经把这些沙子化验过，并没有什么特别的发现，这些就是普通的彩沙，市面上可以买到，很难确定出处……"

重案组中的众人听了这话，有些情绪低落。祝白衣的讲解有实用性，也告诉了他们一些如何处理危机的方法，可就连他都说没有方法提供线索进行跟进……那他们要怎么才能够通过现有的线索，接近嫌疑人呢？

陆俊迟感谢了祝白衣，然后把祝白衣送了出去。

乔泽有些忧心地道："陆队，我们接下来……"

陆俊迟安慰着下属："别着急，我已经做了一些安排……"他们刚说到这里，就看到门外站着一位老人。他连忙转身，走出门把那位老人接了进来。

苏回抬起头，看到那是一位个子瘦高、戴眼镜的老年人。他想起来早上陆俊迟和他说他请了一名外援，顿时有点好奇。

陆俊迟把老人带进来以后向重案组的各位介绍："这位是姜凡姜老师，华都的知名沙瓶画师。"

乔泽的眼睛发亮，仿佛看到了破案的希望："姜老师，你能知道这些沙是从哪里来的吗？"

姜凡扶了下眼镜道："那要看看才能知道。"

陆俊迟指了指那几小瓶沙道："姜老师，就是这些。"

在看到了细沙爆炸案的资料以后，陆俊迟觉得这些彩色的沙像是用于沙瓶画创作的彩沙。他搜了一下，找到了华都一个非常大的沙瓶画论坛，也在里面查到了一些资料，

这才知道，原来沙瓶画不光是小孩子才会玩，城市里还有很多的沙瓶画爱好者。

沙瓶画是一种小众的艺术形式，这些爱好者中有的年轻，有的年长，很多就靠画沙瓶画为生，姜凡就是其中最资深的沙瓶画师。他在论坛上的等级已经是资深，有时候还会在社区里给年轻人建议，很多人也会主动征求他的意见，姜凡从来不吝点拨。

"你这个沙用的是燕都产的红沙，看起来不够鲜艳，可以换成安城产的，可能效果会更好。"

"白沙之中混入10%的金沙，会提升这张图的光泽度。"

"那个黑沙太雾了，不通透……"

看着论坛上的对答，陆俊迟想起了一句话：一砂一世界，一花一天堂。他做了充分的功课来确认姜凡对沙的了解，发现他对那些沙的产地、色泽，甚至是沙粒的粗细程度都有研究，提起沙来如数家珍。

陆俊迟联系了姜凡，给他讲述了细沙案之后，姜凡马上表示愿意无偿提供帮助。他实在是看不惯有人用他最喜欢的东西来杀人害命。陆俊迟之前专门让祝白衣把沙带过来，目的就是为了让姜凡来辨认。

此时，姜凡低下头，表情凝重地看着那些沙，拿起每个瓶子凝视了一会儿。

郑柏刚听之前的祝白衣说，那些沙子没有什么特殊的，现在看到又来了一个什么沙瓶画专家，有些不太信任，小声嘀咕道："说得这么神……沙子又没写名字……"

曲明瞪了他一眼，生怕姜凡听到，咬着牙提醒郑柏："你小子懂不懂，干一行专一行，高手在民间……"

姜凡似乎是听到了他们的耳语，眯着眼睛道："我画了40多年的沙瓶画，什么样的沙子没有摸过？这些彩沙，就算颜色差不多，但光亮度、颜色深浅、沙粒的粗糙程度也完全不一样。"

姜凡说完，先是观察了一下，随后打开瓶盖，挨个闻了一遍，又把沙拿出来一点，用手指的指腹细细摩擦，最后甚至把手上的沙粒放入了嘴巴里尝了尝。

"哎！姜老师，那个不干净……"夏明晰看着脸色都变了。那可是爆炸现场收集来的，指不定混进去了什么。

她忙去倒了一杯水，想要姜凡漱漱口，姜凡却完全不介意："我这些年吃过不少的沙子了，不同的沙因为产地、染料不同，味道也会不同……"他说着，又倒出来一点沙，用鼻子吸了一下，开始喃喃自语……

姜凡看起来有些神叨，重案组的各位都看着他，也不知道结果会怎样。

半晌之后，姜凡抬起头来："这些沙就是华都本地附近的县里产的，里面的孔雀蓝最特殊。市场上有一些仿制品，都没有这家的颜色好看。我可以给你们一个联系方式，你们去和厂家核对一下，然后问问他们的销售渠道都有哪些。"说完，他查看了一下手机，大笔一挥，留下了一串龙飞凤舞的数字。

陆俊迟连声道谢。

等姜凡离开了，重案组的几个人面面相觑。机器都测不出区别和来源的沙，这位老人就看一看，闻一闻，再尝一尝，就可以确定出处？

郑柏还有点怀疑："这人……靠谱吗？"

乔泽说："我觉得应该是比较准确的。他手指指缝里都留有一些颜色，大概是常年摸沙的缘故，有点真本事。"在他看来，那位姜凡就像是一位扫地僧，虽然做着看起来简单的事，但是几十年如一日。在他的领域里，没有人能够比他更专业。

曲明说："不管怎样，这次总算是有点实质性进展……"

陆俊迟送了姜凡回来，对乔泽说："乔泽，你尽快和工厂方面核对！"

乔泽"哎"了一声，打了个电话核实，又把沙子的照片发过去。过了一会儿，他欣喜地道："对方工厂说，应该是他们家产的沙，而且其中这种孔雀蓝是他们今年刚刚开发出来的独家新色，别人家的都没这么细腻好看。因为这太过紧俏，没有零售过，只卖给了一些固定的采购方，不超过10家！"

郑柏听了这话，激动起来："原来那老人家真的是个隐世高手啊……"这样一来，范围就大大缩小了，只要他们顺着查问下去，一定可以找到这些沙的来源，也就能够确定嫌疑人的所在。

沙子是不会凭空出现的，每一粒沙，都是经过加工才能到制作炸弹的人手中，然后再被放置在炸弹里。

警方联系到了出产沙子的沙厂。那家工厂也十分配合，把所有的生产销售数据拿出来供他们查询，还专门派出一名常住华都的销售员到总局进行确认。经过检测，这些沙子的确是新县那家沙厂产出的，而且孔雀蓝是今年才出的最新色，购买这些沙子的批发商也就几家。再把其他颜色的沙及爆炸时间的条件加入进行交叉对比后，经过一天一夜的紧张排查，这个范围缩小到了6家机构之内。

细沙一直在以这些沙作为个人标记，大概他也没有想到，最后正是这些非常常见的彩沙暴露了他的行踪。

陆俊迟把重案组和专案组的人员分成了几组，开始对那些商户进行挨个排查，对每一个可能接触到这些沙的人都进行了登记，最后筛选出了一个一百多人的名单。

苏回看了一下，其中一个叫蓝安的名字引起了他的注意。这是一位27岁的年轻女士，经营着一家特殊的沙瓶画坊。说是特殊，其实是因为这家沙瓶画坊的工人都是一些有轻度自闭或者是身有残疾的残障人士。他们的工作就是日复一日地在画坊里填画沙瓶。

"这个名单有点问题。一间画坊，就算再小，也不可能只有4个人可以接触到这些沙。"苏回对陆俊迟道，"我想去这里查一下。"

陆俊迟点头："好，我马上准备，再带上几名刑警，陪你一起去。"

这家沙瓶画坊位于华都市郊的一处巷道里，有点不容易找。

沙瓶画作坊不大，一共只有100多平方米，左边是画画的地方，右侧有个隔板，隔板后面堆放着各种原料，屋子的后面有几个置物架，上面摆放着沙瓶成品。在屋子的侧前方，临街的地方有一个落地橱窗，里面展览着一些非常精美的沙瓶。

女老板蓝安看起来十分年轻漂亮，说话的时候温柔似水："这里已经经营了一年多了，为的就是给这些孩子们提供一个能够工作的地方……"

陆俊迟在那边核查着，苏回拄着手杖，观察着眼前的这间小巧而简陋的沙瓶画坊。画坊里面摆着几张桌子，桌子上有很多的沙瓶和彩沙，有几个年轻人正在伏案画着沙瓶画。他们默不作声，神情专注，丝毫没有在意这些访客。房间的地面上，不可避免地落了很多的细沙。

"我看这里有8个人，为什么他们的名字没有在登记簿上？"陆俊迟问道。

"他们之中有的身患残疾，有的还小，所以之前的登记名单有些遗漏……"蓝安的脸上显出了一丝尴尬，"那个，警察先生，你不会觉得这些孩子会是罪犯吧……他们中的很多人根本无法自理，更不可能出去乱逛，每天从家里到这边对于他们来说就算是出远门了。而且，他们都是心思单纯的好孩子……"那些孩子有些是无法上学的，可能细算起来还未成年，这里的用工并不规范。

陆俊迟道："我并不是在怀疑他们，而是在对一个案件进行排查，你交过来的名单会影响警方的判断，所以还希望蓝小姐如实登记。"

"好吧……"蓝安挽了一下头发，接过了登记表，"我会把他们每个人都写在表格上。"

"包括他们的家庭住址和电话号码。"陆俊迟叮嘱道。

蓝安"嗯"了一声，拿出笔，开始对照过去留下的资料册进行填写。

"你结婚了吗？"陆俊迟看着女人，忽然问她。她的资料里并没有写上自己的亲人，如果她在这里经营这家沙瓶画坊，那么她的家人也是有机会接触到这些沙的。

蓝安的笔一顿，抬起头来说："我的父母都去世了，我也没有结婚，一直是自己一个人……所以我才在这里开了这个沙瓶画坊。"

"这里的孩子们都是残疾人吗？"

"有一部分是阿斯伯格患者。"蓝安解释着。

"阿斯伯格？"陆俊迟还是第一次听到这个词。

"阿斯伯格的症状类似自闭症，但是症状比较轻微，这个病和自闭症在诊断上都属于ASD[①]……"蓝安低下头继续填写着，"得了病的孩子语言能力较差，大的动作不协调，还会重复一些话，但是不算太影响生活。得了自闭症一般就难以融入社会了，但是阿斯伯格不一样，经过长期训练，孩子们是可以和人们进行简单交流，通过工作自力更生的。"

等蓝安简单写完了那些人的信息，陆俊迟就拿起来一个一个核对。他要确定人名

[①] 孤独症谱系障碍（ASD, Autistic Spectrum Disorder），是根据典型孤独症的核心症状进行扩展定义的广泛意义上的孤独症，既包括了典型孤独症，也包括了不典型孤独症，又包括了阿斯伯格综合症、孤独症边缘、孤独症疑似等症状。

和人能够一一对上号。

陆俊迟问:"画室里这种情况的孩子多吗?"

蓝安答道:"目前只有一个叫董桉辰的男生和一个叫徐莎的女生是这种情况。"

陆俊迟问:"董桉辰是哪个?"

蓝安用手指了一下。顺着她的手看去,一个看起来非常干净的男生正低着头,专注于手里的沙瓶。那男生介于少年与青年之间,20岁左右的模样,如果不是蓝安把他的情况透露出来,陆俊迟几乎看不出来眼前的男生是一个心理疾病患者。

陆俊迟又问:"徐莎呢?"蓝安又指给他。

陆俊迟道:"我想要问他们一些问题。"

蓝安拍了拍手,就像是哄小孩子一样和他们说:"今天有警察叔叔来看大家画画了,等下他们可能会问你们一些问题,你们不要紧张,知道什么就回答什么。"

等陆俊迟开始问那些孩子问题,蓝安反而闲了下来,便走到了苏回的旁边。

苏回正凝望着那扇橱窗。橱窗里面摆着很多已经完成的沙瓶作品,大部分很简单,就是一层一层的彩色沙子重叠起来的,但也有一些沙瓶画非常复杂和精美。

"你也喜欢沙瓶画吗?"蓝安问苏回,打开了橱窗门拿了一个沙瓶递给他。

"精美的艺术品,谁不喜欢呢?"苏回低头看了看手里的沙瓶,又指着里面的几个画得十分复杂、配色也非常好看的沙瓶问,"这些是谁的作品?"

蓝安用修长的手指整理着那些沙瓶,一边回答他说:"那几个是于可可画的,她有很高的艺术天赋,很多客人都会专门买她画的沙瓶。"

"她现在在这里吗?"苏回问。

蓝安摇摇头,露出了有点惋惜的表情:"她最近没有来这里工作了。"

"为什么不来了?"

"大概是因为过来不方便吧,我们这里有点偏,她和我说想要在家里画好送过来。"

"她是什么时候没有过来的?"

"大约是一个月以前吧。"蓝安随口答着,"我也把她的名字登记在记录表上了。"

陆俊迟问了那些年轻人几个问题,也听说了于可可的事。他指着画坊的墙上一张年轻人的合照:"于可可是这个女孩吗?"

蓝安点头:"对,她的脚是先天畸形的,外出不方便,在这里做了一段时间就不做了。"

"她过去是怎么来上班的?"陆俊迟问。

"是她的父母送她过来……"蓝安说。

"她每天是坐公交车来的……"在一旁的一个女孩抬起头来,忽然插话说。整间画室顿时安静了下来,空气一时像凝固了一样。陆俊迟记得,她是那个叫徐莎的女生。

蓝安有点尴尬:"那可能是我没有留意吧……"

"你们有人知道她坐的是哪一路公交车吗?"陆俊迟又问。

这些孩子们有的智力发育不全,有的身体有残疾,他们都仰着头,看着陆俊迟,犹豫着是否要开口。

"78路公交车。"有个男孩终于说。

陆俊迟和苏回对视了一眼。78路公交车,这条公交线路在段思远的活动范围之内。没有什么比一个清秀、腼腆,而又行动不便、无法反抗的猎物更能够激起野兽欲望的了。

陆俊迟蹲下身,问那个女孩:"于可可有没有和你们提到过,她在公交上发生过一些奇怪的事……"

听了这话,之前搭话的徐莎忽然有点不敢说了。她下意识地回头,想要寻找蓝安。

蓝安正要走过去,苏回伸出手拉住了她。

陆俊迟在女孩面前蹲下身:"没关系,你告诉警察哥哥,我们会帮助她的。"

女孩这才支支吾吾地小声说:"她说过有个男人总是在车上欺负她……"这句话一说,其他孩子也开始说起来了。

"嗯,是因为有坏人,所以于可可才不来这里上班的。"

"如果坏人消失了,她就会回来了……"

"那坏人就该死。"

沙画坊里,忽然发出了一声轻响。有人不小心打翻了一个沙瓶,彩色的沙落在地面。

一切终于联系到了一起,彩色的细沙,公交汽车上的猥亵犯……这家沙瓶画坊果然是和细沙案有关系的。

陆俊迟起身,果断走向和他们一起来的几位刑警,和他们商量了几句,然后转身对蓝安道:"现在这里的所有人员都需要转移,进行进一步审问,画坊里也需要进行搜查。所有人的通信设备也需要交过来,由我们暂时保管。"

蓝安的脸色微变,愣了一下说:"他们的家长还不知道……"

"稍后我们会一一通知的。"陆俊迟严肃地道,"我们怀疑,这间沙瓶画坊之中有人和最近的一起汽车爆炸案有关系,还请你们配合调查。"

刑警们打断了画室里孩子们的工作,把他们一个一个引领到外面的大厅进行搜查——他们首先要确定,这里没有炸弹和爆炸物。

陆俊迟打电话给乔泽:"与南路198号,这里需要警员支援。"

往外转移的孩子们似乎还不知道发生了什么,脸上的表情有些茫然。

苏回皱起了眉头。难道困扰华都数年的细沙就一直掩藏在这个又小又简陋的沙瓶画坊之中吗?沙瓶画坊在这里开办了一年多,那么在此之前,细沙是谁?他会在哪里呢?

而就在离沙瓶画坊只有两条街的佳玉小区里,一个人影站在窗边,撩起了窗帘的一角,看着外面的街道。那是一扇很小的窗,还装了铁栏,却是这个房间仅有的光亮来源。透过光往里看去,男人戴着颈环,有一根铁链子铐在上面。铁链非常长,有数米的样子,只是活动范围有限,走不出房门。

忽然，开门的声音响起，他脸上的笑容，逐渐变大……

外面迅速开来了几辆警车，把这些人全部带走了，随即进行了排爆检查，小小的沙瓶画坊一时挤满了人。

重案组的刑警们分成几组，开始分别收集相关的信息，就连与此相关的于可可也被带到了总局里。警方很快证实，于可可忽然不来工坊，的确是因为在公交上受到了段思远的骚扰。

"大概是在几个月前，有一天上班的路上，我忽然碰到了那个男人，后来，他就总是在我上下班的时候在公交上出现。"于可可小声说着。

于可可是一个干瘦、白净的小姑娘，第一次来到公安局，有些害怕，声音直发抖。

"我……我害怕那个男人，后来就不去工作了。我还和蓝老板商量是否可以拿一些沙回到家里画沙画，再拿过去，蓝老板也同意了……"

"那你知道最近公交爆炸的事情吗？"负责审问的曲明问她。

于可可点了点头："不过那件事和我没关系，我也不知道是怎么回事。我平时都不坐那趟车的……那天我也在家里，没有出门……"

"那个骚扰你的男人，在事故之中去世了，你知道这件事吗？"曲明问。

于可可犹豫了一下，点了点头："我后来看了网上的新闻，认出了他……"那个男人是她的梦魇，在看到他已经死去的消息时，她的第一个反应是难以置信，第二个反应是如释重负。

"你身边，有没有人可能会做这样的事？"曲明问得比较直接。

于可可的目光闪烁了一下。被两位刑警注视着，她把那只残疾的脚往椅子下面移了移："我家人不知道这件事，只有沙瓶画坊里面的同事知道……"

乔泽换了个询问方式："那有没有人希望你回到画坊工作？或者有没有人有什么异常言行？"

审讯室里一时安静得出奇。于可可似乎纠结了一下才开了口："董桉辰……那个男孩……"她张了张嘴巴，欲言又止。

"他有说什么吗？"乔泽追问。

"我也不知道这件事是否和案子有关系……昨天晚上，他忽然跑到我家里来，和我说，坏人不在了，我可以去上班了。"于可可的目光闪烁着，"董桉辰不是一个坏人……我觉得他就是想帮我。他一直把我当作姐姐，也许就是看到了那条新闻，所以才来告诉我……"她拼命解释着。

陆俊迟对那个男孩还有印象。在画坊查问情况的时候，也是这个男孩不慎碰倒了一个沙瓶，现在回想起来，也许那是心虚的表现。

这样的一个男孩，会是在公交上放置炸弹的凶手吗？

听到这里，陆俊迟转身走出观察室，问向夏明晰："之前报警的那个电话录音，

文件已经导出来了吧？"

夏明晰忙道："接警中心那边已经把文件发过来了，我马上发给你。"

陆俊迟接收文件后，找到苏回，分了他一个耳机，按下接听键。那是几天前报警中心接到电话的完整录音。

"你好，这里是110接警中心，请问有什么可以帮助你？"

"有一辆公交上，有……有炸弹……"对面传来一个男人的声音，声音被刻意压低了，有些含糊不清。

"什么？"接警员显然也没有听清，"你好，可以重复一下吗？"

"有炸弹，在公交车上……104路，快到平安桥了……现在，就快爆炸了……"对方说到这里，忽然挂了电话。"咔"的一声之后，再也没有任何声音。

电话很短，传递的信息却很多。当初，邢云海接收到这个信息之后，就迅速采取了行动，但因为那辆公交车驶入了隧道中，还是引起了重大事故。

苏回道："愧疚、急促、匆忙、言语不清，也许打电话的人就是放置炸弹的人。"

陆俊迟点头道："我现在马上让人审问董桉辰。"

董桉辰低头坐在审讯室里，最初他什么也不肯说，但是在刑警的连番询问下，最终还是开了口。

大约在6个月前，段思远就开始纠缠于可可了。段思远摸准了于可可的上下班时间，会专门等着她上车，然后靠近她的身边。于可可非常害怕段思远，可是无论是躲避还是反抗都无济于事。她尝试过早点出门或者故意迟到，但是很快，这个男人还是会找到她，甚至还会在她出现的站台等她……

她报过一次警，可是这个男人被带走以后，很快就又回来了，还变本加厉地报复她。这样的事情长期困扰着她，导致她精神变得很差，晚上经常做噩梦。

无奈之下，于可可和画坊的同事说了这件事。董桉辰曾经陪着她坐过几次车，见过段思远，还和段思远发生过一次冲突。可是他并不是个正常人，行动也十分笨拙，根本就不是段思远的对手。后来于可可在骚扰之下不来画坊上班了，董桉辰便越想越难受。

他想惩罚段思远，甚至想杀了段思远。

后来，他在段思远经常会出现的车站跟着他，趁着轮休的日子把炸弹放在了段思远的座位下面。第一次，段思远很快下车了，炸弹的爆炸时间设置得也过长，没有爆炸。第二次，他再次做了同样的事，并且把爆炸时间调短。那时候他心里有点后怕，正好在火车站附近下了车，就通过公用电话打了报警电话。

陆俊迟听了董桉辰的话，觉得胸口一阵憋闷："你知道，因为你的行为，死了几个人吗？"

"我……我也没有想到，最后爆炸的威力会那么大……"董桉辰结结巴巴地说，"我这么做，都是为了可可，我……我希望每天上班都可以看到她。"

"你就没有想过其他解决方式吗?"陆俊迟又问董桉辰。

董桉辰犹豫了片刻,费力地思考了一下,最后垂下头:"报警没有用,我们试过了……其他的方式,也不会有用的……"

"那也不是你犯罪的理由。"听完了董桉辰供述的罪行,陆俊迟心里感到十分复杂,胸中涌上来一股酸涩的感觉。

董桉辰的眼圈红了,他擦了擦眼泪:"我现在特别后悔。"

审讯室外,苏回静静地望着少年。抓到凶犯的过程比他想象得要快很多,现在才过了两天,虽然还没有找到炸弹的来源,但是眼前的年轻人已经承认了自己的罪行。

审讯室里,陆俊迟继续问董桉辰:"那两枚定时炸弹,是谁给你的?"

那样的东西,肯定不是普通人可以轻易搞到的。

董桉辰低下了头,犹豫了片刻说:"是……是蓝老板……"

蓝安?那个女人?

董桉辰见陆俊迟不说话,仰起头来说:"我……我没有说谎,你可以去问她……她、她说……我只要放在车上就好,没有人会发现是我做的……"董桉辰的眼神是飘忽的,瞳孔像是无法聚焦,只有眼圈依然是红红的。

他们被发现了,不光被发现了,还被关在这里,等待审讯和法律的制裁。

陆俊迟起身道:"我会和蓝老板核对你的供词。"

转眼,已经是下午5点多,陆俊迟从审讯室里出来,和坐在外面的苏回打了个照面。

苏回问:"接下来,你准备怎么做?"

陆俊迟道:"都查到这里了,自然还是要问问蓝安,听听她怎么说了。"

苏回低头咳了几声,喝了一口热水。他也说不清事情哪里不对,但就是有些不安。不过现在,最好的方式就是审问蓝安,她显然有一些地方没有说实话。

陆俊迟进门之前,负责搜寻的郑柏那边也传来了消息。

"陆队,画坊已经搜索完了,在里面发现了少量的化学物质,是制作炸弹的材料。"

"收到,我们这里马上进行询问。"

如今证据确凿,人也抓到了,队员们都感到轻松起来,似乎庆功指日可待。陆俊迟却不敢轻慢,带着审完了于可可的乔泽进入了审讯室。

蓝安是被单独关着的,她一直安静地坐在审讯室里面,低垂着头,看着地面。不过是短短的时间不见,她的额头上就出了一层细密的汗,甚至打湿了前额的头发——眼前的女人处在一种高度紧张的情绪之中。

发现有人进来,蓝安才抬起头来看了一眼。她此时的表情和之前在沙瓶画坊之中温柔、淡定的样子判若两人,像是瞬间苍老了,就如一朵花,肉眼可见地迅速凋谢着。这让陆俊迟想到了四个字:心如死灰。虽然蓝安这个人还活着,但是她的心已经死了,像是被抽空了灵魂。

陆俊迟省去了废话，直接问她道："蓝安，董桉辰说你为他的行凶提供了凶器，你是否供认你的罪行？"

蓝安抬起头来，苦笑了一下："我曾经无数次想象过这一幕，没有想到，最后还是来了。"

苏回听到这里，抬起眼睛，看着眼前隔着一层玻璃的审讯室。他希望自己能够看清楚眼前女人的相貌、表情，他不想错过每一个细节……可是他看不清。审讯室里的画面，像是隔了一层雾。

蓝安的声音传来："是的，我就是你们一直在寻找的细沙。"

陆俊迟没有想到蓝安供述得如此轻易，如此顺利。他有些难以置信地重复了一下："你说，你是……细沙？"

这就像是一道追寻很久，准备要下很大力气来解开的难题，忽然知道了答案就在眼前，反而让人不能轻易相信。

蓝安好像从最初被抓后的惊慌中镇静了下来。她接受了被抓的事实，低着头说："是我，我就是细沙。从三年前起，我就一直在研究制作炸弹，并由同伙在城市里投放。"

"你的同伙是谁？"

"解秋……当初死在爆炸之中的解秋。"蓝安说到这里，低下了头，"两年前，是我和解秋在合作，我负责制作炸弹，他负责投放。"

陆俊迟的眉头皱得更深："你们的主要犯罪事实。"

"我们以每10天为周期，在城市里投放炸弹。"蓝安停顿了一下接着说道，"在他死亡以后，我就没有再做过这件事了。直到最近，发生了于可可被骚扰的事，董桉辰向我求助，问我应该怎么办，我就给了他炸弹。"

她的目光凝视着一个角落，咽了一下口水："我没有想到，警方会这么快找到我们这里……"

陆俊迟想到了那些彩沙。看起来，她还不知道是彩沙暴露了她。他问道："你为什么要用画坊的彩沙？"

蓝安低头轻声道："我在沙瓶画坊，与其去找其他的沙，还不如用手边的……而且，这些沙是我最喜欢的……"

陆俊迟和乔泽一时没有说话，他们看着眼前的这个女人，思考着她供述事实的真假。她说出了解秋的名字，就算她不是凶手，肯定也是一直在关注这个案子的人，而且她说出的很多信息是准确的。

陆俊迟站起身来，把几张纸和一支笔递给了蓝安。他微微眯了眼睛，俯视着面前的女人："画吧，把炸弹的结构图画出来。"

这是检验细沙身份最直接的方式。身为一个炸弹制造者，如果是真正的细沙，肯定能够还原出自己制作的炸弹的结构。

蓝安看了陆俊迟一眼，接过了纸和笔，手指颤抖地画着。可能因为过度紧张，她

画出来的线条都是扭曲的，就算如此，依然可以看出她有很好的美术功底。她很快画出了炸弹的雏形，然后开始画炸弹内部的细节，还在外面做着标识。

陆俊迟就站在蓝安的对面，俯视着女人和她面前的那张图。乔泽坐在自己的位置上，伸长了脖子，也想看看蓝安画了什么，可是他的位置有点远，再凑过去感觉也不合规矩，只能坐在座位上。

时间一分一秒地过着。苏回用手托着下巴，坐在观察室内，默默地看着这一切。他的眼前是模糊的，只能隐约看到陆俊迟站在蓝安的身边，但是他可以听到里面的声音。审讯室里面安静极了，只有笔尖和纸相触的声音，通过话筒传递到了他的耳麦之中，像是用什么东西轻轻触动着他未失聪的那个耳膜。

苏回知道，蓝安一定不是在乱画，如果她画错了，不会需要这么久的时间，陆俊迟也一定早就制止了她。

蓝安画出的图逐渐成形，已经不用再找专家确认了，陆俊迟就可以看出来，这个示意图和细沙案的炸弹结构完全一致——眼前的女人，果然是和爆炸案有关的。

陆俊迟收起了笔，问蓝安："你是从哪里学的制作炸弹？"

蓝安道："是我的父亲……他曾经是矿区的爆破师，也因此认识了解秋。他对制作这些东西一直有兴趣，我小时候，他就教会了我一些炸弹的制作方法。"

陆俊迟看着眼前的女人："你为什么要杀那些无辜的人？"

从两年前到现在，死了那么多的人，其中可能会有像段思远那样死不足惜的败类，但是更多的是无辜的人，甚至还有多位警员。想到那些人，陆俊迟就感觉自己的眼睛酸胀着。

蓝安低下头道："每一次的地点都是由解秋随机选择的，我只给他提供炸弹。"

"你应该知道你提供给他的是危险的东西，会伤及人命吧？没有你提供的帮助，解秋就无法造成那么重大的伤亡，这些事情都是和你有关的。"陆俊迟加重了语气，"为什么？"

这三个字，不仅是他作为警察对犯罪嫌疑人的询问，也是他代替那些亡魂所发出的质问。

蓝安的声音颤抖着："没有什么特别的理由，我就是……记恨他们。同样都是人，为什么他们活得那么轻松，而我们活得那么辛苦。我每天看到的都是人生的无奈……解秋生病了，医院也治不好他……他自然想要一些人陪着他死。"

"根本就没有人活得轻松……"陆俊迟坐回到自己的位置，试图让自己冷静下来。

"既然你说你是细沙，那我希望你能够把你的罪行一笔笔都说清楚。你是从什么时候开始犯案的？第一次爆炸案中你做了什么？每一次看到新闻上关于爆炸案的消息，你的心情是怎样的？"

蓝安听到这里抬起头来，眼睛里含了泪："我都供述了，还不够吗？我承认所有的罪行，还不行吗？我认了，我都认了，那些事情都是我做的。你们的案子破了，只

要给我单子我签字就好，接下来就是法律的判决了，不是吗？"

乔泽记录着的笔一停。他也不知道为什么，蓝安顺从、配合的态度忽然改变了。她明显不想回想那些细节。

苏回坐在观察室里，看着审讯室里面的情景，忽然站起身来，推开了审讯室的门。

陆俊迟有些惊讶。平时苏回是不会亲自审犯人的，一个是因为他的顾问身份，另一个是因为观察室里的耳机能够帮他捕捉到更多的信息，他更加擅长坐在观察室里，听他们的诉说，侧写罪犯的心理。可是现在，他却出现在了审讯室里，面对着蓝安。

苏回没有坐下来，而是靠着墙站在一旁，开口说道："你和我的侧写不符。"

蓝安愣了一下，明显是没有听明白："什么不符……"

"侧写。"苏回道，"每个犯罪的人都有自己的心理轨迹，就像是你们画出的那些沙瓶画。每个人内心里的画，是独一无二的。"

蓝安低下了头，面容显得越发憔悴。

苏回问蓝安："你给了董桉辰几枚炸弹？"

蓝安低下头，似乎是在思考，然后她颤抖着声音说："两枚。"

"你第一次制作炸弹用的是什么颜色的沙？"苏回又问。

"第一次……"蓝安迟疑了，她的眼神之中有些慌乱，"是蓝色的沙。"

陆俊迟的眉头舒展开了。刚才他一直觉得哪里不对，可是又找不到突破口，苏回却只用了两个问题就迅速问出了答案——第一次的沙是普通的沙，他们抓住的根本不是真正的凶手。

屋子里忽然安静下来，蓝安的脸色变了，额头上的汗滴落下来。她意识到自己答错了，慌忙地想要补救："我……我可能是记错了……"但没有人理她。

苏回不再绕圈子，直视着蓝安的双眼道："蓝安，你是开办特殊画坊的，这份工作，是一个对旁人有同情心的人才会去做的。从刚才开始，你就在回避那些伤亡的话题，所以你不是一个会去伤害无辜生命的人。"

这才是问题的核心所在。蓝安不够冷漠，不够残忍。苏回不知道她是从哪里知道了炸弹的内部结构，但是杀人动机是无法凭空制造出来的。

蓝安比刚才还要更加紧张。她咬着嘴唇，用指甲抠着审讯室的扶手。

苏回开口道："刚刚我问了你两个问题，第一个问题的答案是你猜出来的。首先，你知道只发生了一次爆炸，所以我再问你给了几枚时，答案自然不可能是简单的一。你觉得三太多了，就尝试着回答了二。而答对了这第一题，你会觉得我的问题简单，是可以通过推断答出的，但实际上，是我在诱导你回答正确答案。你知道我们是通过细沙追踪到你的，所以当我问出细沙的颜色时，你就答出了那个人最喜欢的颜色。"

蓝色，对于他们而言，不光是姓氏，还有其他的意义。蓝安被苏回说中了心思，嘴唇颤抖着。

苏回继续说："他确实使用了蓝色，可是并不是作为开始，而是作为结束。"

华都总局第一届行为分析组选拔考试

本试卷总分100分，答题完成后，请扫描最后的二维码查看正确答案。

题号	一	二	三	总分
得分				
评卷人				

一、选择题（1题5分，共40分）。

1. 宋融江的犯罪资料中有一张写着"我本可以容忍黑暗，如果我不曾见过太阳，然而阳光已使我的荒凉，成为更新的荒凉"的便签，内容出自《如果我不曾见过太阳》，请问它的作者是谁？

A. 海伦·凯勒　　　　　　　　B. 艾米莉·狄金森
C. 沃尔特·惠特曼　　　　　　D. 马克·吐温

2. 陆俊迟与苏回在华都警官学院相撞时，苏回老师身上是什么味道？

A. 香草　　B. 柠檬草　　C. 薄荷草　　D. 柚子

3. 因为"生命是永远凌驾于爱情、亲情之上的"，苏回把别名为"珍珠""钢珠盛宴"的手雷压在身下。这颗雷的正式名称是？

A. HG86　　B. HJ85　　C. HG85　　D. HJ86

4. 苏回老师发表论文所用的笔名是？

A. 风先生　　B. 雨先生　　C. 雾先生　　D. 云先生

5. 由"赵先生又戒烟了"这句话我们不可能得出的结论是？

A. 赵先生过去戒过烟，次数可能不止一次。
B. 赵先生烟瘾很大，讲这话的人深信赵先生的烟瘾永远戒不掉。
C. 赵先生过去戒烟未成功，这次仍可能如此。
D. 讲这话的人确信赵先生这次戒烟一定会成功。

6. 卡普曼的三角形理论中三个角分别是什么？

A. 动因、能力、触发物　　　　B. 迫害者、拯救者、受害者
C. 认知范畴、世界观、方法论　D. 认知、情绪、行为

7. 以下哪个拼图苏回没有拼过？

A. Escher Cubes 埃舍尔立方拼图　　B. Jigsaw Puzzle 29
C. Four Point 月球拼图　　　　　　D. Wave Puzzle

8.《破晓》的作者名为？

A. 清韵小僵　　B. 清韵小尸　　C. 清韵小僵尸　　D. 清韵僵尸

二、填空题（请在横线上填写正确答案，1题5分，共30分）。

1. 苏回在华都警官学院在____学院教授____课程。
2. 行为分析组组员代号分别是 ____、____、____。
3. 陆俊迟在华都总局担任 _____。
4. 家里两只猫的名字分别是 _____、_____。

以下两题可参考木本文学官方微博。

5. 苏回的生日是___月___日。
6. 陆俊迟的生日是___月___日。

三、连线题（请将人物、事件、所用犯罪心理理论进行连线，共30分）。

傅云初	送命题	催眠 卡普曼三角形
覃永辰	蝴蝶标本	犯罪地理画像
安郁辞	流沙迷局	上帝情节 多人联合作案
邵长青	城市屠夫	黑暗三联征
宋蓝恩	纯白地狱	志愿者困境 投射效应

核对答案请关注 @ 木本文学 官方微博
还有抽奖活动等着你哦！活动时间有限，先到先得！

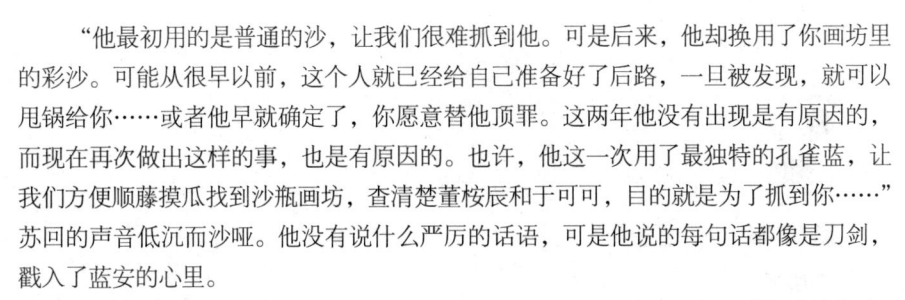

"他最初用的是普通的沙，让我们很难抓到他。可是后来，他却换用了你画坊里的彩沙。可能从很早以前，这个人就已经给自己准备好了后路，一旦被发现，就可以甩锅给你……或者他早就确定了，你愿意替他顶罪。这两年他没有出现是有原因的，而现在再次做出这样的事，也是有原因的。也许，他这一次用了最独特的孔雀蓝，让我们方便顺藤摸瓜找到沙瓶画坊，查清楚董桉辰和于可可，目的就是为了抓到你……"苏回的声音低沉而沙哑。他没有说什么严厉的话语，可是他说的每句话都像是刀剑，戳入了蓝安的心里。

他说的是真相……蓝安的眼神里浮现出了恐惧，牙齿不自觉地触碰着，咯咯作响。在这场问询开始时，她本来已经做好了面对命运的心理准备，可是现在，她动摇了。

说完了这些，苏回低下头看向蓝安，声音略带严肃："蓝安，不要说谎了，告诉我，那个人，你要袒护的那个人，究竟是谁？"

苏回击溃了蓝安的防线。事已至此，阴谋已经被戳破。可是随后，不论进来的警员们问什么，蓝安却一直低着头，保持着一样的姿势，一言不发。警员已经换了几轮，还是没有问出来相关的信息。

回到观察室的苏回忽然想到了什么，眯起了眼睛，往前探身，想要透过玻璃看清楚一些，问道："她在等什么？"

陆俊迟也反应过来。蓝安之前假装配合警方的调查，到现在一言不发，都是为了拖延时间。面对那些问询时，蓝安抿紧了嘴唇，仿佛自己什么也没有听到，这样的表情却恰恰印证了苏回的怀疑。

苏回思考了片刻又道："她可能已经通知了什么人……"

陆俊迟皱着眉回想了一下："这段时间，她没有打电话出去……消息是从沙瓶画坊那边透露出去的吗？有没有可能是那些孩子们？"

他们只扣留了与案情相关的于可可和董桉辰，剩下的孩子都已被家长带走。沙瓶画坊被查的消息可能会随着那些孩子被散布出去。

除去这种可能性，整个下午，蓝安都在他们的监视之中，那间沙瓶画坊不可能每时每刻都在对方的监视之下，那么消息是怎么传递出去的？

苏回把在沙瓶画坊中的所有细节都回想了一遍，忽然想起了什么，道："蓝安曾经有一个举动，细细想起来有点奇怪。在我看橱窗里的沙画瓶时，她过来打开了橱窗，并且把沙画瓶一一整理了。"说到这里，苏回眼神微动，"那可能是她和别人约定过的信号。"

他的视线模糊不清，那时候只看清了蓝安的举动，没有看清楚具体的情况。现在回想起来，蓝安大概是趁他不备的时候，动了沙画瓶的位置，留下了记号。

陆俊迟道："我马上派人去搜查她的住址……"蓝安刚刚被捕几个小时，他们虽然已经查到了蓝安的住所，却还没有申请下来搜查证。虽说现在搜查是不合规定的，但陆俊迟决定特事特办，向领导申请，否则时间可能会来不及。

第63章
"月光"

华都，下午5点，刘玉梅买菜回来时路过沙瓶画坊，却见以往灯火通明的画室今天一个人也没有，蓝安也不知道去了哪里。

刘玉梅觉得有点奇怪，小声地嘀咕了一声，然后看了看放在沙瓶画坊橱窗里的沙画瓶。她揉了揉眼睛，确定自己没有看错——沙画瓶换了位置，最外面的一排，都是红色的。

刘玉梅心下了然，想了想，回家放下菜，顾不得做饭，找了半天，翻出了两把钥匙。

她今年52岁了，是后来搬来这个小区的。对门的邻居蓝安是个热情的女人，经常带着东西上门看她。蓝安还在她家放了两把钥匙，说如果有一天，她要是有事儿没回家，麻烦帮忙喂一下家里被关在小屋里的狗。邻居之间，互帮互助都是应该的，她也没多想。

"刘阿姨，如果我哪天没按时回来，我家的事就拜托你了。"蓝安千叮万嘱。

"好啦好啦，你要是不回来，手机联系一下我就行啦。"刘玉梅笑着说。

"唉，这不是有可能联系不上嘛。我这手机，现在电池质量越来越差了，我看管的那些孩子们又总是会出现各种的问题。要不这样，您每天买菜不是路过我们那里吗？路过的时候记得看一下我的小店，如果我有事的话，我就把橱窗外面的那一排流沙瓶换成红色的。"蓝安笑着说道。

刘玉梅接过了钥匙，感觉自己接下了一个神圣的任务："好，放心吧，我每天都会看看……"

蓝安说："谢谢刘阿姨。"

"哎呀，不谢，客气什么，都是小事。"想到这里，刘玉梅打开了对面的门。

苏回第二次走进了审讯室。他低下头面对一言不发的蓝安，把自己的猜测慢慢道来。

"真正的细沙，应该是个男人，年龄在20~30岁之间。你愿意袒护他，那他可能是你的亲人，或者是……恋人？我们查了你家的资料，你家中已经没有其他人了，那么他是怎么和你生活在一起的？寄养？他也是矿工的孩子？他的家人出事了？"

苏回猜到这里，蓝安有些不安地攥紧了手指。

"他可能是和你父亲学习制作炸弹的，最初你以为那是他的兴趣，后来却发现他是为了杀人……你早就知道他是细沙，也早就准备好了这套说辞。细沙没有继续作案，可能是因为这两年里他出事了，或者是你找到机会，把他关起来了……可是你还是放不下他。你做好了准备，一旦东窗事发，你就帮他顶罪……"苏回一句一句地说着，有的是疑问句，有的是肯定句。他的手杖触碰着地面，发出轻微的回响。

苏回的语速不快，每一条都是根据一些实际的证据推论出来的。根据资料显示，蓝安的父亲蓝子闻所在的矿厂在18年前发生了一起矿难，5人死亡，3人失踪。警方核对了死者的名单后，判断那个男人也许是其中的遗孤。他们已经有了怀疑的对象，只是还需要时间来查证。

蓝安睁开眼睛，看向苏回。眼前这个人究竟是什么人？警察吗？为什么他说的每句话都是对的？她的身体抖成一团，汗水从额头不停地冒出来，脸色也更加苍白，甚至让人担心会晕倒在审讯室里。

苏回还在继续施压，他希望蓝安能够早点松口，可是他也清楚地知道，这些话可能抵不过蓝安对那个人的感情。

"在你原本的计划里，当你被抓到，你就会放他自由。可是……你这么做，换不来他的感激，反而会让事态进一步恶化……"苏回说到了这里，微微侧了一下头。

他决定下一剂猛药。

"他应该知道你愿意为他顶罪。你现在坐在这里，就说明，他已经抛弃你了。"

蓝安抬起头来看向苏回，目光复杂，似是在祈求他不要再说了。

"他是怎么接触到董桉辰的呢？也许是一个足够他们对话、传递信息的窗口，或者缝隙……他催化着董桉辰心里的欲望，让董桉辰去帮他杀人。现在也有人在讯问董桉辰，就算你不说，董桉辰也迟早会供述出来的。"话是这么说，但事实上，那个男孩对很多问题的叙述颠三倒四，蓝安才是真正能够让他们更接近答案的人。

蓝安的手指又是微微一动。

苏回又添了一把火："你现在放了他，他会比两年前更凶残，也会有更多的人死于非命……"

听到这，蓝安终于开口了。她睁开了眼睛，嘴唇颤抖着："不……不会的……"

她吐出这几个字，就像是用尽了全部的力气。

随着时间的推移，蓝安也感到有些焦虑不安。可事到如今，她却还有一丝希望，希望那个人能够平安，能够逃过一劫，能够改过自新。

苏回皱紧了眉头。还不够，砝码还不够，只凭这些，她不会供述出真相……

就在此时，陆俊迟的手机忽然一响，他转身出去接了个电话，没多久便冲了回来。

"蓝安，我们在你的家中发现了一具老年女性的尸体以及一条被打开的锁链！死

者是住在你家对面的邻居刘玉梅！你现在必须告诉我，那个人究竟是谁？"警方还是去晚了一步，他们到蓝安家里时，屋子里已经空了，他们没能阻止新的悲剧发生。

"刘玉梅死了？"听到这个消息，蓝安的双眼忽然睁大，"她……她是怎么死的？"

"窒息而死！"陆俊迟的语气中带着怒意。刘玉梅是被人活活掐死的，那是一个怎样的禽兽，就连一位老人都不会放过。

"他还抢走了刘玉梅的手机、身上的财物以及身份证。"

怎么可能？她……她只是让刘玉梅帮忙放了他。可是他为什么会杀了刘玉梅？

蓝安的眼睛湿了。她以为，两年的囚禁生活能够磨平那个人的性子，可是现在看来，她就是那个把毒蛇揣到了怀里的农夫。她的父亲收养了他，他们从小青梅竹马，可是到最后，只得到了这样的结果……

她的眼泪顺着脸颊不停地滑落，干裂的嘴唇翕动着："他……他是我父亲收养的孩子，叫宋蓝恩。"

蓝恩是蓝安的父亲给他起的名字，宋是他原来的姓。

在宋蓝恩8岁的时候，他的父亲死于矿难，母亲心脏病发作也离开了人世。此后，他便一直和蓝安生活在一起，蓝安困住了那个恶魔整整两年。

蓝安掩面失声痛哭起来。现如今，他终于获得了自由，而她也成了助纣为虐的帮凶……

"我的父母离异得早，我是被我父亲带大的。那时候我的父亲想要收养他，却因为不符合条件，没有办理领养手续。我们从小一起长大，但从他考上大学，我的父亲也去世后，我们的来往就不多了，只是放假的时候会一起吃个饭。两年前，我偶然看了他的手机，发现他一直在做那种事……"蓝安颤抖着声音说，"后来我卖掉了父亲留下来的房子，另换了一套，用搬新家作为借口，约他来吃饭，趁机给他下了药……"

蓝安专门去买了一套新房子，到了一个没有人认识他们的地方，布置了一个房间。房间的隔音很好，只有一个小窗。她藏起了那个房间里的所有金属物品，只留下了床铺和被褥。她还买了一根铁链、一个最好的铁锁和一个颈圈。

把宋蓝恩关在房间里以后，蓝安非常小心，就算送饭也只用塑料的餐具，洗手间里也只放了电动的剃须刀。她努力隔绝了他和外界的一切交流。她知道，宋蓝恩这样的人是不会选择报警的，也无法向邻居求救，一旦被发现，他所做的事情就面临曝光。

宋蓝恩一开始拒绝吃东西。他们冷战了很久，有时候在睡梦里，她也能听到他在磨铁链，那声音让她久久不能入睡。到后来，他们似乎都释然了，像是两个同住在一个屋檐下的室友。

每天上班前，蓝安会把饭菜和换洗的衣服放在门外，下班回来时，就会看到用过的餐具和换下来的衣服。她偶尔会留下几张最近的报纸，还有一些书，有时候会靠坐在门口，絮絮叨叨地讲述自己的生活，比如画坊最近的生意如何，那些孩子们最近发生了什么有趣的事。但是门内没有任何声音，也没有回应。

这样的几乎没有交流的生活，他们过了两年。

蓝安唯一一次进入那个房间，是因为宋蓝恩生病了。那次宋蓝恩高烧不退，她吓坏了，寸步不离地照顾了他3天。只有那3天，他们仿佛回到了小时候，回到了一切没有发生之前。

3天以后，宋蓝恩终于退烧了，蓝安一时放松，疲惫地趴在床头睡着了。等她醒来，她发现宋蓝恩在看着她，抚摸着她的头发，手指放在她的脖颈上。就在蓝安以为他要吻她时，宋蓝恩抬起了眼——那绝对不是饱含爱意的眼神。那凶狠的眼神，像野兽在盯着猎物……她一时被吓呆了。

宋蓝恩咬牙说："滚。"

于是蓝安跑出房间，哭了很久。随后，一切又恢复了原样。

后来蓝安思前想后，总是觉得不够稳妥。她怕有一天有人发现了宋蓝恩所做的事，想要帮宋蓝恩顶罪，又怕如果她不在，宋蓝恩会饿死，会被警察抓住，所以后来在刘玉梅那里留了一把钥匙。

而如今……她是咎由自取，死一千次一万次也不能赎罪。她不仅放走了宋蓝恩那个魔鬼，还害死了刘玉梅。当时给宋蓝恩下药以后，她就应该打电话给警察，那样一切就都会不一样了。

苏回看着面前的档案资料。

宋蓝恩，今年27岁，大学专业是化学，却在两年以后因为多门考试不及格被学校退学。他从小就跟着蓝安的父亲蓝子闻学习炸弹的制作，再根据自己所学的化学知识，对其进行改装制造，不断地提高炸弹的威力，优化炸弹结构。他具有反社会人格，疯狂、狡诈，一直在为解秋提供爆炸物，让那个男人得以在城市里游荡，由此爆发一系列的细沙爆炸案。

这是典型的有组织无差别杀人。

见蓝安终于肯开口，陆俊迟马上问下去，在第一时间找到宋蓝恩的资料和照片，准备发布通缉令。

陆俊迟问："宋蓝恩会去什么地方？"

蓝安摇了摇头："我不清楚，他大学退学以后，我就没有进入过他的圈子了。"

蓝安一边哭着，一边心生恐惧。她在今日酿成了大祸，这个恶魔获得了自由，犹如被放出的潘多拉魔盒……他会在城市里制造新的爆炸案。

"宋蓝恩的手机和其他东西呢？"陆俊迟又问。

"我……把他的手机丢掉了……手机卡在厕所里冲走了。我没收了他的身份证……以他女朋友的身份，退掉了他租住的房子。"蓝安哭着说，"我以为我断绝了他和外面的一切联系，他就能活着……"

"他的同伙是谁？"陆俊迟厉声问。

"我真的不清楚。那时候，除了解秋他还有一些来往的人，我不认识那些人，但是里面有男有女……"

审问的人又换了一批，他们却再也问不出宋蓝恩同伙的身份。也许蓝安对此真的不太清楚。

乔泽义愤填膺地道："这个女人恶而不自知，简直是太可恶了，她居然还在委屈地哭。"在他看来，这样的人比凶犯更加难以防范。

苏回分析道："蓝安爱上宋蓝恩，不光是因为他们小时候的接触。这个女人对连环杀手有着病态的爱恋，还有着不切实际的幻想——她妄想自己的行为能够让宋蓝恩改过自新。在历史上，喜欢连环杀手的人也不在少数，甚至有些女人想要嫁给连环杀手。心理学家对这种心理有过诸多的分析，比如拯救幻想、母性需求、替代幻想等。但是因为人数较少，缺乏研究案例，这种行为的具体心理原因还是难以定性。"

调查报道记者希拉·埃森博格（Sheila Isenberg）曾经写过一本书，名叫《爱上杀人犯的女人们》，里面写道："这些女人与杀人犯之间的恋情在某种程度上满足了她们的需要。"

蓝安对宋蓝恩做的事，想要包庇宋蓝恩的顶罪行为，并不是出于公众安全的考虑，仅仅是她个人的满足和自我感动。

陆俊迟对此表示赞同："她做出了这样的事情，法律也会制裁她……"

陆俊迟从观察室里出来时，看到苏回独自站在会议室的白板前。这个白板是邢云海留下来的，上面还有着邢云海的字迹。

会议室只开了一盏灯，有些昏暗，衬得苏回的背影十分消瘦。陆俊迟忍不住走过去，看向他清秀的侧脸。苏回眯着眼睛回头，确认来的人是陆俊迟，又扭回了头去。

他们今天得知了细沙的真实身份，案子取得了很大的进展，可是谁也高兴不起来。在他们抓到了蓝安、找到细沙真实身份的同时，那个连环杀手却恢复了自由。只要想到那么一个危险的男人还在城市里游荡，他们的心就一直在揪着，陆俊迟恨不得不眠不休，只想尽快把宋蓝恩捉拿归案。

苏回看着眼前贴满了线索的白板，开口道："我在两年前觉得，可能是有布景师的存在影响了我们的判断，不过现在看来，当年的思路可能是错误的……"布景师可以故意伪装现场，起到误导警方的作用。

爆炸案和很多其他案件不同，这类案件很少有指纹出现，脚印也很难查找到，监控设备容易被损坏，人证、物证也都非常稀少，凶手很难被抓到。

细沙案使用的这种炸弹是自制的，有明显的手工制作痕迹，每次犯罪现场都会留下同样的细沙。相似的安装方式，相近的投放时间，每起案件之间有很多关联点能够证明这些案件是相关的。一些零星的模糊影像显示凶手为单独行动，又因为炸弹的原料和制作并不是普通人能够掌握的，所以行凶方式一般都极其隐秘。所以在细沙案发生时，在许多侧面证据面前，他们顺理成章地认为，凶手是个孤僻、远离人群、有反社会倾向的人，也让他们认定，凶手是独自行动的。

他们错误地认为，凶手是制作者，也是投放者。在这样的前提下，他们无法解释和还原案件。

一般的炸弹制造者都有自己独特的行为方式，可是这个细沙却在后续的作案中，呈现出了多种行为方式，像是一只极其狡猾、善于伪装的狐狸。

没有犯罪动机，没有犯罪目标，没有犯罪规划，除了每过10天就必须在这个城市里投下一枚炸弹外，他什么特征都没有。

在巨大的压力下，苏回和月光在侧写时产生了分歧。当年，他和月光对凶手只有一个人这一点坚信不疑，认为后续呈现出来的各种错综复杂的状态是对方的伪装。可是也许，只有一个凶手就是对方给他们的最大误导，而其他的不合理之处都是未经掩饰的。他们认为的错误答案恰恰才是正确的答案。

说到这里，苏回抬起头来，俊秀的脸上略显苍白："我和月光当年可能都没有错，细沙不是一个炸弹制造者。宋蓝恩是一个武器师，这些炸弹由他制作，却分别由不同的人进行投放。那些投放炸弹的人是一个小团体，其中领头的人是解秋。每过10天，团体就会收到一枚炸弹，由其中一个人完成投放，所以案件中才呈现出了多种不同的侧写结果。"

陆俊迟皱眉思索了片刻，豁然开朗。一旦推翻案犯只有一个人、投放者就是制作者这些先决条件，眼前便柳暗花明了。

苏回继续道："多位凶手，这是比布景更加有效的扰乱警方视线和调查的做法。当时可能有多个投放者，他们拿着同样的炸弹，按照自己的方式，在城市里进行投放。"

在历史上，这种合作分工的犯罪行为太过少见。这种模式就像是一群玩家在蹲守着游戏任务，接到任务的人会在城市里游走，最后进行犯罪。

这样解释，一切就说得通了。

陆俊迟低头沉思了片刻。苏回的这种推断听起来让人觉得惊讶，可是仔细想起来，却觉得无懈可击。苏回口中的是假设，那么他的任务，就是把假设，证明为事实。

"其中一位凶手生性残忍，会故意选择标志性的建筑、人多的地方放置炸弹，而另外一个凶手还有着一丝人性，会在放置炸弹时避开孕妇和小孩。当年我也只是抓住了投放者之中的一个……"说到这里，苏回低头道，"警方并没有抓到武器师和其他人，所以之前，这个案件并不算是真正破了。"

而现在，宋蓝恩这个组织的核心，回归了。

陆俊迟整理了一下思路："你觉得他们会马上作案吗？"

苏回点头道："他们可能已经囤积了很多的材料，算上制作炸弹、准备的时间，我们可能只有两天左右……"

随着宋蓝恩被通缉，这些人会马上知道他们已经被盯上了。华都已经被全面封锁，他们想逃是逃不出去的。这是一场善与恶的竞赛。

苏回捂着嘴低咳了几声，说出了自己的推测结果："最坏的结果……宋蓝恩沉寂了两年，也憋了两年，这次，他们可能会多人一起行动，造成更大的伤亡。"

这将是一场疯狂的最后狩猎。

听了苏回的讲述，陆俊迟的指尖弥漫出一种凉意。那是怎样一种无法想象的恶，才能够化成这样的形状？可随后，他的胸中涌起了热血。面对这样的敌人，他更想把案件尽快侦破——他们必须阻止这场灾难。

陆俊迟道："你觉得，这群人为什么要做这件事呢？"弄清楚他们的犯罪动机，才能够找到他们的作案目标。

苏回道："我还没有想清楚。这个组织，既是群体的，又是个人的。时间和目的性会随着群体的思维进行改变，个人的意志和想法又会掺杂在其中，成为变数。"

"你能不能判断，一共有多少人参与这件事？"

苏回的思路从未像此时这样清晰。他沉声道："可能会有四名凶手，除去解秋，还有3人。"他那时候抓住了犯案最多的解秋，月光可能也锁定了一个凶犯，还有两个人隐藏在黑暗之中。

时隔两年，散沙终于连成了线……

陆俊迟道："我了解了。我会告诉领导，做好所有准备。你也别太熬着了，我们去吃点东西吧。"

苏回明白，欲速则不达，这是一场可能会持续几天的持久战，他不能倒在半路上。他想了想说："那就先吃晚饭吧！不过一会儿我想去一个地方。"说完他停顿了一下，抬起头问陆俊迟，"你可以陪我一起去吗？"

陆俊迟问："是和案子有关的地方吗？"

如果是平时，非工作时间他陪着苏回去哪里都可以，可是现在他们时间紧迫，他必须精准地计算时间。

陆俊迟了解苏回，苏回没有家人，也没有什么朋友，除了总局、案发现场、学校这几个地方，一般也不喜欢到处乱逛。而且现在宋蓝恩的身份刚刚揭晓，他的心思也都在案子上，这个时候提出来想去的地方，一定是很重要的地方。

苏回的双眼低垂下来："算是有关系。我想要去找一个人……"

陆俊迟又问："是我认识的人吗？"

苏回点头："算是认识吧，是我的一位老朋友。他是现在这种情况下，最有可能帮助我们破解真相的人——"

"月光。"

月光？在邢云海的讲述中，月光和诗人是有过节的。陆俊迟还记得，月光离开的时候，给邢云海了一个"小心诗人"的提示，他没有想到，苏回提到的人会是月光。

苏回解释道："当初我们的思路是不同的，如今解秋已经死了，他当年追查的那个人却还活着。如果可以找到月光加入进来，那应该可以节约大量的时间，有利于我们更快找到其他凶手。"

当年的四位侧写师中，预言家侦破经验最为丰富，知更鸟的女性直觉更为准确，但是论起来，他们都不如月光。月光在侧写方面是高于那两人的存在，也是这一案最好的帮手。

苏回道："月光的本名叫姚飞，是一个很有才华的人。在4位侧写师中，他的思路一直独辟蹊径，每次我们两个的分析思路都是完全不同的，有些时候还能互补。虽然他的侧写准确率较高，但他总是剑走偏锋，所以在总局中没有受到足够的重视。"

月光的年龄比苏回稍大，对各种卷宗过目不忘，也有些恃才傲物。总局里有个传闻说，在诗人来到华都总局以前，月光一直觉得自己是继承于烟衣钵的人。在诗人的声望高过他以后，他被激起了斗志，后来逐渐把诗人当作了假想敌。

不过眼下，什么所谓的恩怨都没有破案重要。唯一的问题是，月光早就不在公安系统中工作了，他们能找到他吗？

陆俊迟问苏回："你知道他现在在哪里吗？"

苏回低头道："我只是顺手扒过他的马甲，至于他现在在哪里……我只能寄希望于他这两年还没有离开华都，没有更换住址了……"

月光是于烟的徒弟，也曾经是于烟的助手。他早在行为分析组成立以前就在华都总局任职了。对于犯罪侧写师而言，通过人的行为、语言来分析他的个人信息是最基础的基本功，苏回没有费太大的力气就知道了月光的身份，就像陶李芝可以扒到诗人的马甲一样。

苏回知道月光叫姚飞，他认为姚飞也肯定知道他就是诗人。

两个人匆匆吃了晚饭。在去找月光的路上，苏回和陆俊迟简单说了一下月光的事。

陆俊迟犹豫了一下问："月光……后来为什么离开了总局？"

不同的人会给他不同的答案，但他觉得都不如问苏回来得直接。

苏回低头道："当年发生了一件导致月光停职的案件。那是一起连环侵害案，虽然最后抓住了凶手，但监控显示，月光和一队警员提前到了现场，他却让警员们待命，没有及时阻止凶手，造成了被害人受到侵害的后果。"

陆俊迟道："他为什么没有行动？抓住凶手固然重要，但是保护受害人不是应该排在第一位的吗？"而且，一般情况下，侧写师作为辅助方，是不会过度干预行动的。

"在随后的解释里，月光说，他并不确定凶手和受害人就在里面。"苏回停顿了一下继续道，"可是很多人认为姚飞是故意的，说他可能想等凶手行凶时再证据确凿地把他抓获，可却没有把控好时间点。"

陆俊迟问："你相信他吗？"

苏回摇了摇头说："我也很难判断……姚飞是一个冷漠的人，认为只有胜利才重要，为了胜利，可以付出一切代价。总之，这件事结束后，姚飞被调查了。种种记录显示，他在3天前就出现在受害女孩的周围了，可他既没有通知女孩的家长，也没有通知警方。

所以有人怀疑，他是把女孩当作鱼饵。月光当然也在极力辩解这件事，但他的口供却没能很好地解释这一点。"

这听起来是工作中的巨大失误。在领导看来，姚飞就是为了追求破案，误入歧途。

"姚飞……他曾经在警队里有过一些言论，比如，为了抓住坏人，有时候一些牺牲是必要的。"苏回合拢了双目，"作为侧写师，经常需要深入那些黑暗，研究犯罪者的心理，也许就在这个过程中，他受到了影响，背离了自己的初衷……"

陆俊迟问："这件事后来是怎么处理的？"

苏回说："最后处理结果是他被暂时停职。这件事在当时影响非常不好，华都警方并没有公开，甚至没有删除月光的ID，所以很多人并不知道他停职的消息。"

苏回说到这里叹了一口气："姚飞说自己说的都是实话，说自己是被人陷害的，他根本不知道女孩是下一个受害人，后来就直接辞职了，上面批准了他的离职申请。"

陆俊迟"嗯"了一声："高层应该也是权衡过利弊的。"

一个侧写师固然难得，可若是侧写师本身出现了问题，那是比普通的警员杀伤力和影响力都要大很多的。姚飞虽然有才华，但是对于公安局来说，他是个不稳定的因素。一个没有了警魂的警察，留在内部反而是一件危险的事。

苏回道："那时候谭局也咨询过我的意见，我综合了姚飞之前的几份侧写，指出了一些错误之处，写了一份分析报告。大概在姚飞来看，正是这份报告让他彻底离开了警队吧。"

陆俊迟有些想明白了，如果月光觉得自己是遭人陷害的，他肯定会觉得苏回也是同谋，在最后的时候落井下石。无怪乎他离职的时候，会给邢云海留下那样的话。

陆俊迟问："你觉得月光会帮助我们吗？"

苏回睁开双眼凝望着窗外城市的夜景："不试一试，怎么知道？"

他并不觉得他和月光到现在还是敌对的关系，他们更像是两个曾经共事的同事，只要有了共同的目标就会走到一起。他看得出来，月光喜欢破解那些案子，也能够化解很多难题……也许他们能够达成新的合作。

和陆俊迟交谈时，苏回又想起了姚飞。

在总局的时候，诗人和月光只有在讨论问题的时候才会互相交流，两个人之间绝不多说一句废话，他很难形容月光究竟是个怎样的人。

月光看起来有点懒散，可是骨子里极其认真，甚至喜欢钻牛角尖，争强好胜。他没有什么朋友，也没有什么兴趣爱好，唯一的喜好就是破案子，对犯罪有种敏锐的直觉。

在进行侧写分析时，苏回像是一个在外部的观察者。他习惯把自己放在黑白的交界线上，这样可以更多地了解到那些黑暗——读懂它，却努力让自己不偏向那一方。月光却和苏回完全不同。月光是贴近黑暗的，他习惯使用犯罪者心理，甚至是代入凶手来进行侧写。所以月光的答案总会透露出那么一点阴暗、残忍、偏执和疯狂。

月光就像是月夜之中的狼人，平时看起来是个完整的人，可是有时候却可以幻化为野兽，可以轻易走入兽群之中。正是因为这一点，总局里的人们更加惧怕月光。人们听月光的推理的时候，一边点头赞扬，一边提防着，好像月光也会随时做出什么可怕的事情来。

月光是高傲的，他不会求助任何人，甚至并不把那些领导们放在眼里，他的关注点只有那些坏人。他疯狂地想要抓住他们，可是这种举动却并不像是惩恶扬善，更像是异类的自相残杀。

有一次，苏回听到金副局在和李秘书聊天。

"怎么又递交了这个案子？他不知道这个案子已经结案了，绝对不会重查吗？"

"直接填了打回就是了，往好里想，我们不用重新审核，浪费时间。"

"他之前就只听于烟的话，都不把我们放在眼里……"

"毕竟是于烟教出来的徒弟。"

"什么徒弟，根本就是于烟以前养着的狼崽子……现在于烟死了，脱了缰了……"

苏回从他们身后默不作声地走过。他知道金副局长说的人是月光。月光只听于烟的话，对那位老师恭敬、顺从，却从来不肯正眼看那些领导。也正是因为月光，总局很多人对行为分析和心理侧写保持着怀疑甚至敌对的态度。

苏回觉得，他身为侧写师，精通犯罪心理研究，有时候却看不准身边的人。从旁观者的角度看，他能够完成精准的侧写，可如果这个人进入了他的世界，他代入了个人情感，就无法得出结论。所以，他一直不知道最后那一案，月光究竟是故意的，还是……真的受人陷害了。

当年的那个案件，月光一直矢口否认，可是警方见过太多狡猾的、会说谎的犯罪分子了。他就像是狼来了那个故事里的孩子，平时行为古怪，以至于真的发生了大事，人们都不相信他。

有没有可能在某个瞬间，月光想偏了，真的把那个女孩当作他的筹码？又或者一切真的只是巧合，他恰巧出现在那附近，恰巧没有在事发前救下女孩。

这件事可能只有姚飞自己知道。

陆俊迟的车停在一处居民楼下，两个人下了车。陆俊迟抬起头来看了看苏回报给他的那个地址，开口道："灯是黑着的。"月光可能没有在家，也有可能早就已经搬家了。

苏回握紧了手杖，道："上楼看看吧。"

那是一栋老式居民楼，隔音并不太好。两人上了楼，敲了敲门，没有任何回应。

"可能是不在……你还记得他的手机号码之类的吗？"陆俊迟问。

苏回摇了摇头，这个地址他都是偶然记下来的。

正在这时，对门的门忽然开了，一位中年妇女探出头，目光警惕地问道："你们找谁？"

陆俊迟见状马上问："阿姨，住在这里的是不是一个叫姚飞的？"

那个女人上下打量了他们一下，然后说："他最近没有回来过。"

听了她的回答，苏回感到有些失望。

陆俊迟继续问："你有他的手机号吗？我们找他有些事。"

那个女人又摇了摇头。

陆俊迟看她非常警惕，又解释道："我们不是坏人，是他以前的同事。"说完，他亮了一下自己的警官证。

"以前的同事？"那个女人看着苏回忽然问，"你喜欢读诗吗？"

"什么？"苏回一时没有听清楚。

"读诗，诗句。"那个女人重复了一下。

"喜欢……"苏回有点不明白她想要做什么，但迟疑了一下，还是这么说了。他给自己起的代号是诗人，自然是喜欢诗句的。

"你等一下。"那个女人走回屋子里，过了一会儿，拿了一本诗集递给他，"姚飞一次性给我交了一年的房租，说他会离开一段时间。当时他留下了一本书给我，告诉我说，如果有喜欢诗歌的同事来找他，可以把这个交给他。"

陆俊迟忙问："阿姨，你知道他去哪里了吗？是什么时候走的？"

那个女人摇摇头："他是半年前离开的，手机也打不通，我也不知道他去了哪里。"

陆俊迟又追问了一句："那阿姨，你知道他这两年来是做什么工作的吗？"

那个女人道："工作？他没和我说过，其他的我也不清楚了，我打过他的电话，也停机了。"

"除了我们之外，还有人来找过他吗？"

"没有了。"那个女人完成了任务，急不可耐地关上了门。

苏回微微皱眉，看向手里的那本书——一本现代诗集。

这个追查的结果和他想象的不太一样。

半年前……那不是和他遇到陆俊迟时差不多的时间？月光为什么会留下这本书给他呢？这是什么意思？月光这段时间去了哪里？难道说很早以前，他就已经知道他们会来找他吗？

苏回握紧了那本书，忽然想到，那之后就是他和傅云初见面的日子，还有接下来的覃永辰、安郁辞……

月光会是他们口中那位他的老朋友吗？

两个人从楼上下来，回到了车上。陆俊迟侧头问苏回："你觉得，月光会和我们现在的细沙案有关系吗？"

苏回目视前方轻声道："目前还没有太多的证据……"

一切都是他的推测。就像是在迷宫中进行的游戏，大部分人不能一次就正确通过，总是会不免走到错误的路上，不过只要及时折返，依然可以快速通关。他的注意力必须高度集中，才能保证方向不会偏。

陆俊迟继续问:"我们需要再花费力气找一下月光吗?"

苏回伸出手指揉了揉眉心:"等这个案子结束吧,现在的时间太紧张了。"

陆俊迟道:"好,等细沙案结束以后……"

他们这次的目的是找月光询问当初细沙案的推论结果,让月光帮忙侦破眼下的案件。既然月光不在,他们就需要收回目光,回归眼前的案件,解决宋蓝恩留下的棘手问题。

苏回点了点头,有点疲惫地靠在车座上。窗外模糊一片,深夜里的霓虹灯不停变幻着颜色。

每个人都有自己的命运,月光不在这里已经有6个月了。

在破解月光留下的谜题以前,现在贸然去寻找他的话,就算是动用了人力物力,也有可能收效甚微。两年过去了,月光也许早就已经不是当时他熟悉的人,甚至可能已经被黑暗同化,成了一个危险人物。贸然地去寻找月光,等待他们的可能会是危机和陷阱。

不过月光也有可能变成了一个普通人。也许他只是想换个环境,也许只是去旅行了。但还有一种可能,他依然是最初那个于烟手下的侧写师,还在坚持着内心的理念,关注着那些黑暗。

往好处想,月光足够聪明,也许他能够从生活里辨别出危险,提前离开。往坏处想,他也许已经遭遇不测,沉寂在世界上的某个角落。但无论是哪种结果,都需要花费时间和人力去追查。

月光虽然不是一个传统意义上的好人,但是他毕竟曾是一位警察。一如不清楚过去发生的那件案子的真相一般,苏回也不清楚现在的月光究竟是敌是友。既然月光留了一本书给他,又小心翼翼地隐藏了信息,那么其中应该是有些线索的。

晚上到家时已经过了8点,苏回换了衣服洗了个澡,陆俊迟则收拾了几件衣服放在背包里。接下来的两天他们可能会留宿在总局附近,陆俊迟这个领导总是要身先士卒、积极备战的。

到了深夜,陆俊迟对苏回说:"总局那边,新局长刚批了宋蓝恩的通缉令,指示所有刑侦队以及各个分局把这个案子当作最近的特大案件来防范。接下来几天会很忙,我有可能要住在总局那边,你是顾问,而且身体不好,如果要回家休息的话,我安排人接送你。"

苏回道:"不用这么特殊,你要是住那边的话,就给我也开一个房间吧。晚上我想要熬夜复盘一下,看看能不能把宋蓝恩的几位同伙区分清楚。"

眼下,最紧急的还是细沙一案,他们必须想尽方法,把这个男人以及他的同伙寻找出来。苏回原本想走条近路,找个帮手,但现在月光不在,他只能自己去复盘了。

陆俊迟问:"有什么我能够帮助你的吗?"他走过去,习惯性地贴了一下苏回的额头。虽然现在苏回的体温是正常的,但似乎每次熬夜苏回都会发烧。

"宋蓝恩的资料汇总好了的话，记得发我一份。"苏回说着，把那本从月光那里拿到的诗集递给陆俊迟，"你先翻翻这本诗集吧，月光也许留下了什么信息。"

陆俊迟拿过诗集开始认真翻看起来。他看过很多案件资料，但眼下的这本诗集却是他从来没有面对过的难题，他得确认每一页有没有折痕或标记。诗集看起来很厚，但是内容的行距很宽，字数不多，差不多两个小时他就快速浏览了一遍。他发现书里有个地方，大概是看书的时候压到了，总是很容易就翻到。

苏回那边也一动不动地坐了两个小时。他的视力不好，分析刚做了一半，就感觉到有点头晕了。

"休息一会儿吧。"陆俊迟忙去热了一杯牛奶给他，"进展如何？"

"我把之前的案子按照不同的人进行了一下分类，已经基本可以确定出每个人对应的案件编号。"苏回接过牛奶喝了一口，"你那边呢？有什么发现吗？"

陆俊迟如实汇报："只发现有一页的折痕比较深。"

苏回道："你把上面的内容念给我听听？"他不能每时每刻都把注意力放在细沙案上，那样的效率反而会变低。

陆俊迟翻开，那是书的372页，上面印着西班牙诗人阿莱克桑德雷的《火》。

他眼眉低垂，给苏回念了出来：

"所有的火都带有激情。
光芒却是孤独的！
你们看多么纯洁的火焰在升腾，直至舐到天空。
同时，所有的飞禽为它而飞翔，
不要烧焦了我们！
可是人呢？从不理会。
不受你的约束，
人啊，火就在这里。
光芒，光芒是无辜的。
人：从来还未曾诞生。"

（陈孟译）

这首诗不长，有些晦涩难懂，是一首讲述人与火的诗。苏回以前也看到过这首，那时候并没有太多的触动，不过这个时候再听到有人读这首诗，心里却有了一些感悟。

陆俊迟合上诗集问："你觉得，这首诗里有没有可能蕴藏着什么信息？"

苏回喝完了牛奶，用手指支着下巴道："在很多学者的认知之中，火焰是一切的起源。纵火犯是反社会人格的表现之一。火焰代表着力量、罪恶、叛逆、毁灭和死亡。在一些故事里，火焰是撒旦的象征……"

苏回说着出了神，看向窗外的黑暗，仿佛在穿透时间与空间，与姚飞进行对话。这两年，姚飞不在警队之中，更加自由，同时也可以暗中行事，做一些警察做不到的事情。

苏回问："这首诗是在多少页？"

陆俊迟道："372。"

苏回对这个数字没有什么印象，似乎答案也不是藏在数字里面的。他的眼睛微眯，回忆着："在总局的时候，有一个案子月光一直念念不忘。"

那时候，行为分析组有特权，能在年末总结的时候把觉得有问题的案件上报，申请案件重新审查。那时候，月光总是反复把一个案子报上去，尽管每一次都会得到同样的批示，可是他从未放弃，百折不挠。

陆俊迟问："什么案子？"

苏回的眼睫毛轻轻眨动着，看向身侧的陆俊迟。不知道是不是苏回的错觉，他总是觉得陆俊迟的长相和那个人在哪里有些相似，也许是眉峰的弧度，也许是高挺的鼻梁，也许是脸型，以至于他在和陆俊迟说话的时候，有时候会想起来那个人。

"于烟死亡的案件。"

"于烟的案子……凶手不是早就已经死亡了吗？"陆俊迟皱了眉头。那个案子是他来到华都以前发生的，他也曾经翻看过卷宗，却没有看出里面有什么可疑的地方。

苏回合拢双手，纤细的十指交叠在一起："大部分人都是这么认为的，可是姚飞却一直坚持于烟是被人谋杀的，那个人只不过是个顶罪的。"

陆俊迟紧锁了眉头："你认为呢？"

苏回道："我当时没有经历过这件事，也无法确认于烟究竟为什么被害。"

"于烟死亡一案有目击证人，凶手很快毙命，没有留下证词。关于后续的调查和线索，也没有什么证据，领导们对此自然没有理会，只把一切当作他的臆想。"

那个凶手因为于烟的关系，被判了数年有期徒刑，他似乎有杀害于烟的理由。如果真的有幕后之人，他是怎么操纵凶手杀人的？又为什么非要置于烟于死地？月光一直要求这个案子复查，次数多了，就被所有的领导当作无理取闹。

陆俊迟道："其实，有件事情我没有告诉你——于烟和我还有一层关系，他是我亲舅舅。"

苏回还是第一次听说这件事，感到有些惊讶，却一时不知道该说什么好，只能低低地说了一声："对不起。"

陆俊迟道："没事，总局里很多人都不知道，你也没有恶意。来到总局以后，我虽然看过这起案件的卷宗，但是也没有发现太多的疑点。"说到这里，他停顿了一下，"月光的真名，姚飞……我总觉得这个名字有些耳熟。"

苏回问："你也认识他？"

陆俊迟侧头想了片刻："我舅舅当年好像资助过几名贫困生，这个名字好像是其中的一个……"

苏回明白过来:"怪不得。他虽然行事有些偏激,却一直对于老师十分敬重。"

陆俊迟"嗯"了一声:"以后有空的时候,我再核对一下吧。"

回过头来,苏回看着手中的卷宗——他好像距离真相,越来越近了。

深夜,华都城南的街角,尽管夜已经深了,这里还是车水马龙的,一副热闹的样子。

街边的烧烤店里,一伙人正在把酒言欢,一旁放着一排喝完的啤酒瓶,还有一堆随意摆放着的铁钳。他们年龄、身份看起来完全不同。一个是保养得很好的中年女人,一个是看上去50多岁的老人,一个是长发的青年,还有一个是正在抽烟的中年男性。

"我真是怀念过去的那段时光啊,太快乐了,所以我这两年一直在寻找你……我已经囤积了好久的材料,现在,为了庆祝你恢复自由,我们这次,来把大的纪念一下吧!"四个人中,年龄最大的老者开口说着。他喝了太多的酒,已经有点口齿不清。

坐在角落里的长发青年把头发挽了起来,握着手里的酒杯,轻笑不语。

如果关注一下社会新闻,人们就会发现,眼前的这个男人就是警方刚刚发布的通缉令中的A级通缉犯——宋蓝恩,可是街上的人们似乎都没有注意到。

"唉,要不是我坚持不懈地找你,外加运气好,你得被关到什么时候?你为什么不早点杀了那个女人,或者想办法通知我们,那样不早就可以恢复自由了?"老者喝得大了,肆无忌惮地说着这样的话。在他看来,这样的出逃计划颇费周章。

一旁的女人瞪了他一眼,做了个嘘声的动作,然后开口道:"用你多嘴,老大自然是另有打算了。"

"现在不也很顺利吗?"宋蓝恩说着喝了一口啤酒,"虽然麻烦了一点。"

老者哑着嗓子问:"老大,我攒了那么多的材料给你,这次做烟花,需要几天?"

宋蓝恩伸出手,比了一个"3"。

"好,那就是3天以后。"老头兴奋了起来。

一旁一直没说话的男人吸了一口烟,睁开一双桃花眼。他吐出烟圈,拍了拍一旁那位女人的肩膀,伏在她的耳边说:"你这次可要大胆一点,不要空放烟花浪费哦。"

女人被说中了心思,"哼"了一声,似是受不了满桌的烟味,侧头看向一旁。

此时,城市中的大部分人都已经进入了梦乡,他们对即将到来的危险一无所知。

还有3天,3天以后,整座城市将会陷入地狱。

第64章
欲加之罪

这个晚上，苏回努力让自己的精神集中起来。

犯罪心理侧写不是玄学，而是根据案情、犯罪分子的特征进行的缜密的分析和推理。他把过去所做的细沙案的各种结论推翻，重新开始按照新的线索和思路进行推断。

在诺贝尔发明出黄色炸药后，它除了被应用于爆破之外，更多地开始被应用于战争，随后，炸弹客就诞生了。这是世界上最危险的一种犯罪，凶器的制作成本很高，一般人不会制作，但同时威力巨大，操作起来更为简单，让人防不胜防。

在苏回看来，炸弹客是理性的疯子。他们的疯狂具有一定的逻辑性，但却更加没有底线。相对于一般的罪犯，炸弹客的行为更难以预测，这样的人，比普通手持刀枪的凶手更加可怕。

炸弹客中有很多代表性的人物。比如高智商的希尔多，作案17年后才被抓捕。他威胁《纽约时报》发表了名为《工业社会及其未来》的宣言，里面说："工业化时代的人类最后会被高智能的机器人所取代，要么就是被控制机器人的那些精英所统治，人类可能会因此灭绝。"还有造成了168人死亡的麦克维，他制造了俄克拉荷马爆炸案。他幻想自己是个英雄，要和凶猛的野兽搏斗，认为有些人类为野兽服务，就该化为灰烬。直至被执行死刑，他都对自己的行为毫无悔意。

这类凶手大部分会有上帝情结，也就是 God Complex。他们认为自己强大，无所不能，宛若神明，并且冷漠，蔑视凡人，以为自己可以随意主宰他人的生命。他们是傲慢的、喜欢权力的、试图操纵他人的，通常也是自恋的。

这些侧写，符合宋蓝恩的资料。

在两年前，细沙案持续了5个多月，一共发生了15次爆炸。华都太大了，并不是每一次爆炸都会引起死伤，却一直让所有人悬着一颗心，时时担惊害怕。那是长达150多天的噩梦，华都警方也一直承受着巨大的压力。

苏回把细沙案的所有案件，除去可以明确是解秋所为的进行整理，然后再用编号进行详细区分。

除了解秋作案的以外，还有9次。

苏回记得，其中一个凶手是当年月光锁定的，暂且把他称为第一位凶手吧。当年他们两个人的争论点就在于解秋和这个凶手所表现出来的犯罪模式不同，相比于解秋，这个人更加凶残，也充满了更多的变数。他所操纵的爆炸案，爆炸时间较早，爆炸地点开放，一般在人多的地方，大多是华都的标志性建筑。

他第一枚炸弹安放的地点就是在华都非常有名的一个广场的喷水池边，造成了喷水池的损坏以及人员的伤亡。第二次，他安放的炸弹引起了一尊雕塑的倒塌，又造成了数人死伤。第三次，他在华都最繁华的商业街路口的电子屏幕下安放了炸弹，损失惨重。

这个人像是一个观众，在爆炸发生时，他可能就隐藏在人群中，冷漠地看着一切，内心无比雀跃。在几个人中，他的表演欲望以及操纵欲望是最强的。之前他作案的次数不多，只有3次。他酷爱杀戮，是几个人里最凶残的，和喜欢摧毁幸福的解秋为细沙案定下了鲜明的风格。

第二位凶手每次作案花费的时间较长，而且选择的地点多在室内。他会把炸弹仔细地安放好，隐藏起来，离开以后再进行引爆。比如说，他会把炸弹放在一处附近没有摄像头的寄存柜里，或者放在活动中心的活动室里。比起杀人，他更喜欢搞破坏，引起人们的骚动、恐慌，造成连锁反应。他与上一位凶手相比，更加畏首畏尾，瞻前顾后。他可能在行动上有些不便，所以他的炸弹是最晚引爆的。他能打开储物柜，可能会一些盗窃的技能，在周围都是空箱子的情况下，他选择了中部的箱子，个子可能不高。

苏回判断，这个人应该是男性，有可能有前科，年龄可能会是几个人中最大的。炸弹放置的区域都是所谓的富人区，他可能有一些仇富意识。

苏回还记得蓝安说过一句话，她说宋蓝恩认识的人里，有男人也有女人，所以他判断第三位凶手应该是女性。这个凶手作案四次，其中却出现了两次空放，没有空放的那两次，一次爆炸在垃圾场，另外一次发生植物园外。在植物园爆炸的那一次，她在引爆炸弹时，故意避开了幼儿和孕妇。

相比较而言，这位凶手造成的影响是最小的，没有人因为她的行为死亡。她似乎还没有完全泯灭人性。苏回可以感觉到，这个女人不是初出社会的小姑娘，年龄应该在30岁以上。她可能经历过丧子之痛，所以才会避开幼儿。

两年前，这些人进行过多次犯罪，他们都是从宋蓝恩那里拿到炸弹的。这些人在随着时间的推移进化，对他们来说，这个"游戏"一次比一次惊险、刺激，还可以轻易逃脱法律的制裁，不会被人发现，甚至可以期待一场更残忍的杀戮。他们已经食髓知味，在这样的心理之下，连环爆炸可能就在眼前。

借着现在能查到的资料，苏回把细沙案完全分析了一遍。凌晨3点半，他终于落笔，长出了一口气——这样的3个人，可能就是他们将要面对的几位凶手。

可是还有些地方，苏回是想不通的。这样的3个人，是怎么和宋蓝恩走到一起的？

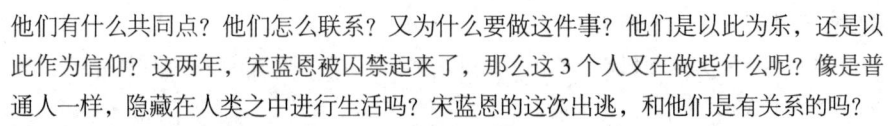

他们有什么共同点？他们怎么联系？又为什么要做这件事？他们是以此为乐，还是以此作为信仰？这两年，宋蓝恩被囚禁起来了，那么这3个人又在做些什么呢？像是普通人一样，隐藏在人类之中进行生活吗？宋蓝恩的这次出逃，和他们是有关系的吗？

还有太多的问题需要解答，可此时苏回却觉得有些冷。他的手发起抖来，胸口的伤口隐隐作痛。这种程度的疼痛还在他的可承受范围内，就是让他无法再专注地思考了。他拿着那张打印出来的侧写结果，刚站起身，就觉得一阵眩晕，眼前一阵阵发黑……似乎已经支撑到极限了。

陆俊迟一直在餐桌旁看着电脑上的资料，见苏回起身，忙走了过来，正好把他扶住。

苏回站稳后，把侧写结果递给陆俊迟："可能会有不准确的地方，现在……只能先做到这种程度了，我明天再继续推导。这个你先当参考，别给别人看。"

陆俊迟接过侧写结果，厚厚的一摞，字字都是心血。

苏回低声把上面的信息给陆俊迟简述了一遍，然后又道："这些仅是根据过去两年前的信息进行的侧写，这些人应该是这次犯案的核心。不过我怀疑，如果他们收集到的制作材料够多的话，宋蓝恩可能会把游戏扩大化。"

陆俊迟皱眉问："怎么扩大？"

苏回道："最简单的方式就是联系潜在的凶手，找到更多的人加入进来。"

现在他们已经推断出，很多连环杀手之间是有联系的，那么他们可能会找到更多的人，参与这样一场狂欢。

陆俊迟问："他怎么确认最新招募到的人会进行投放？又怎么确认那些人不会把他举报给警方？"新手进入，不确定因素也就增加了，对于那些罪犯来说，危险系数也会增加。

苏回摇摇头："他不需要确认，他只需要那些人加入进来。信息是他单方面输入的，对方并不会知道太多情况。进入这个游戏的人越多，警力就越分散，他们的胜算就越大。"

说到这里，苏回连声咳了起来。陆俊迟皱着眉用手探了探他的额头："你有点发烧了。"

"没有那么严重……"苏回的冷汗不断，心跳加速，困倦得睁不开双眼，却喃喃地说，"你给我倒点热水吧。"

苏回扶着墙慢慢回了卧室，打开柜子，取出几粒药放入口中，那里面有退烧的、止疼的、也有止血的，他分不清症状，也没有时间细细研究，只是希望这种时候不要被身体拖累到无法行动。这个案子太关键了，他不想错过一分一毫，更不能倒下。

等陆俊迟端了热水过来，苏回喝了几口水把药吞了下去，随后躺在床上说："我睡一会儿，你记得叫我。"

"嗯，你放心睡吧。"陆俊迟调暗了灯光。

苏回的头还有点晕晕的。他蜷缩起了身体，撑到药劲上来，意识才开始变得模糊起来，终于进入了半睡半醒的状态。

陆俊迟在一旁翻阅着苏回的侧写结果，过了一会儿，听见苏回的呼吸平稳了下来，才稍稍放了心。

凌晨4点的城市安静极了，陆俊迟看完苏回的侧写以后，这几个人的样貌逐渐在他的脑中变得清晰起来。那些凶手们就像普通人一样，和他们共同生活在这个城市里。这样的3个人，加上刚刚逃出的宋蓝恩，将会是非常显眼的，他们并不是低调隐忍、暗中行事的人。

想到这里，陆俊迟打开手机，给工作组的其他人留言，让他们明天一上班就拿着宋蓝恩的照片以及通缉信息发往各个分局，查找他是否去过一些公共的场合。他想了想，又加了几条筛选标准——根据蓝安的口供，宋蓝恩是长发，但他可能去剪了头发，也可能戴了帽子。

忙完了这些，陆俊迟才入睡。

苏回这一夜睡得不太踏实，总感觉起床时间要到了，可是完全睁不开眼睛，耳朵边似乎有人在说话，又像是有奇怪的声音，让他听不清是什么。等他眉头一跳，睁开双眼，天色已经大亮了。

苏回看看表，已经8点多了，心中疑惑：是不是陆俊迟看他睡得太熟了，没有叫醒他……然后苏回就看到陆俊迟走了进来："上午我已经给他们做好了安排，都出外勤调查去了，邹局说要开个中层会议，我看时间来得及，就没叫你。"

苏回起身。他还是感觉有点头重脚轻，胸口闷闷的，有点钝痛，但是比今天凌晨的状态好了很多。他咳了几声，急忙洗漱，然后随着陆俊迟出发去总局。

陆俊迟在车上时接了个电话，挂了电话以后和他说："今天上午各个分局已经在进行排查了，他们发现昨晚宋蓝恩和几个人在一家烧烤店用餐，老曲他们在和店主录口供，顺便调一下监控……饭店老板对那几个人的描述和你的侧写基本吻合。"

有了目击者和影像，这样一来，和宋蓝恩在一起的几个人应该很快就能找到，也能够很快获得更多的信息。苏回终于松了一口气。

这一次，他们一定要跑到对方的前面。

快到分局时，陆俊迟又接了一个电话，"嗯"了几声以后，他的神情有点严肃。

等陆俊迟挂了电话以后，苏回问："什么事？"

陆俊迟皱眉道："是总局的王秘书打过来的，说邹局让他通知你一起参加今天早上的中层会议。"

陆俊迟接触过那位邹局，是一位不好说话的新领导，现在案子到了最关键的时刻，他也不知道邹局为什么忽然提出让苏回参加会议。陆俊迟有点不祥的预感，总觉得今天的中层会意图不明。

苏回却十分淡定，说道："也许就是问案子的事，不会有什么事的。"

华都总局之内，一大早所有人都在忙忙碌碌。

陆俊迟和苏回刚到重案组这边，齐正阳就急匆匆地冲了进来："陆队，调取的资料到了，而且根据付款信息，确认了其中一个人的身份，名字叫毕山雨。金副局让我通知你，尽快把相关资料发给他。"

时间距离10点开会还有5分钟，陆俊迟有点犹豫。

现在夏明晰也去出外勤了，这件事得他来做，虽然都是套用模版填写，但是需要从系统里查出来毕山雨的个人资料，填写和核对都必须极其仔细，不能出一点差错，还需要反复核对，就算是速度再快，也需要将近半个小时。

齐正阳看他有点犹豫，催他道："哎呀，邹局说了，资料一定要第一时间给他，你这里有特殊情况，晚点去开会没关系。"

大领导都这么说了，陆俊迟只得急忙打开电脑。

苏回会意，他伸出一只手按在陆俊迟肩上："案子的事情最大，你先好好准备资料，我和齐队长先去开会了。"

齐正阳点头："对对，我们先去开会，误不了你多长时间。"

听他们这么说，陆俊迟点头道："我这里会尽快完成的。"

这件事他虽然感觉有点不对，但还是应该以案子为先，于是他抓紧时间全神贯注地开始整理资料。

苏回跟着齐正阳出来，手杖轻触地面。齐正阳没有照顾苏回的速度，走得很快，有点心急，时不时回头看苏回跟上来了没有。

苏回走在后面，一边走一边问齐正阳："齐队，是金副局叫你带我过去的吗？"

齐正阳点头："是啊，领导们都知道，王副局还说苏老师你的眼神不好，让我等着你点。"

苏回会意。齐正阳从会议室方向过来，肯定是拿着"尚方宝剑"过来的，几位领导赶这几分钟，就是想把他和陆俊迟分开。

10点钟一到，会议室里，众人已经坐好了，前排几位总局的高层一个不差，邹局坐在正位，左边坐着金副局，右边是王副局。齐正阳回到自己的位置上后，全场便只剩下正对着邹局的座位。

苏回的脸上十分淡定，挺直了腰背走过去，众人的目光一时落在他的身上。

到场的人很多，大部分面孔苏回都不认识，也看不清，但是其中很多人都曾经和他共事过。邹局开场道："最近细沙案已经有了很大的进展，你们一定要抓紧，查明其他嫌疑人的身份，把主犯宋蓝恩捉拿归案……这个在这里就不多说了，金副局长，你不是有事情吗？"

金副局长站起身，目光落在了苏回的身上："既然苏顾问来了，那我们来说一下这次会议的正题。近期，我这里收到了一封匿名的举报信，看了内容以后，我觉得非

同小可，马上提交给了邹局。信的内容是检举苏回身为重案组的顾问，却在暗中联系犯罪分子，促使他们犯罪……"

这话说出来，现场所有的人都感到惊讶万分。

按理说，细沙案正在关键时刻，这次的会议应该是针对细沙案进行的部署，谁也没有想到会在这时忽然提到重案组顾问苏回的事。中层会议上，除了和苏回认识的商卿寒、齐正阳等人，更多人对苏回是陌生的，他们只知道，这位重案组的顾问过来任职了几个月，听说是从华都警官学院请来的老师。最近重案组的破案效率有所提升，和这位苏老师密不可分，怎么可能发生这样的事？

警方是正义、公正的化身，他们需要逮捕的都是穷凶恶极的罪犯。黑白不可混淆，与罪犯有关联是身为警方的大忌，身为警方内部人员诱导他人犯罪，这个罪名可就大了。

邹局长作为大领导，开口道："虽然金副局这里收到了举报，但是我们作为警方，还是要查证清楚。现在市里有重案没有破，我们还是先问问苏顾问，看看是什么情况……"

金副局在一旁点头："因为这封举报信说得不太清楚，上面提到的事情又是非同小可的，所以今天我才专门把苏顾问叫过来，当着大家的面，问问清楚。"他板着脸环视在场的众人，继续说道，"而且举报信上还说，苏顾问除了促使那些嫌疑人犯下罪行，还会在最后关头，诱导他们自杀，从而灭口。"

这话一出，在场很多人的脸上都露出了异样的神色。

重案组前一段负责的那个心理医生的案子，最后时刻只有安郁辞和苏回两个人在场。安郁辞忽然掏枪自杀本就令人费解，更何况他还是苏回的心理医生。

众人的目光下，苏回依然安静地坐在那里，仿佛什么都没有听见。

"……近期在重案组，苏顾问所参与的案件之中，案犯覃永辰、安郁辞、傅云初都曾在死前和他有过交流，随后身亡。"

苏回听着，微微低下了头，没有回答。这些都是实情，而且金副局在今天问出来，一定是有备而来。活人才会论证据，这些人死了，就是死无对证了。

金副局又说："苏顾问，我让人在华都警官学院对你的身份进行调查的时候，发现你曾经用笔名雾先生发表过一些文章，其中有一篇，就是论述关于连环杀手的培养和引导……"

会议室里更安静了。

邹局接口道："苏老师，对这些事，你是否可以给出合理解释？"

苏回声音略微沙哑，开口道："我的确在那些人死前接触过他们，但是我并未对那些嫌疑人进行诱导。"

法医商主任忍不住帮苏回说话："那个，几位领导，大概也没有人会自己写一篇论文，然后按照论文里的方式进行尝试吧……如果真的想这么做，那不写论文，别人就不会发现,这是不是才更合情合理啊……"

听了这话,邹局皱着眉头一言不发。

王副局道:"老商啊,你不要着急,现在金副局也没说苏老师一定是有问题的,我们还是先听听苏顾问的解释。"

"苏老师,你有合理的解释吗?"金副局又提高了声音质问道。

苏回的脸上略显苍白,轻轻摇了摇头。他也不知道从何解释,而且有些事情解释起来,反而会越说越乱。

欲加之罪,何患无辞。就像苏回和安郁辞最后的对话,没有人证,没有物证。是安郁辞原本就产生了自杀的念头,还是苏回的话令安郁辞产生了念头,这本来就是很难界定的。

在场的人都为这位苏顾问捏了一把汗。表面上看,金副局是主问,王副局是在辅助,可是实际上,这两位领导一唱一和,一个红脸,一个白脸。在金副局的问询之下,苏回这样的回应,太苍白无力了。

话正说到这里,会议室的门被人猛地从外面推开。

陆俊迟的胸口还在轻微起伏。他是做完了工作一路跑着过来的,正赶上金副局对苏回的质问。

看到这种情况,陆俊迟大步走进来:"金副局长,资料已经发给你了。"

他就像没有看到房间里众人投射过来的目光一样,扫了眼这屋子里仅剩的一把椅子,走过去把它拖过来放在苏回的旁边,随后坐下来问道:"对不起,来晚了,今天的会议是什么议题?"

金副局原本想趁着陆俊迟不在,先把这件事定了性,现在陆俊迟赶了过来,这件事只怕不会顺利,连忙开口道:"陆队长,我也正想和你说这件事。在两天前,我收到了一份关于苏老师的举报信……"

陆俊迟抬头道:"举报信?我作为苏顾问的直属领导和搭档,我为什么不知道?"他看了眼低头坐在他身侧的苏回,继续道,"为了细沙案,苏顾问今天一直忙到凌晨,在他的帮助下,我们正在逐一确认多位凶犯的身份……金副局,你这个时候在中层会议上忽然询问举报信的事,这似乎不合规章流程啊。"

事到如今,陆俊迟已经清楚,金副局刚才是在故意拖延他的时间——有人在故意针对苏回,还想趁着他不在先斩后奏。

邹局此时也放下了手里的笔,十指交叠,看向陆俊迟:"刚才陆队不在,金副局你也不要太过着急,把事情说清楚。"

金副局轻咳了一声,把举报信上的几点又重复了一下。

陆俊迟听到这里,抬起头来:"金副局,你不会相信了这上面说的吧。论起来,我们做警察的,谁没接触过几个犯罪分子,这上面列举的人和事情,每一件我都知道,甚至大部分我还在现场,那我是不是也牵扯其中呢?是不是我说了什么、做了什么,

导致那些丧心病狂的凶手自杀身亡的？"

陆俊迟一向对领导和颜悦色，但此时却不肯退让半步。

王副局马上出来打圆场："这个……陆队长，金副局并没有这个意思，他也是希望苏老师对此进行解释。"

陆俊迟道："解释？什么解释？这信中提到的所有案件我们都已经按照流程递交过文件，给予过审核。安郁辞已经死了，要怎么进行解释领导们才满意？"话中句句包裹着对苏回的回护之意。

金副局被他的问话逼得咳了一声，低下了头。

陆俊迟说到这里又站起身，压着心中的怒火道："在我看来，苏顾问是一位嫉恶如仇的犯罪心理专家，他给我们这些一线人员提供了非常大的帮助。为了抓住那些人，他付出了沉重的代价，甚至让自己置身于危险之中。在覃永辰一案之中，为了能够救其他人，他把自己的身体压在炸弹之上，就是希望能够让其他人安全……"

他用凌厉的目光扫过诸位领导。

"你说的那些犯人，都是因为他才会被抓住，他们无一不想要杀了他。我们在高速上被傅云初的车撞击，险些坠入悬崖，让苏老师病症复发，到现在还在发着烧！你居然质疑这样的人会和那些犯罪分子联络？"陆俊迟的质问有理有据，让金副局更加沉默了。

商主任又帮着他们道："是啊，谁主张，谁举证。金副局，如果你怀疑苏老师在办案过程中有些什么问题，也得在充分调查之后进行处理，你说的那些事情还是太虚了……"

刚才金副局说的那些事，的确都是虚证。只是这次会议是神仙打架，再加上邹局临时代理局长的身份，让众人一时不敢站队。

商主任看众人不说话，又扶了一下眼镜："他们在一线的，从来都冲在最前面。金副局，很多时候不能听人家说什么，而要看人家做了什么。你在这种大案查到关键的时候忽然提出这件事，这些做下属的也会心寒，还是等细沙案以后从长计议吧……当然，还是要邹局来做最后决断。"

在场的除了领导还有一些中层的警员，他们做的是最危险的工作，如果随随便便一封无凭无据的举报信就能让领导们产生怀疑，那谁还愿意上一线？

邹局沉默片刻，接过话来："我觉得，现在没有充分的证据来证明信上的事情属实，可是苏老师也没有能够给出合理的答复……"从领导的角度，邹局是希望苏回能够说点什么的，哪怕是表表忠心。可是苏回一直低头沉默着，让他也不好决断。

看有领导给他撑腰，金副局又神气了起来，在一旁阴阳怪气地说："是啊，净说些有的没的，说了这么多，我们还是不能排除这位苏顾问是否和那些罪犯有关联。若是他也和细沙爆炸案的罪犯有联系呢？你们重案组这边一抓了那个叫蓝安的，那个主犯宋蓝恩就被放出去了，万一是因为苏顾问，那这案子，我们还怎么查啊？"他稍微

一顿，看向苏回，"我建议，本着对市民安全负责的态度，应该暂时对苏老师做停职处理。等我们把一切查清楚，再给他恢复原职。"

看起来，这金副局今天无论如何都想解除苏回的职务。

陆俊迟没有想到这件事也会被拿来作为针对苏回的借口，皱眉开口道："金副局，细沙爆炸案是邹局交给我们重案组的，如果你觉得苏老师有问题，那么作为重案组的组长，我也是难辞其咎的。"

无论结果怎样，他和苏回共进共退，哪怕撤出这个案子转为暗中调查，他也不想在苏回退出的情况下孤军奋战。

"好，那齐队长……"金副局说着转过头，似乎是想建议人选。

齐正阳的脸色瞬间白了，作揖推辞道："金副局，这个案子我实在是能力有限……"那眼神完全是求放过的意思。

其他几位队长的脸色也变了，纷纷低头躲避着金副局的目光。

这个案子本来就是烫手山芋，邢云海因此重伤，而且，陆俊迟在总局里的人缘一向不错，谁也不愿意这么得罪他。

金副局"哼"了一声："难道这总局里，没有重案组，缺了个顾问，案子就办不成了吗？"

众人争论起来，邹局的脸色也变得不太好看了。

陆俊迟还想说些什么，但苏回在桌子下面拉了一下他。

金副局在这个时候拿到这封举报信，又在破案的关键时刻突然发难，这都是有预谋的。那些人想要通过公安局内部的人，把他逼出局外，有些人也只不过被人当了枪使。想要留下来，恐怕只有一个方法……

苏回站起身，眼神清明："邹局，金副局，虽然细沙案嫌犯的身份在逐一明确，但是这个案子还是不能放松……否则可能会造成严重的后果。"

邹局看着他，板着脸，没有说话。

苏回继续道："在这种时候，我觉得我们内部不该互相猜忌。其实我在华都警官学院任教之前，也曾经在总局和很多人共事过……"

陆俊迟听到这里，已经预料到苏回要说什么，他有些惊讶地看向苏回。

苏回一脸淡定地继续道："我曾是行为分析组的成员，代号诗人。"

苏回说话的声音不大，略带沙哑，却让整个会议室都安静了下来。听了这话以后，所有人都惊讶得合不拢嘴。

邹局是外来的，并不知道这句话代表了什么。但是对于其他人，这句话，这个名字，蕴含了太多信息。

诗人，那是过去曾经和他们并肩作战的战友，更是令他们仰望、崇敬的大神。诗人的侧写、推理准确率之高、效率之快让所有人望尘莫及。似乎只要交给他，那些难题就会迎刃而解。诗人是超脱了平凡的存在，像是在黑暗时一盏指引方向的灯，能够

带给他们与邪恶斗争的力量。

一时间，震惊、喜悦、欣慰，各种滋味汇聚在一起，安静了片刻，会议室里的人们终于从震撼中清醒了过来，窃窃私语起来。

"那是诗人啊，诗人是绝对不可能和那些嫌疑人有什么牵扯瓜葛的……"

"传闻中诗人不是已经死了吗？原来还活着？"

"诗人可是比我想象的年轻多了。"

"怪不得谭局把这位苏老师指派给了重案组，最近那边破案神速，大概也是因为有了他的帮助。"

"如果真是诗人，那我觉得那封举报信一定有问题……"

在总局的中层领导里，很多人不了解苏回这个人，但却都认识诗人，还有很多人曾经和诗人共事过。过去，诗人是总局中神话般的存在，他所做的事情在总局之中是有口皆碑的，所有的悬案、疑案到了他的手中就能迅速破解。就算他消失了两年，总局中也一直流传着他侦破奇案的故事。在离开了诗人的这段时间，警员们艰难前行，遇到了难题，也都会第一时间想到他。谁也没有想到，诗人会是现在重案组的顾问。

曝出诗人的身份，这是以退为进的一步险棋，却是胜于千言万语的最好辩驳。

局势瞬间逆转过来。

苏回一自曝身份，金副局的脸色就变了。他清楚诗人在市局里的声望和地位，他的名望甚至是远远超过他这个领导的。他没想到苏回会是诗人，而且会在这个时候选择曝出身份。他思考了片刻，决定抵死也不能认这一点，现在唯有拖下去。

一旁的王副局长道："苏老师，原来你就是诗人啊，怪不得重案组在你的加入之后如有神助。这可是我们华都市局的一件大事，你有什么能够证明身份的资料吗？"

苏回摇摇头。如果轻易就能留下文件档案，那么当初的匿名保护又有什么意义？这四名侧写师原本就是警方的秘密武器，资料全部保护锁定，直属谭局，没有密钥，谁也别想解开。

金副局被提醒了，忙跟着道："现在知情的谭局又不在这里，那我们还是等你证明身份以后再进行定夺吧。"

说到这里，刚刚激动起来的众人一时又沉默下来了。他们谁都没有见过诗人，更不知道这位苏老师说的话是真是假，虽然有很多人相信他，但是也有一些人有些迟疑，因为苏回看起来太年轻了，和他们心目中的诗人形象不太相符。

王秘书给邹局说完了前情，在一旁小声嘀咕道："敢在公安局会议上自曝身份……这大概不会是假的吧，冒认这个身份，除了带来危险，也没有什么实质的好处啊。"

苏回低头，捂着嘴连声咳了几下，身体微微摇晃，一时没有说话，陆俊迟在一旁看着有点担心。

苏回是可以登陆自己的账号的，那是最直接的证明方式。但是现在行为分析组解散，所有账号早就注销了，那些资料也不知道保存在了哪里，这样的证明方式显然不可行。谭局那里倒是有可以证明苏回身份的东西，但是谭局现在情况不明，迟迟没有传来苏醒的消息。至于其他的……

陆俊迟想要为苏回证明身份，但是又怕他们的上下级关系显得分量不够，有失偏颇。正在他思考之际，侧面站起来一道俏丽的身影——复核组的组长陶李芝。

陶李芝正色开口道："金副局，两年以前，我也是行为分析组的成员，代号知更鸟。我可以证明，苏回苏顾问就是诗人。"

一波未平，一波又起，这样的变化让人们感到有些应接不暇，有些人更是惊讶得合不拢嘴。

"原来陶李芝就是知更鸟。"

"那个'知'字是谐音啊。"

"怪不得复核组现在这么受重视，还纠察出分局那么多的错案。"

在当年，这四位侧写师的身份都是大家茶余饭后的八卦，而在行为分析组解散以后，他们原本以为这些侧写师的真实身份会成为未解之谜，却不想在两年后的今天，侧写师自曝了身份！还不是一个，是两个！

相比于神秘的诗人，关于知更鸟是女性侧写师的猜测一直都有，甚至有人怀疑过，陶李芝和行为分析组有关系。现在陶李芝曝出了自己的身份，证实了那些人的猜测，作为前行为分析组的成员，现任的复核组组长，陶李芝这个人证，分量足够了。

陆俊迟这才起身，把砝码再加了一道："苏老师就是诗人的这件事，我也能够为他证明。"

一开始，陆俊迟对苏回忽然自曝身份有些迟疑，但是随后他明白了苏回的意思——两年时间过去，保护机制早就已经不起作用，现在外面有些凶犯已经知道了苏回的身份，自己的同事们反倒不清楚，这样的局面对他们是不利的。

这封举报信冲着苏回而来，对方也谋划了很久。他们恐怕一直在留意重案组的案件，观察那些嫌疑人，又知道苏回的过去，才布下了这么一张网。所以，一旦向众人证明了苏回"诗人"的身份，在众目睽睽之下，反而可以让他更加安全一些。

金副局的脸色发灰，继续嘴硬道："你们这一个两个的，有没有把邹局放在眼里？就算苏老师你是诗人，就可以证明这封信是诬告吗？你根本就无法解释那些事，我还是认为你应该暂停手上的工作……"

苏回抬起头道："有的事情我无法解释，但是有一件事情我是可以证明的。"他说着话，伸出纤长手指，解开了胸口的几个纽扣，露出了前胸上的暗红色伤痕。

陆俊迟抬头看着这些旧伤，每一道伤疤都是那么触目惊心。

众人安静了下来。总局中曾经有过一种言论，说是诗人已经死了。如今看到这些伤疤，人们才明白过来，那时候的诗人，一定在生死的边缘线上徘徊、挣扎了很久。

"两年前的细沙案，我们遇到了难题。那时候我没有能够分析出案件的真相，抓住幕后的主谋，为此，华都总局付出了严重的代价，我也身受重伤，差点死去。时隔两年，

没有人比我更希望抓到细沙案的凶手，查出这个案子的真相……"说到这里，苏回抬起眼睛，目光坚定，"在那两年之中，我一度失去了部分记忆，离开了警队，但是我现在回到了公安局中。我想要面对这一切，尽全力抓住案子的凶手！"

"啪，啪，啪。"

就在这时，门外响起了几声清脆的掌声，会议室的门再次被打开。谭局长站在门外，看向众人。

这位50多岁，执掌华都总局多年的老局长，终于在此时回来了。

金副局没有反应过来，一时愣住了，王副局赶紧解了场："谭……谭局，你什么时候来的？那个……你醒来了？"

"我醒来有几天了，不过没有来得及告诉各位而已。"谭局说着话走进来，"我也就比陆队来得晚一点吧。"这就意味着，他刚才在走廊里把大部分对话听得一清二楚。

邹局长出了一口气："老谭啊，我早就通知了你今天来开会，你怎么现在才到？"

谭局道："我要是到得早一点，不就错过了一场好戏？"

邹局摇了摇头，主动站起身来："这位置坐得我真是……烫屁股。"王秘书见状，急忙去给邹局又搬了一把椅子过来。

谭局走到主位，坐了下来："我也是老了，身体不好，这不病了快一个星期，让大家担心了。这一段时间辛苦了代岗的邹局，也辛苦了在座的各位。"

然后他转向金副局："金副局长，这细沙案才查到关键时刻，你就拿着一封来路不明的举报信，着急想要让功臣下马……什么意思啊？"

"来路不明的举报信""功臣下马""什么意思"，这几个词，就给这件事定了性。

金副局一时语塞："我……"

谭局道："苏顾问是诗人这件事，我就可以证明。不知道老爷子我这个人证，究竟够不够格？"

王副局尴尬地笑了几声："那自然是够的。"

随后谭局又道："苏老师，辛苦了。这么多年，是华都总局亏欠你。"

苏回坐下来，扣上了领口的扣子。

谭局看向众人："至于最近，细沙案重启，总局之中所有人都不能掉以轻心。另外，我要再强调一下纪律。近期，我们会对总局的警风警纪进行整顿，对所有人的办公用品进行检查，对违法乱纪的行为绝不姑息。希望你们这些中层和高层的警员身为领导，能够以身作则。"

金副局在一旁，汗水不停地往外冒——谭局这些话明显是针对他的。

一边的王副局也低头沉默不语。

谭局站起身来："诸位，在接下来的两天时间，我希望你们所有人能够全力以赴。这一次，我们必须保护人民的生命和财产，抓住细沙爆炸案的主犯。"说到这里，他转头看向对面的苏回和陆俊迟，"陆队，苏顾问，总局中的所有人力都可以供你们调遣。

这次，一定要打赢这一场硬仗，只能胜，不能败……"

会议结束，人们陆陆续续地往外走，议论纷纷。会议室里一时变得嘈杂起来。

苏回起身："陆队，我有事情和你说。"

陆俊迟一直跟着苏回走到外面的花坛边，苏回才转过头，对他说道："对不起。"

陆俊迟看着他，明白了过来。

发生了这么多事，总局早就不是钢板一块。就像陈雪贤之前在录音里说的，总局里可能会有对方的人，他们重案组遇到的那些有交集的案犯也绝非偶然。这封举报信恐怕早就准备好了，只等在关键的时候拿出来。

可是双方也都知道，只要谭局在，苏回的位置是动不了的。于是苏回和谭局合谋，利用这些进行了反制。谭局重病，邹局代理，逼宫问罪，再到亮明身份，这一切，从始至终恐怕都是身边这个人安排好的一场戏，目的就是为了诱导那些人露出狐狸尾巴，然后拔掉那些钉子。

陆俊迟忽然想到了什么，问苏回："邢云海那次和我说的话，不会也是你的授意吧？"无论是月光所说的"小心诗人"，还是邢云海和他说的"你不了解真正的诗人"，似乎都是意有所指。

苏回低声承认："我是在网上和他说过，如果你向他试探我的身份，不要明确地告诉你。而且，那时候我还没想起我们从前就认识的事，我不希望你把我想得太过完美。邹局之前向你推荐其他专家的话，也是故意安排的。"

陆俊迟问："这些事，谭局、陶李芝他们都知道？"

"只有谭局知道，陶李芝也并不知情，她今天能够站出来我也很感激她。"苏回抿了一下嘴，抬头看向陆俊迟。

"我不会在其他事情上瞒着你的，可是这件事牵扯太多，为了顺利进行……我思考了很久，还是只能瞒过你。"尽管已经道了歉，苏回还是有点心虚，小心翼翼地试探，"你会怪我吗……"

陆俊迟理解苏回瞒着他的原因。如果他早就知道这一切，哪怕他的演技再好，恐怕也会不自觉露出端倪。一旦被人看穿，提前察觉，做出防备，那么之前的一切布局就全部白费了。陆俊迟看着苏回，觉得苏回做的这件事不再像是他平时认识的苏老师，可是他又能够从中体会到一种熟悉的感觉。

狡黠，自信，一切尽在掌握之中——他期盼已久的诗人，似乎终于回来了。可是陆俊迟能够感觉到，还是有哪里和过去是不太一样的。如果是以前的诗人，大约只会和他解释清楚缘由，不会和他说对不起。眼下的反应，是诗人和苏回在合二为一。

看苏回这么小心翼翼的，陆俊迟问苏回："你是怕我生气？"

"嗯……"苏回小声说。他抬起眼睛，看向陆俊迟，表情认真地道，"我不想再回到孤身一人的日子了。"

听了这句话，陆俊迟原有的一点不满情绪全部烟消云散了。

"我所做的一切都是为了你的安全，你现在更安全了，我不会怪你。"他说道。

苏回这才松了一口气。他停顿了一下，又说："不过老邢受伤这件事不在我的计划之内……"他就算能够料事如神，也没能够想到会出现那样的情况。

陆俊迟"嗯"了一声，他宽慰苏回："老邢吉人天相，他会没事的。"

随着时间的推移，监控中拍摄到的其他三个人逐渐显露了身份，他们的身份特征和苏回之前的侧写基本一致。

坐在角落阴暗处的付款的那名男子叫毕山雨，今年30岁，曾经是一名跑长途的司机。几年前，他造成了一起交通事故，撞死了人，赔过钱后和前妻离了婚，独自居住华都，没有什么亲人。

年老的叫戴元声，今年63岁，是个惯偷，专门去偷一些别墅区的空置房，有过行凶伤人的记录，曾经两次入狱，出狱以后在亲戚家的服装厂看门。

那个女子叫徐霜，今年32岁，她的父母是开办工厂的，曾经家境殷实，可是遇人不淑，成了单亲妈妈，后来幼子生病离世，父母也故去以后，就一直一个人居住。

这样三位年龄、出身、境遇，甚至是阶层都完全不同的人，加上解秋和宋蓝恩，在两年半前走到了一起，一起犯下了细沙大案。如今他们重新聚在了一起，细沙案重启。

在查清他们的身份以后，4份通缉令全部发了下去。

但自从警方追踪到了这4个人以后，他们似乎有所察觉。这几个人离开了他们的住所，关闭了手机，隐匿了行踪。即使警方申请了搜查令，进入他们的住所进行了搜寻，也没有发现明确的线索。不光是总局，全市的所有警察都在加班搜寻着这些人，甚至封锁了整个城市的交通。可是这个城市太大了，足以让四个人悄无声息地隐藏其中。

炸弹这种东西不像是刀子、枪，出现的范围是不可控的，遇害人员是随机的，就连最瘦弱的徐霜都可以让数人死亡，他们不得不这样紧张。

时间一分一秒地过去……没有消息，还是没有消息。

陆俊迟下令对这些人调查深挖，几组人都派了出去，去询问他们曾经的亲属、老师、邻居……了解这些人做过什么，发生过什么。可到了晚上进行资料汇总时，警方依然没有更多收获。

眼下的侦破阶段是最熬人的。陆俊迟和苏回没有回家，住在了总局旁边的旅馆里，这样有什么消息的话也可以第一时间响应。

吃过晚饭，陆俊迟接了个电话，问了一下谭局会后和金副局谈话的结果。

看着势头不好，这位金副局直接坦白从宽了。金副局供述，他认识一些社会上的人，偶尔会有人问他打听一些总局的消息，托他办点事，受一些小额的贿赂。而那封举报信，他则连声喊着冤枉，说是有人从办公室门缝里塞进来的，是个监控死角。

苏回靠在床上，听了几句，等陆俊迟挂了电话说："金副局应该说的是实话。我们不过是借着他的事，敲山震虎。"

陆俊迟想了想道："我明白你的意思，金副局是不是和后面的人有关系现在还没有定论，看起来他更像是被撺掇出来顶缸的。"

"性子急躁，一点就炸，容易轻信别人，"苏回咳了几声，"我要是幕后之人，大概不会挑选这样的队友。而且王副局说的那些话，听起来是在平衡关系，里面却有些煽风点火的成分。"隐藏在总局中的人是谁，只怕还需要细细调查。

陆俊迟看苏回的脸上有点不正常的潮红，伸出手来摸了摸他的额头，掌下的温度明显有点高："你好像又烧起来了。"

苏回咳了几声，眨了下眼睛说："我刚刚吃过退烧药了，可能药劲还没上来。"

他这几天一直反反复复地发烧，吃了药就压下去，不吃药就烧起来。

"可还是很热……要不你去医院看看吧？"陆俊迟有点担心。

"还是等事情处理完吧。"苏回依然低着头，反复翻看着那些资料，希望从中再翻出一些线索。

陆俊迟无奈地道："那我给你拿凉毛巾先物理降温试试。"

苏回"嗯"了一声。他急于找到这几个人的共同点，找到他们相遇的契机，可是几乎没有……不同的住所，不同的学校，不同的生活轨迹，似乎共同点只有都是孤身一人，时间也比较自由。他也说不清这几个人为什么会聚集在一起，他更说不清，他们为什么要进行袭击。可是他们之间一定是有某些联系的……

作为炸弹的投放者，他们是被某种规则筛选出来的，因为他们身上的一些特质，才能一直从事这么丧心病狂的事。这肯定和他们的过去有关系，只是他们还没有发现。

那些人究竟是怎样开始聚集在一起进行这样一件事的呢？苏回像是面对着一道难题，全神贯注地思考着。

旅馆的房间里亮着橙黄色的灯光，十分安静。陆俊迟叹了口气，给苏回取了个毯子披在身上。过了一会儿，苏回又开始连声咳着。

陆俊迟帮他换了毛巾，发觉毛巾都被他的体温焐热了，忍不住道："你现在可能快烧到40℃了。今天才是第一天，无论是制作炸弹，还是制造袭击，都不会这么快。我们应该还有时间，你去医院看完病，再来加快进度。"

苏回接过了冷毛巾："我现在觉得还好。"

陆俊迟道："你要是烧糊涂了，谁来破案啊？"

苏回的目光落在眼前的资料上："我知道现在身体不能垮，但我还能坚持。你让我跟完这个案子吧，等处理完这个案子，我会去医院的。"他一只手扶着额头上的凉毛巾，一边和陆俊迟商量。

"全市的警察都在忙着，我也会盯着，你不要把所有的事情都压在自己身上……"陆俊迟还是想要说服苏回。

"我知道，地球没了谁不转啊？我也不是能拯救所有的人……"苏回低下头，他

知道应该在工作和身体之中找到平衡点，可……他的声音停顿了一下，哑着嗓子继续说，"但是，只要想到有人拿着炸弹在城市里，我就会想到两年前那一幕……"

那是爆炸的瞬间，是火光，是鲜血，是生命的逝去……是他遇到无数次的梦魇。

苏回继续低声说："我和他们间接交过手，我了解那些人。我一定可以找出他们之间的联系的……"

陆俊迟迟疑了。他收回了挡着文件的手，看着眼前的人，只觉得胸口有点隐隐作痛。

他最终还是妥协了，叮嘱道："那你不要太坚持了，如果有不舒服一定要停下来休息，晚上有什么事情要和我说。体温超过40℃的话，就一定得去医院了，听到了吗？"

屋子里的灯光不够亮，在苏回的视线里，眼前的人是有点模糊的，就像是在梦中一样。他忽然意识到，这是世界上最关心他的人了。之前独自对抗伤痛的时候，他有一次在家里发高烧，昏昏沉沉地睡了过去，醒来以后发现只有亚里士多德在舔他的手指，屋子里还是冷冰冰的，只有他一个人……

握着冰冷的毛巾，苏回有片刻失神。他忽然又想到了那个问题，这个人这么好，他为什么曾经会把他忘记了呢？是不是陆俊迟也在担心着……自己有一天又会忘了他？

苏回忽然心里一动，开口说："你别担心，这次我就算烧坏了脑子，就算忘了自己是谁，也不会再忘记你了。"

陆俊迟听了苏回的话愣了一下，心底最柔软的地方，像是被猫按了个爪印。

两个人稍微休息一下，马上又开始新的一轮工作，夜渐渐深了，他们却睡意全无，各种消息也不断地从四面八方汇总、传递过来。

苏回长长的睫毛垂了下来，认真看着面前的各种资料，在几个字上画了一个圈："关于那四个人是怎么到一起的我还没找到答案，不过我好像知道宋蓝恩准备从哪里找些帮手了……"

陆俊迟记得苏回和他说过，如果宋蓝恩不满足于细沙案的规模，除去那些固定的人，可能还会找一些临时的帮手参与进来，但不知道宋蓝恩会用什么标准来筛选潜在的凶手。

苏回指着几份资料："宋蓝恩在几天前曾经使用刘玉梅的手机拨打了一些电话出去，我从中找到了一条其他的线索。"说到这里，苏回指着笔记本的屏幕道，"我顺着其中一个手机号的注册信息摸到了一个对外隐藏的留言板——那些人有杀人幻想。"

苏回把笔记本屏幕转给陆俊迟看。上面是一个类似于树洞的留言板，有很多人在上面匿名发言，陆俊迟翻了几条，只觉得那些留言看起来令人感到触目惊心——这里简直就是罪恶的温床。

"想杀人，最近会经常想到杀人，随便是谁。"

"想毁掉所有人，我认识的人，以及我不认识的人，甚至是毫无交集的陌生人。包括我自己。"

"刚才碰到了一个小孩，我突然想把他弄死，像摔死那只猫一样。"

"特别想杀人，感觉想要把愤怒转化为杀气，想要杀掉让我愤怒的人。我想看到血，道理我都懂，可是我就是想逆势而行，成为一个人人惧怕的恶魔。"

陆俊迟越看眉头皱得越紧。有了网络之后，人们的交流方便了很多，但是有些恶也同时表露了出来。他觉得这些每天在这里发言的人就是潜在的危险分子，是潜藏在普通人之中的杀手。

苏回咳了几声道："其实，有很多人都曾经有过杀人幻想。有人说，这是一种人类从野兽进化而来的情绪反应，在某个特别时刻，忽然会想到杀人这件事，随后随着注意力的转移，想到其他事情，放弃这个念头。有一些心理和社会调查表明，70%左右的人都曾经有过杀人幻想，特别是在出现情绪波动，或者是发生什么事情时。正常人会意识到出现这种念头是不对的，他们会遏制住这些思维，可是有少部分人，他们的杀人幻想并不会消失，他们会长时间有这种幻想，和这种念头常年共存。无论是幸福、开心、悠闲的时候，还是忙碌、苦痛的时候，他们都会无时无刻地想着这件事。"

人类无法控制自己的思维不去想到一些恐怖，或者可怕的事，但是一旦经常想到，又想要付诸实际，那就是完全不同的了。

苏回咳了几声："和一般的连环杀手不太一样，他们没有那么强烈的冲动，也不是为了快感。让他们着迷的本身是杀人这件事，而他们想要达成这一目的。"

陆俊迟会意："如果有人给他们适时地提供了简单方便而又让他们期待的工具，犯罪可能就会发生。他们可能会成为宋蓝恩的帮凶……"

"宋蓝恩有可能联系到了在这里留言的人，再从中筛选出一些人一起行动。我觉得我们可以顺着这条线索，对那些人的身份进行排查。"苏回试着从那些人的角度进行思考，把那些可能的行凶者从千万人中找出来。

陆俊迟点头："我会让人把这个留言论坛作为重点排查对象，查找经常登录的IP地址，一一核实。"

第65章
"毕山雨"

　　深夜,华都的一间老仓库内此时亮着昏暗的灯。从侧面看,仓库被分成了几个房间,有的房间里面有一些木板铺成的床,还有简陋的住宿用品。房间外面杂乱地堆了一些矿泉水和方便食品,足够几个人吃几天。

　　宋蓝恩坐在桌子旁边,低头全神贯注地看着手里的东西,一点一点地把化学药品灌注进去,最后用细沙封存上。在这个过程中,他的手一直很稳。制作炸弹是一件非常危险的事,万一出事连周围的人都有可能被炸伤,但其他几个人却都坐在离他不远的地方。

　　距离最远的是徐霜,她站在窗口边,凝视着远处的一片黑暗,眼睛时不时地轻轻眨动。这里非常空旷,四周都是空地,她感觉自己站在雨夜之中的一艘小船上,不知道会飘向何方。这种未知感伴随着吹过来的夜风,让她感到有些不安。

　　毕山雨吐出了一口烟雾,放下了手机。他的手机卡已经被取出,只能玩玩手机自带的小游戏。他不习惯上不了网,在输了两局以后,他气得把手里的烟头扔在了地上:"那个,能不能把我的手机卡给我啊?我就玩把游戏。"

　　戴元声和徐霜同时扭头看向毕山雨,斩钉截铁地说:"不行!"

　　徐霜接着"哼"了一声:"警方现在可以通过手机定位,你的电话号码装上后在这里一开机,我们就暴露了,都会被抓住。"在转移到这一区域以前,他们的手机卡就全都被拔出去交由徐霜统一保管了。

　　毕山雨道:"哪里有这么邪门?警察不睡觉啊?大晚上还随时盯着我们?"

　　戴元声呵呵笑着:"说不定那些警察也在加班呢,回头神不知鬼不觉地就摸过来,把我们都射成马蜂窝。"

　　徐霜嫌弃他说得不吉利,瞪了戴元声一眼,转头看向毕山雨:"你想要参与计划,这种话就不要再提。"

　　"好,不提了。"毕山雨伸了个懒腰,"那这大晚上的,总得让我们找点乐子吧?游戏打不了,外卖也没有……"

　　戴元声"呵呵"笑了:"怎么?憋不住了?年轻人就是没耐性,要不我们来把争上游吧？"他说着话拿出了一把扑克牌来。

毕山雨这才坐了过去："两个人玩什么争上游啊，还不如抽王八呢。"话虽这么说着，手却摸起了牌。

宋蓝恩听到这里，问徐霜："这里不会被人发现吧？"

"不会。"徐霜侧过身，说得斩钉截铁，"这个地方是我父亲当年收账的时候对方抵债给的，扣了对方的各种证件却没有过户。就算查，也查不到我身上来。"

"摸牌，摸牌！"毕山雨催着戴元声，还真的在这个废旧的仓库里玩起了扑克牌。

他们打到了一半，毕山雨看着手里的牌，似乎不经意地问戴元声："老头，你选好位置了吗？"

戴元声一边出牌一边笑了："我这次要把炸弹放到谁都找不到的地方。"

"你放在谁都找不到的地方，又伤不了几个人，有什么用？"毕山雨露出了不屑的神情，"如果是我，就放在所有人都可以看得到的地方，在万众瞩目之下，轰……"他的手模拟着炸弹炸开的情形，眼睛里闪现着光亮，仿佛已经沉浸在无尽的愉悦之中。

"炸弹，赢了。"说着他丢出来四张牌。

戴元声看了看手中的牌，叹了口气："我这把运气不好，再来！"

趁着戴元声洗牌的工夫，毕山雨转头问徐霜："嗨，女人，你呢？准备放在哪里？"

"别叫我女人！叫我的名字。"徐霜瞪了毕山雨一眼，"我还没想好。"

"哎，就你这么瞻前顾后的……"毕山雨的嘴角挑起一丝笑意，又点燃了一根新的烟。

徐霜侧头看向毕山雨。自从遇到这个男人，他就好像一直不停地在抽烟。她用手扇了扇屋子里的烟，皱着眉头说："你怎么这么多管闲事？"

毕山雨吐出一个烟圈，看向她说："在这里这么等着，实在是令人心急。"

"不要着急。"宋蓝恩的声音响起来，"等明天。明天，我就把所有的都给你们，你们就不用困在这里了。回头我会给你们留充足的时间，让你们好好选择你们的放置地点。"他说着，小心翼翼地把一个成品放在一旁。有几个炸弹已经完工了。

徐霜在门口坐了一会儿，走进仓库里。她看了看桌上的东西，有些惊讶："怎么这么多？"只有他们三个投放者，为什么要做这么多，难道要一个人投放几个炸弹吗？

"我另外还找了一些人。你们不想把游戏玩得刺激一些吗？"宋蓝恩笑着说。

"原来这次，还有其他人要参加啊？"戴元声呵呵笑着。

"那些人，你从哪里找到的？靠谱吗？不会让我们陷入危险吧？"毕山雨似乎有些担心地问。

"不会。"宋蓝恩摇摇头，"我会把东西放在固定的地点，通知他们去取，他们不会知道我们的情况。你们拿的那些炸弹杀伤力更大，他们拿到的炸弹杀伤力相对较小，有他们扰乱警方的视线，你们会更加安全。"

徐霜凑过来，挨个数着："这些东西一共有多少枚？"

宋蓝恩道:"13个。"这是他利用所有的材料制成的。这些东西,足以在整个城市引起轩然大波,带来一场灾难。

"你做的这个炸弹怎么和我们原来放置的不太一样?"徐霜的眼睛眨动着,看着那枚新做的炸弹有点警觉地问。

宋蓝恩说:"因为这个炸弹……是不定时的,只有遥控能够操作。我准备留给我自己。"

毕山雨转头问宋蓝恩:"那这个你准备怎么使用?"

宋蓝恩有些戒备地道:"那就不是你们操心的事情了。"

旅馆中安静极了,但在城市的黑暗之中,他们能感受到有什么东西在蠢蠢欲动。

苏回看着眼前的资料,开始分析那几名主犯:"这几个人中,徐霜是相对较为富裕的。她的父亲是白手起家的企业家,十分有钱,当年也有多处厂房,我怀疑,他们藏在徐霜提供的地方。"

陆俊迟皱眉:"可是徐霜名下的产业我们都已经排查过。"

苏回看了看陆俊迟,道:"不一定是明面上的。家产多了以后,就会有一些看起来和她无关,实际上却属于她的场所。"

陆俊迟点头:"嗯,那我们再检查一下,看看有没有什么遗漏。徐霜有一辆车我们也没有找到,那可能是交通工具。"

"还有,我注意到了一件事。"苏回认真地说,"在过去的两年中,徐霜的父亲去世了。我认为,这一点可能会促成徐霜的一些变化。"

苏回整理了一下思路,继续说:"在两年前的细沙案中,徐霜是这些人中最容易动摇的一个,对炸弹安置的地点非常挑剔。她开始接受任务是在被男人抛弃、孩子去世以后。"

陆俊迟也研究过她的档案。她是一个非常有钱的富家女,自己一事无成,被男人骗了以后未婚先孕,生下孩子却患有先天性疾病,后来早早离世……随着苏回的描述,陆俊迟心中徐霜的形象逐渐丰富了起来,他会意道:"她的家庭是比较传统的,家人会把她当作耻辱吧?"

苏回点头:"加上幼子病逝,她失去了心灵的寄托,可能因此克制不住自己,所以加入了进来。但是现在,一切不一样了,孩子已经逝去了几年,就算当时再难过,随着时间的流逝,她也会逐渐走出来……而她压力的最大源头——她的父母已经相继去世,作为家中的独女,她已经继承了父母留下来的财产。虽然她可能还是会因为惯性参加现在的犯罪行动,但是她的心境会完全不同。"一个孑然一身的人更容易铤而走险,而一个家财万贯的人,就会顾虑很多,也更加惜命。

苏回继续道:"这几个人的心里都非常清楚,这次可能是最后一次了,所以他们的方式会更加丧心病狂。这样的情况下,徐霜的顾虑会让她成为几个人之中的拖累。"

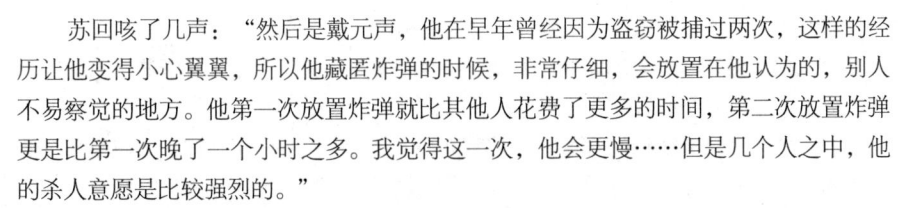

苏回咳了几声："然后是戴元声，他在早年曾经因为盗窃被捕过两次，这样的经历让他变得小心翼翼，所以他藏匿炸弹的时候，非常仔细，会放置在他认为的，别人不易察觉的地方。他第一次放置炸弹就比其他人花费了更多的时间，第二次放置炸弹更是比第一次晚了一个小时之多。我觉得这一次，他会更慢……但是几个人之中，他的杀人意愿是比较强烈的。"

陆俊迟点头道："速度慢的话就意味着我们可能会有更多的时间。我们也可以利用他的紧张，多在媒体上发布通缉，那样他会有较大的心理压力，也更容易露出马脚。"

"最后一个人，毕山雨，他是危险性最大的，也是特征最明显的。他会针对一些人数较多的地标性建筑下手。我认为，在行凶过程中，他享受万众瞩目，享受别人的生命掌控在他手中的感觉。他会追求激烈、刺激，所以在过去，他的爆炸造成了多人死亡，在数量上，仅次于解秋。"苏回说到这里咳了几声，"我看到他在信用卡和各种借贷 App 上已经借了很多钱，所以他这一次很可能根本不会给自己留下退路……"

毕山雨和其他人不太一样，他是这几个人中毁灭意识最强烈的，可能准备连同自己一起毁灭掉。

陆俊迟的表情变得严肃起来："那么这一次，我们需要提高防备的是毕山雨？"

苏回摇了摇头："比起这些人，其他凶手同样需要注意。还有，你忽略了一个人——宋蓝恩。"

陆俊迟一愣："可是宋蓝恩只是制作了那些炸弹，没有进行过投放。这一次，他会参加吗？"

苏回有些疲倦地闭上双眼，揉了揉眉心："很有可能。也正因为如此，他才更加危险。"

"宋蓝恩是这一切的始作俑者，也是这些人的核心所在。特别是，他被关押了两年，心理发生了变化，他的动机、抉择我们还没有充分了解到，也就是说，他会更难防备。"

可能是因为宋蓝恩在过去就较为神秘，外加他过了两年与世隔绝的生活，对于他的犯罪心理，苏回基本无法完成侧写。他合上资料，有些虚弱地说："我只能推断到这一步了。这件事里充满了变数，有时候他们会因为心境和遇到的人改变地点。"

再详细的推断也许会对警方无益，反而会干扰他们的判断。

"你说得已经很有参考价值了。"陆俊迟点头，"我们会随机应变的。"

这一次，他们需要面对的是一群丧心病狂的炸弹投放者。警方必须做好全面的准备，逐一击破。现在双方就像在赛跑，但他们不知道对方跑到了什么地方，必须争分夺秒，才能够打败对手，取得胜利。

苏回对陆俊迟说："你要小心。"

陆俊迟道："答应我，这次你不要到危险的地方去了。"

苏回"嗯"了一声："这次我会留在总局里，不会跟着你们行动。"

深夜的旧仓库里，宋蓝恩结束了自己的制作。

今天的虽然还没有全部完成，但是已经差不多了。宋蓝恩进入简陋的洗手间里，打开水龙头洗了个冷水澡。

冰凉的水流过宋蓝恩的身体。他看着镜子中的自己——两年时间，金属项圈在他的脖颈处留下了一圈的磨痕。他的两腮微微凹陷下去，眼神有些吓人，因为常年不见日光，脸上透出一种瘆人的苍白。

宋蓝恩看着镜中有点陌生的人，刮干净了胡茬，然后用手里的刀绞断了自己脑后的头发。

明天，到了明天，一切就都结束了。

宋蓝恩换了徐霜提供的衣服走出来——那个女人还没有睡，她双手抱臂，一动不动地站在仓库的门口，像是深夜之中的一缕鬼魅。

他走过去，蹲坐在她的旁边，也点燃了一根烟。

徐霜看向宋蓝恩，没有说话。她觉得这是一件奇怪的事情，明明都是在抽烟，毕山雨她就讨厌得要死，宋蓝恩她却觉得可以忍受，甚至还可以从烟味里获得一丝的麻痹和安慰。对于这个一直给他们提供作案工具的男人，她产生了一种依赖感。宋蓝恩能够带给她一种特殊的安全感，因为宋蓝恩是他们的同类，是他们的核心和领袖。

"你在害怕吧？"宋蓝恩忽然问她。

"我才不怕……"徐霜看了宋蓝恩一眼，小声地嘴硬着。

"你不用掩饰，害怕也没有什么。如果你不想做了，明天走出去以后，你可以去找警察，或者是把那个东西随便放在哪里，没有人规定你必须做点什么。"宋蓝恩忽然笑着说。

徐霜感觉自己像是被看穿了，之前她就对要如何做犹豫不决，但她还是说："你放心，我才不会去找警察呢，背叛同伴这种事情，我做不出来。"

宋蓝恩又说："反正那只是送给你们的礼物而已。明天参与的人足够多了，我希望，警方在追寻你们时筋疲力尽。"

徐霜眼神微动："这次，你……你是在利用我们？"她从宋蓝恩的话里听出来，他们好像只是一些无关紧要的棋子，是为了掩护他的存在。

宋蓝恩道："我还记得你第一次见到我时，哭着求我满足你的愿望。大家，不过是互相利用罢了。"

徐霜说："你要去哪里？"

宋蓝恩捻灭了手里的烟，走进了仓库里："你不用管我要去哪里，我有我自己的目的。"

这一夜，徐霜几乎没有怎么睡着，洗手间有点漏水，她似乎总能听到一些咕噜咕噜的水声。

第二天是个大晴天。上午，宋蓝恩完成了最后的加工，他把一些做好的东西交给了戴元声还有毕山雨，然后逐一把那些东西留在早就定好的地点，等着别人来拿。

中午 12 点，吃过午饭，宋蓝恩取出了四个东西，把其中三个推到三个人面前。那是黑色塑料袋包裹着的爆炸物，看起来就像是一本厚厚的字典。可就是这个东西，可以造成房屋倒塌，可以夺取人们的性命，可以把原本美好的世界销毁殆尽。

三个人的脸色从未有过的凝重。每个人的心里都非常清楚，这是他们最后的聚会。

一时间，仓库里充满了仪式感。

"这就是最新制作完成的炸弹，这一次用了新的技术，会更加稳固，威力也更加大。我把爆炸的时间统一调节在了下午 5 点，现在已经开始计时，你们可以看到时间还剩多少。"宋蓝恩介绍着，"还是和以前一样，你们可以根据自己的需求进行放置。"

这就像是最后的一场游戏，宋蓝恩作为游戏创作者，介绍着规则。

三个人接过了沉甸甸的爆炸物，分别放入了各自的包里。

宋蓝恩看了看时间道："我们出发吧。你们可以去向不同的方向，乘坐不同的交通工具。祝大家，狩猎愉快。"

毕山雨迈步走上前去，给了宋蓝恩一个轻轻的拥抱，宋蓝恩拍了拍毕山雨的后背："Good luck。"

出来后，宋蓝恩招手坐上了一辆出租车。戴元声走到公交站台，不一会儿也扬长而去。凝重的气氛已经消失不见，他们走得非常愉快，不像是要去杀人，反倒像是要去了却一桩心事。

毕山雨站在路边，不慌不忙地拿出烟，问旁边的徐霜："你怎么不走？"

徐霜看了毕山雨一眼，笑得有点幸灾乐祸："你小心点啊，这烟如果点着了炸弹，那可就省事了。"

"你不该先担心一下自己吗？"毕山雨看着她，忽然收起了往常的嬉皮笑脸，表情有点严肃。

毕山雨的这种表情让徐霜感觉有点陌生，她颤抖着声音说："那个，我就是开玩笑的。"

徐霜终于知道自己为什么不喜欢毕山雨了，这个男人总是给她一种奇怪的感觉，让她不知将会发生什么，也不知道他会说出怎样的话。

"你还没有杀过人吧？"毕山雨眯着眼睛，抽着烟问她。

徐霜低着头没有说话。

毕山雨道："在你进行的四次爆炸之中，只有两次成功地炸伤了人。第一次是一个，第二次是三个，但是没有人死亡。"

"是谁告诉你的？宋蓝恩？"徐霜轻声问。

过去他们会抽签决定这一次放置炸弹的人是谁，但是宋蓝恩只会联系抽中的人，其他人是不知道的，所以这也是他们两年多来第一次见面，她也并不知道其他人参与了多少次。

毕山雨并没有回答她，而是抽着烟继续说："我猜你平时其实能够克制自己的欲望。这次之所以会过来参加行动，一个是你曾经被那些人威胁，没有勇气拒绝，一个是因为你还有点留恋过去那种感觉。还有……看你右手的戒指，你现在，交了新的男朋友吧。这一次，是和你男友吵架以后过来的？一边害怕他知道你现在在做的事情，一边希望他后悔……"

徐霜攥紧了拳头，把自己的右手往后藏。她忽然发现，尽管之前他们已经在聊天工具上认识了很久，这两天见面以后又一直在一起，可是她竟然不了解这个男人，对方却对她了如指掌。这个认知让她产生了更深的恐惧。

毕山雨侧头，目光下移："我想你现在手里拿着那枚炸弹，也会觉得有点沉吧？"

"不用你管！"徐霜叫起来。她往后退了两步，有点后悔和这个男人谈话了。

"我是在帮助你。"毕山雨却不急不躁地把烟扔掉，用脚碾灭了烟头说。

"我有一个方法，可以解决你的难题……"

中午12点，华都总局里气氛异常严肃，一场大战终于到了决战之时。

刑警队里，谭局在进行着最后的动员："这次行动，我们面对的主犯可能有4个人，其余闲散的犯案人员可能会有10人左右。根据审问宋蓝恩找的临时帮手得到的消息，这些人可能会在今天下午，在华都市区里放置炸弹。"

说到这里，谭局的目光在数名精英警员的身上扫过。

"所以大家必须打起精神来。这是极其关键的一个下午，你们必须全力以赴！此外，特警的排爆队将会和我们联合行动，大家在行动的同时，也要小心和注意自己的人身安全。"

"是！"

各路人马有序地坐车离开，在城市里进行排查。

为了能够有效配合，这次分了内外两组。内部指挥室设在总局之中，负责各种资料的查询和电子监控，苏回和谭局留在这里坐镇，外部指挥所则设在陆俊迟所在的巡逻车上。

指挥室里，十几个监控屏不停地切换闪烁着，电子眼监控着城市里的各个角落。通讯频道里不时传来各种消息，所有人都精神紧张，像是绷紧的弦。

"陆队，我们根据徐霜的购买记录确认了他们的藏身之地，在锦雨路的一处老仓库。分局那边已经去查看了，有近期生活的痕迹，不过人已经离开。徐霜的那辆车也停在附近，没有开走。"

"能够判断离开的时间吗？"

"我们查了附近的监控，他们离开已经有半个小时左右。"

只晚了半个小时……

"调取附近所有监控录像，以仓库为原点，排查一切交通工具，筛选他们可能会到达的地方！"陆俊迟道。

警方很快发现了一些踪迹，还从路边的摄像头调取出了他们出发的视频。

"宋蓝恩上了一辆车牌号为H3569的出租车，我们已经联系到了司机。他在三清石附近下了车，随后又打了另外一辆。戴元声则上了一辆公交……"

"宋蓝恩曾在御马路附近出现，随后又换了一辆出租车，我们还在查找……"

"徐霜和毕山雨呢？"

"这两个人是步行离开的。宋蓝恩从网站上联系到的人，我们在根据关系网进行排查和跟踪。"

"所有城市地标处，人员到位了吗？"

"城市地标处有多位便衣，关键路口有警犬、警员进行排查，城市里多处增设了排爆桶。"

指挥室里，对话和键盘声让人非常紧张。

苏回低着头坐在桌前，看着各处传回来的影像和消息，十指交叠，微微皱起了眉头，陷入了沉思。

毕山雨和宋蓝恩会把最终的地点选择在哪里？

此时的德昌街上，戴元声抱着一个黑色的包穿梭在人群中。他在过来的一路上已经换了三辆公交车，还专门走了一段路。

他想要甩开很多人。至于放置地点，他已经想好了——德昌街万银广场。那里有个商场，里面都是有钱人。他可以把包放在里面一个隐秘的角落，完全不会有人发现。这是最万无一失的方法，他走的也是最稳妥的路线。他的计划一定可以成功的。

戴元声从人群里走过，他微微佝偻着腰，看起来就像是一位普通的老人。他做了多年的贼，练就了一种本事，就是能普通到让别人自动忽略他。

可是今天，戴元声感觉很不对劲。街上的人们，似乎都在看着他，擦肩而过的时候，目光也紧锁着他，走过去时，他们还会互相窃窃私语。戴元声的心里开始有点发毛。

不会……有人认出我来了吧？戴元声的心里感到十分忐忑，低着头，想要快些走过这段路。

街边有一家店，店主人正在抬头看着播放的电视新闻。

"近日，华都警方收到消息，有嫌犯将会在城市里投放危险物品……"

戴元声一听就知道是在说他们的事。他慌忙躲避，继续往前走，可像是老天爷也不愿意放过他一般，前方竟然是个电器商店，里面的数台电视都在播放着新闻。

"现发布通缉如下，宋蓝恩，男……徐霜，女……戴元声，男，54岁……华都警方对这种行为零容忍，将会依法打击此类犯罪活动。"

戴元声扭过头，匆匆瞥了一眼，电视上正好出现了他放大的照片！而且是数台电视一起播放，所有的画面定格，呈现出了他的脸！

戴元声的心怦怦地快速跳动着，额头上瞬间就冒出了汗。

警方是怎么知道他们的名字的？怎么找到他的？他几乎要叫出声来。

戴元声猛地扭过头，抱着包仓皇而逃。他低着头，心里越来越慌，原本的大路也不敢走了，怀里的包就像个烫手山芋。他总是感觉有目光落在他的肩上、背上，似乎有无数双眼睛盯着他，关注着他的一举一动。

——又有人的目光投向他了，那个人还拿起了手机……他们不会要报警吧？如果把警察叫来，那就完蛋了！戴元声紧张万分，看到一旁有个公共厕所，慌不择路地躲了进去。

在隔间里，他看了看时间。

现在是两点钟左右，他一共只出来了一个小时。现在去哪里？继续打车？还要去那个商场吗？还是随便丢在什么地方？戴元声有些手足无措。有一个瞬间，他甚至在想要不就把包丢在这个厕所里算了！生死有命，富贵在天，炸到谁是谁！

戴元声忽然有点后悔。为什么他要来过这最后一次的瘾？这次还没有引爆炸弹，还来得及跑出去，他可以剃了头发，戴着墨镜遮住脸，跑到一个没有人认识他的地方去，哪里都可以。

可是，他又有点不甘心。

戴元声稳定了一下心神，擦了擦头上的汗水。他走出隔间，来到洗手池前，洗了一把脸，看着镜子里的自己，嘴角抽动着。

他从小到大没有体会过什么是亲情，盗窃、结识混混、进监狱是他的日常。后来，戴元声遇到了那些人……终于有人透过他胆小怯懦的外表，读懂了他内心的疯狂与渴望。他接到那个电话后，高兴地在院子里手舞足蹈，然后马上按照对方的话去联系了宋蓝恩。他从指定的地点拿到了一个沉甸甸的包裹，借助这个东西，他的梦想就可以成真。他可以把东西藏在城市里人们看不到的角落……那是他那段时间最期待的事情。

戴元声回过神，抹了一把脸上的水，咬紧了后牙，还是把包抱在了怀里，走了出去。

已经顺利进行过好几次了，是自己想得太多了，不会有人认出来的，也不会被人发现，这一次会像前几次一样顺利——戴元声大着胆子想。

戴元声向前走去，他的心脏跳得很快，不停地打量着各个地方。

前方出现了一个小型商场，比他的原定目标小了很多，但是这里也是一个不错的选择。他停住了脚步，目光从下一点一点往上看去。城市里都是高楼大厦，他被这些钢铁建筑，被无数的人环绕着……没有人知道，他此时心里的杀念……

"站住！不许动！"就在他驻足仰望的瞬间，戴元声忽然听到了一声暴喝。他慌不择路地往前跑去，还没跑出多远就被人追上。有人用手压住了他的肩膀，接下来便是一阵天旋地转，他被人像个麻袋一般绊倒在地，一个黑洞洞的枪口紧接着抵在他的脑后。

一旁有人冲过来，捡起了他掉在地上的包，进行查看。

"东西还在！""快联系陆队！"

戴元声这才反应过来跟着他的人是便衣，不知已经被盯上了多久。他还没有实施自己的计划，就已经被抓住了。

陆俊迟从不远处的指挥车里走下来，看了看眼前的戴元声，给他戴上了手铐。从他下了第三辆公交车，他就已经被警方锁定了。他的行为和目标与警方的预测完全相同，那些不断播放着的新闻，刺激着他的神经，让他漏洞百出。

戴元声抬头看向陆俊迟，喘息着，挑起嘴角笑了一下："我只是运气不好罢了，你抓不住其他人的！"

陆俊迟懒得听他废话，做了个手势："带走！马上对他进行审问，看看他是否知道什么信息。"

宋蓝恩选择的其他投放者没有什么经验，很多人没走多远就露出了马脚，还有几个人提前就被抓了，供出了取东西的地点。警方在行动和盘查中，很快抓捕到了三个人，加上戴元声，已经有四个人落网。

虽然抓住了几个人，但是陆俊迟却丝毫不敢放松，他急忙把消息告诉了苏回。电话那边，苏回似乎松了一口气，然后问道："还是没有宋蓝恩和毕山雨的消息吗？"

"没有……"陆俊迟看了看时间。

其余那些拿着炸弹的凶手，目标会是哪里呢？

30分钟后，又有两个人落网。稍后，徐霜也被找到了。陆俊迟赶到现场的时候，她正低着头，坐在一个幼儿园外面的秋千旁。她穿了一件秋款的连衣裙，脚蹬着地面，身体随着秋千一晃一晃的，目光却一直看向一旁的幼儿园，里面有一个班的小孩正在老师的带领下在玩着老鹰抓小鸡的游戏。

徐霜的目光柔和、身材纤细，看上去就是一个30多岁、教养很好的普通女人，完全看不出是一个冷血的杀手。冲过来的几名警察都感到有些紧张，提防着她的一举一动，徐霜却站起身，主动举起了双手，也没有什么反抗的动作。

有人去搜了一下她随身带着的名牌包："陆队，包里没有发现东西。"

陆俊迟过去铐住她："那东西呢？"

陆俊迟听过之前苏回的分析，此前，徐霜都会避开学生和孕妇，可是他不知道为何，徐霜这次是在幼儿园的外面被发现的。

徐霜的眼神转动，看向陆俊迟，声音非常冷静："已经丢掉了。"

陆俊迟继续质问："你放在哪里了？"

"我拿到东西的时候，就已经发现我不需要那个东西了。"徐霜有点轻松地道，"所以，我就交给毕山雨了。"

那时候毕山雨在门口和她交谈了一会儿，当时他就提出可以把东西交给他，那样她就不用再犹豫了。虽然她十分不喜欢那个男人，但是觉得这个建议还不错。

"毕山雨去了哪里？"陆俊迟问。

"这我就不知道了，我们每个人都是单独行动的。"徐霜说得不紧不慢的。

"郑柏，沿着她走过的路线进行排查，以防她说谎。"陆俊迟打了个手势，"曲明！把人带到车上，准备进行审问！"

安排好了一切，陆俊迟看了一下时间，把这边的进展告诉了苏回。

苏回也没有预想到这种结果。他轻声道："这么说……毕山雨的手里可能会有两枚……"

事情到了这一步，他们已经找到了6枚炸弹，还有7枚炸弹下落不明，宋蓝恩还没有踪影，毕山雨这里又出了一些状况。苏回隐约觉得，这是一个讯号。毕山雨的行为和过去有所不同，那个人可能潜藏在城市里的任何地方。而且现在，他的手中有不止一枚炸弹……

"苏回，你还是要小心，我这边会尽快找到毕山雨……"陆俊迟的心情十分矛盾，他知道自己必须尽全力搜寻那些凶徒的下落，但同时，他又很担心苏回的安危。

"不说了，谭局那边叫我了。"苏回轻声道，"我看到快递短信说，你买的梨送到了，回头等着你煮梨水呢。"

"好……"陆俊迟这才挂了对讲。

曲明在驾驶位转头问他："陆队，现在怎么办？"

他们已经找了毕山雨可能会去的各个方向，城市里的各种标志性建筑外也守了人，可是这个人就像是凭空消失了一般。

陆俊迟低头沉思了片刻，开口道："还是回到最初毕山雨和徐霜分开的地方，然后通过监控和实际线路模拟，查访目击证人，一个路口接一个路口地找下去！"根据徐霜和戴元声的描述，他们已经知道了毕山雨今天的装束。带着他之前的照片询问路人，也许有人会有一些印象。

他们沿着这条线又搜寻了半个小时，跟踪到总局大楼附近时，陆俊迟犹豫了一下，又给苏回打了个电话过去。

陆俊迟道："分局那里又抓到了一个人，我们还在寻找毕山雨的下落。我们按照徐霜供认的他的衣着、服饰，一个路口一个路口地推断他的线路……现在已经在商贸路附近了。你觉得他的目标可能是哪里？"

商贸路，好像就在总局不远处。苏回想到了什么。

今天因为提前知道了罪犯的容身区域，所以他们把搜索范围缩小在城市的南部到中部。如今，车站、大型商超、广场全部都有便衣在值守，各种政府机关、交通要道不仅有数倍的警员，还出动了警犬。数据监控也更为密集，指挥室里可以看到华都各个路口以及重点位置的情况。在这样的排查下，如果那些人在公开场合意图犯罪，很快就会被发现。

苏回本认为以毕山雨的行为方式还有性格，抓住他只是时间问题。可现在……他托着下巴，低头细想起来。

"……我还有很多的事情想不通。"苏回努力让自己冷静下来,"毕山雨今天的行为不符合我的侧写,我也找不到他的犯罪动机。"

为什么会出现这种情况呢?他漏算了什么?

"毕山雨……"念着毕山雨的名字,陆俊迟也想起了什么,"我们最初追到这些人,就是从毕山雨的一个付款记录入手的……"

苏回听陆俊迟说到这里,眉头微蹙。他想起了毕山雨的档案:"事情有点不对,一个负债累累的赌徒老赖,为什么微信上还有现金?而且徐霜负责他们的开销,他没必要花钱。"毕山雨在多年以前就已经因为赌博负债累累,他身上应该没有钱款才对。是那些人后来打给他的钱吗?还是说……这个行为也是故意的,让警方能够顺藤摸瓜,查到那几个人的身上?

苏回忽然想到,在警方目前掌握的所有的监控资料之中,毕山雨都戴着帽子,他似乎在躲避着摄像头。

"等……你等一下,我先证实一件事!"苏回一边和陆俊迟说着,一边快步冲到了一旁的三号审讯室里。

徐霜刚刚被押送到了这里,此时刚结束了一轮审问。

苏回迅速翻出了手机里毕山雨的通缉令问徐霜:"你所认识的毕山雨是不是这个人?"

徐霜不太明白为什么有警察忽然冲进来问这个问题。她低头看向那张照片,照片里的男人干瘦、长相普通,徐霜不太明白,为什么通缉令上的照片和她几天前见到的人不同,但还是摇了摇头说:"不是他。"

"那他长什么样子?有什么特征?"事到如今,苏回终于意识到了问题的所在。监控里毕山雨一直坐在角落里,只有模糊的影像,而那个毕山雨,可能并不是他们通缉之中的人,也怪不得他们怎么也找不到这个人的下落。

徐霜侧目回想:"他……看起来很年轻,长了一双桃花眼,嘴唇很薄,总是在抽烟……"

她所说的长相在苏回的脑海里逐渐成形,这让他的指端冰冷,可是细细想起来一切却都早有征兆。

"你们之前是怎么联络的?"

徐霜撩了一下头发,还是不太理解为什么这个警察这么着急:"之前……只在网上联系,宋蓝恩会把东西放在一个指定的位置让我们去取。虽然早就在一个群里,可是我们也是在几天前才见面的。"

苏回急忙走出了审讯室,握紧了手机对陆俊迟道:"我在徐霜这里证实了,那个人不是真正的毕山雨!"

陆俊迟一向淡定的声音也出现了一丝的慌乱:"那他可能是谁?"

苏回叹了一口气说:"是姚飞。他最近和毕山雨调换了身份。"

第66章
"烟花就要晚上燃烧才更好看"

苏回心里的疑问终于有了答案。因为姚飞的加入，所以现在的毕山雨和之前的侧写完全不符，他们针对毕山雨的布局也根本不起作用。

为什么会是姚飞呢？他真的已经变节了吗？可如果变节了，他为什么要通过付款记录给他们留下线索？他又为什么拿走了徐霜的那枚炸弹呢？但是没有变节的话，他为什么没有报警？也没有联系警方？他和幕后的那些人又是什么关系？

苏回仔细回想着这半年来发生的事情，感觉自己握着一大把细碎的拼图。他努力整理着思路，想要把过去拼合在一起，找到那唯一存在过的真相。

他一点一点理出了头绪："我终于明白为什么姚飞会失踪了，他应该是从细沙案侧写出了毕山雨的真实身份。他一直在追查这些线索！"也许真正的毕山雨已经被他控制住……

手机的那一端，陆俊迟也反应了过来："如果毕山雨是'月光'假扮的，那么他的目标肯定不会是市中心的地标场所……"

"他的目标有可能是……"苏回说着回到了监控室，大脑飞快地运转着。如果是"月光"，他会怎样做呢？他寻找着记忆之中的姚飞。

姚飞是最了解罪犯的人，也是不择手段的人，他从不按照规则出牌，大胆妄为，会做出一切出人预料的事。

苏回转身。他现在所在的地方是华都市公安总局指挥室，屋子里就有数名警员。总局一共有十来栋楼，有东南西北四个出入口。今天各个部门中能够发动的刑警和民警都已经出发，这个时候，总局里反而是最空虚的……

这么想着，苏回咳了几声。他走到了窗口前，俯视着总局的院子。

他记得下面的四个门口中，每个门口至少有两个保安。如果要进入总局的话，会进行盘问和登记，进入主楼则需要指纹验证和人脸识别，看起来无坚不摧，防守严密，规章制度严明。

可实际上仔细一想就会发现这里漏洞百出。进入这个院子根本不会被搜身，也不会被仔细检查，只需要填写一张所谓的登记表，而且并不会核实上面信息的正确性。

一楼的报警大厅，还有后面的几栋楼几乎是可以随便进入的，平时进出的人也是鱼龙混杂……

苏回能够想到这些，姚飞也一样可以想到。在他们所有人都被其他人牵制住的时候，也许姚飞正在执行着他的计划。陆俊迟告诉他的地点离总局不远，就算是采取较为迂回的路线，这么长的时间，也足够姚飞过来了。

"我想他的目标可能会是总局，而且按照时间计算，他也许已经混了进来。"苏回皱着眉开口道。

陆俊迟也意识到事情非同小可："我马上赶回总局去！"

苏回挂了电话，一向冷静的他终于出现了片刻的慌乱。他没有看清一旁的垃圾桶，被绊了一下，直接跌倒。尖锐的桌角顶在腹部的旧伤上，疼得他眼前一黑，跪倒在地，感觉连呼吸都停顿了。

"苏老师……"乔泽被吓了一跳，急忙扶起了苏回。

"我没事。"苏回深吸了一口气，忍了几秒终于缓了过来。他没有时间理会身上的疼痛，松开了乔泽扶着他的手，转身想去一旁的办公室找谭局。

苏回拿着手杖，快步走到了谭局办公室的门口，却忽然停住了脚步。

这一次，他还需要叫支援吗？万一……这又是对方的陷阱呢？那他会不会害了其他人？

苏回闭上双眼，两年前的那一幕又在脑海中浮现了出来。

他不想再重复那样的惨痛经历，不想再迎来更多的死亡。他迫使自己冷静下来。

他认识的姚飞，虽然冷漠，但并不是一个滥杀无辜的人。如果当年于烟死亡的真相真的是谋杀，如果姚飞当初离职和他最近被污蔑一样事出有因，那么他是不是为了报仇而来？姚飞本来就是兵行险招、亦正亦邪的行事风格，如果是他，他会去哪里？

苏回的心里还有一丝希望。他不相信姚飞会在总局里安放炸弹，把所有人置于危险之中。

想到这儿，苏回转头看向总局后院的一片绿色，转了身，独自坐了电梯下楼，穿过一片楼宇，向后面走去……

就在 10 分钟前，姚飞背着一个黑色的背包走到了总局的侧门口。

门口有保安拦住他："干什么的？"

姚飞的心思一动，抬头看到主楼外墙上有人在做清洁。每年 10 月底，总局这边都会统一外包给环保公司，进行外墙清洁，因为楼宇众多，整个清洁过程会持续一周左右，这些总局的警察们都习以为常了，混进去并不是什么难事……

姚飞指了一下："我是最近在市局里清洁玻璃外墙的工人，今天来晚了，刚和我们领导请过假了。"

保安扫了他一眼，指了指后面道："进去吧。"

这里虽然是华都的总局，但是负责安保的并不全是警察。警方的编制少，保安大队里除了大队长、副队长是警察，下面大部分是招的保安人员。一般门口有两个人守着，一位警察，一位保安，通过胸口的编号可以确认。这个保安已经在这里工作几年了，每天院子里来往的没有上千也有几百人，他看着姚飞眼熟就让他过了。

看到这么轻易就开了绿灯，姚飞皱眉问他："不用登记了吗？"

从保安室里出来一个拿着电棍的巡逻警察，胸口有编号，看起来像是有编制的，他听姚飞主动建议，开口道："那就登记一下吧。"

保安这才懒洋洋地取出了一本登记册："你叫什么名字？手机号填写一下。"

姚飞随意在上面写了一个名字，然后乱写了一串号码，写了到访时间。

"包里的是什么？"警察指了指他带着的黑色背包。

"都是打扫用的工具。"姚飞答着。

"你们这个还要擦几天啊？"

"大概还要4天吧。"

警察往楼上看了看："那么高，可得注意安全。"

"有防护措施呢。"姚飞说着把本子递过去，"我填好了，你们看看。"

"好了，进去吧。"保安收起了册子，挥了一下手。

拿着电棍的警察在一旁道："下次记得早一点，和他们一起进去。"

姚飞笑了，扶了一下帽子："警官，你放心，绝对不会有下次了。"他说完话，转过身，脸上的笑容变成了冷笑。

现在外面处处都在严查，可是总局内部却十分松懈，几乎不费吹灰之力就让他混了进来……大概这些保安做了这么多年，也没有见过会自投罗网，来总局行凶的凶手吧。

姚飞往总局主楼的方向走去，仰头看着。这栋主楼一共22层，他曾经在这里工作过数年，这里看上去并没有什么变化。这栋楼下有门禁，想要进入的话要指纹和面部扫描，不会那么容易。不过，一旁的行政楼的审核就没有那么严格了。行政楼和主楼的8楼之间有一条长长的空中回廊，那里的门常年开着，不需要门禁就可以进入。他可以混入行政楼，把炸弹安置在主楼里，或者再狠一点，放在主楼的承重柱旁，到时候，轰然一声巨响，那座建筑就会垮塌……整个总局将会变成人间地狱。更主要的是，华都的总局也会变成人们口中的笑话，公信力全无。

迅速构想完了一个计划，姚飞眼前仿佛出现了火花四溅的一幕。他愉快地吹了一声口哨，往里走去。

华都总局，下午3点半。

苏回走进了总局后面的一栋楼。这个地方位于大院的最后方，除了偶尔有人来这里打扫卫生，平时少有人来。大门没有锁，里面十分空旷，桌椅凌乱地摆放着，是一处荒废多年的办公室。

这里是于烟曾经办公的地方,也是于烟和谭局商定要作为行为分析组的地方。他们曾经想要把犯罪心理侧写发扬光大,成为总局里一个非常重要的部门,所以这里的办公室、会议室、档案室一应俱全,甚至整体比重案组还要大一些。

但是世事弄人,发生那些事后,这里就被荒废了。一转眼,就是这么多年。

苏回回忆着,一路走进去,手杖触碰地面,在空旷的办公室里略带回音。他还没看清里面是不是有人,就先闻到了一股烟味。

"姚飞……"苏回念出了他的名字。

那个有着一双桃花眼的男人,抬头看向了苏回。他不紧不慢地吐出一个烟圈:"诗人,好久不见……你竟然找了过来。"他往前俯身,仔细看了看苏回,似乎对他的到来一点也不意外。

"你到这里多久了?"

姚飞弹了一下烟灰道:"一根烟还没抽完。"

苏回淡定地站到他的对面:"东西呢?"

姚飞指了指一旁的黑色背包:"在这里,有两个。"

"还有一个是徐霜的。"苏回点点头,拉开一把椅子,坐在姚飞的对面。

"这些炸死我们两个人,足够了。不过时间定在下午5点,我们还有时间来聊聊。"姚飞吸了一口烟道,"作为侧写师,你应该知道,我为什么出现在这里吧?"

苏回低低地咳了几声:"这里是过去你和于烟的办公室,我想你回到总局,一定是想要故地重游。"过去姚飞还在公安局的时候,苏回不止一次看到他站在主楼的窗口望向这里,每次都会站上很久。那时候,月光的背影是落寞的。

姚飞继续问:"那你觉得,我是为了什么要做这一切呢?"

苏回道:"我想,你是为了于烟。因为你一直觉得于烟的案子有问题。"

姚飞眯着眼睛看向苏回:"你果然也知道这一点。"

苏回摇摇头,闭上双眼:"我并不清楚于烟的案子,也没有进行过调查。我只知道,这么多年来,你对于烟死亡的真相一直耿耿于怀。这是你一直无法释怀的一件事,所以你今天的行为,应该与这有关系……"

苏回在脑中还原着所有的事。细沙爆炸案后,姚飞离职,他受重伤,行为分析组支离破碎,被迫解散。当年离开了总局以后,姚飞没有放弃寻找真相,他一直在暗中继续调查着于烟的案件,想要查清于烟的真正死因。于烟的死亡,可能和背后那个组织有关系,姚飞也一定查到了什么。

姚飞道:"那你应该知道我的目的了?"

苏回道:"我想你不是来报仇的。"

姚飞侧头:"为什么这么说?"

苏回认真地推理:"如果你是想要来杀人的,会选择人多的主楼,不会选择这么

偏的地方。就算在这里爆炸了，也最多炸死我们两个人。"

姚飞夹着烟道："主楼？那边想要进入楼里不太容易呢。"

苏回道："你大概会选择一旁的行政楼，从那里绕进去。"

姚飞"哼"了一声："我就是讨厌你这种自以为是的聪明。"

苏回低下头，没有说话，脸上毫无血色。但他心里却十分平静。几年的同事，他太熟悉眼前的人了，这是被戳中软肋才会出现的反应，这说明他的推断应该是正确的。

"你有没有想过，也许我在骗你。也许我只是在这里拖延时间，想躲起来看戏，甚至可能还有同伙。"姚飞反问苏回，"你就不怕，我早就已经把炸弹放入了主楼？"

姚飞长了一双桃花眼，微笑的时候会让人放松警惕，让人觉得可以信任。可是等他抬起眼皮时，目光却像是一只凶残的狼。

苏回低声道："所以我来找你了。"

姚飞吐出了一口烟，凝视着他："我有一些问题想要问你。"

…………

行为分析组的旧址内，苏回和姚飞两个人对坐着。在他们的旁边，放着两枚定时5点钟的炸弹。

下午的阳光从窗外倾斜着投射进来，照着从地面上漂浮起来的点点灰尘和姚飞吐出的白烟。从姚飞所在的角度，可以看到苏回的眼睫毛根根分明，仿佛被阳光镀上了一层金边。对方的眼神清澈，但姚飞却还是不肯轻易相信他。

姚飞继续问："你还猜到什么？"

苏回合眼片刻，继续推断道："你是通过细沙案查到毕山雨的，最近在用他的手机和身份尝试接近那些连环杀手。你不光怀疑有人造成了于烟的死亡，还怀疑公安局里有人针对你。"

姚飞忽然冷笑着问他："这些事情，不是你一手造成的吗？"

苏回脸色苍白地摇了摇头。

姚飞看着苏回，微微眯起了双眼："我当初从总局被赶出来，难道不是拜你所赐？"

这是时隔两年之后，两个人第一次面对面来探讨这个问题。

苏回道："我只是按照领导的要求写了一份评定书，里面没有任何有倾向性的语言。"

"你和那些人没有联系吗？"姚飞吐出一口烟说，"你一定是在骗我，里面的事情，你一定也有参与。"

苏回继续摇头否认："我大约知道你所说的是哪些人，但是我和他们是没有关系的，在细沙爆炸案之前，我就在查这件事……"

姚飞皱起了眉头，没有说话。

"你之前就一直在怀疑我吗？"苏回苦笑一下。

姚飞道："你有一篇文章里面的思路，是和那些人非常一致的。"

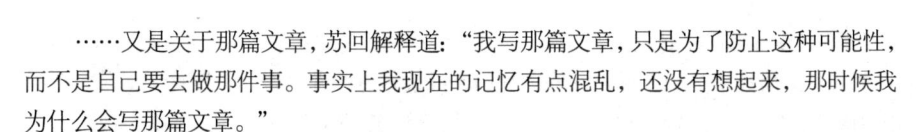

……又是关于那篇文章，苏回解释道："我写那篇文章，只是为了防止这种可能性，而不是自己要去做那件事。事实上我现在的记忆有点混乱，还没有想起来，那时候我为什么会写那篇文章。"

　　回忆起那篇文章时，苏回一直没有找到自己当时完整的逻辑链。好像那些灵感就那么自然而然地出现在他的脑海里。

　　苏回斟酌着语言："我前几天刚去过你的住处找你……"

　　姚飞沉默了片刻："我还是怀疑，你是那些人安排在公安局里面的人……"

　　苏回摇摇头："我在细沙案中重伤，差点死去，我想，那些人大概也想要除掉我。"

　　姚飞吐出一个烟圈。那时候他已经离开了警队，苏回受伤的消息一直被封锁着，并没有多少人知道："这一段是我不知道的，那些人里有警方的人，所以谨慎一点，总是没有错的。"

　　苏回咳了两声，把手下移，按住痛处："还有，我现在合作的重案组的陆队是于烟的外甥，如果当初于老师的死亡真的有问题，我们也希望能够查明真相。"

　　提到了于烟，姚飞的表情终于缓和了一些，他略作回忆道："是那位小陆队……"

　　苏回问："你一直觉得于烟的案件不止那么简单，你怀疑的理由是什么？"

　　姚飞开口道："当年杀害于烟的凶手曾经接到过一个电话，拨打地点就在公安局范围内，时间正好是于烟从公安局出发时。警方在制服了凶手以后，却以凶手反抗为由，把凶手乱枪击毙，就像是杀人灭口。还有，在于老师死后，我整理他的资料时，发现电脑里很多的资料是不连贯的，有些文档消失了。而且这个案子还没有查明凶器来源就被匆匆结案……"虽然没有确凿的证据，但是这些线索足以证明，于烟的死亡是有问题的。

　　姚飞的眼睛有点发红，声音也有些发抖。虽然他看起来对很多事情都毫不在意，但是唯有这件事，唯有这个人，是他的软肋。

　　苏回问姚飞："所以你那时候才反复进行案件上报，申请复查？"

　　姚飞点头："只是我每一次上报，都会被原封不动地打回来。后来那些人心虚了，在我当年的那个案子里暗中动了手脚，甚至想过杀我灭口。最后我主动递交了辞呈，装作放弃追查，他们才放过了我。"

　　可实际上，姚飞即使离开也并未停止调查。

　　苏回皱眉问："那么，你认为于烟被害的原因是什么？"

　　姚飞沉默了几秒钟，开口道："你收到我留给你的东西了吧？那是当初于老师留给我的信息。我想，他可能已经预料到了自己会遭遇不测。在我尝试去解开里面的谜题时，买了同样的一本诗集留给了你。"

　　苏回猛地想起来："372页，那首关于火的诗吗？"

　　"在华都中，曾经有一家372心理研究院。"姚飞观察着苏回的表情，"你真的不知道372心理研究院的事情？我觉得如果你不是对方的人，应该也会很快查到这里。"

苏回皱眉想了片刻，忽然明白了过来。他掏出了手机："我曾经看到过一张照片，以为是312研究院……"说着，他翻找出来陆俊迟发给他的资料，照片上的陈雪贤微笑着。

姚飞看了一眼，点头道："就是这里。"

原来是因为照片过于老旧，又有一些遮挡，他们把7认成了1，从而没有查到正确的信息。

"两年前，我在办案时查到了这个名叫陈雪贤的女人曾经和这个研究院有关系，由于你当时也在调查那些事，所以我们这些侧写人员就被那些人锁定了……"苏回心中的线索联了起来。

姚飞脸上的表情一时有些阴沉不定。沉默了片刻，他点头说："于老师发现，华都的连环杀人案的凶手中，有一些人是和这个机构有关系的。"

"所以……于烟那时候很可能是发现了这里的秘密，所以才被杀人灭口？"苏回恍然大悟。所有的点，终于在这一刻连成了一条线，线索在他大脑中形成了闭环。

"我是跟着于老师留下的线索进行调查的，然后发现了那些连环杀手。"姚飞侧头道，"你最近，也认识了他们中的一些人吧？"

苏回念出一个个名字："傅云初、安郁辞、陈雪贤、宋蓝恩……"他皱着眉头回想着那些人。

他早就怀疑，近期华都连环杀手的数量暴增有问题。如果没有人为的干涉，他们之中的某些人可能不会走到这一步。有没有一种可能，是那个研究院的存在，把他们变成了残忍的凶手？

"这个研究机构现在还存在吗？"

"我进行了搜索和调查，资料非常少，感觉网络上的信息被人清扫过不止一轮。但能够确认的是，这个研究院存在多年，后来毁于10年前的一场大火，所有档案也全部消失。里面的那些人，应该和警方现在查的案件有关系——这其中，包括细沙案。"

"所以你找到了毕山雨。"

姚飞点头："十几天前，我先于警方找到了毕山雨，从他身上问到了一些线索，取得了他的手机和电脑，用他的身份联系到了其他人。随后，宋蓝恩忽然联系我，想要进行最后一次行动，于是我就将计就计，来到了这里。"

苏回问了另外一个关键的问题："你查到幕后之人了吗？"

姚飞摇头："我查了很久，没有找到他的具体身份。"

宋蓝恩是细沙案的主导者，不过他显然不是幕后之人。

谈话进行到这里，姚飞靠在了椅背上："我的手机卡在几天以前就被收走了，所以也没有办法通知任何人。不……准确地说，我现在不相信任何人。"

苏回道："你就算不相信我，也可以相信陆队。"他想要把姚飞对于烟的信任转移到陆俊迟的身上。

姚飞的呼吸一顿，岔开了话题："话说回来，这总局的安保防范意识还真是差得一如既往，你们的进展如何了？"

苏回如实回答道："已经抓住了戴元声和徐霜，除此之外，获取到了6枚炸弹，如果加上这两枚，一共有8枚。"

姚飞点头："据我了解，一共有13枚炸弹。其中，我们4个人拿的当量比较大，其他人拿的当量比较小。"

苏回"嗯"了一声，盘算着现在的局势。

姚飞沉默了片刻，吸了一口烟："我有一段时间有点困惑。我该怎么为于烟报仇？我是否要找出公安局里他们的人杀掉？"他停顿了一下继续说，"我也想过，如果你和这个组织有关系，我也不会放过你。但是现在我觉得，如果我做出什么疯狂的事，于老师就算在地下也不会原谅我。"

姚飞看着苏回，随后目光移动，落在那个包上："和那些人混在一起的时候，我甚至想过是否要引爆这枚炸弹。是炸死那些凶徒，炸死我自己，炸死总局里那帮帮凶，还是炸死背后那些该死的人？"

苏回清楚，姚飞并不是一个传统上的正义的人，他在很长时间内游走于正邪之间。苏回也知道，姚飞做的事情非常危险。他无法联系外界，警方内部有那些人的眼线，报警也不是一个好的选择。更何况，经历过那些事，姚飞可能已经对人失去了基本的信任。这段时间里，他一边小心翼翼地不让那些人察觉，一边将计就计，陪着他们演戏……他或许该庆幸，即便如此，姚飞还是没有丢掉最后的一丝良知。

在空旷的办公室内，姚飞的声音还在继续着。

"……可是我不甘心，因为我还没找到背后的人。我非常清楚一件事，那就是我能力有限。如果仅凭我一个人，可能永远也找不出真相。"说到这里，姚飞捻灭了手里的烟。

苏回猜到了他将说的话——搭建信任并不一定是一个令人愉快的过程，但好在结局不错。

姚飞抬起头："虽然我曾经怀疑过你，我们之间也可能有过一些误会，但是我想，如果你和那些人没有关系的话，或许你是最有可能找到答案、查明真相的人。"

苏回道："所以我们可以一起，把剩下的那些人从这个城市里找出来。"

姚飞点头："合作愉快。"

"是的，谭局，我现在和姚飞在一起，位于总局的13号楼，就是于烟原来的办公室。我们这里有两枚定时炸弹，预计设定的时间是下午5点……"苏回给谭局打电话，姚飞在一旁安静地听着，随后又点燃了一根烟。

"对，他提前混了进去，了解了宋蓝恩那些人的动机，拿到了这两枚炸弹……情况有些复杂，我稍后给您详细解释。"

苏回挂了电话，看了看时间，然后对姚飞道："等下负责拆弹的武警会在院子里等着，我出去把东西给他们。"

姚飞吐出一口烟，大度地摆摆手道："反正东西给你了，你们随便处理。"然后有些好奇地看向苏回，"我是不怕死，不过你的淡定还是让我有点意外。"

能够感知危险也是人类的一种本能，苏回的人格解体虽然好了很多，但是到了这种时候，他还是比一般的人有优势，能够更冷静地面对一切。

整个屋子里云雾缭绕，都是烟味。苏回皱了眉，没有回答他的问题，而是说道："你少抽一点。"

姚飞笑了："哎呀，我真的是好久没有收到来自同事的关怀了。"话这么说，他还是把烟捻灭了，"听你的，我在屋里不抽了。"自从于烟死了以后，他的烟瘾就变大了，有时候一天要抽一两盒。

外面很快就准备好了，谭局给苏回打了电话，让他把东西拿出来交给祝白衣。那个包沉甸甸的，苏回拎着它一路穿过长廊走到院子里。姚飞跟在苏回的身后，两个人相隔几米远。

苏回出来，一抬头就看到院子里站满了人，只是那些人都聚集在离他们几十米外的地方，远远地张望着，不敢过来。院子的空地中央，放了一个防爆桶，旁边站了几名身着防爆服准备进行排爆的武警，为首之人就是之前见过的祝白衣。防爆服把他们全身包裹得严严实实，只有手部为了方便灵活，什么防护也没有戴。

苏回走过去，那些人的表情无比严肃，如临大敌。事件的始作俑者姚飞却靠在一旁的立柱旁，从口袋里摸出打火机，一下一下地打着火苗。

等苏回把那两枚东西交给防爆警察，确认无误，祝白衣这才松了一口气，冲着苏回挥了下手，示意他赶快离开。

周围的人群散了开来，特警马上进行排爆，打开了炸弹内部，寻找着连接线。

苏回向安全区走去。他刚走到安全区附近，就被匆匆赶过来的陆俊迟往前拉了一把，让本来淡定的苏回也被这慌张的情绪感染，心脏重重地跳了两下。

"没事了。"苏回安抚似的拍了拍陆俊迟的后背，在陆俊迟的耳边小声说，"小陆队，院子里好多人看着呢……"

陆俊迟这才把手松开，然后他转头看向站在不远处的姚飞，气愤地道："作为犯罪分子，混入公安局意图行凶，你胆子也真大！"

陆俊迟和姚飞是截然不同的两种人，姚飞做出来的事是他这辈子想都不会想的。

到了院子里，姚飞又点了一根烟，看也没看陆俊迟。

陆俊迟继续正色道："现在并没有证据证明你和他们不是一伙的，万一炸弹在总局爆炸了怎么办？还有，你浪费了警力和时间，这些都有可能造成严重后果！"

别的都不论，姚飞把苏回置于危险之中，这是陆俊迟绝对不能容忍的。

苏回回头看着姚飞。他太熟悉姚飞了，他是个牙尖嘴利、得理不饶人的人，过去和他意见不一致就会争论半天，非要论出个对错。陆俊迟这么说他，按照姚飞的性格，他是要反驳的，可是现在姚飞却出奇地沉默。

陆俊迟还想说点什么，苏回急忙拉住了他，生怕这两个人一言不合在总局这里吵起来，但没想到姚飞竟没有生气，而是问道："陆队，于老师……有和你提起过我吗？"

这一句问话让陆俊迟感觉自己一拳打在了空气上。姚飞的关注点根本就不在自己刚刚做了怎样惊世骇俗的一件事，也不担心自己会被如何处置，这个时候他最关心的，竟然是于烟有没有提起过他？

陆俊迟有一瞬间气得想要回姚飞一句"没有"，可是看到他期盼的眼神，忍了下来。

苏回也觉得姚飞和往日完全不同，平时的他像是只狼，可是此时，却有点像一只垂下了耳朵的狗。

陆俊迟沉默了一秒钟，这才答复道："提过。"他虽然不记得具体说了什么，但是他之前就对姚飞这个名字有印象，应该是从于烟那里听到过的。

听了这个答复，姚飞才仿佛又活了过来，好像完成了什么毕生夙愿一般，愉快地吸了一口手里的烟："谢谢你。"

陆俊迟被这句谢谢噎住了，顿了片刻道："我想如果你少惹点祸的话，我舅舅会更开心。"

谭局这边也刚刚消化了姚飞做的事。他实在是对这个拎着两枚炸弹混入总局的前下属摆不出什么好脸色来，但是唯一庆幸的是，事情还算是圆满解决了，现在外面又少了一些危机。

现场的气氛一时变得有点微妙起来。

苏回知道，姚飞这种人是领导最不喜欢的那一类人。他充满不确定性，喜欢兵行险招，不按常理出牌，做出的事情也绝对不会被大多数人所理解。就像是现在，苏回一时难以评价，姚飞是把整个总局都陷入了危险境地的坏人，还是一个拯救这座城市中无辜民众的好人。从另外一个方面来说，姚飞经历了于烟的死亡、自己也被冤枉这些事之后，还愿意相信他，已经实属不易。不管怎样，和姚飞这样的人合作，总比与他做对手好一些。

想到这里，苏回岔开话题道："我们的当务之急是先抓到那些人。陆队，现在你们那里进展怎样？"

陆俊迟道："外面还有4枚炸弹，而且宋蓝恩一直没有踪影。"

他们说话时，这边终于排爆完成，祝白衣打了个安全的手势。谭局这才松了一口气："不管最后怎样，你们的首要任务是团结合作。姚飞，你作为知情的线人，跟着他们先去指挥室，下午你们一定要把剩下的人抓住，随后再论处功过。"

谭局很清楚姚飞的危险性，这也正是他当初同意姚飞离开的原因之一。在离开公安局后，姚飞似乎更加自由，也更加肆无忌惮，踩在黑白线上步步前行。如果苏回不在，谭局是不会让姚飞进入指挥室的。但现在是非常时期，他的能力也是不可或缺的。

他和苏回配合起来，一加一的效果可能会大于二。

回到监控室，苏回和姚飞站在监控墙前讨论案情，陆俊迟那边则在盯着整个进度，还按照姚飞所说的，派了一队人去抓捕真正的毕山雨。

"姚飞，目前你是最了解对方情况的人，能不能给我们一些线索？"苏回所熟悉的月光是无所不用其极的，就他对姚飞的了解，他肯定有后招。

果然，姚飞的眼睛微眯。

"我在接近他们时，一共带了四枚定位装置。本来我是预备放在那三个人的身上，另外一个作为备用的。"

苏回点头。以姚飞的实力，自然也能推断出来对方主犯的人数。

姚飞严肃地道："……只是后来计划有变，宋蓝恩招募来了一些新人，我也只能随机应变。在上午帮宋蓝恩把东西放在指定地点时，我把其中三枚黏在了炸弹包装上，最后一枚放在了宋蓝恩的外衣口袋里，希望他还没有发现……"姚飞是借着那个临别拥抱，把纽扣大小的定位装置放进去的。

听了这话，齐正阳气得眼睛都直了："你怎么不早说？"

姚飞眉眼一弯："警官大人，你之前也没问我啊？"

齐正阳转头，咬牙低低地骂了一声："疯子……"

姚飞像是没听到，帮着乔泽在电脑上登陆了定位软件系统，查了一下实时的位置。其中一枚已经被警方发现，剩下的三枚都还流落在外。有了这几个定位，警方无疑主动了很多，也节约了大量寻找时间。

到了晚些时候，陆俊迟又带队出去了。

如果把整个都市比作丛林，那些凶徒就像是在丛林之中狩猎的野兽。它们张牙舞爪，想要撕裂人们的血肉。可是随着太阳西下，猎人们终于逐渐占据了优势。

四枚，三枚，两枚，一枚……随着炸弹一枚接一枚地被找到，所有人悬着的心也渐渐平稳下来。一共13枚炸弹，现在已经有12枚炸弹被找到，而且无一爆炸。他们，把一件不可能完成的任务变成了可能。

目前，仅有宋蓝恩还未被抓住……

过了下午5点，宋蓝恩携带的那枚炸弹警方还没有找到。

和其他早就定好了时间的炸弹不同，宋蓝恩携带的那枚炸弹是当量最大，也是最复杂的。幸好，宋蓝恩的位置也已经被警方锁定，定位软件把他的行进路线展现了出来。

在这个下午，宋蓝恩带着那枚炸弹，几乎走过了半个华都的城区。

他和那些炸弹客似乎都不一样，看不出有什么既定的目标，就像在城市里四处闲逛。他还会时不时打开从刘玉梅那里得到的手机，浏览一些新闻，随后关机。因为他几乎不会在任何一处久留，又经常穿梭在小巷里，所以警方一直在追着他走，每次赶到地方，都慢他一步。所幸的是，宋蓝恩虽然带着危险品，却没有丝毫要引爆的迹象。

苏回轻轻皱眉。这个人，究竟要干什么？

晚上6点，宋蓝恩终于停了下来。外部指挥车那边传来了好消息："我们已经锁定了宋蓝恩，他现在在顶面轩的餐馆里吃面……"

晚饭时间一到，这个让整个华都陷入危机的罪魁祸首，居然悠哉悠哉地吃起了面条。乔泽气道："我们还都饿着，他竟然还吃上了。"

谭局让王秘书定饭，转身通过耳麦对陆俊迟下令："你们跟上他。一定要注意安全，面馆人太多，不要轻易行动，我们这边商量一下作战计划……"

根据姚飞带来的消息和徐霜的供词可以判断，其他人所拿的炸弹都是定好时间的，只有宋蓝恩手上的这枚炸弹是手动引爆的。这样就意味着他可以随时引爆炸弹，更加危险。

顶面轩是华都的老招牌面馆，从内部装修、餐具、店员服务，再到食材，整体都透着两个字——讲究。

现在，宋蓝恩正坐在顶面轩的散座上，面对着一碗热气腾腾的蟹黄面。如今正是秋末冬初，刚刚过吃螃蟹的季节。商家毫不吝惜那些蟹肉和蟹黄，做成了上好的秃黄油。他们在螃蟹最肥美的季节，选择三两以上的大闸蟹，把蟹黄和蟹肉都挑选出来，随后加上散养黑猪肉煎出来的猪油，把葱、姜爆香以后，加上上好的绍兴黄酒，焖熟焖透。面是金丝细面，里面加了鸡蛋，又细滑又劲道，上面盖着满满的金黄色的浇头，甚至比面还多，轻轻一拌开，就蟹香四溢。

宋蓝恩已经很久没有吃过这家店的面了，如今慢悠悠地吃着，感到格外满足。他一边吃着面，一边浏览着网站上的各种新闻。

没有，还是没有。已经过了5点半，他却没有看到一点与爆炸有关的新闻。这次连毕山雨也没有成功？难道全军覆没了吗？

宋蓝恩微微皱眉。

不过，他还有最后一丝机会……烟花就要晚上燃烧才更好看。

夜晚，警方的临时指挥车停在了华都顶面轩的后门。

这家面馆是顶面轩总店，店面很大，横跨了两条街。正门位于华都一条有名的美食街上，后门却临着一条车流不断的马路。越来越多的警员赶到，陆俊迟把这些人手安排在各个出入口，随后便衣进入餐厅，开始替换真的客人。

如果这是一名手拿枪械或是刀具的匪徒，警方会毫不犹豫地上前实施抓捕。可是现在，他们把宋蓝恩团团围住，却谁也不敢动手。为了避免引起骚动打草惊蛇，他们只联系了餐厅的负责人，告知可能有紧急情况。

警员身上的摄像头还有餐厅里的监控传来了实时的监控画面。总局的指挥室里，几位领导争论不休。现在的关键点在于他们没有办法在不惊动宋蓝恩的基础下把食客安全撤离。如果能够瞬间抓住宋蓝恩还好，一旦一击不成，所有人就会陷入危险之中。

把宋蓝恩逼急了，可能会造成严重的伤亡。眼下最稳妥的方法，似乎就是用狙击手对宋蓝恩进行远程击毙，但是餐厅内部视野有限，危险系数极高。他们只能守株待兔，在前门和后门都进行布控，等宋蓝恩走出门口的瞬间，进行突袭。

面馆里，宋蓝恩正在吃面，手机上忽然弹出一条消息来："你太不小心了，被人跟上了都不知道。"宋蓝恩皱眉，向四周看去。现在店里都是人，他一时分辨不出来是否有警察混在里面。这个方向临街，也可以看到外面车来车往，并没有什么异常。

他被盯上了吗？那些人是怎么发现他的？

手机又是一震："别看了，扔了你的外衣和手机，从后门出来。"宋蓝恩关了手机上的对话框，没理对方。

这碗面他才吃了一半。

手机屏幕又闪动了一下，对方催着："快点！"

宋蓝恩翻了个白眼，又吃了两口，随后"啪"地一下把筷子放在了桌子上。

外人眼里，宋蓝恩好像是吃面时觉得热了，解开了自己的外衣。在众人神经放松的这一刻，他忽然起身向后面走去！

在前厅里假装在点菜的郑柏急忙跟上去，对无线耳麦道："目标动了，没拿包！他脱了外套！"

守在后门的陆俊迟通过监控设备也看到了这一幕，忙道："准备行动，后门外的人准备……"

这一切来得太过突然，数名警员一起行动，有人去检查宋蓝恩留在座位上的包，有人跟着他往后面走去，还有几个人围堵在后门口。化妆成食客的警察冒着危险把包拿过来检查，随后对着耳麦道："包里是空的，东西可能在他身上！"

宋蓝恩穿过面馆的大厅，一个转身走向了后厨。厨房里的厨师看到有人闯入，一时都愣住了。

"你是谁？干什么的？"

"这是后厨！你不能进来！"

有人想要把他拦住，但还没动手，宋蓝恩就直冲了过去。宋蓝恩不答话，把上衣脱了，塞在一旁的厨余垃圾桶里，随后从裤子口袋里摸出来一个东西，朝着后厨里的火丢了过去。那是个不大的玻璃瓶，玻璃瓶摔碎以后，里面的液体遇火燃烧，"轰"一下就着了起来。

听到后厨发出一声巨响，郑柏他们的动作一顿，所有的人心都往下一沉……

"不是大当量的，他可能带有其他易燃品！"陆俊迟通过画面以及声音迅速判断。虽然没有引起爆炸，但是这个燃烧弹足以引起人们的骚动。

"救命啊！着火啦！"后厨的厨师们惊叫着，纷纷逃了出来。

那些饭店的工作人员急忙打开了后门往外跑，人满为患的餐厅忽然乱了起来。一时间，整个厨房里烟雾弥漫，餐厅里也响起了火灾报警，人们涌动着往外逃去，整个场面一片混乱。

郑柏已经追到了后厨那边，却被浓烟和人流截住，眼前的宋蓝恩也不见了踪影："跟丢了！那小子放了个燃烧瓶！"

此时，宋蓝恩已经快步跟着奔跑的人流混出了后门。

"郑柏，你们尽快疏散群众！一定要保证所有人的安全！"陆俊迟一边掏枪一边下车急道，"老曲和我从后门拦住他，必要时可以当场击毙！"

"宋蓝恩出来了！这小子怎么知道我们埋伏在这里？"曲明和一队人正好守在后门不远处，他反应神速，举着枪远远地对准了人群之中的宋蓝恩，"陆队，有视线遮挡！很难瞄准。"

宋蓝恩从后门出来时，早已经伸手抓了一位路过的服务员当作人质，冲着这个方向挡住了他们的枪口。服务员还是个年纪不大的小姑娘，发出"啊"的一声尖叫，然后哭了起来。

此时人声嘈杂，宋蓝恩手上又有人质，陆俊迟扣在扳机上的手一时犹豫了……

在那个瞬间，宋蓝恩的目光瞥了过来，隔了不到10米，与陆俊迟的目光相接。陆俊迟难以形容那是一种什么感觉。他见过太多的凶犯，也不是第一次和凶犯对峙，但是那些人都没有给他这么大的触动。对方的目光让他想起了那些暗夜里的冷血动物，深沉、冷静、诡异，不含有一丝感情，仿佛不知道怜悯为何物。

在嘈杂的街边，一片混乱之中，宋蓝恩冲着陆俊迟笑了。他举起手上的遥控器，炫耀似的冲他晃了晃。

陆俊迟的手很稳，瞄准着对面的宋蓝恩，可是额角却出了汗。身为警察，他不怕死，但是他不能让这么多人死在这里……稍不留意，两年前的悲剧就会重演。那不是几条人命，而可能会是十几条乃至几十条人命！在那个瞬间，空气仿佛凝结住了。

指挥室里，所有人都十分紧张，看到这一幕的苏回扶着桌子站起了身，因为过度紧张，全身都在颤抖。

警方陷入了被动。

陆俊迟的枪法很好，但是也没有百分之百的把握能够一击毙命。如果宋蓝恩不死，当街引爆身上的炸弹，那会造成更加严重的伤亡。宋蓝恩也是看透了这一点，于是赌陆俊迟不敢开枪。

苏回胸口闷痛，低头连声咳着，感觉自己的心脏像是被钢丝绞成了一团模糊的血肉。这一刻，他不怕自己死去，只怕陆俊迟会出事……

没有指示，陆俊迟一时陷入了两难的境地，他已经身处生死的边缘线上。

短短几秒像是一个世纪，谭局冲到了指挥台前，颤抖着声音道："别开枪，放他走……"

这次交锋，还没到结局他们就输了。作为警方，他们赌不起那么多条人命。

就在陆俊迟放下枪的瞬间，一辆遮挡着号牌的黑色车辆忽然停在了顶面轩的后门

处。宋蓝恩把那名服务员往前一推，开了门就钻上车。那辆车一踩油门，顿时冲了出去，险些撞到人。

"追！"陆俊迟收了枪上了警车。但这里是闹市，对方的车横冲直撞，完全不顾及周围的行人，三个路口之后就把他们甩开了。

指挥室里，气氛一时有点凝重。乔泽小声道："宋蓝恩似乎发现了监控，他脱下了外衣，也把手机丢掉了。"

谭局又问："电子眼呢？能够确定他们的行进方向吗？"

乔泽急道："对方遮挡了号牌，无法完成自动追踪，我们手动追踪了三个路口，失去了踪迹……"

这个时候，只有姚飞还在保持着平静，他打了个哈欠说："那辆车是往郊区的方向开的，今天应该不会引爆了，你们洗洗睡吧。"

谭局皱着眉，反思着："他怎么知道要脱掉衣服呢？"

几道目光射向姚飞，姚飞一摊手："别看我，要是我通风报信，我还费劲塞定位干什么？"说到这里，他站起身，拍了拍谭局的肩膀，"老头，你这总局里有鬼又不是一天两天了。"

这间指挥室里一共坐了十几个人，进进出出的，一定是有人向外透了消息。

其他领导正要发怒，苏回打断他们认真地道："姚飞说的可能是真的。宋蓝恩一直没有目标，很可能是在等待别人的指引，现在他已经和对方会合了。"

姚飞在一旁点了下头。

"我觉得这次的细沙案和两年以前的细沙案不太一样。两年以前的细沙案更有规划，也克制得多，而这次的案件，虽然是集中爆发的，但是十分混乱，没有章法……"苏回说到这里，咳了几声，抬头看向地图。

随着时间的推移，模拟地图上的范围也在不断扩大，按照最初的行进方向推断下去，对方可能已经驶向了市郊，那里地广人稀，就算发生什么，影响也会比在市区里小很多。现在陆俊迟和几队人还在抓紧对他们进行搜寻，只是谁都不知道，能不能再找到他们。

总局里，气氛有些压抑，所有人都在思索着要怎么才能够找到破局之法，寻找到宋蓝恩那个危险分子的下落。

谭局想了片刻道："我们不是抓住了一些人吗？审问进行得如何了？有没有什么线索？"

乔泽马上把几摞口供交了过来："都已经问过一遍，但是搜集到的线索不多。"

苏回简单看了一下，起身道："我想问戴元声一些问题。"

谭局点头："你和乔泽再去审一次。"

苏回和乔泽从指挥室里出来，沿着走廊走过去。此时落地窗外已经全黑了，城市里燃起了点点的灯火，这场抓捕行动从下午到晚上，现在还未结束。

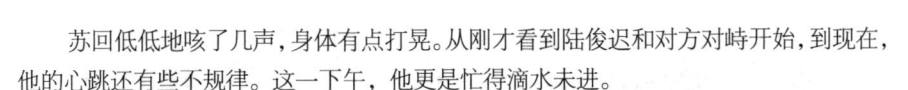

苏回低低地咳了几声，身体有点打晃。从刚才看到陆俊迟和对方对峙开始，到现在，他的心跳还有些不规律。这一下午，他更是忙得滴水未进。

乔泽停下脚步："苏老师，你没事吧？要不我们稍微吃点东西再过去？"

苏回忍过一阵眩晕，脸色苍白地摇了摇头："我们抓紧时间。"

他们很快坐着电梯来到了位于四楼的审讯室。

在此之前，戴元声已经被审问过两次。他一直在装糊涂，警方也没有问出什么有效的信息，乔泽不太清楚，苏回为什么选择了他。

苏回和乔泽两个人走入审讯室里坐好。

苏回看向面前的老人，开口问："戴元声，你为什么要杀那些人？"

审讯室里十分安静，戴元声低着头默不作声。

"是谁让你们放置炸弹的？"苏回又问。

戴元声摆出了一副笑脸："我不知道。警官，你们不是抓了其他人吗？问我这个废物老头干什么？"

"帮助宋蓝恩逃出来的是你，材料也是你给的吧？"苏回开口道，"在之前的两年里，你一直和幕后的人有联络。"

能够做那些事的自然不可能是董桉辰。宋蓝恩能够逃出来，肯定还有其他同伙的帮助。毕山雨是姚飞假扮的，徐霜并不清楚具体的情况，那么只有可能是戴元声了，他可能知道更多内情。

听到了苏回的话，戴元声的表情发生了变化，从最初的唯唯诺诺，变成了歇斯底里。他像是瞬间起了杀念，牙关紧咬着，手上苍老的青筋暴起，挣得手铐一阵响，眼角也泛起血红，仿佛就要大叫出声，又像是要从椅子上暴跳而起。

那一瞬间，苏回感觉到了他身上的杀气。

苏回看着眼前的老人，脸上并没有出现任何恐惧的表情，声音依然平静："可是你现在，已经被我们抓了。"

听了苏回的话，戴元声的表情扭曲了一会儿，随后逐渐释然，归于平静，就像是一只在笼子里被猎人拔去了爪牙的困兽。

苏回继续问道："你也曾经到过372研究院吗？你是什么时候进入那里的？"

戴元声听到这里，表情发生了一丝变化："反正我现在已经被抓住了，也不介意配合警方的工作，告诉你一些真相。我到那里去的时候已经40多岁了，还是十几年以前我妈跪着求着我，非让我去的。"

"在那里他们会做些什么？"

戴元声的声音有些沙哑："最开始，他们让我认为，他们才是懂得我们，尊重我们的人。他们不会把我们当作异类看待，会让我们配合他们的工作。在登记了我的资料后，开始问我各种问题，填写各种各样的卷子。对了，他们会给我们钱，每次200元，如果配合做一些事情还会给更多的钱。"

听起来像是在采集信息。如果只是做这些，那也不过是一家普通的研究机构，只是研究的对象是心理疾病患者罢了。苏回继续追问："他们做的事情不仅如此吧？还有什么特殊的事情吗？"

戴元声停顿了一下，继续说道："是的，这些只是表面的。那里有个男人，等我和他相互熟悉了以后，他就开始和我进行更深入的交流，让我进一步丰富我的幻想，甚至给我看一些图片和案例。他会给我建议，告诉我要怎么做才能够让自己获得满足。"

这是在进行诱导……

苏回问道："他们是怎么做的？"

"他们……"戴元声的喉结滚动，"他们会提供给我们兔子、小白鼠，还有猫，观察我杀死那些动物的方式。"

苏回的身体微微前倾，用手支在下颌处，看着眼前的老人："他会让你把这些行为进一步拓展到人类吗？"

戴元声点头："他会让我给其中的一只兔子，起一个我亲人的名字，然后再让我处决它。"

"他还有一套完整的理论，什么……是大自然书写了我们的基因，我们这些没有情感的人比普通人更加适合战争，更能够在恶劣的环境里生存下去，我们……才是人类进化的最终方向。"

苏回问道："你相信这些吗？"

戴元声摇摇头："他很有说服力，口才很好，不过我才不会相信这些幼稚、天真的说法，但是我相信他打过来的钱。因为那些钱，有很多父母会把家里奇怪的小孩子送过去。认识了他们，我才知道，原来世界上有人和我是一样的……"

乔泽听着这些话，微微皱眉，难以想象这个世界上还有这样的地方存在。尽管录音笔和录像机都在运转，他还是在本子上飞快地记录着。

"……他们知道我的特异之处，知道我做过什么，也知道我想要做些什么。研究院发生大火以后，我本来和他们失去了联系……"说到这里，戴元声话锋一转，"可是在很多年后，他们又联系我，问我是否愿意参与一起爆炸案。还说愿意支付我一大笔钱……我当时选择了答应他们。"

苏回轻声问："你在其中的身份不仅如此吧？"

戴元声点头："是的，我不光是参与者，还是宋蓝恩的监督者。我负责监督着他的一举一动，随时汇报给那些人。"说到这里，他放慢了语速，"那个人曾经和我提起过一些事情——他想要制造一个让人无法查出真相的案件。"

顶光照射着戴元声，他的脸色苍白，皮肤苍老，手指干瘦，看上去有些瘆人。

苏回微眯双眼，从未感觉自己离那些幕后之人如此之近。他忽然意识到了一件事，对方并不放心宋蓝恩。显然，他们对宋蓝恩的把控力度并不那么大。

他继续追问："他们一共有多少人？"

戴元声摇摇头:"我不知道,我们每次是单线联络的。"

"你知道幕后之人的身份吗?"苏回问。

戴元声笑了:"我这样的小人物,怎么可能知道这些?"他继续道,"我只知道,那个人,或者说那群人,有权、有钱、有势。在他们眼里,我们这些人就像是蚂蚁,不值一提。"

说到这里,戴元声看向苏回:"他们之中,也有你们警方的人。"

苏回进一步归拢着已知的信息。

现在可知,在华都,的确有一些人在暗中精心培育着这些凶手,而他们背后的人则掌握着这些凶手们心底的秘密,还会暗示他们报警无用。于是那些连环杀手就成了他们的傀儡,为他们所用。他们也知道行为分析组的存在,甚至一直把行为分析组作为假想敌,以摧毁侧写师们为目标。

坐在观察室里的谭局震惊了。虽然之前苏回已经和谭局说过一些自己的推测,可是听戴元声亲口说出来,他还是惊讶万分。作为华都警界的一把手,他从7年前接手华都总局,这样的事情,他怎么会一无所知?

谭局沉思了片刻,眉头紧皱。他忽然想起,当年细沙案在解秋死亡以后,王副局曾经和他主动请缨,想要继续调查那一案件……

谭局对等在一旁的警员道:"王副局呢?"

"6点多的时候说身体不舒服,回家去了。"王副局有基础病,偶尔会请假,这在总局之中,几乎是人人皆知的。

6点多,正是他们追捕宋蓝恩的时候。

"你去联系一下他。"

"是!"一旁的警员迅速走出了观察室。

谭局皱眉想,难道隐藏在警方之中的人会是平日里低调行事的王副局?

晚上9点,一辆黑色的车悄无声息地停在了华都郊外。

这里是一座湿地公园里的空地处。公园是开放的,假期有人过来游玩,还有摄影爱好者来拍摄候鸟。不过由于交通不便,平时鲜有人至,就像现在,这里漆黑一片,十分安静。

司机停了车,点亮了一盏橘红色的车灯:"下车吧,他在前面等你。"

宋蓝恩打开车门。夜风吹着,温度已经降了下来,他没有了外衣,感觉有些冷。下了车,他把两只手插在口袋里,走向一盏路灯。

黑色的汽车很快就开走了,并没有准备带着他离开……

路灯下,一位男子站在那里。看到宋蓝恩走过来,他转过头:"宋蓝恩,好久不见。你的任务完成了吗?"

"我已经让毕山雨混入了总局,只是还没有收到进一步的消息。"宋蓝恩看向他。

"毕山雨？"男人轻笑了一声，"你怎么这么天真，被人骗了还在帮着数钱。那个人就是警方的人……"

"不可能……"宋蓝恩的第一反应是反驳，但随即就安静了下来。

怪不得他没有收到任何消息。

男人叹了一口气："我给过你机会了，你却没能成功……"

宋蓝恩冷笑了一声："我对你们来说，没有利用价值了对吗？"

男人侧头看向他，掏出了一支枪，枪口正对准宋蓝恩。

"我本来，就没想完成这次任务！我只是想要来见你……"宋蓝恩冷笑着拉起了衣服，露出了绑在腰里的炸弹，"这样的日子，我过够了！"

这个东西，和两年以前炸死解秋的一模一样。

宋蓝恩颤抖着声音说着，语速很快："在这两年里，我想清楚了，你们本来就没有给我们准备退路。什么送出国去，都是你们编的谎言！细沙案是精心布置的大案，如果我没有被关起来，恐怕你们的人就会去破了这个案子。我们这些人，不过是你们升职、加薪、敛财的筹码……"

说完，他从口袋里拿出了遥控器，然后拇指用力按了下去……

宋蓝恩虽然是个恶魔，但是他也不喜欢这种被人利用的感觉。解秋死了，如果他没有被蓝安关上两年，他也早就死了。

他还记得，最初接触眼前的男人是在他10岁的时候。那时，养父听说解秋在372研究院看病，那里会接收一些行为怪异、不通人情的孩子，就把他也送了过去。但那些人并不是拯救他们的人，而是把他一把推入地狱的恶魔。宋蓝恩憎恶这些人，因为他们的存在，他被改变了人生。

事到如今，他已经活不下去了，无论是哪一方，都不会留他活口。他做了那么多次的炸弹，除了试验，他却没有看到过爆炸的现场。今天在最后的时刻，他想要看一看那美丽的火焰。

生死的抉择，就在瞬息之间。在按下遥控器的这一刻，他想到了解秋。他曾在心里铺垫了很久，但是到了生命最后的时刻却发现，原来此刻的内心是空白的，无比得平静。

…………

夜空宁静，月色如华。宋蓝恩的双目难以置信地睁大，表情僵在脸上。

……什么都没有发生。

"宋蓝恩。"男人叫出了他的名字，走近了他，"你真的以为是戴元声那个老头孜孜不倦地寻找了你两年？你的制作材料是我提供给你的，我自然也很清楚，你想用那些东西做什么。"

宋蓝恩明白了过来："你换过原料？"

他就是拿着这枚无法爆炸的炸弹逛了半天的华都？

"只换了一个小小的零件——从定时装置改为遥控装置，一定会用到的零件。"男人开口道，"你的备用燃烧瓶也用完了吧？"

宋蓝恩瞬间觉得力气全无。他今天来到这里，是想鱼死网破，和这个人同归于尽的。只是可惜，他还是漏算了一步……

男人冷漠地看向他："你的礼物，我们收下了，会有人把那个原件换回来的。"

"现在，你可以去死了……"

砰！

夜空之中的一声枪响，惊起了一片湿地里的飞鸟。随后黑夜归于宁静，仿佛一切都没有发生过。

男人拿出手机，拨打了一个号码："喂，我已经把宋蓝恩处理掉了。"

电话那边说了一些什么，男人道："好，我们等下见个面。"

说完了这些，男人小心地拭去了自己的脚印，戴上手套和脚套，走到了尸体边，随后跪坐下来，取出了一把刀……

华都市郊处，数辆警车还在这一片区域搜寻。

"陆队，距离你不远处的湿地公园，有人报警说听到了枪响。"

"收到！"陆俊迟迅速调转了车头。

警方很快赶到，随即在公园的深处发现了一具男性的尸体。陆俊迟快步走过去查看，只见宋蓝恩仰面躺在地上，双眼还是睁着的，胸口一片血红，伤口处十分凌乱。

这样的死法，有些太便宜他了。

陆俊迟急忙向总局汇报："已经确认，尸体是宋蓝恩，感觉是枪伤，不过被刀子破坏了，凶手挖走了子弹。估计已经死亡20分钟以上，炸弹不在这里，可能是被其他人拿走了。"

细沙案主犯确认死亡，关于幕后之人的线索又断了。

指挥室里面的谭局瞬间仿佛苍老了几岁。苏回低着头，坐在一旁，手指摩挲着手杖，疲惫感席卷而来。他一时难以确认，这一仗他们究竟是胜了还是败了。

结合戴元声的供词，苏回大约能够猜到宋蓝恩是去做什么的。促使他这么做的不是他人性之中的善，而是幕后的真相，以及他心中的不甘。

不管怎样，那个恶魔的死亡，是一件值得庆幸的事，他再也不能制作那些夺走人性命的炸弹了。

晚上10点，陆俊迟终于收队，回到了总局。

谭局宣布，即日起开启"372研究所"专案调查，所有细沙案的未解事宜也会并入此案。

由于姚飞也和案件相关，所以他被谭局以配合调查为名扣下，给他安排了住宿，还和他签署了一些临时的保密协议以及配合调查的工作文件，让他以线人身份加入

"372"专案的调查。

经过了惊心动魄的一天，到了楼下，苏回觉得腿直发软，险些一下跪倒在地上，陆俊迟从身后扶了他一下，他才站稳，随后他又捂着嘴巴连声咳了起来。

陆俊迟直接在总局的门口叫了一辆出租车。

苏回缓了片刻开口道："如果那枚炸弹我们一直没有找到怎么办？"他曾经亲历过一次爆炸的现场，现在回想起来，还有些心有余悸。

陆俊迟安慰他道："我们会努力找到它。"停顿了一下，他继续说道，"我们会查清所有的真相。"

虽然已经是深夜，总局内却依然有不少人在忙碌着。苏回望着行色匆匆的人们，有些疲惫。那枚还未找到的炸弹像是一片阴云，缠绕在他的心头上。

他们还没有找到拿走炸弹的幕后之人，也对"372"案件了解不多，也不知那将是一群怎样丧心病狂的对手……

陆俊迟把身上的外衣脱了，披在苏回的身上："明天我还是送你到医院再检查一下。"

苏回说："我好多了，就是还有点没力气……"

陆俊迟坚持道："都安排好了，我和谭局也说过了。"苏回这才没说什么。

叫的车很快到了，两个人上了出租车，苏回把脸低埋进衣领之中，感觉头还是晕晕的。陆俊迟用指腹擦去了他脸颊上沾染的一点灰尘。

街道上，车流在他们身边疾驶而过。

等红灯的空隙，苏回看向车窗外。一对情侣吃完了宵夜，挽着手行过，传来一阵笑声；归家的丈夫看到了推着婴儿车来接自己的妻子；一对老夫妻互相搀扶在散步——这是生活中太常见的画面。

高楼大厦林立，各种颜色的灯光闪烁，远远望去，像是星光般璀璨。这个城市是繁华的、平静的，他们并不知道，这是怎样惊心动魄的一天，有多少人为了这份城市的安宁付出了什么。

过了一会儿，陆俊迟接了个电话，然后对苏回说："我刚才听到了一个好消息和一个坏消息，你想要先听哪个？"

苏回考虑了一下："好消息。"

陆俊迟道："医院刚才打来了电话，老邢已经醒过来了。"

苏回顿时感觉心情好了一分。他又问："那坏消息呢？"

"也并不算是个完全的坏消息吧。"陆俊迟道，"王副局刚刚被发现自缢死在了自己家中。"

最终卷
罪恶之源

第67章
"那我们一起"

　　罪恶比任何其他的病症更为严重，因为它侵袭人的灵魂。

　　　　　　　　　　　　　　　　　　　　——德雷达

　　门被打开了，杨雨晴抬起头看向眼前的人。那是一位年近五十的中年男人，看起来和蔼可亲，身后的墙面上摆满了奖状、奖杯，记录着无数的殊荣。

　　中年男人微笑道："进来吧，我们来进行今天的督导。"

　　在华都的心理界，没有一个人不认识张君之教授。他也是很多心理咨询师的督导师。心理督导是对心理治疗师的专业指导，是分析临床经验、理清思路的重要一环。张君之在华都心理行业从业近30年，带出了无数学生，也培养了无数心理治疗师，杨雨晴、安郁辞都曾是他的学生。

　　督导室里响着舒缓的音乐，旁边的加湿器喷出白雾，散出阵阵香气。杨雨晴坐在椅子上，觉得从看到了张教授那一刻，心情就似乎好了很多。

　　张君之问她："你最近还会做那个梦吗？"

　　杨雨晴的眼睛眨了一下："我已经有一段时间没有梦到安郁辞了。"

　　张君之叹了口气："身为督导，我也没有想到他会做出那样的事。当初，我把他介绍过去，也是希望能够帮助你。后来我察觉到他有一丝不对，规劝过他，但是似乎没有起到什么作用。"

　　杨雨晴道："张教授……虽然我们都是学心理学的，但是有时候真的是学得越深才越了解，我们其实左右不了一个人的内心，也不能改变他的未来……我们是那些人心灵之路上的旁观者，能够看清人们的心灵轨迹，提醒他前方和左右的危险，却不能帮着他们化险为夷。"

　　杨雨晴有些憔悴。最近各种事情接踵而来，让她有点应接不暇："我现在对生死也看淡了很多，特别是最近王叔叔的事……当初他也是我父亲的好友，后来又一直对诊所的经营多有帮助，我也没有想到他会忽然……"

　　她也是刚刚收到王副局自杀的消息。过去，她逢年过节都要去看看这位叔叔，不

说别的，每年把她的诊所设置为定点的心理诊所，就解决了诊所一大半的资金来源。

张君之道："作为王副局的多年好友，我得到消息也是非常突然的。"他说到这里，又问她，"最近诊所的经营情况还好吗？"

杨雨晴点了点头："还好，还有多谢您当初把那么便宜的诊疗室转租给我……"

张教授道："照顾后辈是应该的。来，闲话不说了，我们开始今天的督导。你最近遇到了哪些患者，情况如何？"

杨雨晴把最近遇到的患者和张教授说了一遍，张教授对她的处理方式进行了指导，帮她进行了复盘，一一梳理，又给了她一些建议。

在后半程，闻着屋子里淡淡的香气，杨雨晴有点犯困。在心理治疗之中，这种情况是可能会出现的，可是在督导过程之中睡着，显然对督导老师极其不尊重。她努力睁大了双眼，让自己保持着清醒的状态，可还是感觉意识在飘远。有一些问题，她回答得有点含糊，常常要张君之再重复一遍问题才能够回答出来。再到后面，基本上是张君之在说话，她在不停地"嗯"着，大脑的本能反应就是老师说的话有道理，老师说的话是对的。

一个小时很快过去。

杨雨晴起身时，张教授问："对了，公安局的苏顾问好像有一段时间没来了？"

杨雨晴一愣："是啊，他前一段时间比较忙，往后推了两次，我约了他下周三过来。好像是公安局里出了新的案子，一直在忙吧。"她没说那个案子好像和王副局的自杀有关系，因为她要保证公安局的消息不外传。

张君之的表情却并不意外："最近的案子好像是挺多的。"说到这里他又道，"我正想和你确认下次督导的时间。我最近只有周三有空，下次督导，我们也约在下周三早些时候吧，回头可以在你的诊所里见。"

总局的审讯室里，陆俊迟坐在徐霜的面前。

一旁负责记录的是曲明。他们面前的卷宗已经换了一本，本子上写着几个数字：372。现在这一案根据那个研究院命名，统称为"372"案件。

这是一场长跑式的审问，为了从徐霜这里得到更多的信息，他们已经连续审问她5个多小时了。一开始，徐霜并不愿意说太多。陆俊迟亲自审她，从最初的信息核对、搭建信任关系，再到后来的施加压力、"好人"假设，一套流程下来，她终于对自己的罪行开始供认了。

审讯室里面的灯光有些昏暗，徐霜低头回忆了一片刻："我去过那里很多次，那个地方在城市的西边……我记得……牌子上写的是372研究院，又被里面的人叫作372心研所。"

"你能够记起你每次是怎么到那里去的吗？"

"是我父亲开车带我去的……关于这一段记忆，一直都非常模糊，我只能够记起

来一些零星的段落。"说到这里，徐霜似乎有些烦躁地晃动了一下她的头。她厌恶这种记不清的感觉，大脑就像一条磁带被消去了磁性。

"那时候你的年龄多大？"

"大约12岁，不，可能更小吧……也就还在上小学。"

陆俊迟继续问："那里是什么样子的？你能够描述一下吗？"

"那是一栋白色的建筑，附近的人都叫那里'小白楼'。每次我到那里都要往下走，穿过一个长长的地下的走廊。这一段路需要走好几分钟，走廊里有很多道铁门，铁门里会传来奇怪的声音。"

"那是什么声音？"

"就像是野兽被关在笼子里发出的嘶吼声，还有铁门的晃动声，还有指甲在铁门上摩擦的声音，好像那些门里，关着什么怪物，随时会冲出来……"

"你确认里面关的是动物吗？"

徐霜摇了摇头："我觉得，那些声音像是人类发出来的。可是我又想象不出来，究竟是在什么情况下，人会发出那种声音。"随后她低头道，"我觉得我应该是被那些人催眠了，他们想让我忘记那些详细的经历和那些医生的脸。可是那些记忆在我的脑子里太清晰了，导致我后来做了很久的噩梦，是关于那些门，还有门里的人的。因为这些噩梦，我逐渐想起了一些事情。现在想一想，可能里面关的，是像我一样的来访者。"

"你在372研究院里面的时候，他们对你做了什么？"

"那时候，我被关在一间屋子里，有个穿着白色大褂的人，不断地问着我各种问题。"

"那个人是男人还是女人？"

"记不清了，只记得戴着口罩。"

"他问你的问题是关于什么的？"

"我脑子里的想法……关于杀人和爆炸的想法。"徐霜停顿了一下，有些困惑地抬起头来，"他会鼓励我把所想到的画面和事情，用文字和画面记录下来，用来研究。"

"你画了一些什么画呢？"

"是一些很残忍的画面……似乎画完和描述完那些东西，我就觉得自己正常了，所以我父母认为送我去那里是有效果的。后来，那些人开始鼓励我解剖小动物。"徐霜自己知道，她心里的邪念被灌溉了养料，由此茁壮成长。

"他们是什么时候再次联系你的？"

"大概是5年以前，有个男人打电话过来，说希望我能够和他们合作，如果我和他们合作，他们会提供给我满足我幻想的东西，还会给我钱。如果我不和他们合作，他就会把我的事情告诉其他人……"

徐霜摸了一下自己的头发："我那时候太天真了，觉得自己不缺钱，父母也已经知道了我的异常,他们威胁不了我。"说到这里她苦笑了一下,"可是随后我得知自己怀孕了,于是和男朋友一起筹备婚礼。但有一天,那个男人却匆匆离开了。"

"他知道了那些事?"陆俊迟猜测着问。

徐霜点了一下头:"那时候孩子已经4个月了。我生下了他,成了一个未婚妈妈。我的父母觉得我丢人,不肯帮助我。孩子患有严重的先天性心脏病,我一个人照顾他,几乎整夜无法入睡,我想,这是老天爷对我的惩罚。后来,他病逝以后,那些人又找到了我……"

审讯室里安静了几秒钟。

徐霜抬起头来,目光有些疲惫:"这一次,我同意了……"这是她不断下坠,变成一个魔鬼的过程。他们对她不断地威逼利诱,促使她加入进来。

很明显,372研究院对来访的人们进行了分类,保留了他们的资料,等他们长大以后再出现。他们掌握着研究院的名单,能够轻易地把这些孩子挑选出来。他们知道这些人的软肋,知道他们的秘密,还会用金钱诱惑他们听从命令。

苏回听完了这场审讯,等他们整理资料时,拿起手杖走入了一旁的办公室。

隔壁审讯室里结束了第三轮问询的姚飞追上了苏回,也跟了进来:"真是渴死我了,你们临时办公室都不配饮水机的吗?"说着,他鼻子微微动了动,看向一旁苏回桌子上的杯子,"这是什么味道?"

"乔泽,你给他倒杯水吧。"苏回说完拿起一旁放在观察室里的保温杯,喝了一口。

保温杯里放着的是陆俊迟给他熬的梨水,用的是新疆的香梨,里面掺了一点点的川贝粉,加了冰糖和几粒枸杞。梨水熬了很久,带着梨子特有的香味,还有川贝的苦涩,喝起来是微苦带甜的。虽然不能完全止咳,却让他感觉舒服了很多。

乔泽"哎"了一声,去取了一个一次性纸杯,给姚飞倒了一杯温水。

"至少来点咖啡吧……"姚飞接过来,嫌弃地看了看手里的水,又看了看苏回喝水的保温杯,最后拿过口供来看了看,"这不都和我那里得到的消息差不多?你们的查案效率还真是低。"

姚飞说完,把水杯里的水一饮而尽,把空纸杯递给了乔泽:"再来一杯。"

乔泽抬起头来,接过了空杯子,看他的目光都带着点警惕。他回头看向苏回,苏回点点头,他才起身又给姚飞倒了一杯。

说实话,乔泽还不太清楚应该怎么摆正对姚飞的态度。这位前同事的身份,像是涉案人员,又像是警方的线人。谭局和苏老师居然同意给他办理临时出入证,在"372"案件调查期间,给他一间临时办公室,让他可以满院子溜达,还可以进入重案组的办公室。

他还在把对方当个危险分子,时刻防备着。

苏回也低头看着那些资料卷宗。

随着对徐霜、戴元声、毕山雨的进一步审问,结合着姚飞带给他们的信息,警方现在对 372 研究院这个地方有了一定的了解。

这是一个有点神秘的机构。整个机构是用一座废旧工厂改造而成的，位于华都的市郊。现在那片地方已经是一片公共绿地，几乎没有留下什么信息。他们查遍了网络，也没有找到这家机构的明确负责人以及注册信息，税收、钱款来源、员工信息、患者资料等更是无从谈起。相应的，警方也就无法知道这家机构存在的具体年限、规模。虽然他们现在获得了一些口供，却没有办法把信息有效整理出来。

审问完了徐霜，陆俊迟从审讯室里出来，拿过了重案组这里新搜索来的所有资料，递给苏回看。

乔泽指了一下道："我这里也进行了相关的网络搜索，唯一搜索到的是十几年前的一条招聘信息，那时候互联网还不算发达，是在同城论坛里发现的。"

那日期久远的一则信息写得非常简单："招聘大量大学生，在暑期参与心理学试验，时长 45 天，包吃住、服装，有偿。有兴趣的可以加我，联系面试。"

有很多人问他，实验内容是什么，有什么要求，但发帖人并没有太多的回复。"372"这个词仅仅出现过一次，是他回复的面试地点："长源路，372 号。"

"现在的道路已经重新划分，但是核对 20 年前的地图，那里确实是叫长源路。看来，372 研究院是用地名来命名的。"陆俊迟皱眉，"什么心理学试验需要招大量的学生？而且还偷偷摸摸的，完全不提试验的内容。"

姚飞看了看："需要多人的心理学试验，那范围可就广了，比如利用那栋建筑的地下室……"说到这里，他看向苏回。

苏回心领神会，揉着眉心道："我也怀疑，那些人是想做斯坦福监狱试验。"

这一点可以从徐霜对 372 研究院环境描述联想到，那座小白楼的地下，听起来非常像是一座不正规的监狱。从他们现在掌握的信息来看，这些人在 372 研究院里面所做的事，进行的试验，无疑都是违法的。那么有没有可能，有人曾经利用那里，找来了大学生们，进行了那个试验？

乔泽开口问："是那个模拟监狱的试验？"

苏回点点头。

在诸多的心理学试验之中，斯坦福监狱试验是非常有名的，试验模拟的是真实的"监狱"环境，由学生扮演狱警和囚犯的角色。根据当时的报道和留下来的资料来看，试验中学生带入身份陷入较深，无法自拔，受到了严重的身心伤害。

这个试验在 1971 年进行，在心理学界一直饱受争议。人们对这个试验有极大的兴趣，有多本书籍，甚至有的电影都取材于这个试验。后来，也有很多人对试验的结果表示怀疑，他们认为，短期的身份互换并不会造成当时报告之中所描述的结果，更不会扰乱人们的心智。陆续有心理学家指出，进行试验的菲利普·津巴多教授是为了哗众取宠才那么书写试验报告的，有造假的可能性，甚至有录音证明，当时"狱警"做出的残暴行为，是受到了主持教授的引导，而在场囚犯的尖叫也是一种表演。实验整体更像是一场真人秀，最终结论也就不那么可信。

"不过这些，只是我的猜测而已……"苏回谨慎地开口道。

陆俊迟道："当年的事一定会有知情人，我们可以征集相关的证据。"

"王副局忽然自杀，很可能是对方已经察觉了。这说明我们目前的调查方向都是正确的，对方被逼无奈，开始了断尾自保。"姚飞嘴角带着冷笑，"他们在藏，在退，现在是我们乘胜追击的最好时机。"

姚飞的话是对的，可是重案组里其他人都有些一筹莫展。

这个案子哪里那么容易……老曲嘀咕道："看起来线索很多，那些人也说了很多的信息，却没有一点是可以追查下去的。"

话说到这里，姚飞又想起了什么，问苏回道："对了，那家伙呢？什么时候回来？"

苏回知道姚飞问的是邢云海。姚飞不喜欢用预言家称呼他，总是会使用"那家伙"这三个字。最初，这个称呼含有一些贬义，因为姚飞总觉得邢云海有些迟钝，不够敏锐，跟不上他们的思路，不该作为一个侧写师待在行为分析组，还觉得"预言家"这个绰号有些夸大，就总是用"那家伙"来指代他。

可是后来，有一次邢云海指出了姚飞的一个思维漏洞。那时姚飞沉默了很久，最后仿佛妥协般地打了一行字："这次，是你对了。"

从此以后，虽然月光依然会这么称呼邢云海，只是这个词不再带贬义，反而成了他给邢云海起的外号。

他们两人私下聊天时，姚飞还说："那家伙好像也有点本事。"

"医生说需要看情况，至少需要10天。"苏回回道。邢云海在之前的事故中断了几根骨头，头部也受了伤，左手现在还不能动，但精神还不错。

听了苏回的回答，姚飞略有失望："还要那么久啊？我还以为人凑齐了，能来桌麻将呢。"

陆俊迟听了姚飞的话，好像忽然明白了什么。

小时候，于烟教他下象棋，告诉他：没有哪个棋子是万能的，能够横扫千军。更多的时候，下棋讲究的是谋略，是一种相互的配合和制衡。

诗人有足够的知识储备，并且善良、坚韧，整个行为分析组以他为核心。而月光大胆、敏锐，虽然不被大家理解，但是也不能因此否认他的天赋。知更鸟是他们中唯一的女性，心思缜密，看问题的角度与常人不同，还有女性特有的第六感。邢云海则是一个十分沉稳的人，他的经验是最丰富的，可以把那些天马行空的侧写想法拉回实际之中。这样的行为分析组，似乎缺了任何一个人都不算完整。

时隔两年，这些人又凑到了一起。他们因为一个案子，有了共同的目的。

想到这里，陆俊迟问苏回："这个案件你们能够合作讨论吗？"

苏回没有听清，转头问："什么？"

陆俊迟道："你、陶李芝、邢云海还有姚飞。"

姚飞在一旁道："你们看着办，这个案子我听凭调遣。"

姚飞虽然很有个性，但是只要是有关于烟死亡的案件，他的态度是绝对认真的。这也是谭局和苏回敢把他暂时留在总局里的原因。

苏回低下头去，似乎有些犹豫。

陆俊迟看了看时间说："大家先下班吧，好好休息一下，明天我去找谭局汇报，然后我们再商量向哪个方向继续进行。"

最近因为细沙案重启，所有的人都在连轴转，这样下去，不光是苏回，很多人的身体都会吃不消。非战斗性减员是大家都不愿意看到的。

等两人一路从楼上走下来，上了车，苏回才说道："你可以把他们都拉进来，但是这个案子还是要你来做主导。"

沉思了一路，苏回终于考虑好了。

陆俊迟一愣问："为什么？"他本来想建议谭局，让苏回来临时负责。

苏回的手指抚摸着手杖，轻轻叹了一口气："邢云海和陶李芝还好说，但姚飞还是有些隐患。不过我发现，他到了你的面前就会变得非常听话。"苏回停顿了一下继续说，"而且，当年……我们都曾经是那个人的手下败将。"

尽管不想承认，但是他们两年前的确是输给了幕后的人。那个人在不知不觉之中，向公安局伸出手来，怂恿、诱导那些罪犯，把月光清除出局。再后来，苏回身受重伤、行为分析组的解散，都是那个人的手笔。

说到这里，苏回转头看向坐在身边的陆俊迟："但是你不一样。你没有这样的挫败感，思维模式也和我们不太一样，大家可以互补。"

这次回到总局，经历了这么多案件，苏回对犯罪心理侧写有了更深的理解。他曾经认为，侧写是无所不能的，只要他们在，再狡猾的罪犯也会露出马脚。于是他曾经因为刑警们无法领会他们的意思，总是走向错误的方向而感到气愤，也曾经质疑过侧写究竟是对是错，是不是会将人们引入歧途。他甚至想过要放弃，对无实证推理十分排斥，犹豫着不敢向前。

但是，在他和陆俊迟一起合作以后，他才逐渐发现，犯罪心理并不是单独存在的。

在过去，时机、制度都还不够成熟，人们对侧写也不够了解，容易神话它、轻信它，也容易怀疑它、鄙夷它。警察们不会辨别他们给出的侧写结论，也跟不上他们的思维和脚步，不会根据实际情况进行调整，给出建议。而行为分析组的内部也不够团结，不能协调一致，经常要争论出对错，想靠着纸笔、不跑现场就得出结果。正因如此，当年的行为分析组才会面对诸多问题，被人稍加利用就面临解散。

侧写只是犯罪侦查之中的一环，人们不应该夸大它、过度依赖它，也不该排斥它、怀疑它。只有拥有敏锐的判断力，对真假的辨别能力，能够迅速落实的行动力，还要有勇往直前、不惧生死的勇气与之相匹配，再加上最为重要的，一颗善良而又坚定不移的心，才能够把侧写中的一片海市蜃楼，变为实景。

侧写就像是一把利刃，只有到了勇者的手中，才能够破开黑暗。而这些，是他们原本没有的，却是陆俊迟可以帮助他们，带给他们的。

有一支重案组那样的精英队伍与之配合，大家深入案件，反复推理论证——这，才是最理想的合作状态。

苏回想，如果这是一场战争，陆俊迟就是带兵领将的将军，他们则是在帐子里给他出谋划策的军师。苏回希望，陆俊迟能用他的敏锐和勇敢，揭开最终的谜底。他们会一起并肩作战，找到最后的答案。

夜晚的路灯照在陆俊迟的脸上，他的表情严肃而认真。

"那我们一起。"他这样承诺着。

苏回和陆俊迟晚上回家已经过了8点。

两只猫都跑了过来，苏回抱了抱这个，又摸了摸那个。它们像是在争风吃醋，亚里士多德舔了舔苏回的手背，海明威就用毛茸茸的小脑袋蹭着苏回的脚踝。

等吃完了饭，苏回打开了新买的拼图。这盒拼图在快递驿站放了好几天，最近才有时间拿回来。

陆俊迟走过来，看着苏回打开拼图。拼图是紫黑色的，上面有一些白色的亮点，看起来像是一片星空。他问苏回："这次的拼图叫什么？"

"无尽之谜。"苏回道。

"我已经把市面上比较难的拼图都拼完了，所以来挑战一下这个非常规的拼图。"苏回翻弄着那些不规则的拼图片，进一步解释道，"这一款拼图有点特殊，它是一套没有上下左右、无边无际的拼图……"

这样的概念，陆俊迟还是第一次听说，他走过来看了看："怎么会有这样的拼图？"

苏回道："我也觉得这个拼图的创意很不错。据说，创意的来源是环面和克莱因瓶。"

陆俊迟听说过其中的克莱因瓶，问道："是和莫比乌斯环齐名的那个吗？我总觉得这两个像是同一个东西。"

"还是有点不同的，一个是二维在三维里的封闭环，真实存在。一个是三维在四维里的模型，无法证实。"苏回用手指摸着那些薄片，"一个不分正反，一个没有内外。它们都是空间几何上的拓扑结构，也就是数学逻辑严谨自洽的空间结构。"

陆俊迟低头看着苏回拼，只见对方十分熟练地拼接了几块，那些深色的拼图就像是无限的宇宙，在他的指尖下不断延伸着。

"苏回，我在思考一件事。"陆俊迟不禁道。

苏回"嗯"了一声，抬起头来："什么事？"

陆俊迟严肃地道："我在想，最近我们抓到了很多人，也开始切入对方的核心，对方是不是会有所动作？我在考虑是否应该给你配枪。"

苏回听到这话就咳了起来，缓了一会儿开口道："我？配枪？以我的视力，估计已经告别射击了……回头容易误伤人，还容易被别人抢……"

陆俊迟低头想了想："也对，反正我会带着枪的。"说着他从一旁的枪袋里取出枪来，放在了桌子上，"射击你过去也学习过吧，记得上次你帮我上子弹时，动作还比较熟练。"

苏回站起身把枪的保险拉开，做了一个射击的动作："过去，在总局里，我射击的成绩还是不错的。"

"像那么回事，就是还有点不太标准。"陆俊迟说着话，走到了苏回的身后，把他的手臂往上扶了一下，"抬高一点，手臂用力，要不然我估计你现在的腰受不了后坐力，射出去的子弹方向也会偏移。"

苏回按照他的指点调整了一下动作。

陆俊迟又说："注意手、眼，还有枪口，呈一条直线。"

苏回叹了口气，放下了枪道："小陆警官，你要相信，我拿着枪和开车一样危险。"

陆俊迟笑了："那不一样，开枪除了靠视力，更多的是靠感觉和身体的记忆。你过去应该也看过一些相关的报道吧，什么武警的神枪手不需要瞄准就可以打中目标，还有什么视力不好的射击冠军。"

苏回明显对拼图更感兴趣，摸起了一片拼图夹在纤长的手指间。他听着陆俊迟的话，忽然想起来了什么，抬头道："你说到新闻报道，我想到了一个人……"

陆俊迟问："谁？"

苏回道："那个叫江里的记者。他上次和我们说，他在华都法制报工作已经很久了……他那里会不会有一些消息？"

虽然现代人过分依赖网络资源，以为网上的信息能够永久保存，但实际上，网络上的一切信息都可以被删除掉，有时候反而是人的记忆能够留存更久。那些曾经在老人的记忆中、本子里记录下来的事情，可能比搜索框能告诉人们更多信息。

陆俊迟一听，觉得这可能是个思路，便起身去给江里打了个电话。过了片刻，他回来道："我问了江里，他说不太清楚，估计是太久远了，但是他答应从那边的媒体关系网找一找，看看有没有人知道一些消息。"

说完，陆俊迟疑惑道："我还是很奇怪，一个心理研究院，就算没有上百人，也至少需要几十人吧？那么多人，怎么可能全部销声匿迹？"虽然时间已经过去很久，但也不至于一点相关的线索也查不到。

苏回道："按照正常的逻辑，这么多人不可能全部灭口，从业人员可能会流向市面上的其他心理机构，其他人则可能会流入社会……"

两个人正说到这里，苏回的手机提醒忽然响了起来。

苏回看了一下道："我之前预约了杨雨晴明天下午看诊……要不我往后推推吧。"

这段时间一直在忙细沙案，他已经有很久没有去过诊所那边了，连续往后推了两次，

要不是上了闹钟提醒，他已经把这件事情忘得一干二净。

陆俊迟道："你都往后推了好几次了，这次还是过去一下吧，回头我陪你过去。"上次他带苏回去医院的时候，黄主任还强调，心理因素会影响身体的状况。苏回已经很久没有进行过心理治疗了，还是再去看一下比较放心。

苏回这才同意了："也好，说不定我还可以问一下杨医生是否知道一些情况。"

陆俊迟忽然想起来，苏回曾经说过他在心理诊所坐电梯时，看见一个人和当初细沙案爆炸时看到的人很像，于是开口问苏回："你问过金秋那件电梯里的事吗？"

金秋是在前台负责登记出入的那个姑娘，如果那个人也去过诊所，她应该有印象。

苏回道："我曾经给金秋留言，向她描述过我见到的那个人，可是金秋说她没有见过……我后来去翻了诊所的介绍图册，的确没有看到过形似的医生。"

"影像调取了吗？"陆俊迟按照刑侦的思路想下去。

"他们那里的影像只保留一个月，等我想起来那个人是谁，想要核对时，早就已经过期了。"说到这里，苏回用手指按着太阳穴，合拢双目，"而且我进入电梯时，那个人已经在电梯上了……他会不会是从楼上下来的？"

"心理诊所的楼上？"陆俊迟回想了一下，陆俊迟在送苏回去心理诊所的时候，曾经因为无聊看过那栋楼的每层介绍，"那栋楼的楼上有教学机构、餐饮的后勤部，还有一家美容化妆公司的代理销售点，甚至还有一家动画公司……或者，你愿意试试模拟画像吗？"在没有影像的情况下，有时候模拟画像也可以起到一定的作用。

苏回叹了口气道："我只要闭上眼睛，就感觉那个男人站在不远处，一直在望着我，让我感觉很不舒服。我能够在各种照片里认出他来，但是如果你让我描述他有怎样的脸型，怎样的五官……我只能记得是一个上了年纪、四五十岁的中年男人，个子很高，但很多细节都说不出来。"脑海里，那个身影好像是清晰的，可是等他想要仔细看清楚，伸出手想要触碰的时候，画面就碎了。他描述不出来那个男人的长相。

线索到这里，似乎又断掉了。

"保险起见，我带几个人过去查查看吧，也许会有发现。"陆俊迟说道。

苏回摸了摸爬到他腿上的海明威，把猫放下道："我们先从这些地方查下去吧，也许行为分析组的其他人加入以后，会有新的解题思路。"

陆俊迟也希望能够集思广益。如果谭局同意他们加入，那会有很大的帮助。

第二天一早，苏回是被陆俊迟的手机铃声吵醒的。陆俊迟出去接电话，他迷迷糊糊地翻了个身，又睡了一会儿。

过了一会儿，等陆俊迟走回来，他才睁开眼睛问道："有什么新情况吗？"

现在案子没有破，他的一颗心总是悬着。

陆俊迟道："是个好消息。江里通过他的关系，联系上了一位10年前从那场大火里逃出来的人。"

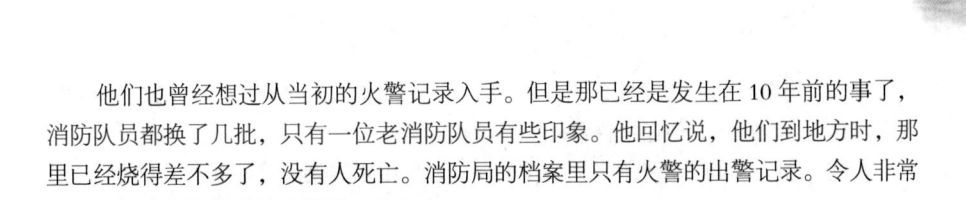

他们也曾经想过从当初的火警记录入手。但是那已经是发生在10年前的事了，消防队员都换了几批，只有一位老消防队员有些印象。他回忆说，他们到地方时，那里已经烧得差不多了，没有人死亡。消防局的档案里只有火警的出警记录。令人非常奇怪的是，所有相关档案都是一片空白。

　　本来已经没有希望了，但如今，他们居然通过媒体的帮助找到了一位相关的人。

　　苏回一下子来了精神："那我们可以见下他吗？"

　　陆俊迟道："已经约好了，上午江里带我们去他家里见面。"

　　等两个人收拾好下楼，江里已经等在楼下，依然背着他们上一次见面时背着的包。

　　陆俊迟对他道了一声谢，江里摆手道："这谢什么，我们市民配合警方的工作是应该的。"然后就转头问，"那苏老师，专访的事……"

　　果然还是想要采访苏回……

　　苏回咳了几声："等我们手头的这个案子结了，回头问下总局的领导，申请通过的话，我就接受你的采访。"

　　听苏回松了口，江里的眉眼都笑开了，却还不忘挖第一手资料："还有，能让你们查的一定是大案，如果可以报道的话，可一定要记得我，给我第一手的资料。"两人哭笑不得地答应下来。

　　陆俊迟开着车，按照江里提供的地点来到了一处有点破旧的居民楼。江里敲了敲门，门后走出来一个40多岁的男人。

　　江里天生就会和人套近乎，递了烟过去，然后对他道："庞叔，这两位就是总局的警察，他们想问问当年火灾的事。"

　　那个中年男人让他们进屋坐下，随后点上烟，一脸沧桑："这事儿都过去10年了啊……我开始还在找那些人，到后来，都放弃了。"

　　陆俊迟眼尖，看到他右手的两根手指有些畸形："你的手……"

　　中年男人点了点头："就是那次大火留下来的。"他吸了口烟。

　　"10年前，我偶然路过那边，发现他们在招收看门的人。那时我正找工作，就去里面面试了，没想到负责的人满口答应下来。"

　　陆俊迟问："你知道那里面是做什么的吗？"

　　中年男人摇了摇头："我不知道，也没有人和我说。我只负责看着门口进进出出的人，他们让我干什么，我就干什么。我在那里工作了半年左右，合同也没签，每次工资都是结的现金。我总想，这么大个机构，这么多人，总不会都是骗子吧，可谁知道最后……"

　　"你记得372研究院负责人的样子吗？"陆俊迟又问。

　　"10年了，记不清了，只记得是个男的，长得有些壮硕。"

　　"里面一共有多少人？"

　　"进进出出的，有三四十个人吧，除了那个负责人，年龄都不大。基本上每天都

有人来访，有被父母带着来的孩子，还有自己来的成年人，眼神都是冷冰冰的……"现在想起那一段经历，他还是感到有些不舒服。

陆俊迟随后又问了一些有关研究院的问题，但中年男人都记不清了。于是他转变思路，问起了大火发生那天的事情。

"那天晚上，我在门房里睡着了，只记得风特别大，研究院里忽然着起火来。当时我吓坏了，赶快打了火警电话，然后找东西来灭火。可是说来奇怪，那天我怎么也找不到灭火器，只能看着火越烧越大，没几分钟就把整栋建筑都包裹住了。"

陆俊迟听到这里直皱眉："怎么会这么快？里面还有其他人吗？"

"按理说里面是有人值班的，但那天晚上我一个人也没看见，进去尝试灭火的时候，只能看见一大堆资料在桌子上燃烧，火烧得非常快。"

这么听起来，这火像是有人故意放的。苏回用手支着下巴思考着。

说到这里，那个叫庞叔的人叹了一口气："我那时候还是老实，就想着，这么大的火，东西要是都烧坏了，我拿命也赔不起啊……于是我就想把桌子上还没烧坏的东西能带走都带走。但实际上，当时就剩下一个还没烧坏的盒子了，我也没顾上想那么多，忍着疼拿出来后才觉得手疼得要命。"

庞叔继续说："那场火实在是太大了，四处都是烟，我跑出去以后才有点后怕。如果我那时候晚出来一会儿，那栋建筑可能就塌了。后来，我在医院里一直问他们有没有人因为火灾送过来，可是一直都没有消息……看来我是遇上骗子，要不到工伤赔偿了。"说到这里，庞叔看向自己畸形的手，摇着头叹气。

江里问："那庞叔，你当时抢下来的是什么东西？"

"那里头是张光盘，我也找人看过，就是普通的几个人来来去去，看起来像是在问诊。录像的声音特别小，也听不太清楚里面在说什么。"庞叔皱起了眉头，"我总想着联系那个地方的人，多少要点赔偿，可是那些人再也没有出现过。时间久了，有一段时间我都怀疑，这一切都是我做的梦。还好有那张奇怪的光盘在，我才觉得我没有疯。"

陆俊迟问："那现在，那张光盘还能找到吗？"

"我上次搬家还看到了呢。"庞叔说着走进了卧室，一阵翻腾，过了一会儿便拿着一个塑料袋子出来，"10年前的东西了，你们要是有用的话，就拿去吧。如果能找到那些人，记得和我说一声。"

陆俊迟接过来，道了一声谢。

江里也知道，这张光盘可能就是警方需要的重要的证物，所以没有提出观看，在楼下就告别了。陆俊迟和苏回两个人拿着那张光盘，飞速回到了重案组。

听说他们拿到了新的线索，重案组的众人都凑了过来，连姚飞都来了兴趣。

陆俊迟打开袋子，发现光盘上面贴了一张便签纸，上面写着：132-49，看起来像

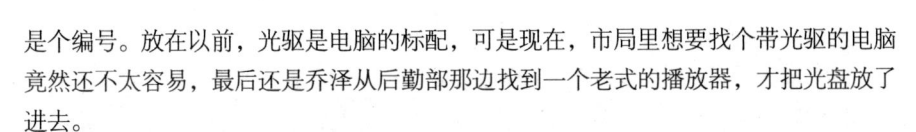

是个编号。放在以前，光驱是电脑的标配，可是现在，市局里想要找个带光驱的电脑竟然还不太容易，最后还是乔泽从后勤部那边找到一个老式的播放器，才把光盘放了进去。

机器连接上笔记本电脑，发出了"吱嘎吱嘎"的诡异响声。

姚飞道："这光盘不会是太老了，读不出来吧？"话音刚落，电脑上面就出现了图像，画面像是过去拍的老旧电影，又是监控录制下来的，像素不高，色彩也十分暗淡。

郑柏揉了揉眼睛："看惯了现在的高清视频，居然有点不适应了！"

乔泽踹了他一下："嘘。"

画面逐渐变得清晰了起来。里面是一个小房间，有张桌子，一个小女孩背对着镜头坐在桌边，对面则坐着一位穿着白色褂子、戴着口罩的人。那个人包裹得严严实实的，直到她开口说话，他们才判断出那是一个女人。但对话的声音非常小，他们完全听不清在说些什么。

陆俊迟问："能不能把声音调大一点？"

乔泽委屈道："这已经是最大的了……"他说着打开一个软件，"我调一下试试……"在反复叠加了几次波形以后，乔泽又开始播放视频。

这次，在沙沙声中终于有了一丝声音，那位看起来像是医生的女人对对面的女孩说："陈雪贤，下面我们将记录……你的第49次来访。"

……陈雪贤？！苏回又倒回去听了一次，才确定自己没有听错。

她果然去过372心理研究院。

影像上的陈雪贤大概也就十几岁，和当初陆俊迟和苏回在陈雪贤姑妈家获取的照片上的陈雪贤的年龄差不多。来访次数如此之多，这说明她已经和这个心理研究院建立了长久的联系。"132-49"……49代表次数，那么132很可能是陈雪贤的编号——这里曾经有很多人来过。

苏回眯起眼睛，侧过头去，努力想听清视频里的谈话。

画面中，对面的女孩犹豫了片刻，用颤巍巍的童音打了声招呼。

"你好……"

"让我看一下……"女人翻动着记录册，"你在玩耍时，帮助一个男孩把另外一个孩子推下了一座枯井……后来偷了班上一个同学的书，放在了另外一个同学的书桌里，诱导他们发生矛盾。"

陈雪贤"嗯"了一声，然后小声说："我只是觉得这样很好玩。"

"没关系，我不是医生，即便我知道了这些，也不会责怪你，更不会觉得你是奇怪的。你希望他们打架，对吗？"

陈雪贤点了一下头："动物世界里面，两只狼在争夺狼王的位置时候，就是那样打的……"

"你希望看到同样的事情？"女人问。

陈雪贤又点了一下头。

女人问:"最近,你身边发生过什么事情吗?"

陈雪贤低头说:"有……"

女人问:"是什么事?"

陈雪贤说了一些话,但因为音效不太好,听不清楚。

女人拿来了一个洋娃娃,然后说:"你可以把他做的事情,在娃娃身上做一下吗?"

陈雪贤点了一下头。从画面的角度看,她解开了娃娃的衣服,之后的动作则被挡住了。

女人停顿了一下,又接着问道:"你没有把这件事告诉其他人吧?"

陈雪贤摇了摇头,又点了点头:"我和我妈妈说了,妈妈不让我说出去。那之后我经常会做噩梦,醒来以后,心跳很快。"

苏回看着视频,轻轻皱眉。在陈雪贤的案件里,他一直觉得在她的心理变化上还缺乏了一个契机,原来……是过早的侵犯……

女人拿出了一套画笔和纸张:"你可以把那些事情画出来。"

陈雪贤很听话。她画着画着,忽然抬起头问:"姐姐,他说喜欢我,可是我很害怕。这就是大人们所说的爱吗?"

女人摇摇头:"这并不是爱,只是一种需求。"

女人很快拿到了陈雪贤画的画,然后询问了她家庭的近况。最后,她拿出了一张精神评定表让陈雪贤填写,又让她看了一些图片,读了一段文字。

谈话时间结束,陈雪贤从房间里出去,画面转黑。过了片刻,一个戴着口罩、帽子的人影走了进来,坐在了女人的对面,从体型上判断,可能是一位中年男人。

他开口和对面的女人交流:"陈雪贤的心理状况怎么样?"

"第49次心理状况采集完成,目前心理评定在A级,比较稳定,是潜在的危险人员。但是……"

女人欲言又止,她从桌子里拿出了一份档案,以及几张脑部的CT扫描图,最后拿出了女孩的画:"她似乎受到了侵犯。这件事需要报警或者和她的家长沟通一下吗?"

男人一一看过,思考了片刻道:"不必了。我们既不是警方,也不是她的治疗师,任务和目的就只是记载她作为一个普通人的心理变化而已。而且我认为,伴随着青春期的到来,我们可以对她进行进一步的诱导……"

听到这里,所有人都有些愤怒,陆俊迟也握紧了右拳。

这些人,打着研究的口号,知道了这些事却不报警。在他们的眼中,这些人就像是试验品,他们就是这样,眼睁睁地看着一条生命滑向深渊。

女人沉默了片刻道:"对比起来,我更担心107号。"她说着,翻出了一摞资料,"我认为,他的危险程度在S……"

乔泽按了一下暂停,随后把图像放大。资料上有一个模糊的姓名,他用软件进行了图像修补后，勉强能够看到名字是三个字，第一个字有点复杂。旁边的资料里还有一张画，上面内容很容易辨认，是一个女人的头颅。

陆俊迟道："看这资料，像是傅云初的……"

一切终于被串联起来。傅云初和陈雪贤果然都曾经是372研究院的来访者。这么说来，他们之前遇到的凶手之中，可能有一些人也曾经到过这里。

女人还想说些什么，那个男人却打断道："你不用太担心，我们会有安排。"

随后他们又聊了几句。女人结束了工作后，有些疲惫地摘下了口罩，走到录像机前，按下了暂停键，画面最终定格在她的脸上。

整段录像一共40分钟左右，看完后，所有人都沉默了。

即使在温暖的办公室里，苏回的手臂上还是起了一层的鸡皮疙瘩……那不是什么令人惊恐的画面，却让他感到背后发凉。

一片沉默中，姚飞最先反应了过来，拍了几下手掌道："恭喜你们。查到现在，终于掌握了重要物证。"

这份从火场中带出来的资料的意义是非同寻常的，是最直接的证据。没有这份证据的话，他们就只有当事人的口供整理，不足以令人信服。他们无法知道这段视频记录的具体时间，但是根据画面判断应该是10余年前，而且正好和他们认识的当事人有关系。

苏回想起了他当初写的那篇文章。不过这段视频录像远比他写文章时要早。这个神秘的心理研究院，为何因为大火消失？他们是借着那场火逃走了吗？

苏回眯起眼睛看着画面上的女人，努力想要看得更清楚。

"我觉得，这个女人有点眼熟……"摘下口罩以后，苏回可以看清女人的脸，那个女人长长的头发，眉目很细，看起来非常眼熟。

陆俊迟问："你见过她？"

苏回低头想了想，搜寻着自己的记忆，随后他摇了摇头："应该没有。"影像已经是10余年前的了，这个女人如果活着，年龄应该在30~40岁之间，他的印象里没有这样的女人。但是他无法解释，为什么这个女人看起来有些眼熟。

乔泽分析道："那个男人虽然只有一个背影，但是感觉更像是幕后的人。"

陆俊迟"嗯"了一声："你们分析一下这份影像资料，看看还能获取到什么信息？"

苏回思考了片刻，补充道："我怀疑，录像里面的人可能改换了身份。你们也可以排查在华都或者附近，年龄、性别匹配的从事心理方面研究的人。"

随后陆俊迟又叮嘱道："乔泽，你赶紧把这段资料转码后保存电子版，再上缴物证室。"随即又低头用仅有两个人能够听到的声音叮嘱他，"你把光盘多刻几份。一份上缴，一份存档，你和老曲再分别备一份，剩下的一份给我。"

这张光盘的获得有一定的偶然性，如果让对方知道了，一定会想办法毁掉。电子存档容易删除，不可靠，最好的方法就是多备份。他们尚不能确认，除了王副局以外

总局里还有没有对方的人，这么重要的物证一定不能出问题。

随后他又去找了谭局，给谭局也看了这段影像。谭局看了影像以后也很吃惊，两个人马上商讨了一下接下来的调查方向以及人员的分配问题。谭局决定让四位侧写师和一些警员进行372研究院的专项调查，再视情况抽调一些重案组人员出来，负责最近发生的其他要案。

吃过了午饭，陆俊迟开车载着苏回来到了雨晴诊所。

可能是刚看了那段视频，再加上这阵子无论是催眠还是心理诱导的事件发生得太过频繁，陆俊迟对这些心理学范畴的东西忽然有些警觉。停车时，他不禁叮嘱苏回道："我忽然觉得，我们这段时间查到的事，都和行为心理学以及催眠、心理暗示等有关系……你今天去诊所的话，还是有些防备的好。"

苏回回道："我已经来这里很多次了，每次都是杨雨晴给我看诊，她对我的帮助挺大的。再说，你们就在附近调查，应该不会出什么问题吧？"

上次安郁辞涉案，警方已经把诊所医生的资料全部汇总检查过了，确认没有涉案人员，应该是安全的。

陆俊迟仍坚持道："我总觉得，这些搞心理研究的人和你们搞犯罪心理侧写的人一样，有个自己的圈子，而且还会互相影响。要不你设置个手机紧急联系人？"

"我设过。"说着，苏回把手机开关按了几下，身旁陆俊迟的电话就马上响了起来，"不过我觉得你说得对，还是要防备一下。等下我和你开个手机通话吧。"

虽说杨雨晴是个瘦弱的女人，而且还是他的心理医生，但自己不应该因此放松警惕。陆俊迟的做法是正确的，现在是非常时期，他必须要保护好自己。

陆俊迟笑着"嗯"了一声。

心理诊所里一如往常，还是小护士金秋接待了他们。她很快做完了登记，指了一下道："苏老师，你先进去吧，杨医生在准备了，马上就过去。"

依然是以前经常去的那间，苏回已经来过太多次了。杨雨晴不在，他就像往常一样把手杖放在一旁，躺在诊疗椅上。屋子里响着舒缓的音乐，熟悉的环境让苏回不由自主地平静了下来。

隐隐约约间，苏回闻到了一股很浓的香气，味道像是水果，还挺好闻。可能是杨雨晴给枕头喷了香水吧，就是喷太多了，有点刺眼睛，于是他闭上了双眼。

屋子里的音乐继续响着。

苏回安静地等待了一会儿，那个味道在鼻尖萦绕不去，甜甜的味道闻多了有些发腻，让他不禁有点难受。

杨雨晴还没来吗？

苏回侧过头，在躺椅上又坚持了几分钟。但他最后被熏得实在是受不了了，甚至有些想吐，便想先起来去外面透口气。

嗯？怎么回事，睁不开眼睛……鬼压床？

他笑自己。大概是身体太虚弱了吧，脑袋还有些晕。

他又尝试了一下。这次还是动不了，他这才感觉出来不对劲。

意识是清明的，身体却好像失去了控制……苏回顿时反应过来。他枕头上估计被喷上了什么药剂，这个味道不像是乙醚，但是同样可以让人昏迷，很有可能是氯仿或者是正丁醇。

大意了……

在此之前，苏回几乎每隔一段时间就会来这里一次，这是他经常来的地方，自然就被他当成了安全区域。他自以为已经进行了防范，可还是防不胜防。他没有想到，杨雨晴的诊所会和372研究院有直接的联系，更没有想到，在警方的调查下，那些人竟然会趁着这个机会用这种方式下手。

这次问诊，他直接落入了对方的陷阱中。

苏回想要动一下，哪怕只是发出声音，提醒不远处的陆俊迟和其他警员——可是他完全做不到。他的身体失去了控制，无法出声，也无法做出任何动作，感觉自己像是躺在海面上，身体不断地下沉着。而在这种头晕和恶心的感觉中，他居然体会到了一种前所未有的兴奋感，意识变得无比清晰。

啊，他好像知道曾经在哪里见到过那个女人了……

心理诊所的前台处，陆俊迟向金秋问着情况："你们这里的后面也有一部电梯？"

金秋点头："对，后面也有一部电梯，和前面的公共电梯是分开的。"

金秋想了想又说道："之前苏老师也曾经问过我们电梯监控的事，我专门帮他问过，这里的电梯监控只会保留一段时间，之后就会被覆盖掉。苏老师问我的那段时间就已经被覆盖了。"

陆俊迟道："我们今天来是因为收到了线报。有目击者称，一位警方的嫌疑人曾经进入过那部电梯……"由于苏回对自己记忆的不确定性，陆俊迟把消息来源说得很含糊。

金秋脸上露出惊讶的表情："这不太可能啊？这部电梯当初是和物业特别申请的，其他楼层好像都是不停的。"

陆俊迟皱眉："也就是说，这部电梯只有你们内部能用？"

"对啊。"金秋疑惑地回答道。

陆俊迟不觉得上次苏回看到的是幻觉，这里面一定有什么事情是他们不了解的："有没有什么特殊情况可以从楼上下来？"

金秋摇了摇头："那个，需不需要我帮你们叫杨医生问一下？"

陆俊迟道："不用了，她不是要给苏老师看诊吗？我们先去电梯那里看看，也许举报的信息有误。"

他一边说着，一边侧耳听着。耳机里依然没有什么别的动静，只能够听到舒缓的音乐——杨雨晴还没有来。

陆俊迟让一名辅警守在门外，带着乔泽和郑柏跟着金秋走进心理诊所。

这一层只有他们一家。诊疗区陆俊迟也曾经进去过，里面有一条长长的走廊，包括洗手间和茶水室。里面一共有8间诊室，其中几间，心理治疗师正在为患者做心理治疗，还有拿着资料的小护士从走廊里走过。

金秋带着警察一直走到后面的电梯处，拐过一个弯给陆俊迟一指："就是这里了。"

陆俊迟里外看了看，按了按顶楼和楼下几层的电梯按钮。果然，只有一楼的楼层指示灯能亮。随后他挨个试了一下，在按到九楼，也就是这里的楼上时，灯又亮了。

陆俊迟问："九楼是做什么的？"

"楼上？"金秋反应了一下，然后想起来，"楼上是杨医生租下来时就装修好了的，后来没有启用。这部电梯的权限只设置了这两层，可能有什么维修人员或者是物业员工之类的人上去吧？不过我从来没有见过什么人从楼上下来。"

金秋说到这里侧头想了想："有一次上楼的时候，我按错了楼层，上去发现电梯旁边被封住了，有一个铁门锁着呢，应该是没有人吧。我们私下里都议论过，怎么会有人在这寸土寸金的地方，空置着一层办公楼呢？"

陆俊迟问："我们可以上去看看吗？"

金秋道："当然可以，不过没有钥匙，估计什么也看不到。"

电梯很快就载着他们上了楼。"叮"的一声，电梯门缓缓打开。这一层设置了遮挡，大白天的，走廊里也十分昏暗。

陆俊迟看了一下，果然如同金秋所说，在电梯前一米处有一扇锁住了的铁门。他走过去，把手机的灯光透过铁门往里面照去，只能看见里面的走廊，在前面拐了个弯便什么都看不到了。

金秋双手抱着手臂，觉得楼上有点冷，说道："这里黑漆漆的，有点瘆人。"

陆俊迟开口问："物业没有来检查过吗？"

金秋摇摇头道："物业不常上来，保洁都不打扫这一层，所以你问有没有人会从这里下去，我还有点奇怪呢。"

郑柏在一旁问："陆队，这……要打开看看吗？还是联系一下业主？"

陆俊迟犹豫了片刻，最后决定相信苏回的直觉。那个男人应该是有问题的，这里空置着，也绝非偶然。

"联系一下物业吧。"

乔泽去打了个电话，过了一会儿回来说："物业说，他们是从之前的公司接手这个写字楼的，这层楼也被登记为心理诊所，物业费和水电费会定期打到他们的账户里。物业一直以为这里和雨晴诊所是一家，这个门长期锁着，他们也没见过这一层的人。"

这么听起来就更加神秘了，陆俊迟的眉头皱得更深。

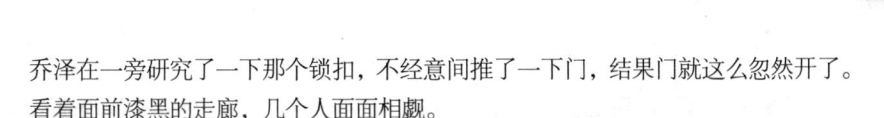

乔泽在一旁研究了一下那个锁扣，不经意间推了一下门，结果门就这么忽然开了。看着面前漆黑的走廊，几个人面面相觑。

"乔泽，你和金秋等在这里，我和郑柏进去看看。"陆俊迟说着，拿出了枪握在手中。

郑柏也取出武器跟在陆俊迟的身后。

楼上的信号不太好，手机里传来的音乐声变得有点断断续续，陆俊迟把左手按在无线耳机上，感觉有些奇怪——怎么过了这么久，杨雨晴还没有过去？

今天的事情有点古怪，他不由得有些警惕起来，想尽快搜查完这个地方就下去，带苏回离开。

两人拐了个弯，用手电照着前方。这层楼有几个房间，其中一个房间半开着房门，里面是漆黑的，一些像电脑似的仪器开着，发出微弱的风扇声。

"有人吗？"郑柏喊了一声。

楼道里空荡荡的，只有回音和他们的脚步声，就像是城市里一间无人监管的密室。陆俊迟推了一下门，房间里的角落放着几个大型的密封气罐。罐子上标有有毒气体的危险标志，但阀门是打开的，里面已经空了。

房间里摆放着一张很大的桌子，上面堆放着一些书籍和几台显示器。

郑柏走过去照亮了桌子上的书，惊呼道："是一些心理学相关的书籍！"然后伸手摸了一下一旁的水杯，"水杯还是热的。"

那就说明这里刚刚还有人在，是急匆匆出去的。

陆俊迟按了一下显示器的开关，显示器就亮了起来。这是一套监控系统，而监控的画面，正是楼下的诊所。显示器上可以看到每间诊室里面的情况，旁边还放有两副耳机，看起来像是监听用的。

陆俊迟背后有些发凉——这说明杨雨晴的诊所一直在被人监控和监听着……这间诊所是和警方合作的心理诊所，警员的心理状况、各种行动和局里的内部情况，恐怕会因为做心理咨询泄露出去，他们可能早就在对方的监控之下了。

他有些后悔。为什么没有早些追查这条线索？杨雨晴是知情的吗？

陆俊迟迅速从监控中找到了苏回所在的那间诊室。

看清画面后，他的脸色一白。只见一个披头散发的细瘦人影走入了诊室，手里握着一把刀，如同鬼魅，来到了诊疗床的旁边……

几分钟前，苏回躺在诊疗室的床上，眼睛虽睁不开，精神却亢奋着。

因为他忽然想到了那个视频里面的女人是谁。他确实没有见过她的真人，因为他见到的是照片，摆在安郁辞的桌子上的那张照片——她是安郁辞的姐姐。

为什么是她？她为什么会出现在372研究院里？

苏回想起来，安郁辞和他说过，他姐姐死于心理疾病，所以自己也学习了心理学。苏回查看过安郁辞姐姐的资料，她是因为一些情感纠纷而选择自杀，从桥上跳下去的。

不，不对。

档案里的自杀原因来源于其他人的供词，如果他所看到的档案都是修改过的呢？

安郁辞的姐姐的死亡原因恐怕没有那么简单，安郁辞也仅仅是看到了姐姐自杀的场景……她曾经是372研究院里面的人……难道是被人催眠后进行灭口的？！

苏回恍然大悟，忽然好像一切都串联了起来，有了答案。

他的眼睛睁不开，脑内却继续推理了下去。

在所有的凶手中，安郁辞是完全不同的，他就像是一块放错了位置的拼图。其他人是因为恶出发，安郁辞的犯罪的原因却是因为善。一般的连环杀手的特征是低共情，甚至于零共情，但是安郁辞是一个能超共情的人。他虽然也做出了那样极端的事情，但是他的心理表征站在其他凶犯的对立面，他能够感知所有人的痛苦，并且在内心放大，他们是完全不同的类型。再结合他姐姐身上发生的事情，不难猜想，也许幕后的人就潜藏在他的身边，影响着他，造就了他，就像是进行心理学的试验。

那么，安郁辞接近他，就不是偶然的。

不过，如果这是被人安排好的，他的目标和任务是什么呢？自己身上，有什么值得他们研究的吗？

一瞬间，苏回好像看到了安郁辞坐在床边。安郁辞一如既往地穿着洁白无尘的白色大褂，戴着金丝边的眼镜，抬起头来微笑着唤他："苏老师，醒一醒，现在还不是睡觉的时候……"

苏回在幻境中想了想，问他："影响你的人是你的督导师吗？"

他曾经在相关的资料上看到过这个人的文字资料，在口供上，他把关于安郁辞的异常推得干干净净。现在回想起来，一个心理咨询师的心理出现了严重的问题，就算他善于伪装，作为督导也不太可能一点也没有发觉吧？而安郁辞的心理疾病，不可能是一朝一夕就发展成型的，那将会是一个漫长的转变过程。而作为督导，正好满足这样的条件。

"你发现什么了？"安郁辞扶了一下眼镜，微笑着看向他。

苏回仔细回想了一下："你的死亡……"

一瞬间，场景变换，他又来到了安郁辞自杀前。苏回在复盘时，以为是巨大的罪恶感促使了安郁辞的自杀，但是其中又有很多事情解释不通。他的催眠与质问仅仅是揭示了他的罪行，虽然巨大的愧疚可能会让安郁辞崩溃，但是并不足以让他产生足够的动力马上自杀。安郁辞怎么会崩溃在他的催眠中？

有没有可能，还有另外一种可能性？

苏回回想起来，在催眠中，安郁辞的枪口最初是对准了他的，中间大约有几秒钟左右的停顿，是一次呼吸的长度。就在他以为安郁辞会开枪杀死他时，他却忽然调转了枪口，甚至都没有来得及瞄准就匆匆开枪，子弹击穿了他的心脏。

安郁辞倒地死亡的那一刻就像一段录像，在他的脑海里反复倒带，播放，直至他发现真相的瞬间。

苏回的眼皮微动："有人曾经给你下过杀死我的催眠暗示，在进入催眠的过程中，暗示就自动启动了……"

在催眠状态下，当对方的指令和安郁辞的自我质疑产生扭曲，杀机由此而生。原来，安郁辞的目标是他！

安郁辞可能曾经想要阻止一切，但是已经来不及了。他做出自杀的举动，有可能……是他根本不想杀掉苏回。

这会是真相吗？幻境里，安郁辞坐在苏回的对面，没有回答他的问题。他的目光依然柔和："回去吧，这里不是你应该来的地方……"

"苏回！"在半睡半醒之间，苏回忽然听到有人叫他的名字。那个声音熟悉而急切……是陆俊迟！这一瞬间，苏回猛然睁开眼睛。一道寒光在眼前闪过，他奋力挣扎起来，像是蝴蝶挣脱蜘蛛的丝网。

鲜血飞溅而出……

第68章
"是我没有保护好你……"

借助那个力量，苏回直接从诊疗床上翻身滚落了下来，锋利的刀锋从他的腰侧划过，割出了一道血痕，反而让苏回清醒了一点儿。

舒缓的音乐还在诊室里响着，苏回抬起头，模糊的视线中站着一个人。她低垂着头，头发垂散了下来，目光涣散，像是在睡梦中。她现在的状态和往日完全不同，一时有些难以辨认，但是苏回还是认了出来，是杨雨晴。此时这个往日里十分温柔的心理医生，就像是一个疯子一般站在诊疗床的前面，手里握着一把锋利的刀。

如果刚才陆俊迟没有叫他的名字，他没有恰好醒来挣扎着起身，后果不堪设想……

此时，诊室的门被"砰"的一声从外面撞开，陆俊迟冲了进来，举枪对准了杨雨晴。杨雨晴的表情有些扭曲，一双眼睛通红，不停地挥动着手里的刀。

苏回捂着腰间的伤口，连声咳着："别伤害她，她好像被催眠了……"

做出这样的事情并不符合杨雨晴的心理轨迹，她只是对方的一个傀儡。话正说到这里，杨雨晴忽然转了身，像是梦游一般，举着刀，挣扎着往走廊外冲去。

陆俊迟迅速把枪收好，上前两步，一只手把她拉回来，另一只手夺去了她手中的刀。

催眠状态下的杨雨晴想要去咬陆俊迟的手，可是身材娇小的她明显不是陆俊迟的对手。陆俊迟手一拧，把她的手臂扭转到身后，随即在她的脖颈处击了一下，杨雨晴的身体瞬间就瘫软了下来，晕了过去。这时候郑柏也冲了进来，扶住了杨雨晴，随后把她带出了那间诊室，铐在了前台的座椅处。

金秋跟了过来，看到眼前发生的这一幕，整个人都呆住了。

抓住了凶犯，陆俊迟连忙走回到苏回的身边："你没事吧？"

苏回捂着嘴巴，整个人都是晕的，闭着双眼无法睁开："我可能……吸入了一些有毒气体……现在想吐……"说到这里，他又猛烈地咳了一阵，"可能是氯仿……"

"这里的楼上有问题，我们已经叫了支援了……"陆俊迟边说边想要扶起苏回。

苏回的脸色和唇色都是一片惨白，根本站不住。他整个人蜷缩成一团，不停地咳着，明显呼吸急促，像是随时都要晕过去。

陆俊迟转头问金秋："有没有氧气瓶一类的？"

"有……有……"金秋颤抖着声音说着。

在诊疗室里，为了防止患者出现各种状况，各种药物和急救物品都是常备着的。

"快去拿过来！"陆俊迟说完话便把苏回打横抱起，想着要往哪里放……

苏回一瞬间特别怕陆俊迟再给他放回诊疗床上，用手一拉陆俊迟，道："麻醉剂……是喷在诊疗室的枕头上的……"

陆俊迟听了，立刻转身，把他抱进了一间空着的诊疗室。

金秋拿着一个小型氧气瓶和急救箱跑了过来，苏回对着吸了几口氧气，眼前的眩晕终于褪去了一分。陆俊迟拉开他腰间的衣服看了看，只见伤口不算大，也不算很深，就是血还没止住，这才稍微放下心来，用纱布帮苏回按着腰间的伤口。

苏回的头还有些晕，在吸氧的间隙，把氧气瓶拿开了片刻问："你们在楼上发现了什么？"

陆俊迟长话短说："是一些监控设备。诊所这里常年在对方监视下。"

嘈杂声引起了其他人的注意，心理治疗师们被打断了工作，纷纷从诊疗室里走了出来。乔泽让金秋迅速关闭诊所，准备接受调查。陆俊迟则把苏回安置好，走出诊室，处理当下的情况。

一位中年男医生凑过来问："这边怎么了？"

金秋摇摇头："我也不清楚，刚才……杨医生忽然拿刀想要伤人。"

所有的医生、护士听到这个消息都愣住了："怎么可能？杨医生为什么会做这种事？"

"苏老师呢？怎么晕倒了？"

"封锁心理诊所，所有人不得进出。"陆俊迟站出来道，"对方可能会在诊室附近。"

乔泽正要联系总局，却发现手机没有信号，急道："电话拨不出去了！"

一旁的医生也说道："奇怪……我的手机也没有信号了……"

陆俊迟愣了一下，发现他和苏回的通话也不知道什么时候就自动断开了。看来这附近的信号已经被屏蔽了，可能是信号干扰器。

金秋马上反应过来，跑到前台处拿起了电话，但随即也冲着陆俊迟摇了摇头。此时，守在外面的郑柏也发现，通往安全通道的门被锁了。

"……刚才还是开着的。"医生着急地晃动着心理诊所的大门，却没有任何松动的迹象。

"安全出口呢？"

"被锁住了……"

"有没有人有钥匙？"陆俊迟问道。

金秋吓坏了，掏出了钥匙，手颤抖着往里捅了几次都插进不去。

乔泽蹲下身看了一下："锁孔里被塞了东西……"

"内部电梯呢？"

有人跑过去按了按："也打不开……"

他们可是刚刚从楼上下来……陆俊迟问："这里还有其他出口或者消防通道吗？"那些心理治疗师和护士们茫然地摇摇头。

这里好像被做成了一间密室，陆俊迟皱眉。对方肯定对这里的环境和布局非常熟悉，所有的细节都想到了……

就在这时，他们闻到了一股淡淡的香气。陆俊迟瞬间屏住呼吸，却还是被那股味道呛得咳了起来。他忽然想到了刚才把苏回迷晕的气体，还有在楼上时看到的那些空的密封气罐——对方把这里当做了一个大型的毒气室。

陆俊迟抬头，看到走廊的两端有两个出风口，正在冒出一阵气体，发出嘶嘶的声响。那种有点诡异的香气，很短的时间就遍布了整个走廊，像是无数朵鲜花在空气里瞬间盛开。

"这味道是什么？"有个女护士问着，她憋了一会儿再也忍不住了，一张开嘴，味道就无孔不入地钻入了她的肺腑。她被呛得咳了几声，随后整个身体就开始发软，一旁的郑柏扶了一下她，险些被她带着摔倒。

只是一小会儿，一些靠近通风口的人就已经出现了眩晕的症状，身体弱的人甚至开始呕吐。

"可能是氯仿……应该是从顶上的通风口放出来的，大家远离通风口……"陆俊迟刚才听苏回说过，现在确认了。对方想要迷晕苏回不成，又增加了投放的剂量，这一次，药剂没有洒在枕头上，而是直接混入了空气里。

乔泽马上道："打开窗户，尽快通风！"

几位工作人员屏住呼吸，打开诊疗室的门，推开了几扇窗，人们聚集在远离通风口的中部，但是走廊里的味道并没有变淡。

一位心理治疗师跑到窗口旁大喊："救命……"她还没喊完，忽然就直挺挺地倒了下去。郑柏憋着气，跑过去把她抱回了走廊里。

"快把遮光帘拉下来……"陆俊迟忽然想到什么，"氯仿沉于空气，对方从楼上往下放置大浓度的氯仿，就算开窗效果也不好，反而会加快氯仿和空气氧化，形成毒气。"

那位治疗师可能是中毒了。高层建筑的窗户是朝下开的，只能开启一个不大的缝隙，在大剂量毒气进入的情况下，换气的效果非常有限，待在窗口附近反而更加危险。听了陆俊迟的话，那些心理治疗师还有护士们急忙憋着气跑过去拉下遮光帘。这层楼瞬间暗了下来，阳光被遮挡住了，只从一些缝隙之中露出一些光斑。

随着时间的推移，有的人神智尚清，有的人却已经倒在地上进入了昏迷状态。

"救命啊！"有位男患者明显被吓坏了，"我们不会死吧！"

一位护士哭了起来："氯仿遇到光会变成致命的毒气的！我们没法靠近窗口呼救……"

普通毒气靠近窗户可能还有一线生机，可是因为氯仿的这种特性，去往窗边等于是在找死。

郑柏觉得自己的头也开始有点晕了。他过去又踹了一脚心理诊所的门，但门是加厚的，纹丝未动。他又掏出手枪开了两枪，也丝毫没有反应。

陆俊迟拉住金秋问："你们这里还有氧气瓶吗？"如果还有其他氧气瓶，就能够为他们拖延一段时间。

金秋已经紧张得汗如雨下："没有了……只有那一罐……"他们这里毕竟不是什么正规的医院，氧气瓶也只是备用的。

诊室里，苏回刚刚苏醒过来，他的头还是晕的，鲜红的血迹顺着腰侧的伤口流下来。可能是因为氧气的吸入还有疼痛的刺激，他的思维还算是清晰的。

看到外面乱了起来，苏回打开门，想把手里的氧气瓶递出去。陆俊迟一把拉住他："别犯傻，这点氧气救不了所有人，你得保持清醒，想想怎么通知外面……"

苏回努力让自己清醒着。玻璃是钢化的，贸然打碎可能会砸伤外面的人，还有可能让毒气合成加速。对方是有备而来的，这次的事故恐怕谋划已久，甚至早就进行了布置。他们现在能够想到的逃生方法，对方可能已经假设推演过很多次了。对方的意图很明确，不光想要他们昏迷过去，还想要他们死。今天在这个心理诊所里面的，无论是谁，都有生命危险。

遮光帘全部放了下来，诊室里只有白色的灯光照射着，响着舒缓的音乐，往日里温馨、平静的诊所，此时已经完全变了样子。

苏回忽然想到了什么，眼睛眨动，看向楼顶："火警装置……"

金秋反应过来："有个火警装置在顶上，不过，是在通风口的附近……"

这里的火警装置是那种办公场所和酒店常用的烟雾火灾报警器。那就意味着，想要过去的话就需要暴露在高浓度的氯仿之中。

郑柏当机立断道："我和乔泽过去。"

他们找到一个打火机，屏住呼吸冲了过去。

一切进行得很顺利，郑柏把乔泽抱了起来，打火机的火苗灼烧着报警装置，楼道里的消防装置喷洒出水，犹如雨下。大楼里有自动断电保护，走廊里的白色灯管自动灭了，取而代之的是绿色的应急灯光，指引着安全通道的逃生方向。

整个大楼里都响起了火警警报。这样大的动静，肯定能够迅速通知物业还有消防局。

可是这样的操作并不能阻止氯仿的蔓延。两个人都被喷了一身的冷水，依然抵御不过氯仿的毒性。因为吸入毒气过多，他们没走几步，就很快晕了过去。随着时间的推移，其余的人也纷纷倒地，一时间，清醒着的人已经不多了。

"陆俊迟，你怎么样？"苏回问道。

他们站的地方距离通风口较远，陆俊迟一直在努力屏住呼吸，但这个时候也感觉

到了头晕目眩，身体里的力量正在逐渐被抽离。这是一种前所未有的筋疲力尽的感觉，眩晕、眼前发黑……

周围已经昏暗了下来，在火警警报和诊所的音乐声中，心理治疗师、护士，还有患者全都倒在了地上，除了胸口还有着一丝起伏，几乎和死人无异。还保持着清醒的，只有开始吸了一段时间氧气的苏回，还有体能较好的陆俊迟。

苏回把氧气面罩塞到了陆俊迟的面前，封住了他的口鼻。苏回的手颤抖着，声音也发在发抖："你吸几口！"

陆俊迟狭长的眼睛睁开。氧气进入身体，终于不再是那股甜腻的味道。他从未觉得能够自由呼吸是一件如此美妙的事。他吸了半分钟左右，终于缓过来了一口气，皱着眉说："留着你用吧，一共就不多……"

陆俊迟的心里十分明白，他的手指已经麻了起来，眼前也在发花，可能也坚持不了多久了。氯仿中毒，是会死人的。他们只有小小的一瓶氧气，根本就是杯水车薪，这些用不了多久就会耗尽，也许都支撑不到有人上来。他的身体还算是强健，而病弱的苏回，吸入毒气总量过多的话，会让他的身体雪上加霜。

苏回捂着嘴巴咳着摇头，安慰着他："物业和消防的人应该很快就会上来了……"

陆俊迟又把氧气塞回了他的手里："你拿着这个，乖乖等待救援，撑不住了就吸一口。"

"可是……"苏回还想说些什么。

"通风口已经没有气体流动的声音了……应该是氯仿已经放尽了……开着的窗多少会有一些作用，这些毒气会慢慢散尽的。"陆俊迟安慰着苏回，"听话，现在已经通知了外面，你做得很好，我们都会没事的……"

陆俊迟不知道对方一共准备了多少毒气，但是刚才，空气里的毒含量应该是达到了峰值，所以其他人才会昏迷过去，他则借助苏回给的氧气撑了过来。打开窗户置换空气虽然缓慢，但是随着时间的推移，没有新的毒气进来，也许他还能够多支撑一会儿。

就在这时，走廊尽头的洗手间发出了一声轻响，门打开了。里面走出来两个穿着雨衣、戴着防毒面具的男人，一个看起来头发花白，身体略微发胖，像是上了年纪，另外一个却是20多岁的年轻人。

陆俊迟最初的判断没有错，凶手就在附近。这是两位自负的凶手，他们对自己的计划无比自信，看着目标还未死去，便急不可耐地出现，想要改变杀人方式……

苏回看到对方的瞬间，双眼不由自主地睁大。尽管看不清那人的眉目，但是仅凭轮廓他就马上确认了，那个年岁稍大的，就是他在两年前看到过的人！也是他曾经在电梯里偶遇过的人！

"张君之……"苏回记起了资料上安郁辞的督导的名字。

"你竟然猜出了我的名字……"面具下传来了男人冷笑着的声音，"可是你没有

机会告诉其他人了。"

男人说话的声音和视频里的几乎一样，就是苍老了一些。苏回可以确定，他就是在372研究院影像资料之中的那个人。

看到眼前的人，陆俊迟迅速做着判断。他已经中毒，坚持不了多久，这个时候只能速战速决，快速解决对方。双方的实力是悬殊的，最直接的方法，就是让对方也暴露在毒气里。

想到这里，他趁着对方不备，从身后拔枪射击。

两枚子弹一枚打入了一旁的墙壁，另外一枚击中了那个年轻人的大腿。不等对方举起枪还击，陆俊迟就又冲了上去，一拳打在那人的脸上。防毒面具偏到一旁，下面露出了一张年轻人的脸。陆俊迟想起来自己是在哪里见过他了，这个人是当初在现场接走宋蓝恩的司机。

陆俊迟还想追击，张君之的身体却撞了过来，把他手里的枪打落在地。他抬肘还击，打落了对方脸上的防毒面具，接着从背后扼住了对方的喉咙，想要阻止他再次戴上面具。可是氯仿不断侵蚀着陆俊迟的身体，这已经不是意志力和身体素质能抵御得了的了。

张君之往后退了几步，把陆俊迟重重地撞在了墙上。陆俊迟只觉得脊背、肋骨像是断了一样，传来剧痛。

陆俊迟一直在努力让自己少吸入毒气，可是此时也已经在失去意识的边缘。这种情况下以一对二，他坚持不了太久。

苏回扶着氧气面罩，悄悄往前走了几步，单膝跪下，捡起了陆俊迟掉落的枪。

他的手指移动着，触碰到了扳机的位置，但……只要稍微一偏，他就会射中陆俊迟……

见状，陆俊迟从后面勒住张君之。他的体力也没有多少了，锁不住张君之的喉咙，只能一只手扳着他的身体，另外一只手控制着他，让他无法瞄准开枪。

"诗人，不要再挣扎了，你两年前就应该死了。"张君之狰狞地笑着，看向面前的苏回。在他看来，甩脱背上的人只是时间问题。

"其他人都晕倒了，就剩你一个，还是个残废，看不清也听不清。你根本就不是我的对手。开枪？你就不怕误伤这些警员和无辜的人吗？"张君之笑着。

这里的监控都已经被他们关了，火警警报也只稍微打乱了他们的节奏，外面的人并不会那么快赶过来。等这些人确认死亡之后，他和同伴才会打开门，从电梯离开。楼上的东西很快就会全部消失，不会留下任何痕迹。按照约定好的，这个案件会被其他人接手，只要调查的人换成他们的人，真相就可以被隐藏起来，再没有人会知道当年的秘密……

张君之一边想着，一边拼命地把陆俊迟往身后的墙上撞去，想要把他甩开。

"咚"的一声，陆俊迟的身体再次被撞在墙上。张君之的个子很高，身材微胖，

整个身体压过来，陆俊迟只感觉五脏六腑都要被压碎。他张开口呛出一口鲜血，意识反而清明了片刻，便死死地抓住张君之，不愿意松手。哪怕今天死在这里，他也要保证苏回的安全……

苏回轻轻地呼吸着，随后抬头看了过去。氧气瓶里的氧气已经不多了，时间万分紧迫。

张君之和陆俊迟还在扭打着，有一瞬，张君之的身影挡住了走廊里的光亮，也几乎挡住了陆俊迟的全部身体。

就是现在……

苏回深吸了一口气，放下氧气瓶，举起了手里的枪……小小的氧气瓶已经用尽了，他终于不用再纠结最后那点氧气用来救谁了。

细沙爆炸案发生以后，苏回因为脑中的淤血压迫视觉神经，有很长时间是看不清的，但是这种情况最近缓解了一些。至少现在，在这个距离上，他能够看到眼前那个朦胧的身影，辨别出他的轮廓。

苏回屏住呼吸，努力让自己的手臂平齐。他想起了之前陆俊迟教给他的动作要领，在那个瞬间，陆俊迟仿佛站在他的身后，与他一起面对凶徒。

苏回再不犹豫，连续扣动扳机。

走廊里，杂乱的枪声响了。

砰砰砰砰……

后坐力通过手臂传来，震得苏回胸口微痛。子弹划破空气，眼前的人影一颤，随之倒地，陆俊迟松开了手，终于不再被对方牵制。

射中了，应该是射中了……

甜腻的氯仿味道里混进了血腥味，苏回悬着的心终于落下来。

可随后一秒，他却听到陆俊迟惊恐不已的叫声。

"苏回！！！"

变调的声音充斥着苏回的耳膜，眼前就像是慢动作，陆俊迟扑了过来，挡在自己的身前。

"砰"的一声，又一枚子弹射入了陆俊迟的左肩，鲜血溅到了苏回苍白的脸颊上。苏回有些惊讶地伸出手，想要拉住陆俊迟，但却感觉到一丝疼痛从身体里炸裂开来。他的身体一抖，有些难以置信地缓缓低下头……胸口和小腹处流出了鲜血，在白色衬衣上像是绽放出了红色的花朵，疼痛终于翻滚而上。

苏回这才意识到，刚才他开枪打中张君之的同时，那名倒地的年轻男人也开了枪。他中了前两枪，第三枪，陆俊迟帮他挡了下来。

陆俊迟右手拿过苏回手里的枪，回身射击，击中了那个男人，随即，紧紧抱住了缓缓倒下的苏回。

苏回呛咳着，吐出一口鲜血。他颤抖着声音问陆俊迟："我刚才打中了吗？"

陆俊迟的双目红着，麻醉剂让他的眼前像是有无数的碎片在空中飘浮着，太阳穴一跳一跳的，胸口像是刀割一样的疼。他哽咽着："打中了，你的枪法特别好。"

幸好陆俊迟伤得不重，苏回心里想着，抬头看着他。

陆俊迟想捂住苏回胸口的伤口，可是鲜红的血液却源源不断地流出来。

苏回咬着苍白的下唇，修长的五指虚虚按着小腹，不敢用力。随后他眉头一皱，从喉咙里发出了一声难耐的低吟。

他原本不想让陆俊迟担心的，可是太疼了，内脏就像是被子弹搅碎了。随着血液流出，他一点力气都没有。

都说人死前，会回忆起一生的所有事，苏回不由自主地想起了很多画面。父母、亲人、朋友……那些爱他的，还有他所爱的人……还有陆俊迟。这一次。他再也不会忘记他了。

苏回紧紧咬着牙，冷汗不停地冒出来，打湿了额前的头发。他的眼神开始涣散，咳了几声，鲜血从唇边一直顺着脸颊流到了耳侧。

陆俊迟惊慌极了，哽咽了一下，胡乱用手擦着他脸颊上的血迹。他心里从未如此害怕，怕苏回的双目闭上，怕他安静而逝。

苏回脸上一片苍白，长长的睫毛微微翕动，脸颊边的发丝被浸湿了，贴在脸上，仿佛脆弱到了极点。陆俊迟刚帮他擦去唇边的鲜血，他就皱着眉头，吐出来更多的血。

门口处传来声音，似乎是物业和消防人员已经到了，正在开始想办法开门。

陆俊迟抱着苏回说："你撑下去，他们已经到了，一定要撑下去……"

苏回感觉脸颊微微一凉，才反应过来，那是一滴泪。这滴泪，拉回了他即将涣散的意识。

苏回忍着痛，想要微笑一下，伸出手去擦陆俊迟的眼角："别哭啊，小陆队，有麻醉剂，一点也不疼的……"

谎话……陆俊迟自己也受了伤，肩膀还在传来剧痛。

"如果我死了……"

"不许说……你不会死。"陆俊迟连忙打断他的话。他感觉自己也快要失去意识了，勉强抓紧着苏回的手，想要把他拉住。

陆俊迟在苏回耳边道："我们还有好多事没有做，我舅舅的案子还没有查清楚，你的拼图还没有拼完……还有你的猫。你之前不是还说要带着海明威去绝育吗，你得对它的下半生负责……"

苏回听到这里，想要回复陆俊迟一个微笑，却又呛出了一口血。因为失血过多，又中了毒，苏回的神志已经有些不太清醒。

陆俊迟哽咽了一下："是我没有保护好你……"

"你已经救过我……很多次了。"苏回感觉自己的身体在逐渐变凉，连说话都开始变得困难，眼神已经涣散到连陆俊迟都看不清了，只能合上双眼轻声说，"我就是有点困了……那你陪我，我们一起睡好吗？睡醒了我们就一起去做那些事……这样，我就不会害怕了……"

他太困了，连睁开眼睛，甚至是呼吸的力气都没有了，只想沉睡下去。

走廊里没有多少光亮，报警声已经停止了，诊所里音乐还在响着，门外传来嗡嗡的声音。

陆俊迟紧紧抱着苏回。他想让苏回不要睡，可是巨大的眩晕感和耳鸣席卷而来，自己的意识也快要滑落深海，被那些黑暗所吞噬。最后的时刻，他只来得及握住了苏回的手。

诊所里满是浓郁的香气，伴随着舒缓的音乐声，整个世界逐渐远去。

门终于被打开了……

声音从四面八方涌来，嘈杂不已。最吵人的是一种嘀嘀声，那个声音急促极了。灯光照射，透过了他的眼皮，周围的人仿佛上了发条，都在不停地晃动着。

"子弹击中了右胸，还有下腹。"

"马上准备手术！"

"患者失血过多，血压在急速降低……"

"血浆准备好，注射肾上腺素！"

"心跳呼吸暂停……"

"准备进行心肺复苏和体外除颤……"

嘀、嘀、嘀……

地狱近在眼前，恐惧涌入心房，随后他的手被人紧紧握住了……那只手是温暖的，像要把他拉住，从虚空之中拉入尘世。所有的嘈杂逐渐远去，一切终于安静了下来……

苏回已经很久没有睡得这么香甜了。他感觉自己蜷缩在一个温暖的怀抱里，身体像飘浮在宇宙之中，周围是无数闪动着的星星，远处是星海组成的银河。他并不觉得太难受，四周是温暖的，不再是冰封一般的冷漠。

然后他听到有人在叫他的名字。

"苏回。"

苏回睁开双眼，看到陆俊迟坐在病床边。

熟悉的人，熟悉的声音，熟悉的世界。

陆俊迟眼圈红了，按了护士铃，然后颤抖着声音告诉他们苏回醒来的消息。马上就有医生和护士过来，查看苏回的情况。

"醒过来就好……醒过来就好……"等那些人离开，陆俊迟的声音仍是慌张不已的，仿佛心有余悸。

"伤口还疼吗？"

苏回眨了下眼睛，咬着唇轻轻地摇摇头。现在虽然伤口还在隐隐作痛，但是已经

没有刚刚中枪的时候疼了，在他可以忍耐的范围内，就是有时候会随着呼吸产生一阵抽痛，让他的注意力无法集中。那些疼痛像是波浪，虽然知道将会逐渐走向平静，但是眼下却必须咬牙坚持下来。

陆俊迟道："如果太疼，我让医生给你加止疼泵。"

苏回又摇了摇头。他怕过度使用那些药物会影响大脑。

苏回的脸色极其苍白，疼起来的时候，眉头微蹙，呼吸也会跟着急促一阵，看起来安静而隐忍。陆俊迟心疼极了，把胳膊塞过去："别咬嘴唇了，疼就咬这个……"

苏回没跟他客气，张开嘴巴就咬。但他咬得很轻，像是一只猫叼着自己心爱的玩具。

不知不觉，他又睡着了，再醒过来时，不知道又过了多久。陆俊迟还守在他的旁边，趴在桌子上，他一动，陆俊迟也醒了。

上一次醒过来，苏回觉得自己的意识还是不太清楚的，现在却明显好了很多。他张了张嘴，感觉自己终于有力气说话了，一瞬间，想说的话、想问的事全涌上心头。他想告诉陆俊迟，别为他担心，这就是人生，生死意外，都是正常的事。他还想问陆俊迟的伤口疼不疼？其他人有没有事？案子的结果如何？可他嘴巴却似乎不受大脑的控制，张口便是："我想喝鸡汤。"

说出来以后，苏回也愣住了，不太明白自己为什么说了这句话。他怀疑自己是不是被毒气毒坏了脑子，似乎这天底下的所有事，再没有比这件事更重要的了。然后他的大脑就被鸡汤占据……再也不想去想其他的事。

陆俊迟满口答应："我想办法煮给你喝。"

阳光洒在病床上，陆俊安静地看着苏回。因为中毒和受伤的原因，苏回的脸色、唇色都是苍白的，双眼微合，连说话的声音都比平时沙哑了几分。这毕竟是血肉之躯，他不知道苏回还能够承受多少，那些流出去的鲜血还能不能用鸡汤补回来。

苏回闭上眼睛叮嘱："要土鸡的。"

陆俊迟说："好，买两只炖给你。要味道特别香，能熬出厚厚一层油的那种，再把油全部撇出来，只剩下鸡的香味和浓浓的清汤。汤里放冬笋、蘑菇、木耳，还有鸽子蛋。虽然你现在还只能吃流食，但是可以尝到它们的味道……"他说的每一样都是苏回喜欢吃的食物。苏回喜欢喝陆俊迟熬的鸡汤，但是不喜欢吃煮过的鸡肉，总觉得那些肉已经失去了灵魂。

陆俊迟对苏回说哦："苏回，你这次特别棒，特别坚强……"

苏回睁开眼睛，轻轻点了一下头。他的头还是有点晕晕的，喃喃地说："陆队，你这表扬的语气，特别像谭局……"

进来换药的小护士听到了，在那里笑着说："能开玩笑了，看来是真的好多了。"

苏回的身体还是非常虚弱，过了一会儿又沉沉睡去。等他再醒来，面前的保温桶里就放了半罐子热乎乎的鸡汤，看起来像在发光。整个病房里，都是鸡汤的香气。

陆俊迟帮苏回擦了擦脸，又帮苏回用漱口水漱了口，连勺子都不肯让苏回拿，一一口一口喂给苏回喝。

"好喝吗？"

"嗯。"苏回想了想说，"特别好喝。"

陆俊迟又舀了一勺，小心递过去："苏老师，你还记得吗？你那时候答应我的，要一起要去做那些事的。"

苏回"嗯"了一声，表情严肃而认真："我记得。我们一件一件来，等我出了院，就去给海明威做绝育。"

陆俊迟："……"

鸡汤太鲜美了，味道香浓。不知道是不是因为饿了太久，苏回觉得这辈子好像没有喝过这么好喝的鸡汤，喝完整个身体都是暖的，心也暖了起来。

苏回后来才知道，那时候他刚醒，医生说不方便太多人探视，同事们也就都没能来。鸡汤也是陆俊迟征求了医生的意见，才让他可以稍微喝一点。

那天是难得的休息日，重案组所有的人都在为他忙着。那两只鸡是姚飞开着电瓶车去乡下收的土鸡，乔泽去买了其他食材，曲明操作，夏明晰在一旁进行直播，等汤熬好了，郑柏再开车一路送过来，整个过程都在陆俊迟的遥控指挥下。虽然大家有点忙得鸡飞狗跳，但是结局非常圆满。他们还表示陆队的独家秘方非常棒，就算以后失业了，还可以合伙开个鸡汤店。

听到这，苏回微笑起来。原来自己一直被这个世界，被这些人爱着……

苏回也是后来才听说自己进入手术室整整18个小时，输了两次血，下了三次病危通知书。因为身体过于虚弱，在抢救的过程中他曾经出现过一次呼吸暂停。在他昏迷的两天时间里，陆俊迟从做完手术醒来后就一直没有休息过，一直在陪着他，等着他醒过来。

他在鬼门关外绕了一圈，但因祸得福的是，在取出胸部那枚子弹时，医生发现了一处当年爆炸遗留下来的残片，正是因为那个残片，他才会反复感染和吐血。这次手术之后，苏回的身体反而好了很多，康复得也很迅速。

一周后，他已经可以下地了，医生说了为了伤口复原，需要做适度的运动，陆俊迟就开始扶着他在医院的走廊里慢慢走。

随着时间的推移，苏回能够感觉到伤势在逐渐好转，疼痛逐渐减轻，内脏和血肉愈合，有一种酥痒的感觉，像是重获新生。如果说，两年以前的爆炸案几乎把苏回置于死地，推入深渊，而这一次，则更像是凤凰浴火，涅槃归来。

苏回，小时候父母给他取这个名字，是取回复、回还的意思。也许，真的是拜这个名字所赐，他才能够屡次化险为夷……

第69章
最后的真相

氯仿毒气事件引起了华都总局乃至高层的重视。

有些讽刺的是，这次氯仿毒气事件中，唯二的死者便是张君之和他的助手。张君之在进行计划的时候绝对没有想到，他们是在亲手为自己挖掘坟墓。

在这次事件调查中，警方在杨雨晴的电脑里找到了一封她写的绝笔信，但她却对这件事毫无印象，应该是张君之伪造的。通过审问杨雨晴、搜索楼上的神秘基地，警方发现了一些张君之留下来的资料和痕迹，并且发现了诸多线索。

休养了半个月以后，苏回一出院就回到了重案组。这段时间，陆俊迟恢复的情况比较好，邢云海的伤势也基本痊愈，只有腿部的骨折还没有愈合，但是已经可以用轮椅行动。姚飞以案子还没有破为理由，还是赖在总局这里。听说苏回出院，陶李芝也从复核组那边过来，来到了重案组的办公室。

四个人终于齐了，只不过这次和多年前不同。当初他们隔着网络，现在却面对面地坐在一起，还多了一个陆俊迟。

他们在一起后的第一件事，就是复盘他们目前所掌握的全部信息。

陶李芝把一面白板擦干净，随后开始笔记。

经历了一次重伤，苏回的手腕又瘦了一分，他的目光却变得更坚韧，更沉静。他端坐在椅子上，支着手杖，整理着思路："我们现在通过诸多供词和线索，已经可以整理出一些信息。张君之是其中一个非常重要的人物，早在20年前，他就认识那时候只是刑侦队长的王副局，他们两个一起筹备，开办了372研究院。"

陶李芝把这两个人的名字和照片贴在了白板的最中央。

苏回继续说道："他们通过372研究院进行过一次面对全市青少年儿童的心理筛查，把有异常的人进行标记，并且让他们固定复查。同时，他们会接待一些心理异常的人群，让那些人把研究所当作免费的心理诊所，再通过口耳相传，增加来访人员。

"372研究院使用的是老旧的改造厂房，雇佣的是年轻的学生，其中就有安郁辞的姐姐，安婉和。这里还有一些临时招募的人员，没有保险，不签订合同——

比如看门的庞叔和一些保洁人员。所有的服务人员没有工作超过一年的，几个月就会辞退一批人。

"他们也会临时招用一些学生参加心理试验。在这段时间里，有很多人曾经到过这家372研究院，比如解秋、宋蓝恩、傅云初、覃永辰、陈雪贤等。可是在这期间，他们所做的事情并不是治疗，而是观察与激发。他们观察那些人的心理状态，定期进行回访，并且激发引导他们的心理变化，目的就是日后对这些人加以利用……"

会议室里，阳光照射下来，苏回清秀的脸苍白而冷静。他的声音略微低沉沙哑，其他人耐心地听着，会议室里只有他的声音，还有白板笔与白板摩擦发出的声音。

苏回的手指摩挲着手杖。

"十年以前，他们放了一把火，毁去了372研究院的资料，并且努力消除了研究院存在的痕迹。我想应该是王副局动用权限对后来的信息进行了隐匿，消除了这里有关的一切信息。随后研究院的知情人，安婉和自杀，弟弟安郁辞被张君之利用。张君之修建了一处诊所，并租赁给杨雨晴，借此在楼上对诊所里面的情况进行监听和监控，了解警员的状况，让他们对总局的情况更加了如指掌。随后，他们开始联系那些隐形罪犯，并且用他们在372研究院的记录作为威胁，加上金钱的诱惑，诱导这些人进行犯罪。

"在四年前，于老师发现了这些人的行为，调查到了372研究院的存在，随后被那些人杀人灭口。行为分析组成立之后，对方又故意布置了细沙案，导致行为分析组解散。

"两年后的现在，细沙案重启，王副局畏罪自杀；为了阻止警方调查，张君之利用杨雨晴，实施了氯仿毒气案。"

苏回是以时间为节点进行整理的，他一边说着，陶李芝一边记录着。一桩桩罪恶被记录下来，很快，一大块白板都被记满，左边是相关的事件，右边是相关的人物以及对应的案件。

等陶李芝写完，陆俊迟问："对于这个案子，大家还有什么想法？"

邢云海思考了片刻问："你们觉得，张君之的犯罪动机是什么？"张君之是个心理学的教授，他就算是把那些凶犯当作研究对象，也很难解释为什么他最后会丧心病狂到这种地步。

苏回道："在我的分析之中，第一，他惧怕372研究院的事情被公开。当年他们在372研究院中，一定做过什么必须保密的事，一旦这些事被发现或者是公开，会让他们这些人身败名裂，所以所有试图揭开这段历史的人，都会成为他们针对的目标。至于第二，我认为他和王副局在通过研究院进行各种非法操作，敛财牟利。"

姚飞点头："我查看了王副局的升职记录，他是通过破案一路升上来的，可是现在往回查，会发现其中一些案件的嫌疑人符合心理研究院的相关人员特征……"

陶李芝听到这里明白了过来，皱眉道："也就是说，张君之的手里有心理不健康群体的资料，可以引导那些人去犯案，然后王副局自然能够在第一时间把犯人抓住。这样王副局升职，再以此牟利敛财……"那些凶犯像是他们饲养在笼子里的野兽，到了一定时候就放出来一只，于是杀死野兽的人就成为人人敬仰的英雄。

姚飞的表情严肃："我认为，张君之和王副局可能是重要人物，但是我不觉得这两个人就是幕后之人。别的不说，就他们这两个人，还不足以掩盖372研究院的存在，以及造成于老师的死亡。"

苏回轻轻点头，这和他的推断几乎一致，他开口道："还有十分重要的一点，当初宋蓝恩制作的最后一枚炸弹还没有被找到。"虽然他并不知道为何没有发生爆炸，但是显然，事情还没有结束。

几个人讨论到这里，重案组会议室的门被人推开，谭局出现在了门外。他往里看了看道："今天人很齐嘛，你们几个都在啊。"

陆俊迟忙起身给谭局推过来一张椅子，又转头出去让乔泽给谭局倒一杯茶。

谭局摇了摇手："茶就不必了。我啊，刚从省里开会回来。"

陆俊迟心里微微一动，开口问："领导有什么指示吗？"

谭局苦笑了一下："会议上有人问我，'372'一案什么时候能够结案，需不需要厅里的帮助。"

听了这话，所有人都沉默下来。

现在他们已经掌握了大量的证据，也已经理清了案件的真相，但是距离结案，好像还差一步之遥。这一步迈出去就是胜利，却开始有人催着结案了，还有人想把这个案子从他们手里接过去。

陶李芝低着头不说话，姚飞有些紧张，手里转着的笔掉在地上，邢云海的眉头也紧皱着。

谭局继续道："这些天，反对的话我也听了不少。有人说，这个案子太大了，拔出萝卜带出泥，后续的烂摊子不知道怎么收拾。有人说，有些事情不去动，才能够活得更久。还有的人说，这个案子已经水落石出了，继续查下去也无济于事。上面的人也是，有人想要下来摘桃子，还有人想息事宁人，让你们不再查下去。"

他们不能，也不敢假定，这案子是否还会和更高层有关系，又会有多少牵连……

苏回叫了一声："谭局……"他的声音有些沙哑。

领导的施压、同僚的反对，谭局身上的担子有多重可想而知。所有人的目光聚集在了谭局的身上。

他们现在该怎么做？是继续查案，还是停下来？

谭局叹了口气道："我不是没有犯过错误，两年前的细沙案，是我下令暂时结案的，结果差点酿成大祸……我是个有点固执的老头，认死理，就算见了这么多的事情，还是坚信正义会驱散邪恶。"

"我能听到这样的话，恰恰说明，有些人已经开始害怕了。"说到这里，谭局抬起头来，看着自己的几名下属，目光坚定，"所以这一次，我和领导说，这个案子，有太多人死去，我必须给那些亡魂一个交代。这个案子还有疑点，不过我相信，在我们的工作范围内能够解决。我老头子在这个位置上呆一天，就会把这个案子查下去一天！"

"我也只能做到这么多了。"谭局起身，拍了拍陆俊迟的肩膀，"我等着，水落石出的一天。"

从那天起，整个重案组除了要处理日常案件，还要和几位侧写师一起，极力寻找着"372"案件最后的答案。他们不断地搜集着各种信息，进行讨论，反复推演。

张君之和王副局已经暴露了身份，除了他们，还有谁会是幕后主谋？他们曾经和谁联系过？

10年前的大火毁去了大部分的资料。随后，人证、物证，以及其他的相关信息都在逐一消失。时间是横在他们面前最大的障碍，他们不能把所有精力都扑在这一个案子上。当证据无存，人们逐渐淡忘，他们还能够从哪里找到幕后的真凶？

那是一段难熬的日子，所有人都在竭尽全力，为查出幕后真凶这一个共同的目标而不放过任何的蛛丝马迹。虽然每一天都只有一些零碎的信息，但是那些信息像是水滴，逐渐滴落着在一起，总有一天，会击穿石板。

进了年底，天气越发冷了起来。

华都的家中，苏回把最后一小块拼图嵌入，整个拼图又连成了一整片。这已经不是他第一次完成这个拼图了，在这半个月里，他一直在反复地拼着这个拼图。陆俊迟终于理解当初苏回和他说的，这个拼图没有边界、没有固定的拼法是什么意思了。这幅拼图可以无尽地延伸下去，如果愿意，可以永远都不结束。

不过现在，苏回觉得自己已经拼出了一幅美丽的图画。这幅画经过他的反复推敲，已几近完美。

苏回把拼图的背面黏合在一起，摆在了相框里。陆俊迟把拼图帮他挂在了卧室的墙面上，然后问道："你还准备拼新的拼图吗？"这段时间，他没有看到苏回收到过新的快递。

苏回凝望着墙上的拼图。那是一片浩瀚的宇宙，深紫色的天幕上，星辰点点，透出光辉。

他轻声道："不必了，我感兴趣的拼图都已经拼完了，就像已经拾起了所有的过去。以后再有好的拼图上市的话，也许还会试试吧。但是现在……足够了。"

暗夜无声，整个城市里都安静了下来，仿佛只有他们两个人存在。

一切，就快要结束了。

12月底，天气逐渐变得寒冷起来，天色也黑得越来越早。

每年的年底都是所有人最忙的时候，总局里也不例外，开不完的会议，写不完的报告，做不完的PPT。

每年的这个时候，附近的四省一市都会一起进行年末的盘点，举办英模表彰大会。

今年附近省市的公安交流会议举办地址选在了华都，总局这里很早就开始甄选场地，布置现场，向与会人员发出邀请。会议上颁发的各个奖项不光有针对一线警员的，还有一些是给法医、物鉴等技术人员的。公安大会也算是一件大事，很多人都定好了日程，准备来华都。

按照往年的惯例，一些重要的奖项是要到当天才揭晓的，可是这次不太一样，提前三天就有一份获奖名单在公安内网上被公布了出来，其中，就有苏回的名字，而且在最后一天下午压轴出场。

华都总局内部对于这个奖项没有异议，反而其他省市公安系统的人都很有兴趣，纷纷来打听苏回是谁。他们很快就了解到，苏回是翁玉华的学生，这次会议，翁玉华和随良逸两位犯罪心理侧写的专家也早就定好了要来参加。但他们只拿了小奖，反倒像是在给苏回陪衬。

会议还没举行，就有不少人来到了重案组给苏回庆祝。陆俊迟帮着苏回解释："都是谭局帮着申报的，上面的领导看了资料把奖项定了下来，苏老师对这些并不看重。"

可这还不算完，在会议开始前一天，华都法制报刊登了有关苏回的一期专访。专访内容非常多，用了好几个版面，似乎是对苏回获奖的一种回应。

天才侧写师、杰出青年警员、最优秀的犯罪心理画像师，能够直击犯罪者心灵、侦破过一系列大案要案、解决危机、多次直面犯罪分子、几次生死置之度外等等描述不胜枚举。整篇报道不仅揭示了苏回的身份，还刊登了苏回破获的一些案件以及诸多事迹，让人们对这位外表俊秀孱弱、内心却坚如磐石的行为分析专家更为了解。一时间荣耀加身，苏回可谓是风光无限。

转眼交流大会就正式开启了，整个会议的餐饮、住宿、举办全都被安排在了华都会议中心。最后颁奖典礼那天，满满的日程，上午彩排的时候，苏回就先到了，陆俊迟一直寸步不离地跟在他的身后五步左右。

会场之中，陆俊迟听到那些人的窃窃私语。

"那个就是苏回啊，看起来文质彬彬的，这么年轻。"

"这位苏顾问，算得上是谭局亲儿子了吧？"

"那是人家有真才实学，报道上的那些大案，哪一个拿出来不够格啊？"

"是啊，别的不说，这次毒气案就是记的个人一等功。"

苏回今天穿了一身警服。他最近的身体好了一些，被陆俊迟带着开始运动，虽然还很瘦弱，气色却好了很多。

苏回走到台前来，正好看到翁玉华坐在轮椅上，随良逸站在他的身后缓缓推着，在和工作人员对着等下的颁奖词。他过去叫了声"老师"，又和一旁的随良逸打了声招呼。

当年在学校的时候，翁玉华曾经对苏回很好。

几年前，国内并没有开设专门的犯罪心理学系，犯罪心理这门课程只是犯罪学学院的一门副课，当时就是翁玉华负责讲授犯罪心理学这门课程。他对国内外的相关历史非常了解，在学术方面也有很多独到见解。大学在读期间，翁玉华一直对苏回照顾有加，也对苏回有栽培之意。他带着苏回发表了在核心期刊的第一篇论文，把他引入了相关的学术圈子，后来，苏回自然而然地选择了考取翁玉华的研究生。他提前两年完成研究生学业，临近毕业时，翁老师还问过苏回是否愿意留校任教。

那时候，苏回一心向往一线，想要学以致用。翁老师没有对他多加阻拦，还很支持他进入公安局。快要毕业时，几个城市的公安局都向苏回伸出了橄榄枝，其中一些的薪资待遇开得比华都还要高，但苏回和于烟见了两次面以后，最终还是选择在华都任职。

师生一别就是多年，如今再次见面，已是沧海桑田，物是人非。

这几年，苏回也听到过一些有关翁老师的消息。翁老师的妻子于三年前去世，半年以前的一次中风之后，翁玉华的腿脚就不太利索，从此出席重要的活动时，他都是靠着轮椅代步。翁玉华的师弟随良逸对他照顾有加，一直陪在左右。两人不止是师兄弟，更是生活中的好友，他们彼此一路帮扶，一直走到了现在。

"苏老师也是来进行彩排的？"看到苏回，随良逸笑了，低头对翁玉华说，"你看，我们两个努力了一辈子，到最后还是你这个徒弟争气。犯罪心理和刑侦实践相结合，屡破大案要案，就连我们当年想都不敢想的奖项，他都能够拿到手里。"

随良逸的语气有点酸。看来这次评奖结果，他颇有微词。

翁玉华看着上去脸色不是太好，显得有些疲惫。他开口道："苏回一直是我的得意门生，长江后浪推前浪啊。"然后他转头看向苏回，似乎是替随良逸解释，"苏回，你做过那些事，破过那么多的案子，吃过很多苦，也该得到这样的回报。你师叔是替你高兴。"

"谢谢随教授，谢谢翁老师。"说完苏回取出一个小盒子，"翁老师，今年您的六十大寿我没能来得及去拜寿，所以买了个小礼物送给您。等下午颁奖礼后，我想请您一起吃个饭。"

随良逸主动帮着接过了小盒子，放在翁玉华的手里。翁玉华打开，发现是一个小巧而精致的金制领带夹，材质很好。他的心头一动，伸出手把领带夹取出来，夹在了领带上。

翁玉华抬头对苏回道："礼物我收下了，你有心了。不过我们今天还要赶回去，就不和你吃饭了，下次有机会吧。"

看来，他们等下参加完自己的环节就准备离场了。苏回没有强求，和他们又聊了几句，转身离开。

随良逸推着翁玉华，从会场里走过。

由于还没有正式开场，很多人还在闲聊着。台上的主持人演练着颁奖词："他凭借着精湛的犯罪侧写技术，通过缜密的推理和取证，屡次破获大案，将犯罪分子绳之以法，特别是在今年的……"

听到这里，随良逸的嘴角浮现出一丝冷笑："你的好徒弟啊……"

翁玉华低着头小声道："他也是在尽职尽责。"

不远处，谭局也在和到场的领导在寒暄着。有人问他："谭局，那个案子你还在查吗？"

谭局长叹了一口气："这个案子确实棘手，还好有苏老师在，相信不久我们就能查清真相，水落石出。"

"苏顾问还真是优秀。不过这案子也的确拖了有一段时间了，你们不准备申请省厅的专家辅助吗？"

谭局看了看不远处，摆手道："省厅的专家虽然能力很强，但是毕竟不了解我们华都的情况，我们还是自己来吧。事情过了那么久了，侦破工作还是有些难度的，现在幕后的真凶尚未找到，不过这也只是时间问题……"

随良逸推着翁玉华，从旁边不动声色地走过去，坐在了右侧的前排，开始和与会的其他领导打着招呼。

很快，整个流程过了一遍，到了整点，领导入座，会议正式开始。

今天到场的人很多，领导进行讲话后，是各个总局领导的总结，最后才是颁奖环节。

会议过了两个小时，暂时告一段落，中场有半个小时的休息时间。随良逸拿完了奖，推着翁玉华和前排各位领导打过招呼，便退场了。后排处，陆俊迟和苏回对视了一眼，也离开了现场。

随良逸推着翁玉华出来，扶着他上了车，带着他向着华都的郊外驶去。

翁玉华低头看着领带上苏回送给他的领带夹。

当年他的夫人总是提醒他要戴着这个小东西。按照她的说法，领带夹才是领带的灵魂，只有戴了领带夹，整个装扮才显得正式、好看。有一次他忘记了，夫人还专门打车送到了会场去，给他亲手戴上。那时候苏回也在。一晃眼，这么多年过去了，他的爱人已经去世了 3 年，他也依然总是忘记这些细节，没想到苏回倒还记得。

车忽然停住。随良逸下车打开了车门，把翁玉华从车中拉了出来，扶着他来到了一条河边的长凳上。

翁玉华皱眉，抬头看了看四周。

随良逸道："师兄，你还认得这是哪里吧？"

翁玉华辨认了一会儿。这是一处僻静的河边，看起来有点眼熟，虽然周围变化很大，但最后他还是认了出来——这里是372研究院的旧址。

翁玉华扶了一下眼镜："认得。我们，就是在这里做的决定。"

对他来说，那是一段不太好的回忆。

20年前的那次公安总结会，也是在华都举行的。翁玉华还记得，在那次总结会议上，他以公安局顾问的身份，面对所有的领导进行了一次工作总结和宣讲。那时候他说得慷慨激昂，下面的听众却听得鸦雀无声。等他说完，领导只给了他轻飘飘的一句话："玉华，你们的工作进展得很好，我也支持你们去搞这些新兴的理论研究。可是你说的这些，没有数据和事例的支持，也没有可以拿出来的结果。我希望，你们能够把一切落在实处。"

底下的人们议论纷纷。

"这套方法都是国外的，国内会水土不服吧？"

"国内治安很好，什么连环杀手，本来就很少见。这老师提出的预防方案要花费大量的人力和物力，没什么必要。"

"这些理论研究就是纸上谈兵，根本就无法应用到现实之中。他还是在学校里讲讲课得了。"

"是啊，所以他这个顾问只是挂名的，下面的警察根本就不愿意配合。再说，我们局里的那些老刑警，破案子比这些厉害得多。"

翁玉华听着，脸色越来越苍白。他心跳飞快，想要大声反驳这些人的话，却只能尴尬地站在台前，什么话也说不出来。那一句句话，像是飞过来的冰刃，灭去了他心中所有的光亮。

他是最早研究犯罪心理的人员之一，从零开始，就像是面对一片荒野，背负重任，艰难地迈出每一步。他那么拼命地学习相关的理论，翻译相关的文献，在各种会议上科普那些最基础的知识，就是幻想一切会开花结果，侧写技术会应用于每个案件之中，起到巨大的作用。

可是所有人看向他的目光中，都是不解，都是排斥——他们就像是在听天方夜谭。

这是浪费时间吗？是没有意义的吗？我们真的不需要进行相关的研究吗？他教出过那么多有天分的学生，可是他们只能转业，或者去国外深造。他想给那些警员们出谋划策，可是并没有人愿意好好听他的分析。

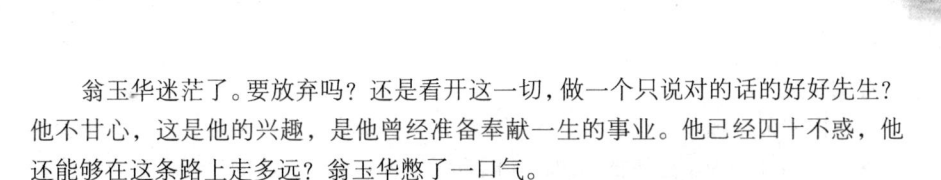

翁玉华迷茫了。要放弃吗？还是看开这一切，做一个只说对的话的好好先生？他不甘心，这是他的兴趣，是他曾经准备奉献一生的事业。他已经四十不惑，他还能够在这条路上走多远？翁玉华憋了一口气。

那时，他踉跄着走下台来，是随良逸扶住了他。

"这些人是不会理解我们的努力的。"随良逸对他说，"师兄，我们的价值，可以证明给他们看。"

翁玉华看向这个和他选择了同一条路的师弟，感觉到了强烈的共鸣。随后他豁然开朗。

没有数据，那他们就来统计出数据。没有实例，他们就去破获一个一个案子，研究一个一个犯人。他们将面对人群进行技术总结，把那些虚浮的理论落在实处。城市里有这么多的人，其中必有潜在的凶手。如果他们能够提前把这些人找出来，那就是证明犯罪心理有实用性的最好方式。

最初的想法是翁玉华提出来的，具体操作的人却是随良逸。他很快拉来了华都总局的王少谷帮他们进行布局，又找来了同样研究心理学的张君之在台前实际操作。他们选定这里，改建了一处无人的破旧厂房，以路牌号372挂牌研究院，很快开展起了研究。

翁玉华最初的想法是，搞出成绩再让外人知道，所以各种流程都是能简就简……最初的时候，372研究院只是作为储备犯罪学数据、同时进行心理监控的机构，随后他们开始打着心理研究的幌子，吸收社会资金用于研究。

在那个年代，借助王少谷的关系，他们得到了学校的配合，进行了面向学生的心理筛查，对潜在的高危人群进行了登记。翁玉华承认，他们有些急功近利，操作也并不规范，但是他并没有想到，后来所发生的一切……

翁玉华捏紧了手杖。科学和理论没有对错，可是当操作者心中有恶，灾难就会降临。在此后的20年，他才逐渐知道他当年的决定养出了一只庞然怪兽，他们的平步青云踩在了一条又一条人命之上，沾满了无数无辜者的鲜血。

建立了372研究院，就宛如打开了潘多拉的魔盒。翁玉华没有亲自了解那些人是怎样让研究院运转的，他只要得到数据，看一看加工过的资料就好了。后来，他发现事情有些不对，但随良逸对他说，为了结论和数据，他们进行了一些擦边的心理研究，不建议把一切公开。于是他相信了随良逸的谎言，以为事情并没有多么严重。直到有一次，他亲自来到了华都，亲眼见到了师弟搭建起来的研究院，看到了研究院的试验记录，了解到了里面的那些人……

翁玉华知道其中的利弊，大惊失色。那时候国内环境刚刚好起来，犯罪心理越来越受到重视，他也已经成名，在国内外发表过多篇论文，获得了很多领导的支持。作为这个领域的专家，他开始害怕，开始思考应该如何处理372研究院。他知道，如果372研究院的事情曝光，他不光会跌下神坛，饱受争议，还会受到法律的制裁。

这时候又是随良逸出主意，说可以借助大火毁去相关的证据，还声称王少谷会抹去一切痕迹的。鬼使神差的，他同意了，还动用了自己的一些关系封锁了相关的消息。

他本以为此后相安无事，但几年过去，他不经意间发现，随良逸总是能够在他参与的案件里第一时间查明真相，获知犯人的信息。他那时才反应过来，随良逸和当年研究院里面的那些人还有联系……而研究院之中发生的一切，也没有随良逸所说的那么简单。他早已成为一个助纣为虐的帮凶。

翁玉华痛苦过，惶恐过，挣扎过，帮着掩藏过真相，也试图通过各种合法的、不合法的手段湮灭过去的一切。他不想承认这是自己识人不清造成的灾难。

最后，他终于想要去揭发这一切时，他女儿和自己的生命却已被掌握在随良逸手中，他不得已变成了随良逸的傀儡。

他早已深陷在于黑暗之中，再也无法回头。

翁玉华坐在那里发着呆，随良逸则拿出了手机，调到了会议的现场。

时间正好到了要给苏回颁奖的环节。随良逸盯着画面，看着苏回来到台前，从领导手中接过那座奖杯，颁奖人正说着之前他听到的那一套说辞……他的嘴角微微抽动着，笑容不受控制地慢慢变大。

就在这时，"轰"的一声巨响忽然从屏幕中传来，摄像头直接被震碎。现场乱作一团，虽然画面已经不可见了，但是可以听到惨叫声，还有呼救声。

"苏老师！"

"救命啊！"

"快打急救电话！"

随良逸脸上的笑容逐渐变大，欣赏着一切。那个让他寝食不安的人，终于死了。

听到视频中传来的一声巨响，翁玉华愣了一下。他从回忆之中挣脱出来，抬起头看向笑得歇斯底里的随良逸，怒吼道："你还是动手了！"

公安会议会有专门的人和公司负责安保，但是对于熟悉场地的随良逸，恐怕早就安排人混了进去，进行了掩人耳目的布置。

随良逸冷哼了一声："师兄，你了解我的。"

翁玉华了解随良逸，了解他的凶恶歹毒。他之所以一定要竭尽全力杀掉苏回，不光因为苏回可能会查到真相，还因为他内心强烈的妒意。嫉妒，人类的七种原罪之一。对于随良逸而言，强烈的妒意就像是啃食着血肉的野兽，咬得他鲜血淋漓，使他疯狂。

本来在张君之死后，随良逸打算沉寂、隐藏一段时间，可是最近发生的这些事，那些对苏回的颂扬与嘉奖，却让他再也无法忍耐下去。

翁玉华有些痛心地低下头："你觉得我比你强，就接近了我，毁掉了我。你

觉得于烟受重视，就找人杀了他。学生和新人有潜力，你就几次三番地阻挠，不让他们有任何冒头的机会。苏回两年前没有死，你竟然又故技重施……"

随良逸的表情狰狞起来："师兄，我是在保护你，你也非常清楚，留着你这个得意门生在，他迟早会调查出来真相，警方会发现，372研究院是你创办的！为了大局，所有试图揭开这件事的人，都必须死！只有他死了，我们才是安全的……"

翁玉华苦笑了一声："你觉得警方会相信，是我这个半残废的老头子在幕后指挥一切吗？我只是为了学术研究，一切分明都是你做的。如果不是因为你，372研究院的事怎么会发展成现在这样……"

是他错看了他这个师弟。他侧写过那么多的凶手，写过那么多的报告，却没有发现身边的这个人，其实是最可怕、最危险的。

在相处多年以后，翁玉华才发现，他的这位师弟没有人类的共情，却擅长精妙的伪装。他的学习能力很强，会装出人类的一切情感，在平时的交流中看不出任何的异常，可是他的内心却不为任何事情所动。他随时可以擦去眼泪，露出冰冷的表情，是比那些拿着刀和枪的凶手，更加可怕的恶魔！

随良逸道："你放心吧，我会有办法的。"

翁玉华的手是冰冷的："现在王少谷和张君之都已经死了！你打算后面怎么办？"背锅的人已经不在了，警方很快就会查到他们的头上，这些事很快都会暴露。

"可是师兄你还在啊……"随良逸笑着开口道。

翁玉华颤抖着声音道："你……你就不怕我把你做的事情说给警方？"

随良逸道："师兄啊，你要是想要揭发这件事，早就说出去了，不会让事情发展到今天。你不是也通过那些试验结果弄清了很多理论？你不是也享受了那些赃款和红利，提升了你在警界的地位？372研究院是你当年一力创办的，现在出了问题，要死的话，你觉得我们谁会先死？"

翁玉华低下头，不作声了。如果要查的话，他会身败名裂。这个丧心病狂的疯子，还会疯狂地报复他的家人。他们是拴在一条绳子上的蚂蚱。

随良逸继续说："师兄，你不要害怕，我们有钱，有权，有人脉关系，有手中的棋子。我们已经销毁了所有的资料和档案，他们没办法证明我们和372研究院有关系的。爆炸案我也选好了替罪羊，我们会没事的，对吧？"

这些年来，他们不断通过各种方式，拖了一些人下水。为了避免连带责任，那些知情者们都对372研究院讳莫如深，极力去掩盖其中的真相。

随良逸笑着继续说："所以，师兄，保护我就是保护你自己。那些人本来就是天生会犯罪的，我也只是利用一些手段，提前抓住了他们。我们确实通过抓捕他们获得了今日的地位，但为了让我们的理论被更多人接受，为了让犯罪心理学走得更远，这些牺牲，是值得的。"

翁玉华阴沉着脸："你的计划是什么？"

这么多年的搭档，他了解随良逸。他虽然疯狂，但是总是会布置好自己的退路，全身而退。

随良逸道："现在苏回已经死了，华都总局里没有人有能力找到真相。下一步，我们可以作为专家顾问，和厅里申请介入调查这个案子，帮华都总局找到真凶。等我们把案子接手过来，所有的事情就都平下来了，我们就能够真正地安全下去。"

一旦他们成了查案的人，把权限要过去，那么是黑是白就由着他们写了。

翁玉华闭上了双眼，考虑着他的建议。

随良逸道："厅里的大领导高局长，他不是很听你的话吗？今天那些领导们都在，我们现在开车回去，你只需要扮演好你的角色———一位痛失爱徒的老师，其他的就交给我……这件事就像是当年于烟的死一样，永远不会有人发现真相。"

随良逸的话音未落，警笛飞快地由远及近，几辆警车忽然停在了他们的车旁，把他们两个人团团围住。

随良逸有些惊愕地抬起头。打开车门的是那位华都重案组的组长，陆俊迟，紧随其后的……却是应该已经死去的苏回！

"苏回？你不是……"随良逸看着向他走来的苏回，犹如见了鬼。

"他不是应该在刚刚的爆炸之中死去了吗？"陆俊迟接过话，揭开谜底，"随良逸，刚才的活动并没有进行下去，你看到的，是我们联系爆破专家事先进行的录播。"

他们此前专门布局，在彩排时排演了同样的步骤，配合着演了一出戏，就是为了让随良逸产生爆炸成功的错觉，诱导他说出事实真相。

事实上，警方早就已经得到随良逸会以苏回为目标的消息，加强了防范。在随良逸和翁玉华退场之后，他们马上就安排了人员疏散，现在那枚炸弹也已经顺利完成了排爆。

"你……陆队长，你在说什么？我听不懂。"随良逸意识到了，连忙改口。

他皱眉看向站在陆俊迟身后的苏回："苏回，你没出事真是太好了，我和翁老师刚听说了刚才会场的事，正准备回去看看你的情况。所以忽然见到你，有些惊讶。"

陆俊迟打断了他的话："随良逸，不用再演了。刚才你们的对话信息，警方都已经监听到了。"

怎么可能？不，不对……是那枚领带夹！

随良逸转头看向着翁玉华。今天翁玉华一直低着头，现在他终于明白了过来，那是一种紧张的潜意识表现。

陆俊迟道："整个过程，还要感谢翁老师的配合。"

先前警方的调查中虽然掌握了很多间接线索，但是唯独缺少最直接的证据。陆俊迟和苏回思考良久，决定联系翁玉华，并且说明一切。在经过了深思熟虑之后，翁玉华终于供述了事实，也愿意配合华都警方的工作。

"随良逸，你做了那么多，已经够了，停手吧。"翁玉华终于抬起头来道，"我愿意接受法律的制裁，为我的过错，付出代价……"他曾经一错再错，但是这一次，他做好了下半生在监狱里度过的准备。

"随良逸，请你配合警方的工作，和我们一起去总局走一趟。"陆俊迟说完做了个手势，几名警察走过来把随良逸团团围住。

随良逸心里完全接受不了这个事实。他站在那里，紧咬着牙关。

这些人都是有备而来，他的身上没有武器，打不过这么多警察。就算是拿翁玉华作人质，也拖延不了多少时间。他低下头，盘算着自己还有哪些底牌。

张君之、王少谷、翁玉华……算来算去，随良逸这才发现，自己的最后一张底牌也已经用尽了。

这是一场漫长的斗争，在不知不觉之中，他已经丢盔弃甲、众叛亲离，成了孤家寡人，走到了悬崖绝境。

这次，随良逸终于没有选择反抗，举起了双手。

20分钟的车程后，翁玉华和随良逸被带入了华都总局的预审室内。

刚才散会后，很多工作人员都已经回到了总局，各级领导对这件事非常重视。今天的审讯，陆俊迟是主审，乔泽负责记录，谭局亲自在观察室听取审问。

可是自从坐下来核实过基本信息以后，随良逸就一直低着头，不论陆俊迟问什么，他都是一言不发。由于他的身份特殊，以往的审讯技巧对他而言，没有任何作用。

时间一分一秒地过去。

观察室里，谭局皱眉看向了一旁的苏回："翁玉华那边都已经招了，他还在这里等什么？"

苏回看向里面的随良逸，沉思了片刻道："他可能在算警方掌握了哪些信息，自己会得到怎样的结果……"

审讯室中，随良逸像是感觉到了什么。他抬起头来，看向一旁，仿佛穿透了玻璃在与苏回对视，随即开口道："你们叫苏回过来，我想和他谈谈。"

谭局转身，拍了拍苏回的肩膀。

"我大概能够猜到，他想要问些什么。"苏回说着，起身走入了审讯室，坐在了陆俊迟的身旁。

今天他们两人都获得了表彰，到现在都还是一身警服，帅气干练，看上去正气凛然。

苏回开口道："随教授，之前我的同事已经简述了你的犯罪经过，你是否承认之前所犯下的罪行？"

随良逸用手指扣了两下桌面，抬头问苏回："我只想不通一件事。我一直躲在幕后遥控指挥，你们是怎么发现我的？"

他到此时也还是平心静气的，仿佛只是个来这里做客的教授，不是正在被审

问的犯人。

苏回停顿了片刻，开口道："我恢复了记忆以后，想到了一件事。当年，我读研究生快要毕业的时候去找老师交流论文的课题研究方向，当时随教授你也在场，还说你搜集了很多资料，可以供我参考。我提出论文合著，你却拒绝了。"随着记忆的恢复，苏回终于想起了那篇论文的逻辑链。

"那时候我还以为这是来自前辈的帮助，但是现在想想，你在那时候就把连环杀手培养这个概念灌输给了我。后来的那封举报信，也是你通过王副局交给金副局的吧？不过，这些都不是调查你的主要原因。"

随良逸问他："我还有哪里露出了破绽？"

苏回道："我们开始调查你，是因为在搜索于烟的相关资料时看到了一条你的采访。在采访中，记者问你对于烟老师作何评价，你当时的脸上浮现出了诡异的表情，并且做出了推动记者的动作。虽然你后期向记者道歉并且删除了相关的影像，但是在网络传播广泛的今日，这段视频还是留了下来。"这条视频是姚飞在整理于烟相关资料的时候发现的，苏回看过以后也觉得随良逸的状态很不自然，就把这条新闻记录了下来。

苏回继续说："后来我又一次看到了一则你的媒体采访，在被问到对我的看法时，你出现了和那次同样的表情。所以我大胆假设，你和于老师的死亡有关系，并且也想要把我定为目标。"那是一种忌恨，却又在极力掩饰的表情。因为随良逸平时表现出来的是平易近人、与人为善的形象，所以这样的表情和行为出现在他的身上，非常违和。

苏回的目光十分沉静："随后，我们从心理分析入手，越来越确认你是有问题的。随良逸，你和其他研究相关犯罪心理的人完全不同。他们低调，以研究为先，以破案为先，而你却非常享受别人对你的赞誉，最喜欢接受各种采访，炫耀你破获的案件。所以我们开始清查你和372研究院，以及王少谷、张君之的关系。"

"尽管你非常小心，可是我们还是挖出了蛛丝马迹……"苏回说得轻描淡写，但其实他们投入了诸多警力，调查了月余，才终于有了结果。

"警方最后发现，372研究院是当年翁老师创办的。"

但警方所掌握的，只是翁玉华、随良逸两个人和研究院有关系的证据，他们并不能证明，后来这些凶手的犯罪行为和他们有直接关系。想要把幕后之人绳之以法，他们必须掌握确凿的证据，否则容易打草惊蛇。随良逸非常小心，很多事情都是让张君之和王少谷出面。他在警界认识的人众多，熟读法律，熟知办案流程。没有足够的证据，他们根本无法揭露他的罪行。

审讯室里非常安静，只能听到苏回的声音。

"随良逸，你曾经虐杀小动物，幼年时的住所附近，发生过两起小型的火灾。但你的家庭生活一直和睦，淡化了你的这些特征。可是好景不长，在你15岁时，

你的双亲遭遇车祸身亡,你寄宿到了祖父家中。你的身上一直具备连环杀手的一些特质,我推测,你之所以会选择犯罪心理这门课程,就是为了印证自己是一个怎样的人,研读这门课程的过程,就是在印证自己的特征、解读剖析自我的过程。你因为自身的原因,对犯罪心理保持着一丝怀疑,因为你不相信有人能够通过推理掌握到犯罪者的全部信息。你自信以自己的伪装,不会有人抓得到你。"

随良逸默不作声地听着苏回的分析。听到这里,他给予了回应,轻轻点了一下头。

这个年轻人不愧是翁玉华最好的学生。苏回敏锐地发现了他选择这条路背后的心理原因,这是连翁玉华当初都没有察觉到的。

他一度是矛盾的,一边质疑着那些理论,一边印证着那些理论。他把相关的东西套用在自己的身上,反复推敲着是否会暴露自己,他也曾尝试用那些理论去分析抓住的那些凶犯。可是他发现,他并不能很好地辨别那些同类……他不想承认这是自己的天资不足。

要怎么才能够确切地抓住那些凶手呢?他忽然想起了围猎时,人们会故意放出一些已经抓住、做过标记的猎物,于是他萌生了一个大胆的想法……让这些城市,变成他的围猎场。

"你对那些潜在凶手进行威逼利诱,让他们为你所用。通过抓捕那些凶手,你获得了极大的成就感,以及极高的社会地位。你也会派出那些凶手,给其他侧写师制造难题,再自己出面,解决烂摊子。你享受那种别人看不透真相,只有你能够侦破案件的优越感。"苏回说到这里,稍稍停顿了一下,"可是后来你发现,你撒出去的鱼饵,有时候会被人找到真凶……特别是华都这里。案件的一次又一次侦破,让你对我们产生了更加强烈的妒意,以及惧意。"

随良逸的嘴角轻轻抽动了一下。他最初发现这一点是因为于烟。他在华都这里布下了一枚钉子,可是还没等他收网,就听到了凶犯被抓的消息……那时候,他愤怒、不甘,就像一个靠着作弊考出了好成绩的学生认为其他学生不可能取得高分,可是偏偏有人交出了满分的答卷。幼年时,他就把那些学习成绩比他好的人视为怪物,成年以后,这种恨意变本加厉。

"我曾经试图解读分析你对于老师、对我的杀机是从何而来的。在对你进行背景调查时,我们发现,你从小到大的学习成绩都几乎是第一名,而比你成绩好的人,不是考试前偶然摔伤,就是正好生病。所以我推断,你是在嫉恨那些比你强的人,只要别人提起了他人,没有提起你,你就会对此产生不自觉的烦躁和厌恶。"

说到这里,苏回已经分析得差不多了:"了解了你的犯罪逻辑以后,我想要逼着你再次行凶,就需要一个诱饵。"

而他自己,就是那个诱饵。他在赌,赌当随良逸知道他一直在对这个案子穷追不

舍时，会害怕他查到真相，在看到那些报道和他获得嘉奖的消息后会气得动了杀机，会想要在他最辉煌之时，把他拉下神坛，让他坠入地狱。"

所以，一个诈死的计划由此诞生。

"我们对你接下来的行动有了预判，之后便和翁玉华事先谋划好了整个过程。"从随良逸他们离开会场后，会议就暂停了，随即人员被疏散。武警排爆队针对会场进行了全面搜查，果不其然在领奖台的地板下，发现了上次宋蓝恩制作的最后一枚炸弹。他们播放了早就准备好的录像视频装成直播，而随良逸，就落入了这个圈套。现在，他们已经有足够的证据能够证明他和这一系列案件的关系了。就算是再有权势的人，也没有办法洗脱他的罪名。

听到这里，随良逸沉着脸，鼓了几下掌。手上冰冷的手铐互相触击，发出金属特有的声响。

陆俊迟又开始提问题，这一次随良逸没有抵触，开始一一回答。

"你是否承认曾经教唆傅云初犯罪？"

"是，在我的提示下，他开始利用废车进行买卖交易。"

．．．．．．．．．．．．

"覃永辰犯下的罪行和你有没有关系？"

"这个人我没有在372研究院见过，但是我曾经让张君之接触过他，并且给他提供过一枚武器。"

．．．．．．．．．．．．

"安郁辞你认识吗？"

"我听张君之说过，那是他的学生，也是他在和安郁辞联系。我觉得这个人的心理非常有趣，曾经提过建议让张君之加以利用。"

．．．．．．．．．．．．

"陈雪贤你认识吗？"

"我知道这个女孩，她曾经在372研究院，不过我和她的交流不多。"

．．．．．．．．．．．．

"当年的细沙案是不是你在背后所为？"

"最初那是一个心理试验，我在记录他们每个人的选择方式，也在看警方能否侦破案件。最后的那次爆炸是我故意安排的，当时张君之在现场，确认警员进入爆炸范围之后，进行了引爆。"

．．．．．．．．．．．．

"宋蓝恩的死亡是否和你有关系？"

"是王少谷出的手。"

"那王少谷为什么会自杀？"

"我知道警方查到了他，就用他的孙子威胁了他。他做了那么多事，知道自己是洗不干净的，不如死了，还能留点尊严。"

……………

"你是否供认你曾经指使他人杀害于烟？"

随良逸沉默了片刻，点头："是。"

一桩桩的罪行终于被招供了出来。那些事让所有听着这场审讯的人都感到不寒而栗。

坐在审讯室里的人，是一个披着人皮的恶魔。他说起这些事的时候竟然还有些扬扬得意。

审问临近结束，苏回冷声说道："随良逸，我还有一件事情想要问你。"

随良逸问："什么？"

"关于我父母的死，"苏回深吸了一口气，"是不是和你有关系？"

随良逸问："你认为动机是什么？"

苏回的目光很坚定："你的双亲也是车祸身亡，我认为你做这件事，是希望我体会到你当初的痛苦。"

随良逸没有否认这桩罪行。他的身体略微前倾，镜片上折射出的光闪动了一下，让人看不清他的眼神。

随良逸的声音低沉而沙哑："苏回，你很聪明。我曾经做梦都想要杀掉你。当听到你逃过一劫的消息时，我最初是气愤的，可是后来，我忽然萌生了一种想法……你活着也好，我会让你生不如死，会让你经历人生之中所有的痛苦。我想要看你坠入深渊，看看你是否会走上和我一样的一条路。"

在当年细沙案发生，苏回侥幸活下来以后，随良逸没有急着去追杀苏回，而是先去杀了苏回的父母。摧毁掉一个天才，也许比杀了他更有挑战性。

随良逸是寂寞的。他通过对苏回的折磨，获得心理上的满足感。他甚至动过心思，想要逼着苏回犯罪，想让他身败名裂，想要让他尝尝众叛亲离的滋味。他还曾经想过要把他拉进来成为同伙，作为自己的接班人。可是他想了各种办法，用了各种的手段，都没能如愿以偿。

陆俊迟似乎怕苏回经受不住打击，在桌子下面握住了他的手。

苏回感受到了一丝暖意。他心中没有太多的怒意，没有太过悲伤，反而有一种平静的释然之感。他终于知道了全部的事实真相，找到了答案，把杀害他亲人的凶手绳之以法，像是一盒拼图拼接了最后一片，形成了完整的图案。

在人生这条路上，苏回虽然遭遇过很多坎坷，可是也遇到了很多愿意与他一起并肩作战的人。因为有了那些人，他才能够与自己的命运，与这些罪犯搏斗，成长为一名无坚不摧的战士。无论经历多少绝境和苦难，只要他还在呼吸，还有心跳，就会与这些黑暗抗争到底。

苏回抬起头来，勇敢地看向随良逸："我永远也不会成为像你一样的人。"

找出凶手，查明真相，沉冤昭雪。这一切对他来说，是最好的复仇方式，也是最终的胜利。

华都警官学院犯罪学学院里，正在进行一场紧张而特殊的考试。这场考试不是期末考，也不是国家的统考，而是一场针对心理侧写的选拔考试。

在谭局和苏回的努力下，华都总局的行为分析组将会重建扩招，其中一些名额将会从今年的这些应届生中选出。听说通过考试的人可以在苏回老师手下任职，直接进入华都总局工作。

华都警官学院这处报名点，本科生加研究生共有八百多个学生报名，分了十几个考场。

陆昊初低头看着面前的考题，一边皱眉，一边咬着笔帽。

考试是开卷考试，监考也不太严格。原因无他，这些题目很多从教科书上都找不到答案，抄别人的话，还有可能抄错。

这张试卷比起其他考试太不常规了。试卷上有简答题、论述题、案件推理题，甚至还有连线画图题，出题完全没有规律，让学生们猜不透出题者的意图。考题里面里面还暗藏了各种玄机，每读一遍题目就会有不同的理解，更别说回答了。

陆昊初正努力回忆着苏回给他推荐过的那些书，忽然间，考场里一阵躁动，那些考生们都停止了答题，抬起头来。

陆昊初也抬头，跟着往讲台上看去，原来是苏回正好巡视到了这个考场，和监考的老师说着话。

"啊，苏老师！"

"苏老师，好久不见。"

"苏老师，你还会回华都警官学院讲课吗？"

那些考生们激动了起来。如果现在不是在考试，估计都会有人围上去。

"安静，安静。"监考老师急忙维持着秩序，"激动什么，距离考试结束还有8分钟呢，有本事的话去总局，可以天天和苏老师一起工作。"

陆昊初也急忙抓紧时间答题：哼，能和苏老师一起工作算什么，他还能喝到苏老师煮的汤呢！还能撸苏老师家猫呢！他哥哥还是苏老师室友呢！

考场外的陆俊迟打了个喷嚏。他坐在走廊里的休息区，准备做司机等下接苏回去华都总局。

看还有时间，陆俊迟拿出手机，拉了一个群，把姚飞、陶李芝，还有邢云海拉了进来。

未迟："最近于老师的忌日快到了，你们几个都问过我，说想去看看他，我就包了一辆商务车，时间订的是后天下午两点半。"

知更鸟："陆队辛苦了。"

过去那些人也经常会去看于烟，但是一般都是自己去，这次可以凑在一起，也方便一些。而且"372"案件终于破获，这对逝者而言，是最好的慰藉。

　　苏回从考场走出来，其他老师帮着他抱着卷子，跟在后面。陆俊迟急忙跟着他们下楼，打开了后备厢——这些卷子是要运到总局去的。

　　等苏回上车，陆俊迟问道："考试怎么样？"

　　苏回支在车窗边，按着太阳穴道："有一些学生看起来还不错。现在的学生和我们那时候不一样，电视剧、书籍，各种宣传让他们对犯罪心理更为熟悉，普及度很高。"虽然他们现在还在步履维艰地前行，但是已经比多年前好了很多。

　　陆俊迟又问："陆昊初有机会吗？"

　　"我还没有仔细看他的卷子，就大概扫了一眼。题目都答了，如果他仔细看过我介绍给他的书，应该可以及格吧，其他的就要看悟性了。"

　　学习犯罪心理，理论知识都差不多，但想要用到实际操作之中，更多地靠的是本身的灵性，也就是本能。这套考题是苏回拉着姚飞一起出的，几个大题的案例是用的现实案件，卷子能够答完就算不错了。

　　说到这里，苏回抬起头问陆俊迟："怎么，你想说服考官，走走后门吗？"

　　陆俊迟笑了。

　　苏回转回头道："那这份卷子我得避嫌，交给陶李芝来判。"

　　几百份试卷，如果都让苏回来判不知道要判到什么时候，他早就安排好了帮手进行初审，等剩下几十份的时候，再由他最后定夺。

　　苏回故意在题目里设置了一些能大致看出这些学生内心的选择题，随后他还会进行面试，再不会让"372"案件重演。

　　陆俊迟的车停在了总局院子靠后的13号楼，这里已经被打扫了出来，到后天就会被正式启用。这里还是太大了，就算是重建行为分析组也用不了这么大的面积。正好重案组和复核组也需要扩编人手，谭局直接把这栋楼划了过来，并把复核组挂在了行为分析部门之下。

　　陶李芝带着几个小伙子把卷子搬了进去，苏回也跟着一路走进了打扫出来的办公楼。二楼走廊的尽头，是陆俊迟和苏回的办公室，现在刚刚被打扫完，同事们把他们的东西搬了过来，两个人在这里整理着东西。

　　忙了一会儿，陆俊迟给苏回倒了一杯水，递了过去。

　　苏回抬起眼睛问他："你有事情要和我说吗？"

　　陆俊迟一愣："什么？"他有点心虚地摸了摸裤子。

　　苏回问："你在口袋里放了什么？"

　　陆俊迟眨了眨眼睛，把右手摊入口袋里，张开掌心，取出两颗柠檬糖。

　　苏回拿过来一颗拆开放在嘴巴里，还是酸酸的，是那个熟悉的味道。

　　陆俊迟说："苏回，虽然我们正式在一起工作只有几个月，但是我们相识已经三年了。作为你的同事、朋友，我会一直做好你的保镖，在你看不清听不到时，做你的眼睛，

-343-

做你的耳朵；面临危险时，我会挡在你的身前……"

陆俊迟眼神坚毅。他曾想永远守护对他来说重要的人，现在，他终于可以兑现这个诺言了。

苏回笑着看向陆俊迟，往日的一幕一幕在他的脑海里重现。

几天以后，虽然已经是深冬，但是天气十分晴朗，一辆七座的商务车停在了墓园之外。

五位身着黑衣的男女手捧花束从车上下来。

通往墓园的路有点长。

邢云海问着姚飞："你最近准备去哪里工作啊？不准备再回总局了吗？"

"那种拘束的环境，还是不太适合我。我和朋友商量好了，开一家调查公司。"姚飞说到这里，从口袋里掏出几张名片塞过去，"警官们有需要调查配合的，尽管开口。"

苏回接过名片回头望向他："如果你愿意的话，可以回来做个兼职顾问。"

姚飞说："那就得再商量了，不过，我会偶尔去看你们的。你的行为分析组如果做得不好，我可第一个不同意。"

几个人走上了墓园的台阶，来到一个墓碑前。墓碑照片上的人眉目清秀，看起来文质彬彬的。一瞬间，他们又仿佛穿越时空，看到了多年前的那个人。同样的日子，那时却是大雪纷飞。

当年，他们没能阻止那场悲剧，也没有能够陪在那个人的身边。但是这个人对他们每个人的意义都是不同的，他改变了他们的人生，没有当年的于烟，就不会有今日的他们。

几个人来到墓前，献上花束。

"侧写师诗人，行为分析组警员苏回。"

"侧写师月光，前行为分析组警员姚飞。"

"侧写师预言家，华都总局警员邢云海。"

"侧写师知更鸟，行为分析组警员陶李芝。"

"重案组组长陆俊迟。"

一束束鲜花摆在了墓碑前。

天气寒冷，墓园里却开出了白色的小花。

冬日再冷也会过去，暗夜再长也会有尽头。

时代变迁，英雄会被人铭记，精神会被人传承，前途漫漫，他们会克服艰难，一路坚定前行。

守卫这座城市，扫除世间的黑暗，绽放灿烂的光明。

番外

月明如素

又是忙碌的一天，临近中午的华都市局里人来人往。

市局院子里后面的13号楼早已经过了精心的布置。电脑、打印机、扫描仪以及各种的现代化设备摆满了桌面，此外还有各种监控、通讯和安保设施保证着工作顺利进行。

最近重案组的组长陆俊迟正在出差，只有几个小警员在，却在这时候出了一起案子——城北的河中发现了一具女尸。

由于尸体沿河漂流而下，很难确定遇害地点，苏回带着重案组和行为分析组的队员，根据死者的遇害时间、水流速度做了个模拟试验，把投尸的地点划定在了城北区的一片区域里。

侦查的难点在于，需要进一步圈定案发地点范围。

此时，站在白板前的苏回刚刚完成了分析。他把白板笔插回笔帽，说道："法医鉴定表明，涉案女性死前服用了大含有违禁品的奶茶。我认为可以从尸体的胃容物成分入手。"

城市之中有不少的暗点会买卖这种东西，如果能够查到女尸胃里的奶茶是从哪里买到的，警察就离凶手更近了一步。

"奶茶？"乔泽眉头微皱，"我和隔壁部门打个招呼，看看他们那里有没有样本？"

苏回摇了摇头："他们那边的样本不是最新的，也不是最全的，无法和售卖点一一对应，恐怕无法帮助我们破案。"随后他进一步详细解释，"这种添加了违禁品的奶茶，不同的配比会千差万别，只有找到同源的，才能够溯本求源，有参考价值。"

"那……要先把那附近的各个窝点扫一遍？"乔泽的眉头皱起，有些为难。

这一查需要查到什么时候？会不会打草惊蛇？

苏回道："之前我和陆队通过电话，已经做了一些安排。"

乔泽眼睛一亮："还有其他的方法？"

苏回轻靠在一旁的桌子上，明晰的下颌微低："那些'奶茶'店做生意，总是要卖东西的，只不过他们会筛选客户。只要找懂得暗号的人去购买，就能够买到。"

话刚说到这里，楼下就传来了一阵电瓶车的报警声，打断了他们的谈话。

那声音还挺响亮，一直传到了二楼。靠窗的小警员从窗户往外看了看，就见院子里停了一辆摩托似的电瓶车，有个穿着外卖服的人正翻身下车往上走。

"谁点的外卖？"

"不是我，现在外卖不是要到前楼大厅去取吗？"

"对啊，我记得不能进市局，真是生生治好了我吃盖浇饭的习惯。"

"所以，这位跑腿小哥是怎么进来的？"

小警员们调侃着，那人已经拎着一箱子东西熟门熟路地快速上了楼，走进了会议室。大箱子往桌子上一放，发出"嘭"的一声。

"苏老师，你点的奶茶外卖到了。"外卖员把箱子的拉链拉开，里面竟是几份不同规格的奶茶。下一秒，他把安全帽拿下来，露出一张英俊帅气的脸，一双桃花眼张扬肆意，额前的头发不服管教地翘起了几根。

乔泽认出了那穿着外卖服的人正是姚飞，连忙打了个招呼。行为分析组里也有认识姚飞的小警员，喊了一声"师叔"。

姚飞把头盔拿在手里扇风："今天我跑了半个城才把订单下齐了，每一份都是加了料的，单子上有信息。"

苏回起身道："你们把这些东西送到法医化验室，挨个进行检验。"

乔泽和小警员开始帮忙搬运。

完成了交接，苏回和姚飞往办公室走。苏回问他："店铺你做了标记？"

姚飞眯着桃花眼轻笑了一声，眉梢微挑："标得清清楚楚。回头把单子送到你们隔壁去，不过那可是另外的价格。"

苏回冲他点头："这钱他们该出。"

最近华都市局特别申请了专项资金，对给案件提供线索的相关人员进行奖励，奖金金额还不少。

从最近这起案子涉及的违禁品着眼，苏回推测，城北沿河的那一片区域里可能大有问题。为了查清这个桌子，他第一时间就想到了姚飞。姚飞胆大心细，正好适合做这项工作。

姚飞得到消息，去混了几天就摸清了里面的门道。

那些店也是与时俱进，出货的重要渠道之一就是靠网络，只不过他们会对客户区

别对待。不加备注的，他们就送普通的奶茶。那些熟客备注中加了暗号和钱的，就可以获得加了料的"奶茶"。

两种奶茶封装的方式都是一模一样，让人难以分辨。

姚飞为了搞清楚各家的不同价格和暗号，专门去那片区域当了几天的外卖员，详细观察每家的外卖单以及出货情况，晚上回家进行汇总。然后他找个地址，用暗语把各家的加料奶茶都点出来，这才有了之前交货的一幕。

两人走到了苏回的办公室中，姚飞微笑："对了苏老师，你们这边的调查费用怎么结？"

苏回的眼睫微微一动，淡然道："我们行为分析组资金有限。再说了，你这次的奖金应该能够狠赚一笔，是我提供给你的消息，你该给我返利才对。"

看苏回想要"赖账"，姚飞紧追不舍："苏老师，一笔归一笔，我这些日子多辛苦，风里来雨里去，你是知道的。"

"跑腿没有工资吗？加上市局的线报奖金，你都拿双倍了，还看得上我这一点？"

姚飞："……"

他刚要回嘴，手机响了，里面传来了领导的怒吼："中午高峰期，你竟然拒接单，小子，你不想干了？"

姚飞理直气壮："对，我不干了。"直接潇洒利索地直接炒了对方的鱿鱼。

月光挂了电话，看向苏回："苏老师，我工资没了，你还是得把调查金给我。"

眼前的人还是这么执着。苏回悠悠叹了口气，岔开了话题："先说正事吧，调查金等下再聊。"

姚飞："什么正事？"

"这次叫你过来，是有些东西想要给你。"苏回说着从桌下取出了一个箱子，"之前行为分析组打扫办公室，发现了一些之前于老师留下的东西。我想，还是给你比较好。"

于烟去世那么久，之前的物品已经早就被收拾了，这只是偶然打扫办公室收拾出来的旧物。

姚飞怎么也没想到，苏回叫他过来一趟除了工作还有这事儿，他低头看了看那个旧箱子，烫手似的，没敢接。他沉默思考了片刻，难得严肃开口问："这些东西，是不是给家属比较好？"

"于老师家里的情况你也知道，他父母去世了，姐姐、姐夫还在国外。"苏回说到这里稍微停顿了一下，"我稍微翻了一下，不是什么重要的东西，就是一些记录，里面还提到过你的名字……"

听到这句话，姚飞的眼睫轻动了一下。

苏回的目光看向那几个本子，语气愈发惋惜："如果你不要的话，那这些东西我就给陆俊迟了。"

"别,我要。"姚飞一把把箱子拿了过来,"这些就抵调查金吧。我们两清了。"

姚飞回了家,没换衣服,先顺手点了个外卖。

外卖员送过来看他穿了一身同样颜色的衣服,差点没反应过来:"这是……您点的?还是……我……"

"没见过外卖员点外卖吃吗?"姚飞接过外卖,"啪"的一声把门关上了。

吃好了饭,姚飞看着桌子上的箱子,感觉翻也不是,不翻也不是。

他做了好一会儿的心理建设,这才打开了其中的一个本子——只是个草稿本,随手记了一些东西和一些案件相关的关键词——果然并不是什么重要的东西。

姚飞松了口气,却不知怎么的,有点隐隐约约的失望。

他又翻开另外一个本子。那本看起来是个记账本,写了一些日期,还有金额和花费项目。他粗粗翻了一遍,还是没有看到自己的名字。

姚飞是学刑侦的,专业病犯了,就躺在床上细细研究起来。

他很快发现,于烟的生活比他想象得还要节俭。

4月16日,总支出24元。

5月13日,总支出36元。

这点支出除了吃点东西,也就买不了什么了。

忽然,姚飞看到了一大笔支出:6月18日,总支出820元。

原来于老师也是要过购物节的,姚飞一笑。这笔支出后面还列了一些名目,除了生活用品,有两笔金额比较大:书,218元,鞋,420元。

姚飞猛然想起来了什么。他打开床头柜,取出了自己的记账本——这里面是他大学几年的记录,其中有一部分专门用来记于烟送给他的东西。

果然,他很快就找到了相对应的记录。

6月22日,书七本,鞋一双。

那还是他在读大三的时候,于烟去学校看他,说自己是偶然路过,给他带点东西。

那天于烟背了一个书包,见到他就把里面的东西一件一件拿出来,一边拿还一边絮絮叨叨地给他解释。

"这些书是我过去读过的,都是关于犯罪心理学方面的专业书,可能会对你的学习有帮助,你回头好好学习,有不明白的地方也可以问我。"

他问:"老师,这些书你不会是专门买的吧?我平时也会去书店,还会去学校的图书馆。你不要因为这些事破费了。"

于烟慌忙道:"没有啊,都是我的二手书,你不要嫌弃是旧书就好。"

"我不嫌弃,不过……"他拿出其中一本,"老师,你家二手书都不拆塑封的?"

于烟轻咳了一声,慌忙解释:"那本买得早,一直没空看。"

姚飞想要戳破这谎言，故意撕了塑封，随手翻开版权页："五月再版印刷。"

于烟："……"

姚飞明显地看到于烟因为尴尬脸红了。

他有点后悔，感觉自己应该再委婉一些，可是他真的不希望于烟再替自己花钱了。他这辈子最不喜欢的就是欠别人人情，更何况他欠了于烟那么多人情，他要怎么才能够还的清？

"就这一本是例外，我听说这个的新版订正了一些旧版的错漏，就买了一本。"于烟急忙打岔，"你再看看这双鞋吧。"

姚飞板起脸来："老师，你资助我学费就罢了，现在又给我书又给我鞋子的，我不需要这些。"

"真的不是给你专门买的，而且不是什么很贵的名牌鞋。"于烟又开始解释，"这双鞋是我给我小外甥买的，结果记错了号，还错过了退换货的时间。家里人穿都不合适，我就想到了你，总不能就这么扔了。"

姚飞撇嘴。

于烟虽然是学犯罪心理的，但是撒谎的功夫真不怎么样。还有，他竟然不知道解释就是掩饰的道理。

上次来自己宿舍，于烟就对着自己那双旧了的运动鞋注视了好久。他都从洗手间出来了，于烟还拿着他的鞋看，直到他推门进来才急忙放下。当时他差点误会这位老师有什么奇怪的嗜好。这才过去两个月，于烟就拎过来一双同号的鞋，这些实在不能不让他多想。

于烟把鞋掏出来给他："试试看。"

于是姚飞坐下来低头穿鞋。他忽然觉得自己前额的头发有些碍事，一抬头就看到于烟正低头用手指帮他把那几根翘起来的头发往下压。最关键的是于烟看向他的眼神，带着温柔与慈爱，好像是在替一只炸毛的小狗在梳理毛发。

他不喜欢于烟把他当小孩子对待，把鞋穿进去就"嗖"地一下站起来，个子足足比于烟高半个头。从上方俯视的角度看过去，他才发现，于烟的睫毛长得好长，会在眼睛下方投射出一片弧形的阴影。

于烟被他的动作惊到了，足足愣了两秒钟才开口："你个子还挺高的……"随后就又恢复了往日的表情，微笑着问他，"鞋子合适吗？"

"嗯。"姚飞的脚动了动，点了点头，"挺合适的。谢谢你。"

还要多亏了于烟，他那双穿了几年的运动鞋终于寿终正寝了。

后来，于烟还坚持带他去吃了顿饭。

在餐桌上，他问于烟："老师，你为什么要资助贫困学生？"

于烟想了想，说："我的物质欲望不高，多出来的钱可以做点有意义的事，给更需要的人吧。"

…………

现在想起来这一幕，姚飞还觉得一切就像发生在昨天似的。

在床上翻完了四个笔记本，他依然没有找到自己的名字。

姚飞坐起来给自己点了一根烟。

良久，他轻轻弹了弹烟蒂，然后拨出了一个电话。

"喂，唐老师吗？我上次问你的那件事，就是资助贫困学生的事……"

对面的人说了几句，姚飞就道："哦，名单理出来了是吗？那我等会儿过去一趟，看看情况。"

下午，姚飞去了趟华都警官学院。

那位唐老师是位新来的年轻女老师，一边帮他整理学生的资料，一边和他道："最近这两年经济形势不好，来捐助学生的个人已经不多了，基本都是靠学校拉一些企业的赞助或者是做助学贷款。"她问姚飞，"姚先生，你是怎么想起来来这边资助学生的？"

姚飞瞬间想起了之前于烟的回答。

他可没有那么品德高尚，姚飞心道，于是他把那句话用自己的惯用语言翻译了一下。

"我钱多，烧的慌。"

唐老师被这耿直的回答弄得一愣。

姚飞这才又道："我开玩笑的。当年我读书就是受了别人的捐助，就这么击鼓传花，传下去吧。"

唐老师笑了。她把一叠资料递给了姚飞："这些就是了，都是品学兼优、家境贫困的学生，你看着挑一个吧。"

姚飞顺着往下翻看，看到了一个名字，忽然手一顿。他看了看表格上的资料，对女老师道："就这个了。"

不过一会儿的时间，唐老师就把那学生带了过来。那是个个子不高的男学生，长得瘦瘦的，一双眼睛很大，姓晋，叫做晋含烟。

姚飞签了字，简单办完了手续，就给学校转了账。他转身想走，那学生还追出来，"唰"地给他鞠了九十度的躬："老师，谢谢您！我以后会努力学习的！"

姚飞摆摆手："你不用谢我，谢你爸妈吧，给你取的名字好听。"

男孩子腼腆笑了："大家都说我名字好听，出自李白的《长相思》，'日色欲尽花含烟，月明如素愁不眠'。"

姚飞顿住了。他之前只觉得这孩子的名字眼熟，又有个烟字，就直接选择了他。现在被提醒了，这才想起了这首诗。

告别了男学生，他走到外面又拿出一根烟，想了想没有点燃。

站在华警校园里的树荫下，姚飞悠悠自语。

"原来，是长相思啊。"

在过去好长一段时间里，他像是一只困兽困在一个牢笼里。现在，一直困惑着他的问题好像忽然找到了答案。

晚上回到家里，姚飞再没了白天的犹犹豫豫，他把那箱子里的所有东西仔仔细细翻看了一遍，小到一页便签纸也没有放过。

姚飞有些愤愤不平："哪里有提到我了？诗人哄我呢吧？"

话音未落，他手里翻着的一个笔记本的前封夹页里飘落下来一张纸。因为夹在里面，之前他一直没有发现。

那是一次和领导沟通的提要，上面写得很乱，大概列了一些关于行为分析组的未来规划还有对人事任命的一些提议。

姚飞终于从中找到了自己的名字。

那句话是这样写的。

"姚飞虽然有些冲动执拗，但是他本心不坏，我认为他是个诚实可靠的人，能力极强，可以委以重任。"

下面还另加了一行小字："他身上，有一些柔软的刺，可那些其实都是过去受伤留下的疤。只要需要花一点时间，付出一些耐心，就可以抚平。"

姚飞心中一跳，把纸扣了过去，妄图平复翻涌的情绪。这一翻，却发现那张纸的背面还有一些字，呼吸又是一滞。

"12月22日，姚飞的生日要到了，他的书包旧了，想送他个书包，正好可以双十二下单。"

…………

"这一次，我该编个什么样的理由呢？"

姚飞久久没有说话，就那么捏着那张小小的纸片，感觉像是攥着他的命。

太阳逐渐落下，屋子里黑了下来，他没有起身去按亮灯，就那么安静地坐在了黑暗里。

他多希望这时有人能够敲响他家的房门，远道而归，风尘仆仆，就像是去参加了一个漫长的旅途，报给他一个歉意的微笑："对不起，我回来晚了。"

如果这一切真的发生，他一定会回之以一个深深的拥抱。

过了许久，姚飞的手机一响，他这才如梦初醒。

是微信弹出来的消息提示。

姚飞打开手机，是陆俊迟发来的信息："今天的事苏老师和我说了。实验室那边的化验结果已经出来了，基本可以确定死者服用了的是哪家店的'奶茶'。案子的事情，

多谢了。"

　　陆俊迟是个礼数周到的人，虽然最近他不在市局这边，还在遥控破案，但姚飞帮了一些忙，他就要发个信息再专程致谢。

　　姚飞想了想，回了他一句："没事，帮助警方破案是我应该做的。"

　　陆俊迟那边半天没有回信，"对方正在输入中"闪了很久才发过来一条："你被盗号了吗？"

　　姚飞简单回复："没。"

　　陆俊迟："你这语气怎么越来越像我舅舅了？"

　　姚飞看了一会儿手机，难得没有呛人。

　　他在黑暗之中缓缓打出一行字："陆队长，有没有一种可能，是我变得成熟了？"

（全文完）